EL CÓDIGO DA VINCI

Dan Brown

El Código Da Vinci

Traducción de
Juanjo Estrella

CONTRA COSTA COUNTY LIBRARY

Umbriel

Argentina • Chile • Colombia • España
Estados Unidos • México • Uruguay • Venezuela

Título original: *The Da Vinci Code*
Editor original: Doubleday, a division of Random House, Inc., Nueva York
Traducción: Juanjo Estrella

Copyright © 2003 *by* Dan Brown
© de la traducción, 2003 *by* Juanjo Estrella
© 2003 *by* Ediciones Urano, S.A.
   Aribau, 142, pral. – 08036 Barcelona
   www.umbrieleditores.com

ISBN: 84-95618-60-5
Depósito legal: M. 13.749 - 2006

Fotocomposición: Ediciones Urano, S.A.
Impreso por Mateu Cromo Artes Gráficas, S.A.
Ctra. de Fuenlabrada, s/n – 28320 Madrid

Impreso en España – *Printed in Spain*

Para Blythe, una vez más.
Más que nunca.

Agradecimientos

En primer lugar, le doy las gracias a mi amigo y editor Jason Kaufman por involucrarse tanto en este proyecto y por entender plenamente de qué trata este libro. Gracias también a la incomparable Heide Lange, campeona incansable de *El Código Da Vinci*, extraordinaria agente y amiga de verdad.

No tengo palabras para expresar la gratitud que siento por el excepcional equipo de Doubleday, por su generosidad, su fe y su inestimable ayuda. Gracias especialmente a Bill Thomas y a Steve Rubin, que creyeron en este libro desde el principio. Gracias también al primer grupo de defensores de la obra en sus etapas iniciales, encabezado por Michael Palgon, Suzanne Herz, Janelle Moburg, Jackie Everly y Adrienne Sparks, además de a los muy buenos profesionales del equipo de ventas de Doubleday, y a Michael Windsor por la atractiva cubierta de la edición norteamericana.

Por su desinteresada ayuda en la investigación necesaria para la preparación de este libro, me gustaría expresar mi reconocimiento al Museo del Louvre, al Ministerio de Cultura francés, al Proyecto Guttenberg, a la Biblioteca Nacional de Francia, a la Biblioteca de la Sociedad Gnóstica, al Departamento de Estudios Pictóricos y al Servicio de Documentación del Louvre, a la Catholic World News, al Real Observatorio de Greenwich, a la London Record Society, a la Colección de Archivos de la Abadía de Westminster, a John Pike y a la Federación de Científicos Americanos, y a los cinco miembros del Opus Dei (tres de ellos en activo) que me contaron sus historias, tanto las positivas como las negativas, en relación con sus experiencias en dicha organización.

Deseo asimismo expresar mi gratitud a la librería Water Street Bookstore por conseguirme muchas de las obras con las que me he documentado; a mi padre, Richard Brown —profesor de matemáticas y escritor—, por su ayuda con la Divina Proporción y la Secuencia de Fibonacci; a Stan Planton, a Sylvie Baudeloque, a Peter McGuigan, a Francis McInerney, a Margie Wachtel, a André Vernet, a Ken Kelleher, de Anchorball Web Media, a Cara Sottak, a Karyn Popham, a Esther Sung, a Miriam Abramowitz, a William Tunstall-Pedoe y a Griffin Wooden Brown.

Finalmente, en una novela que le debe tanto a la divinidad femenina, sería un olvido imperdonable que no mencionara a las extraordinarias mujeres que han iluminado mi vida. En primer lugar, a mi madre, Connie Brown, también apasionada de la escritura, músico y modelo a seguir. Y a mi esposa, Blythe, historiadora del arte, pintora, editora todoterreno y, sin duda, la mujer con más talento que he conocido en mi vida.

Los hechos

El Priorato de Sión —sociedad secreta europea fundada en 1099— es una organización real. En 1975, en la Biblioteca Nacional de París se descubrieron unos pergaminos conocidos como *Les Dossiers Secrets,* en los que se identificaba a numerosos miembros del Priorato de Sión, entre los que destacaban Isaac Newton, Sandro Boticelli, Victor Hugo y Leonardo Da Vinci.

La prelatura vaticana conocida como Opus Dei es una organización católica de profunda devoción que en los últimos tiempos ha sido objeto de gran controversia a causa de informes en los que se habla de lavado de cerebro, uso de métodos coercitivos y de una peligrosa práctica conocida como «mortificación corporal». El Opus Dei acaba de culminar la construcción de su sede estadounidense, con un coste de 47 millones de dólares, en Lexington Avenue, Nueva York.

Todas las descripciones de obras de arte, edificios, documentos y rituales secretos que aparecen en esta novela son veraces.

Prólogo

Museo del Louvre, París.
10:46 p.m.

Jacques Saunière, el renombrado conservador, avanzaba tambaleándose bajo la bóveda de la Gran Galería del Museo. Arremetió contra la primera pintura que vio, un Caravaggio. Agarrando el marco dorado, aquel hombre de setenta y seis años tiró de la obra de arte hasta que la arrancó de la pared, desplomándose y cayendo boca arriba con el lienzo encima.

Tal como había previsto, cerca se oyó el chasquido de una reja de hierro que, al cerrarse, bloqueó el acceso a la sala. El suelo de madera tembló. Lejos, se disparó una alarma.

El conservador se quedó ahí tendido un momento, jadeando, evaluando la situación. «Todavía estoy vivo.» Se dio la vuelta, se desembarazó del lienzo y buscó con la mirada algún sitio donde esconderse en aquel espacio cavernoso.

—No se mueva —dijo una voz muy cerca de él.

A gatas, el conservador se quedó inmóvil y volvió despacio la cabeza. A sólo cinco metros de donde se encontraba, del otro lado de la reja, la imponente figura de su atacante le miraba por entre los barrotes. Era alto y corpulento, con la piel muy pálida, fantasmagórica, y el pelo blanco y escaso. Los iris de los ojos eran rosas y las pupilas, de un rojo oscuro. El albino se sacó una pistola del abrigo y le apuntó con ella entre dos barrotes.

—No debería haber salido corriendo. —Su acento no era fácil de ubicar—. Y ahora dígame dónde está.

—Ya se lo he dicho —balbuceó Saunière, de rodillas, indefenso, en el suelo de la galería—. ¡No tengo ni idea de qué me habla!

—Miente. —El hombre lo miró, totalmente inmóvil salvo por el destello de sus extraños ojos—. Usted y sus hermanos tienen algo que no les pertenece.

El conservador sintió que le subía la adrenalina. «¿Cómo podía saber algo así?»

—Y esta noche volverá a manos de sus verdaderos custodios. Dígame dónde lo ocultan y no le mataré. —Apuntó a la cabeza del conservador—. ¿O es un secreto por el que sería capaz de morir?

Saunière no podía respirar.

El hombre inclinó la cabeza, observando el cañón de la pistola.

Saunière levantó las manos para protegerse.

—Espere —dijo con dificultad—. Le diré lo que quiere saber.

Escogió con cuidado las siguientes palabras. La mentira que dijo la había ensayado muchas veces... rezando siempre para no tener que recurrir nunca a ella.

Cuando el conservador terminó de hablar, su atacante sonrió, incrédulo.

—Sí, eso mismo me han dicho los demás.

Saunière se retorció.

—¿Los demás?

—También he dado con ellos —soltó el hombre con desprecio—. Con los tres. Y me han dicho lo mismo que usted acaba de decirme.

«¡No es posible!» La identidad real del conservador, así como la de sus tres *sénéchaux*, era casi tan sagrada como el antiguo secreto que guardaban. Ahora Saunière se daba cuenta de que sus senescales, siguiendo al pie de la letra el procedimiento, le habían dicho la misma mentira antes de morir. Era parte del protocolo.

El atacante volvió a apuntarle.

—Cuando usted ya no esté, yo seré el único conocedor de la verdad.

La verdad. En un instante, el conservador comprendió el horror de la situación. «Si muero, la verdad se perderá para siempre.» Instintivamente, trató de encogerse para protegerse al máximo.

Se oyó un disparo y Saunière sintió el calor abrasador de la bala que se le hundía en el estómago. Cayó de bruces, luchando contra el dolor. Despacio, se dio la vuelta y miró a su atacante, que seguía al otro lado de la reja y lo apuntaba directamente a la cabeza.

El conservador cerró los ojos y sus pensamientos se arremolinaron en una tormenta de miedo y lamentaciones.

El chasquido de un cargador vacío resonó en el pasillo.

Saunière abrió los ojos.

El albino contemplaba el arma entre sorprendido y divertido. Se puso a buscar un segundo cargador, pero pareció pensárselo mejor y le dedicó una sonrisa de superioridad a Saunière.

—Lo que tenía que hacer ya lo he hecho.

El conservador bajó la vista y se vio el orificio producido por la bala en la tela blanca de la camisa. Estaba enmarcado por un pequeño círculo de sangre, unos centímetros más abajo del esternón. «Mi estómago.» Le parecía casi cruel que el disparo no le hubiera alcanzado el corazón. Como veterano de la Guerra de Argelia, a Saunière le había tocado presenciar aquella muerte lenta y horrible por desangramiento. Sobreviviría quince minutos mientras los ácidos de su estómago se le iban metiendo en la cavidad torácica, envenenándolo despacio.

—El dolor es bueno, señor —dijo el hombre antes de marcharse.

Una vez solo, Jacques Saunière volvió la vista de nuevo hacia la reja metálica. Estaba atrapado, y las puertas no podían volver a abrirse al menos hasta dentro de veinte minutos. Cuando alguien lo encontrara, ya estaría muerto. Sin embargo, el miedo que ahora se estaba apoderando de él era mucho mayor que el de su propia extinción.

«Debo transmitir el secreto».

Luchando por incorporarse, se imaginó a sus tres hermanos asesinados. Pensó en las generaciones que lo habían precedido..., en la misión que a todos les había sido confiada.

«Una cadena ininterrumpida de saber.»

Y de pronto, ahora, a pesar de todas las precauciones..., a pesar de todas las medidas de seguridad..., Jacques Saunière era el único eslabón vivo, el único custodio de uno de los mayores secretos jamás guardados.

Temblando, consiguió ponerse de pie.

«Debo encontrar alguna manera de...»

Estaba encerrado en la Gran Galería, y sólo había una persona en el mundo a quien podía entregar aquel testigo. Levantó la vista para encontrarse con las paredes de su opulenta prisión. Las pinturas de la colección más famosa del mundo parecían sonreírle desde las alturas como viejas amigas.

Retorciéndose de dolor, hizo acopio de todas sus fuerzas y facultades. Sabía que la desesperada tarea que tenía por delante iba a precisar de todos los segundos que le quedaran de vida.

1

Robert Langdon tardó en despertarse.

En la oscuridad sonaba un teléfono, un sonido débil que no le resultaba familiar. A tientas buscó la lámpara de la mesilla de noche y la encendió. Con los ojos entornados, miró a su alrededor y vio el elegante dormitorio renacentista con muebles estilo Luis XVI, frescos en las paredes y la gran cama de caoba con dosel.

«Pero ¿dónde estoy?»

El albornoz que colgaba de la cama tenía bordado un monograma: HOTEL RITZ PARÍS.

Lentamente, la niebla empezó a disiparse.

Langdon descolgó el teléfono.

—¿Diga?

—¿*Monsieur* Langdon? —dijo la voz de un hombre—. Espero no haberle despertado.

Aturdido, miró el reloj de la mesilla. Eran las 12:32. Sólo llevaba en la cama una hora, pero se había dormido profundamente.

—Le habla el recepcionista, *Monsieur*. Lamento molestarle, pero aquí hay alguien que desea verle. Insiste en que es urgente.

Langdon seguía desorientado. «¿Una visita?» Ahora fijó la vista en un tarjetón arrugado que había en la mesilla.

LA UNIVERSIDAD AMERICANA DE PARÍS

SE COMPLACE EN PRESENTAR

LA CONFERENCIA DE ROBERT LANGDON

PROFESOR DE SIMBOLOGÍA RELIGIOSA

DE LA UNIVERSIDAD DE HARVARD

Langdon emitió un gruñido. La conferencia de aquella noche —una charla con presentación de diapositivas sobre la simbología pagana oculta en los muros de la catedral de Chartres— seguramente había levantado ampollas entre el público más conservador. Y era muy probable que algún académico religioso le hubiera seguido hasta el hotel para entablar una discusión con él.

—Lo siento —dijo Langdon—, pero estoy muy cansado.

—*Mais, Monsieur* —insistió el recepcionista bajando la voz hasta convertirla en un susurro imperioso—, su invitado es un hombre muy importante.

A Langdon no le cabía la menor duda. Sus libros sobre pintura religiosa y simbología lo habían convertido, a su pesar, en un personaje famoso en el mundo del arte, y durante el año anterior su presencia pública se había multiplicado considerablemente tras un incidente muy divulgado en el Vaticano. Desde entonces, el flujo de historiadores importantes y apasionados del arte que llamaban a su puerta parecía no tener fin.

—Si es tan amable —dijo Langdon, haciendo todo lo posible por no perder las formas—, anote el nombre y el teléfono de ese hombre y dígale que intentaré contactar con él antes de irme de París el martes. Gracias.

Y colgó sin dar tiempo al recepcionista a protestar.

Sentado en la cama, Langdon miró el librito de bienvenida del hotel que vio en la mesilla y el título que anunciaba: DUERMA COMO UN ÁNGEL EN LA CIUDAD LUZ. SUEÑE EN EL RITZ DE PARÍS. Se dio la vuelta y se miró, soñoliento, en el espejo que tenía delante. El hombre que le devolvía la mirada era un desconocido, despeinado, agotado...

«Te hacen falta unas vacaciones, Robert.»

La tensión acumulada durante el año le estaba pasando factura, pero no le gustaba verlo de manera tan obvia reflejado en el espejo. Sus ojos azules, normalmente vivaces, le parecían borrosos y gastados aquella noche. Una barba incipiente le oscurecía el rostro de recia mandíbula y barbilla con hoyuelo. En las sienes, las canas proseguían su avance, y hacían cada vez más incursiones en su espesa mata de pelo negro. Aunque sus colegas femeninas insistían en que acentuaban su atractivo intelectual, él no estaba de acuerdo.

«Si me vieran ahora los del *Boston Magazine*.»

El mes anterior, para su bochorno, la revista lo había incluido en la lista de las diez personas más fascinantes de la ciudad, dudoso honor que le había convertido en el blanco de infinidad de burlas de sus colegas de Harvard. Y aquella noche, a más de cinco mil kilómetros de casa, aquella fama había vuelto a precederle en la conferencia que había pronunciado.

—Señoras y señores —dijo la presentadora del acto ante el público que abarrotaba la sala del Pabellón Dauphine, en la Universidad Americana—, nuestro invitado de hoy no necesita presentación. Es autor de numerosos libros: *La simbología de las sectas secretas, El arte de los Illuminati, El lenguaje perdido de los ideogramas...* y si les digo que ha escrito el libro más importante sobre *Iconología religiosa,* no lo digo porque sí. Muchos de ustedes utilizan sus obras como libros de texto en sus clases.

Los alumnos presentes entre el público asintieron con entusiasmo.

—Había pensado presentarlo esta noche repasando su impresionante currículum. Sin embargo —añadió dirigiendo una sonrisa de complicidad a Langdon, que estaba sentado en el estrado—, un asistente al acto me ha hecho llegar una presentación, digamos, más «fascinante».

Y levantó un ejemplar del *Boston Magazine*.

Langdon quiso que se lo tragara la tierra. «¿De dónde había sacado aquello?»

La presentadora empezó a leer algunos párrafos de aquel superficial artículo y Langdon sintió que se encogía más y más en su asiento. Treinta segundos después, todo el público sonreía, y a la mujer no se le veía la intención de concluir.

—Y la negativa del señor Langdon a hacer declaraciones públicas sobre su atípico papel en el cónclave del Vaticano del año pasado no hace sino darle más puntos en nuestro «fascinómetro» particular. —La presentadora ya tenía a los asistentes en el bolsillo—. ¿Les gustaría saber más cosas de él?

El público empezó a aplaudir.

«Que alguien se lo impida», suplicó mentalmente Langdon al ver que volvía a clavar la vista en aquel artículo.

—Aunque tal vez el profesor Langdon —continuó la presentadora— no sea lo que llamaríamos un guapo oficial, como algunos de nuestros nominados más jóvenes; es un cuarentón interesante, con ese poderoso atractivo propio de ciertos intelectuales. Su cautivadora presencia se combina con un tono de voz muy grave, de barítono, que sus alumnas describen muy acertadamente como «un regalo para los oídos».

Toda la sala estalló en una carcajada.

Langdon esbozó una sonrisa de compromiso. Sabía lo que venía a continuación, una frase ridícula que decía algo de «Harrison Ford con traje de *tweed*», y como aquella tarde se había creído estar a salvo de todo aquello y se había puesto, en efecto, su *tweed* y su suéter Burberry de cuello alto, decidió anticiparse a los hechos.

—Gracias, Monique —dijo Langdon, levantándose antes de tiempo y apartándola del atril—. No hay duda de que en el *Boston Magazine* están muy bien dotados para la literatura de ficción. —Miró al público suspirando, avergonzado—. Si descubro quién de ustedes ha filtrado este artículo, conseguiré que el consulado garantice su deportación.

El público volvió a reírse.

—En fin, como bien saben, estoy aquí esta noche para hablarles del poder de los símbolos.

El sonido del teléfono en su habitación volvió a romper el silencio.

Gruñendo con una mezcla de indignación e incredulidad, descolgó.

—¿Diga?

Como suponía, era el recepcionista.

—Señor Langdon, discúlpeme otra vez. Le llamo para informarle de que la visita va camino de su habitación. Me ha parecido que debía advertírselo.

Ahora Langdon sí estaba totalmente despierto.

—¿Ha dejado subir a alguien a mi habitación sin mi permiso?

—Lo siento, *Monsieur*, pero es que este señor es...; no me he visto con la autoridad suficiente para impedírselo.

—¿Quién es exactamente? —le preguntó.

Pero el recepcionista ya había colgado.

Casi al momento, llamaron con fuerza a la puerta.

Vacilante, Langdon se levantó de la cama, notando que los pies se le hundían en la alfombra de Savonnerie. Se puso el albornoz y se acercó a la puerta.

—¿Quién es?

—¿Señor Langdon? Tengo que hablar con usted. —El hombre se expresaba con acento francés y empleaba un tono seco, autoritario—. Soy el teniente Jérôme Collet, de la Dirección Central de la Policía Judicial.

Langdon se quedó un instante en silencio. «¿La Policía Judicial?» La DCPJ era, más o menos, el equivalente al FBI estadounidense.

Sin retirar la cadena de seguridad, Langdon entreabrió la puerta. El rostro que vio al otro lado era alargado y ojeroso. Estaba frente a un hombre muy delgado que llevaba un uniforme azul de aspecto oficial.

—¿Puedo entrar? —le preguntó el agente.

Langdon dudó un momento, mientras los ojos amarillentos de aquel hombre lo escrutaban.

—¿Qué sucede?

—Mi superior precisa de sus conocimientos para un asunto confidencial.

—¿Ahora? Son más de las doce.

—¿Es cierto que tenía que reunirse con el conservador del Louvre esta noche?

A Langdon le invadió de pronto una sensación de malestar. El prestigioso conservador Jacques Saunière y él habían quedado en reunirse para tomar una copa después de la conferencia, pero Saunière no se había presentado.

—Sí. ¿Cómo lo sabe?

—Hemos encontrado su nombre en su agenda.

—Espero que no le haya pasado nada malo.

El agente suspiró muy serio y le alargó una fotografía Polaroid a través del resquicio de la puerta.

Cuando Langdon la miró, se quedó de piedra.

—Esta foto se ha realizado hace menos de una hora, en el interior del Louvre.

Siguió unos instantes con la vista fija en aquella extraña imagen, y su sorpresa y repulsión iniciales dieron paso a una oleada de indignación.

—¿Quién puede haberle hecho algo así?

—Nuestra esperanza es que usted nos ayude a responder a esa pregunta, teniendo en cuenta sus conocimientos sobre simbología y la cita que tenía con él.

Langdon volvió a fijarse en la foto, y en esta ocasión al horror se le sumó el miedo. La imagen era espantosa y totalmente extraña, y le provocaba una desconcertante sensación de *déjà vu*. Haría poco más de un año, Langdon había recibido la fotografía de otro cadáver y una petición similar de ayuda. Veinticuatro horas después, casi pierde la vida en la Ciudad del Vaticano. Aunque aquella imagen era muy distinta, había algo en el decorado que le resultaba inquietantemente familiar.

El agente consultó el reloj.

—Mi capitán espera, señor.

Langdon apenas le oía. Aún tenía la vista clavada en la fotografía.

—Este símbolo de aquí, y el cuerpo en esa extraña...

—¿Posición? —apuntó el agente.

Langdon asintió, sintiendo un escalofrío al levantar la vista.

—No me cabe en la cabeza que alguien haya podido hacer algo así.

El rostro del agente se contrajo.

—Creo que no lo entiende, señor Langdon. Lo que ve en esta foto... —Se detuvo un instante—. *Monsieur* Saunière se lo hizo a sí mismo.

2

A menos de dos kilómetros de ahí, Silas, el imponente albino, cruzó cojeando la verja de entrada a una lujosa residencia en la Rue de La Bruyère. El cilicio que llevaba atado al muslo se le hundía en la carne, pero su alma se regocijaba por el servicio que le prestaba al Señor.

«El dolor es bueno.»

Al entrar en la residencia, escrutó el vestíbulo con sus ojos rojos. Vacío. Subió la escalera con sigilo para no despertar a los demás numerarios. La puerta de su dormitorio estaba abierta; las cerraduras estaban prohibidas en aquel lugar. Entró y ajustó la puerta tras de sí.

La habitación era espartana. Suelos de madera, una cómoda de pino y una cama en un rincón. Allí sólo llevaba una semana, estaba de paso, pero en Nueva York hacía muchos años que gozaba de la bendición de un refugio parecido.

«El Señor me ha dado un techo y le ha conferido sentido a mi vida.»

Aquella noche, al fin, Silas había sentido que estaba empezando a pagar la deuda que había contraído. Se acercó deprisa a la cómoda y buscó el teléfono móvil en el último cajón. Marcó un número.

—¿Diga? —respondió una voz masculina.

—Maestro, he vuelto.

—Hable —ordenó su interlocutor, alegrándose de tener noticias suyas.

—Los cuatro han desaparecido. Los tres senescales... y también el Gran Maestre.

Se hizo un breve silencio como de oración.

—En ese caso, supongo que está en poder de la información.

—Los cuatro coincidieron. De manera independiente.

—¿Y usted les creyó?

—Su acuerdo era tan absoluto que no podía deberse a la casualidad.

Se oyó un suspiro de entusiasmo.

—Magnífico. Tenía miedo de que su fama de secretismo acabara imponiéndose.

—La perspectiva de la muerte condiciona mucho.

—Y bien, discípulo, dígame lo que debo saber.

Silas era consciente de que la información que había sonsacado a sus víctimas sería toda una sorpresa.

—Maestro, los cuatro han confirmado la existencia de la *clef de voûte*... la legendaria «clave de bóveda».

Oyó la respiración emocionada de su Maestro al otro lado de la línea.

—La clave. Tal como sospechábamos.

Según la tradición, la hermandad había creado un mapa de piedra —una *clef de voûte* o clave de bóveda—, una tablilla en la que estaba grabado el lugar donde reposaba el mayor secreto de la orden... una información tan trascendental que su custodia justificaba por sí misma la existencia de aquella organización.

—Cuando nos hagamos con la clave —dijo El Maestro—, ya sólo estaremos a un paso.

—Estamos más cerca de lo que cree. La piedra, o clave, está aquí, en París.

—¿En París? Increíble. Parece casi demasiado fácil.

Silas le relató los sucesos de aquella tarde, el intento desesperado de sus cuatro víctimas por salvar sus vidas vacías de Dios revelándole el secreto. Los cuatro le habían contado a Silas exactamente lo mismo, que la piedra estaba ingeniosamente oculta en un lugar concreto de una de las antiguas iglesias parisinas: la de Saint-Sulpice.

—¡En una casa de Dios! —exclamó El Maestro—. ¡Cómo se mofan de nosotros!

—Llevan siglos haciéndolo.

El Maestro se quedó en silencio, asimilando el triunfo de aquel instante.

—Le ha hecho un gran servicio al Señor. Llevamos siglos esperando este momento. Ahora debe traerme la piedra. Esta noche. Estoy seguro de que entiende todo lo que está en juego.

Silas sabía que estaba en juego algo incalculable, y aun así lo que le pedía El Maestro le parecía imposible.

—Pero es que la iglesia es una fortaleza. Y más de noche. ¿Cómo voy a entrar?

Con la seguridad propia del hombre influyente que era, El Maestro le explicó cómo debía hacerlo.

Cuando Silas colgó, era presa de una impaciencia inenarrable.

«Una hora», se dijo a sí mismo, agradecido de que El Maestro le hubiera concedido tiempo para hacer penitencia antes de entrar en la casa de Dios. «Debo purgar mi alma de los pecados de hoy.» Las ofensas contra el Señor que había cometido ese día tenían un propósito sagrado. Hacía siglos que se perpetraban actos de guerra contra los enemigos de Dios. Su perdón estaba asegurado.

Pero Silas sabía que la absolución exigía sacrificio.

Cerró las persianas, se desnudó y se arrodilló en medio del cuarto. Bajó la vista y examinó el cilicio que le apretaba el muslo. Todos los seguidores verdaderos de *Camino* llevaban esa correa de piel salpicada de púas metálicas que se clavaban en la carne como un recordatorio perpetuo del sufrimiento de Cristo. Además, el dolor que causaba servía también para acallar los deseos de la carne.

Aunque ya hacía más de dos horas que Silas llevaba puesto el cilicio, que era el tiempo mínimo exigido, sabía que aquel no era un día cualquiera. Agarró la hebilla y se lo apretó un poco más, sintiendo que las púas se le hundían en la carne. Expulsó aire lentamente, saboreando aquel ritual de limpieza que le ofrecía el dolor.

«El dolor es bueno», susurró Silas, repitiendo el mantra sagrado del padre Josemaría Escrivá, El Maestro de todos los Maestros. Aunque había muerto en 1975, su saber le había sobrevivido, y sus palabras aún las pronunciaban entre susurros miles de siervos devotos en todo el mundo cuando se arrodillaban y se entregaban a la práctica sagrada conocida como «mortificación corporal».

Ahora Silas centró su atención en la cuerda de gruesos extremos anudados que tenía en el suelo, junto a él. «La Disciplina.» Los nudos estaban recubiertos de sangre reseca. Impaciente por recibir los efectos purificadores de su propia agonía, Silas dijo una breve oración y acto seguido, agarrando un extremo de la cuerda, cerró los ojos y se azotó con ella por encima del hombro, notando que los nudos le golpeaban la espalda. Siguió azotándose una y otra vez.

Castigo corpus meum.

Al cabo de un rato, empezó a sangrar.

3

El aire frío de abril se colaba por la ventanilla abierta del Citroën ZX, que avanzaba a toda velocidad en dirección sur, más allá de la Ópera, a la altura de la Place Vendôme. En el asiento del copiloto, Robert Langdon veía que la ciudad se desplegaba ante sus ojos mientras él intentaba aclararse las ideas. La ducha rápida y el afeitado le habían dejado más o menos presentable, pero no habían logrado apenas reducir su angustia. La terrorífica imagen del cuerpo del conservador del Louvre permanecía intacta en su mente.

«Jacques Saunière está muerto.»

Langdon no podía evitar la profunda sensación de pérdida que le producía aquella muerte. A pesar de su fama de huraño, era casi inevitable venerar su innegable entrega a las artes. Sus libros sobre las claves secretas ocultas en las pinturas de Poussin y Teniers se encontraban entre las obras de referencia preferidas para sus cursos. El encuentro que habían acordado para aquella noche le hacía especial ilusión, y cuando constató que el conservador no iba a presentarse se sintió decepcionado.

De nuevo, la imagen del cuerpo de Saunière le cruzó la mente. «¿Aquello se lo había hecho él mismo?» Langdon se volvió y miró por la ventanilla, intentando librarse de esa visión.

Fuera, la ciudad se iba replegando lentamente —vendedores callejeros que arrastraban carritos con almendras garrapiñadas, camareros que metían bolsas de basura en los contenedores, un par de amantes noctámbulos abrazados para protegerse de la brisa impreg-

nada de jazmín. El Citroën esquivaba el caos con autoridad, y el ulular disonante de su sirena partía el tráfico como un cuchillo.

—El capitán se ha alegrado al enterarse de que seguía usted en
París —dijo el agente. Era lo primero que decía desde que habían salido del hotel—. Una afortunada casualidad.

Langdon no se sentía precisamente afortunado, y la casualidad
no era algo que le inspirara demasiada confianza. Siendo como era alguien que había dedicado su vida al estudio de la interconexión oculta de emblemas e ideologías dispares, Langdon veía el mundo como
una red de historias y hechos profundamente entrelazados. «Es posible que las conexiones sean invisibles —decía a menudo en sus clases
de simbología de Harvard—, pero siempre están ahí, enterradas justo debajo de la superficie.»

—Supongo —respondió Langdon— que en la Universidad
Americana de París les han dicho dónde me alojaba.

El conductor negó con la cabeza.

—La Interpol.

«La Interpol, claro», pensó. Se le había olvidado que la petición
del pasaporte que hacían en los hoteles europeos en el momento de
registrarse era algo más que una pura formalidad; estaban obligados
a ello por ley. En una noche cualquiera, en cualquier punto de Europa, cualquier agente de la Interpol podía saber dónde dormía cualquier visitante. Localizar a Langdon en el Ritz no les habría llevado,
probablemente, más de cinco segundos.

Mientras el Citroën seguía avanzando en dirección sur, apareció
a mano derecha el perfil iluminado de la Torre Eiffel, apuntando hacia el cielo. Al verla pensó en Vittoria, y recordó la alocada promesa
que se habían hecho hacía un año de encontrarse cada seis meses en
algún lugar romántico del planeta. Langdon sospechaba que la Torre
Eiffel habría formado parte de aquella lista. Era triste pensar que la
última vez que la besó fue en un ruidoso aeropuerto de Roma hacía
más de un año.

—¿La ha trepado? —le preguntó el agente, mirando en la misma
dirección.

Langdon alzó la vista, seguro de haberle entendido mal.

—¿Cómo dice?

—Es bonita, ¿verdad? —insistió el teniente señalando la torre—. ¿La ha trepado?

Langdon cerró los ojos.

—No, aún no he subido.

—Es el símbolo de Francia. A mí me parece perfecta.

Sonrió, ausente. Los simbologistas solían comentar que Francia —un país conocido por sus machistas, sus mujeriegos y sus líderes bajitos y con complejo de inferioridad, como Napoleón o Pipino el Breve— no podía haber escogido mejor emblema nacional que un falo de trescientos metros de altura.

Cuando llegaron a la travesía con la Rue de Rivoli el semáforo estaba en rojo, pero el coche no frenó. El agente cruzó la calle y entró a toda velocidad en un tramo arbolado de la Rue Castiglione que servía como acceso norte a los famosos jardines centenarios de las Tullerías, el equivalente parisiense del Central Park neoyorquino. Eran muchos los turistas que creían que el nombre hacía referencia a los miles de tulipanes que allí florecían, pero en realidad la palabra «Tullerías» —*Tuileries*, en francés— hacía referencia a algo mucho menos romántico. En otros tiempos, el parque había sido una excavación enorme y contaminada de la que los contratistas de obras de París extraían barro para fabricar las famosas tejas rojas de la ciudad, llamadas *tuiles*.

Al internarse en el parque desierto, el agente apretó algo debajo del salpicadero y la sirena dejó de sonar. Langdon suspiró, agradeciendo la calma repentina. Fuera, el resplandor pálido de los faros halógenos del coche barría el sendero de gravilla y el chirrido de las ruedas entonaba un salmo hipnótico. Langdon siempre había considerado las Tullerías como tierra sagrada. Eran los jardines en los que Claude Monet había experimentado con forma y color, alumbrando literalmente el nacimiento del Impresionismo. Sin embargo, aquella noche el lugar parecía extrañamente cargado de malos presagios.

Ahora el Citroën giró a la izquierda, dirigiéndose hacia el oeste por el bulevar central del parque. Tras bordear un estanque circular, el conductor tomó una avenida desolada y fue a dar a un espacio cuadrado que había más allá. Langdon vio la salida del parque, enmarcada por un enorme arco de piedra, el Arc du Carrousel.

A pesar de los rituales orgiásticos celebrados antaño en ese lugar, los amantes del arte lo admiraban por otro motivo totalmente distinto. Desde esa explanada en el extremo de los jardines de las Tullerías se veían cuatro de los mejores museos del mundo... uno en cada punto cardinal.

Por la ventanilla de la derecha, en dirección sur, al otro lado del Sena y del Quai Voltaire, Langdon veía la espectacular fachada iluminada de la antigua estación de trenes que ahora llevaba el nombre de Musée d'Orsay. A la izquierda se distinguía la parte más alta del ultramoderno Centro Pompidou, que albergaba al Museo de Arte Moderno. Detrás de él, hacia el oeste, sabía que el antiguo obelisco de Ramsés se elevaba por encima de los árboles y señalaba el punto donde se encontraba el Musée du Jeu de Paume.

Pero era enfrente, hacia el este, pasado el arco, donde ahora Langdon veía el monolítico palacio renacentista que había acabado convertido en el centro de arte más famoso del mundo.

El Museo del Louvre.

Langdon notó una emoción que le era familiar cuando intentó abarcar de una sola mirada todo el edificio. Al fondo de una plaza enorme, la imponente fachada del Louvre se elevaba como una ciudadela contra el cielo de París. Construido en forma de herradura, aquel edificio era el más largo de Europa, y de punta a punta medía tres veces más que la Torre Eiffel. Ni siquiera los más de tres mil metros cuadrados de plaza que se extendían entre las dos alas del museo eclipsaban la majestuosidad y la amplitud de la fachada. En una ocasión, había recorrido el perímetro entero del edificio, en un sorprendente trayecto de casi cinco kilómetros de extensión.

A pesar de que se estimaba que un visitante tendría que dedicar cinco semanas para ver las sesenta y cinco mil trescientas piezas expuestas en aquel edificio, la mayoría de turistas optaban por un itinerario reducido al que Langdon llamaba «el Louvre light»; una carrera para ver sus tres obras más famosas: la *Mona Lisa*, la *Venus de Milo* y la *Victoria Alada de Samotracia*. Art Buchwald, el humorista político, había presumido en una ocasión de haber visto aquellas tres obras maestras en tan sólo cinco minutos con cincuenta y seis segundos.

El conductor levantó un walkie-talkie y habló por él en francés a una velocidad endiablada.

—*Monsieur Langdon est arrivé. Deux minutes.*

Entre el crepitar del aparato llegó una confirmación ininteligible.

El agente dejó el walkie-talkie y se volvió hacia Langdon.

—Se reunirá con el *capitaine* en la entrada principal.

Ignoró las señales que prohibían el tráfico rodado en la plaza, aceleró y enfiló la pendiente. La entrada principal surgió frente a ellos, destacando en la distancia, enmarcada por siete estanques triangulares de los que brotaban unas fuentes iluminadas.

La Pyramide.

El nuevo acceso al Louvre se había hecho casi tan famoso como el mismo museo. La polémica y ultramoderna pirámide de cristal diseñada por Ieoh Ming Pei, el arquitecto americano de origen chino, seguía siendo blanco de burlas de los más puristas, que creían que destrozaba la sobriedad del patio renacentista. Goethe había definido la arquitectura como una forma de música congelada, y para sus críticos, la pirámide de Pei era como una uña que arañara una pizarra. Sin embargo, también había admiradores que elogiaban aquella pirámide de cristal de más de veinte metros de altura y veían en ella la deslumbrante fusión de las estructuras antiguas con los métodos modernos —un vínculo simbólico entre lo viejo y lo nuevo—, y que acompañaba al Louvre en su viaje hacia el nuevo milenio.

—¿Le gusta nuestra pirámide? —le preguntó el teniente.

Langdon frunció el ceño. Al parecer, a los franceses les encantaba preguntar sobre ese particular a los americanos. Se trataba de una pregunta envenenada, claro, porque admitir que te gustaba te convertía en un americano de mal gusto, y decir lo contrario era un insulto a los franceses.

—Mitterrand fue un hombre osado —replicó Langdon, saliéndose por la tangente.

Se decía que el anterior presidente de Francia, que había encargado la construcción de la pirámide, tenía «complejo de faraón». Responsable máximo de haber llenado la ciudad de obeliscos, obras de arte y objetos procedentes del país del Nilo, François Mitterrand sentía una pasión tan desbocada por la cultura egipcia que sus compatriotas seguían llamándolo «La Esfinge».

—¿Cómo se llama el capitán? —preguntó Langdon, cambiando de tema.

—Bezu Fache —dijo el agente mientras acercaba el coche a la entrada principal de la pirámide—. Pero le llamamos *Le Taureau.*

Langdon le miró, preguntándose si todos los franceses tenían aquellos extraños epítetos animales.

—¿Llaman «toro» a su jefe?

—Su francés es mejor de lo que admite, *Monsieur* Langdon —respondió el conductor arqueando las cejas.

«Mi francés es pésimo —pensó—, pero mi iconografía zodiacal es algo mejor.» Tauro siempre ha sido el toro. La astrología era una constante simbólica universal.

El coche se detuvo y el agente le señaló el punto entre dos fuentes tras el que aparecía la gran puerta de acceso a la pirámide.

—Ahí está la entrada. Buena suerte.

—¿Usted no viene?

—He recibido órdenes de dejarlo aquí. Tengo otros asuntos que atender.

Langdon respiró hondo y se bajó del coche.

«Ustedes sabrán lo que hacen.»

El agente arrancó y se fue.

Langdon se quedó quieto un momento, mientras veía alejarse las luces traseras del coche, y pensó que le sería fácil cambiar de opinión, irse de allí, coger un taxi y volverse a la cama. Pero algo le decía que seguramente no era muy buena idea.

Al internarse en la neblina creada por el vapor de las fuentes, tuvo la desagradable sensación de estar traspasando un umbral que abría las puertas de otro mundo. Había algo onírico en la noche que lo atrapaba. Hacía veinte minutos dormía plácidamente en su hotel y ahora estaba delante de una pirámide transparente construida por La Esfinge, esperando a un policía al que llamaban *El Toro.*

«Es como estar metido dentro de un cuadro de Salvador Dalí», pensó.

Se acercó a la entrada principal, una enorme puerta giratoria. El vestíbulo que se intuía del otro lado estaba desierto y tenuemente iluminado.

«¿Tengo que llamar?»

Se preguntó si alguno de los prestigiosos egiptólogos de Harvard se habrían plantado alguna vez frente a una pirámide y habrían llamado con los nudillos esperando una respuesta. Levantó la mano para golpear el vidrio, pero de la oscuridad surgió una figura que subía por la escalera. Se trataba de un hombre corpulento y moreno, casi un Neandertal, con un grueso traje oscuro que apenas le abarcaba las anchas espaldas. Avanzaba con la inconfundible autoridad que le conferían unas piernas fuertes y más bien cortas. Iba hablando por el teléfono móvil, pero colgó al acercarse a Langdon, a quien le hizo una señal para que entrara.

—Soy Bezu Fache —le dijo mientras pasaba por la puerta giratoria—, capitán de la Dirección Central de la Policía Judicial.

La voz encajaba perfectamente con su físico; un deje gutural de tormenta lejana.

Langdon le extendió la mano para presentarse.

—Robert Langdon.

La palma enorme del capitán envolvió la suya con gran fuerza.

—Ya he visto la foto —comentó Langdon—. Su agente me ha dicho que fue el propio Jacques Saunière quien...

—Señor Langdon. —Los ojos de Fache se clavaron en los suyos—. Lo que ha visto en la foto es sólo una mínima parte de lo que Saunière ha hecho.

4

El capitán Bezu Fache tenía el aspecto de un buey iracundo, con los hombros echados hacia atrás y la barbilla enterrada en el pecho. El pelo negro engominado acentuaba lo anguloso de su perfil, que como un filo dividía su cara en dos, como la quilla de un barco de guerra. Al avanzar, parecía ir abriendo un surco en la tierra que tenía delante, irradiando una fiera determinación que daba fe de su fama de hombre severo en todos los aspectos.

Langdon siguió al capitán por la famosa escalera de mármol hasta el atrio subterráneo que había bajo la pirámide. Mientras bajaban, pasaron junto a dos agentes de la Policía Judicial armados con ametralladoras. El mensaje estaba claro: aquí no entra nadie sin el consentimiento del capitán Fache.

Una vez por debajo del nivel de la calle, un estado de agitación cada vez mayor se iba apoderando de Langdon. La presencia de Fache era todo menos tranquilizadora, y el propio museo ofrecía un aura casi sepulcral a aquellas horas. La escalera, como el pasillo central de un cine a oscuras, estaba iluminada por unos pilotos muy tenues que indicaban el camino. Langdon oía que sus propios pasos reverberaban en el cristal que los cubría. Levantó la vista e intuyó las nubes de vapor de agua de las fuentes que se alejaban por encima de aquel techo transparente.

—¿Le gusta? —le preguntó Fache, apuntando hacia arriba con la ancha barbilla.

Suspiró, demasiado cansado para intentar otro comentario ingenioso.

—Sí, su pirámide es magnífica.

Fache emitió un gruñido.

—Una cicatriz en el rostro de París.

«Uno a cero». Notaba que su guía era difícil de complacer. Se preguntaba si Fache sabría que aquella pirámide había sido construida por deseo expreso de Mitterrand con 666 paneles de cristal, ni uno más ni uno menos, curioso empeño que se había convertido en tema de conversación entre los defensores de las teorías conspiratorias, que aseguraban que el 666 era el número de Satán. De todos modos, optó por no sacar el tema.

A medida que se adentraban en el *foyer* subterráneo, el enorme espacio iba emergiendo lentamente de las sombras. Construido veinte metros por debajo del nivel de la calle, el nuevo vestíbulo del Louvre, de veinte mil metros cuadrados, se extendía como una cueva infinita. El tono ocre pálido del mármol empleado en su construcción armonizaba con el color miel de la piedra de la fachada que se erigía por encima. Normalmente aquel espacio estaba siempre inundado de luz y de turistas, pero aquella noche se veía oscuro y desierto, envuelto en una atmósfera de frialdad más propia de una cripta.

—¿Dónde está el personal de seguridad del museo? —preguntó Langdon.

—*En quarantaine* —se apresuró a responder Fache, susceptible, como si creyera que Langdon estaba dudando de la integridad de su equipo—. Está claro que esta noche aquí ha entrado alguien que no debería haber entrado. Todos los guardas del Louvre están en el ala Sully y los están interrogando. Mis agentes se han hecho cargo de la seguridad del museo por esta noche.

Langdon asintió mientras hacía lo posible por no quedarse rezagado.

—¿Conocía bien a Jacques Saunière? —le preguntó el capitán.

—En realidad no lo conocía. No nos habíamos visto nunca.

Fache pareció sorprendido.

—¿El encuentro de esta noche iba a ser el primero?

—Sí, habíamos quedado en vernos durante la recepción que ofrecía la Universidad Americana después de mi conferencia, pero no se presentó.

Fache anotó algo en un cuadernillo. Sin dejar de caminar, Langdon se fijó en la pirámide menos conocida del Louvre: *la Pyramide Inversée*, una enorme claraboya invertida que colgaba del techo como una estalactita en la sección contigua del sótano. Fache guió a Langdon hasta la entrada de un pasadizo con techo abovedado que había al final de un tramo de escalera y sobre el que un cartel rezaba DENON. El Ala Denon era la más famosa de las tres secciones principales del museo.

—¿Quién propuso su encuentro de esta noche? —le preguntó Fache de sopetón—. ¿Usted o él?

La pregunta le pareció rara.

—Saunière —respondió Langdon mientras entraba en el pasadizo—. Su secretaria se puso en contacto conmigo hace unas semanas por correo electrónico. Me dijo que el conservador había tenido noticias de que iba a dar una conferencia en París este mes y que quería tratar un asunto conmigo aprovechando mi estancia aquí.

—¿Qué asunto?

—No lo sé. Algo relacionado con el arte, supongo. Teníamos intereses comunes.

Fache parecía escéptico.

—¿Me está diciendo que no tiene ni idea del motivo de su encuentro?

Langdon lo desconocía. En su momento había sentido curiosidad, pero no le había parecido procedente insistir. El prestigioso Jacques Saunière era famoso por su discreción y concedía muy pocas entrevistas. Langdon se había sentido honrado al brindársele la ocasión de conocerlo.

—Señor Langdon, ¿se le ocurre al menos de qué habría podido querer hablar con usted la víctima la misma noche en que ha sido asesinado? A lo mejor nos ayuda saberlo.

Lo directo de la pregunta incomodó a Langdon.

—La verdad es que no me lo imagino. No se lo pregunté. Me sentí honrado por tener la ocasión de conocerlo. Soy un admirador de su trabajo. En mis clases uso muchas veces sus libros.

Fache tomó nota de aquello en su cuaderno.

Los dos hombres se encontraban ahora a medio camino del pasillo que daba acceso al Ala Denon, y Langdon ya adivinaba las dos escaleras mecánicas del fondo, inmóviles a aquellas horas.

—¿Y dice que tenían intereses comunes?

—Sí, de hecho he pasado gran parte de este último año preparando un libro que trata sobre la primera especialidad de Saunière. Y tenía muchas ganas de saber qué pensaba.

—Ya. ¿Y qué tema es ese?

Langdon vaciló, sin saber muy bien cómo explicárselo.

—En esencia, se trata de un texto sobre la iconografía del culto a las diosas; el concepto de santidad femenina y el arte y los símbolos asociados a ella.

Fache se pasó una mano carnosa por el pelo.

—¿Y Saunière era experto en la materia?

—Más que nadie.

—Ya entiendo.

Pero Langdon tenía la sensación de que no entendía nada. Jacques Saunière estaba considerado como el mejor iconógrafo mundial especializado en diosas. No era sólo que sintiera una pasión personal por conservar piezas relacionadas con la fertilidad y los cultos a las diosas y la divinidad femenina, sino que, durante los veinte años que se mantuvo en su cargo de conservador, contribuyó a que el Louvre lograra tener la mayor colección del mundo sobre divinidad femenina: *labris*, las hachas dobles pertenecientes a las sacerdotisas del santuario griego más antiguo de Delfos, caduceos de oro, cientos de cruces ansatas de Ankh parecidas a ángeles, carracas o *sistrum* usadas en el antiguo Egipto para espantar a los malos espíritus, así como una increíble variedad de esculturas en las que se representaba a Horus amamantado por la diosa Isis.

—Tal vez Jacques Saunière sabía algo del libro que usted estaba preparando —aventuró Fache—, y le propuso el encuentro para ofrecerle su ayuda.

Langdon negó con la cabeza.

—En realidad, no lo sabe nadie. Aún es un borrador, y no se lo he enseñado a nadie, excepto a mi editor.

Fache se quedó en silencio.

Langdon no reveló el motivo por el que aún no se lo había enseñado a nadie. Aquel borrador de trescientas páginas —provisionalmente titulado *Símbolos de una divinidad femenina perdida*— proponía algunas interpretaciones muy poco convencionales sobre la iconografía religiosa aceptada que, sin duda, resultarían controvertidas.

Cuando ya estaba cerca de las escaleras mecánicas inmóviles, se detuvo al darse cuenta de que Fache ya no iba a su lado. Se volvió y lo vio junto al ascensor de servicio.

—Iremos en ascensor —le dijo cuando se abrieron las puertas—. Seguro que sabe mejor que yo que la galería está bastante lejos de aquí.

Aunque Langdon sabía que el ascensor acortaría la ascensión de dos pisos hasta el Ala Denon, siguió sin moverse.

—¿Pasa algo? —le preguntó Fache sujetando la puerta con impaciencia.

Langdon suspiró y se volvió un instante, despidiéndose del espacio abierto de la escalera mecánica. «No, no pasa nada», se mintió a sí mismo. Cuando era pequeño, Langdon se había caído en un pozo abandonado y se había pasado horas en aquel mínimo espacio, a punto de ahogarse, hasta que lo rescataron. Desde entonces tenía fobia a los espacios cerrados, los ascensores, los metros, las pistas de squash. «El ascensor es un invento perfectamente seguro», se decía siempre a sí mismo, aunque sin acabar de creérselo. «¡Es una cajita de metal que se mueve por un canal cerrado!» Aguantando la respiración, se metió dentro, y cuando las puertas se cerraron notó la descarga de adrenalina que siempre le invadía en aquellos casos.

«Dos pisos, diez segundos.»

—Usted y el señor Saunière —dijo Fache cuando el ascensor empezó a moverse— ¿no habían hablado nunca? ¿No se habían enviado nunca nada por correo?

Otra pregunta rara.

—No, nunca.

Fache ladeó la cabeza, como tomando nota mental de aquel dato. Sin decir nada más, clavó la mirada en las puertas cromadas.

Mientras ascendían, Langdon intentaba concentrarse en algo que no fueran las cuatro paredes que lo rodeaban. En el reflejo de la

puerta brillante, vio el pasador de corbata del capitán: un crucifijo
de plata con trece incrustaciones de ónix negro. Aquel detalle le
sorprendió un poco. Aquel símbolo se conocía como *crux gemmata*
—una cruz con trece gemas—, y era un ideograma de Cristo con sus
doce apóstoles. No sabía por qué, pero no esperaba que un capitán
de la policía francesa hiciera una profesión tan abierta de su religiosidad. Pero bueno, estaban en Francia, donde el cristianismo no era
tanto una religión como un patrimonio.

—Es una *crux gemmata* —dijo de pronto Fache.

Desconcertado, Langdon alzó la vista para ver que, a través del
reflejo, el capitán lo estaba mirando.

El ascensor se detuvo en seco y las puertas se abrieron.

Salió rápidamente al vestíbulo, ansioso por volver al espacio
abierto que proporcionaban los célebres altos techos de las galerías
del Louvre. Sin embargo, el mundo al que accedió no era para nada
como esperaba.

Sorprendido, interrumpió la marcha.

Fache lo observó.

—Señor Langdon, deduzco que no ha estado en el Louvre fuera
de las horas de visita.

«No, supongo que no», respondió mentalmente, intentando
orientarse.

Las galerías, por lo general muy bien iluminadas, estaban muy
oscuras aquella noche. En vez de la acostumbrada luz blanca cenital,
había un resplandor rojizo producido por series intermitentes de pilotos rojos que brotaban en el pavimento.

Al escrutar el lóbrego pasillo, pensó que debía haber imaginado
la escena. Casi todas las grandes pinacotecas usaban aquella luz rojiza por la noche. Era un sistema de iluminación estratégica y discretamente empotrado en el suelo, y que permitía al personal transitar
por los pasillos al tiempo que mantenía las obras en una semipe-
numbra pensada para retrasar los efectos negativos derivados de una
sobreexposición a la luz. Aquella noche, el museo tenía un aspecto
casi opresivo. Por todas partes surgían sombras alargadas, y los techos abovedados, normalmente altísimos, se perdían al momento en
la negrura.

—Por aquí —dijo Fache, girando de pronto a la derecha y enfilando una serie de galerías conectadas entre sí.

Langdon le siguió, adaptando lentamente la vista a la oscuridad. Por todas partes empezaban a materializarse lienzos de gran formato, como fotografías que cobraban forma ante sus propias narices en una inmensa sala de revelado... Los ojos le seguían al pasar de una sala a otra. Notaba claramente el olor a museo —el aire seco, desionizado, con una débil traza de carbono—, producto de los deshumidificadores industriales con filtro carbónico instalados por todas partes para contrarrestar los efectos corrosivos del dióxido de carbono que exhalaban los visitantes.

Las cámaras de videovigilancia, atornilladas en lo más alto de las paredes, les enviaban un mensaje inequívoco: «Os estamos viendo. No toquéis nada.»

—¿Hay alguna que sea de verdad? —preguntó Langdon señalando las cámaras.

—Claro que no —respondió Fache.

Aquello no le sorprendió. La vigilancia con cámaras en un museo de aquellas proporciones era carísima e ineficaz. Con miles de metros de galerías que controlar, el Louvre debería contar con cientos de técnicos sólo para visionar las cintas. En la actualidad, los museos se decantaban por «sistemas de seguridad reactivos». Si no había manera de disuadir a los ladrones, al menos sí era posible dejarlos encerrados dentro una vez cometido el robo. Era un sistema que se activaba fuera de las horas de visita, y si el intruso se llevaba una obra de arte, automáticamente quedaban selladas las salidas en el perímetro de la galería objeto del robo. El ladrón quedaba entre rejas incluso antes de que llegara la policía.

Más adelante, el sonido de unas voces retumbaba en el pasillo revestido de mármol, procedente, en apariencia, de una estancia espaciosa que se adivinaba a la derecha. De la antesala salía una luz muy potente.

—El despacho del conservador.

Mientras se acercaban, Langdon pudo echar un vistazo al lujoso estudio de Saunière: maderas nobles, pinturas antiguas y un enorme escritorio de anticuario sobre el que descansaba la figura de un caballero con armadura de unos sesenta centímetros de altura. En el interior de aquel despacho, varios agentes iban de un lado a otro, hablando por teléfono y tomando notas. Uno de ellos estaba sentado a la mesa y escribía algo en un ordenador portátil. Según parecía, el despacho del conservador se había convertido en un cuartel general improvisado aquella noche.

—*Messieurs* —dijo Fache en voz alta. Todos se giraron—. *Ne nous dérangez pas sous aucun prétexte. Entendu?*

Los agentes asintieron, dándose por enterados.

Langdon había colgado muchos carteles con el famoso NE PAS DÉRANGER en las puertas de muchos hoteles y entendió las órdenes del capitán. No debían molestarlos bajo ningún concepto.

Tras dejar atrás a aquella pequeña congregación de policías, Fache condujo a Langdon por el pasillo oscuro. Unos diez metros más adelante se adivinaba la entrada a la galería más famosa del Louvre —*la Grande Galerie*—, un pasillo aparentemente sin fin que albergaba obras maestras del arte italiano. Langdon ya había deducido que era allí donde se encontraba el cuerpo de Saunière, porque en la polaroid había visto un trozo de su inconfundible suelo de parqué.

Al acercarse, vio que el acceso estaba bloqueado por una enorme verja de acero parecida a las que se usaban en los castillos medievales para impedir el paso de los ejércitos intrusos.

—Seguridad reactiva —dijo Fache cuando estuvieron cerca.

Incluso ahí, casi a oscuras, aquella barricada parecía tan sólida como para resistir la embestida de un tanque. Langdon escrutó las cavernas débilmente iluminadas de la Gran Galería entre los barrotes.

—Usted primero, señor Langdon —le dijo Fache.

Langdon se volvió.

«¿Yo primero? ¿Dónde?»

Fache le señaló la base de la verja con un movimiento de cabeza.

Langdon lo siguió con la mirada. Estaba tan oscuro que no se había dado cuenta de que el mecanismo estaba levantado medio metro, permitiendo, bien que sin mucha comodidad, el paso por debajo.

—Esta área sigue de momento fuera de los límites del servicio de seguridad del museo —explicó Fache—. Mi equipo de la Policía Técnica y Científica acaba de terminar su investigación. —Señaló la abertura—. Pase por ahí debajo, por favor.

Langdon observó primero la estrecha rendija que sólo permitía pasar arrastrándose, y la enorme verja metálica. «Supongo que lo dice en broma, ¿no?» Aquella barricada parecía una guillotina lista para aplastar a cualquier intruso.

Fache murmuró algo en francés y consultó la hora. Acto seguido, se arrodilló y arrastró su voluminoso cuerpo por debajo de la reja. Una vez del otro lado, se puso de pie y miró a Langdon.

Éste suspiró. Apoyando las manos en el suelo pulido, se tumbó boca abajo y avanzó. Cuando estaba a medio camino, se le enganchó el cuello de la chaqueta en la verja y se dio un golpe con el hierro en la nuca.

«Tranquilo, Robert, tranquilo», pensó, forcejeando para liberarse. Finalmente se levantó, ya del otro lado, empezando a sospechar que aquella iba a ser una noche muy larga.

5

Murray Hill Place, la nueva sede estadounidense del Opus Dei y su
centro de convenciones, se levanta en el número 243 de Lexington
Avenue, en Nueva York. Valorado en más de cuarenta y siete millones
de dólares, el edificio, de más de cuatro mil metros cuadrados de superficie, está revestido de ladrillo oscuro y piedra de Indiana. Diseñado por May & Pinska, cuenta con más de cien dormitorios, seis
comedores, bibliotecas, salones, oficinas y salas de trabajo. En las
plantas dos, ocho y dieciséis hay capillas decoradas con mármoles y
maderas labradas. El piso diecisiete es enteramente residencial. Los
hombres acceden al edificio por la entrada principal de Lexington
Avenue. Las mujeres lo hacen por una calle lateral y, en el interior del
edificio, deben estar en todo momento separadas «acústica y visual-
mente» de los hombres.

Aquella tarde, hacía unas horas, en la soledad de su apartamento del ático, el obispo Manuel Aringarosa había metido cuatro cosas
en un bolso de viaje y se había puesto la sotana. En condiciones nor-
males no habría obviado el cordón púrpura, pero esa noche iba a
viajar acompañado de más gente y deseaba que su alto cargo pasara
inadvertido. Sólo los más atentos se darían cuenta al verle el anillo de
oro de catorce quilates con la amatista púrpura, los grandes brillantes y la mitra engarzada. Se había echado la bolsa al hombro, había
rezado una oración en voz baja y había salido de su apartamento en
dirección al vestíbulo, donde su chófer le estaba esperando para llevarlo al aeropuerto.

Ahora, en ese vuelo comercial rumbo a Roma, Aringarosa miraba por la ventanilla y veía el oscuro océano Atlántico. El sol ya se había puesto, pero él sabía que su estrella particular estaba iniciando su imparable ascenso. «Esta noche se ganará la batalla», pensó, aún sorprendido al recordar en lo impotente que se había sentido hacía sólo unos meses para enfrentarse a las manos que amenazaban con destruir su imperio.

En calidad de prelado del Opus Dei, el obispo Aringarosa había pasado los últimos diez años extendiendo el mensaje de la «Obra de Dios», que es lo que significaba literalmente Opus Dei. La congregación, fundada en 1928 por el sacerdote español Josemaría Escrivá, promovía el retorno a los valores conservadores del catolicismo y animaba a sus miembros a realizar sacrificios drásticos en sus vidas para hacer la Obra de Dios.

La filosofía tradicionalista del Opus Dei arraigó en un principio en la España prefranquista, pero la publicación en 1934 de *Camino*, el libro espiritual de Josemaría Escrivá, consistente en 999 máximas de meditación para hacer la Obra de Dios en esta vida, propagó el mensaje de aquel sacerdote por todo el mundo. Ahora, con más de cuatro millones de ejemplares publicados en cuarenta y dos idiomas, la fuerza del Opus Dei no conocía fronteras. Sus residencias, centros docentes y hasta universidades se encontraban prácticamente en todas las grandes ciudades del mundo. El Opus era la organización católica con un mayor índice de crecimiento, así como la más sólida en términos económicos. Pero por desgracia, Aringarosa era consciente de que en tiempos de cinismo religioso, de idolatría y telepredicadores, la creciente riqueza de la Obra era blanco de sospechas.

—Son muchos los que consideran al Opus Dei como una secta destructiva —le comentaban con frecuencia los periodistas—. Otros les tachan de sociedad secreta católica ultraconservadora. ¿Son alguna de esas dos cosas?

—No, ninguna —respondía siempre el obispo sin perder la paciencia. Somos una Iglesia católica, una congregación de católicos que hemos optado prioritariamente por seguir la doctrina católica con tanto rigor como podamos en nuestras vidas cotidianas.

—¿Incluye la Obra de Dios necesariamente los votos de castidad, pobreza y penitencia de los pecados mediante la autoflagelación y el cilicio?

—Eso describe sólo a una pequeña parte de los miembros del Opus Dei —respondía Aringarosa—. Hay muchos niveles de entrega. Hay miles de miembros que están casados, tienen familia y viven la Obra de Dios en sus propias comunidades. Los hay que optan por una vida de ascetismo y enclaustramiento en la soledad de nuestras residencias. La elección es personal, pero todos en el Opus Dei compartimos la misma meta de mejorar el mundo haciendo la Obra de Dios. Y no hay duda de que se trata de toda una proeza.

Con todo, la razón casi nunca servía. Los medios de comunicación se alimentaban normalmente de escándalos, y el Opus Dei, como cualquier gran organización, tenía entre sus miembros algunas almas descarriadas que ensombrecían los esfuerzos del resto del grupo.

Hacía dos meses se había descubierto que un grupo del Opus Dei de una universidad del Medio Oeste americano drogaba con mescalina a sus neófitos para inducirles un estado de euforia que ellos percibieran como experiencia religiosa. En otro centro universitario, un alumno había usado el cilicio bastante más que las dos horas diarias recomendadas y se había causado una infección casi mortal. No hacía mucho, en Boston, un pequeño inversor en bolsa desilusionado había donado al Opus Dei los ahorros de toda su vida y había intentado suicidarse.

«Ovejas descarriadas», se compadeció Aringarosa.

Claro que la mayor vergüenza había sido el juicio mediático contra Robert Hanssen, que, además de ser un destacado miembro del Opus y espía del FBI, había resultado ser un pervertido sexual que, según se demostró durante las vistas, había colocado cámaras ocultas en su propia habitación para que sus amigos le vieran manteniendo relaciones sexuales con su esposa. «Cuesta creer que se trate del pasatiempo de un católico devoto», había comentado el juez.

Por desgracia, todos aquellos hechos habían propiciado la creación de un grupo de denuncia conocido como Red de Vigilancia del Opus Dei (*Opus Dei Awareness Network*, ODAN). En la popular página web del grupo, www.odan.org, se relataban historias escalofriantes de antiguos miembros que advertían de los peligros de integrarse en la congregación. Los medios de comunicación empezaban a referirse al Opus como la «mafia de Dios», o el «Culto idólatra a Cristo».

«Tememos aquello que no entendemos», pensó Aringarosa, preguntándose si aquellos críticos tenían idea de cuántas vidas había hecho más plenas la Obra. El grupo gozaba del apoyo y la bendición plena del Vaticano. «El Opus Dei es una prelatura personal del Papa.»

Sin embargo, en los últimos tiempos, el Opus se había visto amenazado por una fuerza infinitamente más poderosa que la de los medios... un enemigo inesperado del que Aringarosa no tenía modo de esconderse. Hacía cinco meses, el caleidoscopio del poder se había agitado y él aún se estaba tambaleando por culpa de la sacudida.

—No son conscientes de la guerra que han iniciado —murmuró para sus adentros, mirando la oscuridad que lo invadía todo al otro lado de la ventanilla del avión.

Por un instante sus ojos captaron el reflejo de su propio rostro: oscuro y alargado, dominado por una nariz chata y torcida, rota en una pelea durante sus tiempos de joven misionero en España. Ya casi no se fijaba en aquel defecto físico. El mundo de Aringarosa era del espíritu, no de la carne.

Cuando el avión empezaba a sobrevolar las costas de Portugal, su teléfono móvil empezó a vibrar. A pesar de la normativa aérea que prohibía el uso de dispositivos electrónicos durante el vuelo, el obispo sabía que no podía dejar de contestar aquella llamada. Sólo un hombre conocía aquel número, el hombre que le había enviado aquel teléfono.

Excitado, Aringarosa respondió en voz baja.

—¿Sí?

—Silas ha encontrado la clave —dijo su interlocutor—. Está en París. En la iglesia de Saint-Sulpice.

El obispo sonrió.

—Entonces estamos cerca.

—La podemos conseguir inmediatamente. Pero necesitamos su influencia.

—Desde luego. Dígame qué tengo que hacer.

Cuando Aringarosa desconectó el teléfono, el corazón le latía con fuerza. Volvió a contemplar la oscuridad de la noche, empequeñecido por la magnitud de los acontecimientos que había puesto en marcha.

A casi mil kilómetros de allí, el albino Silas se encontraba frente a un pequeño lavamanos lleno de agua, limpiándose la sangre de la espalda. Las gotas se hundían en él y creaban formas. «Purifícame con hisopo, y seré limpio», rezaba, recitando los Salmos. «Lávame, y seré más blanco que la nieve.»

A Silas lo invadía una emoción y una impaciencia que no había sentido desde su otra vida y que lo electrizaba. Durante los diez años anteriores había seguido los preceptos de *Camino,* limpiando sus pecados... reconstruyendo su vida... borrando toda la violencia de su pasado. Pero aquella noche todo había vuelto a hacérsele presente. El odio que tanto se había esforzado por enterrar había sido convocado de nuevo. Y le había asombrado constatar lo poco que su pasado había tardado en aflorar a la superficie. Y con él, claro, sus antiguas mañas. Algo oxidadas, pero aún útiles.

«El mensaje de Jesús es un mensaje de paz, de no-violencia, de amor». Aquel era el mensaje que le habían enseñado desde el principio, y el que conservaba en su corazón. Sin embargo, era también el que los enemigos de Cristo ahora amenazaban con destruir. «Los que amenazan a Dios por la fuerza encontrarán resistencia. Inamovible y siempre alerta.»

Durante dos milenios, los soldados cristianos habían defendido su fe contra los que intentaban abolirla. Y esa noche Silas había sido llamado a la batalla.

Tras secarse las heridas, se puso el hábito, que le llegaba a los tobillos. Era liso, de lana oscura, y hacía resaltar la blancura de su piel y de su pelo. Se apretó el cinturón de cuerda, se cubrió con la capucha y se miró en el espejo. «Iniciamos la marcha.»

6

Tras pasar por debajo de la reja de seguridad, Robert Langdon estaba ahora junto a la entrada de la Gran Galería, observando el acceso a un cañón abovedado muy largo y profundo. A ambos lados de la galería, los severos muros se elevaban nueve metros y se perdían en la oscuridad. El brillo tenue y rojizo de las luces de emergencia apuntaba hacia arriba, iluminando con un resplandor artificial la colección de Leonardos, Tizianos y Caravaggios suspendidos del techo con cables. Naturalezas muertas, escenas religiosas y paisajes se alternaban con retratos de nobles y políticos.

Aunque la Gran Galería albergaba las obras pictóricas italianas más famosas del Louvre, a muchos visitantes les parecía que lo que la hacía más impresionante era en realidad su suelo de parqué. Con un deslumbrante diseño geométrico conseguido a base de losanges de roble, el pavimento producía un efímero efecto óptico: una red multidimensional que daba a quienes recorrían la galería la sensación de estar flotando sobre una superficie que cambiaba a cada paso.

Nada más empezar a recorrer el dibujo con la mirada, sus ojos se detuvieron en un objeto inesperado que había en el suelo, a su izquierda, rodeado con un precinto de la policía. Se volvió para mirar a Fache.

—¿Lo que está en el suelo es... un Caravaggio?

El capitán asintió sin mirar.

Langdon calculaba que aquella pintura estaba valorada en más de dos millones de dólares, y sin embargo estaba ahí, tirada en el suelo como un cartel viejo.

—¿Y qué está haciendo en el suelo?

Fache frunció el ceño, sin inmutarse.

—Esto es la escena de un crimen, señor Langdon. No hemos tocado nada. El conservador arrancó el cuadro de la pared. Así es como se activó el sistema de seguridad.

Langdon volvió a mirar la reja, intentando imaginar qué había sucedido.

—A Saunière lo atacaron en su despacho, salió corriendo a la Gran Galería y activó la reja de seguridad arrancando ese óleo de la pared. Ésta se cerró al momento sellando el paso. Se trata de la única vía de acceso o de salida de la galería.

Langdon estaba confuso.

—Entonces, ¿el conservador llegó a capturar a su atacante dentro de la Gran Galería?

Fache negó con la cabeza.

—La reja de seguridad le sirvió para separarse de su atacante. El asesino quedó fuera, en el vestíbulo, y disparó a Saunière desde el otro lado de la reja. —El capitán señaló una etiqueta naranja que colgaba de uno de los barrotes de la reja por la que acababan de pasar—. La policía científica ha encontrado trazas de un disparo efectuado con arma de fuego. El atacante disparó desde detrás de la reja. Saunière ha muerto aquí solo.

Langdon recordó la foto del cadáver.

«Dijeron que se lo había hecho él mismo.» Escrutó el enorme pasillo que tenían delante.

—¿Y dónde está el cuerpo?

Fache se arregló el pasador de la corbata con forma de cruz y empezó a caminar.

—Como seguramente ya sabe, la Gran Galería es bastante larga.

Su extensión exacta, si no recordaba mal, era de unos cuatrocientos setenta y dos metros, el equivalente a tres obeliscos de Washington puestos en fila. Igual de impresionante era la anchura de aquel corredor, lo bastante espacioso como para albergar cómodamente dos trenes de pasajeros. En el espacio central, a intervalos, había colocadas algunas esculturas o enormes urnas de porcelana, que servían para dividir el pasillo de manera elegante y para crear dos carriles para los visitantes, uno para los que iban y otro para los que volvían.

Ahora Fache no decía nada y avanzaba por el lado derecho de la galería con la mirada clavada en el frente. A Langdon le parecía casi una falta de respeto pasar frente a todas aquellas obras de arte sin reparar siquiera en ellas.

«Aunque está tan oscuro que tampoco vería nada», pensó.

Aquella luz tenue y rojiza le trajo por desgracia a la memoria su última experiencia con ese mismo tipo de iluminación, en los Archivos Secretos Vaticanos. Volvió a pensar en lo cerca que estuvo de la muerte aquel día en Roma. Era el segundo paralelismo de la noche. A la mente le volvió la imagen de Vittoria. Hacía meses que no soñaba con ella. A Langdon le costaba creer que de lo de Roma hiciera sólo un año; parecían décadas. «Otra vida.» Su último contacto por carta había sido en diciembre, cuando le había enviado una postal en la que le decía que se iba al mar de Java a seguir sus investigaciones sobre la teoría de las cuerdas... algo relacionado con el uso de satélites para seguir el rastro de las migraciones de las rayas. Langdon nunca había albergado la esperanza de que una mujer como Vittoria Vetra pudiera ser feliz con él viviendo en la universidad, pero su encuentro en Roma le había despertado un deseo que hasta aquel momento jamás se creyó capaz de sentir. De pronto su pertinaz soltería y las libertades básicas que ésta le permitía parecían haber zozobrado... y haber sido reemplazadas por un vacío inesperado que se había hecho mayor durante el último año.

A pesar de avanzar a paso rápido, Langdon seguía sin ver ningún cadáver.

—¿Llegó hasta tan lejos Jacques Saunière?

—La bala le impactó en el estómago. Su muerte fue muy lenta. Tal vez tardó entre quince y veinte minutos en perder la vida. Y está claro que era un hombre de gran fortaleza física.

Langdon se volvió, indignado.

—¿Los de seguridad tardaron quince minutos en llegar hasta aquí?

—No, claro que no. El servicio de seguridad respondió de inmediato a la llamada de alarma y se encontraron con que la galería estaba sellada. A través de la reja oían a alguien que se movía al fondo del corredor, pero no veían quién era. Gritaron, pero no les respondió nadie. Supusieron que sólo podía tratarse de un delincuente y, siguiendo el protocolo, avisaron a la Policía Judicial. Llegamos en cuestión de quince minutos y conseguimos abrir un poco la reja, lo bastante como para colarnos por debajo. Ordené a doce hombres armados que registraran el pasillo y arrinconaran al intruso.

—¿Y?

—No encontraron a nadie, excepto a... —señaló hacia delante— él.

Langdon alzó la vista y siguió la dirección de aquel dedo. Al principio le pareció que Fache le señalaba una gran estatua de mármol que había en el centro de la galería. Pero al avanzar un poco pudo ver lo que había detrás. Poco menos de treinta metros más allá había un foco sobre un trípode portátil que iluminaba el suelo, creando una isla brillante de luz blanca en medio de aquella galería rojiza y en penumbra. En el centro, como si fuera un insecto bajo la lente de un microscopio, el cadáver del conservador estaba tendido en el suelo de madera.

—Ya ha visto la foto –dijo Fache–, así que esto no debería sorprenderle.

A medida que se iban acercando al cadáver, Langdon sentía que un escalofrío le recorría de arriba abajo. Aquella era una de las imágenes más extrañas que había visto en su vida.

El pálido cuerpo sin vida de Jacques Saunière estaba en la misma posición que tenía en la foto. Langdon estaba de pie junto a él, entrecerrando los ojos para soportar la dureza de aquel foco, y tuvo que hacer un esfuerzo para convencerse de que había sido el propio conservador quien había dedicado los últimos minutos de su existencia a colocarse de aquel modo.

Saunière estaba muy en forma para la edad que tenía... y ahora todos sus músculos quedaban a la vista. Se había quitado toda la ropa y la había doblado con esmero, dejándola en el suelo. Se había tendido boca arriba en el centro de la espaciosa galería, perfectamente alineado longitudinalmente. Sus brazos y piernas estaban totalmente extendidos, como los de un niño jugando a ser pájaro, o mejor, como los de un hombre al que una fuerza invisible estuviera a punto de descuartizar.

Justo por debajo del esternón de Saunière, una mancha marcaba el punto donde la bala le había desgarrado la carne. La herida había sangrado muy poco, sorprendentemente, y había dejado sólo un pequeño charco oscuro.

El dedo índice de su mano izquierda también estaba ensangrentado, según parecía, porque lo había ido mojando en la herida para crear el entorno más perturbador de su macabro lecho de muerte: usando su propia sangre a modo de tinta, y su abdomen desnudo como lienzo, Saunière había dibujado un sencillo símbolo sobre su piel; cinco líneas rectas que, a base de intersecciones, formaban una estrella de cinco puntas.

«El pentáculo.»

La estrella de sangre, centrada en torno al ombligo del conservador, daba al cadáver un aspecto siniestro. La foto que había visto ya le había parecido escalofriante, pero presenciar la escena en persona le causó un gran impacto.

«Y se lo hizo él mismo.»

—¿Señor Langdon? —Los ojos de Fache volvieron a posarse en el experto en simbología.

—Es el pentáculo —dijo Langdon, y la voz retumbó en la enormidad de aquel espacio—. Uno de los símbolos más antiguos de la tierra. Ya se usaba cuatro mil años antes de Cristo.

—¿Y qué significa?

Langdon siempre vacilaba cuando le hacían aquella pregunta. Decirle a alguien lo que «significaba» un símbolo era como decirle cómo debía hacerle sentir una canción; era algo distinto para cada uno. El capirote blanco usado por el Ku Klux Klan evocaba imágenes de odio y racismo en los Estados Unidos y, sin embargo, estaba lleno de significación religiosa en España.

—Los símbolos significan cosas distintas en sitios distintos —dijo Langdon—. Fundamentalmente, el pentáculo es un símbolo religioso pagano.

Fache asintió.

—Un culto al diablo.

—No —le corrigió Langdon inmediatamente, constatando que su elección de vocablos debería haber sido más clara.

En la actualidad, el término «pagano» estaba empezando a ser casi sinónimo de cultos satánicos. Craso error. La raíz de la palabra, en realidad, estaba en el término latino *paganus*, que significaba «habitante del campo». Los paganos eran por tanto, literalmente, campesinos sin adoctrinar apegados a los antiguos cultos rurales a la Naturaleza. De hecho, la desconfianza de la Iglesia para con los que vivían en las «villas» rurales era tanta que el antiguo término para describir a los campesinos —«villanos», habitantes de las villas—, había pasado a ser sinónimo de malvado.

—El pentáculo —aclaró Langdon— es un símbolo precristiano relacionado con el culto a la Naturaleza. Los antiguos dividían el mundo en dos mitades: la masculina y la femenina. Sus dioses y diosas actuaban para mantener un equilibrio de poder. El yin y el yang. Cuando lo masculino y lo femenino estaban equilibrados, había armonía en el mundo. Cuando no, reinaba el caos. —Langdon señaló el estómago de Saunière—. Este pentáculo representa la mitad femenina de todas las cosas, un concepto religioso que los historiadores de la religión denominan «divinidad femenina» o «venus divina». Y no hay duda de que eso, precisamente, Saunière lo sabía muy bien.

—¿Me está diciendo que Saunière se dibujó un símbolo de divinidad femenina en el estómago?

Langdon tenía que reconocer que era bastante raro.

—En su interpretación más estricta, el pentáculo representa a Venus, la diosa del amor sexual femenino y de la belleza.

Fache miró aquel cuerpo desnudo y emitió un gruñido.

—Las religiones de los primeros tiempos de la historia se basaban en el orden divino de la Naturaleza. La diosa Venus y el planeta Venus eran lo mismo. La diosa ocupaba un lugar en la bóveda celeste nocturna y se la conocía por multitud de nombres —Venus, La Estrella de Oriente, Ishtar, Astarté—, todos ellos conceptos del gran poder femenino y sus vínculos con la Naturaleza y la Madre Tierra.

Fache parecía más preocupado que antes, como si de algún modo prefiriera la idea del culto diabólico.

Langdon decidió no revelarle la propiedad más sorprendente del pentáculo: el origen *gráfico* de su vínculo con Venus. Cuando era un joven estudiante de astronomía, Langdon se sorprendió al saber que el planeta Venus trazaba un pentáculo perfecto en la Eclíptica cada ocho años. Tan impresionados quedaron los antiguos al descubrir ese fenómeno, que Venus y su pentáculo se convirtieron en símbolos de perfección, de belleza y de las propiedades cíclicas del amor sexual. Como tributo a la magia de Venus, los griegos tomaron como medida su ciclo de ocho años para organizar sus Olimpiadas. En la actualidad, son pocos los que saben que el hecho de organizar los Juegos Olímpicos cada cuatro años sigue debiéndose a los medios ciclos de Venus. Y menos aún los que conocen que el pentáculo estuvo a punto de convertirse en el emblema oficial olímpico, pero que se modificó en el último momento —las cinco puntas pasaron a ser cinco aros formando intersecciones para reflejar mejor el espíritu de unión y armonía del evento.

—Señor Langdon —dijo Fache de pronto—, el pentáculo tiene que estar también relacionado con el diablo. En sus películas de terror americanas siempre lo dejan muy claro.

Langdon frunció el ceño.

«Gracias, Hollywood.» La estrella de cinco puntas se había convertido casi en un tópico en las películas sobre asesinos en serie satánicos, y casi siempre colgaba en el apartamento de algún satanista junto con la demás parafernalia supuestamente demoníaca. A él siempre le descorazonaba ver que el símbolo se usaba en aquel contexto, porque sus orígenes eran en gran medida divinos.

—Le aseguro —dijo— que a pesar de lo que vea en las películas, la interpretación demoníaca del pentáculo no es rigurosa desde el punto de vista histórico. El significado femenino original sí lo es, pero el simbolismo de esta figura se ha ido distorsionando con los milenios. En este caso, a través del derramamiento de sangre.

—No sé si lo entiendo.

Langdon miró el crucifijo de Fache, sin saber cómo enfocar lo que quería decir.

—La Iglesia, señor. Los símbolos son muy resistentes, pero la primera Iglesia católica romana alteró el significado del pentáculo. Como parte de la campaña del Vaticano para erradicar las religiones paganas y convertir a las masas al cristianismo, la Iglesia inició una campaña denigratoria contra los dioses y las diosas paganos, identificando sus símbolos divinos con el mal.

—Siga.

—Se trata de algo muy común en tiempos de incertidumbre. El nuevo poder emergente se apropia de los símbolos existentes y los degrada con el tiempo, en un intento de borrar su significado. En la batalla entre los símbolos paganos y los cristianos, perdieron los primeros; el tridente de Poseidón se convirtió en un símbolo del demonio. —Langdon hizo una pausa—. Por desgracia, el ejército de los Estados Unidos también ha pervertido el pentáculo; en la actualidad, es el símbolo bélico más destacado. Lo dibujamos en nuestros aviones de ataque y aparece en los galones de todos nuestros generales. «Eso es lo que han hecho con la diosa del amor y la belleza.»

—Interesante. —Fache asintió sin apartar la vista del cuerpo de miembros extendidos—. ¿Y la posición del cuerpo? ¿Cómo la interpreta usted?

Langdon se encogió de hombros.

—La postura enfatiza aún más la referencia al pentáculo y al sagrado femenino.

Fache lo miró, desconcertado.

—¿Cómo dice?

—Replicación. Repetir un símbolo es la manera más sencilla de reforzar su significado. Jacques Saunière se ha colocado imitando la forma de la estrella de cinco puntas. «Si un pentáculo es bueno, mejor serán dos.»

Fache siguió con la mirada las cinco puntas que formaban los brazos, las piernas y la cabeza del conservador, pasándose de nuevo la mano por el pelo.

—Un análisis interesante. —Hizo una pausa—. ¿Y el hecho de que esté desnudo? —añadió con un deje de disgusto en la voz, como si le repugnara la visión del cuerpo de un hombre mayor—. ¿Por qué se quitó la ropa?

«Esa sí que es una buena pregunta», pensó Langdon. Desde que vio la foto no había dejado de preguntárselo. Todo lo que se le ocurría era que la figura humana desnuda era otra representación de Venus —la diosa de la sexualidad humana. Aunque la cultura moderna había eliminado gran parte de la asociación entre Venus y la unión masculina/femenina, al ojo entrenado en etimologías no le costaría

captar un vestigio del significado original de la diosa en la palabra
«venéreo». Con todo, Langdon prefirió no sacar el tema.

—Señor Fache, está claro que yo no puedo decirle por qué Saunière se ha dibujado este símbolo en el cuerpo y se ha colocado de
esta manera, pero lo que sí puedo decirle es que para una persona
como él, el pentáculo había de ser un símbolo de la divinidad femenina. La correlación entre ésta y ese símbolo es perfectamente conocida por los historiadores del arte y los simbologistas.

—Perfecto. ¿Y el uso de su propia sangre como tinta?

—Está claro que no tenía nada más con qué escribir.

Fache se quedó un momento en silencio.

—Pues yo creo que usó la sangre para que la policía iniciara ciertas investigaciones forenses.

—¿Cómo dice?

—Fíjese en la mano izquierda.

Langdon lo hizo, pero no vio nada. Rodeó el cadáver y se agachó, y fue entonces cuando, para su sorpresa, descubrió que el conservador tenía un rotulador en la mano.

—Saunière lo tenía cogido cuando lo encontramos —dijo Fache,
que se dirigió, unos metros más allá, hasta una mesa plegable llena de
objetos para la investigación, cables y aparatos electrónicos—. Como
ya le he dicho, no hemos tocado nada. ¿Está usted familiarizado con
este tipo de bolígrafos?

Langdon se agachó más para leer la etiqueta.

STYLO DE LUMIÈRE NOIRE

Alzó la vista al momento, sorprendido.

Aquel rotulador de tinta invisible tenía una punta de fieltro especial y estaba pensado originalmente para que museos, restauradores y
unidades policiales de lucha contra la falsificación pudieran colocar
marcas invisibles en las obras. La tinta del rotulador estaba hecha a
base de una solución anticorrosiva de alcohol, que sólo se hacía visible
bajo la luz ultravioleta. El personal encargado del mantenimiento de
las obras del museo llevaba este tipo de rotuladores para colocar cruces en los marcos de las obras que debían ser restauradas.

Cuando Langdon se incorporó, Fache se acercó hasta el foco y lo
apagó. La galería quedó de pronto sumida en la oscuridad.

despertarse, aunque ciertamente aquella llamada telefónica le había avivado los sentidos. El Opus Dei siempre le había inspirado desconfianza. Además de su afición por la trasnochada mortificación corporal, sus puntos de vista sobre la mujer eran, cuando menos, medievales. Se había enterado con horror de que a las numerarias se las obligaba a limpiar las estancias de los hombres cuando estos estaban en misa; ellas dormían sobre tablones de madera mientras que los hombres podían hacerlo en colchones de paja; además, a ellas se les exigía que se infligieran más castigos corporales, pues su responsabilidad en el pecado original pedía una mayor penitencia. Parecía que aquel mordisco de Eva a la manzana del Árbol de la Ciencia era una deuda que las mujeres deberían pagar durante toda la eternidad. Desgraciadamente, mientras la mayor parte de la Iglesia católica iba avanzando lentamente en la dirección correcta en relación con los derechos de la mujer, el Opus Dei amenazaba con subvertir aquel proceso. Con todo, sor Sandrine cumplía las órdenes que le daban.

Bajó de la cama y, al poner los pies en el suelo, la piedra helada se le clavó en las plantas desnudas. Un escalofrío recorrió su carne y, sin saber por qué, sintió miedo.

«¿Intuición femenina?»

Creyente devota, sor Sandrine había aprendido a hallar la paz en las voces tranquilizadoras que le llegaban de su propia alma. Pero aquella noche sus voces callaban tanto como la iglesia vacía en la que se encontraba.

En aquellos segundos de ceguera momentánea, sintió que le invadía una creciente incertidumbre. Lentamente fue surgiendo el perfil de Fache en medio de la tenue luz rojiza, que se acercaba con una especie de linterna que lo envolvía en una neblina violácea.

—Como tal vez ya sabe —dijo Fache con los ojos fosforescentes a causa de aquel resplandor violeta—, la policía usa este tipo de iluminación para inspeccionar los lugares donde se han cometido crímenes en busca de sangre y otras pruebas forenses. Así que entenderá cuál ha sido nuestra sorpresa... —Interrumpió su discurso y enfocó el cadáver.

Langdon bajó la vista y dio un brinco del susto.

El corazón empezó a latirle con fuerza ante la extraña visión que brillaba ahí delante, sobre el suelo de parqué. Con letra luminosa, las últimas palabras de Saunière se extendían, púrpuras, junto a su cadáver. Al contemplar aquel texto iluminado, sintió que la niebla que lo había envuelto toda la noche se hacía más espesa.

Volvió a leer el mensaje y alzó la vista.

—¿Qué demonios significa?

Los ojos del capitán brillaron en la oscuridad.

—Esa, *Monsieur*, es exactamente la pregunta que queremos que usted nos responda.

No lejos de allí, en el interior del despacho de Saunière, el teniente Collet había regresado al Louvre y estaba inclinado sobre una consola de audio instalada sobre el enorme escritorio del conservador. Si ignoraba el extraño muñeco con aspecto de robot que reproducía un caballero medieval y que parecía estar espiándolo desde un rincón de la mesa, Collet se sentía cómodo. Se colocó bien los auriculares AKG y comprobó las entradas de sonido en el sistema de grabado del disco duro. Todas funcionaban. Los micrófonos también iban perfectamente, y el sonido llegaba muy nítido.

—*Le moment de verité* —susurró.

Sonriendo, cerró los ojos y se dispuso a disfrutar del resto de la conversación que tenía lugar en la Gran Galería y que a partir de ese momento empezaba a quedar grabada.

7

El humilde habitáculo que había en la iglesia de Saint-Sulpice estaba ubicado en la segunda planta del propio templo, a la izquierda del balcón del coro. Se trataba de una vivienda de dos piezas con suelos de piedra y muy pocos muebles, y que era el hogar de sor Sandrine Bieil desde hacía más de diez años. Oficialmente, su residencia estaba en un convento cercano, pero ella prefería la tranquilidad de la iglesia y teniendo, como tenía, cama, teléfono y comida caliente, no necesitaba más.

En tanto que *conservatrice d'affaires*, sor Sandrine era la encargada de los aspectos no religiosos de la vida de la iglesia: el mantenimiento general, la contratación de personal de apoyo y guías, la seguridad del edificio fuera de las horas de culto y de visita, la compra del vino de misa y las hostias de consagrar.

Esa noche, mientras dormía en su estrecha cama, el sonido del teléfono la despertó, y descolgó soñolienta.

—¿Diga?

—Hola, hermana.

Sor Sandrine se sentó en la cama. «Pero ¿qué hora es?» Aunque reconocía la voz de su jefe, nunca en aquellos quince años la había despertado a deshoras. El abad era un hombre muy pío que se acostaba siempre después de misa.

—Siento haberla despertado, hermana —dijo con una voz que también sonaba grave y tomada por el sueño—. Tengo que pedirle un favor. Acabo de recibir la llamada de un importante obispo americano. A lo mejor lo conoce: Manuel Aringarosa.

—¿El máximo representante del Opus Dei? —«Claro que lo conozco. ¿Quién no ha oído hablar de él en la Iglesia?» La prelatura conservadora de Aringarosa se había hecho cada vez más influyente en los últimos años. Su ascensión a la gracia había recibido el espaldarazo final en 1982, cuando Juan Pablo II la convirtió por sorpresa en «prelatura personal del Papa», aprobando oficialmente todas sus prácticas. Curiosamente, aquel hecho coincidía en el tiempo con la supuesta transferencia de mil millones de dólares que la secta habría realizado a favor del Instituto Vaticano para las Obras Religiosas —vulgarmente conocido como Banca Vaticana—, para impedir su vergonzante bancarrota. En una segunda maniobra que había levantado muchas suspicacias, el Papa había colocado al fundador de la Obra en la pista de despegue inminente hacia la santidad, reduciendo un proceso de canonización que con frecuencia tardaba siglos a un breve trámite de veinte años. Sor Sandrine no podía evitar ver con sospecha la influencia del Opus en el Vaticano, pero con la Santa Sede no se discutía.

—El obispo Aringarosa me ha llamado para pedirme un favor —prosiguió el abad, con voz nerviosa—. Uno de sus numerarios se encuentra en París esta noche...

Mientras escuchaba aquella extraña petición, sor Sandrine estaba cada vez más confundida.

—Discúlpeme. ¿Me está diciendo que ese numerario del Opus Dei no puede esperar a mañana?

—Me temo que no. Su avión sale muy temprano. Y siempre ha tenido el sueño de ver Saint-Sulpice.

—Pero si la iglesia es mucho más interesante de día. Con los rayos del sol que se filtran por el rosetón, con las sombras del gnomon, eso es lo que la hace única.

—Hermana, estoy de acuerdo, pero si le deja entrar esta noche lo consideraré un favor personal que me hace. Él podría estar ahí a eso de... ¿la una? Dentro de veinte minutos.

Sor Sandrine frunció el ceño.

—Sí, claro, lo atenderé gustosamente.

El abad le dio las gracias y colgó.

Desconcertada, se quedó un momento más en la cama, intentando despejarse. A sus sesenta años, le costaba un poco más que antes

despertarse, aunque ciertamente aquella llamada telefónica le había avivado los sentidos. El Opus Dei siempre le había inspirado desconfianza. Además de su afición por la trasnochada mortificación corporal, sus puntos de vista sobre la mujer eran, cuando menos, medievales. Se había enterado con horror de que a las numerarias se las obligaba a limpiar las estancias de los hombres cuando estos estaban en misa; ellas dormían sobre tablones de madera mientras que los hombres podían hacerlo en colchones de paja; además, a ellas se les exigía que se infligieran más castigos corporales, pues su responsabilidad en el pecado original pedía una mayor penitencia. Parecía que aquel mordisco de Eva a la manzana del Árbol de la Ciencia era una deuda que las mujeres deberían pagar durante toda la eternidad. Desgraciadamente, mientras la mayor parte de la Iglesia católica iba avanzando lentamente en la dirección correcta en relación con los derechos de la mujer, el Opus Dei amenazaba con subvertir aquel proceso. Con todo, sor Sandrine cumplía las órdenes que le daban.

Bajó de la cama y, al poner los pies en el suelo, la piedra helada se le clavó en las plantas desnudas. Un escalofrío recorrió su carne y, sin saber por qué, sintió miedo.

«¿Intuición femenina?»

Creyente devota, sor Sandrine había aprendido a hallar la paz en las voces tranquilizadoras que le llegaban de su propia alma. Pero aquella noche sus voces callaban tanto como la iglesia vacía en la que se encontraba.

—¿El máximo representante del Opus Dei? —«Claro que lo conozco. ¿Quién no ha oído hablar de él en la Iglesia?» La prelatura conservadora de Aringarosa se había hecho cada vez más influyente en los
últimos años. Su ascensión a la gracia había recibido el espaldarazo final en 1982, cuando Juan Pablo II la convirtió por sorpresa en «prelatura personal del Papa», aprobando oficialmente todas sus prácticas.
Curiosamente, aquel hecho coincidía en el tiempo con la supuesta
transferencia de mil millones de dólares que la secta habría realizado a
favor del Instituto Vaticano para las Obras Religiosas —vulgarmente
conocido como Banca Vaticana—, para impedir su vergonzante bancarrota. En una segunda maniobra que había levantado muchas suspicacias, el Papa había colocado al fundador de la Obra en la pista de
despegue inminente hacia la santidad, reduciendo un proceso de canonización que con frecuencia tardaba siglos a un breve trámite de veinte años. Sor Sandrine no podía evitar ver con sospecha la influencia del
Opus en el Vaticano, pero con la Santa Sede no se discutía.

—El obispo Aringarosa me ha llamado para pedirme un favor
—prosiguió el abad, con voz nerviosa—. Uno de sus numerarios se
encuentra en París esta noche...

Mientras escuchaba aquella extraña petición, sor Sandrine estaba cada vez más confundida.

—Discúlpeme. ¿Me está diciendo que ese numerario del Opus
Dei no puede esperar a mañana?

—Me temo que no. Su avión sale muy temprano. Y siempre ha
tenido el sueño de ver Saint-Sulpice.

—Pero si la iglesia es mucho más interesante de día. Con los rayos del sol que se filtran por el rosetón, con las sombras del gnomon,
eso es lo que la hace única.

—Hermana, estoy de acuerdo, pero si le deja entrar esta noche
lo consideraré un favor personal que me hace. Él podría estar ahí a
eso de... ¿la una? Dentro de veinte minutos.

Sor Sandrine frunció el ceño.

—Sí, claro, lo atenderé gustosamente.

El abad le dio las gracias y colgó.

Desconcertada, se quedó un momento más en la cama, intentando despejarse. A sus sesenta años, le costaba un poco más que antes

7

El humilde habitáculo que había en la iglesia de Saint-Sulpice estaba ubicado en la segunda planta del propio templo, a la izquierda del balcón del coro. Se trataba de una vivienda de dos piezas con suelos de piedra y muy pocos muebles, y que era el hogar de sor Sandrine Bieil desde hacía más de diez años. Oficialmente, su residencia estaba en un convento cercano, pero ella prefería la tranquilidad de la iglesia y teniendo, como tenía, cama, teléfono y comida caliente, no necesitaba más.

En tanto que *conservatrice d'affaires*, sor Sandrine era la encargada de los aspectos no religiosos de la vida de la iglesia: el mantenimiento general, la contratación de personal de apoyo y guías, la seguridad del edificio fuera de las horas de culto y de visita, la compra del vino de misa y las hostias de consagrar.

Esa noche, mientras dormía en su estrecha cama, el sonido del teléfono la despertó, y descolgó soñolienta.

—¿Diga?

—Hola, hermana.

Sor Sandrine se sentó en la cama. «Pero ¿qué hora es?» Aunque reconocía la voz de su jefe, nunca en aquellos quince años la había despertado a deshoras. El abad era un hombre muy pío que se acostaba siempre después de misa.

—Siento haberla despertado, hermana —dijo con una voz que también sonaba grave y tomada por el sueño—. Tengo que pedirle un favor. Acabo de recibir la llamada de un importante obispo americano. A lo mejor lo conoce: Manuel Aringarosa.

En aquellos segundos de ceguera momentánea, sintió que le invadía una creciente incertidumbre. Lentamente fue surgiendo el perfil de Fache en medio de la tenue luz rojiza, que se acercaba con una especie de linterna que lo envolvía en una neblina violácea.

—Como tal vez ya sabe —dijo Fache con los ojos fosforescentes a causa de aquel resplandor violeta—, la policía usa este tipo de iluminación para inspeccionar los lugares donde se han cometido crímenes en busca de sangre y otras pruebas forenses. Así que entenderá cuál ha sido nuestra sorpresa... —Interrumpió su discurso y enfocó el cadáver.

Langdon bajó la vista y dio un brinco del susto.

El corazón empezó a latirle con fuerza ante la extraña visión que brillaba ahí delante, sobre el suelo de parqué. Con letra luminosa, las últimas palabras de Saunière se extendían, púrpuras, junto a su cadáver. Al contemplar aquel texto iluminado, sintió que la niebla que lo había envuelto toda la noche se hacía más espesa.

Volvió a leer el mensaje y alzó la vista.

—¿Qué demonios significa?

Los ojos del capitán brillaron en la oscuridad.

—Esa, *Monsieur*, es exactamente la pregunta que queremos que usted nos responda.

No lejos de allí, en el interior del despacho de Saunière, el teniente Collet había regresado al Louvre y estaba inclinado sobre una consola de audio instalada sobre el enorme escritorio del conservador. Si ignoraba el extraño muñeco con aspecto de robot que reproducía un caballero medieval y que parecía estar espiándolo desde un rincón de la mesa, Collet se sentía cómodo. Se colocó bien los auriculares AKG y comprobó las entradas de sonido en el sistema de grabado del disco duro. Todas funcionaban. Los micrófonos también iban perfectamente, y el sonido llegaba muy nítido.

—*Le moment de verité* —susurró.

Sonriendo, cerró los ojos y se dispuso a disfrutar del resto de la conversación que tenía lugar en la Gran Galería y que a partir de ese momento empezaba a quedar grabada.

8

Langdon no lograba apartar la vista de aquellas letras que brillaban sobre el suelo de madera. Le parecía totalmente inverosímil que aquellas fueran las últimas palabras de Jacques Saunière.

El mensaje rezaba así:

13-3-2-21-1-1-8-5
¡Diavole in Dracon!
Límala, asno

Aunque Langdon no tenía ni la más remota idea de qué significaba aquello, ahora entendía que, intuitivamente, Fache hubiera relacionado el pentáculo con el culto al diablo.

«¡Diavole in Dracon!»

Saunière había dejado escrita una referencia literal a diablesas. Igualmente rara era la serie numérica.

—Una parte al menos parece un mensaje cifrado.

—Sí —respondió Fache—. Nuestros criptógrafos ya están trabajando en ello. Creemos que tal vez los números contengan la clave que nos diga quién lo mató. Puede que nos lleven a un teléfono o a algún tipo de identificación social. ¿Tienen para usted algún significado simbólico?

Langdon volvió a observar aquellos números, con la sensación de que tardaría horas en aventurar alguno. «Si es que había sido la intención de Saunière que lo tuvieran.» A él le daba la sensación de que aquellos números eran totalmente aleatorios. Estaba acostumbrado a las progresiones simbólicas que parecían tener algún sentido, pero en aquel caso todo —el pentáculo, el texto, los números— parecía diferente.

—Antes ha supuesto —intervino Fache— que los actos llevados a cabo por Saunière en esta galería eran un intento de enviar una especie de mensaje... de culto a la diosa o algo así, ¿no? ¿Y cómo encaja entonces este escrito?

Langdon sabía que la pregunta era retórica. Aquellas extrañas palabras no encajaban para nada en su hipotético escenario de culto a la divinidad femenina, más bien todo lo contrario.

«¿Diavole in Dracon? ¿Límala, asno?»

—Da la impresión de que el texto es una especie de acusación, ¿no le parece?

Langdon intentó imaginar los minutos finales del conservador, atrapado en la Gran Galería, solo, sabiendo que estaba a punto de morir. Parecía lógico.

—Sí, supongo que tiene sentido que intentara acusar a quien lo había matado.

—Mi trabajo, claro está, consiste en ponerle nombre a esa persona, así que permítame que le haga una pregunta, señor Langdon. A usted, dejando de lado los números, ¿qué parte del mensaje le resulta más rara?

«¿Más rara?» Un hombre se había encerrado en la galería, se había dibujado un pentáculo en el cuerpo y había escrito una acusación misteriosa en el suelo. ¿Había algo ahí que no fuera raro?

—¿La palabra «Dracon»? —aventuró, diciendo lo primero que se le pasó por la mente. Langdon estaba bastante seguro de que una referencia a Dracón, el déspota legislador griego del siglo VII a.C., no era un último pensamiento demasiado probable—. «Diavole in Dracon» no es una expresión demasiado corriente, ni siquiera en italiano.

—Que sea más o menos corriente —en el tono de Fache podía atisbarse un signo de impaciencia—, me parece que no es lo más importante en este caso.

Langdon no estaba seguro de qué estaba pensando el capitán, pero estaba empezando a sospechar que se habría llevado muy bien con el legislador griego.

—Saunière era francés —dijo finalmente—. Vivía en París. Pero para escribir parte de este mensaje usó el...

—Italiano —cortó Langdon, entendiendo de pronto lo que Fache quería decir.

El capitán asintió.

—*Précisément.* ¿Alguna sugerencia?

Langdon sabía que Saunière tenía un conocimiento profundo del italiano, pero el motivo por el que había escogido ese idioma para escribir sus últimas palabras se le escapaba por completo. Se encogió de hombros.

Fache señaló el pentáculo del abdomen de Saunière.

—¿Nada que ver entonces con un culto al diablo? ¿Está seguro?

Pero él ya no estaba seguro de nada.

—La simbología y el texto no parecen coincidir. Siento no poder serle de más ayuda.

—Tal vez esto le aclare algo. —Fache se alejó un poco del cuerpo y volvió a levantar la linterna de rayos ultravioleta de manera que el haz abarcara un ángulo más amplio—. ¿Y ahora?

Para asombro de Langdon, en el suelo, alrededor del cuerpo del conservador, surgió un rudimentario círculo brillante. Al parecer, Saunière se había tendido en el suelo y había pasado el rotulador varias veces alrededor de su cuerpo, dibujando varios arcos y, básicamente, inscribiéndose él mismo dentro de un círculo.

De repente lo vio claro.

—*El hombre de Vitrubio* —susurró Langdon.

Saunière había creado una reproducción en tamaño natural del dibujo más famoso de Leonardo Da Vinci.

Considerado el dibujo más perfecto de la historia desde el punto de vista de la anatomía, *El hombre de Vitrubio* se había convertido en un icono moderno de cultura y aparecía en pósteres, alfombrillas de ratón y camisetas de todo el mundo. El famoso esbozo consistía en un círculo perfecto dentro del que había un hombre desnudo... con los brazos y las piernas extendidos.

«Leonardo Da Vinci.» Le recorrió un escalofrío de asombro. La claridad de las intenciones de Saunière no podía negarse. En los instantes finales de su vida, el conservador se había despojado de la ropa y se había colocado en una postura que era la clara imagen de *El hombre de Vitrubio*, de Leonardo.

No haber visto el círculo dibujado en el suelo había sido lo que lo había despistado. Aquella figura geométrica dibujada alrededor del cuerpo desnudo de un hombre —símbolo femenino de protección— completaba el mensaje que había querido dar Leonardo: la armonía entre lo masculino y lo femenino. Ahora la pregunta era por qué Saunière había querido imitar aquel famoso dibujo.

—Señor Langdon —dijo Fache—, no me cabe duda de que un hombre como usted sabe perfectamente que Leonardo Da Vinci tenía cierta afición por las artes ocultas.

A Langdon le sorprendió el conocimiento que Fache tenía de Leonardo, que servía sin duda para justificar las sospechas de culto al diablo que había manifestado hacía un momento. Da Vinci siempre había supuesto una complicación para los historiadores, especialmente para los de tradición cristiana. A pesar de la genialidad de aquel visionario, había sido abiertamente homosexual y adorador del orden divino de la Naturaleza, cosas ambas que lo convertían en pecador a los ojos de la Iglesia. Además, sus excentricidades lo rodeaban de un aura ciertamente demoníaca: Leonardo exhumaba cadáveres para estudiar la anatomía humana; llevaba unos misteriosos diarios en los que escribía al revés; creía que poseía el poder alquímico para convertir el plomo en oro e incluso para engañar a Dios creando un elixir para retrasar la muerte. Entre sus inventos se incluían armas y aparatos de tortura terribles, nunca hasta entonces concebidos.

«El malentendido alimenta la desconfianza», pensó Langdon.

Ni siquiera su ingente obra artística de temática religiosa había hecho otra cosa que acrecentar su fama de hipocresía espiritual. Al aceptar cientos de lucrativos encargos del Vaticano, Leonardo pintaba temas católicos no como expresión de sus propias creencias, sino como empresa puramente comercial que le proporcionaba los ingresos con los que financiaba su costoso tren de vida. Por desgracia, también era un bromista que a veces se complacía mordiendo la mano que le daba de comer. En muchas de sus obras religiosas incorporaba símbolos ocultos que no tenían nada que ver con el cristianismo —tributos a sus propias creencias y sutiles burlas a la Iglesia—. En una ocasión, Langdon había dado una conferencia en la National Gallery de Londres titulada «La vida secreta de Leonardo: simbolismo pagano en el arte cristiano».

—Entiendo su preocupación —respondió finalmente—, pero Leonardo en realidad no practicó nunca las artes ocultas. Era un hombre de gran espiritualidad, aunque de un tipo que entraba en conflicto permanente con la Iglesia.

Mientras pronunciaba aquellas palabras, volvió a bajar la vista para leer el mensaje que brillaba en el suelo. «¡Diavole in Dracon! Límala, asno.»

—¿Sí? —se interesó Fache.

Langdon sopesó muy bien sus palabras.

—No, sólo pensaba que Saunière compartía gran parte de su espiritualidad con Leonardo, incluida su preocupación por la supresión que la Iglesia hace de lo sagrado femenino en la religión moderna. Tal vez, al encarnar su famoso dibujo, Saunière estaba simplemente haciéndose eco de algunas de sus frustraciones compartidas en relación con la moderna demonización de la diosa.

La expresión de Fache se hizo más dura.

—¿Cree usted que Saunière está llamando a los dirigentes de la Iglesia «diablesas draconianas»? ¿Y qué es eso de «Límala, asno»?

Langdon tenía que admitir que aquello era poco plausible y confuso, aunque el pentáculo parecía reforzar la idea al menos en parte.

—Lo único que digo es que el señor Saunière dedicó su vida al estudio de la historia de la diosa, y que nadie ha hecho más por erradicar esa historia que la Iglesia católica. Parece razonable que Saunière haya optado por expresar esa decepción en la hora del adiós.

—¿Decepción? —inquirió Fache, en un tono de clara hostilidad—. Este mensaje suena más a rabia que a decepción, ¿no le parece?

Langdon estaba llegando al límite de su paciencia.

—Capitán, usted se ha interesado por mis impresiones, y eso es lo que le estoy ofreciendo.

—¿Y su impresión es que esto es una condena a la Iglesia?
—Ahora Fache hablaba con los dientes muy apretados—. Señor
Langdon, por mi trabajo he visto muchos muertos, y déjeme que le
diga algo. Cuando un hombre fallece a manos de otro, no creo que
sus últimos pensamientos le lleven a escribir una oculta declaración
espiritual que nadie va a entender. Lo que yo creo es que más bien
piensa en una cosa. —La voz susurrante de Fache cortaba el aire—.
En la *vengeance*. Creo que el señor Saunière escribió esta nota para
decirnos quién lo mató.

Langdon se quedó mirándolo fijamente.

—Pero eso no tiene ningún sentido.

—¿Ah, no?

—No —dijo, cansado y frustrado, devolviéndole el golpe—. Me
ha dicho que a Saunière le atacó en su despacho alguien a quien al parecer él mismo había invitado.

—Sí.

—Por lo que parece razonable concluir que el conservador conocía a su atacante.

Fache asintió.

—Siga.

—Bueno, pues si Saunière conocía a la persona que lo mató,
¿qué tipo de condena es esta? —Señaló el suelo—. ¿Códigos numéricos? ¿Diablesas draconianas? ¿Pentáculos en el estómago? Todo resulta demasiado críptico.

Fache frunció el ceño, como si la idea no se le hubiera ocurrido
antes.

—Sí, puede tener razón.

—Teniendo en cuenta las circunstancias, me inclinaría a pensar
que si Saunière hubiera querido informarnos de quién lo mató, habría escrito directamente un nombre.

Mientras Langdon pronunciaba aquellas palabras, en el rostro
de Fache se dibujó una sonrisa, la primera de aquella noche.

—*Précisément* —dijo—, *précisément*.

◆ ◆ ◆

—Estoy siendo testigo del trabajo de un maestro —musitó el teniente Collet mientras sintonizaba su equipo de sonido para captar mejor la voz de Fache que llegaba hasta sus auriculares. El *agent supérieur* sabía que momentos como aquel habían catapultado al capitán hasta la cúspide del sistema policial francés.

«Fache hará lo que nadie más se atreverá a hacer.»

El delicado arte de *cajoler,* de engatusar, había prácticamente desaparecido de las técnicas policiales, y para ponerlo en práctica hacía falta ser capaz de no inmutarse en situaciones de presión. Eran pocos los que contaban con la necesaria sangre fría para mantener el tipo, pero en Fache parecía algo innato. Su contención y su temple eran más propios de un robot.

La única emoción que parecía manifestar el capitán aquella noche era una intensa determinación, como si esa detención fuera un asunto personal para él. La reunión para dar instrucciones a sus agentes, hacía una hora, había sido más breve y expeditiva que de costumbre. «Yo sé quién ha matado a Jacques Saunière —había dicho—. Ya saben lo que tienen que hacer. No quiero fallos esta noche.»

Y, de momento, no había habido ninguno.

Collet aún no estaba enterado de las pruebas que habían llevado al capitán a tener aquella certeza sobre la culpabilidad del sospechoso, pero ni se le ocurría cuestionar el instinto de *El Toro.* La intuición de Fache parecía a veces casi sobrenatural. «Dios le susurra al oído», había comentado en una ocasión un agente al presenciar un caso especialmente impresionante de aplicación de su proverbial sexto sentido. Collet debía admitir que, si Dios existía, Bezu Fache estaba entre su lista de favoritos. El capitán iba a misa todos los días y se confesaba con fervorosa asiduidad, mucho más que otros oficiales que se limitaban a hacerlo en las fiestas de guardar, para estar a bien, decían, con la comunidad. Cuando el Papa había visitado París hacía unos años, Fache había removido cielo y tierra para que le concediera una audiencia. Ahora, en su despacho había una foto enmarcada de aquel encuentro. *El Toro papal,* le llamaban en secreto los policías.

A Collet le parecía irónico que uno de los raros pronunciamientos públicos de Fache en los últimos años hubiera sido su airada reacción ante los escándalos por pedofilia en la Iglesia católica. «¡A esos curas habría que ahorcarlos dos veces! —había declarado—. Una por los delitos que han cometido contra esos niños, y otra por manchar el buen nombre de la Iglesia católica.» Collet tenía la sensación de que era esa segunda razón la que más le indignaba.

Volviendo a su ordenador portátil, Collet se concentró en su otra atribución de la noche: el sistema de localización por GPS. La imagen de la pantalla mostraba un plano detallado del Ala Denon, una estructura esquematizada que había obtenido de la Oficina de Seguridad del Louvre. Tras recorrer durante un rato el laberinto de galerías y corredores, Collet encontró lo que estaba buscando.

En el corazón de la Gran Galería parpadeaba un puntito rojo.

La marque.

Aquella noche Fache daba a su presa muy poco margen de maniobra. Y bien que hacía. Robert Langdon había demostrado ser un «cliente» imperturbable.

9

Para asegurarse de que nadie interrumpiera su conversación con el señor Langdon, Bezu Fache había desconectado su teléfono móvil. Por desgracia, se trataba de un modelo muy sofisticado que incorporaba un dispositivo de radio de doble banda que, en contra de lo que había ordenado, uno de sus agentes estaba usando para localizarlo.

—*Capitaine?* —el teléfono crepitaba como un walkie-talkie.

Fache notó que los dientes le rechinaban. No se le ocurría nada que fuera tan importante como para justificar la interrupción por parte de Collet de su «surveillance cachée», y menos en aquel momento tan crítico.

Miró a Langdon como disculpándose.

—Un momento, por favor.

Se sacó el teléfono del cinturón y presionó el botón del radio-transmisor.

—*Oui?*

—*Capitaine, un agent du Département de Cryptographie est arrivé.*

El enfado de Fache remitió un instante. ¿Un criptógrafo? A pesar de lo inoportuno del momento, aquello era, probablemente, una buena noticia. Tras encontrar aquellas crípticas frases de Saunière en el suelo, había enviado un montón de fotos de la escena del crimen al Departamento de Criptografía con la esperanza de que alguien fuera capaz de explicarle qué intentaba decirles el conservador del museo.

Y si al fin había llegado un criptógrafo era porque seguramente alguien había descifrado aquel mensaje.

—Ahora estoy ocupado —dijo Fache en un tono de voz que no dejaba lugar a dudas: tomaba nota de que había desobedecido sus órdenes—. Dígale al criptógrafo que espere en el puesto de mando. Hablaré con él tan pronto como pueda.

—Con ella —corrigió Collet—. Es la agente Neveu.

Aquella llamada iba a conseguir sacarle de sus casillas. Sophie Neveu era uno de los errores más flagrantes de la Dirección Central de la Policía Judicial. Criptóloga parisina que había cursado estudios en Inglaterra, en el Royal Holloway; la habían asignado a su equipo hacía dos años, cuando el Ministerio inició una campaña para incorporar a más mujeres a las fuerzas de seguridad del Estado. En opinión de Fache, la presente tendencia del Ministerio a lo políticamente correcto redundaba en la debilidad de su departamento. No era sólo que las mujeres carecieran de la fuerza física necesaria para desempeñar las labores policiales; su mera presencia suponía una distracción peligrosa para sus compañeros. Y en ese sentido, Sophie Neveu distraía más que otras.

A sus treinta y dos años, era tan decidida que rozaba la obstinación. Su apuesta entusiasta por la nueva metodología criptológica británica exasperaba continuamente a los veteranos criptógrafos franceses que estaban por encima de ella en el escalafón. Con todo, lo que más preocupaba a Fache era la verdad universal que decía que, en una oficina llena de hombres de mediana edad, nada distraía más del trabajo que una mujer joven y atractiva.

—La agente Neveu insiste en hablar con usted inmediatamente, capitán. He intentado detenerla, pero en este momento se dirige hacia la galería —le comunicó Collet.

Fache dio un paso atrás, incrédulo.

—¡Esto es intolerable! He dejado muy claro que...

Por un momento, a Robert Langdon le pareció que a Bezu Fache le había dado una embolia. El capitán se interrumpió en mitad de la frase y abrió mucho los ojos. La mirada de Bezu Fache estaba fija en algo a espaldas de Langdon. Antes de que le diera tiempo a volverse para ver qué era, oyó una voz cantarina de mujer.

—*Excusez-moi, messieurs.*

Langdon se volvió y vio a una joven que se acercaba hacia ellos, avanzando por la galería con paso ligero, resuelto, cadencioso, cautivador. Llevaba ropa informal: un suéter irlandés de color beige que le llegaba a las rodillas y unas mallas negras. Era atractiva y aparentaba unos treinta años. El pelo, color caoba, le caía suelto sobre los hombros, enmarcando un rostro de cálida expresión. A diferencia de las rubias desamparadas y tontitas que adornaban los dormitorios de los estudiantes de Harvard, aquella chica tenía una belleza sana, se veía auténtica e irradiaba una increíble sensación de confianza en sí misma.

Para su sorpresa, la mujer se acercó directamente a él y le alargó la mano.

—Señor Langdon, soy la agente Neveu, del Departamento de Criptografía de la DCPJ —pronunciaba las palabras con un acento mitad inglés mitad francés—. Es un placer conocerle.

Langdon le estrechó la mano y quedó un instante cautivado por los ojos verdes, penetrantes, y la mirada límpida de la fémina.

Fache aspiró con fuerza, preparándose sin duda para iniciar la reprimenda.

—Capitán —le dijo ella adelantándose—, disculpe la interrupción, pero...

—*Ce n'est pas le moment!* —soltó Fache.

—He intentado telefonearle —prosiguió Sophie sin cambiar de idioma, en una muestra de cortesía hacia Langdon—, pero tenía el móvil desconectado.

—Si lo he apagado, por algo será —resopló el capitán—. Estoy hablando con el señor Langdon.

—Ya he descifrado el código numérico —dijo con voz neutra.

A Langdon le invadió una punzada de emoción. «¿Ha dado con la clave?»

Fache no sabía si responder.

—Pero antes de explicárselo —prosiguió Sophie—, tengo un mensaje urgente para el señor Langdon.

Ahora la expresión del capitán era de creciente preocupación.

—¿Para el señor Langdon?

Ella asintió y se giró para mirarlo.

—Debe usted ponerse en contacto con la Embajada de los Estados Unidos. Tienen un mensaje para usted que le envía alguien desde su país.

Langdon reaccionó con sorpresa, y su emoción de hacía un momento se vio amortiguada por un atisbo de temor.

«¿Un mensaje de mi país?» No tenía ni idea de quién podía querer ponerse en contacto con él. Sólo algunos colegas suyos sabían que estaba en París.

Al oír aquello, Fache apretó los dientes con fuerza.

—¿La Embajada americana? —repitió con desconfianza—. ¿Y cómo saben ellos que se encuentra aquí?

Sophie se encogió de hombros.

—Al parecer han llamado al señor Langdon al hotel, y el recepcionista les ha dicho que un agente de la Policía Judicial se lo había llevado.

Fache parecía estar desconcertado.

—¿Y los de la embajada se han puesto en contacto con el Departamento de Criptografía?

—No, señor —respondió Sophie con voz firme—. Cuando he llamado a la centralita de la DCPJ en un intento de contactar con usted, tenían un mensaje para el señor Langdon y me han pedido que se lo pasara si conseguía dar con usted.

Fache, confundido, frunció el ceño. Se disponía a hablar pero Sophie no le dio tiempo.

—Señor Langdon —dijo Sophie, sacándose un papelito del bolsillo—, éste es el número del servicio de mensajes de su embajada. Quieren que llame lo antes posible. —Le alargó el papel mirándolo fijamente a los ojos—. Llame ahora, mientras yo le explico el código al capitán Fache.

Langdon estudió la nota. En ella había un teléfono de París y una extensión.

—Gracias —dijo, con creciente preocupación—. ¿Dónde encuentro un teléfono por aquí?

Sophie hizo el gesto de sacar su móvil del bolsillo del suéter, pero Fache la disuadió con un gesto airado. Parecía el Vesubio a punto de entrar en erupción. Sin quitarle los ojos de encima a Sophie, cogió su propio teléfono y se lo ofreció a Langdon.

—Este número es seguro, señor Langdon. Puede usarlo con tranquilidad.

Le desconcertó la animadversión de Fache hacia su colaboradora. Incómodo, aceptó el aparato del capitán. Al momento, Fache se llevó a Sophie unos metros más allá y empezó a regañarla en voz baja. A Langdon el capitán le caía cada vez peor. Se dio la vuelta para no presenciar aquella discusión, conectó el móvil y marcó el número.

Aguardó varios tonos y al final descolgaron.

Langdon esperaba la respuesta de alguna operadora de la embajada, pero le sorprendió que le saliera un contestador automático. La voz le resultaba conocida. Era la de Sophie Neveu.

«*Bonjour, vous êtes bien chez Sophie Neveu* —decía la voz de la mujer—. *Je suis absente pour le moment, mais...*»

Confuso, Langdon se volvió para aclararlo con Sophie.

—Disculpe, ¿señora Neveu? Creo que se ha...

—No, el número es correcto —interrumpió ella al momento, como anticipándose a la confusión de Langdon—. La embajada tiene un sistema de mensajes automatizado. Lo que tiene que hacer es marcar un código de acceso para poder oír sus mensajes.

—Pero es que...

—Es el número de tres cifras que le he anotado en el papel.

Langdon volvió a abrir la boca para aclarar aquel curioso malentendido, pero Sophie le dirigió una mirada cómplice que duró sólo un instante. Sus ojos verdes acababan de enviarle un mensaje claro y diáfano.

«No preguntes nada y haz lo que te digo.»

Confundido, Langdon marcó los números de aquella extensión: 454.

La voz grabada de Sophie, que seguía diciendo cosas, se interrumpió al momento, y Langdon oyó una voz electrónica que anunciaba: «Tiene un mensaje nuevo». Por lo que se veía, el 454 era la clave secreta que usaba Sophie para acceder a sus mensajes desde cualquier sitio.

«¿Y ahora resulta que tengo que oír los mensajes de esta mujer?»

Langdon oía que la cinta del contestador estaba rebobinando. Tras unos momentos se detuvo y volvió a ponerse en marcha. Oyó el mensaje, que volvía a ser de Sophie.

«Señor Langdon —decía su voz en un susurro temeroso—, no reaccione de ningún modo cuando oiga este mensaje. En este momento se encuentra en peligro. Siga mis instrucciones al pie de la letra.»

10

Silas iba al volante del Audi negro que El Maestro había puesto a su disposición y contemplaba la gran iglesia de Saint-Sulpice. Iluminada con focos desde abajo, sus dos campanarios se elevaban como fornidos centinelas sobre el cuerpo alargado del edificio. En ambos flancos sobresalía una hilera de contrafuertes, que parecían los costillares de un hermoso animal.

«Así que los paganos usaban la casa de Dios para ocultar la clave.» Una vez más, la hermandad había confirmado su legendaria habilidad para el engaño y la ocultación. Silas estaba impaciente por encontrarla y entregársela a El Maestro, por recuperar así lo que tanto tiempo atrás la hermandad había arrebatado a los creyentes.

«Cuánto poder obtendrá el Opus Dei.»

Aparcó el coche en la desierta Place Saint-Sulpice y aspiró hondo, intentando mantener la cabeza clara para acometer con éxito la tarea que le habían encomendado. Su ancha espalda aún se resentía del castigo corporal al que se había sometido aquel mismo día, pero aquel dolor no era nada comparado con la angustia de su vida anterior. El Opus Dei había sido su salvación.

Sin embargo, los recuerdos atenazaban su alma.

«Líbrate del odio —se exigía a sí mismo—. Perdona a los que te han ofendido.»

Al mirar las torres de piedra de Saint-Sulpice, Silas luchó contra una fuerza que conocía muy bien y que a menudo arrastraba su mente hasta el pasado y lo encerraba de nuevo en la cárcel que había

sido su mundo durante su juventud. Los recuerdos de aquel purgatorio le asaltaban siempre del mismo modo, como tempestades que
invadían sus sentidos... el hedor a col podrida y a muerte, a orina y a
heces; los gritos de desesperación que se fundían con el viento que
bajaba ululando de los Pirineos, el llanto silencioso de aquellos hombres olvidados.

«Andorra», pensó, y notó que los músculos se le agarrotaban.

Por increíble que pareciera, había sido en aquel escarpado y re-
moto estado soberano a caballo entre Francia y España, en la época
en que temblaba en su celda de piedra y sólo esperaba la muerte,
cuando Silas había hallado la salvación.

Aunque en aquel momento no se diera cuenta.

«El rayo llegó mucho después que el trueno.»

En aquel entonces no se llamaba Silas, aunque no se acordaba ya
de qué nombre le habían puesto sus padres. Se había ido de casa a los
siete años. Su padre, borracho, era un fornido estibador que lo había
detestado desde su nacimiento por ser albino y que siempre pegaba a
su madre, a la que culpaba del aspecto malsano y vergonzante de su
hijo. Cuando él intentaba defenderla, también él recibía sus golpes.

Una noche la paliza fue terrible y su madre ya no se levantó. El
niño se quedó junto a su cuerpo sin vida y le invadió un insoportable
sentimiento de culpa por haber permitido que sucediera algo así.

«¡Es culpa mía!»

Como si una especie de demonio controlara su cuerpo, el niño
entró en la cocina y cogió un cuchillo. Hipnotizado, se fue hasta la al-
coba, donde su padre dormitaba en la cama, ebrio. Sin mediar palabra, lo apuñaló por la espalda. Su padre gritó de dolor e intentó darse la vuelta, pero él volvió a clavarle aquel cuchillo una y otra vez
hasta que la casa quedó en silencio.

El niño se escapó, pero las calles de Marsella le resultaron igual
de inhóspitas. Su extraño aspecto lo convertía en marginado entre los
marginados, y no le quedó otro remedio que instalarse en el sótano de
una fábrica abandonada y alimentarse a base de fruta que robaba y
pescado crudo que cogía en el muelle. Sus únicas compañeras eran
las revistas viejas que encontraba en la basura y con las que aprendió
a leer sin que nadie le enseñara. Con el tiempo se hizo fuerte. Cuan-

do tenía doce años, otra vagabunda —una chica que le doblaba la edad— se burló de él en la calle e intentó robarle la comida. Casi la mata a puñetazos. Cuando la policía los separó, le dieron un ultimátum: o se iba de Marsella o ingresaba en un correccional.

El joven se trasladó a Toulon. Con el tiempo, las miradas de lástima que suscitaba se fueron transformando en miradas de temor. Se había convertido en un hombre muy fuerte. Cuando la gente pasaba por su lado, oía que hablaban de él en voz baja. «Un fantasma», decían con terror en los ojos mientras le escrutaban la piel blanca. «Un fantasma con ojos de demonio.»

Y sí, sentía que era un fantasma... transparente... vagando de puerto en puerto.

No parecía tener secretos para nadie.

A los dieciocho años, en una ciudad portuaria, mientras intentaba robar una caja con jamones curados de un barco carguero, le pillaron dos miembros de la tripulación. Aquellos dos hombres que le pegaban apestaban a cerveza, igual que su padre. Los recuerdos de miedo y odio afloraron a la superficie como monstruos surgidos de las profundidades. El joven le rompió el cuello a uno con la fuerza de sus manos, y sólo la llegada de la policía salvó al otro de un destino similar.

Dos meses después, con grilletes en pies y manos, llegó a la cárcel de Andorra.

«Eres tan blanco como un fantasma», le decían mofándose los demás internos, mientras los celadores lo conducían, desnudo y tiritando de frío. «¡Mira ese espectro! ¡A lo mejor ese fantasma es capaz de atravesar las paredes!»

Durante doce años, su carne y su alma fueron marchitándose, hasta que supo que se había vuelto transparente.

«Soy transparente.»

«No peso nada.»

«Soy un espectro... pálido como un fantasma... caminando en este mundo a solas.»

Una noche, el fantasma se despertó al oír los gritos de otros presos. No sabía qué fuerza era la que hacía temblar el suelo sobre el que dormía, ni qué poderosa mano sacudía las paredes de su celda, pero nada más levantarse de la cama, una piedra enorme cayó justo donde él había estado acostado. Al levantar la vista para ver de dónde se había desprendido, vio un hueco en la pared temblorosa y, a través de él, una visión que no había visto en años: la luna.

Aunque la tierra seguía temblando, el fantasma se sorprendió a sí mismo reptando por aquel estrecho túnel, asomándose al aire libre y rodando por la ladera hasta llegar a un bosque. Corrió toda la noche, siempre montaña abajo, hambriento y exhausto hasta el delirio.

Al borde de la inconsciencia, al amanecer se encontró en un claro donde unas vías de tren se adentraban en el bosque. Las siguió, avanzando como en sueños. Vio un vagón de carga vacío y se montó en él en busca de refugio y de descanso. Cuando se despertó, el tren se movía. «¿Cuánto tiempo lleva en marcha? ¿Cuánta distancia ha recorrido?» En sus entrañas sentía un gran dolor. «¿Me estoy muriendo?» Volvió a quedarse dormido. En esa ocasión se despertó porque alguien le gritaba y le pegaba, y al final lo echó a patadas del vagón. Ensangrentado, vagó por las afueras de un pueblo, buscando infructuosamente algo que comer. Al final, estaba tan débil que ya no podía dar un paso más, y se desplomó junto a la carretera, inconsciente.

La luz volvió despacio, y el fantasma se preguntó durante cuánto tiempo había estado muerto. «¿Un día? ¿Tres?» No importaba. La cama era mullida como una nube, y el aire que lo envolvía tenía el olor dulce de velas encendidas. Jesús estaba ahí, bajando la vista para mirarlo. «Aquí estoy —le dijo—. La piedra se ha apartado y tú has vuelto a nacer.»

Volvió a dormirse y volvió a despertar. La niebla envolvía sus pensamientos. Nunca había creído en el cielo, y sin embargo, Jesús velaba por él. Junto a su cama apareció algo de comer, y el fantasma comió, casi sintiendo que la carne se le materializaba alrededor de los huesos. Volvió a quedarse dormido. Al despertarse, Jesús seguía sonriéndole y hablando con él. «Estás salvado, hijo mío. Bienaventurados los que siguen mi camino.»

Se quedó dormido una vez más.

Lo que sacó esa vez al fantasma de su letargo fue un grito de pánico. Su cuerpo se levantó de la cama y avanzó tambaleándose por un pasillo, siguiendo la dirección de aquellos alaridos. Entró en una cocina y vio a un hombre corpulento que estaba pegando a otro más pequeño. Sin saber por qué, agarró al primero y lo estampó contra la pared. Aquel hombre desapareció al momento, y el fantasma quedó de pie junto al cuerpo de un joven vestido con hábito de cura. Tenía la nariz rota y ensangrentada. Lo cogió con cuidado y lo sentó en un sofá.

—Gracias, amigo —dijo aquel hombre en un francés peculiar—. El dinero del cepillo de las limosnas es tentador para los ladrones. En tus sueños hablabas en francés. ¿Hablas también español?

El fantasma negó con la cabeza.

—¿Cómo te llamas? —le preguntó el cura en su precario francés.

El fantasma no se acordaba del nombre que sus padres le habían puesto. Lo único que le venía a la cabeza eran los insultantes motes que le ponían los celadores de la cárcel.

El cura hizo un gesto.

—No te preocupes. Yo me llamo Manuel Aringarosa. Soy misionero, de Madrid. Me han enviado aquí para construir una iglesia de la Obra de Dios.

—¿Dónde estoy? —preguntó él con una voz que le sonó hueca.

—En Oviedo. Al norte de España.

—¿Y cómo he llegado hasta aquí?

—Alguien te dejó en la escalera. Estabas enfermo. Te he dado de comer. Llevas aquí bastantes días.

El fantasma se fijó en su cuidador. Hacía años que nadie era amable con él.

—Gracias, padre.

El cura se tocó la sangre que le salía del labio.

—Soy yo quien te está agradecido, amigo mío.

Cuando se despertó, a la mañana siguiente, vio las cosas más claras. Alzó la vista y vio el crucifijo que había en la cabecera de la cama. Aunque ya no le hablaba, su presencia le resultaba reconfortante. Se incorporó en la cama y constató con sorpresa que en la mesilla de noche había un recorte de periódico. Estaba en francés y era de la semana anterior. Cuando leyó aquel artículo, le invadió un gran temor. Hablaba del terremoto de las montañas que había destruido la cárcel y liberado a un montón de criminales peligrosos.

El corazón empezó a latirle con fuerza. «¡El cura sabe quién soy!» Le invadieron unas sensaciones que no había tenido en años. Vergüenza, culpa; acompañadas del temor a que lo atraparan. Saltó de la cama. «¿Adónde voy corriendo así?»

—El Libro de los Hechos de los Apóstoles —dijo una voz desde la puerta.

El fantasma se volvió, asustado.

El cura entró sonriendo en su habitación. Tenía la nariz mal vendada y sostenía una vieja Biblia.

—Te he conseguido una en francés. El capítulo está marcado.

Vacilante, el fantasma cogió la Biblia y buscó el pasaje que el cura le había señalado.

Hechos, 16.

Aquellos versículos hablaban de un preso llamado Silas que estaba desnudo y herido en su celda, cantando himnos al Señor. Cuando el fantasma llegó al versículo 26 ahogó un grito de sorpresa.

«... y de pronto hubo un gran terremoto y los cimientos de la cárcel se agitaron y todas las puertas se abrieron.»

Levantó la vista y la clavó en el cura, que le sonrió con dulzura.

—A partir de ahora, amigo mío, si no tienes otro nombre, te llamaré Silas.

El fantasma asintió sin decir nada. «Silas.» Al fin se había hecho carne. «Me llamo Silas.»

—Es hora de desayunar —dijo el cura—. Vas a tener que recuperar todas tus fuerzas si quieres ayudarme a construir esta iglesia.

A veinte mil pies de altura sobre el Mediterráneo, el vuelo 1618 de Alitalia atravesaba una zona de turbulencias. Los pasajeros se revolvían, inquietos, en sus asientos. El obispo Aringarosa apenas se daba cuenta. Sus pensamientos estaban entregados al futuro del Opus Dei. Impaciente por saber cómo iban los planes en París, se moría de ganas de llamar a Silas. Pero no podía. El Maestro lo había dispuesto así.

—Es por su propia seguridad —le había explicado en su inglés afrancesado—. Sé lo bastante de telecomunicaciones electrónicas como para saber que se pueden interceptar. Y los resultados podrían ser desastrosos para usted.

Aringarosa sabía que tenía razón. El Maestro parecía ser un hombre excepcionalmente precavido. No le había revelado su identidad, y sin embargo, había demostrado ser un hombre a quien valía la pena obedecer. Después de todo, de alguna manera había obtenido una información muy secreta. «¡Los nombres de los cuatro peces gordos de la hermandad!» Aquel había sido uno de los golpes de efecto que había convencido al obispo de que El Maestro era realmente capaz de entregarles el premio que, afirmaba, podía desenterrar para ellos.

—Obispo —le había dicho El Maestro—, está todo preparado. Para que mi plan tenga éxito, debe permitir que Silas sólo se comunique conmigo durante unos días. No deben hablar entre ustedes. Yo me pondré en contacto con él a través de canales seguros.

—¿Lo tratará con respeto?

—Un hombre de fe merece lo mejor.

—Muy bien. Entiendo, entonces. Silas y yo no hablaremos hasta que todo haya terminado.

—Esto lo hago para proteger su identidad, la de Silas, y mi inversión.

—¿Su inversión?

—Obispo, si su impaciencia por enterarse de cómo van las cosas le hace acabar en la cárcel, no podrá pagarme mis honorarios.

El obispo sonrió.

—Tiene razón. Nuestros deseos coinciden. Vaya con Dios.

«Veinte millones de euros», pensó el obispo, mirando por la ventanilla del avión. La suma era aproximadamente la misma en dólares. «Eso no es nada para algo tan importante.»

Se sintió de nuevo confiado en que El Maestro y Silas no fallarían. El dinero y la fe movían montañas.

11

—*Une plaisanterie numérique?* —Bezu Fache estaba lívido y miraba a Sophie Neveu con incredulidad. —¿Una broma numérica? ¿Me está diciendo que su valoración profesional del código de Saunière es que se trata de una especie de travesura matemática?

Fache no entendía cómo podía tener semejante desfachatez. No sólo lo había interrumpido de aquella manera, sino que ahora intentaba convencerlo de que Saunière, en los instantes finales de su vida, se había despedido con un gag matemático.

—Este código —insistió Sophie, es simple hasta el absurdo. Jacques Saunière debe de haber sido consciente de que lo descifraríamos al momento. —Se sacó un trozo de papel del bolsillo del suéter y se lo dio al capitán.

—Aquí lo tiene descifrado.

Fache lo estudió.

1-1-2-3-5-8-13-21

—¿Qué es esto? —exclamó—. ¡Pero si lo único que ha hecho ha sido colocar los números en orden ascendente!

Sophie se atrevió a esbozar una sonrisa satisfecha.

—Exacto.

El capitán bajó la voz hasta convertirla en un susurro gutural.

—Agente Neveu, no tengo ni idea de adónde pretende llegar con esto, pero le sugiero que llegue rápido.

Miró un instante a Langdon, que estaba algo apartado, con el teléfono en la oreja, y seguía, al parecer, escuchando el mensaje de la Embajada americana. A juzgar por su expresión, no eran buenas noticias.

—Capitán —replicó Sophie con desafío en la voz—, la secuencia de números que tiene usted entre las manos resulta ser una de las progresiones matemáticas más famosas de la historia.

Fache no sabía siquiera que hubiera unas progresiones más famosas que otras, y no le gustaba nada aquel tono de suficiencia de la agente.

—Se trata de la Secuencia de Fibonacci —prosiguió Sophie, moviendo la cabeza en dirección al pedazo de papel que Fache aún tenía en la mano—. Una progresión en la que cada número se obtiene por la suma de los dos anteriores.

Fache volvió a fijarse en la secuencia. Era verdad. Acababa de comprobarlo con sus propios ojos. Aunque no veía qué tenía que ver aquello con la muerte de Saunière.

—El matemático Leonardo Fibonacci creó esta sucesión de números en el siglo XIII. Es obvio que no puede ser casual que el conservador escribiera en el suelo todos los números de la famosa secuencia.

Fache se quedó mirando a la joven unos instantes.

—Muy bien, si no es ninguna coincidencia, dígame entonces por qué hizo Saunière una cosa así. ¿Qué es lo que nos dice? ¿Qué nos quiere decir?

Sophie se encogió de hombros.

—Nada de nada. Ésa es la cuestión. Se trata de una broma criptográfica muy simple. Algo así como coger las palabras de un poema famoso y mezclarlas aleatoriamente para ver si alguien reconoce lo que tienen en común.

Fache se adelantó amenazadoramente y quedó a sólo unos centímetros de la agente.

—Sinceramente, espero que tenga alguna explicación más convincente que ésta.

La dulce expresión de Sophie se endureció al momento.

—Capitán, teniendo en cuenta lo que está en juego aquí esta noche, creo que le interesará saber que Jacques Saunière podría estar jugando a desorientarle. Pero por lo que se ve, a usted no le interesa entrar en su juego. Informaré al director de Criptografía de que ya no precisa de nuestros servicios.

Dicho aquello, Sophie dio media vuelta y se alejó por donde había venido.

Atónito, el capitán la vio desaparecer en la oscuridad. «¿Se ha vuelto loca?» Sophie Neveu acababa de redefinir el concepto de «suicidio profesional».

Volvió la cabeza para mirar a Langdon, que seguía pegado al teléfono, más preocupado que antes, escuchando con atención el mensaje. «La Embajada de los Estados Unidos.» Había muchas cosas por las que Bezu Fache sentía desprecio, pero pocas le encolerizaban tanto como la Embajada americana.

Fache y el embajador se enfrentaban con cierta regularidad con relación a asuntos de Estado de competencia conjunta. Su caballo de batalla más frecuente era el cumplimiento de la ley por parte de los ciudadanos estadounidenses. Casi a diario la DCPJ detenía a alumnos americanos que participaban en intercambios escolares en posesión de drogas; a empresarios americanos que habían solicitado los servicios de prostitutas menores de edad, a turistas americanos que robaban en las tiendas o atentaban contra la propiedad privada. Legalmente, la Embajada de los Estados Unidos estaba facultada para intervenir y extraditar a los culpables a su país, donde recibían poco más que una palmada en el trasero.

Y eso era lo que hacía siempre la embajada.

L'émasculation de la Police Judiciaire, lo llamaba Fache. El *Paris Match* había publicado hacía poco una tira cómica en la que Fache aparecía como un perro policía intentando morder sin éxito a un delincuente americano, porque estaba atado con cadenas a la Embajada americana.

«Esta noche no —se dijo—. Hay demasiado en juego.»

Cuando Robert Langdon colgó el teléfono, tenía muy mala cara.

—¿Va todo bien? —le preguntó el capitán.

Langdon negó débilmente con la cabeza.

«Debe de haber recibido malas noticias de su familia», conjeturó Fache cuando, al coger el teléfono móvil que Langdon le devolvía, vio que estaba sudando.

—Un accidente —dijo al fin, mirando al capitán con una expresión extraña—. Un amigo... voy a tener que coger el primer vuelo de la mañana.

Fache no tenía ninguna duda de que la expresión de su cara era auténtica, pero notaba que había algo más, como si un miedo distante se hubiera asomado a los ojos del americano.

—Lo siento —dijo sin quitarle la vista de encima—. ¿Quiere sentarse un momento? —le ofreció, indicándole uno de los bancos de la galería.

Langdon asintió, ausente, y dio unos pasos en dirección al banco, pero al momento se detuvo, como desconcertado y confuso.

—En realidad, creo que debería ir al servicio.

En su fuero interno, Fache estaba contrariado por aquel retraso.

—El servicio. Sí, claro. Hagamos una pausa. —Señaló el fondo de la galería, a la entrada por la que habían venido—. El servicio está al lado de la oficina del conservador.

Langdon vaciló, señalando en la otra dirección, justo al otro extremo de la galería.

—Creo que hay otro mucho más cerca, por ahí.

Fache se dio cuenta de que tenía razón. Ya estaban a dos tercios del fondo del pasillo, y la Gran Galería moría en una pared con dos servicios.

—¿Quiere que le acompañe?

Langdon declinó la oferta con un movimiento de cabeza mientras se ponía en movimiento.

—No hace falta. Creo que necesito estar solo unos minutos.

A Fache no le entusiasmaba la idea de que el americano se pusiera a caminar solo por aquella galería, pero le tranquilizaba saber que por el otro extremo no había salida, que la única vía de acceso era la que habían tomado ellos. Aunque la ley de incendios francesa exigía la existencia de salidas de emergencia en un espacio tan grande como aquel, cuando Saunière había activado el sistema de seguridad éstas habían quedado selladas. Sí, era cierto, ahora el sistema ya volvía a estar operativo y las salidas de emergencia volvían a estar abiertas, pero no importaba, porque si alguien abría las puertas exteriores las alarmas contra incendios se activarían. Además, estaban custodiadas desde fuera por agentes de la Policía Judicial. Era imposible que Langdon se escapara sin que Fache lo supiera.

—Tengo que volver al despacho de Saunière un momento —dijo Fache—. Cuando esté listo vaya a buscarme allí, señor Langdon. Aún quedan algunos asuntos pendientes.

El americano le hizo un gesto con la mano mientras se perdía en la oscuridad del pasillo.

Fache se dio media vuelta y se fue en dirección contraria, irritado. Al llegar a la reja, se agachó, pasó al otro lado y siguió andando a toda prisa hasta llegar al centro de operaciones instalado en el despacho de Saunière.

—¿Quién le ha dado permiso a Sophie Neveu para entrar en el edificio? —bramó.

Collet fue el primero en responder.

—Les dijo a los guardas que había descifrado el código.

Fache miró a su alrededor.

—¿Ya se ha ido?

—¿No está con usted?

—No, se ha ido. —Fache salió a mirar al pasillo. Según parecía, Sophie no estaba de humor para pararse un rato a charlar con los demás agentes antes de irse.

Durante un momento se le ocurrió avisar por radio a los guardas del entresuelo para decirles que no dejaran salir a Sophie y le ordenaran volver a la galería, pero lo pensó mejor. En realidad, era sólo su orgullo lo que le impulsaba a actuar así... siempre quería tener él la última palabra. Aquella noche ya había tenido bastantes distracciones.

«Ya te encargarás más tarde de la agente Neveu», se dijo a sí mismo, ansioso por despedirla.

Apartándose a la criptógrafa de la mente, Fache se quedó un instante observando el caballero en miniatura que había sobre la mesa de Saunière y acto seguido se volvió para hablar con Collet.

—¿Lo tienes?

Collet asintió parcamente y giró el ordenador portátil para que Fache viera la pantalla. El punto rojo se veía con claridad en medio de aquel plano de la galería, parpadeando metódicamente en un espacio que correspondía a los TOILETTES PUBLIQUES.

—Muy bien —dijo Fache, encendiendo un cigarrillo y saliendo a la antesala—. Tengo que hacer una llamada. Asegúrate de que el americano no vaya a ningún otro sitio.

12

Robert Langdon se sentía algo aturdido mientras avanzaba hacia el final de la Gran Galería. Tenía el mensaje de Sophie clavado en la mente y no dejaba de repetírselo. Al fondo del pasillo, unas señales luminosas con los símbolos convencionales que indicaban los servicios le guiaron a través de una sucesión de salas divididas por tabiques de los que colgaban pinturas italianas y que le impedían la visión de las puertas.

Entró en el de caballeros y encendió las luces.

Se acercó al lavabo y se echó agua fría en la cara, para ver si se despejaba. La crudeza de los fluorescentes opacaba el brillo de las baldosas, y olía a lejía. Mientras se secaba, la puerta se abrió a su espalda. Langdon se volvió.

Era Sophie Neveu, con los ojos verdes llenos de temor.

—Gracias a Dios que ha venido. No tenemos mucho tiempo.

Langdon se quedó junto a los lavabos, observando desconcertado a la criptógrafa de la Policía Judicial. Hacía sólo unos minutos que había escuchado el mensaje que le había dejado en su propio contestador y le había parecido que aquella mujer estaba loca. Sin embargo, cuanto más lo escuchaba, más se convencía de que era sincera en lo que le decía. «Señor Langdon, no reaccione de ningún modo cuando oiga este mensaje. En este momento se encuentra en peligro. Siga mis instrucciones al pie de la letra.» Lleno de incertidumbre, había decidido hacer exactamente lo que Sophie le aconsejara. Le había dicho a Fache que el mensaje le informaba de un amigo herido en los Estados Unidos. Luego le había pedido permiso para ir al servicio que había al fondo de la Gran Galería.

Ahora Sophie estaba a su lado, sin aliento, después de haber tenido que volver sobre sus pasos para llegar a aquel lavabo. A la luz de los fluorescentes, Langdon se sorprendió al constatar que en realidad su fuerza nacía de unos rasgos sorprendentemente dulces. Sólo su mirada era dura, y aquella yuxtaposición evocaba imágenes de los sutiles retratos de Renoir... velados pero precisos, con una desnudez que no obstante lograba conservar cierto aire de misterio.

—Quería advertirle, señor Langdon... —dijo al fin Sophie con la respiración aún entrecortada—, de que está usted *sous surveillance cachée*. Bajo vigilancia policial.

Al hablar, su acento francés retumbaba en las paredes embaldosadas y hacía que su voz sonara hueca.

—Pero ¿por qué? —preguntó Langdon. Sophie ya le había dado una explicación por teléfono, pero él quería oírla de sus labios.

—Pues porque el principal sospechoso del asesinato de Saunière es usted, según Fache —dijo acercándose más a él.

Langdon sopesó aquellas palabras, pero siguieron pareciéndole igual de ridículas. Según ella, lo habían convocado al Louvre aquella noche no en calidad de especialista en simbología sino como sospechoso, y en aquel momento estaba siendo blanco inconsciente de uno de los métodos de interrogatorio preferidos de la Policía Judicial —la *surveillance cachée*—, engaño consistente en que la policía invitaba a un sospechoso al lugar del crimen y le hacía preguntas con la esperanza de que se pusiera nervioso y se incriminara a sí mismo.

—Mírese el bolsillo izquierdo de la chaqueta —le pidió Sophie— y encontrará la prueba de que lo están vigilando.

Langdon notó que su temor aumentaba. «¿Que me mire en el bolsillo?» Aquello parecía una especie de truco de magia barato.

—Mírese, por favor.

Desconcertado, Langdon metió la mano en el bolsillo izquierdo de la chaqueta, el que no usaba nunca. No encontró nada. «Pero ¿qué esperabas?» Empezó a plantearse que después de todo Sophie sí estaba loca. Pero entonces notó algo entre los dedos. Algo duro y pequeño. Lo cogió, se lo sacó del bolsillo y se quedó mirándolo extrañado. Era un disco metálico, con forma de botón y del tamaño de una pila. No lo había visto en su vida.

—Pero ¿qué es...?

—Es un dispositivo de seguimiento por GPS —respondió Sophie—. Transmite de manera constante su localización a un satélite con un Sistema de Posicionamiento Global que se puede monitorizar desde la Dirección Central de la Policía Judicial. Lo usamos para controlar la ubicación de las personas. Tiene un margen de error de medio metro para cualquier punto del planeta. En este momento está usted electrónicamente encadenado. El agente que fue a su hotel a recogerlo se lo metió en el bolsillo antes de que salieran hacia aquí.

Langdon hizo memoria de esos momentos. Se había dado una ducha rápida, se había vestido, y el agente, amablemente, le había alargado la chaqueta cuando se disponían a salir de la habitación. «Hace frío fuera, señor Langdon —le había dicho—. La primavera en París puede ser traicionera.» Él le había dado las gracias y se la había puesto.

La mirada de Sophie era intensa.

—No le había dicho nada del dispositivo porque no quería que se mirara en el bolsillo en presencia de Fache. Bajo ningún concepto debe saber que lo ha encontrado.

Langdon no tenía ni idea de cómo reaccionar.

—Le han puesto el GPS porque creen que se podría escapar. En realidad —añadió tras una pausa—, esperaban que se escapara. Así tendrían más motivos para sospechar de usted.

—¿Y por qué iba a escaparme? ¡Soy inocente!

—Pues Fache tiene una opinión distinta.

Airado, Langdon se acercó hasta la papelera para tirar el dispositivo de seguimiento.

—¡No! —susurró Sophie agarrándolo por la manga para impedírselo—. Déjeselo en el bolsillo. Si lo tira, la señal dejará de moverse y sabrán que lo ha encontrado. Si el capitán le ha dejado venir solo hasta aquí ha sido porque sabe en todo momento dónde se encuentra. Y si sospecha que usted ha descubierto lo que está haciendo... —Sophie no terminó la frase, pero le cogió el dispositivo y se lo volvió a meter en el bolsillo—. El disco se lo tiene que quedar usted. Al menos de momento.

Langdon se sentía perdido.

—Pero ¿cómo es que Fache sospecha que he matado a Jacques Saunière?

—Tiene algunas razones bastante poderosas para creerlo —la expresión de Sophie se hizo más tensa—. Hay una prueba que usted aún no ha visto. Fache se ha cuidado mucho de no enseñársela.

Langdon estaba expectante.

—¿Se acuerda de las tres cosas que Saunière ha escrito en el suelo?

Langdon asintió. Tenía aquellas palabras y aquellos números clavados en la mente.

La voz de Sophie se convirtió en un susurro.

—Por desgracia, lo que usted vio no era el mensaje entero. Había una cuarta línea que Fache mandó fotografiar y borró antes de que usted llegara.

Aunque Langdon sabía que la tinta soluble de aquel rotulador especial se borraba con facilidad, no se le ocurría por qué iba Fache a eliminar alguna prueba.

—Aquella última línea del mensaje contenía algo que el capitán no quería que usted supiera. Al menos no hasta que ya le hubiera atrapado.

Sophie se sacó del bolsillo del suéter una copia de impresora de la foto y empezó a desdoblarla.

—Fache ha enviado hace un rato imágenes de la escena del crimen al Departamento de Criptografía con la esperanza de que le aclaráramos qué decía el mensaje de Saunière. Ésta es la foto con el texto completo —añadió alargándosela.

Confuso, Langdon miró aquella imagen. En ella se veía el mensaje resplandeciente del suelo de la galería. La última línea le sacudió como si le hubieran dado una patada en el estómago.

13-3-2-21-1-1-8-5
¡Diavole in Dracon!
Límala, asno
P. S. Buscar a Robert Langdon

13

Durante unos segundos, se quedó mirando desconcertado aquel *post scriptum* de Saunière: «Buscar a Robert Langdon.» Era como si el suelo se estuviera abriendo bajo sus pies. «¿Saunière ha dejado una posdata que alude a mí ?» Por más que le daba vueltas, no se le ocurría por qué.

—¿Entiende ahora —dijo Sophie con los ojos llenos de impaciencia— por qué Fache ha ordenado que le traigan hasta aquí y por qué es usted el principal sospechoso?

Lo único que Langdon entendía en aquel momento era por qué el capitán había puesto aquella cara cuando él había apuntado que Saunière podría haber escrito el nombre de su asesino.

«Buscar a Robert Langdon.»

—¿Por qué lo habrá escrito Saunière? —preguntó en voz alta, a medida que su desconcierto daba paso al enfado—. ¿Por qué habría de querer matar yo a Jacques Saunière?

—A Fache aún le queda el motivo por averiguar, pero ha grabado toda la conversación que han mantenido con la esperanza de encontrarlo.

Langdon abrió la boca, pero no dijo nada.

—Lleva un micrófono minúsculo —le explicó Sophie— conectado a un transmisor que esconde en el bolsillo y que emite la señal al puesto de mando.

—Eso es imposible —exclamó Langdon—. Tengo coartada. Me fui directo al hotel después de la conferencia. Puede preguntar en recepción.

—Fache ya lo ha preguntado. En su informe consta que usted pidió la llave de su habitación a las diez y media de la noche, aproximadamente. Por desgracia, el asesinato se produjo cerca de las once. Y usted pudo fácilmente haber salido de su habitación sin que nadie lo viera.

—¡Qué locura! ¡Fache no tiene ninguna prueba!

Sophie abrió mucho los ojos como cuestionando aquella afirmación.

—Señor Langdon, su nombre estaba escrito en el suelo, junto al cadáver, y en la agenda del conservador está anotado que debían verse aproximadamente a la misma hora en que se produjo el asesinato. Fache tiene pruebas más que suficientes como para retenerlo y someterlo a un interrogatorio.

Langdon se dio cuenta en aquel mismo instante de que le hacía falta un abogado.

—Yo no he hecho nada.

Sophie suspiró.

—No estamos en la televisión americana, señor Langdon. En Francia, la ley protege a la policía, no a los delincuentes. Desgraciadamente, en este caso, también hay que tener en cuenta a los medios de comunicación. Jacques Saunière era una personalidad relevante, y alguien muy querido en París. Su asesinato va a ser una noticia destacada en los periódicos de mañana. A Fache lo van a presionar mucho para que haga alguna declaración, y prefiere tener ya a un sospechoso que no tener nada. Sea o no sea usted culpable, lo más probable es que lo retengan en las dependencias de la Policía Judicial hasta que aclare qué pasó en realidad.

Langdon se sentía como un animal enjaulado.

—¿Por qué me está contando todo esto?

—Porque creo que es inocente, señor Langdon. —Sophie apartó la mirada un momento y volvió a mirarle a los ojos—. Y también porque es en parte culpa mía que esté metido en este lío.

—¿Cómo dice? ¿Es culpa suya que Saunière haya intentado inculparme?

—Saunière no intentaba inculparlo. Eso es un error. El mensaje del suelo era para mí.

Tardó unos momentos en asimilar aquella información.

—Disculpe, pero no la entiendo.

—Lo que digo es que ese mensaje no era para la policía. Lo escribió para mí. Creo que se vio obligado a hacerlo todo tan deprisa que no se paró a pensar en el efecto que tendría sobre la policía. —Se detuvo un instante—. El código numérico no significa nada. Saunière lo escribió para asegurarse de que en la investigación intervendrían criptógrafos, para estar seguro de que yo me enteraría lo antes posible de lo que le había pasado.

Langdon empezaba a entender algo. Aunque aún no tenía claro que Sophie Neveu no hubiera perdido el juicio, al menos comprendía por qué intentaba ayudarlo. «Buscar a Robert Langdon.» Según parecía, ella creía que el conservador le había dejado un mensaje críptico en el que le instaba a encontrar a Langdon.

—Pero ¿por qué cree que el mensaje iba dirigido a usted?

—Por *El hombre de Vitrubio* —respondió ella—. Ese dibujo ha sido siempre mi obra preferida de Leonardo. Y esta noche él lo ha usado para llamar mi atención.

—Un momento. ¿Me está diciendo que Saunière sabía cuál era su obra de arte favorita?

Sophie asintió.

—Lo siento. Sé que no le estoy explicando las cosas con claridad. Jacques Saunière y yo...

La criptóloga hizo una pausa, y Langdon captó una repentina melancolía en su voz, un pasado doloroso retenido justo debajo de la superficie. Sophie y el conservador tenían, al parecer, algún tipo de relación especial. Contempló a aquella hermosa joven que tenía delante. No ignoraba que en Francia los señores de edad tenían con frecuencia amantes jóvenes. Con todo, la imagen de Sophie Neveu no encajaba con la de una «mantenida».

—Hace diez años nos peleamos —susurró ella—. Desde entonces casi no habíamos vuelto a hablar. Esta noche, cuando en Criptología se ha recibido la noticia de su asesinato y he visto las imágenes de su cuerpo y las inscripciones del suelo, me he dado cuenta de que estaba intentando enviarme un mensaje.

—¿Por lo de *El hombre de Vitrubio*?

—Sí. Y por las letras P. S.

—¿Posdata en latín? ¿*Post Scriptum*?

Negó con la cabeza.

—P. S. son mis iniciales.

—Pero si se llama Sophie Neveu.

Ella apartó la mirada.

—P. S. es el apodo que me puso cuando vivía con él. —Se ruborizó—. Son las iniciales de Princesse Sophie.

Langdon no supo qué decir.

—Sí, es una tontería, ya lo sé, pero es que fue hace muchos años. Yo era una niña.

—¿Ya lo conocía de pequeña?

—Bastante —dijo ella con los ojos arrasados en lágrimas—. Jacques Saunière era mi abuelo.

14

—¿Dónde está Langdon? —preguntó Fache al volver al puesto de mando, soltando el humo de la última calada de su cigarrillo.

—Sigue en el servicio de caballeros. —El teniente Collet llevaba un rato esperando aquella pregunta.

Fache emitió uno de sus gruñidos.

—Veo que se toma su tiempo.

El capitán miró el punto rojo de la pantalla por encima del hombro de Collet, que notaba perfectamente que su superior tramaba algo, aunque en realidad Fache estaba reprimiendo sus ganas de ir a ver qué hacía el sospechoso. Porque lo ideal era que el individuo sometido a vigilancia se sintiera lo más libre posible, que tuviera una falsa sensación de seguridad. Langdon debía volver, por tanto, cuando quisiera. Pero aun así, ya habían pasado diez minutos.

«Demasiado tiempo.»

—¿Hay alguna posibilidad de que Langdon se haya dado cuenta de que lo estamos vigilando?

Collet negó con la cabeza.

—Aún se detectan pequeños movimientos en el interior del servicio, por lo que el GPS sigue obviamente dentro del bolsillo. A lo mejor se encuentra mal. Si hubiera encontrado el dispositivo, lo habría tirado y habría intentado escapar.

Fache consultó la hora.

—Está bien.

De todos modos, el capitán parecía preocupado. Durante toda la noche, Collet había detectado un nerviosismo en él que no era nada normal. Habitualmente, en situaciones de presión, se mostraba frío y distante, pero aquella noche parecía haber una implicación más emocional en su manera de actuar, como si se tratara de un asunto personal.

«No me extraña —pensó Collet—. Fache necesita desesperadamente detener a alguien.» Hacía poco, el Consejo de Ministros y los medios de comunicación habían empezado a cuestionar de manera más abierta sus tácticas agresivas, sus encontronazos con algunas embajadas importantes y la desproporcionada partida del presupuesto que había destinado a nuevas tecnologías. Si aquella noche se producía la detención de un ciudadano norteamericano gracias al uso de las telecomunicaciones electrónicas, lograría silenciar en gran medida a sus críticos, lo que le ayudaría a mantenerse unos años más en el cargo, hasta que fuera el momento de jubilarse con una sustanciosa pensión. «Y Dios sabe bien que esa pensión le va a hacer mucha falta», pensó el teniente. El interés de Fache por la tecnología le había supuesto costes profesionales y personales. Se rumoreaba que había invertido todos sus ahorros durante la época de la especulación tecnológica de hacía unos años, y que lo había perdido todo. «Y Fache es de los que no se conforman con poco.»

Esa noche aún tenían mucho tiempo. La extraña interrupción de Sophie Neveu, aunque inoportuna, había sido sólo un contratiempo menor. Ahora ya se había ido y Fache aún tenía algunas cartas que poner sobre la mesa. Aún tenía que informar a Langdon de que su nombre había aparecido escrito en el suelo, junto a la víctima. «P. S. Buscar a Robert Langdon.» La reacción que tuviera el americano ante aquella prueba iba a ser decisiva.

—¿Capitán? —llamó uno de los agentes desde el otro lado del despacho, sosteniendo muy serio el auricular de un teléfono—. Creo que debería atender esta llamada.

—¿Quién es? —preguntó.

El agente frunció el ceño.

—Es el director de nuestro Departamento de Criptografía.

—¿Y?

—Es acerca de Sophie Neveu, señor. Parece que hay algo que no va bien.

15

Era la hora.

Silas se sintió con energías renovadas al bajarse del Audi negro. La brisa nocturna le agitaba el hábito. «Los vientos del cambio están en el aire.» Sabía que la tarea que tenía encomendada requería más maña que fuerza, y se dejó la pistola en el coche. Era El Maestro quien le había proporcionado aquella Heckler and Koch USP 40, con cargador de trece tiros.

«No hay sitio para el arma de la muerte en la casa de Dios.»

La plaza que había frente a la iglesia estaba desierta a esa hora, y las únicas almas que pululaban por su extremo más alejado eran dos prostitutas adolescentes que mostraban su mercancía a los turistas noctámbulos. Sus cuerpos núbiles despertaron el recuerdo del deseo en las ingles de Silas. Dobló un poco las piernas, instintivamente, y el cilicio se le clavó en la carne y le causó dolor. Las ganas se desvanecieron al instante. Desde hacía ya diez años, Silas se había abstenido devotamente de toda satisfacción sexual, incluso de la que hubiera podido proporcionarse a sí mismo. Así estaba prescrito en *Camino*. Sabía que había sacrificado mucho para seguir al Opus Dei, pero había recibido mucho más a cambio. Un voto de celibato y de renuncia a todos los bienes personales no representaba apenas sacrificio alguno. Teniendo en cuenta la pobreza en la que había nacido y los horrores sexuales que había soportado en la cárcel, el celibato había sido un cambio favorable.

Ahora, en su primera visita a Francia desde su detención y traslado a Andorra, Silas notaba que su patria lo estaba poniendo a prueba, haciendo que en su alma redimida afloraran violentos recuerdos. «Tú has vuelto a nacer», se recordaba a sí mismo. El servicio a Dios que había hecho aquel día había requerido del pecado del asesinato, un sacrificio que sabía que tendría que llevar secretamente en su corazón toda la eternidad.

«La medida de tu fe es la medida del dolor que seas capaz de soportar», le había dicho El Maestro. A Silas el dolor no le era desconocido, y estaba ansioso por demostrar su fidelidad a quien le había asegurado que sus acciones venían ordenadas por un poder superior.

—Hago la obra de Dios —dijo Silas en voz baja mientras se acercaba a la entrada de la iglesia.

Deteniéndose en la penumbra de la enorme puerta, aspiró hondo. Hasta ese momento no fue plenamente consciente de lo que estaba a punto de hacer, ni de lo que le aguardaba dentro.

—La clave. Ella nos conducirá a nuestra meta final.

Alzó su puño blanco, fantasmagórico, y golpeó con él tres veces el portón.

Instantes después, los cerrojos de aquella enorme entrada empezaron a girar.

16

Sophie se preguntaba cuánto tiempo tardaría Fache en darse cuenta de que aún no había salido del museo. Al ver que Langdon estaba apabullado, Sophie empezó a dudar de si había hecho bien arrinconándolo ahí, en el servicio de caballeros.

«Pero ¿qué otra cosa podía hacer?»

En su mente vio el cuerpo de su abuelo, en el suelo, desnudo y con los miembros extendidos. En una época lo había significado todo para ella, pero aquella noche, para su sorpresa, constató que no sentía apenas tristeza por su muerte. Ahora Jacques Saunière era un desconocido. Su relación se rompió en un solo instante, una noche de marzo, cuando ella tenía veintidós años. «Hace ya diez.» Sophie, que había vuelto hacía unos días de la universidad inglesa en la que estudiaba, llegó a casa antes de lo previsto y encontró a su abuelo haciendo algo que se suponía que no debía ver. Aquella imagen era tan insólita que aún hoy le costaba creer que hubiera sido cierta.

«Si no lo hubiera visto con mis propios ojos...»

Demasiado avergonzada y aterrada para soportar los dolorosos intentos de su abuelo de explicárselo todo, Sophie se independizó inmediatamente, recurriendo a unos ahorros que tenía, y alquiló un apartamento pequeño con unas amigas. Se juró no hablar nunca con nadie de lo que había visto. Su abuelo intentó desesperadamente ponerse en contacto con ella, le envió cartas y notas en las que le suplicaba que se reuniera con él para poder darle una explicación. «Pero

¿qué me va a explicar?» Sophie no le respondió nunca excepto en una ocasión, para prohibirle que la llamara por teléfono o intentara abordarla en lugares públicos. Temía que su explicación fuera aún más terrorífica que el incidente mismo.

Por increíble que parezca, Saunière nunca se dio por vencido, y en aquel momento Sophie acumulaba en una cómoda las cartas sin abrir de aquellos diez años. En honor a la verdad, debía reconocer que su abuelo no la había desobedecido nunca y en todo aquel tiempo nunca le había llamado por teléfono.

«Hasta esta tarde.»

«Sophie —la voz del mensaje que grabó en el contestador era la de una persona envejecida—. Me he plegado mucho tiempo a tus deseos... y me duele tener que llamarte, pero debo hablar contigo. Ha sucedido algo terrible.»

De pie en la cocina de su apartamento de París, Sophie sintió un escalofrío al oírle después de tantos años. La dulzura de su voz le trajo una cascada de recuerdos de infancia.

«Sophie, escúchame, por favor. No puedes seguir enfadada toda la vida. ¿Es que no has leído las cartas que te he enviado durante todos estos años? ¿Es que aún no lo entiendes? —Hizo una pausa—. Tenemos que hablar ahora mismo. Por favor, concédele a tu abuelo este único deseo. Llámame al Louvre. Ahora mismo. Creo que los dos corremos un gran peligro.»

Sophie se quedó mirando el contestador. «¿Peligro? ¿De qué está hablando?»

«Princesa... —la voz de su abuelo se quebró con una emoción que Sophie no terminaba de identificar—. Sé que te he ocultado cosas, y sé que eso me ha costado tu amor. Pero si lo hice fue por tu seguridad. Ahora debes saber la verdad. Por favor, tengo que contarte la verdad sobre tu familia.»

De pronto Sophie podía oír los latidos de su corazón. «¿Mi familia?» Sus padres habían muerto cuando ella tenía sólo cuatro años. Su coche se salió de un puente y se precipitó a un río de aguas rápidas. Su abuela y su hermano menor iban con ellos, y toda su familia desapareció en un instante. Tenía una caja llena de recortes de prensa que lo confirmaban.

Una oleada de nostalgia se apoderó de ella al oír aquellas palabras. «¡Mi familia!» En aquel instante fugaz, Sophie vio imágenes de un sueño que de niña la había despertado en incontables ocasiones. «¡Mi familia está viva! ¡Y vuelve a casa!» Pero, al igual que en el sueño, aquellas imágenes se esfumaron en el olvido.

«Tu familia está muerta, Sophie, y no va a volver a casa.»

«Sophie —proseguía su abuelo en el mensaje—, llevo años esperando para decírtelo, esperando a que fuera el momento propicio. Pero ahora el tiempo se ha agotado. Llámame al Louvre tan pronto como oigas este mensaje. Yo te estaré esperando aquí toda la noche. Me temo que los dos estamos en peligro. Y hay tantas cosas que tú no sabes...»

El mensaje terminaba ahí.

En el silencio que siguió, Sophie se quedó inmóvil, temblando durante lo que le parecieron minutos enteros. Reflexionando sobre aquellas palabras de su abuelo, llegó a la conclusión de que la única posibilidad lógica era que se tratara de una trampa.

Era evidente que estaba desesperado por verla y que estaba dispuesto a intentar cualquier cosa. El desprecio que sentía por él se hizo mayor. A Sophie se le ocurrió que tal vez tuviera una enfermedad terminal y había decidido recurrir a cualquier truco para lograr que ella fuera a verlo por última vez. Si era así, había accionado el resorte correcto.

«Mi familia.»

Ahora, en la penumbra del servicio de caballeros del museo, a Sophie le llegaban los ecos del mensaje del contestador. «Sophie, me temo que los dos estamos en peligro. Llámame.»

No le había llamado. Ni se le había pasado por la cabeza. Ahora, sin embargo, todo aquello desafiaba enormemente su escepticismo. Su abuelo yacía sin vida en el museo. Y había escrito un mensaje cifrado en el suelo.

Un mensaje para ella. De eso no le cabía la menor duda.

A pesar de no entender qué significaba, su naturaleza críptica era una prueba más de que ella era la destinataria de aquellas palabras. Su pasión y sus dotes para la criptografía eran el resultado de haberse educado con Jacques Saunière —un fanático de los enigmas, los juegos de palabras y los rompecabezas—. «¿Cuántos domingos habíamos pasado resolviendo los crucigramas y los pasatiempos del periódico?»

A los doce años, Sophie ya era capaz de completar sola el crucigrama de *Le Monde,* y su abuelo la introdujo en los crucigramas en inglés, los problemas matemáticos y los dameros numéricos. Ella lo devoraba todo. Finalmente, había logrado hacer de su pasión su trabajo, y se convirtió en criptógrafa de la Policía Judicial.

Esa noche, a la profesional que había en ella no le quedaba más remedio que elogiar la habilidad de su abuelo para unir, mediante un sencillo código, a dos perfectos desconocidos: ella misma y Robert Langdon.

La cuestión era por qué lo había hecho.

Desgraciadamente, a juzgar por la expresión de desconcierto del americano, éste no tenía más idea que ella de los motivos de su abuelo para reunirlos de aquel modo.

—Usted y mi abuelo habían quedado en verse hoy —insistió Sophie—. ¿Con qué motivo?

Langdon parecía totalmente perplejo.

—Su secretaria me llamó para proponerme el encuentro, y no mencionó ningún motivo en concreto. La verdad es que yo tampoco se lo pregunté. Supuse que se había enterado de que iba a dar una conferencia sobre la iconografía pagana en las catedrales francesas, que estaba interesado en el tema y que debió parecerle buena idea que nos conociéramos después y charláramos mientras nos tomábamos una copa.

Sophie no se lo creyó. La explicación no se sostenía por ningún lado. Su abuelo sabía más que ninguna otra persona en el mundo sobre iconografía pagana. Y más aún, era una persona extremadamente reservada, nada dada a iniciar charlas intrascendentes con el primer profesor americano que se le cruzara en el camino, a menos que tuviera un motivo importante para hacerlo.

Sophie aspiró hondo y volvió a insistir.

—Mi abuelo me ha llamado esta misma tarde para decirme que él y yo estábamos en grave peligro. ¿Le dice algo eso?

Los ojos de Langdon se nublaron.

—No, pero teniendo en cuenta los hechos de esta noche...

Sophie asintió. Teniendo en cuenta los hechos de esa noche, sería de imprudentes no tener miedo. Se sintió vacía, y se acercó a la ventana que había al fondo del aseo. A través de los cables de las alarmas pegados al vidrio miró hacia fuera en silencio. La altura era considerable. Al menos doce metros.

Suspirando, alzó la vista y contempló el deslumbrante perfil de París. A su izquierda, al otro lado del Sena, la Torre Eiffel iluminada. Justo enfrente, el Arco de Triunfo. Y a la derecha, en lo alto de la colina de Montmartre, la grácil cúpula arabizante del Sacré Coeur, con su piedra blanca y pulida resplandeciente como un santuario encendido.

Allí, en el extremo más occidental del Ala Denon, la Place du Carrousel parecía pegarse al muro exterior del Louvre, separada sólo por una estrecha acera. A lo lejos, la cotidiana retahíla de camiones de reparto, la pesadilla de la ciudad, avanzaban y se detenían en los semáforos, y sus luces parecían hacerle guiños burlones.

—No sé qué decir —comentó Langdon poniéndose a su lado—. Es evidente que su abuelo intenta decirnos algo. Siento ser de tan poca ayuda.

Sophie se volvió, consciente de que el pesar que notaba en las palabras de Langdon era sincero. Con todos los problemas que tenía, estaba claro que quería ayudarla. «Debe de ser el profesor que lleva dentro», pensó, pues había leído el informe de la DCPJ sobre el sospechoso. Se trataba de un académico que, evidentemente, odiaba no entender las cosas.

«Eso lo tenemos en común», pensó.

En tanto que criptógrafa, Sophie se ganaba la vida buscando significados a datos que en apariencia no los tenían. Aquella noche algo le decía que, lo supiera o no, Robert Langdon disponía de una información que ella necesitaba desesperadamente. «Princesse Sophie. Busca a Robert Langdon.» El mensaje de su abuelo no podía ser más claro. Tenía que encontrar la manera de pasar más tiempo con aquel profesor. Tiempo para pensar. Tiempo para aclarar juntos aquel misterio. Pero, por desgracia, tiempo era precisamente lo que no tenían.

Lo miró, y dio el único paso que se le ocurrió.

—Bezu Fache va a ordenar su detención en cualquier momento. Yo puedo sacarlo de este museo. Pero tenemos que ponernos en marcha ya.

Langdon abrió mucho los ojos.

—¿Quiere que me escape?

—Es lo más inteligente que puede hacer. Si deja que Fache lo detenga ahora, se pasará meses en una cárcel francesa mientras la Policía Judicial y la Embajada americana discuten qué tribunales son competentes para juzgar su caso. Pero si salimos de aquí y llegamos a su embajada... Su gobierno velará por sus derechos mientras nosotros demostramos que usted no ha tenido nada que ver en este asesinato.

Langdon no estaba nada convencido.

—¡Ni lo sueñe! ¡Fache tiene guardas armados en todas las salidas! Y aunque lográramos escapar sin que nos dispararan, huir sólo me haría parecer culpable. Lo que tiene que hacer es decirle a Fache que el mensaje del suelo era para usted y que mi nombre no está escrito a modo de acusación.

—Eso pienso hacerlo —replicó Sophie con voz atropellada—, pero después de que se encuentre a salvo en la Embajada de los Estados Unidos. Está a menos de dos kilómetros de aquí, y tengo el coche aparcado justo delante del museo. Tratar con Fache desde aquí es demasiado complicado. ¿No lo ve? Esta noche se ha propuesto demostrar que usted es culpable. Si aún no lo ha detenido es porque espera que usted haga algo que lo incrimine más.

—Exacto. Como escaparme, por ejemplo.

El teléfono móvil de Sophie empezó a sonar. «Seguramente será Fache.» Se metió la mano en el bolsillo del suéter y lo desconectó.

—Señor Langdon —le dijo con impaciencia—, debo hacerle una última pregunta. —«Y todo su futuro podría depender de la respuesta»—. Es evidente que lo que está escrito en el suelo no demuestra su culpabilidad, pero, sin embargo, Fache le ha dicho a los miembros de su equipo que está seguro de que usted lo ha hecho. ¿Se le ocurre algún otro motivo que le haya llevado a la convicción de que es usted culpable?

Langdon se quedó en silencio unos segundos.

—No, ninguno.

Sophie suspiró. «Eso significa que Fache está mintiendo.» Sophie no sabía por qué, pero en aquellas circunstancias aquello no era lo importante. El caso era que el capitán estaba decidido a poner a Robert Langdon entre rejas aquella misma noche, costara lo que costara. Y que Sophie lo necesitaba a su lado. Aquel dilema sólo le dejaba una salida lógica.

«Es imprescindible que lleve a Langdon a la embajada.»

Volvió a girarse para mirar por la ventana, a través de los cables de la alarma pegados al cristal blindado, hacia la acera, que estaba a al menos doce metros por debajo. Saltar desde aquella altura dejaría a Langdon con las dos piernas rotas, como mínimo.

Sin embargo, Sophie se decidió.

Robert Langdon estaba a punto de escaparse del Louvre, lo quisiera o no.

17

—¿Cómo que no contesta? —preguntó Fache, incrédulo—. Está llamando a su móvil, ¿no? Me consta que lo lleva.

Collet llevaba un rato intentando localizarla.

—Tal vez se ha quedado sin batería. O tiene el timbre desactivado.

Desde que había hablado por teléfono con el director del Departamento de Criptografía, Fache estaba inquieto. Después de colgar, le había pedido a Collet que contactara con la agente Neveu. Éste no lo lograba, y el capitán caminaba de un lado para otro como un animal enjaulado.

—¿Por qué han llamado de Criptografía? —le preguntó Collet.

Fache se giró.

—Para decirnos que no han encontrado referencias a diablesas draconianas ni a nada parecido.

—¿Y nada más?

—No, también para decirnos que acaban de identificar el código numérico con los dígitos de Fibonacci, pero que sospechan que esa serie carece de significado.

Collet estaba confundido.

—Pero si ya han enviado a la agente Neveu para informarnos de eso mismo.

Fache negó con la cabeza.

—No. Ellos no han enviado a Neveu.

—¿Qué?

—Según el director, siguiendo mis órdenes, ha hecho ver las fotos que le he enviado a todos los miembros de su equipo. Cuando la agente ha llegado, les ha echado un vistazo, ha tomado nota del mensaje misterioso de Saunière y se ha ido sin decir una palabra. El director me ha dicho que no ha cuestionado su comportamiento porque era comprensible que estuviera afectada.

—¿Afectada? ¿Es que no ha visto nunca la foto de un cadáver?

Fache se quedó un momento en silencio.

—Yo no lo sabía, y por lo que parece el director tampoco hasta que se lo dijo un colaborador, pero resulta que Sophie Neveu es la nieta de Jacques Saunière.

Collet se quedó mudo.

—El director me ha comentado que eso es algo que ella nunca le había mencionado, y que suponía que era porque no había querido recibir ningún trato de favor por tener un abuelo famoso.

«No me extraña que le afectaran las fotos.»

A Collet casi no le entraba en la cabeza la terrible coincidencia que había hecho que una mujer joven tuviera que descifrar un código escrito por un familiar muerto. Con todo, sus acciones no tenían demasiado sentido.

—Está claro que reconoció que aquellos números eran la Secuencia de Fibonacci, porque luego vino aquí y nos lo dijo. No entiendo por qué se fue de la oficina sin decirle a nadie que los había descifrado.

A Collet sólo se le ocurría una hipótesis para explicar aquellos desconcertantes hechos: que Saunière hubiera escrito el código numérico en el suelo con la esperanza de que Fache incorporara a algún criptógrafo en la investigación y, por tanto, su propia nieta se involucrara en el caso. En cuanto al resto del mensaje, ¿se estaba comunicando de algún modo el conservador con su nieta? Si era así, ¿qué le estaba diciendo? ¿Y qué pintaba Langdon en todo aquello?

Antes de que Collet pudiera seguir dándole vueltas a esas cosas, el silencio del museo desierto se vio roto por el sonido de una alarma, que parecía venir de la Gran Galería.

—¡Alarma! —gritó uno de los agentes, sin apartar la vista de la pantalla del centro de control del museo—. ¡Gran Galería! ¡Servicio de caballeros!

Fache miró a Collet.

—¿Dónde está Langdon?

—¡Sigue en el aseo! —respondió, señalando el punto rojo intermitente en el plano de su ordenador portátil—. Debe de haber roto la ventana. —Collet sabía que Langdon no podía llegar muy lejos. Aunque la ley contra incendios obligaba a que las ventanas de los edificios públicos situadas por encima de los quince metros tuvieran cristales rompibles en caso de incendio, salir por una ventana de la segunda planta del Louvre sin tener escalera ni arneses era completamente suicida. Y más en aquel caso, porque al fondo del Ala Denon no había ni árboles ni plantas para parar el golpe. Justo debajo de los servicios se extendía la Place du Carrousel, con sus dos carriles de circulación—. ¡Dios mío! —exclamó Collet con la vista fija en la pantalla—. ¡Langdon se está subiendo al alféizar de la ventana!

Pero Fache ya se había puesto en marcha. Sacando el revólver Manurhin MR-93 de la cartuchera, salió a toda prisa de la oficina.

Collet seguía mirando perplejo la pantalla, donde el punto rojo seguía parpadeando en el alféizar, hasta que de repente hizo algo totalmente inesperado y salió del perímetro del edificio.

«¿Qué está pasando aquí? —pensó—. ¿Está en el alféizar o...»

—¡Dios mío! —gritó, levantándose de la silla al ver que el punto rojo estaba del otro lado del muro. La señal pareció debilitarse un instante, y acto seguido se detuvo abruptamente a unos diez metros del perímetro del edificio.

Accionando el teclado, Collet encontró un plano de París y recalibró el GPS. Gracias al zoom, logró determinar la posición exacta de la señal, que había dejado de moverse en medio de la Place du Carrousel.

Langdon había saltado.

18

Fache iba corriendo por la Gran Galería mientras la radio de Collet retumbaba por encima del lejano sonido de la alarma.

—¡Ha saltado! —gritaba el agente—. ¡La señal luminosa está en la Place du Carrousel! ¡En el exterior de la ventana del servicio! ¡Y no se mueve! ¡Dios mío! ¡Creo que Langdon se ha suicidado!

Fache oyó aquellas palabras, pero le parecieron absurdas. Siguió corriendo. El pasillo parecía no tener fin. Al pasar junto al cuerpo de Saunière, clavó la vista en los tabiques que había al fondo del Ala Denon. Ahora la alarma se oía con más fuerza.

—¡Un momento! —La voz de Collet volvió a atronar en la radio—. ¡Se está moviendo! ¡Está vivo! ¡Langdon se está moviendo!

Fache no dejaba de correr, maldiciendo a cada paso la galería por ser tan larga.

—¡Va bajando por Carrousel! Espere, está ganando velocidad. ¡Va demasiado deprisa!

Al llegar a los tabiques del fondo, Fache se metió detrás, vio la puerta de los servicios y se fue corriendo hasta ella.

Ahora el ruido de la alarma era tan fuerte que el walkie-talkie apenas se oía.

—¡Debe de estar yendo en coche! ¡Me parece que va en un coche! ¡No puedo...!

Cuando Fache entró por fin en el aseo con la pistola en la mano, la alarma engulló las palabras de Collet. Aturdido por la estridencia de aquel sonido, escrutó la zona.

Los retretes estaban vacíos. La zona de los lavabos, desierta. Los ojos del capitán se desplazaron al momento hasta la ventana rota que había al fondo. Se acercó a ella y miró hacia abajo. Langdon no se veía por ninguna parte. A Fache le resultaba inconcebible que alguien se arriesgara a dar un salto como aquel. No había duda de que si había caído desde aquella altura, estaría malherido.

El ruido de la alarma cesó al fin y la voz de Collet volvió a hacerse audible a través del walkie-talkie.

—... avanza en dirección sur... más deprisa... ¡Está cruzando el Sena por el Pont du Carrousel!

Fache miró a la izquierda. El único vehículo que veía sobre el puente era un enorme camión que se alejaba del Louvre en dirección sur. Llevaba la carga cubierta con una lona de vinilo hundida por arriba, que recordaba a una hamaca gigantesca. Fache sintió un escalofrío de temor. Aquel camión, hacía sólo unos momentos, podía haber estado detenido junto al Louvre, justo debajo de la ventana de los servicios, esperando a que cambiara el semáforo.

«Una imprudencia temeraria», se dijo el capitán. Langdon no podía saber qué cargaba el camión debajo de la lona. ¿Y si hubiera transportado acero? ¿O cemento? ¿O incluso basura? ¿Un salto de doce metros de altura? Aquello era una locura.

—¡El punto está girando! —gritó Collet—. ¡Está girando a la derecha por el Pont des Saints-Pères!

Sí, lo veía desde ahí, el camión había frenado y estaba girando por el puente. «Ya está», pensó. Con sorpresa, observó el camión desaparecer tras dar la curva. Collet ya estaba comunicando el mensaje a los agentes que estaban fuera, ordenándoles que abandonaran el perímetro del museo y salieran en coches patrulla a perseguir el camión, mientras les informaba momento a momento de sus cambios de ubicación, como si estuviera cubriendo una extraña retransmisión deportiva.

«No pasa nada», pensó Fache, convencido. Sus hombres tendrían rodeado el camión en cuestión de minutos. Langdon no podía ir demasiado lejos.

Enfundó la pistola, salió de los servicios y se comunicó con Collet por radio.

—Que me traigan el coche. Quiero estar presente cuando lo detengan.

Mientras desandaba sus pasos por la Gran Galería, se preguntaba si Langdon habría sobrevivido a la caída.

No es que le importara un comino.

«Langdon se había escapado. Era culpable.»

A menos de quince metros de los servicios, Langdon y Sophie se ocultaban en la penumbra de la Gran Galería, con la espalda apretada contra uno de los tabiques que impedían que las puertas se vieran desde el pasillo. A duras penas habían conseguido esconderse para que Fache no los viera cuando pasó como un rayo con la pistola en la mano.

Los últimos sesenta segundos habían sido muy confusos.

Langdon seguía en el servicio, negándose a huir de la escena de un crimen que no había cometido, cuando Sophie se había puesto a observar el cristal de la ventana y a examinar la conexión de la alarma que tenía incorporada. Luego había mirado hacia abajo, como midiendo la caída.

—Con un poco de puntería, podría salir de aquí —le dijo.

—¿Puntería? —Incómodo, miró hacia abajo.

En la calle, un camión enorme estaba justo debajo del servicio esperando a que el semáforo se pusiera en verde. La carga iba cubierta por una lona no muy tensa de vinilo. Langdon esperaba que Sophie no estuviera pensando lo que parecía estar pensando.

—Sophie, no pienso saltar...

—Sáquese el dispositivo de seguimiento de la chaqueta.

Desconcertado, Langdon rebuscó en el bolsillo hasta que encontró el minúsculo disco metálico. Sophie se lo arrancó de las manos y se acercó al lavabo. Cogió una pastilla de jabón y encajó el disco dentro, haciendo presión con los dedos para que quedara fijo. Cuando estuvo bien metido, rellenó el hueco que había abierto con el trozo de jabón sobrante de manera que el dispositivo quedara totalmente oculto dentro de la pastilla.

Alargándole el jabón a Langdon, Sophie levantó del suelo una pesada papelera metálica que había debajo del lavabo y, antes de que

Langdon pudiera reaccionar, se acercó corriendo a la ventana y rompió con ella el cristal.

Las alarmas se dispararon y empezaron a aullar con una estridencia ensordecedora.

—¡Deme el jabón! —gritó Sophie, aunque con aquel ruido apenas se le oía.

Langdon le pasó la pastilla.

Sophie la agarró bien y se asomó a la ventana. El blanco era muy grande y estaba separado sólo unos tres metros del edificio. Cuando el semáforo estaba a punto de ponerse verde, Sophie aspiró hondo y arrojó el jabón a la oscuridad de la noche.

La pastilla aterrizó sobre la lona y resbaló un poco antes de detenerse, justo cuando el semáforo se ponía en verde.

—Felicidades —dijo Sophie, arrastrándolo hasta la puerta—. Acaba de escapar del Louvre.

Abandonando el servicio, se internaron en las sombras en el mismo instante en que Fache volvía a pasar.

Ahora que la alarma había dejado de sonar, Langdon oía el aullido de las sirenas de los coches-patrulla que se alejaban del museo. Fache también había salido corriendo, dejando desierta la Gran Galería.

—Hay una escalera de incendios a unos cincuenta metros de aquí —dijo Sophie—. Ahora que los guardas están abandonando sus puestos en el exterior del edificio, podremos salir.

Langdon decidió no decir nada más en toda la noche. Estaba claro que Sophie era mucho más lista que él.

19

Se dice que la historia de la iglesia de Saint-Sulpice es la más rara de entre todas las de los edificios de París. Construida sobre las ruinas de un antiguo templo dedicado a Isis, la antigua diosa egipcia, la iglesia posee una planta prácticamente idéntica a la de Notre Dame. En esa basílica recibieron las aguas bautismales figuras como el marqués de Sade o Baudelaire, y en ella se casó Victor Hugo. El seminario anexo cuenta con una historia bien documentada de heterodoxia, y en otros tiempos fue punto de encuentro clandestino de numerosas sociedades secretas.

Esa noche, la recóndita nave de Saint-Sulpice estaba silenciosa como una tumba, y el único indicio de vida era un débil olor a incienso de la última misa del día anterior. Silas detectó cierta incomodidad en sor Sandrine mientras le hacía pasar al interior del templo, cosa que no le sorprendió. Estaba acostumbrado a que la gente diera muestras de desconfianza en su presencia.

—Es usted americano —le dijo.

—Francés de nacimiento —puntualizó Silas—. Recibí la llamada en España, y ahora estudio en Estados Unidos.

Sor Sandrine asintió. Era una mujer bajita de ojos serenos.

—¿Y nunca ha visitado Saint-Sulpice?

—Me doy cuenta de que eso, en sí mismo, ya es un pecado.

—Es más bonita de día.

—No lo dudo. Sin embargo, le agradezco que me haya brindado la oportunidad de verla esta noche.

—Ha sido el abad quien me lo ha pedido. Se nota que tiene amigos influyentes.

«No lo sabe usted bien», pensó Silas.

Mientras seguía a sor Sandrine por el pasillo central, le sorprendió la austeridad de la iglesia. A diferencia de Notre Dame, con sus frescos policromados, su retablo dorado y sus cálidos revestimientos de madera, Saint-Sulpice era fría y severa, y poseía algo de la desnudez que recordaba a las ascéticas catedrales españolas. La falta de ornamentación hacía que el interior pareciera más espacioso, y cuando Silas alzó la mirada para contemplar el techo apuntado con sus nervaduras, se imaginó que estaba dentro del casco de un barco puesto del revés.

«Una imagen muy adecuada», pensó. El buque de la hermandad estaba a punto de naufragar definitivamente. Impaciente por ponerse manos a la obra, Silas deseaba que sor Sandrine lo dejara solo. Era una mujer menuda, y habría podido inmovilizarla sin dificultad, pero había jurado no recurrir a la fuerza a menos que fuera absolutamente imprescindible. «Es una mujer del clero, y no tiene la culpa de que la hermandad haya escogido su iglesia para ocultar la clave. No debe ser castigada por los pecados de otros.»

—No me gusta, hermana, que esté usted despierta a estas horas por mi culpa.

—No se preocupe. Va a estar en París muy poco tiempo y no debía perderse Saint-Sulpice. ¿Son sus intereses más de tipo histórico o arquitectónico?

—En realidad, hermana, mi interés es espiritual.

Ella se rió complacida.

—Eso se da por descontado. Se lo preguntaba para saber por dónde empezar la visita.

Silas notó que los ojos se le iban al altar.

—Oh, no hace falta que me acompañe. Ya ha sido muy amable. Me las arreglaré solo, no se moleste.

—No es molestia —insistió—. Además, ya estoy despierta.

Silas se detuvo. Habían llegado al primer banco y el altar quedaba a menos de quince metros. Se dio la vuelta y se acercó mucho al pequeño cuerpo de sor Sandrine, y notó que ella retrocedía al mirarle los ojos rojos.

—No quiero parecer maleducado, hermana, pero no estoy acostumbrado a hacer visitas turísticas en las casas de Dios. ¿Le importaría dejarme un tiempo de recogimiento para poder rezar antes de seguir con la visita?

Sor Sandrine vaciló.

—Ah, sí claro. Le esperaré ahí detrás.

Silas le plantó suavemente la mano en el hombro y la miró.

—Hermana, ya me siento culpable por haberla despertado. Pedirle que siga despierta me parece demasiado. Por favor, vuelva a la cama. Yo puedo disfrutar solo del templo y salir por mi cuenta.

Sor Sandrine no estaba muy convencida.

—¿Y está seguro de que no se sentirá abandonado?

—De ninguna manera. La oración es una dicha solitaria.

—Como quiera.

Silas le apartó la mano del hombro.

—Duerma bien, hermana. Que la paz del Señor sea con usted.

—Y con usted. —Sor Sandrine se dirigió a la escalera—. Y por favor, asegúrese al salir de que la puerta quede bien cerrada.

—Lo haré. —Silas la vio perderse por el piso de arriba. Acto seguido se arrodilló en el primer banco, notando que el cilicio se le clavaba en la pierna.

«Dios mío, te ofrezco esta obra que hago hoy...»

Encorvada en la penumbra que proyectaba el balcón del coro, por encima del altar, sor Sandrine contemplaba en silencio a través de la balaustrada al religioso arrodillado, solo. El súbito temor que invadía su alma le hacía difícil estarse quieta. Durante un fugaz instante, se preguntó si aquel misterioso visitante podría ser el enemigo contra quien tanto le habían prevenido, y si aquella noche tendría que cumplir las órdenes que llevaba todos aquellos años esperando poder ejecutar. Decidió seguir allí, en la oscuridad, observando con detalle todos sus movimientos.

20

Emergiendo de las sombras, Langdon y Sophie avanzaron sigilosamente por la galería desierta hacia la salida de emergencia.

Mientras caminaba, él se sentía como si estuviera intentando resolver un rompecabezas en la oscuridad. La última novedad de aquel misterio era ciertamente preocupante: «El capitán de la Policía Judicial intenta acusarme de asesinato».

—¿Cree que es posible que haya sido Fache quien haya escrito el mensaje del suelo?

Sophie ni se volvió para responderle.

—Imposible.

Langdon no estaba tan seguro.

—Parece bastante decidido a hacerme aparecer como culpable. A lo mejor se le ocurrió que escribir mi nombre en el suelo le ayudaría a defender su caso.

—¿La Secuencia de Fibonacci? ¿Las iniciales? ¿Todo ese simbolismo de Leonardo Da Vinci y de la divinidad femenina? Eso es obra de mi abuelo, seguro.

Langdon sabía que tenía razón. El simbolismo de las pistas encajaba a la perfección —el pentáculo, *El hombre de Vitrubio*, Leonardo Da Vinci, la diosa, incluso la Secuencia de Fibonacci. «Un conjunto simbólico consistente», como dirían los especialistas en iconografía. Todo inextricablemente ligado.

—Y su llamada telefónica de esta tarde —añadió Sophie—. Me dijo que tenía que contarme algo. Estoy segura de que su mensaje del

Louvre ha sido su último intento de explicarme una cosa importante, algo que, según creía, usted podría ayudarme a entender.

Langdon frunció el ceño. «¡Diavole in Dracon! Límala, asno.» Ojalá entendiera el mensaje, tanto por el bien de Sophie como por el suyo propio. Estaba claro que las cosas no habían hecho más que empeorar desde que había posado los ojos por primera vez en aquellas palabras crípticas. Aquella falsa huida por la ventana del baño no iba a contribuir precisamente a que la opinión que Fache tenía de él mejorara. No creía que al jefe de la policía francesa fuera a hacerle demasiada gracia descubrir que había estado persiguiendo una pastilla de jabón con intención de detenerla.

—La puerta tiene que estar por aquí cerca —dijo Sophie.

—¿Cree que es posible que los números del mensaje de su abuelo escondan la clave para interpretar las otras líneas? —Langdon había trabajado en una ocasión con unos manuscritos de Bacon que contenían una serie de epígrafes cifrados en los que determinadas líneas del código eran pistas que permitían resolver otras.

—Llevo toda la noche pensando en los números. Sumas, cocientes, productos. Y no veo nada. Matemáticamente, están ordenados al azar. Un galimatías criptográfico.

—Pero todos forman parte de la Secuencia de Fibonacci. Eso no puede ser coincidencia.

—No lo es. Recurrir a los números de Fibonacci ha sido otra señal de advertencia que mi abuelo ha querido hacerme llegar, como lo de imitar con su cuerpo la forma de mi obra de arte favorita, o lo de dibujarse el pentáculo en la piel. Lo ha hecho todo para llamar mi atención.

—¿Lo del pentáculo también tiene algún significado para usted?

—Sí. No he tenido ocasión de comentárselo, pero el pentáculo era un símbolo especial entre mi abuelo y yo cuando era pequeña. A veces, para divertirnos, nos echábamos las cartas del Tarot, y a mí la carta indicativa siempre me salía del palo de los pentáculos. Estoy segura de que tenía la baraja trucada, pero los pentáculos se convirtieron en nuestra broma privada.

Langdon sintió un escalofrío. «¿Jugaban con cartas del Tarot?» Aquel juego de naipes medieval de origen italiano estaba lleno de símbolos heréticos ocultos a los que había dedicado un capítulo entero en su nuevo libro. Las veintidós cartas de la baraja llevaban nombres como *La Papisa*, *La Emperatriz* y *La Estrella*. Originalmente, el Tarot había surgido como un medio para transmitir ideas prohibidas por la Iglesia. En la actualidad, sus características místicas las transmitían las modernas echadoras de cartas.

«En el Tarot, el palo indicativo de la divinidad femenina es el pentáculo», pensó Langdon, dándose cuenta de que si Jacques Saunière hubiera trucado las barajas para gastarle bromas a su nieta, los pentáculos eran el palo más oportuno.

Llegaron a la salida de emergencia, y Sophie abrió la puerta con mucho cuidado. No sonó ninguna alarma. El sistema sólo se activaba si se abría desde fuera. Guió a Langdon escaleras abajo en dirección a la planta inferior, cada vez más deprisa.

—Su abuelo —se interesó él, intentando seguir su ritmo—, cuando le habló del pentáculo, ¿le mencionó el culto a la diosa o le dio a entender que tuviera algún tipo de resentimiento hacia la Iglesia católica?

Sophie negó con la cabeza.

—A mí me interesaban más sus aspectos matemáticos: la Divina Proporción, el Phi, la Secuencia de Fibonacci, esas cosas.

Langdon se sorprendió.

—¿Su abuelo le hablaba del número Phi?

—Claro. La Divina Proporción. —Sonrió con falsa modestia—. En realidad, muchas veces decía en broma que yo era medio divina... ya sabe, por las letras de mi nombre.

Langdon se quedó un momento pensativo y después masculló algo en señal de asentimiento.

«So-PHI-e.»

Seguían bajando por la escalera, y Langdon se concentró en el Phi. Estaba empezando a darse cuenta de que las pistas de Saunière eran más coherentes de lo que en un principio había supuesto.

«Da Vinci... la serie de Fibonacci... el pentáculo.»

Por increíble que pareciera, todas esas cosas estaban relacionadas mediante una idea tan básica de la historia del arte que Langdon dedicaba muchas clases a exponerla.

El número Phi.

Se sintió una vez más en Harvard, de nuevo en su clase de «Simbolismo en el Arte», escribiendo su número preferido en la pizarra:

$$1,618$$

Langdon se dio la vuelta para contemplar la cara expectante de sus alumnos.

—¿Alguien puede decirme qué es este número?

Uno alto, estudiante de último curso de matemáticas, que se sentaba al fondo levantó la mano.

—Es el número Phi —dijo, pronunciando las consonantes como una *efe*.

—Muy bien, Stettner. Aquí os presento a Phi.

—Que no debe confundirse con pi —añadió Stettner con una sonrisa de suficiencia.

—El Phi —prosiguió Langdon—, uno coma seiscientos dieciocho, es un número muy importante para el arte. ¿Alguien sabría decirme por qué?

Stettner seguía en su papel de gracioso.

—¿Porque es muy bonito?

Todos se rieron.

—En realidad, Stettner, vuelve a tener razón. El Phi suele considerarse como el número más bello del universo.

Las carcajadas cesaron al momento, y Stettner se incorporó, orgulloso.

Mientras cargaba el proyector con las diapositivas, explicó que el número Phi se derivaba de la Secuencia de Fibonacci, una progresión famosa no sólo porque la suma de los números precedentes equivalía al siguiente, sino porque los cocientes de los números precedentes poseían la sorprendente propiedad de tender a 1,618, es decir, al número Phi.

A pesar de los orígenes aparentemente místicos de Phi, prosiguió Langdon, el aspecto verdaderamente pasmoso de ese número era su papel básico en tanto que molde constructivo de la naturaleza. Las plantas, los animales e incluso los seres humanos poseían características dimensionales que se ajustaban con misteriosa exactitud a la razón de Phi a 1.

—La ubicuidad de Phi en la naturaleza —añadió Langdon apagando las luces— trasciende sin duda la casualidad, por lo que los antiguos creían que ese número había sido predeterminado por el Creador del Universo. Los primeros científicos bautizaron el uno coma seiscientos dieciocho como «La Divina Proporción».

—Un momento —dijo una alumna de la primera fila—. Yo estoy terminando biología y nunca he visto esa Divina Proporción en la naturaleza.

—¿Ah no? —respondió Langdon con una sonrisa burlona—. ¿Has estudiado alguna vez la relación entre machos y hembras en un panal de abejas?

—Sí, claro. Las hembras siempre son más.

—Exacto. ¿Y sabías que si divides el número de hembras por el de los machos de cualquier panal del mundo, siempre obtendrás el mismo número?

—¿Sí?

—Sí. El Phi.

La alumna ahogó una exclamación de asombro.

—No es posible.

—Sí es posible —contraatacó Langdon mientras proyectaba la diapositiva de un molusco espiral—. ¿Reconoces esto?

—Es un nautilo —dijo la alumna de biología—. Un molusco cefalópodo que se inyecta gas en su caparazón compartimentado para equilibrar su flotación.

—Correcto. ¿Y sabrías decirme cuál es la razón entre el diámetro de cada tramo de su espiral con el siguiente?

La joven miró indecisa los arcos concéntricos de aquel caparazón.

Langdon asintió.

—El número Phi. La Divina Proporción. Uno coma seiscientos dieciocho.

La alumna parecía maravillada.

Langdon proyectó la siguiente diapositiva, el primer plano de un girasol lleno de semillas.

—Las pipas de girasol crecen en espirales opuestos. ¿Alguien sabría decirme cuál es la razón entre el diámetro de cada rotación y el siguiente?

—¿Phi? —dijeron todos al unísono.

—Correcto. —Langdon empezó a pasar muy deprisa el resto de imágenes: piñas piñoneras, distribuciones de hojas en ramas, segmentaciones de insectos, ejemplos todos que se ajustaban con sorprendente fidelidad a la Divina Proporción.

—Esto es insólito —exclamó un alumno.

—Sí —dijo otro—. Pero ¿qué tiene que ver esto con el arte?

—¡Ajá!—intervino Langdon—. Me alegro de que alguien lo pregunte.

Proyectó otra diapositiva, de un pergamino amarillento en el que aparecía el famoso desnudo masculino de Leonardo Da Vinci, *El hombre de Vitrubio*, llamado así en honor a Marcus Vitrubius, el brillante arquitecto romano que ensalzó la Divina Proporción en su obra *De Arquitectura*.

—Nadie entendía mejor que Leonardo la estructura divina del cuerpo humano. Había llegado a exhumar cadáveres para medir las proporciones exactas de sus estructuras óseas. Fue el primero en demostrar que el cuerpo humano está formado literalmente por bloques constructivos cuya razón es siempre igual a Phi.

Los alumnos le dedicaron una mirada escéptica.

—¿No me creéis? —les retó Langdon—. Pues la próxima vez que os duchéis, llevaos un metro al baño.

A un par de integrantes del equipo de fútbol se les escapó una risa nerviosa.

—No sólo vosotros, cachas inseguros —cortó Langdon—, sino todos. Chicos y chicas. Intentadlo. Medid la distancia entre el suelo y la parte más alta de la cabeza. Y divididla luego entre la distancia que hay entre el ombligo y el suelo. ¿No adivináis qué número os va a dar?

—¡No será el Phi! —exclamó uno de los deportistas, incrédulo.

—Pues sí, el Phi. Uno coma seiscientos dieciocho. ¿Queréis otro ejemplo? Medíos la distancia entre el hombro y las puntas de los dedos y divididla por la distancia entre el codo y la punta de los dedos.

Otra vez el número Phi. ¿Otro más? La distancia entre la cadera y
el suelo dividida por la distancia entre la rodilla y el suelo. Otra vez
Phi. Las articulaciones de manos y de pies. Las divisiones vertebra-
les. Phi, Phi, Phi. Amigos y amigas, todos vosotros sois tributos an-
dantes a la Divina Proporción.

Aunque las luces estaban apagadas, Langdon notaba que todos
estaban atónitos. Y él notaba un cosquilleo en su interior. Por eso se
dedicaba a la docencia.

—Amigos y amigas, como veis, bajo el caos del mundo subyace
un orden. Cuando los antiguos descubrieron el Phi, estuvieron seguros de haber dado con el plan que Dios había usado para crear el
mundo, y por eso le rendían culto a la Naturaleza. Es comprensible.
La mano de Dios se hace evidente en ella, e incluso en la actualidad
existen religiones paganas que veneran a la Madre Tierra. Muchos de
nosotros honramos a la Naturaleza como lo hacían los paganos, y ni
siquiera sabemos por qué. Las fiestas de mayo que celebramos en los
Estados Unidos son un ejemplo perfecto... la celebración de la primavera, la tierra que vuelve a la vida para darnos su fruto. La misteriosa magia inherente a la Divina Proporción se escribió al principio
de los tiempos. El hombre se limita a acatar las reglas de la Naturaleza, y como el arte es el intento del hombre por imitar la belleza surgi-
da de la mano del Creador, ya os podéis imaginar que durante este semestre vamos a ver bastantes muestras de la Divina Proporción
aplicadas a las diversas manifestaciones artísticas.

Durante los siguientes treinta minutos, Langdon se dedicó a
mostrarles diapositivas con obras de Miguel Ángel, Durero, Leonardo Da Vinci y muchos otros, demostrando en todos los casos la deli-
berada y rigurosa observancia de la Divina Proporción en el planteamiento de sus composiciones. Langdon desenmascaró el número Phi
en las dimensiones arquitectónicas del Partenón ateniense, de las Pirámides de Egipto e incluso del edificio de las Naciones Unidas de
Nueva York. El Phi aparecía en las estructuras básicas de las sonatas
de Mozart, en la *Quinta sinfonía* de Beethoven, así como en los trabajos de Bartók, de Debussy y de Schubert. El número Phi, expuso
Langdon, lo usaba hasta Stradivarius para calcular la ubicación exacta de los oídos o efes en la construcción de sus famosos violines.

—Para terminar —dijo Langdon acercándose a la pizarra—, vol-
vamos a los símbolos. —Dibujó las cinco líneas secantes que formaban una estrella de cinco puntas—. Este símbolo es una de las imágenes más importantes que veréis durante este curso. Formalmente
conocido como «pentagrama», o pentáculo, como lo llamaban los antiguos, muchas culturas lo consideran tanto un símbolo divino como
mágico. ¿Alguien sabría decirme por qué?

Stettner, el alumno de matemáticas, levantó la mano.

—Porque al dibujar un pentagrama, las líneas se dividen automáticamente en segmentos que remiten a la Divina Proporción.

Langdon movió la cabeza hacia delante en señal de aprobación.

—Muy bien. Pues sí, la razón de todos los segmentos de un pentáculo equivale a Phi, por lo que el símbolo se convierte en la máxima
expresión de la Divina Proporción. Por ello, la estrella de cinco puntas ha sido siempre el símbolo de la belleza y la perfección asociada a
la diosa y a la divinidad femenina.

Las alumnas sonrieron, complacidas.

—Una cosa más. Hoy sólo hemos mencionado de pasada a Leonardo Da Vinci, pero vamos a tratarlo mucho más durante el curso.
Está perfectamente documentado que Leonardo era un ferviente devoto de los antiguos cultos a la diosa. Mañana os mostraré su famoso
fresco *La última cena*, que es uno de los más sorprendentes homenajes a la divinidad femenina que vais a ver nunca.

—Lo dice en broma —intervino alguien—. Yo creía que *La última cena* era sobre Jesús.

—Pues hay símbolos ocultos en sitios que ni imaginarías.

—Venga —susurró Sophie—. ¿Qué pasa? Ya casi estamos. ¡Dese prisa!

Langdon levantó la vista y notó que estaba regresando de un lugar muy lejano. Se dio cuenta de que estaba de pie, inmóvil, en la escalera, paralizado por una súbita revelación.

«¡Diavole in Dracon! Límala, asno.»

Sophie seguía mirándolo.

«No puede ser tan fácil», pensó.

Pero sabía que sí, que lo era.

Ahí, en las entrañas del Louvre... con imágenes de números Phi y Leonardos revoloteándole en la mente, Robert Langdon, repentina e inesperadamente, descifró el enigma de Saunière.

—¡*Diavole in Dracon! Límala, asno* —dijo—. ¡Es un mensaje cifrado de los más simples!

Sophie también se había detenido unos pasos más abajo y lo miraba desconcertada. «¿Un mensaje?» Llevaba toda la noche dando vueltas a aquellas palabras y no había visto ninguno. Y menos aún simple.

—Usted misma lo ha dicho. —La voz de Langdon reverberaba de la emoción—. La serie de Fibonacci sólo tiene sentido si está en orden. De otro modo es sólo un galimatías matemático.

Sophie no tenía ni idea de adónde quería ir a parar. «¿La Secuencia de Fibonacci?» Estaba segura de que su función no había sido otra que la de obligar a intervenir al Departamento de Criptografía. «¿Tiene otro propósito?» Se metió la mano en el bolsillo, sacó la foto impresa y volvió a estudiar el mensaje de su abuelo.

13-3-2-21-1-1-8-5
¡Diavole in Dracon!
¡Límala, asno!

«¿Qué pasaba con la serie?»

—Que la Secuencia de Fibonacci esté desordenada es una pista —dijo Langdon cogiéndole la foto—. Los números nos dan la pauta para descifrar lo que viene a continuación. Ha escrito los números desordenados para pedirnos que apliquemos el mismo criterio al texto. «¿Diavole in Dracon? ¿Límala, asno?» Esas frases no significan nada. Son sólo letras desordenadas.

A Sophie sólo le hizo falta un instante para asimilar lo que aquello implicaba, y le pareció de una simplicidad irrisoria.

—¿Me está diciendo que cree que se trata de... anagramas? ¿Cómo los de los pasatiempos de los periódicos?

Langdon notaba el escepticismo que había en su expresión, y no le extrañaba. Eran pocos los que sabían que los anagramas, a pesar de ser un tipo de pasatiempo muy trillado en la actualidad, contaban con una larga historia de simbolismo sagrado.

Las enseñanzas místicas de la Cábala se basaban fundamentalmente en anagramas en los que mediante la alteración del orden de palabras hebreas se obtenían nuevos significados. Los reyes franceses del Renacimiento estaban tan convencidos de que los anagramas tenían propiedades mágicas que contaban con anagramistas reales que les ayudaban a tomar las decisiones más acertadas mediante el análisis de las palabras de los documentos importantes. Los romanos daban al estudio de anagramas la categoría de *ars magna* —arte mayor—.

Langdon miró fijamente a Sophie.

—Lo que su abuelo ha querido decirnos lo hemos tenido delante de nuestras narices todo este tiempo, y la verdad es que nos ha dejado bastantes pistas. Tendríamos que haberlo visto al momento.

Sin más, se sacó una pluma del bolsillo de la chaqueta y reordenó las letras de las dos líneas.

¡Diavole in Dracon!
¡Límala, asno!

Aquellos eran los perfectos anagramas de...

¡Leonardo Da Vinci!
¡La *Mona Lisa*!

21

La *Mona Lisa*.

Durante un momento, ahí de pie, junto a la salida de emergencia, Sophie se olvidó por completo de que estaban intentando salir del Louvre.

La sorpresa que le produjo aquel anagrama sólo se veía amortiguada por la vergüenza de no haberlo descifrado ella. Su profundo conocimiento de criptoanálisis le había hecho subestimar los juegos de palabras más sencillos, aunque aquello no era excusa: tendría que haberlo visto. Después de todo, los anagramas no le eran desconocidos. Cuando era joven, su abuelo le planteaba muchas veces juegos de palabras para que perfeccionara la ortografía.

—No logro imaginarme —dijo Langdon mirando la foto—, cómo ha podido crear su abuelo un anagrama tan complicado en los minutos previos a su muerte.

Sophie sí tenía la explicación, y darse cuenta de ella le hizo sentirse aún peor. «¡Tendría que haberme dado cuenta al momento!» Ahora recordaba que su abuelo —un aficionado a los juegos de palabras y amante del arte— se había dedicado de joven, a modo de pasatiempo, a crear anagramas con los nombres de famosas obras de arte. De hecho, en una ocasión, uno de ellos le había causado problemas cuando Sophie era pequeña. En una entrevista que le habían hecho para una revista especializada de los Estados Unidos, había comentado que el Cubismo no le gustaba nada, y que con el título de la obra maestra de Picasso, *Las señoritas de Aviñón*, podía formarse el anagrama «Niña, veo lerdas tiñosas». A los amantes del pintor no les hizo demasiada gracia.

—Lo más probable es que mi abuelo inventara el anagrama de la *Mona Lisa* hace tiempo —dijo Sophie mirando a Langdon. «Y esa noche se había visto obligado a usarlo a modo de código improvisado.» La voz de su abuelo acababa de hablarle desde el más allá con escalofriante precisión.

«¡Leonardo Da Vinci!»

«¡La *Mona Lisa*!»

No tenía ni idea de por qué sus últimas palabras hacían referencia a aquella famosa pintura, pero sólo se le ocurría una posibilidad, y no era precisamente tranquilizadora.

«Esas no fueron sus últimas palabras...»

¿Debía acaso ir a ver *la Mona Lisa*? ¿Le había dejado su abuelo un mensaje ahí? La idea no era descabellada, porque aquel famoso lienzo se exponía en *la Salle des États*, una cámara aislada sólo accesible desde la Gran Galería. Y además, el acceso a aquella estancia se encontraba a sólo veinte metros de donde habían encontrado su cadáver.

«Podría fácilmente haber ido a ver el cuadro antes de morir.»

Sophie miró la escalera y sintió que nadaba entre dos aguas. Sabía que debía sacar inmediatamente a Langdon del museo, pero su instinto le empujaba a hacer lo contrario. Recordó la primera vez que visitó la Gran Galería, siendo niña, y se dio cuenta al momento de que si su abuelo hubiera tenido un secreto que revelarle, había pocos lugares en la Tierra más adecuados para hacerlo que junto a la *Mona Lisa* de Leonardo.

—Ya casi estamos —le había susurrado su abuelo, cogiéndole la manita y guiándola por el museo, desierto a aquellas horas.

Sophie tenía seis años. Se sentía pequeña e insignificante al contemplar aquellos techos altísimos y aquel suelo que le mareaba. El espacio vacío le inspiraba temor, aunque no quería que su abuelo se diera cuenta. Apretó con fuerza la mandíbula y se soltó de su mano.

—Ahí delante está la *Salle des États* —le dijo él cuando llegaron a las puertas de la sala más famosa del Louvre.

A pesar de la evidente emoción de su abuelo, Sophie quería irse a casa. Había visto reproducciones de la *Mona Lisa* en libros y no le gustaba nada. No entendía qué era lo que le veía la gente.

—Qué aburrido —protestó Sophie sin dejar de avanzar.

Al entrar en la *Salle des États*, recorrió las paredes con la mirada y la posó en el inequívoco puesto de honor, el centro de la pared derecha, donde un único retrato colgaba tras un panel protector de plexiglás. Su abuelo se detuvo un instante junto a la puerta y luego se acercó al cuadro.

—Entra, Sophie, no todo el mundo tiene la suerte de poder verlo a solas.

Venciendo el miedo, Sophie cruzó despacio la sala. Después de oír hablar tanto de la *Mona Lisa*, le parecía que se estaba acercando a un personaje de la realeza. Se situó justo delante del panel de plexiglás, aspiró hondo y miró hacia arriba para abarcarlo todo.

Sophie no tenía ninguna idea preconcebida de lo que iba a sentir, pero desde luego aquello no era. Ni la menor sorpresa. Ni un instante de admiración. Aquel famoso rostro se veía igual que en los libros. Se quedó ahí en silencio mucho rato, o al menos a ella se lo pareció, esperando a que pasara algo.

—Bueno, ¿qué te parece? —le preguntó al fin su abuelo en un susurro desde atrás—. Es guapa, ¿no?

—Es demasiado pequeña.

Saunière sonrió.

—Tú también eres pequeña y eres guapa.

«Yo no soy guapa», pensó. Sophie odiaba su pelo rojo y sus pecas, y era más alta que los chicos de su clase. Volvió a mirar la *Mona Lisa* y meneó la cabeza en señal de desaprobación.

—Es aún peor que en los libros. Tiene la cara... *brumeux*.

—Borrosa —apuntó su abuelo.

—Eso.

—A esa manera de pintar se le llama *sfumato* —le dijo— y es una técnica muy difícil. Leonardo Da Vinci era el mejor.

A Sophie seguía sin gustarle aquel retrato.

—Parece como si supiera algo... como cuando los niños del colegio tienen un secreto.

Su abuelo se echó a reír.

—En parte, es precisamente por eso por lo que es tan famosa. A la gente le gustaría saber por qué sonríe.

—¿Y tú lo sabes?

—A lo mejor sí —dijo su abuelo guiñándole un ojo—. Y algún día te lo contaré todo.

Sophie dio un pisotón en el suelo.

—¡Ya te he dicho que no me gustan los secretos!

—Princesa —sonrió—. La vida está llena de secretos. Es imposible desvelarlos todos a la vez.

—Voy a volver a subir —dijo Sophie, y la voz le resonó hueca en la escalera.

—¿A ver la *Mona Lisa*? —apuntó Langdon—. «¿Ahora?»

Sophie calibró el riesgo.

—Yo no soy sospechosa de asesinato, así que me arriesgaré. Tengo que saber qué ha intentado decirme mi abuelo.

—¿Y la embajada?

Sophie se sentía culpable por haber convertido a Langdon en un fugitivo y abandonarlo después a su suerte, pero no tenía otra alternativa. Le señaló la puerta metálica que había al final de la escalera.

—Cruce esa puerta y siga las señales luminosas que indican la salida. Con mi abuelo a veces salíamos por aquí. Las señales lo conducirán hasta un torniquete de seguridad. Es monodireccional y sólo se abre hacia fuera. —Le alargó las llaves de su coche—. Es el Smart rojo que hay en el aparcamiento reservado al personal. Justo enfrente de la rampa. ¿Sabe cómo llegar a la embajada?

Langdon asintió, con la vista puesta en las llaves.

—Oiga —añadió Sophie en un tono más pausado—. Creo que mi abuelo puede haberme dejado un mensaje en la *Mona Lisa*; alguna pista de quién le mató o de por qué estoy en peligro. —«O de qué le pasó a mi familia»—. Tengo que ir a ver.

—Pero si lo que quería era contarle por qué está usted en peligro, ¿por qué no lo escribió ahí en el suelo? ¿Por qué recurrir a ese complicado juego de palabras?

—Sea lo que sea lo que mi abuelo ha querido decirme, no creo que quisiera que nadie más lo supiera o lo oyera. Ni siquiera la policía. —Estaba claro que su abuelo había hecho todo lo posible por hacerle llegar la información directamente a ella. Lo había codificado todo, hasta las iniciales de su nombre, y le había pedido que se pusiera en contacto con Robert Langdon; un sabio consejo, teniendo en cuenta que había descifrado el mensaje cifrado—. Por extraño que parezca —dijo Sophie—, creo que quería que yo viera la *Mona Lisa* antes que nadie.

—Iré con usted.

—¡No! No sabemos cuánto tiempo más va a estar despejada la Gran Galería. Tiene que salir de aquí.

Langdon no parecía demasiado convencido, como si su propia curiosidad académica amenazara con imponerse a su sentido común y con arrojarlo de lleno en los brazos de Fache.

—Váyase. Váyase ahora mismo. —Sophie le dedicó una sonrisa de agradecimiento—. Nos veremos en la embajada, señor Langdon.

Langdon parecía contrariado.

—Nos veremos con una condición —replicó con voz muy grave.

Sophie se quedó un momento en silencio, sin saber qué decir.

—¿Qué condición?

—Que deje de llamarme señor Langdon y de hablarme de usted.

A Sophie le pareció detectar un ligerísimo amago de sonrisa en el rostro de Langdon, y se descubrió a sí misma devolviéndole el gesto.

—Buena suerte, Robert.

Cuando Langdon alcanzó el último rellano, al final de la escalera, le llegó un inconfundible olor a aceite de linaza y escayola. Delante de él, una señal iluminada que rezaba SORTIE/EXIT tenía una flecha que apuntaba a un largo pasillo.

Langdon se internó en él. A la derecha apareció un oscuro taller de restauración poblado por un ejército de esculturas en distintos estadios de restauración. A la izquierda, Langdon vio una serie de salas que se parecían a las aulas de bellas artes de Harvard —con hileras de caballetes, lienzos, paletas, herramientas para enmarcar; una cadena de montaje artística.

Siguió avanzando por aquel corredor, con la sensación de que, en cualquier momento, podía despertarse en su cama de Cambridge. Todo lo que le había pasado esa noche se parecía mucho a un sueño raro. «Estoy a punto de salir a escondidas del Louvre... como un fugitivo.»

El ingenioso anagrama de Saunière seguía rondándole la mente, y sentía curiosidad por saber qué encontraría Sophie en la *Mona Lisa...* si es que encontraba algo. Parecía muy convencida de que su abuelo lo había dispuesto todo de manera que ella fuera a ver el famoso cuadro una vez más. Por más lógica que resultara aquella visita, a Langdon le asaltó de pronto una angustiosa paradoja.

«P. S. Buscar a Robert Langdon.»

Saunière había escrito el nombre de Langdon en el suelo, instando a Sophie a ponerse en contacto con él. Pero ¿por qué? ¿Sólo para que le ayudara a resolver el anagrama?

Le parecía poco probable.

Después de todo, el conservador no sabía si se le daba bien o mal resolver anagramas. «Si ni siquiera nos conocíamos.» Es más, Sophie había dejado muy claro que ella sola debería haber sido capaz de resolver aquel enigma. Había sido ella la que se había dado cuenta de que los números correspondían a la Secuencia de Fibonacci y sin duda, con un poco más de tiempo, también habría llegado a descifrar el resto del mensaje sin su ayuda.

«En teoría Sophie debería haber resuelto sola el anagrama.» Cada vez estaba más convencido de que aquello era así, pero aquella conclusión creaba un vacío en la sucesión lógica de sus acciones.

«¿Por qué a mí?» —se preguntaba mientras seguía avanzando por aquel pasillo—. ¿Por qué la última voluntad de Saunière fue que su nieta, que no le hablaba, se pusiera en contacto conmigo? ¿Qué es lo que creía Saunière que yo sabía?»

Dando un respingo, se detuvo en seco. Abrió mucho los ojos y se metió la mano en el bolsillo para sacar la copia impresa de la foto. Leyó una vez más la última línea del mensaje.

«P. S. Buscar a Robert Langdon.»

Se concentró en las dos primeras letras.

Langdon sintió que aquellos desconcertantes símbolos fragmentados encajaban al momento. Como un trueno, toda su dedicación a la simbología y al estudio de la historia retumbó en su interior. De pronto, todo lo que Jacques Saunière había hecho esa noche encajó a la perfección.

Las ideas se le agolpaban en la mente intentando abarcar las implicaciones de todo aquello. Se dio la vuelta y miró el pasillo por el que acababa de pasar.

«¿Aún hay tiempo?»

Sabía que no importaba.

Sin dudarlo ni un segundo, empezó a correr camino de las escaleras.

22

Arrodillado en el primer banco, Silas fingía que rezaba, aunque en realidad lo que hacía era observar detalladamente la planta del templo. Saint-Sulpice, como la mayoría de iglesias, tenía forma de inmensa cruz latina. Su sección central, la nave, llevaba directamente al altar mayor, donde una segunda sección más corta, llamada transepto, la cruzaba. Esa intersección tenía lugar justo debajo de la cúpula principal o cimborrio, y se consideraba el corazón de la iglesia... su punto más sagrado y más místico.

«Pero esta noche no —pensó Silas—. Saint-Sulpice escondía sus secretos en otro lugar.»

Volvió la cabeza a la derecha y alargó la vista hasta el ala sur del transepto, hacia el espacio vacío que quedaba más allá de la fila de bancos, y vio el objeto que le habían descrito sus víctimas.

«Ahí está.»

Encajada en el pavimento de granito gris, una delgada franja de metal pulido brillaba en la piedra... una línea dorada que cortaba la uniformidad del suelo de la iglesia. Aquella forma alargada tenía grabadas unas marcas graduadas, como si fuera una regla. Era un gnomon, según le habían dicho, un instrumento astronómico pagano parecido a los indicadores de las horas en los relojes de sol. De todo el mundo acudían a Saint-Sulpice turistas, científicos, historiadores y no creyentes para admirar esa famosa línea.

«La Línea Rosa.»

Despacio, Silas resiguió el camino que recorría aquella marca, que se alejaba de derecha a izquierda, abriéndose delante de él en un ángulo raro, totalmente ajeno a la simetría de la iglesia, partiendo incluso en dos el altar mayor. A Silas le parecía que aquella raya era como una cicatriz que atravesara un hermoso rostro. Cruzaba toda la iglesia a lo ancho y alcanzaba la esquina del transepto norte, donde se unía a la base de una estructura inesperada.

Un colosal obelisco egipcio.

Ahí, la brillante Línea Rosa adoptaba una vertical de noventa grados y seguía su recorrido por la superficie frontal del propio obelisco, elevándose diez metros hasta la parte superior de su remate piramidal, donde finalmente moría.

«La Línea Rosa —pensó Silas—. La hermandad ha escondido la clave en la Línea Rosa.»

Poco antes, aquella misma noche, cuando le había dicho a El Maestro que la clave del Priorato estaba oculta en el interior de Saint-Sulpice, éste se había mostrado algo escéptico. Pero cuando añadió que todos los hermanos le habían revelado su ubicación exacta, relacionándola con la línea de bronce que atravesaba Saint-Sulpice, a El Maestro se le iluminó la cara.

—¡Estás hablando de la Línea Rosa!

Al momento le puso al corriente de la famosa rareza arquitectónica de aquella iglesia, una tira de bronce que atravesaba el templo en un eje perfecto de norte a sur. Era una especie de gnomon, un vestigio del templo pagano que antiguamente había sido erigido en aquel lugar. Los rayos solares, al entrar por el rosetón de la fachada sur, se deslizaban por la línea cada día, indicando el paso del tiempo, de solsticio a solsticio.

Aquella franja metálica se conocía con el nombre de Línea Rosa. Durante siglos, el símbolo de la rosa se había asociado a los mapas y a la guía de las almas en la dirección correcta. La Rosa de los Vientos —dibujada en casi todos los mapas—, indicaba los puntos cardinales y servía para marcar las direcciones de los treinta y dos vientos, obtenidas a partir de las combinaciones de Norte, Sur, Este y Oeste. Representados en el interior de un círculo, estos treinta y dos puntos de la brújula se parecían mucho a la rosa de treinta y dos pétalos. Hasta la fecha, el instrumento fundamental para la navegación sigue siendo la rosa náutica, y la dirección norte aún se marca con una flecha... o con más frecuencia, con el símbolo de una flor de lis.

En un globo terráqueo, la Línea Rosa —también llamada meridiano o longitud— era una línea imaginaria trazada desde el Polo Norte al Polo Sur. Había, claro está, un número infinito de líneas rosas, porque desde todo punto del globo se podía trazar una línea que conectara los dos polos. Pero para los primeros navegantes, la cuestión era saber a cuál de aquellas líneas había que denominar Línea Rosa —longitud cero—, aquella a partir de la que todas las demás longitudes de la Tierra pudieran medirse.

En la actualidad esa línea estaba en Greenwich, Inglaterra.

Pero mucho antes de que en esa localidad se estableciera el primer meridiano, la longitud cero de todo el mundo pasaba directamente por París, y atravesaba la iglesia de Saint-Sulpice. El indicador metálico que se veía hoy era un recuerdo al primer meridiano del mundo, y aunque Greenwich le había arrebatado aquel honor en 1888, la Línea Rosa original aún era visible en la Ciudad Luz.

—Así que la leyenda es cierta —le dijo El Maestro—. Se ha dicho siempre que la clave del Priorato estaba «debajo del signo de la rosa».

Ahora, aún de rodillas en el banco, Silas miraba a su alrededor y escuchaba con atención para asegurarse de que no hubiera nadie. En un momento le pareció oír algo en el balcón del coro. Levantó la vista unos segundos. Nada.

«Estoy solo.»

Se puso en pie, miró el altar e hizo tres genuflexiones antes de dirigirse hacia la izquierda, siguiendo la línea de bronce que, en dirección norte, le acercaba al obelisco.

En aquel mismo momento, en el Aeropuerto Internacional Leonardo Da Vinci, en Roma, el impacto de las ruedas en la pista de aterrizaje sacó al obispo Aringarosa de su modorra.

«Me he quedado un poco traspuesto», pensó, sorprendido consigo mismo por estar tan relajado.

«*Benvenuti a Roma*», anunció una voz por megafonía.

Aringarosa se incorporó en su asiento, se alisó la sotana y esbozó una extraña sonrisa. Era todo un placer hacer aquel viaje. «He estado a la defensiva demasiado tiempo.» Pero aquella noche las reglas habían cambiado. Tan sólo hacía cinco meses, Aringarosa había temido por el futuro de la Fe. Ahora, como por voluntad del Altísimo, la solución se había presentado sola.

«Intervención divina.»

Si en París todo salía según lo previsto, Aringarosa estaría en posesión de algo que lo convertiría en el hombre más poderoso de la cristiandad.

23

Sophie llegó casi sin aliento ante los portones de madera de la *Salle des États*, el espacio que albergaba a la *Mona Lisa*. Antes de entrar, se obligó a fijarse en el pasillo, a unos veinte metros más allá, donde el cuerpo sin vida de su abuelo aún estaba iluminado por la luz de un foco.

El remordimiento que la invadió fue intenso y repentino, una tristeza profunda combinada con un sentimiento de culpabilidad. Había intentado ponerse en contacto con ella tantas veces, en los últimos diez años, y Sophie siempre se había mostrado inflexible, dejando sus cartas y sus paquetes sin abrir en un cajón e ignorando sus deseos de reunirse con ella. «¡Me mintió! ¡Tenía espantosos secretos! ¿Qué iba a hacer yo?» Así, lo había mantenido al margen de su vida. Totalmente.

Ahora su abuelo estaba muerto, y le hablaba desde la tumba.

«La *Mona Lisa*.»

Se acercó a las enormes puertas, que se abrieron como una boca. Sophie se quedó un instante quieta en el umbral, escrutando aquella gran sala rectangular, que también estaba bañada de luz rojiza. La *Salle des États* era una de las pocas estancias que acababan en un *cul-de-sac*, y la única que se abría en medio de la Gran Galería. Aquellas puertas, sus únicas vías de acceso, estaban frente a un Botticelli de casi cinco metros que recibía al visitante. Debajo, centrado en el suelo, un inmenso diván octogonal dispuesto para la contemplación sosegada de las obras de arte y para el descanso de las piernas de miles de visitantes que venían a admirar la pieza más valiosa del Louvre.

Sin embargo, ya antes de entrar, Sophie se dio cuenta de que le faltaba algo; una linterna de rayos ultravioletas. Volvió a mirar al final del pasillo a su abuelo que, en la distancia, seguía rodeado de dispositivos electrónicos. Si hubiera escrito algo en aquella sala, era casi seguro que lo habría hecho con tinta invisible.

Aspiró hondo y se dirigió a toda prisa hasta la bien iluminada escena del crimen. Incapaz de mirar a su abuelo, se concentró exclusivamente en los instrumentos de la Policía Científica. Encontró una pequeña linterna de rayos ultravioletas, se la metió en el bolsillo del suéter y salió corriendo en dirección a la *Salle des États*.

Cuando estaba a punto de entrar, oyó el ruido de unos pasos amortiguados que provenían del interior de la sala. «¡Hay alguien ahí!» Una silueta emergió de repente de entre las sombras y Sophie retrocedió asustada.

—¡Por fin! —El susurro impaciente de Langdon cortó el aire y su figura intuida se plantó frente a ella.

El alivio de Sophie fue sólo momentáneo.

—Robert... te he dicho que salieras de aquí. Si Fache...

—¿Dónde estabas?

—He ido a buscar una linterna de ultravioletas —murmuró, enseñándosela—. Si mi abuelo me ha dejado algún mensaje...

—Sophie, escúchame. —Langdon contuvo la respiración y le clavó los ojos azules—. Las letras P. S., ¿significan algo más para ti? ¿Cualquier otra cosa?

Por miedo a que sus voces resonaran en el pasillo, lo arrastró al interior de la *Salle des États* y cerró con cuidado los dos enormes portones.

—Ya te lo he dicho, las iniciales corresponden a «Princesse Sophie.»

—Ya lo sé, pero ¿las has visto en algún otro sitio? ¿Usó tu abuelo alguna vez esas iniciales de algún otro modo? ¿Como monograma, o en su papel de carta, o en algún objeto personal?

Aquella pregunta la desconcertó. «¿Cómo podía saber algo así?» Pues sí, Sophie había visto aquellas dos letras en otra ocasión, en una especie de monograma. Fue el día anterior a su noveno cumpleaños. Estaba recorriendo toda la casa para ver si encontraba algún regalo escondido. Ya entonces no soportaba que le mantuvieran las cosas en secreto. «¿Qué me habrá comprado *grand-père* este año? —se preguntaba mientras revisaba en armarios y en cajones—. ¿Me habrá traído la muñeca que quiero? ¿Dónde la habrá escondido?»

Como no encontró nada en toda la casa, Sophie reunió el valor para meterse en el dormitorio de su abuelo. Tenía prohibido entrar, pero él estaba abajo, durmiendo en el sofá.

«Miraré rapidito y me iré.»

De puntillas sobre el suelo de tarima que crujía a la mínima, llegó hasta el armario. Buscó en los estantes, detrás de la ropa. Nada. Luego miró debajo de la cama, y tampoco encontró lo que buscaba. Se fue hasta el escritorio y empezó a abrir los cajones y a revisar su contenido uno por uno. «Tiene que haber algo para mí.» Llegó al último sin encontrar ni rastro de la muñeca. Desanimada, lo abrió y retiró una ropa negra que no le había visto ponerse nunca. Ya estaba a punto de cerrarlo cuando se fijó en algo dorado que había al fondo. Parecía como la cadena de un reloj de bolsillo, pero ella sabía que él lo llevaba de pulsera. Se le aceleraron los latidos del corazón al imaginar qué debía ser.

«¡Un collar!»

Sophie sacó la cadena con cuidado. Para su sorpresa, vio que de la cadena colgaba una llave de oro brillante y maciza. Fascinada, la levantó. No se parecía a ninguna otra. Casi todas las llaves que había visto eran planas y con los dientes muy marcados, pero ésta tenía la base triangular con hendiduras por todas partes. El cuerpo, grande y dorado, tenía forma de cruz, pero no de cruz normal, porque tenía los dos brazos del mismo tamaño, como un signo de suma. Grabado en medio de la cruz había un extraño símbolo, dos letras entrelazadas sobre el dibujo de una flor.

«P. S. —susurró, arrugando la frente mientras leía—. ¿Qué será eso?»

—¿Sophie? —llamó su abuelo desde la puerta.

Asustada, se giró en redondo y la llave se le cayó al suelo con un golpe seco. Miró hacia abajo, demasiado asustada para enfrentarse a la mirada de su abuelo.

—Estaba... estaba buscando mi regalo de cumpleaños —dijo ladeando la cabeza, consciente de haber traicionado su confianza.

Durante lo que le pareció una eternidad, él se quedó en silencio en el umbral, sin moverse. Al final, expulsó muy despacio el aire de un suspiro.

—Recoge la llave.

Ella le obedeció.

Su abuelo entró en el dormitorio.

—Sophie, tienes que aprender a respetar la intimidad de los demás. —Con ternura, se arrodilló a su lado y le quitó la llave—. Esta llave es muy especial. Si la hubieras perdido...

La voz pausada de su abuelo aún le hacía sentirse peor.

—Lo siento, *grand-père*, de verdad. Creía que era un collar para mi cumpleaños.

Él la miró fijamente durante unos segundos.

—Te lo repetiré una vez más, Sophie, porque es importante. Debes aprender a respetar la intimidad de los demás.

—Sí, *grand-père*.

—Ya hablaremos de todo esto en otro momento. Ahora, hay que ir a cortar las malas hierbas del jardín.

Sophie se apresuró a hacer sus tareas.

A la mañana siguiente, no recibió ningún regalo de cumpleaños de su abuelo. Después de lo que había hecho, no lo esperaba, pero él ni siquiera la felicitó en todo el día. Triste, cuando se hizo de noche se fue a dormir. Pero cuando se estaba metiendo en la cama, descubrió que sobre la almohada había una tarjeta en la que había dibujado un sencillo acertijo. Aun antes de resolverlo, Sophie ya había vuelto a sonreír. «¡Ya sé qué es!» Su abuelo ya le había hecho lo mismo el día de Navidad.

«¡La busca del tesoro!»

Decidida, se aplicó con el acertijo hasta que lo resolvió. La solución le llevó a otra parte de la casa, donde encontró otra tarjeta con otro acertijo. También lo resolvió y salió corriendo en busca de la siguiente tarjeta. Así siguió, recorriendo como una loca toda la casa, de pista en pista, hasta que por fin encontró la que la llevó de vuelta a su dormitorio. Sophie subió la escalera como una flecha, se metió en su cuarto y se detuvo. En medio había una bicicleta roja y reluciente con un lazo atado al manillar. Sophie dio un gritito de alegría.

—Ya sé que habías pedido una muñeca —le dijo su abuelo, sonriéndole desde un rincón—. Pero me pareció que esto te gustaría más.

Al día siguiente, su abuelo le enseñó a montar, sin apartarse de su lado en el camino que había frente a la casa. En un momento, se metió sin querer en el césped y perdió el equilibrio. Los dos cayeron sobre la hierba, rodando y riendo.

—*Grand-père* —le dijo, abrazándolo—. Siento mucho lo de la llave.

—Ya lo sé, tesoro. Te perdono. No sé estar enfadado contigo. Los abuelos y las nietas siempre se perdonan.

Sophie sabía que no debía preguntárselo, pero no pudo evitarlo.

—¿Qué es lo que abre? Nunca he visto una llave como esa. Era muy bonita.

Su abuelo se quedó largo rato en silencio, y ella se dio cuenta de que no sabía cómo responder. *Grand-père* nunca miente.

—Abre una caja —dijo al fin— donde guardo muchos secretos.

—¡Odio los secretos! —protestó Sophie.

—Ya lo sé, pero éstos son secretos importantes. Y algún día aprenderás a valorarlos tanto como yo.

—Vi unas letras en la llave, y una flor.

—Sí, es mi flor preferida. Se llama flor de lis. En el jardín hay algunas. Son las blancas. También se llaman lirios.

—Ah, sí, ya sé cuáles son. También son mis preferidas.

—Bueno, entonces hacemos un trato. —Arqueó mucho las cejas, como hacía siempre que estaba a punto de retarla—. Si me guardas el secreto de la llave, y no vuelves a hablar nunca más de ella, ni a mí ni a nadie, algún día te la regalaré.

Sophie no se lo podía creer.

—¿En serio?

—Te lo prometo. Cuando llegue el momento, la llave será tuya. Lleva tu nombre grabado.

Sophie protestó.

—No, mi nombre no. Ponía P. S. ¡Y yo no me llamo P. S.!

Su abuelo bajó la voz y miró como para asegurarse de que no les oía nadie.

—Está bien, Sophie, la verdad es que P. S. es un código. Son tus iniciales secretas.

Abrió mucho los ojos.

—¿Tengo iniciales secretas?

—Sí, claro, las nietas siempre tienen unas iniciales secretas que sólo conocen sus abuelos.

—¿P. S.?

Le pasó la mano por la cabeza.

—*Princesse Sophie.*

—¡Yo no soy una princesa!

—Para mí, sí.

A partir de ese día, no volvieron a hablar de la llave. Y ella pasó a ser la Princesa Sophie.

En la *Salle des États*, Sophie seguía en silencio, resistiendo como podía el agudo zarpazo de la pérdida.

—Las iniciales —susurró Langdon, que la miraba extrañado—. ¿Las ha visto?

Sophie notó que la voz de su abuelo le susurraba desde los pasillos del museo. «No hables nunca de la llave, Sophie, ni conmigo ni con nadie.» Sabía que al no perdonarlo le había fallado una vez, y no estaba segura de volver a traicionar la confianza que había depositado en ella. «P. S. Buscar a Robert Langdon.» Su abuelo quería que Langdon le ayudara. Asintió.

—Sí, las vi una vez. Cuando era pequeña.

—¿Dónde?

Sophie vaciló.

—En una cosa que era muy importante para él.

Langdon le clavó la mirada.

—Sophie, esto también es muy importante. ¿Podrías decirme si esas iniciales aparecían junto a un símbolo? ¿Una flor de lis?

—Pero... ¿cómo puedes saber una cosa así? —le dijo, asombrada.

Langdon suspiró y bajó aún más la voz.

—Estoy bastante seguro de que tu abuelo era miembro de una sociedad secreta. Una hermandad muy antigua.

Sophie sintió que se le formaba un nudo en el estómago. A ella también le cabían pocas dudas. Durante aquellos diez años, había intentado olvidar el incidente que para ella había supuesto la confirmación de aquel terrible hecho. Había presenciado algo impensable. *Imperdonable*.

—La flor de lis —prosiguió Langdon—, combinada con las iniciales P. S.; ésa es la divisa oficial de la hermandad. Su escudo de armas. Su emblema.

—¿Cómo sabes tú eso? —Sophie rezaba para que Langdon no le dijera que él también era miembro de aquella sociedad.

—He escrito algo sobre ese grupo —dijo con la voz temblorosa de emoción—. Estoy especializado en la investigación de los símbolos de las sociedades secretas. Se llaman a sí mismos *Prieuré de Sion*, Priorato de Sión. Tienen su sede aquí en Francia y atraen a influyentes miembros de toda Europa. De hecho, son una de las sociedades secretas en activo más antiguas del mundo.

Sophie nunca había oído hablar de ella.

Ahora Langdon le hablaba atropelladamente.

—Entre los miembros de la sociedad se cuentan algunos de los individuos más cultivados de la historia: hombres como Botticelli, Isaac Newton o Victor Hugo. Ah, y Leonardo Da Vinci —añadió con énfasis académico.

Sophie le miró.

—¿Leonardo pertenecía a una sociedad secreta?

—Leonardo Da Vinci presidió el Priorato entre mil quinientos diez y mil quinientos diecinueve en calidad de Gran Maestre de la hermandad, lo que tal vez ayude a explicar la pasión que sentía tu abuelo por su obra. Los dos comparten un vínculo fraternal histórico. Y todo encaja perfectamente, con su fascinación por la iconografía de la diosa, el paganismo, las deidades femeninas y su desprecio por la Iglesia. La creencia en la divinidad femenina está muy bien documentada a lo largo de la historia del Priorato.

—¿Me estás diciendo que este grupo es un culto pagano que venera a la diosa?

—Más que un culto, *el* culto. Pero lo más importante es que son conocidos por ser los guardianes de un antiguo secreto. Un secreto que les hizo inmensamente poderosos.

A pesar de la total convicción que adivinaba en los ojos de Langdon, la primera reacción de Sophie fue de absoluta incredulidad.

«¿Un secreto culto pagano? ¿Dirigido por Leonardo Da Vinci?» Todo aquello le parecía absurdo. Y sin embargo, aún negándose a creerlo, su mente retrocedió diez años, hasta la noche en que había sorprendido por error a su abuelo y había presenciado lo que seguía sin aceptar. «Tal vez aquello explicara...»

—Las identidades de los miembros vivos del Priorato se mantienen en el más estricto secreto —dijo Langdon—, pero el P. S. y la flor de lis que viste de niña son una prueba. Es algo que sólo puede tener que ver con esa hermandad.

Sophie empezaba a darse cuenta de que Langdon sabía más de su abuelo de lo que había supuesto. Estaba claro que el americano tenía muchas cosas que contarle, pero aquel no era el lugar ni el momento.

—No puedo consentir que te detengan, Robert. Tienes que explicarme muchas cosas. ¡Debes irte ahora mismo!

Langdon sólo oía el débil murmullo de su voz. No pensaba irse de allí. Estaba perdido en otro lugar. Un lugar en el que las sociedades secretas salían a la superficie. Un lugar en el que las historias olvidadas surgían de entre las sombras.

Despacio, como si estuviera moviéndose por debajo del agua, Langdon volvió la cabeza y, a través de aquel resplandor rojizo, clavó la mirada en la *Mona Lisa*.

«La flor de lis... la flor de Lisa... la *Mona Lisa*.»

Todo estaba entrelazado, todo era una sinfonía silenciosa en la que resonaban como un eco los secretos más recónditos del Priorato de Sión y de Leonardo Da Vinci.

A pocos kilómetros de ahí, junto al río, más allá de *Les Invalides*, al sorprendido conductor de un camión seguían apuntándolo con un arma mientras el capitán de la Policía Judicial dejaba escapar un grito de rabia y arrojaba una pastilla de jabón a las aguas del Sena.

24

Silas recorrió el obelisco de Saint-Sulpice con la vista, admirando la longitud de aquel enorme bloque de mármol. Todo su cuerpo vibraba de emoción. Echó otro vistazo a su alrededor para asegurarse de que estaba solo y se arrodilló junto a la base, no por devoción, sino por necesidad.

«La clave está oculta debajo de la Línea Rosa.»

«En la base del obelisco de Saint-Sulpice.»

Todos los hermanos habían coincidido.

De rodillas, Silas pasó las manos por el suelo de piedra. No veía ninguna ranura, ningún desnivel que indicara que había alguna baldosa suelta, por lo que empezó a dar unos golpecitos suaves con los nudillos, siguiendo la línea de bronce en dirección al obelisco. Tanteó todas las baldosas adyacentes hasta que, al final, una de ellas resonó de un modo peculiar.

«¡Aquí debajo está hueco!»

Silas sonrió. Sus víctimas le habían dicho la verdad.

Se puso de pie y buscó en la iglesia algo con lo que romper aquella baldosa.

Observando a Silas desde el balcón, sor Sandrine ahogó un grito. Sus temores más aciagos acababan de confirmarse. Aquel visitante no era quien decía ser. El misterioso monje del Opus Dei había venido a Saint-Sulpice con otro propósito.

Un propósito oculto.

«Pues no eres el único que tiene secretos», pensó.

Sor Sandrine Bieil era algo más que la cuidadora de aquel lugar. Era su centinela. Y esa noche, los viejos engranajes se habían puesto en marcha. La llegada de aquel desconocido hasta la base del obelisco era una señal que le enviaba la hermandad.

«Una silenciosa señal de alarma.»

25

La Embajada de los Estados Unidos en París es un edificio compacto situado en la Avenue Gabriel, justo al norte de los Campos Elíseos. El complejo, de algo más de una hectárea, se considera suelo estadounidense, lo que implica que todos los que se encuentran en él están sujetos a las mismas leyes y amparados por los mismos derechos que si estuvieran en territorio americano.

La telefonista de guardia aquella noche estaba leyendo la revista *Time* cuando le interrumpió el sonido del teléfono.

—Embajada de los Estados Unidos —dijo.

—Buenas noches. —Su interlocutor hablaba con acento francés—. Necesito ayuda. —A pesar de que sus palabras eran objetivamente educadas, había algo en su tono que hacía que sonaran duras, burocráticas—. Me han dicho que me han dejado un mensaje telefónico en su servicio automatizado. Me llamo Langdon. Pero he olvidado los tres números de mi código de acceso. Le agradecería mucho que me ayudara.

La telefonista hizo una pausa, desconcertada.

—Lo siento, señor, pero ese mensaje debe de ser bastante antiguo, porque ese servicio se eliminó hace dos años por motivos de seguridad. Y además, todos los códigos de acceso tenían cinco dígitos. ¿Quién le ha dicho que teníamos un mensaje para usted?

—¿Así que no tienen servicio automático de mensajería de voz?

—No, señor. Si hubiera algún mensaje para usted, lo encontraría por escrito en nuestro departamento de servicios. ¿Cómo dice que se llama?

Pero el hombre ya había colgado.

Bezu Fache caminaba, desencajado, por la orilla del Sena. Estaba seguro de haber visto a Langdon marcar un número local, introducir un código de tres dígitos y escuchar una grabación. «Pero si Langdon no había llamado a la embajada, ¿a quién demonios había llamado?»

Fue en aquel momento, al mirar el teléfono móvil, cuando se dio cuenta de que la respuesta estaba en la palma de su mano. «Pero si Langdon ha usado mi teléfono para hacer la llamada.»

Accedió al menú principal, buscó la lista de las últimas llamadas realizadas y encontró la de Langdon. Un número de París seguido del código 454.

Marcó el mismo número y esperó.

Después de varios tonos, saltó la voz grabada de una mujer. «*Bonjour, vous êtes bien chez Sophie Neveu* —decía—. *Je suis absente pour le moment, mais...*»

Fache marcó los tres dígitos de la clave de acceso, 4... 5... 4... y notó que le hervía la sangre.

26

A pesar de su inmensa fama, el cuadro de la *Mona Lisa* sólo medía ochenta por cincuenta y cuatro centímetros, y era más pequeño que las reproducciones que vendían en la tienda del museo. Estaba colgado en la pared noroeste de la *Salle des États*, tras un panel protector de plexiglás de unos cinco centímetros de grosor. Pintado en una tabla de madera de álamo, su aire etéreo y neblinoso se atribuía al dominio que Leonardo Da Vinci poseía de la técnica del *sfumato*, que consigue que las formas parezcan fundirse las unas con las otras.

Desde que había llegado al Louvre, la *Mona Lisa* —o *La Gioconda*, como también se conocía— había sido robada en dos ocasiones, la última en 1911, cuando desapareció de la «salle impénétrable» del Louvre, el Salon Carré. Los parisinos lloraron desconsoladamente en las calles y escribieron cartas a los periódicos pidiendo a los ladrones que devolvieran la obra. Dos años después, descubrieron la *Mona Lisa* en el doble fondo de un baúl, en un hotel de Florencia.

Langdon, que ya le había dejado claro a Sophie que no tenía ninguna intención de irse, atravesó con ella la sala. Cuando aún estaban a unos veinte metros de la *Mona Lisa*, ella encendió la linterna y un haz azulado llegó hasta el suelo.

A su lado, Langdon ya empezaba a notar ese cosquilleo de impaciencia que siempre le invadía momentos antes de ponerse frente a las grandes obras de arte. Se esforzaba por ver más allá de la mancha de luz azulada que emanaba de aquella linterna de rayos ultravioleta.

A la izquierda apareció el diván octogonal, como una isla oscura en el desierto mar del parqué.

Ahora ya empezaba a distinguir el panel de cristal oscuro en la pared. Sabía que detrás de él, en los confines de su propia celda exclusiva, estaba el cuadro más famoso del mundo.

Y sabía también que aquel mérito, el de ser la obra de arte más famosa del mundo, no le venía de su enigmática sonrisa, ni de las misteriosas interpretaciones atribuidas a muchos historiadores del arte y a defensores de las teorías conspiratorias. No, las cosas eran mucho más sencillas; la *Mona Lisa* era famosa porque Leonardo aseguraba que era su obra más lograda. Siempre que salía de viaje se la llevaba consigo y, si le preguntaban por qué lo hacía, respondía que le resultaba difícil alejarse de su expresión más sublime de la belleza femenina.

Con todo, muchos historiadores del arte sospechaban que la devoción que Leonardo profesaba por su *Mona Lisa* no tenía nada que ver con lo artístico. En realidad, aquel cuadro era un retrato bastante corriente realizado con la técnica del *sfumato*. Eran muchos los que aseguraban que su pasión nacía de algo mucho más profundo: un mensaje oculto entre las capas de pintura. En realidad, la *Mona Lisa* era una de las bromas mejor documentadas del mundo. Muchos libros de historia del arte demostraban que el cuadro era un *collage* de dobles sentidos y alusiones jocosas, y sin embargo, por increíble que pareciera, la mayoría de la gente seguía considerando aquella sonrisa como un gran misterio.

«Ningún misterio —pensó Langdon, adelantándose un poco y viendo ya el marco del cuadro—. Ningún misterio.»

Hacía muy poco, había compartido el secreto de la *Mona Lisa* con un grupo de personas bastante atípico: una docena de internos de la cárcel del condado de Essex. El seminario que daba Langdon en aquella institución penitenciaria formaba parte de un programa de la Universidad de Harvard que tenía por objeto incorporar la educación al sistema de prisiones. *Cultura para Convictos*, como a los compañeros de Langdon les gustaba llamarlo.

De pie junto al proyector de diapositivas, en la penumbra de la biblioteca de la cárcel, Langdon había compartido el secreto de la *Mona Lisa* con los presos que asistían a clase, hombres que, sorprendentemente, mostraban un gran interés, y que, a pesar de su dureza, eran inteligentes.

—Tal vez os hayáis dado cuenta —les dijo Langdon acercándose a la imagen de la *Mona Lisa* proyectada en la pared— de que el fondo que rodea la cara no es uniforme. —Señaló la zona en cuestión—. Leonardo pintó el horizonte de la parte izquierda bastante más bajo que el de la derecha.

—¿La cagó sin querer? —preguntó uno de los internos.

Langdon soltó una carcajada.

—No, no era su costumbre. En realidad, es uno de sus trucos. Al pintar más bajo el horizonte del lado izquierdo, Leonardo consiguió que la *Mona Lisa* pareciera mucho más grande de ese lado que del otro. Una pequeña broma de consumo interno. Históricamente, a los conceptos de lo masculino y lo femenino se les ha atribuido lados; la izquierda es lo femenino y la derecha, lo masculino. Como Leonardo era un gran defensor de los principios femeninos, quiso que la retratada fuera más majestuosa vista desde la izquierda que desde la derecha.

—He oído que era maricón —dijo un hombre bajito con perilla.

Langdon torció el gesto.

—Los historiadores no suelen decirlo así, pero sí, Leonardo Da Vinci era homosexual.

—¿Y por eso le iba tanto todo el rollo ese de lo femenino?

—En realidad, Leonardo estaba en sintonía con el equilibrio entre lo masculino y lo femenino. Creía que el alma humana no puede iluminarse a menos que incorpore los dos elementos: el masculino y el femenino.

—Como una tía con polla, ¿no?

Las carcajadas fueron generales. Langdon se planteó si debía hacer un inciso etimológico sobre el término «hermafrodita», y su origen en los dioses griegos Hermes y Afrodita, pero algo le dijo que en aquel contexto no tendría mucho sentido.

—Eh, señor Langford —dijo un hombre musculoso—. ¿Es verdad que la *Mona Lisa* es un retrato de Leonardo Da Vinci disfrazado de mujer? A mí me lo han dicho.

—Es bastante posible. Leonardo era un bromista. Se han hecho análisis mediante ordenador tanto del cuadro como de algunos de sus autorretratos y se han encontrado similitudes sorprendentes. No sé qué se traía entre manos el autor, pero su *Mona Lisa* no es ni un hombre ni una mujer. Incorpora un mensaje sutil de lo andrógino. Es la fusión de los dos.

—¿Seguro que eso no es la típica palabrería de Harvard para decir que la *Mona Lisa* esa era una tía feísima?

Ahora fue Langdon el que se echó a reír.

—Es posible. Pero en realidad Leonardo nos dio una pista clara que nos dice que esa ambigüedad no es causal. ¿Alguien ha oído hablar de un dios egipcio llamado Amón?

—Sí, claro —respondió un preso corpulento—. El dios de la fertilidad masculina.

Langdon se quedó mudo de sorpresa.

—Lo pone en todas las cajas de condones Amón.

El musculoso sonrió.

—Tienen el dibujo de un hombre con cabeza de carnero y debajo pone que es el dios egipcio de la fertilidad.

A Langdon aquella marca no le sonaba, pero se alegraba de que los fabricantes de condones lo explicaran todo tan bien.

—Pues sí, es cierto, Amón se representa como un hombre con cabeza y cuernos de carnero, y por su promiscuidad es lo que hoy en día llamaríamos un «cachondo». ¿Y sabe alguien quién es su equivalente femenina? ¿La diosa egipcia de la fertilidad?

La pregunta fue seguida de varios segundos de silencio.

—Era Isis —les dijo Langdon, cogiendo una tiza—. Así que tenemos al dios masculino, Amón. —Escribió el nombre en mayúsculas en la pizarra—. Y a la diosa femenina, Isis, cuyo antiguo pictograma fue durante una época L'ISA.

Langdon terminó de escribir y se alejó del proyector.

AMON L'ISA

—¿Os suena de algo?

—*Mona Lisa...* me cago en... —murmuró un interno.

Langdon asintió.

—Señores, no es sólo que la cara de la *Mona Lisa* tenga un aspecto andrógino, es que su nombre es un anagrama de la divina unión de lo masculino y lo femenino. Y ése, amigos míos, es el secretillo de Leonardo, y lo que explica la enigmática sonrisa de la mujer del cuadro.

—Mi abuelo ha estado aquí —dijo Sophie, poniéndose al momento de rodillas, a menos de tres metros del cuadro. Enfocó con la linterna un punto del suelo de parqué.

Al principio Langdon no vio nada, pero al arrodillarse a su lado se fijó en una gotita seca que se veía fosforescente a la luz. «¿Tinta?» De pronto recordó para qué usaba la policía aquellas linternas especiales. «Sangre.» Se puso alerta. Sophie tenía razón. Jacques Saunière había ido a ver la *Mona Lisa* antes de morir.

—No habría venido hasta aquí si no hubiera tenido algún motivo —susurró Sophie poniéndose de pie—. Sé que me ha dejado un mensaje por aquí.

Cubriendo la escasa distancia que la separaba del cuadro, iluminó la franja de suelo que quedaba justo delante de la obra, pasando la luz varias veces por aquella zona.

—¡Aquí no hay nada!

En aquel momento, Langdon vio un débil resplandor púrpura en el cristal protector que la *Mona Lisa* tenía delante. Cogió la mano de Sophie y se la levantó para que iluminara bien el cuadro.

Los dos se quedaron estupefactos.

Sobre el cristal brillaban cuatro palabras violáceas, escritas directamente sobre el rostro de la *Mona Lisa*.

27

Sentado en el despacho de Saunière, el teniente Collet se apretó más el auricular a la oreja, incrédulo. «¿He oído bien?»

—¿Una pastilla de jabón? ¿Cómo ha podido Langdon descubrir el dispositivo GPS?

—Sophie Neveu —respondió Fache—. Ella se lo dijo.

—¿Qué? ¿Por qué?

—Buena pregunta. No lo sé, pero acabo de oír una grabación que confirma que ha sido ella.

Collet se había quedado mudo.

«Pero ¿en qué estaba pensando Neveu?» ¿Fache acababa de demostrar que Sophie había entorpecido las operaciones de la policía? A esa mujer no sólo la iban a despedir; iba a acabar en la cárcel.

—Pero, capitán..., entonces, ¿dónde está Langdon?

—¿Ha sonado alguna alarma contra incendios?

—No, señor.

—¿Y nadie ha pasado bajo la reja de la Gran Galería?

—No, hay un agente de seguridad del Louvre haciendo guardia junto a ella. Como ordenó.

—Muy bien, entonces Langdon debe de estar aún en la Gran Galería.

—¿Dentro? ¿Y qué está haciendo?

—¿Está armado ese guarda?

—Sí, señor.

—Pues que entre él —ordenó Fache—. Mis hombres aún tardarán unos minutos en llegar, y no quiero que Langdon se escape. —Se detuvo un instante—. Y será mejor que le diga al guarda que seguramente Sophie Neveu está con él.

—Creía que la agente Neveu se había ido.

—¿Usted la ha visto irse?

—No, señor, pero...

—En realidad nadie en todo el perímetro del edificio la ha visto salir. Sólo la han visto entrar.

Collet estaba impresionado con la bravata de Sophie. «Así que aún está en el edificio.»

—Hágase usted cargo de la situación —ordenó Fache—. Cuando vuelva, los quiero a los dos detenidos a punta de pistola.

El conductor del camión se alejó, y el capitán Fache convocó a sus hombres. Robert Langdon había demostrado ser una presa esquiva esa noche, y ahora que la agente Neveu lo ayudaba, acorralarle podía resultar más difícil de lo que había esperado.

Fache decidió no asumir ningún riesgo.

Para cubrirse las espaldas, mandó a la mitad de sus hombres de vuelta al Louvre, mientras que a los demás les ordenó desplazarse hasta el único lugar de la ciudad donde Robert Langdon podía hallar un refugio seguro.

28

En la *Salle des États*, Langdon miraba atónito las cuatro palabras que brillaban sobre el plexiglás. El texto parecía suspendido en el aire, y proyectaba una sombra desigual sobre la misteriosa sonrisa de la *Mona Lisa*.

—El Priorato —murmuró Langdon—. ¡Esto demuestra que tu abuelo era uno de sus miembros!

Sophie lo miró, desconcertada.

—¿Tú entiendes esto?

—No hay duda —respondió Langdon, asintiendo sin dejar de pensar—. Es la proclamación de uno de los principios fundamentales del Priorato.

Sophie parecía perdida, iluminada por el resplandor que emitía aquel mensaje escrito sobre el rostro de la *Mona Lisa*.

NO VERDAD LACRA IGLESIAS

—Sophie —prosiguió Langdon—, la tradición del Priorato de perpetuar el culto a la diosa se basa en la creencia de que, en los primeros tiempos del cristianismo, es decir, durante los albores de la Iglesia, sus representantes más poderosos «engañaron» al mundo, no le dijeron la verdad, y propagaron mentiras que devaluaron lo femenino y decantaron la balanza a favor de lo masculino.

Sophie seguía en silencio, observando aquellas palabras.

—El Priorato cree que Constantino y sus seguidores masculinos lograron con éxito que el mundo pasara del paganismo matriarcal al cristianismo patriarcal lanzando una campaña de propaganda que demonizaba lo sagrado femenino y erradicaba definitivamente a la diosa de la religión moderna.

La expresión de Sophie seguía siendo de duda.

—Mi abuelo me ha hecho venir hasta aquí para que encontrara esto. Debía estar intentando decirme algo más que eso.

Langdon entendía lo que Sophie quería decir. «Cree que se trata de otro código.» Si en aquellas palabras había o no otro mensaje oculto, él no era capaz de verlo de momento. Su mente aún estaba atrapada en la absoluta claridad de la frase de Saunière.

«No verdad lacra iglesias», pensó. La lacra del cristianismo siempre había sido la mentira.

Nadie podía negar el enorme bien que la Iglesia moderna hacía en el atormentado mundo actual, pero no se podía obviar su historia de falsedades y violencia. Su brutal cruzada para «reeducar» a los paganos y a los practicantes del culto a lo femenino se extendió a lo largo de tres siglos, y empleó métodos tan eficaces como horribles.

La Inquisición publicó el libro que algunos consideran como la publicación más manchada de sangre de todos los tiempos: el *Malleus Malleficarum* —*El martillo de las brujas*—, mediante el que se adoctrinaba al mundo de «los peligros de las mujeres librepensadoras» e instruía al clero sobre cómo localizarlas, torturarlas y destruirlas. Entre las mujeres a las que la Iglesia consideraba «brujas» estaban las que tenían estudios, las sacerdotisas, las gitanas, las místicas, las amantes de la naturaleza, las que recogían hierbas medicinales, y «cualquier mujer sospechosamente interesada por el mundo natural». A las comadronas también las mataban por su práctica herética de aplicar conocimientos médicos para aliviar los dolores del parto —un sufrimiento que, para la Iglesia, era el justo castigo divino por haber comido Eva del fruto del Árbol de la Ciencia, originando así el pecado original. Durante trescientos años de caza de brujas, la Iglesia quemó en la hoguera nada menos que a cinco millones de mujeres.

La propaganda y el derramamiento de sangre habían surtido efecto.

El mundo de hoy era la prueba viva de ello.

Las mujeres, en otros tiempos consideradas la mitad esencial de la iluminación espiritual, estaban ausentes de los templos del mundo. No había rabinas judías, sacerdotisas católicas ni clérigas islámicas. El otrora sagrado acto del *Hieros Gamos* —la unión sexual natural entre hombre y mujer a través de la cual ambos se completaban espiritualmente— se había reinterpretado como acto vergonzante. Los hombres santos que en algún momento habían precisado de la unión sexual con sus equivalentes femeninos para alcanzar la comunión con Dios veían ahora sus impulsos sexuales naturales como obra del diablo, que colaboraba con su cómplice preferida... la mujer.

Ni siquiera la asociación femenina con el lado izquierdo iba a escapar de las difamaciones de la Iglesia. En varios países, entre ellos Francia e Italia, la palabra izquierda, o siniestra —*gauche* y *sinistra*—, pasó a tener connotaciones muy negativas, mientras que la derecha pasó a simbolizar corrección, destreza y legalidad. Incluso en nuestros días, a las ideas radicales se las consideraba «de izquierdas», y de cualquier cosa mala se decía que era «siniestra».

Los días de la diosa habían terminado. El péndulo había oscilado. La Madre Tierra se había convertido en un mundo de hombres, y los dioses de la destrucción y de la guerra se estaban cobrando los servicios. El ego masculino llevaba dos milenios campando a sus anchas sin ningún contrapeso femenino. El Priorato de Sión creía que era esta erradicación de la divinidad femenina en la vida moderna la que había causado lo que los indios hopi americanos llamaban *koyinisquatsi* —«vida desequilibrada»—, una situación inestable marcada por guerras alimentadas por la testosterona, por una plétora de sociedades misóginas y por una creciente pérdida de respeto por la Madre Tierra.

—¡Robert! —susurró Sophie sacándolo de su ensimismamiento—. ¡Viene alguien!

Oyó los pasos que se acercaban por el pasillo.

—¡Por aquí!

Sophie apagó la linterna y pareció esfumarse delante de sus propias narices.

Durante un momento quedó totalmente a ciegas «¡Por aquí!» A medida que sus pupilas se iban adaptando a la oscuridad, vio la silueta de Sophie que corría en dirección al centro de la sala y desaparecía detrás del diván octogonal. Estaba a punto de seguirla cuando una voz atronadora lo detuvo en seco.

—*Arrêtez!* —le ordenó un hombre desde la puerta.

El guarda de seguridad del Louvre iba internándose en la *Salle des États* y con la pistola apuntaba directamente al pecho de Langdon, que levantó las manos instintivamente.

—*Couchez-vous!* —gritó el guarda—. ¡Al suelo!

En una fracción de segundo, Langdon ya estaba tendido boca abajo en el suelo. El guarda se acercó y le separó las piernas de una patada.

—*Mauvaise idée, Monsieur Langdon* —dijo apretándole la pistola contra la espalda—. *Mauvaise idée.*

Ahí, boca abajo en el suelo, con las piernas y los brazos en cruz, Langdon no le veía la gracia a lo irónico de su posición.

«*El hombre de Vitrubio* —pensó—. Boca abajo.»

29

Dentro de la iglesia de Saint-Sulpice, Silas llevaba el pesado candelabro de hierro desde el altar hasta el obelisco. La base haría las veces de ariete. Pero al contemplar la losa de mármol gris que cubría el aparente hueco que había debajo, comprendió que no era posible romperla sin hacer ruido.

El hierro golpeando el mármol resonaría en las bóvedas.

¿Le oiría la monja? Ya debería estar dormida. Sin embargo, Silas no quería correr riesgos. Miró a su alrededor para ver si encontraba algo de tela con que envolver el candelabro, pero sólo vio el mantel de lino del altar, que se negó a usar. «Mi hábito», pensó. Como sabía que estaba solo en aquel enorme templo, se lo abrió y se lo quitó. Al hacerlo, la tela le rozó las heridas recientes de la espalda.

Sin más indumentaria que el cilicio, Silas envolvió la base del candelabro con la sotana. Entonces, apuntando al centro del suelo, lo golpeó. Se oyó un ruido sordo. La losa no se rompió. Le dio otra vez y se oyó otro golpe amortiguado, aunque acompañado esta vez de un chasquido. A la tercera, el suelo cedió y los fragmentos de mármol se hundieron.

«¡Un compartimento!»

Tras sacar a toda prisa los trozos de baldosa, Silas miró aquel espacio vacío. Al arrodillarse sobre él, el corazón le latía con fuerza. Alargó el brazo desnudo y metió la mano.

Al principio, no notó nada. El fondo del compartimento era de piedra lisa y pulida. Pero al hundir más la mano, alargando el brazo por debajo de la Línea Rosa, ¡topó con algo! Una gruesa tablilla de piedra. Pasando los dedos por los bordes, la agarró y la sacó con cuidado. Mientras se ponía de pie, contemplándola, se dio cuenta de que aquella piedra irregular tenía unas palabras grabadas. Por un instante se sintió como un Moisés moderno.

Se sorprendió al leerlas. Esperaba que la clave fuera un mapa, o una compleja serie de indicaciones, incluso codificadas. Pero su inscripción era mucho más sencilla:

Job 38:11.

«¿Un versículo de la Biblia?» Silas estaba atónito ante aquella diabólica muestra de simplicidad. ¿Así que el lugar secreto que estaban buscando se revelaba en un versículo de la Biblia? La hermandad no tenía límites cuando se trataba de burlarse de los rectos.

«Job. Capítulo treinta y ocho, versículo once.»

Aunque Silas no recordaba de memoria el contenido de aquel pasaje, sabía que el Libro de Job contaba la historia de un hombre cuya fe en Dios soportaba todo tipo de pruebas. «Muy adecuado —pensó—, apenas capaz de contener su emoción.»

Volvió un poco la cabeza, recorrió con la mirada el resplandor de la Línea Rosa y no pudo evitar una sonrisa. Ahí, en lo alto del altar mayor, abierta sobre un atril dorado, reposaba una enorme Biblia encuadernada en piel.

De pie en el balcón, sor Sandrine estaba temblando. Hacía sólo un momento había estado a punto de salir corriendo a cumplir las órdenes, pero aquel hombre de abajo se había quitado de pronto la sotana, y al verle la piel, blanca como el alabastro, había quedado sumida en un horrible desconcierto. Tenía la espalda ancha y pálida atravesada por las marcas sangrientas de los latigazos. Aun desde ahí arriba se notaba que las heridas eran recientes.

«¡A ese hombre lo han azotado sin piedad!»

También vio el cilicio manchado de sangre que le rodeaba el muslo, con la herida en carne viva. «¿Qué Dios querría un cuerpo así castigado?» Sor Sandrine sabía que nunca llegaría a comprender los ritos del Opus Dei. Pero aquello no le preocupaba lo más mínimo en ese momento. «El Opus está buscando la clave.» Sor Sandrine no podía imaginar cómo habían llegado a saber de su existencia, aunque lo que sí sabía era que no podía perder ni un segundo más.

El sacerdote iba poniéndose la sotana mientras se acercaba al altar mayor, en dirección a la Biblia, y sostenía con fuerza su premio.

Conteniendo la respiración, en absoluto silencio, sor Sandrine salió de su escondite y bajó a toda prisa hasta sus aposentos. A gatas, buscó algo detrás de la cama y sacó un sobre lacrado que había escondido allí hacía años.

Lo abrió y encontró cuatro números de teléfono correspondientes a París.

Temblando, empezó a marcarlos.

Abajo, Silas había dejado la tablilla sobre el altar y había empezado a pasar las páginas de la Biblia con sus dedos largos, blancos y sudorosos. Retrocedió hasta el Antiguo Testamento y encontró el Libro de Job y el capítulo treinta y ocho. Pasó el dedo por la columna de texto, impaciente por encontrar las palabras que estaba a punto de leer.

«¡Ellas indicarán el camino!»

Encontró el versículo once y lo leyó. Sólo tenía seis palabras. Confundido, volvió a leerlas, con la sensación de que había habido un tremendo error. El versículo rezaba simplemente así:

LLEGARÁS HASTA AQUÍ, NO MÁS ALLÁ

30

El guarda de seguridad Claude Grouard sentía que la rabia lo invadía mientras custodiaba a aquel hombre postrado a sus pies, delante de la *Mona Lisa*. «¡Ese cabrón había matado a Jacques Saunière.» Y Saunière había sido como un padre para él y para todo el equipo de seguridad.

Nada le hubiera apetecido más que apretar el gatillo y hundirle una bala en la espalda a Robert Langdon. Grouard era de los pocos miembros de la plantilla que estaban autorizados a llevar armas. Sin embargo, se recordó a sí mismo que al matarlo sólo le haría un favor y le ahorraría el calvario que Bezu Fache estaba a punto de comunicarle y que le aguardaba en el sistema penitenciario francés.

Grouard se sacó el walkie-talkie del cinturón e intentó pedir refuerzos, pero sólo oyó el chisporroteo del vacío. Los dispositivos adicionales de seguridad que había en aquella sala siempre interferían en las comunicaciones de los guardas. «Voy a tener que acercarme hasta la puerta.» Sin dejar de apuntar a Langdon con el arma, Grouard empezó a caminar hacia atrás lentamente, acercándose a la entrada. Cuando ya había dado tres pasos, vio algo que le hizo detenerse en seco.

«¿Pero qué diablos es esto?»

Más o menos en el centro de la sala se había materializado un espejismo. Una silueta. ¿Es que había alguien más allí? Una mujer se movía en la oscuridad, avanzando a grandes zancadas hacia el otro extremo de la pared izquierda. Frente a ella, un haz de luz violeta recorría el suelo una y otra vez, como si estuviera buscando algo con una linterna especial.

—*Qui est là?* —preguntó Grouard constatando que la adrenalina se le estaba disparando por segunda vez en los últimos treinta segundos.

—*PTS* —respondió la mujer sin inmutarse y sin dejar de revisar el suelo con la linterna.

«Policía Técnica y Científica.» Grouard estaba empezando a sudar. «¡Creía que todos los agentes se habían ido!» Ahora sí se dio cuenta de que la luz de la linterna era de rayos ultravioleta, instrumento habitual de los miembros de la Policía Científica, pero seguía sin entender por qué aquella agente estaba buscando pruebas en aquella sala.

—*Votre nom!* —gritó Grouard, a quien su instinto le decía que allí había algo que no encajaba—. *Répondez!*

—*C'est moi* —dijo la voz en un francés reposado—. Sophie Neveu.

En algún pliegue recóndito de su cerebro, el nombre le decía algo. «Sophie Neveu?» Aquel era el nombre de la nieta de Saunière, ¿no? De pequeña venía muchas veces al museo, pero de eso hacía ya muchos años. «¡No puede ser ella!» Y aunque lo fuera, no era motivo suficiente para confiarse, porque le habían llegado rumores de la dolorosa ruptura entre el conservador y su nieta.

—Usted sabe quien soy, me conoce —dijo la mujer—. Y le aseguro que Robert Langdon no ha matado a mi abuelo. Créame.

Pero Grouard no iba a creerse aquello así, sin más. «¡Necesito refuerzos!» Volvió a probar su walkie-talkie, sin éxito. La puerta aún estaba a unos veinte metros de él, y empezó a retroceder despacio, sin dejar de apuntar al hombre que seguía en el suelo. Mientras lo hacía, vio que la mujer apuntaba con la linterna un gran cuadro que había justo enfrente de la *Mona Lisa*, en el otro extremo de la sala.

Grouard ahogó un grito al darse cuenta del cuadro del que se trataba.

«¿Pero se puede saber qué está haciendo?»

◆ ◆ ◆

Al otro lado de la sala, Sophie Neveu notó que el sudor le resbalaba por la frente. Langdon seguía en el suelo con los brazos en cruz y las piernas separadas. «Aguanta un poco, Robert. Ya casi estoy.» Segura de que aquel guarda nunca llegaría a disparar contra ninguno de los dos, Sophie volvió a concentrarse en el asunto que los había llevado hasta ahí, peinando toda la sala y prestando especial atención a una obra en concreto, otro cuadro de Leonardo Da Vinci. Pero la luz ultravioleta no reveló nada extraordinario. Ni en el suelo, ni en las paredes, ni sobre el lienzo mismo.

«¡Aquí tiene que haber algo!»

Sophie estaba segura de haber interpretado correctamente las intenciones de su abuelo.

«¿Qué otra cosa, si no, podría haber querido indicarme?»

La obra que estaba examinando era un lienzo de poco más de metro y medio de altura. La extraña escena que Leonardo había pintado incluía una Virgen María en una postura muy forzada sentada sobre un peligroso risco con el Niño Jesús, San Juan Bautista y el ángel Uriel. Cuando era pequeña, no había visita a la *Mona Lisa* que terminara sin que su abuelo le llevara hasta el otro lado de la sala para admirar aquel segundo cuadro.

«¡Abuelo! ¡Estoy aquí! ¡Pero no lo veo!»

Detrás de ella, oía que el guarda intentaba pedir ayuda por radio.

«¡Piensa!»

Visualizó el mensaje garabateado en el cristal protector de la *Mona Lisa*. «No verdad lacra iglesias.» La pintura que tenía delante carecía de la protección de un vidrio sobre el que escribir ningún mensaje, y Sophie sabía que su abuelo nunca habría profanado aquella obra maestra escribiendo algo directamente encima. Se detuvo un instante. «Al menos no en el anverso.» Miró instintivamente hacia arriba, hacia los cables que colgaban del techo y sostenían el cuadro.

«¿Era posible?» Sostuvo el lado izquierdo del marco y tiró hacia ella. Aquella pintura era grande y el lienzo se combó un poco cuando la separó de la pared. Sophie metió la cabeza y los hombros detrás y enfocó con la linterna para inspeccionar el reverso.

No tardó mucho en darse cuenta de que su instinto había fallado en aquella ocasión. Allí no había nada. Ni una sola letra violácea brillando a la luz. Sólo el reverso manchado de marrón por el paso del tiempo y...

«Un momento.»

Los ojos de Sophie se fijaron en el destello inesperado de un trozo de metal alojado cerca del ángulo inferior de la estructura del marco. Era un objeto pequeño, parcialmente encajado en el punto en que el lienzo se unía al marco. De ahí colgaba una cadena de oro brillante.

Ante el total asombro de Sophie, la cadena estaba unida a una llave dorada que le resultaba conocida. La base, ancha y trabajada, tenía forma de cruz y llevaba grabada el sello que no había visto desde que tenía nueve años: la flor de lis con las iniciales P. S. En aquel momento, Sophie sintió el fantasma de su abuelo que le susurraba al oído. «Cuando llegue el momento, la llave será tuya.» Sintió que se le hacía un nudo en la garganta al darse cuenta de que su abuelo, aun en el momento de su muerte, había cumplido su promesa. «Esta llave abre una caja —le decía su voz— donde guardo muchos secretos.»

Sophie se daba cuenta ahora de que el objetivo final de todos aquellos juegos de palabras había sido la llave. Su abuelo la llevaba consigo cuando lo mataron. Como no quería que cayera en manos de la policía, la había escondido detrás de aquel cuadro. Y entonces había ideado una ingeniosa busca del tesoro para asegurarse de que sólo Sophie la encontrara.

—*Au secours!* —gritó el guarda.

Sophie arrancó la llave de su escondite y se la metió en el bolsillo junto con la linterna de rayos ultravioletas. Asomando la cabeza por debajo del cuadro, vio que el guarda seguía intentando desesperadamente comunicarse con alguien a través del walkie-talkie y retrocediendo hacia la puerta, con el arma aún apuntando a Langdon.

—*Au secours!* —gritó de nuevo a la radio.

Pero ésta sólo le devolvía ruido.

—«No transmite», constató Sophie, recordando que los turistas con teléfonos móviles se desesperaban cuando intentaban llamar a sus casas para pavonearse de que estaban frente a la *Mona Lisa*. El cableado de seguridad especial que recorría las paredes hacía materialmente imposible establecer comunicación desde dentro; había que salir al pasillo. Ahora el guarda ya estaba cerca de la puerta, y Sophie sabía que tenía que hacer algo deprisa.

Mirando la pintura tras la que se ocultaba parcialmente, se dio cuenta de que Leonardo Da Vinci estaba a punto de acudir en su ayuda por segunda vez aquella noche.

«Unos metros más», Grouard se decía a sí mismo con el arma bien levantada.

—*Arretez! Ou je la détruis!* —La voz de la mujer reverberó en la sala.

Grouard la miró y se detuvo en seco.

—¡Dios mío, no!

A través de la penumbra rojiza, vio que la mujer había arrancado el cuadro de los cables que lo sujetaban y lo había apoyado en el suelo, delante de ella. Su metro y medio de altura casi le ocultaba el cuerpo por completo. La primera reacción de Grouard fue de sorpresa al constatar que los sensores del cuadro no habían activado las alarmas, pero al momento cayó en la cuenta de que aún no habían reprogramado el sistema de seguridad aquella noche. «¿Pero qué está haciendo?»

Cuando lo vio, se le heló la sangre.

El lienzo se arqueó por el centro, y las imágenes de la Virgen María, el Niño Jesús y San Juan Bautista empezaron a distorsionarse

—¡No! —gritó Grouard, horrorizado al ver que aquel Leonardo de incalculable valor se torcía. La mujer seguía empujando la rodilla en el centro del cuadro.

—¡No!

Grouard se volvió y le apuntó con la pistola, pero al momento se dio cuenta de que su amenaza era inútil. Aunque la pintura era sólo un trozo de tela, los seis millones de dólares en que estaba tasada la convertían en un impenetrable chaleco antibalas.

«¡No puedo disparar contra un Leonardo!»

—Deje el arma y la radio en el suelo —dijo la mujer con voz pausada—, o romperé el cuadro con la rodilla. Ya sabe qué pensaría mi abuelo de una cosa así.

Grouard se sentía confuso y aturdido.

—¡Por favor, no, es *La Virgen de las rocas*! Dejó la pistola y la radio y levantó las manos por encima de la cabeza.

—Gracias —dijo la mujer—. Ahora haga exactamente lo que le voy a decir y todo irá bien.

Momentos después, mientras bajaba corriendo la escalera de emergencia en dirección a la planta baja, a Langdon el corazón aún le latía con fuerza. Ninguno de los dos había dicho una palabra desde que habían dejado al tembloroso guarda del Louvre tendido en la *Salle des États*. Ahora era él quien sostenía con fuerza su pistola, y no veía el momento de librarse de ella. Se sentía muy incómodo con aquella pesada arma entre las manos.

Bajaba los peldaños de dos en dos y se preguntaba si Sophie era consciente de cuánto valía el cuadro que había estado a punto de destrozar. Pero en todo caso, el lienzo que había escogido encajaba a la perfección con la aventura de aquella noche. Igual que sucedía con la *Mona Lisa*, aquel Leonardo era famoso entre los historiadores del arte por la cantidad de simbología pagana que ocultaba.

—Has escogido un rehén muy valioso —le dijo sin dejar de correr.

—*La Virgen de las rocas* —le respondió ella—. Aunque no he sido yo quien lo ha escogido, sino mi abuelo. Me ha dejado una cosita en la parte de atrás.

Langdon la miró desconcertado.

—¿Qué? Pero ¿cómo has sabido que tenías que buscar en ese cuadro? ¿Por qué *La Virgen de las rocas*?

—«No verdad lacra iglesias.» —Sonrió, triunfante—. Es otro anagrama. Mi abuelo me lo estaba diciendo claramente: «Ve a *La Virgen de las rocas*». Los dos primeros se me han escapado, Robert. No se me iba a escapar también el tercero.

31

—¡Están todos muertos! —Sor Sandrine gritó al auricular del teléfono de su residencia de Saint-Sulpice. Estaba dejando un mensaje en
un contestador automático—. ¡Por favor, que alguien responda! ¡Están todos muertos!

Los tres primeros números de la lista habían arrojado resultados
terribles —una viuda histérica, un detective investigando en plena noche en el lugar de un crimen y un lacónico cura que consolaba a una
familia destrozada. Los tres contactos estaban muertos. Y ahora, al llamar al cuarto y último número —el que en teoría no debía marcar a
menos que no pudiera contactar con los tres anteriores—, le salía un
contestador. La voz grabada no daba ningún nombre y se limitaba a
invitar a quien llamaba a dejar su mensaje después de oír la señal.

—¡Han roto la losa del suelo! —exclamó—. ¡Y los otros tres están muertos!

Sor Sandrine desconocía la identidad de los cuatro hombres a
los que protegía. Aquellos números de teléfono escondidos debajo de
su cama sólo podía usarlos en un caso muy concreto.

«Si alguna vez se rompe la losa de piedra —le había dicho el
mensajero sin rostro— querrá decir que se ha llegado al último peldaño. Uno de nosotros, amenazado de muerte, se habrá visto obligado a contar una mentira desesperada. Llame a estos teléfonos. Avise a
los demás. No nos falle en esto.»

Era una señal de alarma silenciosa, un plan infalible en su simplicidad, y por eso mismo le había causado sorpresa cuando tuvo co-

nocimiento de él. Si la identidad de un hermano quedaba al descubierto, diría una mentira que pondría en marcha un mecanismo para advertir a los demás. Pero aquella noche, al parecer, no era sólo la identidad de uno de ellos lo que se había descubierto.

—Por favor, conteste —susurró asustada—. ¿Dónde está?

—Cuelgue ahora mismo —dijo una voz desde el umbral de la puerta—.

Se volvió, aterrorizada, y vio la enorme figura del monje, que llevaba en la mano el candelabro de hierro. Temblando, hizo lo que le ordenaba.

—Sí, están muertos —dijo—. Los cuatro. Y me han tomado el pelo. Dígame dónde está la piedra.

—¡No lo sé! —dijo sor Sandrine sincera—. Ese secreto lo guardan otros. «¡Y ahora están muertos!»

El hombre se acercó a ella sujetando el candelabro con las manos blanquísimas.

—¿Es usted hermana de la Santa Madre Iglesia y aun así está al servicio de ellos?

—Jesús propagó sólo un mensaje verdadero —dijo sor Sandrine desafiante—. Y ese mensaje no lo veo por ningún lado en el Opus Dei.

En los ojos del monje hubo un chispazo de ira. Levantó el candelabro y arremetió a golpes contra ella. Sor Sandrine cayó al suelo, y su última sensación fue un presagio abrumador.

«Los cuatro están muertos. La verdad más valiosa se ha perdido para siempre.»

32

La alarma que se activó en el extremo oeste del Ala Denon hizo que las palomas de las cercanas Tullerías levantaran el vuelo. Langdon y Sophie salieron como balas y se internaron en la noche. Mientras avanzaban por la explanada en dirección al coche de Sophie, Langdon oía las sirenas de los coches patrulla en la lejanía.

—Es ése —dijo Sophie, señalando un cochecito rojo de dos plazas aparcado delante.

«Estará de broma», pensó Langdon. Nunca había visto una cosa tan pequeña.

—Es un Smart —dijo—. Gasta sólo un litro cada cien kilómetros.

Casi no le había dado tiempo a sentarse cuando Sophie arrancó bruscamente y las ruedas del coche mordieron la gravilla.

Se agarró al salpicadero. El coche atravesó velozmente la explanada y desembocó en la rotonda del Carrousel du Louvre.

Por un momento, Sophie pareció considerar la posibilidad de acortar camino cruzando la rotonda por el centro, para lo que debía abrirse paso por el seto vivo recortado que bordeaba la isla central de césped de la plazoleta.

—¡No! —gritó Langdon, que sabía que el seto que bordeaba la rotonda estaba puesto para ocultar el peligroso abismo que se abría en el centro —La pirámide invertida—, que hacía las veces de claraboya y que había visto antes desde el interior del museo. Era una estructura lo bastante grande como para tragarse entero aquel coche. Afortunadamente, Sophie optó por una ruta más convencional y giró a la derecha, bordeó la rotonda por la izquierda y se incorporó al carril que, en dirección norte, debía llevarlos hasta la Rue de Rivoli.

Las sirenas de los coches patrulla cada vez se oían más cerca. Ahora Langdon ya veía los destellos por el espejo retrovisor de su lado. El motor del Smart se quejaba porque Sophie aceleraba cada vez más, alejándose del Louvre. A unos cincuenta metros, el semáforo se puso en rojo. Sophie murmuró una maldición, pero no levantó el pie del acelerador. Langdon notó que se le tensaban los músculos del todo el cuerpo.

—¿Sophie?

Al llegar a la intersección frenó un poco, puso las luces largas, miró a ambos lados y volvió a acelerar. Giró a la izquierda en el cruce y se incorporó por fin a la Rue de Rivoli. Siguió a toda velocidad unos cuatrocientos metros, en dirección oeste, y giró a la derecha en otra rotonda, ésta más ancha. Al momento salieron por el otro lado. Ya estaban en los Campos Elíseos.

Langdon se volvió para ver el Louvre desde allí. La policía no parecía seguirlos. El mar de destellos parecía concentrarse frente al museo.

El corazón empezaba a recuperar su ritmo habitual.

—Ha sido interesante.

Sophie no se dio por aludida. Seguía con la mirada fija en el amplio bulevar que, con sus tres kilómetros de escaparates elegantes, a veces se comparaba a la Quinta Avenida de Nueva York. La embajada estaba apenas a un kilómetro y medio de allí y Langdon se acomodó en su asiento.

«No verdad lacra iglesias.»

La rapidez mental de Sophie le había impresionado.

«Ve a *La Virgen de las rocas*.»

Sophie le había dicho que su abuelo le había dejado algo detrás del cuadro. «¿Un mensaje final?» No podía por menos que quitarse el sombrero ante el lugar escogido por Saunière para esconderlo, fuera lo que fuera. *La Virgen de las rocas* era otro eslabón más en la cadena de símbolos relacionados que se había ido formando aquella noche. Parecía que Saunière reforzaba con cada pista su interés por el lado más oscuro y malévolo de Leonardo Da Vinci.

El encargo original para pintar aquella obra le había llegado a Leonardo de una congregación conocida por el nombre de Hermandad de la Inmaculada Concepción, que necesitaba un cuadro para poner en el panel central de un retablo que iba a ocupar el altar de la iglesia de San Francisco, en Milán. Las monjas le indicaron las medidas exactas que debía tener y el tema de la pintura —la Virgen María, San Juan Bautista niño, Uriel y el Niño Jesús buscando cobijo en una cueva. Aunque Leonardo cumplió con lo que le habían solicitado, cuando entregó la obra la congregación reaccionó con horror, porque estaba llena de detalles explosivos y desconcertantes.

El lienzo mostraba a una Virgen María con túnica azul, sentada con un niño en brazos, supuestamente el Niño Jesús. Frente a María, también sentado, aparecía Uriel, también con un niño, supuestamente San Juan Bautista. Pero lo raro era que, en contra de la escena habitual en la que Jesús bendecía a Juan, en este caso era al revés: Juan bendecía a Jesús... ¡y éste se sometía a su autoridad! Por si eso fuera poco, la Virgen tenía una mano levantada sobre la cabeza de Juan en un gesto inequívocamente amenazador —con los dedos como garras de águila que sujetaran una cabeza invisible—. Y, por último, la imagen más clara y aterradora: justo por debajo de aquellos dedos curvados de María, Uriel estaba detenido en un gesto que daba a entender que estaba cortando algo, como si estuviera rebanando el cuello de la cabeza invisible que la Virgen parecía sujetar con sus garras.

A los alumnos de Langdon siempre les divertía enterarse de que Leonardo había intentado apaciguar a la hermandad pintando una versión más «descafeinada» de *La Virgen de las rocas*, en la que los personajes aparecían en actitudes más ortodoxas. En la actualidad, aquella segunda versión estaba expuesta en la National Gallery de Londres, con el mismo título, aunque Langdon prefería la del Louvre, que además de ser la original, resultaba más intrigante.

Sophie seguía avanzando a toda prisa por los Campos Elíseos.

—¿Qué había detrás del cuadro? —le preguntó Langdon.

—Te lo enseñaré cuando estemos a salvo en la embajada —respondió ella con la mirada fija en la calzada.

—¿Cómo que me lo enseñarás? ¿Quieres decir que te ha dejado un objeto, algo físico?

Sophie asintió con un breve movimiento de cabeza.

—Con una flor de lis y las letras P. S. grabadas.

Langdon no daba crédito a lo que acababa de oír.

Sophie pensó que sí, que estaban a punto de lograrlo, cuando giró el volante a la derecha y pasaron por delante del lujoso Hôtel de Crillon, internándose en aquel lujoso barrio de calles arboladas donde se concentraban las sedes diplomáticas. Ya estaban cerca de la Embajada de los Estados Unidos y le pareció que podía relajarse un poco.

Mientras conducía, a la mente le volvía la llave que tenía en el bolsillo y el recuerdo de hacía tantos años, cuando la había visto por primera vez, con su empuñadura en forma de cruz griega, su base triangular, sus dientes, su sello con la flor grabada y sus letras P. S.

Aunque apenas había vuelto a pensar en ella durante todos aquellos años, su experiencia profesional con los servicios secretos le había familiarizado mucho con temas de seguridad, por lo que la peculiar forma de aquella llave ya no le resultaba tan desconcertante. «Una llave maestra incopiable elaborada con un sistema láser.» En vez de guardas que encajaban en una cerradura, la compleja serie de marcas perforadas por un rayo láser era examinada por un lector óptico. Si éste determinaba que la disposición y la secuencia de las marcas hexagonales eran correctas, la cerradura se abría.

No se le ocurría qué podía ser lo que abría una llave como aquella, pero le daba la impresión de que Robert sí sabría decírselo, porque le había descrito el sello sin haberlo visto. La forma de cruz de la empuñadura implicaba que la llave pertenecía a algún tipo de organización cristiana, pero Sophie sabía que en las iglesias no se usaba ese tipo de sistemas electrónicos.

«Además, mi abuelo no era cristiano...»

Sophie lo había constatado con sus propios ojos hacía diez años. Por ironías del destino, también había sido una llave —aunque en aquel caso se había tratado de otra mucho más normal— la que le había enfrentado a la verdadera naturaleza de aquel hombre.

Hacía mucho calor aquella tarde. Aterrizó en el aeropuerto Charles De Gaulle y cogió un taxi para ir a casa. «*Grand-père* va a tener una buena sorpresa cuando me vea», pensó. La universidad en Gran Bretaña había terminado unos días antes, y ella estaba impaciente por ver a su abuelo y explicarle todos los métodos de encriptación que estaba estudiando.

Sin embargo, cuando llegó a casa, su abuelo no estaba. A pesar de saber que no la esperaba, no pudo evitar cierta decepción. Seguramente estaría trabajando en el Louvre. Pero cayó en la cuenta de que era sábado. Él no solía trabajar los fines de semana. Los fines semana los dedicaba normalmente a...

Sonrió y salió disparada al garaje. El coche no estaba, claro. Jacques Saunière detestaba conducir por la ciudad, y el coche lo tenía para desplazarse a un único destino, su *château* de Normandía, al norte de París. Sophie, tras los meses pasados en Londres, añoraba los olores de la naturaleza y estaba ansiosa por empezar sus vacaciones. Aún no era demasiado tarde, y decidió salir de inmediato y darle una sorpresa. Le pidió prestado el coche a un amigo y condujo hacia el norte, atravesando el paisaje lunar de montes desolados que había cerca de Creully. Poco después de las diez entró en el largo camino particular que conducía al retiro de su abuelo. Aquel acceso tenía casi dos kilómetros, y hasta que no llevaba recorrida la mitad no empezó a ver la casa entre los árboles: un enorme castillo de piedra acurrucado, junto a un bosque, a los pies de una colina.

Sophie creía que a aquella hora su abuelo ya estaría acostado, y se alegró al ver luz en las ventanas. Sin embargo, su alegría se convirtió en sorpresa cuando, al llegar frente a la casa, constató que el camino estaba lleno de coches; Mercedes, BMW, Audis y Rolls-Royces.

Sophie se quedó un momento observándolos y se echó a reír. «Mi *grand-père*, el famoso ermitaño.» Por lo que se veía, las reclusiones de Jacques Saunière no eran tan estrictas como a él le gustaba hacer creer. Estaba claro que mientras se suponía que ella estaba en la universidad, él había organizado una fiesta, y a juzgar por las marcas de los coches allí aparcados, había invitado a algunas de las personas más influyentes de París.

Con ganas de darle una sorpresa, se acercó corriendo a la puerta principal, que encontró cerrada. Llamó, pero no le abrió nadie. Sorprendida, se fue al otro lado de la casa y probó por detrás, pero la entrada también estaba cerrada y nadie acudió a abrirle.

Desconcertada, se quedó un momento en silencio, escuchando. El único sonido que oía era el de la brisa fresca de Normandía que gemía débilmente al atravesar el valle.

No se oía música. Ni voces. Nada.

Rodeada del silencio del bosque, Sophie se fue hasta un ala de la casa, se subió a un montón de leña y acercó la cara a la ventana del salón. Lo que vio no tenía ningún sentido.

—¡Pero si no hay nadie!

Toda la planta baja parecía desierta.

«¿Dónde está la gente?»

Con el corazón latiéndole con fuerza, Sophie se acercó al cobertizo y buscó una llave que su abuelo siempre escondía bajo la caja de la leña menuda. Ahí estaba. Se fue corriendo hasta la puerta principal y entró en la casa. Al hacerlo, en el panel de control del sistema de seguridad empezó a parpadear una luz roja que avisaba a quien acababa de entrar de que disponía de diez segundos para marcar el código correcto antes de que las alarmas se dispararan.

«¿Tiene la alarma activada en plena fiesta?»

Sophie se apresuró a introducir el código y desactivó el sistema.

Cruzó el vestíbulo y se adentró en la casa. No había nadie. La primera planta también estaba desierta. Volvió al salón vacío y se quedó un momento en silencio, preguntándose qué pasaba.

Fue entonces cuando las oyó.

Voces amortiguadas. Parecían provenir de más abajo. Sophie no entendía. Se arrodilló, pegó la oreja al suelo y escuchó. Sí, no había duda, el sonido venía de ahí. Aquellas voces parecían cantar... ¿o salmodiar? Estaba asustada. Pero lo que hacía más misterioso aún aquel sonido era saber que en aquella casa no había sótano.

«Al menos yo nunca lo he visto.»

Se giró e inspeccionó la sala con la vista, y al momento le llamó la atención un único objeto que parecía no estar en su sitio, la antigüedad preferida de su abuelo, un gran tapiz de Aubusson. Normalmente colgaba de la pared de la derecha, a un lado de la chimenea, pero esa noche lo habían corrido dejando al descubierto la pared.

Se acercó a aquella superficie revestida de madera y notó que aquellos cánticos se hacían más audibles. Vacilante, puso la oreja sobre la pared. Ahora las voces le llegaban con mayor claridad. No había duda de que había gente entonando unas palabras que no llegaba a discernir.

«¡Hay un espacio hueco detrás de la pared!»

Tocó los paneles de madera hasta que notó un resquicio para meter el dedo. Era una puerta corredera disimulada. El corazón se le aceleró todavía más. Metió el dedo en la hendidura y tiró. Con muda precisión, aquella pesada pared cedió y se desplazó hacia un lado. En la oscuridad que tenía delante, los ecos de las voces resonaban.

Entró y se encontró en lo alto de una escalera de piedra tosca que descendía en espiral. Llevaba viniendo a esa casa desde niña y aquella era la primera noticia que tenía de esta escalera.

Al descender los peldaños, notó que el aire se hacía más frío y las voces más claras. Ahora distinguía a hombres y a mujeres. Su línea de visión se veía limitada por la espiral de la propia escalera, pero al fin apareció el último peldaño. Más allá, intuía el primer trozo de suelo del sótano: era de piedra y estaba iluminado por la luz temblorosa y rojiza de un fuego.

Conteniendo la respiración, dio unos pasos más y se agachó un poco para mirar. Tardó varios segundos en procesar lo que estaba viendo.

Aquel espacio era una cueva, una cámara que parecía haber sido excavada directamente en la roca de la colina. La única luz era la de unas antorchas que estaban fijadas a las paredes. Al resplandor de las llamas, unas treinta personas estaban de pie, formando un círculo en el centro de la estancia.

«Estoy soñando —se dijo Sophie—. Es un sueño. Qué si no.»

Todos los presentes llevaban máscaras. Las mujeres llevaban vestidos blancos de gasa y zapatos dorados. Sus máscaras también eran blancas y en las manos sostenían unos globos terráqueos dorados.

Los hombres iban vestidos con túnicas negras, del mismo color que sus máscaras. Parecían las piezas de un tablero gigante de ajedrez. En círculo, todos se mecían hacia delante y hacia atrás y entonaban un cántico de adoración a algo que había en el suelo, frente a ellos... algo que Sophie no veía desde donde se encontraba.

El cántico volvió a coger ritmo y se hacía cada vez más rápido, más rápido. Los participantes dieron un paso al frente y se arrodillaron. En aquel instante, Sophie vio al fin qué era lo que había en el centro. Aunque, horrorizada, se fue de allí corriendo, supo que aquella imagen quedaría para siempre grabada en su memoria. Invadida por una sensación de náusea, Sophie fue subiendo a trompicones aquella escalera de caracol, apoyándose en las paredes. Cerró la puerta corredera, atravesó la casa desierta y regresó a París aturdida y llorosa.

Aquella misma noche, sintiendo su vida sacudida por la desilusión y la traición, volvió a hacer el equipaje y se fue de casa. En el comedor, sobre la mesa, dejó una nota:

LO HE VISTO TODO.
NO INTENTES PONERTE EN CONTACTO CONMIGO.

Y al lado de la nota puso la llave del *château* que había cogido del cobertizo.

—¡Sophie! —dijo Langdon en tono conminatorio—. ¡Para! *¡Para!*

Emergiendo de las profundidades de la memoria, Sophie pisó el freno y se detuvo en seco.

—¿Qué? ¿Qué pasa?

Langdon le señaló la calle que se extendía ante ellos.

A Sophie se le heló la sangre. A unos cien metros, el cruce estaba cortado por un par de coches patrulla de la Policía Judicial, aparcados de lado con intención inequívoca. «¡Han cortado la Avenida Gabriel!»

Langdon sonrió, irónico.

—Supongo que la embajada queda descartada esta noche.

En el extremo contrario, los dos agentes que custodiaban los coches estaban mirando en su dirección, atraídos por las luces que se habían detenido tan bruscamente en medio de la calle.

«Está bien, Sophie, ahora vas a girar muy despacio.»

Puso marcha atrás y en tres maniobras precisas cambió de sentido. Al arrancar de nuevo, oyó el chirriar de unos neumáticos contra el asfalto y las sirenas que empezaron a ulular.

Maldiciendo, Sophie pisó a fondo el acelerador.

33

El Smart de Sophie atravesó como un rayo el barrio diplomático, dejando atrás embajadas y consulados y, finalmente, enfilando una calle secundaria, logró salir de nuevo a la gran avenida de los Campos Elíseos.

Langdon, muy pálido, se volvió para ver si les seguía la policía. Estaba empezando a arrepentirse de haber decidido escaparse. «Tú no has decidido nada», se corrigió. Había sido Sophie quien había tomado la decisión de tirar el dispositivo de GPS por la ventana del servicio. Y ahora, mientras se alejaban de la embajada, esquivando el poco tráfico de los Campos Elíseos, Langdon notaba que sus posibilidades eran cada vez menores. Aunque parecía que Sophie había conseguido despistar a la policía una vez más, al menos de momento, temía que su buena suerte no fuera a durar mucho más.

Al volante, Sophie se metió la mano en el bolsillo del suéter. Sacó un pequeño objeto metálico y se lo enseñó.

—Robert, quiero que veas esto. Es lo que mi abuelo me ha dejado detrás de *La Virgen de las rocas.*

Con un escalofrío de emoción, Langdon cogió aquel objeto y lo examinó. Era bastante pesado y en forma de crucifijo. Su primera intuición fue que se trataba de una cruz funeraria; versión en miniatura de las cruces conmemorativas que se clavaban en el suelo, junto a las tumbas. Pero luego se dio cuenta de que la base que sobresalía del crucifijo era triangular. Y además estaba decorada con cientos de minúsculos hexágonos que parecían muy bien hechos y distribuidos de manera aleatoria.

—Es una llave hecha con láser —le dijo Sophie—. Estos hexágonos son para que el lector óptico los identifique.

—¿Una llave? —Langdon no había visto nunca nada parecido.

—Fíjate en el otro lado —le pidió Sophie cambiándose de carril y saltándose otro cruce.

Al darle la vuelta, Langdon se quedó boquiabierto. Ahí, en una elaborada filigrana, en el centro de la cruz, estaba grabada una flor de lis con las iniciales P. S.

—Sophie, éste es el sello del que te hablaba. La divisa oficial del Priorato de Sión.

Sophie asintió.

—Ya te lo he dicho, esta llave ya la vi otra vez hace muchos años. Mi abuelo me dijo que nunca volviera a hablar de ella.

Langdon seguía con la vista fija en la llave. Su diseño, mezcla de tecnología punta y viejo simbolismo, recreaba una curiosa unión entre el mundo moderno y el antiguo.

—Me dijo que esta llave abría una caja donde guardaba muchos secretos.

Langdon se estremeció al pensar en el tipo de secretos que guardaría un hombre como Jacques Saunière. No tenía ni idea de qué hacía una antiquísima hermandad con una llave futurista como aquella. La única razón de la existencia del Priorato era la custodia de un secreto, un secreto de increíble poder. «¿Tenía esa llave algo que ver con él?» La idea resultaba abrumadora.

—¿Y sabes lo que abre?

Sophie pareció decepcionada.

—Yo esperaba que tal vez tú lo supieras.

Langdon no dijo nada y siguió contemplando aquella especie de crucifijo.

—Parece de inspiración cristiana —insistió Sophie.

Langdon no estaba tan seguro. La empuñadura no formaba la cruz latina característica del cristianismo, más larga que ancha, sino la llamada griega, en la que los cuatro brazos tenían la misma longitud, y que precedía a la cristiana en nada menos que mil quinientos años. Ese tipo de cruz carecía de todas las connotaciones de crucifixión asociadas a la latina, ideada por los romanos como instrumento de tortura. A Langdon nunca dejaba de sorprenderle el escaso número de cristianos que, al contemplar «el crucifijo», eran conscientes de la historia violenta de aquel símbolo, que se manifestaba hasta en su propio nombre; «cruz» y «crucifijo» eran derivaciones del verbo latino *cruciare*, torturar.

—Sophie, lo único que puedo decirte es que las cruces griegas como ésta se consideran símbolos de paz. La idéntica longitud de sus cuatro brazos las hace poco prácticas para las crucifixiones, y el equilibrio de sus travesaños horizontal y vertical representa una unión natural entre lo masculino y lo femenino, por lo que encaja bien con la filosofía del Priorato.

Sophie le miró con ojos cansados.

—No tienes ni idea, ¿verdad?

Langdon arqueó las cejas.

—Ni idea.

—Bueno, tenemos que dejar de dar vueltas. Nos hace falta un lugar seguro para poder averiguar qué es lo que abre esta llave.

Langdon pensó con añoranza en su cómoda habitación del Ritz. Evidentemente, aquella opción estaba descartada.

—¿Y si vamos a ver a los profesores de la Universidad de París que me han organizado la conferencia?

—Demasiado arriesgado. Fache irá a comprobar que no estamos ahí.

—Tú eres de aquí. Tienes que conocer a gente.

—Fache revisará mi listín telefónico y mi libreta de direcciones de correo electrónico, y hablará con mis compañeros de trabajo. Mis contactos no son seguros, y buscar hotel es imposible, porque en todos piden identificación.

Langdon volvió a preguntarse si no habría sido mejor dejar que Fache lo detuviera en el Louvre.

—Llamemos a la embajada. Les explico la situación y les pido que envíen a alguien a buscarnos.

—¿Buscarnos? —Sophie se volvió y lo miró como si estuviera loco.

—Robert, estás soñando. La embajada no tiene jurisdicción más
que dentro de los límites de su recinto. Si enviaran a alguien a reco-
gernos se consideraría asistencia a un fugitivo de la justicia francesa.
No lo harán. Entrar en la embajada por tu propio pie y solicitar asilo
temporal es una cosa, pero pedirles que emprendan una acción contra la legislación francesa es otra muy distinta. —Negó con la cabeza—. Si llamas a la embajada ahora, te dirán que no empeores las cosas y te entregues a Fache, y te prometerán, eso sí, usar los canales
diplomáticos a su alcance para velar porque tengas un juicio justo.
—Miró la sucesión de elegantes escaparates de los Campos Elíseos—.
¿Cuánto dinero en efectivo tienes?

Langdon miró la cartera.

—Cien dólares. Unos pocos euros. ¿Por qué?

—¿Tarjetas de crédito?

—Sí, claro.

Sophie aceleró, y Langdon intuyó que se le había ocurrido un
plan. Delante mismo, al final de los Campos Elíseos, se levantaba el
Arco de Triunfo —el tributo de Napoleón a su propia potencia militar, de cincuenta metros de altura—, rodeado de la rotonda más grande de Francia, un gigante de nueve carriles de circulación.

Cuando se acercaban a la rotonda, los ojos de Sophie volvieron
a posarse en el retrovisor.

—Por ahora les hemos dado esquinazo —dijo—. Pero si segui-
mos cinco minutos más en el coche, nos pillarán seguro.

«Bueno, pues robamos uno y ya está, ahora que somos delincuentes qué mas da», pensó en broma.

—¿Qué vas a hacer?

Se incorporaron a la rotonda.

—Confía en mí.

Langdon no dijo nada. La confianza no le había llevado muy lejos esa noche. Se levantó la manga de la chaqueta y consultó la hora
en su reloj, un reloj de niño con el ratón Micky dibujado en la esfera,
que sus padres le habían regalado cuando cumplió diez años. Aunque
había suscitado miradas de censura en más de una ocasión, Langdon
no había llevado otro reloj que no fuera aquel. Los personajes animados de Walt Disney habían sido su primer contacto con la magia de la

forma y el color. Y ahora Mickey le servía como recordatorio cotidia-
no de que tenía que seguir siendo joven de espíritu. A pesar de ello,
en aquel momento, los brazos del ratón estaban extendidos en un ángulo poco habitual, indicando una hora igualmente atípica.

Las 2:51 a.m.

—Un reloj interesante —comentó Sophie fijándose en él mientras seguían atravesando aquella ancha rotonda.

—Tiene una historia muy larga —respondió, bajándose la manga.

—Lo supongo —añadió ella sonriéndole un segundo, antes de
abandonar el Arco de Triunfo y enfilar hacia el norte, alejándose del
centro de la ciudad.

Tras pasarse dos semáforos en ámbar, llegó a la tercera travesía y
giró a la derecha en el Bulevar Malesherbes. El elegante barrio de las
embajadas había quedado atrás, y ahora estaban en una zona más industrial. Sophie dobló enseguida a la izquierda y, un momento después,
Langdon se dio cuenta de dónde estaban: en la Gare Saint-Lazare.

Delante de ellos, el techo acristalado de la terminal parecía un
híbrido raro entre un hangar para aviones y un invernadero. Las es-
taciones europeas no dormían nunca. A pesar de la hora, una docena
de taxis hacían guarda junto a la salida principal. Había vendedores
que arrastraban carritos con bocadillos y agua mineral mientras de
los andenes emergían jóvenes de aspecto desaliñado con sus pantalones anchos, frotándose los ojos y mirando a su alrededor como si in-
tentaran acordarse de a qué ciudad acababan de llegar. Más adelante,
en la calle, había un par de policías municipales ayudando a unos turistas desorientados.

Sophie llevó el Smart detrás de los taxis y aparcó en una zona
prohibida, a pesar de que al otro lado de la calle había muchos sitios
libres. Antes de que Langdon pudiera preguntarle nada, ella ya se había bajado del coche. Se acercó corriendo al taxi que tenían delante y
empezó a hablar con el taxista.

Langdon se bajó del coche y vio que en aquel momento Sophie
le estaba dando al taxista un montón de billetes. Éste asintió y entonces, para su asombro, arrancó sin ellos.

—¿Qué ha pasado? —quiso saber Langdon, que se reunió con
Sophie en la acera mientras el taxi se perdía de vista.

Sophie empezó a dirigirse hacia la entrada de la estación.

—Venga, vamos, tenemos que comprar dos billetes para el primer tren que salga de París.

Langdon la seguía. Lo que había empezado como un breve trayecto de poco más de un kilómetro hasta la Embajada americana se había convertido en una huida de París en toda regla. Aquello cada vez le gustaba menos.

34

El chófer que fue a recoger al obispo Aringarosa al aeropuerto internacional Leonardo Da Vinci lo hizo en un discreto Fiat negro. El obispo aún recordaba los días en que los vehículos vaticanos eran coches de gran lujo con insignias plateadas y banderas con el escudo de la Santa Sede. «Esos días pertenecen ya al pasado.» La flotilla de coches vaticanos era ahora mucho menos ostentosa y casi nunca llevaban nada que los identificara. La Santa Sede aseguraba que se hacía así para reducir costes y servir mejor a sus diócesis, pero Aringarosa sospechaba que se trataba más bien de una medida de seguridad. El mundo se había vuelto loco, y en muchas partes de Europa, proclamar tu amor a Jesucristo era como dibujarte una diana en el pecho.

Recogiéndose un poco los faldones de la sotana, Aringarosa subió al asiento trasero y se puso cómodo, pensando en el largo trayecto que le aguardaba hasta Castel Gandolfo, el mismo que ya había hecho hacía cinco meses.

«El viaje a Roma del año pasado —pensó, suspirando—. La noche más larga de mi vida.»

Hacía cinco meses, había recibido una llamada del Vaticano en la que se requería su inmediata presencia. No le explicaron nada más. «Los billetes están en el aeropuerto.» La Santa Sede hacía lo posible por alimentar su halo de misterio, incluso frente al alto clero.

Aringarosa sospechó que aquella convocatoria misteriosa era una ocasión para que el Papa y otros miembros de la curia vaticana se subieran al carro del último éxito público del Opus Dei: la culminación de las obras de su sede en la ciudad de Nueva York. La revista *Architectural Digest* había afirmado que el edificio era «un faro radiante de catolicismo perfectamente integrado en su entorno de modernidad», y últimamente el Vaticano parecía mostrar atracción hacia todo aquello que incluyera la palabra «moderno».

Aringarosa no pudo declinar aquella invitación, aunque acudió con reticencias. No comulgaba demasiado con la actual administración vaticana. Aringarosa, como la mayor parte del clero más conservador, había asistido con grave preocupación al primer año de pontificado del Papa. Más liberal que sus predecesores, Su Santidad había llegado a ocupar la silla de San Pedro tras uno de los cónclaves más controvertidos de la historia. Y ahora, lejos de aplacar su talante después de su inesperado acceso al poder, el Santo Padre no había malgastado ni un minuto y había empezado a dar pasos para agilizar la anquilosada maquinaria burocrática de la cúspide de la cristiandad. Sirviéndose de una preocupante marea de apoyo, que le brindaban los miembros más progresistas del Colegio de Cardenales, ahora el Papa declaraba que su misión consistía en «rejuvenecer la doctrina vaticana y llevar el catolicismo al tercer milenio».

Pero Aringarosa se temía que, en realidad, eso significara que era lo bastante presuntuoso como para creer que podía reescribir las leyes de Dios y recuperar los corazones de todos los que creían que, en el mundo actual, el verdadero catolicismo no tenía sentido.

Aringarosa había recurrido a todas sus influencias políticas —que no eran pocas, teniendo en cuenta el peso del Opus Dei y su patrimonio— para persuadir al Papa y a sus consejeros de que la flexibilidad de las leyes de la Iglesia no sólo era cobarde e impía, sino que representaba un suicidio político. Le había recordado que el anterior intento —el fiasco del Concilio Vaticano II— había dejado tras de sí un legado devastador: la asistencia de los feligreses a los actos religiosos era más baja que nunca, las donaciones escaseaban y no había ni siquiera el número suficiente de sacerdotes para cubrir todas las parroquias.

«¡La gente necesita que la Iglesia les aporte estructura y orden —insistía Aringarosa—, y no palmaditas en la espalda e indulgencia!»

Aquella noche, hacía meses, mientras se alejaba del aeropuerto, Aringarosa había constatado con sorpresa que no estaban conduciéndole en dirección a la Ciudad del Vaticano, sino hacia el este, por una carretera sinuosa.

—¿Adónde vamos? —le preguntó al chófer.

—Al lago Albano —respondió—. La reunión es en Castel Gandolfo.

«¿En la residencia de verano del Papa?» Aringarosa nunca había estado ahí, ni lo había deseado. Además de ser la casa en la que el Papa pasaba sus vacaciones estivales, la ciudadela del siglo XVI albergaba la *Specula Vaticana* —el observatorio astronómico papal—, uno de los más avanzados de Europa. Aringarosa nunca se había sentido muy cómodo con el interés del Vaticano por la ciencia. ¿Qué sentido tenía unir ciencia y fe? La objetividad de la ciencia estaba reñida con la fe en Dios. Y, además, la fe no tenía ninguna necesidad de confirmar físicamente sus creencias.

«Y sin embargo, ahí está», pensó al ver aparecer el perfil de Castel Gandolfo. Desde la carretera, parecía un enorme monstruo a punto de dar un paso mortal. Colgado en lo alto de un risco, el castillo se elevaba sobre la cuna de la civilización italiana; el valle en el que los clanes de los curiacios y los horacios se habían enfrentado mucho antes de la fundación de Roma.

Incluso desde lejos, la visión del castillo impresionaba. Se trataba de una notable muestra de arquitectura defensiva en estratos que hablaba de la importancia de su estratégica y espectacular ubicación. Pero Aringarosa se lamentaba de que el Vaticano hubiera destrozado aquel edificio con la construcción, sobre los tejados, de dos enormes cúpulas de aluminio para albergar los telescopios, que hacían que aquella noble edificación se pareciera más bien a un valiente guerrero con dos sombreros de payaso en la cabeza.

Cuando se bajó del coche, un joven jesuita salió al momento a recibirlo.

—Bienvenido, obispo. Soy el padre Mangano. Astrónomo.

«Pues mejor para usted.» Emitió un gruñido a modo de saludo y siguió al jesuita hasta el vestíbulo del castillo: un gran espacio abierto con una poco inspirada decoración mezcla de estilo renacentista e imágenes astronómicas. Subieron por la ancha escalera de mármol travertino, y Aringarosa se fijó en las señales que indicaban centros de conferencias, aulas científicas y servicios de información turística. No dejaba de sorprenderle que el Vaticano fuera incapaz de proporcionar unas pautas claras y rigurosas para el crecimiento espiritual de los fieles y, sin embargo, sacara tiempo para organizar charlas sobre astrofísica para turistas.

—Dígame —preguntó Aringarosa al joven cura—. ¿Desde cuándo se empieza la casa por el tejado?

El jesuita le miró desconcertado.

—¿Perdón?

Aringarosa no insistió, decidiendo no enzarzarse esa noche en su cruzada particular. «El Vaticano se ha vuelto loco.» Como un padre perezoso al que le resulta más fácil consentir todos los caprichos de su hijo malcriado en vez de mantenerse firme y transmitirle ciertos valores, la Iglesia se mostraba cada vez más blanda, intentando reinventarse a sí misma para acomodarse a una cultura que había perdido el rumbo.

El pasillo de la última planta era ancho, lujosamente amueblado y discurría sólo en una dirección, hacia unas enormes puertas de roble con una placa metálica.

BIBLIOTECA ASTRONOMICA

Aringarosa había oído hablar del lugar, del que se decía que contenía más de veinticinco mil volúmenes, entre los que se encontraban ediciones únicas de obras de Copérnico, Galileo, Kepler, Newton y Secchi. Supuestamente, también era el sitio en el que los colaboradores papales de mayor rango celebraban sus reuniones privadas... las que preferían no celebrar dentro de la Ciudad del Vaticano.

Al acercarse a la puerta, Aringarosa no se imaginaba la impactante noticia que estaba a punto de recibir, ni la mortífera cadena de acontecimientos que tras ella se iba a poner en marcha. No fue hasta una hora después, cuando el encuentro ya había terminado, cuando empezó a asimilar las devastadoras implicaciones de todo aquello. «¡Dentro de seis meses! ¡Que Dios nos asista!»

◆ ◆ ◆

Ahora, en el Fiat, Aringarosa se dio cuenta de que el mero recuerdo de aquel primer encuentro le había llevado a apretar mucho los puños. Los abrió, respiró hondo y relajó los músculos.

«Todo irá bien», se dijo mientras el coche seguía su tortuoso ascenso por las montañas. Aun así, estaba impaciente porque sonara el teléfono móvil. «¿Por qué no me ha llamado El Maestro? A estas alturas Silas ya debería tener la clave.»

Para calmarse, el obispo meditó sobre la amatista púrpura del anillo que llevaba. Pasó el dedo por el engarce en forma de mitra y por las facetas de los diamantes, y se recordó a sí mismo que el poder que simbolizaba era mucho menor que el que en poco tiempo alcanzaría.

35

El interior de la Gare Saint-Lazare se parecía a cualquier otra estación de tren europea, una caverna en parte cerrada y en parte abierta habitada por los sospechosos habituales: hombres sin techo con carteles escritos sobre trozos de cartón, grupos de universitarios de ojos legañosos durmiendo en sacos de dormir y con los auriculares de sus MP3 puestos, y algún que otro mozo de equipajes, ataviado con su uniforme azul, fumando un cigarrillo.

Sophie alzó la vista para leer el enorme panel de información que tenía encima. Las placas blancas y negras empezaron a tabletear y actualizaron las siguientes salidas. El primer destino era Lille, en el rápido de las 3:06.

—Ojalá saliera antes —dijo Sophie—, pero tendrá que ser Lille.

«¿Antes?» Langdon consultó su reloj. Pero si eran las 2:59. Sólo faltaban siete minutos y aún no habían comprado los billetes.

Sophie lo llevó al mostrador de venta.

—Compra dos billetes con tu tarjeta de crédito.

—Yo creía que las tarjetas quedan registradas y que se puede hacer un seguimiento de...

—Precisamente por eso.

Langdon decidió que era mejor no intentar adelantarse al pensamiento de Sophie Neveu. Con su Visa, compró los dos billetes a Lille y se los dio a Sophie. Ella lo llevó hasta los andenes, donde al dingdong habitual siguió el anuncio por megafonía de que el tren de Lille estaba a punto de salir. Bastante más allá, a su derecha, en el andén tres, la locomotora ya ronroneaba y silbaba preparándose para arrancar, pero Sophie cogió a Langdon del brazo y empezó a guiarlo justo en dirección contraria. Cruzaron corriendo un vestíbulo lateral, entraron en un café abierto toda la noche y finalmente salieron por otra puerta a una calle tranquila, del otro lado de la estación.

Junto a la puerta aguardaba un único taxi.

El taxista vio a Sophie y apagó y encendió las luces, y los dos se sentaron en el asiento de atrás.

Mientras el taxi se alejaba de la Gare Saint-Lazare, Sophie sacó los dos billetes de tren que acababan de comprar y los rompió.

Langdon suspiró. «Setenta dólares a la basura.»

Hasta que el vehículo llevaba un rato avanzando a un ritmo monótono por la Rue de Clichy, rumbo al norte, Langdon no tuvo la sensación real de haber escapado. Por la ventana, a la derecha, distinguió Montmartre y la hermosa cúpula del Sacré Coeur, imágenes que se vieron interrumpidas por el destello de una sirena de la policía que cruzó a toda prisa en dirección contraria. Los dos se agacharon instintivamente hasta que el sonido y los destellos se perdieron en la distancia.

Sophie le había pedido al taxista que saliera de la ciudad, y a juzgar por su expresión de concentración, Langdon se dio cuenta de que estaba pensando en cuál debía ser su siguiente paso.

Volvió a examinar la llave cruciforme, levantándola hasta la altura de la ventana para verla mejor, y se la acercó a los ojos para ver si encontraba algo que le indicara dónde la habían fabricado. Al resplandor intermitente de las farolas, no logró distinguir otra cosa que no fuera el sello del Priorato.

—No tiene sentido —dijo al fin.

—¿Qué, exactamente?

—Que tu abuelo se metiera en tantos líos para darte una llave si tú no sabes qué hacer con ella.

—Estoy de acuerdo.

—¿Estás completamente segura de que no anotó nada más en el reverso del lienzo?

—Lo registré todo. Y no había nada más. La llave, encajada detrás del cuadro. Vi el sello del Priorato, me la metí en el bolsillo y salimos de allí.

Langdon frunció el ceño y se concentró en el extremo del tronco triangular. Entrecerró los ojos y se fijó en la empuñadura. Tampoco había nada.

—Creo que no hace mucho que la han limpiado.

—¿Cómo lo sabes?

—Porque huele a alcohol de quemar.

—¿Cómo?

—Que parece que alguien le ha pasado algún tipo de producto —reiteró, llevándose la llave a la nariz—. Por este lado huele más. Sí, ha sido con algo a base de alcohol, como si le hubieran pasado un producto de limpieza, o... —Se detuvo.

—¿Qué?

Giró la llave para que atrapara la luz y miró la superficie lisa. Parecía brillar más en ciertos sitios... como si estuviera mojada.

—¿Te has fijado bien en este lado de la llave antes de metértela en el bolsillo?

—Pues no. Tenía un poco de prisa.

Langdon la miró,

—¿Todavía tienes la linterna de rayos ultravioletas?

Sophie se metió la mano en el bolsillo y se la dio.

Langdon la encendió y enfocó el reverso de la llave, que se iluminó al momento con un resplandor fosforescente.

Había algo escrito con letra apresurada pero legible.

—Bueno —dijo—, al menos ahora sabemos por qué huele a alcohol.

Sophie miraba asombrada aquellas letras escritas en el reverso de la llave.

24 Rue Haxo

«¡Una dirección! ¡Mi abuelo ha anotado una dirección!»

—¿Y dónde está esa calle?

Sophie no tenía ni idea. Se adelantó un poco en el asiento y se lo preguntó al taxista.

—*Connaissez vous la Rue Haxo?*

El taxista, tras pensarlo unos momentos, asintió. Le dijo a Sophie que se encontraba cerca de las pistas de tenis de Roland Garros, a las afueras de París. Ella le pidió que los llevara hasta allí inmediatamente.

—La manera más rápida de llegar es atravesando el Bois de Boulogne —le dijo el taxista—. ¿Les va bien?

Sophie puso mala cara. Se le ocurrían alternativas menos escandalosas, pero aquella noche no podía permitirse tantos remilgos.

—*Oui.*

«A ver si escandalizamos al turista americano.»

Volvió a mirar la llave y se preguntó qué iban a encontrarse en el número 24 de la Rue Haxo. «¿Una iglesia? ¿Alguna especie de sede del Priorato?»

Su mente volvió a llenarse de las imágenes del ritual secreto que había presenciado en la cueva del sótano hacía diez años, y aspiró hondo.

—Robert, tengo muchas cosas que contarte —le dijo a Langdon mirándolo a los ojos mientras el taxi giraba a la izquierda—. Pero antes quiero que tú me cuentes a mí todo lo que sepas sobre el Priorato de Sión.

36

En el exterior de la *Salle des États*, Fache se iba poniendo cada vez más furioso a medida que el guarda, Grouard, le explicaba cómo le habían desarmado Sophie y Langdon. «¿Y por qué no ha disparado contra el cuadro?»

—¿Capitán? —El teniente Collet venía hacia ellos desde el puesto de mando—. Capitán, acaban de informarme de que han localizado el coche de la agente Neveu.

—¿Han conseguido llegar a la embajada?

—No. A la estación de tren. Han comprado dos billetes. El tren ha salido hace muy poco.

Fache le hizo un gesto a Grouard para que se retirara y condujo a Collet a una sala contigua.

—¿Cuál es el destino de ese tren? —le preguntó en voz baja.

—Lille.

—Seguramente es una pista falsa —concluyó, formulando un plan.

—Está bien, que alerten a la siguiente estación, que detengan el tren y lo inspeccionen, por si acaso. Que no muevan el coche de donde está y que sitúen a agentes de paisano por si vuelven a buscarlo. Que envíen hombres a rastrear las calles de los alrededores, por si se hubieran escapado a pie. ¿Hay alguna parada de autobuses en la estación?

—A esta hora no circulan autobuses, señor. Sólo hay una parada de taxis.

—Bueno, pues que interroguen a los taxistas por si han visto algo. Y que se pongan en contacto con la central del taxi para dar una descripción de los desaparecidos. Yo voy a llamar a la Interpol.

Collet se mostró sorprendido.

—¿Va a divulgar lo sucedido?

A Fache no le hacía ninguna gracia ponerse en evidencia, pero no veía otra solución.

«Cerrar el cerco deprisa, y cerrarlo del todo.»

La primera hora era crítica. En los sesenta minutos posteriores a la huida, el fugitivo es predecible. Siempre necesita lo mismo: desplazamiento, alojamiento y dinero. La Santísima Trinidad. Y gracias a la Interpol esas tres cosas podían hacerse imposibles en un momento. Mediante el envío de fotos de Langdon y Sophie por fax a las autoridades parisinas del transporte, a los hoteles y a los bancos, la Interpol les dejaría sin opciones, sin modo de salir de la ciudad, sin lugar donde esconderse y sin manera de retirar dinero sin ser reconocidos. Normalmente, el fugitivo acababa poniéndose nervioso y hacía alguna tontería. Robaba un coche. Atracaba una tienda. Usaba una tarjeta bancaria, presa de la desesperación. Fuera cual fuera el error que cometiera, no tardaba en dar a conocer su paradero a las autoridades locales.

—Pero sólo alertará de Langdon, supongo —dijo Collet—. De Sophie Neveu no. Es agente del cuerpo.

—¡Pues claro que de ella también! —cortó Fache—. ¿De qué sirve seguir la pista a Langdon, si ella puede seguir haciendo todo el trabajo sucio? Tengo la intención de buscar en la hoja de empleo de Neveu a amigos, familiares o contactos personales para ver si encontramos a alguien que nos ayude. No tengo ni idea de qué pretende, pero sé que le va a costar bastante más que su empleo.

—¿Prefiere que yo siga al teléfono o me quiere en la calle?

—En la calle. Acérquese a la estación de tren y coordine el equipo. Tiene usted las riendas, pero no dé un solo paso sin consultármelo.

—Sí, señor —dijo Collet antes de salir corriendo.

De pie en la sala, Fache notó que estaba rígido. A través de la ventana, la pirámide brillaba y se reflejaba en el agua de las fuentes,

ondulada por el viento. «Se me han escurrido de las manos.» Se dijo
para tranquilizarse.

Ni a una agente experimentada le resultaría fácil soportar la presión a la que la Interpol estaba a punto de someterla.

«¿Una criptóloga y un profesor?»

Ni siquiera durarían hasta el amanecer.

37

Al boscoso parque, conocido como Bois de Boulogne, se le daban muchos otros nombres, pero los más enterados lo conocían como «El jardín de las delicias». Por más atractivo que sonara aquel epíteto, la realidad no era tan halagüeña. Cualquiera que hubiera visto el cuadro de El Bosco del mismo nombre entendería al momento la broma. El cuadro, como el bosque, era oscuro y lleno de recovecos, un purgatorio para los raros y los fetichistas. De noche, sus caminos sinuosos se poblaban de centenares de cuerpos de alquiler, delicias para satisfacer los más profundos deseos de hombres, mujeres y demás.

Mientras Langdon ponía en orden sus ideas para hablarle a Sophie del Priorato de Sión, el taxi atravesó el arbolado acceso al parque y empezó a dirigirse hacia el oeste a través de una calle adoquinada. La visión de los residentes nocturnos, que ya emergían de las sombras y exhibían sus mercancías a la luz de los faros, le hacía difícil concentrarse. Más adelante, dos adolescentes con los pechos al aire dedicaron ardientes miradas al interior del taxi. Más allá, un hombre negro, de piel brillante, con un tanga, se dio la vuelta y les enseñó el culo. A su lado, una despampanante rubia se levantó la minifalda para revelar que, en realidad, no era una mujer.

«¡Dios mío!» Langdon se volvió y aspiró hondo.

—Háblame del Priorato de Sión —le pidió Sophie.

Langdon asintió, incapaz de imaginar un escenario menos adecuado para recrear la leyenda que estaba a punto de contar. Se preguntaba por dónde empezar. La historia de la hermandad abarcaba más de un milenio... una sorprendente crónica de secretos, chantajes, traiciones e incluso de brutales torturas a manos de un Papa colérico.

—El Priorato de Sión lo fundó en Jerusalén un rey francés llamado Godofredo de Bouillon, en el año 1099, inmediatamente después de haber conquistado la ciudad.

Sophie le miraba fijamente.

—Ese rey, supuestamente, tenía en su poder un importante secreto, un secreto que había estado en conocimiento de su familia desde los tiempos de Jesús. Temeroso de que se perdiera a su muerte, fundó una hermandad secreta —el Priorato de Sión—, a la que encargó la misión de velar por él transmitiéndolo de generación en generación. Durante sus años en Jerusalén, el Priorato tuvo conocimiento de una serie de documentos enterrados debajo de las ruinas del templo de Herodes, construido a su vez sobre otras más antiguas, las del templo del rey Salomón. Según creían, esos documentos confirmaban el secreto de Godofredo y eran de una naturaleza tan explosiva que la Iglesia no pararía hasta hacerse con ellos.

Sophie le dedicó una mirada escéptica.

—El Priorato juró que, por más tiempo que les llevara, debían recuperar aquellos papeles y protegerlos para siempre, logrando así que la verdad no se perdiera. Para poder rescatarlos, el Priorato creó un brazo armado, un grupo de nueve caballeros llamado la Orden de los Pobres Caballeros de Cristo y del Templo de Salomón. —Langdon hizo una pausa—. Más conocidos como los Caballeros Templarios.

Al fin Sophie puso cara de entender algo.

Langdon había dado muchas charlas sobre los templarios y sabía que casi todo el mundo había oído hablar de ellos, al menos de manera general. Para los estudiosos, la historia de los templarios era un mundo incierto donde hechos, leyendas y errores se confundían hasta tal punto que resultaba prácticamente imposible extraer algo de verdad de ellos. En los tiempos que corrían, a Langdon a veces no le gustaba ni mencionarlos en sus conferencias, porque invariablemente suscitaban un montón de preguntas confusas sobre todo tipo de teorías conspirativas.

Sophie se había puesto seria.

—¿Me estás diciendo que el Priorato de Sión creó la Orden de los Templarios para recuperar una serie de documentos secretos? Yo creía que su misión era proteger Tierra Santa.

—Eso es un error frecuente. La idea de la protección de los peregrinos era el disfraz bajo el que los templarios llevaban a cabo su misión. Su verdadero objetivo en Tierra Santa era rescatar los documentos enterrados debajo de las ruinas del templo.

—¿Y los encontraron?

Langdon sonrió.

—Nadie lo sabe a ciencia cierta, pero en lo que todos los estudiosos coinciden es en que sí encontraron algo enterrado en las ruinas... algo que les hizo ricos y poderosos más allá de lo imaginable.

A continuación, Langdon hizo un breve repaso de las ideas más aceptadas sobre la historia de los templarios y le explicó que éstos estuvieron en los Santos Lugares durante la Segunda Cruzada y que le dijeron al rey Balduino II que estaban ahí para proteger a los peregrinos cristianos. Aunque no recibían sueldo alguno y hacían voto de pobreza, los caballeros informaron al rey de que necesitaban de algún lugar donde guarecerse y le pidieron permiso para instalarse en los establos que había bajo las ruinas del templo. El rey Balduino se lo concedió, y los caballeros ocuparon su humilde residencia dentro de aquel devastado lugar de culto.

—Aquella peculiar elección de alojamiento —prosiguió Langdon— había sido cualquier cosa menos aleatoria. Los caballeros creían que los documentos que buscaba el Priorato estaban enterrados en aquellas ruinas, bajo el Sanctasanctórum: cámara sagrada en la que se creía que residía Dios; literalmente, el centro absoluto de la fe judía. Durante casi una década, los nueve caballeros vivieron en aquellas ruinas, excavando en secreto entre los escombros hasta llegar a la roca.

—¿Y dices que sí encontraron algo?

—No hay duda —respondió Langdon, que le explicó que les había costado nueve años, pero que al fin habían encontrado lo que estaban buscando. Sacaron el tesoro del templo y regresaron a Europa, donde su influencia pareció acrecentarse de la noche a la mañana.

Nadie estaba seguro de si los templarios habían sobornado al Vaticano o si la Iglesia, simplemente, había intentado comprar su silencio, pero el caso es que el papa Inocencio II dictó una insólita bula papal por la que se concedía a los caballeros un poder ilimitado y se les declaraba «una ley en sí mismos», un ejército autónomo, independiente de cualquier interferencia de reyes o clérigos, de cualquier forma de poder político o religioso.

Con su recién adquirida carta blanca otorgada por el Vaticano, los templarios se expandieron a una velocidad de vértigo, tanto en número como en peso político, acumulando la propiedad de vastas extensiones de tierra en más de doce países. Empezaron a conceder créditos a casas reales arruinadas y a cobrar intereses, estableciendo de ese modo el precedente de la banca moderna e incrementando aún más su riqueza y su influencia.

A principios del siglo XIV, la autorización del Vaticano había permitido que los templarios amasaran tal poder que el papa Clemente V decidió que había que hacer algo. Con la colaboración del rey francés Felipe IV, el Papa ideó un ingenioso plan para neutralizar a los Caballeros de la Orden del Temple y hacerse con sus tesoros, pasando además a obtener el control sobre sus secretos. En una maniobra militar digna de la CIA, Clemente envió órdenes selladas a todos sus soldados, distribuidos por todo el territorio europeo, que no debían abrirse hasta el viernes 13 de octubre de 1307.

Al amanecer de aquel día, los documentos sellados se abrieron y revelaron su sobrecogedor contenido. En aquellas cartas, el Papa aseguraba que había tenido una visión de Dios en la que le advertía de que los templarios eran unos herejes, culpables de rendir culto al demonio, de homosexualidad, de ultraje a la cruz, de sodomía y demás comportamientos blasfemos. Y Dios le pedía al Papa que limpiara la tierra, que reuniera a todos los templarios y los torturara hasta que confesaran sus pecados contra Dios. La maquiavélica operación de Clemente funcionó con total precisión. Aquel mismo día se detuvo a gran número de caballeros de la orden, se les torturó y fueron quemados en la hoguera acusados de herejes. En la cultura moderna aún persistían ecos de aquella tragedia; el viernes trece seguía considerándose día de mala suerte en muchos sitios.

Sophie parecía desconcertada.

—¿La orden fue destruida? Yo creía que seguían existiendo hermandades de templarios.

—Sí, siguen existiendo, bajo diversas denominaciones. A pesar de las falsas acusaciones de Clemente, que hizo todo lo posible por aniquilarlos, los templarios tenían poderosos aliados y algunos lograron escapar de las purgas vaticanas. El verdadero objetivo del Papa eran los poderosos documentos que habían hallado y que en apariencia eran su fuente de poder, pero nunca los encontró. Aquellos documentos llevaban ya mucho tiempo en manos de los arquitectos en la sombra de los templarios, los miembros del Priorato de Sión, cuyo velo de secretismo los había mantenido a salvo de la masacre vaticana. Pero al ver que la Santa Sede iba cerrando cada vez más el cerco, el Priorato sacó una noche los documentos de la iglesia de París donde los escondían y los llevó a unos barcos templarios anclados en La Rochelle.

—¿Y adónde los llevaron?

Langdon se encogió de hombros.

—La respuesta a ese misterio sólo la tiene el Priorato de Sión. Como esos documentos siguen siendo fuente de constantes investigaciones y especulaciones, se cree que han sido cambiados de sitio varias veces. Hoy en día, las conjeturas apuntan a que se encuentran en algún lugar del Reino Unido.

Sophie puso cara de preocupación.

—Durante mil años han circulado leyendas sobre este secreto. Toda la serie de documentos, su poder y el secreto que revelan han pasado a conocerse con un único nombre: el Sangreal.

—¿El Sangreal? ¿Tiene que ver con la sangre?

Langdon asintió. La sangre era la piedra de toque del Sangreal, aunque no en el sentido que probablemente ella imaginaba.

—La leyenda es complicada, pero lo que no hay que olvidar es que el Priorato conserva la prueba, y supuestamente aguarda el momento más conveniente de la Historia para revelar la verdad.

—¿Qué verdad? ¿Qué secreto puede tener tanta fuerza?

Langdon aspiró hondo y miró por la ventanilla a la otra cara de París que se adivinaba en la penumbra.

—Sophie, la palabra Sangreal es muy antigua. Con los años, ha evolucionado hasta formar otra, un término más moderno. —Se detuvo un instante—. Cuando te diga cuál es, te darás cuenta de que sabes muchas cosas sobre él. De hecho, casi todo el mundo ha oído hablar de la historia del Sangreal.

Sophie le miró, incrédula.

—Pues yo no.

—Sí, seguro que sí. —Langdon sonrió—. Lo que pasa es que tú lo conoces como el Santo Grial.

38

En el asiento trasero del taxi, Sophie no le quitaba la vista de encima a Langdon.

«Está de broma.»

—¿El Santo Grial?

Langdon asintió, muy serio.

—Sangreal es, literalmente, Santo Grial.

«Santo Grial.» ¿Cómo es que no había visto al momento la conexión lingüística? Con todo, le parecía que lo que decía Langdon no tenía sentido.

—Yo creía que el Santo Grial era un cáliz. Y tú dices que es una serie de documentos que revelan un oscuro secreto.

—Sí, pero los documentos del Sangreal son sólo la mitad del tesoro del Santo Grial. Están enterrados con el propio Grial... y revelan su verdadero significado. Si esos documentos dieron tanto poder a los templarios fue porque descubrían la verdadera naturaleza del Grial.

«¿La verdadera naturaleza del Grial?» Ahora Sophie estaba aún más perdida que antes. Siempre había creído que el Santo Grial era el cáliz en el que Jesús había bebido durante la última cena y con el que, posteriormente, José de Arimatea había recogido la sangre que le brotaba del costado en el momento de la crucifixión.

—El Santo Grial es el cáliz de Cristo —dijo—. Menos complicado no puede ser.

—Sophie —le susurró Langdon, acercándose a ella—, según el Priorato de Sión, el Santo Grial no es en absoluto un cáliz. Aseguran que la leyenda del Grial, que afirma que se trata de una copa, es de hecho una ingeniosa alegoría. Es decir, que la historia del Grial usa el cáliz como metáfora de otra cosa, de algo mucho más poderoso. —Hizo una pausa—. Algo que encaja a la perfección con todo lo que tu abuelo ha intentado decirnos esta noche, incluyendo sus referencias simbólicas a la divinidad femenina.

Aun sin seguirle del todo, Sophie veía en la paciente sonrisa de Langdon que éste entendía su confusión.

—Pero si el Santo Grial no es un cáliz, entonces, ¿qué es?

Langdon sabía que aquella pregunta iba a llegar, pero todavía no había decidido cómo contárselo exactamente. Si no le exponía la respuesta en su adecuado contexto histórico, Sophie se quedaría con una vaga sensación de desconcierto. La misma que había visto en el rostro de su editor unos meses atrás, cuando Langdon le había pasado el borrador del texto en el que estaba trabajando.

—¿*Qué* es lo que sostienes en tu trabajo? —le había espetado, dejando la copa de vino y mirándole por encima de la comida a medio terminar—. Eso no lo puedes decir en serio.

—Pues lo digo en serio. Me he pasado un año investigando.

El destacado editor neoyorquino Jonas Faukman se tocó la perilla, nervioso. Había oído muchas ideas peregrinas para libros a lo largo de su carrera en el mundo editorial, pero aquella le había dejado boquiabierto.

—Robert —le dijo finalmente—, no me malinterpretes. Me encanta tu trabajo y hemos hecho muchas cosas juntos. Pero si acepto publicar una idea como ésta, tendré que aguantar manifestaciones a la puerta de la editorial durante meses. Y además, tu reputación se va a ir a pique. Eres un historiador licenciado en Harvard, por el amor de Dios, y no un charlatán cualquiera ávido de dinero. ¿Dónde vas a encontrar pruebas fehacientes para defender una teoría como ésa?

Esbozando una tímida sonrisa, Langdon se sacó un trozo de papel del bolsillo y se lo alargó a Faukman. Se trataba de una lista de más de cincuenta títulos —libros escritos por historiadores muy conocidos, algunos de ellos contemporáneos, otros de hacía varios siglos—, muchos de los cuales habían sido auténticos bombazos en el mundo académico. Los títulos de todos presentaban la misma premisa que Langdon

acababa de exponer. Mientras Faukman la leía, iba poniendo la cara
del que acaba de enterarse de que en realidad la Tierra es plana.

—A algunos de estos autores los conozco. ¡Y son... historiadores
scrios!

Langdon sonrió.

—Como ves, Jonas, no se trata sólo de mi teoría. Lleva bastante
tiempo circulando por ahí. Lo único que yo pretendo es basarme en
algo que ya existe para llegar más lejos. Ningún libro ha indagado aún
en la leyenda del Santo Grial desde un punto de vista simbólico. Las
pruebas iconográficas que estoy encontrando para apoyar mi teoría
son, bueno, totalmente persuasivas.

Faukman seguía sin despegar los ojos de la lista.

—Dios mío, pero si uno de estos libros es de sir Leigh Teabing,
un miembro de la Real Sociedad de Historiadores.

—Teabing se ha pasado gran parte de su vida estudiando el Santo Grial, y nos conocemos. En realidad, ha sido una fuente importante de inspiración para mí. Y, como los demás integrantes de la lista,
cree en esta teoría.

—¿Me estás diciendo que todos estos historiadores creen que...?
—Faukman tragó saliva, incapaz de terminar la frase.

Langdon volvió a sonreír.

—El Santo Grial es probablemente el tesoro más buscado de la
historia de la humanidad. Ha suscitado leyendas, provocado guerras
y búsquedas que han durado vidas enteras. ¿No sería absurdo que
fuera sólo un cáliz? De ser así, entonces habría otras reliquias que des-
pertarían un interés similar y hasta superior, la corona de espinas, la
cruz de la crucifixión, el Títulus o inscripción INRI sobre la cruz,
cosa que no ha sucedido. A lo largo de la historia, el Santo Grial ha
sido el más especial. —Langdon esbozó una sonrisa—. Y ahora ya sabes por qué.

Faukman seguía meneando la cabeza.

—Pero, si hay tantos libros publicados sobre el tema, ¿por qué
no es más conocida esta teoría?

—Es imposible que estas obras compitan con siglos de historia
oficial, y más cuando esa historia tiene el aval del mayor best-séller de
todos los tiempos.

Faukman arqueó las cejas.

—No me digas que Harry Potter va sobre el Santo Grial.

—Me refería a la Biblia.

Faukman levantó la cabeza.

—Ya lo sabía.

—*Laissez-le!* —Los gritos de Sophie hicieron temblar el aire en el interior del taxi—. ¡Suéltelo!

Langdon dio un respingo al ver que Sophie se echaba hacia delante y le gritaba al taxista. Vio que éste había cogido el aparato de radio-teléfono y estaba hablando por él.

Entonces Sophie se giró, metió la mano en el bolsillo de la chaqueta de Langdon, sacó la pistola, y apuntó a la cabeza del taxista, que soltó la radio al momento y levantó la mano por encima de la cabeza.

—¡Sophie! —gritó Langdon—. ¡Pero qué estás...!

—*Arrêtez!* —ordenó ella.

Temblando, el taxista le obedeció.

Fue entonces cuando Langdon oyó una voz que hablaba desde la centralita de la empresa de taxis y se oía por un altavoz del salpicadero «... *qui s'apelle Agent Sophie Neveu...*». La radio crepitó. «... *et un américain, Robert Langdon...*»

Langdon se puso rígido.

«¿Ya nos han encontrado?»

—*Descendez!* —ordenó Sophie.

El tembloroso conductor no bajó las manos de la cabeza ni para salir del coche. Dio varios pasos atrás.

Sophie había bajado la ventanilla y seguía apuntando al desconcertado taxista.

—Robert —dijo con voz tranquila—, ponte al volante. Conduces tú.

Langdon no pensaba discutir con una mujer armada. Se bajó del coche y se sentó al volante. El taxista maldecía sin parar con las manos levantadas.

—Espero —añadió Sophie desde el asiento de atrás— que con lo que has visto de nuestro bosque mágico ya hayas tenido bastante.

Asintió.

«Más que suficiente.»

—Muy bien. Pues vamos a salir de aquí ahora mismo.

Langdon bajó la vista para mirar los pedales, indeciso. «Mierda.» Agarró la palanca del cambio de marchas y buscó el pedal del embrague.

—Sophie, tal vez deberías saber que yo...

—¡Arranca!

Fuera, varias prostitutas se estaban congregando para ver qué pasaba. Una de ellas marcó un número en su teléfono móvil. Langdon pisó el pedal del embrague y metió primera, o lo intentó. Dio gas, para probar la potencia del motor.

Finalmente, quitó el pie del embrague y las ruedas chirriaron. El taxi salió disparado y la multitud que se había congregado se dispersó para ponerse a cubierto. La mujer del teléfono se metió entre los árboles y se salvó por poco de ser atropellada.

—*Doucement!* —exclamó Sophie mientras el coche avanzaba a trompicones por la carretera—. ¿Qué estás haciendo?

—He intentado advertirte de ello —le gritó para hacerse oír por encima del rechinar de la caja de cambios—. ¡Yo conduzco sólo automáticos!

39

Aunque la espartana habitación del edificio de la Rue La Bruyère había presenciado mucho sufrimiento, Silas dudaba de que hubiera algo que pudiera compararse a la angustia que en ese instante se apoderaba de su pálido cuerpo. «Me han engañado. Todo está perdido.»

Le habían tendido una trampa. Los hermanos le habían mentido, habían preferido morir antes que revelar su verdadero secreto. Silas no se veía con fuerzas para llamar a El Maestro. No sólo había matado a las cuatro personas que sabían dónde estaba escondida la clave, sino que además había matado a la monja de Saint-Sulpice. «¡Aquella mujer trabajaba contra Dios! ¡Ultrajaba la obra del Opus Dei!»

Aquel último crimen había sido un impulso, y complicaba enormemente las cosas. El obispo Aringarosa había hecho la llamada que había logrado que lo dejaran entrar en Saint-Sulpice; ¿qué pensaría cuando descubriera que la monja estaba muerta? Aunque Silas la había dejado metida en la cama, la herida de la cabeza era muy visible. También había intentado disimular las losas rotas del suelo, pero aquel estropicio tampoco podía pasar inadvertido. Sabrían que ahí había estado alguien.

Silas había planeado refugiarse en el Opus Dei cuando su misión hubiera concluido. «El obispo Aringarosa me protegerá.» No imaginaba una vida más feliz que la entregada a la meditación y a la oración, encerrado entre las cuatro paredes de la sede central de la Obra en Nueva York. No volvería a poner los pies en la calle. Todo lo que necesitaba estaba en el interior de aquel santuario. «Nadie me va a echar de menos.» Pero Silas sabía que, por desgracia, alguien tan influyente como el obispo Aringarosa no podía desaparecer tan fácilmente.

«He puesto en peligro al obispo.» Silas se quedó mirando el suelo, abstraído, y por su mente pasó la idea de quitarse la vida. Después de todo, había sido el obispo quien se la había salvado... en aquella pequeña sacristía española, quien lo había educado, quien le había dado sentido a su vida.

—Amigo mío —le había dicho—, tú naciste albino. No dejes que los demás se burlen de ti por ello. ¿Es que no entiendes que eso te convierte en alguien muy especial? ¿Acaso no sabes que el mismísimo Noé era albino?

—¿Noé? ¿El del arca? —Silas nunca lo había oído.

Aringarosa sonrió.

—Pues sí. Noé el del arca. Albino. Igual que tú, tenía la piel blanca como la de un ángel. Piénsalo bien. Noé salvó la vida entera del planeta. Tú estás destinado a hacer grandes cosas, Silas. Si el Señor te ha liberado de tu cautiverio ha sido por algo. Has recibido la llamada. El Señor te necesita en su Obra.

Con el tiempo, Silas aprendió a verse a sí mismo bajo una nueva luz. «Soy puro. Soy hermoso. Como un ángel.»

Sin embargo, en aquel momento, en la habitación de su residencia, era la voz decepcionada de su padre la que le susurraba desde el pasado.

—*Tu es un désastre. Un spectre.*

Arrodillándose sobre el suelo de madera, Silas elevó sus plegarias implorando el perdón. Luego, tras quitarse el hábito, fue de nuevo en busca del látigo.

40

Peleándose con el cambio de marchas, Langdon consiguió llevar el taxi hasta el otro extremo del Bois de Boulogne. Por desgracia, lo cómico de la situación quedaba eclipsado por los constantes mensajes que les llegaban por radio desde la centralita.

—*Voiture cinq-six-trois. Où êtes-vous? Répondez!*

Cuando Langdon llegó a la salida del parque, se tragó su orgullo masculino y frenó en seco.

—Mejor que conduzcas tú.

Sophie se puso al volante, aliviada. En cuestión de segundos, el coche avanzaba como una seda por la Allée de Longchamp, en dirección oeste, dejando atrás «El jardín de las delicias».

—¿Por dónde se va a la Rue Haxo? —preguntó Langdon, fijándose en que el velocímetro pasaba de los cien.

Sophie tenía la vista fija en la carretera.

—El taxista ha dicho que está cerca de las pistas de Roland Garros. Conozco la zona.

Langdon volvió a sacarse la pesada llave del bolsillo y la sopesó en la palma de la mano. Notaba que era un objeto de enorme trascendencia. Seguramente, la llave de su propia libertad.

Antes, mientras le contaba a Sophie la historia de los Caballeros Templarios, se había dado cuenta de que la llave, además de tener grabado el emblema de la hermandad, poseía otro vínculo más sutil con el Priorato de Sión. La cruz griega simbolizaba el equilibrio y la armonía, pero también era el símbolo de la Orden del Temple. Todo el mundo había visto imágenes de templarios ataviados con túnicas blancas en las que había bordadas unas cruces griegas de color rojo. Sí, era cierto, esas cruces templarias se ensanchaban un poco en los cuatro extremos, pero seguían siendo cruces griegas.

«Una cruz cuadrada. Como la de esta llave.»

Langdon notó que la imaginación empezaba a dispárársele al pensar en lo que se iban a encontrar. «El Santo Grial.» Casi soltó una carcajada al darse cuenta de lo absurdo de aquella fantasía. Se creía que el Grial estaba en algún lugar indeterminado de Inglaterra, enterrado en una cámara oculta, bajo una de las muchas iglesias de la Orden del Temple, y que había estado ahí escondido al menos desde el año 1500.

«La época del Gran Maestro Leonardo Da Vinci.»

El Priorato, para mantener sus valiosísimos documentos a buen recaudo, se había visto obligado a trasladarlos muchas veces durante los siglos anteriores. Hoy en día los historiadores sospechan que, desde su llegada a Europa procedente de Jerusalén, el Grial había cambiado de sitio en al menos seis ocasiones. La última vez que fue «avistado» fue en 1447, cuando numerosos testigos oculares describieron un fuego que se declaró y casi destruyó los documentos, antes de que éstos fueran trasladados en cuatro enormes arcones, tan pesados que para moverlos hicieron falta dieciséis hombres. Después de aquello, nadie declaró haber vuelto a ver el Grial. Lo único que persistió fue el rumor ocasional de que estaba escondido en Gran Bretaña, la tierra del rey Arturo y los Caballeros de la Tabla Redonda.

Fuera cual fuera la realidad, había dos hechos indiscutibles:
Leonardo Da Vinci conocía cuál era el paradero del Grial en su época.
Probablemente, en la actualidad, ese lugar seguía siendo el mismo.

Por aquel motivo, los apasionados del Grial seguían escrutando la obra pictórica y los diarios de Leonardo con la esperanza de desentrañar alguna pista secreta sobre su actual ubicación. Había quien aseguraba que el fondo montañoso de *La Virgen de las rocas* se correspondía con la orografía de una serie de colinas cavernosas que se encontraban en Escocia. Otros insistían en que la sospechosa disposición de los discípulos de *La última cena* suponía algún tipo de código. Y también se decía que las radiografías realizadas a la *Mona Lisa* revelaban que, originalmente, Leonardo la había pintado con un colgante de lapislázuli de la diosa Isis, detalle que más tarde decidió eliminar, y pintó otra cosa encima. Langdon nunca había visto ninguna prueba de la existencia de aquel colgante, ni imaginaba de qué manera podía servir para revelar la existencia del Santo Grial, pero los aficionados al Grial no se cansaban de comentar y debatir aquel dato en los foros y en los *chats* especializados de Internet.

«A todos nos encantan las conspiraciones.»

Y conspiraciones no faltaban. La más reciente, claro, había sido el descubrimiento —que había provocado una conmoción de alcance internacional— de que la famosa obra de Leonardo, *La Adoración de los Magos*, ocultaba un oscuro secreto bajo sus capas de pintura. Maurizio Seracini, un especialista italiano, había desvelado la desconcertante verdad, que *The New York Times* había divulgado en un reportaje titulado «Lo que escondía Leonardo».

Seracini había establecido sin margen de error que mientras los trazos verde-grisáceos del boceto oculto de *La Adoración* correspondían a Leonardo Da Vinci, el cuadro mismo no lo había pintado él. La verdad era que algún pintor anónimo había rellenado el boceto años después de la muerte del genio. Pero más problemático era lo que había debajo de la pintura de aquel impostor. Las fotografías realizadas con reflectografía de infrarrojos y rayos X apuntaban a que aquel falso pintor, mientras coloreaba el boceto de Leonardo, había efectuado sospechosas modificaciones en la composición, con la intención de subvertir las verdaderas intenciones del maestro. Pero fuera cual fuera la auténtica naturaleza del dibujo oculto, ésta aún no se había hecho pública. Con todo, la obra había sido trasladada desde la Galería degli Uffici de Florencia a un almacén contiguo. Los que visitaban la Sala de Leonardo se encontraban con una placa poco aclaratoria en el lugar en el que antes se encontraba *La Adoración*.

**ESTA OBRA ESTÁ
EN FASE DE ESTUDIO
CON VISTAS A SU RESTAURACIÓN**

En el extraño mundo de los buscadores modernos del Grial, Leonardo Da Vinci seguía siendo el mayor enigma por resolver. Su obra artística parecía siempre a punto de revelar un secreto, y sin embargo, lo que fuera que ocultara permanecía oculto, tal vez bajo una capa de pintura, tal vez codificado a la vista de todos, o tal vez en ningún sitio. Quizá la gran cantidad de atractivas pistas no fuera más que una promesa hueca dejada para frustrar al curioso y provocar esa sonrisa en el rostro de la *Mona Lisa*.

—¿Es posible —preguntó Sophie sacando a Langdon de su ensimismamiento— que esta llave abra el lugar donde se encuentra el Santo Grial?

Hasta a él le sonó algo falsa la carcajada que soltó.

—Me cuesta imaginármelo, la verdad. Además, se cree que el Grial está oculto en algún rincón de Gran Bretaña, no en Francia.

Y le explicó un poco la historia.

—Pero parece la única conclusión racional —insistió ella—. Tenemos una llave de altísima seguridad con el emblema del Priorato de Sión; hermandad que, según acabas de contarme, se encarga de custodiar el Santo Grial.

Langdon sabía que su argumentación era lógica, pero de manera intuitiva le resultaba imposible aceptarla. Circulaba el rumor de que el Priorato había jurado volver a trasladar a Francia el Grial, pero no había ninguna prueba histórica que indicara que eso había sucedido. E incluso en el caso de que la hermandad hubiera logrado traer el Santo Grial hasta Francia, el número 24 de la Rue Haxo, junto a unas pistas de tenis, no parecía un lugar lo bastante noble para su definitivo descanso.

—Sophie, la verdad es que no acabo de ver qué relación puede tener esta llave con el Santo Grial.

—¿Lo dices porque se supone que está en Inglaterra?

—No sólo por eso. Su paradero es uno de los secretos mejor guardados de la historia. Los miembros del Priorato pasan décadas demostrando su fidelidad y discreción antes de ascender los peldaños más elevados de la hermandad, donde finalmente se les revela el paradero del Grial. Es un secreto protegido por un complejo sistema de conocimientos compartidos, y aunque la hermandad es muy extensa, sólo cuatro miembros saben simultáneamente dónde se oculta el Santo Grial: el Gran Maestre y los tres *sénéchaux*. La probabilidad de que tu abuelo fuera uno de ellos es remota.

«Mi abuelo era uno de ellos», pensó Sophie, pisando el acelerador. La imagen que tenía clavada en la mente confirmaba sin lugar a dudas su rango en la hermandad.

—Además, incluso si tu abuelo perteneciera al escalafón más elevado, nunca se le permitiría revelar nada a nadie que no perteneciera a su Orden. Es inconcebible que te dejara acceder a ti al círculo más interno.

«Pero si ya he estado en él», pensó Sophie, rememorando el ritual del sótano. No estaba segura de que aquel fuera el momento adecuado para contarle a Langdon lo que había presenciado aquella noche en el *château* de Normandía. A lo largo de aquellos diez años, la vergüenza le había impedido contárselo a nadie. Se estremecía sólo con recordarlo. A lo lejos aullaron unas sirenas, y notó que el cansancio empezaba a apoderarse de ella.

—¡Ahí está! —exclamó Langdon al ver el gran edificio que albergaba el estadio de Roland Garros.

Sophie condujo en dirección al estadio. Tras pasar por varias calles, dieron con la travesía de la Rue Haxo y giraron a la derecha, conduciendo en dirección a los números más bajos. A medida que se alejaban, la calle se iba haciendo más industrial, con naves situadas a ambos lados.

«Es el número 24 —se dijo Langdon, buscando secretamente con la mirada el campanario de alguna iglesia—. No seas ridículo. ¿Cómo va a haber una olvidada iglesia templaria en este barrio?»

—Es ahí —dijo Sophie, señalando al frente.

Los ojos de Langdon se posaron en el edificio.

«¿Pero qué es esto?»

La estructura era moderna. Una ciudadela maciza con una cruz griega de neón sobre la fachada. Debajo de ella, un flamante rótulo que rezaba:

BANCO DE DEPÓSITOS DE ZÚRICH

Langdon se alegró de no haber compartido con Sophie su esperanza de encontrar una iglesia templaria. Era una deformación profesional típica de los expertos en simbología la tendencia a buscar significados ocultos donde no los había. En aquel caso, Langdon había olvidado por completo que la pacífica cruz griega había sido adoptada como símbolo perfecto para la bandera de la neutral Suiza.

Al fin el misterio estaba resuelto.

Sophie y Langdon tenían en su poder la llave de la caja fuerte de un banco suizo.

41

En el exterior de Castel Gandolfo, una ráfaga de aire de las montañas bajó hasta los riscos, y el obispo Aringarosa, que descendía del coche en aquel momento, sintió un poco de frío. «Tendría que haberme traído algo más que esta sotana», pensó, haciendo esfuerzos por no estremecerse. Aquella noche, no le convenía lo más mínimo pasar por débil o miedoso.

El castillo estaba a oscuras, exceptuando las ventanas más altas, muy iluminadas. «La biblioteca —pensó—. Están despiertos y esperándome.» Bajó la cabeza para protegerse del viento y avanzó sin dedicar siquiera una mirada a las cúpulas del observatorio.

El sacerdote que le recibió en la puerta tenía aspecto soñoliento. Era el mismo que había salido a esperarlo hacía cinco meses, aunque se mostraba mucho menos hospitalario que entonces.

—Estábamos preocupados por usted, obispo —dijo el sacerdote mirándose el reloj, más molesto que angustiado.

—Lo siento. Hoy en día las compañías aéreas ya no son lo que eran.

El sacerdote murmuró algo inaudible.

—Le esperan arriba —añadió—. Le indicaré el camino.

La biblioteca era una enorme sala cuadrada revestida de madera oscura desde el suelo hasta el techo. En sus cuatro paredes, las altas estanterías estaban atestadas de libros. El suelo era de mármol ámbar con franjas de basalto negro, que formaban un dibujo y recordaban que aquel edificio había sido un espléndido palacio.

—Bienvenido, obispo —dijo una voz de hombre que venía del otro extremo de la sala.

Aringarosa intentó ver quién le había hablado, pero la luz era demasiado tenue, mucho más que en su primera visita, en la que todo estaba perfectamente iluminado. «La noche del crudo despertar.» Pero ahora los hombres estaban sentados en penumbra, como si de algún modo se avergonzaran de lo que estaba a punto de suceder.

Aringarosa entró despacio, casi parsimoniosamente. Veía los perfiles de tres hombres sentados en una mesa larga, al fondo de la biblioteca. Reconoció al momento la silueta del que estaba en medio: el obeso Secretario Vaticano, responsable máximo de todos los asuntos legales de la Santa Sede. Los otros dos eran cardenales italianos de alto rango.

Aringarosa atravesó el espacio que le separaba de ellos.

—Mis más humildes disculpas por el retraso. Nuestras zonas horarias son distintas. Deben de estar cansados.

—No, en absoluto —respondió el Secretario con las manos entrelazadas sobre su enorme barriga—. Le agradecemos que haya venido hasta aquí. Lo menos que podemos hacer es esperarle despiertos. ¿Podemos ofrecerle café, algún refresco?

—Prefiero que no finjamos que esto es una reunión social. Tengo que tomar otro avión. ¿Podríamos ir al grano?

—Sí, claro —dijo el Secretario—. Ha ido usted más deprisa de lo que imaginábamos.

—¿De veras?

—Aún le queda un mes.

—Me hicieron saber lo que les preocupaba hace ya cinco —dijo Aringarosa—. ¿Para qué esperar?

—Tiene usted razón. Estamos muy contentos con su diligencia.

El obispo se fijó en un extremo de la mesa, donde reposaba un maletín.

—¿Es eso lo que les pedí?

—Sí. —Al Secretario parecía incomodarle algo—. Aunque admito que estamos preocupados a causa de su petición. Parece bastante...

—Peligrosa —completó uno de los cardenales—. ¿Está seguro de que no podríamos ingresárselo en alguna parte? La cifra es desorbitada.

«La libertad es cara.»

—No me preocupa mi seguridad. Dios está conmigo.

Los hombres parecían poco convencidos.

—¿Y lo han preparado tal como especifiqué?

El Secretario asintió.

—Bonos al portador de alta denominación emitidos por la Banca Vaticana. Canjeables por efectivo en cualquier parte del mundo.

Aringarosa se acercó hasta el extremo de la mesa y abrió el maletín. Dentro había dos grandes fajos de bonos, con el escudo vaticano y la palabra PORTATORE escrita en el dorso, lo que hacía que quien los tuviera en su poder pudiera cambiarlos por el valor especificado.

El Secretario parecía tenso.

—Debo decirle, obispo, que nuestra prevención sería menor si estos fondos fueran en efectivo.

«No podría levantar tanto peso», pensó Aringarosa cerrando el maletín.

—Los bonos son canjeables por efectivo. Me lo han dicho ustedes mismos.

Los cardenales se intercambiaron miradas de incertidumbre.

—Sí, pero queda constancia de que el emisor es la Banca Vaticana.

Aringarosa sonrió para sus adentros. Aquel había sido precisamente el motivo por el que El Maestro le había sugerido que cobrara en bonos vaticanos. Era una especie de garantía, de seguro. «Ahora todos vamos en el mismo barco.»

—Se trata de una transacción totalmente legal —dijo Aringarosa—. El Opus Dei es una prelatura personal del Vaticano, y Su Santidad puede distribuir el dinero como más convenientemente le parezca. Aquí no se está quebrantando la ley en modo alguno.

—Tiene razón, y sin embargo... —El Secretario se echó un poco hacia delante y la silla crujió con el peso—. No tenemos conocimiento de lo que van a hacer con esos fondos, y si se tratara de algo ilegal...

—Teniendo en cuenta lo que me están pidiendo a cambio —contraatacó Aringarosa—, lo que haga con este dinero no es de su incumbencia.

Se hizo un largo silencio.

«Saben que tengo razón», pensó el obispo.

—Y bueno, supongo que querrán que les firme algo.

Los tres dieron un respingo y le alargaron un papel, como si quisieran que se marchara de allí cuanto antes.

Aringarosa miró el documento que tenía delante. Llevaba el sello papal.

—¿Es idéntico a la copia que me enviaron?

—Exactamente igual.

Al obispo le sorprendió su propia falta de emoción en el momento de firmar. Sin embargo, los tres hombres allí presentes parecieron suspirar de alivio.

—Gracias, obispo —dijo el Secretario—. Su servicio a la Iglesia no se olvidará nunca.

Aringarosa cogió el maletín, y al hacerlo notó el peso de la promesa y la autoridad. Todos se miraron un instante como si quedara algo más por decir, pero en principio todo estaba ya resuelto. Aringarosa se giró y se encaminó hacia la puerta.

—¿Obispo? —dijo uno de los cardenales cuando ya estaba a punto de traspasarla.

—¿Sí? —respondió él, dándose la vuelta.

—¿Adónde va a ir ahora?

Aringarosa sintió que la pregunta era más espiritual que geográfica, pero no tenía ninguna intención de hablar de moral a aquellas horas.

—A París —dijo, y salió de la biblioteca.

42

El Banco de Depósitos de Zúrich era una de esas instituciones bancarias abiertas las veinticuatro horas del día, y que ofrecían una moderna gama de servicios anónimos en la tradición suiza de las cuentas numeradas. Con sucursales en Zúrich, Kuala Lumpur, Nueva York y París, el banco había ampliado sus servicios hacía poco para ofrecer el acceso anónimo informatizado a depósitos encriptados y a copias de seguridad digitalizadas.

Pero el servicio que más clientes solicitaban seguía siendo el más antiguo y el más simple: las cajas fuertes de seguridad. Quien deseaba poner a buen recaudo cualquier cosa, desde acciones de bolsa hasta pinturas valiosas, podía depositar sus pertenencias de manera anónima, asegurándolas mediante una sofisticada serie de filtros de alta tecnología, y retirarlas en cualquier momento, manteniendo asimismo un total anonimato.

Sophie frenó. Habían llegado al final del trayecto. Langdon se quedó mirando aquella anodina muestra de arquitectura y le pareció que el Banco de Depósitos de Zúrich era una empresa con poco sentido del humor. El edificio era un rectángulo sin ventanas que parecía hecho totalmente de acero. Como un enorme ladrillo metálico, la fachada estaba rematada por una brillante cruz griega de neón de cinco metros de altura.

La fama de discreción de la banca suiza se había convertido en una de sus exportaciones más lucrativas. Instalaciones como aquélla generaban controversia entre la comunidad artística, pues proporcionaban un escondrijo seguro para los ladrones de obras de arte, que podían ocultarlas durante años si hacía falta, hasta que las cosas se calmaran. Como las cajas de seguridad no eran susceptibles de inspección policial por estar protegidas por leyes de privacidad, y como estaban vinculadas a cuentas numéricas, y no nominativas, los ladrones podían estar seguros de que sus objetos de valor estaban a salvo y no se les podía inculpar de su robo.

Pararon frente a una imponente reja que impedía el acceso al banco; una rampa de cemento que se metía debajo del edificio. Una cámara de vídeo les enfocaba directamente, y Langdon tuvo la sensación de que, a diferencia de las del Louvre, ésta sí era de verdad.

Sophie bajó la ventanilla e inspeccionó la especie de cajero automático que había a su lado. Una pantalla de cristal líquido daba instrucciones en siete idiomas.

INSERTE LLAVE

Sophie cogió la llave dorada de lector óptico y volvió a fijarse en aquel dispositivo. Debajo de la pantalla había un orificio triangular.

—Algo me dice que va a encajar —dijo Langdon.

Sophie metió en él la base de la llave, idéntica en forma, y la introdujo hasta el fondo, Al parecer, no hacía falta girar aquel tipo de llaves. Al momento, la reja empezó a abrirse. Sophie levantó el pie del freno y descendió por la rampa hasta una segunda reja, junto a la que había otro de esos cajeros. Detrás de ellos, la primera reja se cerró, y los dejó atrapados como un barco entre las compuertas de una esclusa.

A Langdon no le hacía ninguna gracia esa sensación de encerramiento.

«Esperemos que ésta también se abra.»

El segundo podio funcionaba con el mismo sistema.

INSERTE LLAVE

Cuando Sophie lo hizo, la segunda reja se abrió al momento. Instantes después, ya estaban bajando por la espiral de aquella rampa hasta las entrañas del edificio.

El garaje era pequeño y estaba poco iluminado, con sitio para unos doce coches. Al fondo, Langdon divisó la entrada principal. Sobre el suelo de cemento se extendía una alfombra roja que invitaba a los clientes a traspasar una enorme puerta metálica de aspecto macizo.

«Esto sí que es un buen ejemplo de mensajes contradictorios —pensó Langdon—. Bienvenidos y prohibida la entrada.»

Sophie aparcó en una plaza que quedaba cerca de la entrada y paró el motor.

—Mejor que dejes aquí la pistola.

«Será un placer», se dijo para sus adentros, metiéndola debajo del asiento.

Se bajaron del coche y se acercaron a la puerta de acero caminando sobre la alfombra roja. No tenía tirador, pero en la pared, al lado, había otro orificio triangular, esta vez sin indicaciones.

—Es para disuadir a los tontos.

Sophie se rió, nerviosa.

—Vamos allá.

Metió la llave en el orificio, y la puerta se abrió con un ligero chasquido. Se intercambiaron una mirada y entraron. La puerta se cerró a sus espaldas.

La decoración del vestíbulo del Banco de Depósitos de Zúrich era la más impresionante que Langdon había visto en su vida. Allí donde la mayoría de bancos se conformaban con los mármoles y los granitos de rigor, éste había optado por recubrirlo todo de placas y remaches de metal.

«¿Quién paga la decoración? —se preguntó Langdon—. ¿Aceros Industriales?»

Sophie parecía sentirse igualmente intimidada.

Había acero por todas partes: en el suelo, en los mostradores, en las puertas, y hasta las sillas parecían de hierro forjado. Con todo, el efecto era impresionante y el mensaje quedaba muy claro: Están a punto de entrar en una cámara acorazada.

Un hombre corpulento que había tras un mostrador les miró cuando entraron. Apagó el pequeño televisor que estaba viendo y les saludó con una amplia sonrisa. A pesar de sus enormes músculos y de su bien visible pistola, su acento cantarín exhibía la delicada cortesía • de un botones suizo.

—*Bonsoir* —dijo—. ¿En qué puedo ayudarles?

Aquel saludo bilingüe era el último ardid europeo en lo que a hospitalidad se refería; no daba nada por supuesto y dejaba la puerta abierta al interlocutor para responder en el idioma con el que se sintiera más cómodo.

Sophie no lo hizo en ninguno. Se limitó a dejar la llave sobre el mostrador.

El hombre miró la llave y al momento se levantó de su silla.

—Sí, claro, su ascensor está al fondo del pasillo. Avisaré a alguien de que van para allá.

Sophie asintió y volvió a coger la llave.

—¿Qué planta?

El hombre le dedicó una mirada extrañada.

—La llave le ordena al ascensor a qué planta va.

Ella sonrió.

—Ah, sí, claro.

El guarda los vio alejarse camino del ascensor, insertar la llave, entrar y desaparecer. Tan pronto como la puerta se cerró, descolgó el teléfono. No iba a avisar a nadie de su llegada. No hacía falta. Cuando el cliente insertaba la llave en la primera reja, se activaba automáticamente un sistema de aviso.

Lo que iba a hacer era llamar al director de guardia. Mientras esperaba a que le contestara, encendió otra vez la tele y se puso a mirarla. La noticia que estaba viendo cuando le habían interrumpido ya estaba acabando. No importaba. Volvió a echar un vistazo a los dos rostros que aparecían en el televisor.

El director respondió.

—*Oui?*

—Señor, tenemos un problema.

—¿Qué sucede?

—La policía está buscando a dos fugitivos.

—¿Y?

—Que ambos acaban de entrar en nuestro banco.

El director exclamó algo en voz baja.

—Está bien. Me pongo enseguida en contacto con *Monsieur* Vernet.

El guarda colgó y marcó otro número. El de la Interpol.

A Langdon le sorprendió que el ascensor, en vez de subir, bajara. No tenía ni idea de cuántos pisos habían descendido cuando la puerta se abrió. Y no le importaba demasiado. Se alegraba de poder salir.

Demostrando gran prontitud, ahí ya estaba un empleado esperándoles. Era un señor mayor y de aspecto plácido, con un traje de franela impecable que le daba un aspecto algo anacrónico, un empleado de banca de los de antes en un mundo de alta tecnología.

—*Bonsoir* —dijo el hombre—. ¿Serían tan amables de seguirme, *s'il vous plaît*? Sin esperar respuesta, se dio la vuelta y empezó a avanzar por un estrecho pasillo revestido de metal.

Langdon y Sophie lo siguieron por una serie de pasadizos y dejaron atrás varias salas llenas de parpadeantes ordenadores centrales.

—*Voici* —dijo su guía al llegar a una puerta de acero, que les abrió—. Ya hemos llegado.

Fue como entrar en otro mundo. El pequeño espacio que tenían delante parecía la lujosa salita de un buen hotel. No había ni rastro de revestimientos metálicos, que aquí habían sido reemplazados por alfombras orientales, muebles oscuros de roble y mullidas butacas. En el gran escritorio situado en el centro de la habitación había dos copas de cristal junto a una botella abierta de Perrier, aún burbujeante. A su lado humeaba una cafetera de peltre.

«Precisión suiza —pensó Langdon—. Sólo podían ser ellos.»

El hombre sonrió.

—Intuyo que ésta es la primera vez que nos visitan.

Sophie vaciló antes de asentir.

—Entiendo. A veces las llaves se heredan, y a los recién llegados siempre les desconciertan los protocolos. —Se acercó a la mesa—. Esta estancia es suya, y pueden usarla durante el tiempo que les parezca.

—¿Dice usted que hay llaves que se heredan? —preguntó Sophie.

—Sí, claro. La llave es como una cuenta suiza numerada, que a veces se incluye en los testamentos y pasa de generación en generación. En nuestras cuentas de depósitos en oro, el plazo mínimo de alquiler de las cajas fuertes es de cincuenta años, que se pagan por adelantado, por lo que somos testigos de muchos cambios de mano dentro de una misma familia.

Langdon lo miró.

—¿Ha dicho cincuenta años?

—Como mínimo —respondió su guía—. Claro que la cesión puede renovarse pero, si no hay nuevas disposiciones y en una cuenta no hay actividad desde hace cincuenta años, el contenido de esa caja automáticamente se destruye. ¿Quieren que les ayude a acceder a su caja?

Sophie asintió.

—Sí, por favor.

El guía hizo un gesto con la mano, señalándoles el salón.

—Ésta es su sala de inspección. Una vez me ausente yo, pueden permanecer en ella todo el tiempo que les haga falta para inspeccionar y modificar el contenido de la caja, que llega... por aquí. —Les llevó hasta la pared del fondo, donde una cinta transportadora, vagamente parecida a las de los equipajes de los aeropuertos, entraba trazando una curva perfecta—. Introducen la llave en esta ranura —añadió, indicándoles un gran podio electrónico que había frente a la cinta, con el orificio triangular que ya les resultaba familiar—. Una vez el ordenador confirme las marcas de la llave, tienen que introducir el número de cuenta y, mediante un sistema robotizado, la caja fuerte saldrá de la cámara acorazada que hay debajo para que puedan tener acceso a ella. Cuando hayan terminado, vuelven a dejar la caja en la cinta, introducen otra vez la llave y todo sigue el proceso inverso. Como todo es automático, la privacidad está garantizada, incluso ante el personal que trabaja en el banco. Si necesitan cualquier cosa, llamen al timbre que hay en la mesa.

Sophie estaba a punto de hacer una pregunta cuando sonó un teléfono.

—Oh, discúlpenme, por favor —dijo, entre sorprendido y avergonzado, acercándose al aparato que había en la mesa, al lado del café y el agua.

—*Oui?* —respondió.

Mientras escuchaba a su interlocutor, iba frunciendo el ceño.

—*Oui... oui... d'accord.*

Colgó y les miró con preocupación.

—Lo siento, tengo que dejarles. Siéntanse en su casa —dijo, encaminándose a la puerta.

—Una pregunta más —tanteó Sophie—. ¿Podría aclararme una cosa antes de irse? ¿Ha dicho que debemos introducir un número de cuenta?

El hombre se detuvo junto a la puerta, pálido.

—Sí, claro. Como en la mayoría de bancos suizos, nuestras cajas fuertes responden a un número, no a un nombre. El cliente dispone de una llave y de un número que sólo él conoce. La llave es sólo la mitad de la identificación. La otra mitad es el número de cuenta. De otro modo, si alguien perdiera la llave, otra persona podría usarla.

Sophie vaciló.

—¿Y si mi benefactor no me hubiera dado ningún número de cuenta?

El empleado se sobresaltó. «Entonces está claro que no tiene nada que hacer aquí.» Esbozó una sonrisa serena.

—Avisaré a alguien para que les ayude. Vendrá dentro de un momento.

Tras salir, el hombre cerró la puerta y corrió un gran cerrojo, dejándolos atrapados dentro.

En la otra punta de la ciudad, Collet estaba en la Gare du Nord cuando sonó su teléfono.

Era Fache.

—La Interpol ha recibido un aviso —dijo—. Olvídese de la estación. Langdon y Neveu acaban de entrar en la sucursal del Banco de Depósitos de Zúrich. Quiero que sus hombres se desplacen hasta ahí de inmediato.

—¿Alguna pista de lo que Saunière intentaba decirles a la agente Neveu y a Robert Langdon?

El tono de Fache se hizo más frío.

—Si los detiene usted, teniente Collet, tendré ocasión de preguntárselo personalmente.

Collet captó la indirecta.

—Rue Haxo número veinticuatro. Ahora mismo, capitán.

Colgó y avisó por radio a sus hombres.

43

André Vernet —presidente de la sucursal parisina del Banco de Depósitos de Zúrich— vivía en el lujoso apartamento que había sobre el banco, en el mismo edificio. Aunque se trataba de una residencia muy cara, él siempre había soñado con vivir en un piso junto al río, en L'Île Sant Louis, y codearse con la flor y nata. No allí, donde sólo se relacionaba con ricos de turbio pasado.

«Cuando me jubile —se decía a sí mismo—, llenaré la bodega de burdeos únicos, adornaré mi salón con un Fragonard y tal vez también con un Boucher, y me pasaré los días buscando en el Quartier Latin antigüedades y libros de coleccionista.»

Esa noche, Vernet llevaba despierto sólo seis minutos y medio. Sin embargo, mientras recorría a toda prisa el pasillo subterráneo del banco, parecía que su sastre personal y su peluquero acabaran de sacarle brillo. Impecablemente vestido, con un traje de seda, Vernet se echó un poco de atomizador refrescante en la boca y se arregló el nudo de la corbata sin dejar de andar. Acostumbrado a que le despertaran para atender a clientes llegados de cualquier parte del mundo, Vernet seguía la mismas pautas de sueño que los guerreros masai, la tribu africana famosa por su capacidad para pasar del sueño más profundo a un estado de belicosa alerta en cuestión de segundos.

«Listo para la batalla», pensó, temiendo que aquella noche la comparación fuera mucho más adecuada que otras veces. La llegada de un cliente con llave de oro siempre requería más atenciones, pero la llegada de un cliente con llave de oro y buscado por la Policía Judicial constituía un asunto extremadamente delicado. Bastantes batallas libraba ya el banco para defender el derecho a la privacidad de sus clientes, y eso que en aquellos casos no estaban, en principio, acusados de ningún delito.

«Cinco minutos —se dijo—. Es imprescindible que esta gente salga del banco antes de que llegue la policía.»

Si actuaba con celeridad, lograría evitar aquel inminente desastre. Vernet podía explicar a la policía que sí, que aquellos dos fugitivos habían entrado en el banco, pero que como no eran clientes ni tenían número de cuenta, habían sido expulsados. Ojalá el maldito vigilante no hubiera avisado a la Interpol. Al parecer, la discreción no formaba parte del vocabulario de un guarda que cobraba quince euros la hora.

Al llegar frente a la puerta, se detuvo, aspiró hondo y relajó los músculos. Acto seguido, esbozando una falsa sonrisa de serenidad, descorrió el cerrojo y entró en la habitación como una exhalación.

—Buenas noches —dijo mirando a sus clientes—. Soy André Vernet. ¿En qué puedo ayudar... —El resto de la frase se extravió en algún lugar de su laringe. La mujer que tenía delante era la visitante más inesperada que jamás había pasado por allí.

—Discúlpeme, ¿nos conocemos? —preguntó Sophie.

No reconocía al banquero pero éste, por un instante, la había mirado como si hubiera visto un fantasma.

—No... —murmuró el presidente del banco—, ... no lo creo. Nuestros servicios son anónimos. —Suspiró y fingió una sonrisa de tranquilidad—. Mi asistente me ha dicho que tienen llave pero no número, ¿es así? ¿Puedo preguntarles de dónde procede la llave?

—Mi abuelo me la dio —respondió Sophie, observando atentamente a Vernet, que parecía cada vez más incómodo.

—¿En serio? ¿Su abuelo le dio la llave pero se olvidó de darle el número de cuenta?

—Creo que no le dio tiempo —explicó Sophie—. Lo han asesinado esta misma noche.

Aquellas palabras hicieron que Vernet se tambaleara y retrocediera unos pasos.

—¿Jacques Saunière está muerto? —le preguntó con los ojos llenos de horror—. Pero ¿cómo ha sido?

Ahora fue Sophie quien se echó hacia atrás, sorprendida.

—¿Conocía a mi abuelo?

El banquero André Vernet también estaba anonadado, y tuvo que apoyarse en el canto de la mesa.

—Jacques y yo éramos muy buenos amigos. ¿Cuándo ha sido?

—Hace unas horas. En el Louvre.

Vernet se fue hasta una butaca de cuero y se sentó.

—Debo hacerles a los dos una pregunta muy importante. —Miró primero a Langdon y después a Sophie—. ¿Tiene alguno de los dos algo que ver con su muerte?

—¡No! —exclamó Sophie—. ¡En absoluto!

El rostro de Vernet denotaba gran preocupación. Permaneció unos instantes en silencio.

—Sus fotografías están siendo divulgadas por la Interpol. Por eso los he reconocido. Los acusan de asesinato.

Sophie se vino abajo. «¿Fache ya ha emitido una orden a la Interpol?» Por lo que se veía, el capitán estaba más motivado de lo que ella creía. Le contó a Vernet en pocas palabras quién era Langdon y qué había sucedido en el Louvre aquella noche.

—¿Y en el momento de su muerte, su abuelo le dejó un mensaje en el que le pedía que buscara al señor Langdon?

—Sí, y esto. —Sophie dejó la llave dorada en la mesilla auxiliar que había junto a Vernet, poniendo boca abajo el emblema del Priorato de Sión.

Vernet observó la llave pero no hizo ademán de querer cogerla.

—¿Le dejó sólo esta llave? ¿Nada más? ¿Ni un trozo de papel?

Sophie era consciente de que en el Louvre había actuado con prisas, pero estaba segura de que no había visto nada más detrás de *La Virgen de las rocas.*

—No. Sólo la llave.

Vernet suspiró, descorazonado.

—Pues lamento decirle que cada llave está vinculada electrónicamente a un número de cuenta de diez dígitos que hace las veces de contraseña. Sin el número, la llave no sirve de nada.

«Diez dígitos.» Sophie calculó mentalmente las probabilidades criptográficas. «Diez mil millones de posibles combinaciones. Aun contando con los procesadores en paralelo más potentes de la Policía Judicial, tardaría semanas en descifrar el código.

—Está claro, señor, que en estas circunstancias, usted puede sernos de gran ayuda.

—Lo siento, de verdad, no puedo hacer nada. Los clientes escogen sus números de cuenta haciendo uso de un terminal seguro, de manera que el código sólo lo conocen el cliente y el ordenador. Es una de las maneras de garantizar el anonimato. Y la seguridad de nuestros empleados.

Sophie entendía qué quería decir. Las tiendas que abrían toda la noche tenían un sistema parecido. LOS EMPLEADOS NO TIENEN LA LLAVE DE LA CAJA FUERTE. Era evidente que el banco no quería que nadie que robara una llave pudiera tomar a un empleado como rehén para que le revelara el número de cuenta.

Se sentó junto a Langdon, miró la llave y se giró hacia Vernet.

—¿Tiene alguna idea de lo que mi abuelo podía guardar en su banco?

—En absoluto. Ésa es la esencia de un banco de depósitos.

—Señor Vernet —insistió—, vamos un poco justos de tiempo, así que si me lo permite voy a ir al grano. —Cogió la llave y le dio la vuelta, mirándole a los ojos mientras le mostraba el emblema del Priorato de Sión—. ¿Le dice algo el símbolo de la llave?

Vernet se fijó en la flor de lis y no demostró reacción alguna.

—No, pero muchos de nuestros clientes se hacen grabar logos corporativos o iniciales en las llaves.

Sophie suspiró, sin quitarle la vista de encima.

—Este sello es el símbolo de una sociedad secreta conocida como Priorato de Sión.

Vernet seguía sin inmutarse.

—Yo de eso no sé nada. Su abuelo era amigo mío, pero hablábamos principalmente de negocios.

Se ajustó el nudo de la corbata, visiblemente más nervioso.

—Señor Vernet —insistió Sophie con voz firme—, mi abuelo me había llamado unas horas antes, esta misma noche, para decirme que él y yo corríamos un grave peligro. Me dijo que tenía que darme algo. Me dio la llave de su banco. Ahora está muerto. Cualquier cosa que pueda contarnos nos será de gran ayuda.

—Debemos salir del edificio. Me temo que la policía va a llegar dentro de nada. Mi vigilante se ha sentido en la obligación de avisar a la Interpol.

Sophie ya se lo había temido. Hizo un último intento.

—Mi abuelo me dijo que tenía que decirme la verdad sobre mi familia. ¿Le dice algo eso?

—Señorita, su familia murió en un accidente de coche cuando usted era pequeña. Me consta que su abuelo la quería mucho. Me comentó en varias ocasiones lo mucho que le dolía que se hubiera roto el contacto entre ustedes.

Sophie se quedó sin saber qué responder.

—¿Tiene el contenido de esta cuenta algo que ver con el Sangreal? —preguntó Langdon.

Vernet le dedicó una mirada rara.

—No tengo ni idea de lo que es eso.

En ese preciso instante, el teléfono móvil del director del banco empezó a sonar, y su expresión pasó de la sorpresa a la preocupación creciente.

—*La police? Si rapidement?* —exclamó.

Dio algunas indicaciones rápidas en francés y dijo que en un minuto estaría en el vestíbulo.

Colgó y se giró para mirar a Sophie.

—La policía ha respondido con mucha mayor rapidez que la acostumbrada. Están llegando en este momento.

Sophie no tenía ninguna intención de irse con las manos vacías.

—Dígales que hemos estado aquí pero que nos hemos ido. Y si quieren registrar el banco, exíjales una orden de registro. Eso les llevará tiempo.

—Óigame —dijo Vernet—, Jacques era amigo mío y a mi banco no le hace falta este tipo de publicidad. Por esos dos motivos no pienso permitir que la detención tenga lugar en estas instalaciones. Denme un minuto y veré qué puedo hacer para ayudarles a salir del banco. Más no puedo implicarme.

Se levantó y se apresuró a salir.

—Veré lo que puedo hacer. Ahora vuelvo.

—Pero ¿y la caja fuerte? —imploró Sophie—. No podemos irnos así.

—Yo no puedo hacer nada —replicó Vernet—. Lo siento.

Sophie lo miró un instante, y le asaltó la duda de si aquel número no estaría tal vez en las innumerables cartas y paquetes que su abuelo le había ido enviando a lo largo de aquellos diez años y que ella nunca había abierto.

Langdon se levantó de pronto, y Sophie detectó un brillo de satisfacción en su mirada.

—Robert. Estás sonriendo.

—Tu abuelo era un genio.

—¿Cómo dices?

—¿Diez dígitos?

Sophie no entendía qué pretendía.

—El número de cuenta —dijo con una sonrisa de oreja a oreja—. Estoy casi seguro de que al final sí nos lo anotó.

—¿Dónde?

Langdon sacó la foto de la escena del crimen y la puso en la mesilla auxiliar. A ella le bastó leer sólo la primera línea para darse cuenta de que Langdon tenía razón.

13-3-2-21-1-1-8-5

¡Diavole in Dracon!

¡Límala, asno!

P. S. Buscar a Robert Langdon

44

—Diez dígitos —dijo Sophie estudiando la foto con mirada de criptóloga.

$$13-3-2-21-1-1-8-5$$

«¡*Grand-père* dejó escrito su número de cuenta en el suelo del Louvre!»

Al ver por primera vez la Secuencia de Fibonacci desordenada en el suelo de parqué del museo, dio por sentado que su única misión era lograr que la policía llamara a sus criptólogos y que de ese modo Sophie tuviera que intervenir. Más tarde, constató que los números, además, eran una pista para descifrar las otras frases —una secuencia desordenada... un anagrama numérico. Ahora, con absoluta sorpresa, veía que esas cifras tenían otro significado aún más importante. Eran sin duda la última clave para abrir la misteriosa caja fuerte de su abuelo.

—Era el maestro de los dobles sentidos —dijo Sophie girándose hacia Langdon—. Le encantaban las cosas con múltiples capas de significación. Los códigos dentro de otros códigos.

Langdon se acercó al podio electrónico que había junto a la cinta transportadora. Sophie cogió la foto y le siguió.

El podio tenía una ranura parecida a la de los cajeros automáticos. La pantalla mostraba el logotipo cruciforme del banco. Junto a la ranura había un orificio triangular. Sophie no perdió tiempo y metió en él la llave.

La imagen cambió al momento.

NÚMERO DE CUENTA:

- - - - - - - - -

El cursor parpadeaba.

«Diez dígitos.» Sophie leyó los números en voz alta y Langdon fue introduciéndolos.

NÚMERO DE CUENTA:
1332211185

Cuando lo hubo hecho, la pantalla volvió a cambiar el mensaje. En esta ocasión, apareció un texto en varios idiomas.

ATENCIÓN
Antes de pulsar la tecla «aceptar», compruebe que la numeración anotada sea correcta. Por su propia seguridad, si el terminal no reconoce su número de cuenta, el sistema se bloqueará automáticamente.

—*Fonction terminer* —dijo Sophie frunciendo el ceño—. Parece que sólo nos dejan un intento.

Los cajeros automáticos convencionales daban normalmente tres opciones a los usuarios antes de retenerles las tarjetas. Era evidente que ése no lo era.

—Sí, el número está bien —confirmó Langdon comparándolo con el de la foto, y le señaló la tecla verde—. Puedes aceptar.

Sophie alargó el dedo índice sobre el teclado pero vaciló. Acababa de tener una idea rara.

—Vamos, Vernet debe de estar a punto de llegar.

—No —dijo Sophie apartando la mano—. Este número de cuenta no es correcto.

—Pues claro que lo es. Tiene diez dígitos. ¿Cuál va a ser si no?

—Es demasiado aleatorio.

«¿Demasiado aleatorio?» Langdon estaba en total desacuerdo con ella. Los bancos aconsejaban siempre a sus clientes que escogieran sus números secretos de manera aleatoria, para que nadie pudiera adivinarlos. Y, evidentemente, aquel no era una excepción.

Sophie borró los números y miró a Langdon con aplomo.

—Es demasiado casual que los números de esta cuenta, supuestamente aleatorios, puedan reordenarse para formar la Secuencia de Fibonacci.

Langdon se dio cuenta de que lo que decía tenía sentido. Antes, Sophie había dispuesto aquellos números en el orden de la Secuencia de Fibonacci. ¿Qué probabilidades había de poder hacer algo así?

Sophie empezó a teclear los números en el terminal, como si se los supiera de memoria.

—Y, además, con el amor que mi abuelo le tenía al simbolismo y a los códigos, parece lógico que hubiera escogido un número de cuenta que tuviera algún significado para él, algo que pudiera recordar sin dificultad. —Tecleó el último dígito y sonrió—. Algo que pareciera aleatorio, pero que no lo fuera.

Langdon miró la pantalla.

NÚMERO DE CUENTA
1123581321

Tardó un instante, pero cuando lo vio ahí anotado, supo que Sophie tenía razón.

«La Secuencia de Fibonacci.»

«1-1-2-3-5-8-13-21»

Si los dígitos se anotaban sin separación, como un número de diez cifras, se hacían prácticamente irreconocibles. «Fáciles de recordar, pero aparentemente aleatorios.» Un número de cuenta de diez dígitos genial, que Saunière no olvidaría nunca. Y lo que es más, que explicaba perfectamente por qué los números desordenados del suelo del Louvre podían reordenarse para formar la famosa secuencia.

Sophie se inclinó hacia delante y presionó la tecla «aceptar».

No pasó nada.

Al menos nada detectable.

◆ ◆ ◆

En aquel preciso instante, por debajo de sus pies, en la cámara acorazada subterránea, un brazo robotizado cobró vida. Deslizándose sobre un sistema de transporte de doble eje que había colgado del techo, el brazo empezó a moverse en busca de las coordenadas establecidas. Sobre el suelo de cemento había cientos de cubetas de plástico idénticas alineadas sobre una enorme cuadrícula... como hileras de pequeños ataúdes en una cripta.

El brazo se detuvo con una sacudida sobre el punto exacto y descendió. Un lector óptico verificó el código de barras de la cubeta y entonces, con precisión milimétrica, la agarró del asa y la levantó verticalmente. Con nuevos movimientos, el brazo se trasladó hasta el fondo de la cámara y se detuvo sobre una cinta transportadora inmóvil.

Con delicadeza, aquel mecanismo dejó ahí encima la cubeta y se retiró.

Cuando el brazo volvió a su posición, la cinta transportadora se puso en marcha.

En el piso de arriba, Sophie y Langdon respiraron de alivio al ver que la cinta empezaba a moverse. De pie junto a ella, se sentían como viajeros cansados a punto de retirar una maleta misteriosa cuyo contenido desconocían.

La cinta transportadora entraba en su habitación por la derecha, a través de la delgada ranura que había debajo de una puerta de apertura automática. Al cabo de unos momentos, la puerta se levantó y sobre la cinta apareció una gran caja de plástico. Era negra y mucho mayor de lo que Sophie había imaginado. Parecía una de esas cubetas cubiertas que se usan para transportar animales domésticos, pero sin agujeros.

La caja se detuvo justo frente a ellos.

Langdon y Sophie se quedaron en silencio, contemplando ese misterioso contenedor.

Como todo lo demás en aquel banco, ese recipiente también era sólido, industrial: tenía cierres metálicos, un adhesivo con código de barras en la parte superior y un asa resistente. A Sophie se le ocurrió que parecía la caja de herramientas de un gigante.

Sin perder más tiempo, levantó los dos cierres que había en la parte frontal y miró un momento a Langdon. Juntos retiraron la tapa y la echaron hacia atrás.

A la vez, se inclinaron hacia delante para observar el interior de la cubeta.

Al principio, a Sophie le pareció que estaba vacía, pero al momento vio que había algo en el fondo. Un solo objeto.

Era una pulida caja de madera, del tamaño de una de zapatos, con bisagras ornamentadas. Tenía un tono rojizo oscuro, brillante, y las vetas bien visibles. «Palisandro», pensó Sophie. La madera preferida de su abuelo. En la tapa había una rosa taraceada. Langdon y ella se intercambiaron una mirada de desconcierto. Sophie cogió la caja y la sacó de la cubeta.

«¡Dios mío, cómo pesa!»

La llevó hasta el escritorio. Los dos se quedaron en silencio, contemplando el pequeño tesoro que, al parecer, Saunière les había pedido que recuperaran.

Langdon miraba con sorpresa la rosa de cinco pétalos grabada en la tapa. La había visto en muchas ocasiones.

—La rosa de cinco pétalos —susurró— es un símbolo del Priorato para representar el Santo Grial.

Sophie se giró para mirarlo. Se notaba que estaba pensando lo mismo que él. Las dimensiones de la caja, el peso aparente de su contenido y el símbolo del Grial. Todo parecía llevarles a una insondable conclusión: «el cáliz de Cristo está en esta caja de madera.» Pero Langdon volvió a repetirse que eso era imposible.

—Es del tamaño perfecto... —murmuró Sophie— para guardar un cáliz.

«No puede ser un cáliz.»

Sophie se acercó más la caja y se dispuso a abrirla. Pero, mientras lo hacía, sucedió algo inesperado.

La caja emitió un extraño sonido líquido.

Langdon la agitó un poco.

«¿Hay líquido aquí dentro?»

Sophie estaba igualmente confundida.

—¿Has oído? Parece que es...

—Algo líquido —dijo Langdon asintiendo, desconcertado.

Sophie quitó el cierre metálico y levantó la tapa.

El objeto que había en su interior no se parecía a nada que Langdon hubiera visto en su vida. Pero desde el principio, los dos tuvieron clara una cosa. Aquello no era ni mucho menos el cáliz de Cristo.

45

—La policía está bloqueando la calle —dijo Vernet al entrar en la sala—. Sacarles de aquí va a ser difícil.

Cerró la puerta y al ver la pesada cubeta sobre la cinta transportadora se detuvo en seco.

«¡Dios mío! ¡Han accedido a la cuenta de Saunière!»

Sophie y Langdon estaban junto a la mesa, inclinados sobre lo que parecía una especie de joyero de madera. La nieta de Jacques cerró bruscamente la tapa y levantó la vista.

—Pues ya ve, al final sí que teníamos el número de cuenta.

Vernet se había quedado sin habla. Aquello lo cambiaba todo. Respetuosamente, apartó la mirada de la caja y pensó en cuál debía ser su siguiente paso. «¡Tengo que sacarlos del banco como sea!» Pero la policía ya había puesto un control en medio de la calle y a Vernet sólo se le ocurría una manera de lograrlo.

—Señorita Neveu, si consigo sacarla sana y salva del banco, ¿se llevará el objeto consigo o lo devolverá a la cámara antes de salir?

Sophie miró a Langdon antes de responderle.

—Debemos llevárnoslo.

Vernet asintió.

—Muy bien. En ese caso, le sugiero que lo envuelvan con una chaqueta mientras recorremos los pasillos. Preferiría que no lo viera nadie más.

Mientras Langdon se quitaba la suya, Vernet se acercó a la cinta, cerró la cubeta vacía y tecleó una serie de instrucciones en el terminal.

La cinta reanudó su movimiento y se llevó la cubeta de nuevo a la cámara acorazada. Sacó la llave dorada del podio y se la entregó a Sophie.

—Síganme, por favor. Y dense prisa.

Cuando llegaron a la entrada trasera, la que se utilizaba para la carga y descarga, Vernet vio los destellos de las sirenas de la policía por la rendija de la puerta. Arrugó la frente. Seguramente estaban bloqueando también la rampa de salida. «¿Conseguiré sacarlos de aquí?» Estaba sudando.

El director del banco se acercó a uno de los pequeños furgones blindados. El *transport sûr* era otro de los servicios que ofrecía el Banco de Depósitos de Zúrich.

—Métanse ahí detrás —les dijo abriendo las grandes puertas traseras e indicándoles el interior del compartimento forrado de acero—. Yo vuelvo enseguida.

Mientras Sophie y Langdon obedecían, Vernet entró a toda prisa en el despacho del supervisor de cargas, cogió las llaves del furgón y encontró el uniforme y la gorra de un conductor. Se quitó la ropa que llevaba y empezó a ponérselos. Pero se lo pensó mejor y antes de hacerlo se ató una pistolera al hombro. Al salir, cogió de un estante la pistola de un conductor, la cargó y la metió en la pistolera, tras lo que terminó de ponerse el uniforme. Volvió al furgón, se caló la gorra hasta los ojos y miró a Sophie y Langdon, que seguían de pie en el compartimento de carga.

—Mejor que lleven esto encendido —les dijo Vernet, entrando en la cabina y conectando una lamparilla que había en el techo—. Y siéntense. No deben hacer ningún ruido mientras salgamos.

Sophie y Langdon se sentaron en el suelo metálico. Él llevaba el tesoro envuelto en la chaqueta. Vernet cerró las puertas traseras, dejándolos encerrados dentro. Se montó en la cabina y arrancó.

El furgón se iba acercando a la rampa de salida, y Vernet notaba que el sudor le empapaba la frente, oculta bajo la gorra del uniforme. Constató que fuera había más coches de policía de lo que había supuesto. Mientras el furgón subía por la rampa, la primera reja se abrió para dejarlos pasar. Vernet avanzó un poco y esperó a que se cerrara antes de activar el segundo sensor. La segunda reja también se abrió y dejó despejada la salida.

«Bueno, casi despejada, porque había un coche de policía blo-queando el paso al final de la rampa.»

Vernet se secó el sudor de la frente y arrancó.

Un agente dio un paso al frente y le indicó que se detuviera a unos metros del control. Delante había cuatros coches patrulla.

Vernet paró el furgón. Se caló la gorra hasta las cejas y fingió los ademanes más rudos que su refinada educación le permitieron. Sin moverse de su asiento, abrió la puerta y miró al policía, que tenía la expresión severa y la piel cetrina.

—*Qu'est-ce qui se passe?* —preguntó Vernet con voz cavernosa.

—*Je suis Jérôme Collet* —dijo el agente—. *Lieutenant Police Ju-diciaire.*

Señaló la cabina de carga.

—*Qu'est-ce qu'il y a là dedans?*

—No tengo ni idea —respondió Vernet tan secamente como pudo—. Yo soy sólo el transportista.

Collet no pareció impresionado.

—Estamos buscando a dos delincuentes.

Vernet se echó a reír.

—Entonces ha acertado de lleno. Algunos cabrones para los que transporto valores son tan ricos que seguro que son delincuentes.

El teniente le mostró una foto de Robert Langdon.

—¿Este hombre ha estado en el banco esta noche?

Vernet se encogió de hombros.

—No tengo ni idea. Yo soy el último mono del sótano. A noso-tros no nos dejan acercarnos a los clientes. Lo que tienen que hacer es entrar y preguntar en recepción.

—Sin orden judicial, el banco no nos permite el acceso.

Vernet puso cara de asco.

—Los jefes. No me tire de la lengua.

—Abra el furgón, por favor —ordenó Collet dirigiéndose a la parte trasera.

Vernet miró al agente y forzó una carcajada de superioridad.

—¿Que abra el furgón? ¿Usted se cree que yo tengo las llaves? ¿Se cree que aquí se fían de nosotros? Debería ver la mierda de suel-do que me pagan.

El agente ladeó un poco la cabeza, incrédulo.

—¿Me está diciendo que no tiene las llaves del furgón que conduce?

Vernet asintió.

—No del compartimento de carga. Sólo la del contacto. Estos furgones los sellan unos supervisores en el almacén. Se quedan ahí mientras se transportan las llaves hasta el destino. Cuando recibimos la confirmación de que el cliente ya tiene las llaves de la carga en su poder, entonces nos dan el visto bueno para salir. Nunca antes. Y yo nunca sé qué mierda llevo.

—¿Y cuándo quedó sellado este furgón?

—Como mínimo hace varias horas. Tengo que llevar la carga hasta St. Thurial esta noche. Y las llaves ya han llegado.

El agente no dijo nada. Se limitaba a escrutar a Vernet con la mirada, como si quisiera leerle la mente.

Al falso conductor una gota de sudor estaba a punto de resbalarle por la nariz.

—¿Le importa? —le dijo al agente secándose con la manga y señalando al coche patrulla que bloqueaba la salida—. Voy un poco justo de tiempo.

—¿Llevan Rolex todos los conductores? —le preguntó el agente, apuntándole a la muñeca.

Vernet bajó la mirada y vio que la brillante pulsera de aquel reloj exageradamente caro le sobresalía de la manga de la chaqueta.

«*Merde.*»

—¿Esta mierdecilla? Me costó veinte euros. Se lo compré a un vendedor ambulante taiwanés, de esos que se ponen en St. Germain des Prés. Se lo vendo por cuarenta.

El agente no respondió y aún tardó unos segundos en apartarse.

—No, gracias. Circule con prudencia.

Vernet no volvió a respirar hasta que el furgón estaba a cincuenta metros de la salida.

Un nuevo problema se le planteaba ahora. ¿Qué hacer con la carga? «¿Adónde los llevo?»

46

Silas estaba tumbado boca abajo en su camastro de lona, para que los azotes de la espalda le cicatrizaran antes en contacto con el aire. Su segunda ración de látigo le había dejado mareado y más débil. Aún no se había quitado el cilicio, y notaba que la sangre le resbalaba por la parte interior del muslo. Con todo, no tenía ningún motivo para soltar la correa.

«Le he fallado a la Iglesia. Y, lo que es peor, le he fallado al obispo.»

Esa noche debía ser la de la salvación del obispo Aringarosa. Hacía cinco meses, éste había regresado de una reunión celebrada en el Observatorio Vaticano, donde se había enterado de algo que le había hecho cambiar de manera profunda. Tras varias semanas deprimido, Aringarosa le había confiado por fin la noticia a Silas.

—¡Pero eso es imposible! —había exclamado—. ¡Me niego a aceptarlo!

—Pues es verdad. Impensable, pero cierto. Y en sólo seis meses.

Las palabras del obispo habían aterrorizado a Silas, que rezaba por la salvación. Pero incluso en aquellos días aciagos, ni su fe en Dios ni su confianza en el *Camino* habían flaqueado. Así, al cabo de un mes, los nubarrones se disiparon milagrosamente y la luz de la posibilidad pudo abrirse paso.

«Intervención divina», lo había llamado Aringarosa.

El obispo parecía albergar esperanzas por primera vez.

—Silas —le susurró—, Dios nos da la ocasión de proteger el *Camino*. Nuestra batalla, como todas, exigirá sacrificios. ¿Quieres ser un soldado del Señor?

Silas se hincó de rodillas ante el obispo —el hombre que le había dado una nueva vida—, y le dijo «yo soy un cordero de Dios. Sé mi pastor y guíame por donde te dicte el corazón».

Cuando Aringarosa le describió la ocasión que se les había presentado, Silas tuvo claro que aquello no podía ser más que obra de Dios. «¡Destino milagroso!» Aringarosa le puso en contacto con el hombre que había propuesto el plan y que se hacía llamar «El Maestro». Aunque éste y Silas nunca se habían conocido personalmente, cuando hablaban por teléfono le impresionaba tanto su fe como el alcance de su poder. El Maestro parecía ser un hombre que lo sabía todo, un hombre con ojos y oídos en todas partes. Silas no sabía de dónde sacaba toda aquella información, pero Aringarosa había depositado toda su confianza en El Maestro, y le había pedido a Silas que hiciera lo mismo.

—Haz lo que El Maestro te ordene. Y saldremos victoriosos.

«Victoriosos.» Ahora, tumbado en la cama, miraba el suelo y temía que la victoria les hubiera sido esquiva. Habían engañado a El Maestro. La clave era un maldito callejón sin salida. Y con aquel engaño, se había esfumado toda esperanza.

Nada habría deseado más que poder avisar al obispo Aringarosa, pero esa noche El Maestro había eliminado todas sus líneas de comunicación directa. «Por nuestra propia seguridad.»

Al final, venciendo una gran turbación, Silas logró ponerse en pie y encontró su hábito, que estaba en el suelo. Sacó el teléfono del bolsillo y, sintiéndose avergonzado, marcó un número.

—Maestro —dijo—, todo está perdido. —Y le contó con detalle la historia del engaño del que habían sido víctimas.

—Pierdes la fe al menor contratiempo —replicó El Maestro—. Acabo de recibir noticias inesperadas y de lo más oportunas. El secreto sigue vivo. Jacques Saunière transmitió información antes de morir. Te llamaré pronto. Nuestro trabajo de esta noche aún no ha concluido.

47

Viajar en el interior de un furgón tenuemente iluminado era como que te metieran en una celda de confinamiento. Langdon hacía esfuerzos por vencer la angustia que le producían los espacios cerrados. «Vernet dice que nos llevará a una distancia prudencial de la ciudad. ¿Dónde? ¿Muy lejos?»

Se le habían dormido las piernas de tenerlas tanto rato cruzadas. Cambió de postura y dio un respingo al notar que la sangre se las regaba de nuevo. Entre los brazos seguía sosteniendo aquel extraño tesoro que habían logrado sacar del banco.

—Creo que ya estamos en la autopista —susurró Sophie.

Langdon tenía la misma sensación. El furgón, tras una inquietante pausa a la salida del banco, había empezado a moverse, zigzagueando a derecha e izquierda durante uno o dos minutos, y desde entonces había acelerado y circulaba a gran velocidad. Debajo, oían el roce de las ruedas blindadas sobre el asfalto. Concentrándose en la caja de palisandro que sujetaba entre sus brazos, colocó con mucho cuidado el bulto envuelto en la chaqueta sobre el suelo, cogió la caja y se la acercó al cuerpo. Sophie se sentó a su lado. A Langdon, por un momento, le pareció que eran como dos niños a punto de abrir un regalo de Navidad.

En contraste con los colores más intensos de la caja, la rosa taraceada en la tapa era de una madera clara, probablemente de fresno, que resaltaba a la pálida luz. «La rosa.» Ejércitos enteros y religiones

se habían construido sobre ese símbolo, así como sociedades secretas: •
Los Rosacruces, los Caballeros de la Rosa de la Cruz.

—Vamos —intervino Sophie—. Ábrela.

Langdon aspiró hondo. Pasó la mano por la tapa y se demoró un
instante más en el intrincado trabajo de la madera. Soltó el cierre y la
levantó, revelando el objeto que contenía.

Langdon se había entregado a diversas fantasías sobre lo que encontrarían en su interior, pero sin duda se había equivocado de medio a medio. Acurrucado sobre el forro de seda granate, descansaba
un objeto inverosímil.

Se trataba de un cilindro de mármol blanco, de dimensiones parecidas a las de un bote de pelotas de tenis. De todos modos, era más
complejo que una simple columna de piedra y parecía estar formado
por la unión de varias piezas. Había cinco discos de mármol del tamaño de rosquillas unidos entre sí gracias a una delicada estructura
de bronce. Parecía algo así como un calcidoscopio tubular de muchos
aros. Los dos extremos del cilindro estaban rematados por dos cubiertas, también de mármol, que impedían ver lo que había dentro.
Como habían oído el sonido producido por algún líquido, Langdon
daba por sentado que aquel cilindro era hueco.

Por más enigmática que resultara la apariencia de ese objeto, lo
que desde el primer momento le llamó la atención a Langdon fue
lo que había grabado a su alrededor. Los cinco discos tenían las mismas extrañas inscripciones; todas las letras del abecedario. Al verlas,
se acordó de uno de sus juguetes de cuando era niño: un tubo con letras que se movían y que permitían formar palabras.

—Es increíble, ¿no? —murmuró Sophie.

Langdon alzó la vista.

—No lo sé. ¿Qué diablos es esto?

Los ojos de Sophie brillaron.

—Mi abuelo se dedicaba a fabricarlos; era un pasatiempo para
él. Son un invento de Leonardo Da Vinci.

—¿De Leonardo? —repitió en voz baja Langdon, fijándose de
nuevo en el cilindro.

—Sí, se llaman *criptex*. Según mi abuelo, el modelo original se •
conserva en uno de sus diarios secretos.

—¿Y para qué sirve?

Teniendo en cuenta los acontecimientos de la noche, Sophie sabía que la respuesta podría tener implicaciones interesantes.

—Se trata de una especie de caja fuerte que sirve para guardar información secreta.

Langdon se mostró muy sorprendido.

Sophie le explicó que uno de los pasatiempos favoritos de su abuelo era fabricar réplicas de los inventos de Leonardo. Con su gran habilidad para las manualidades, se pasaba horas trabajando la madera y el metal en su taller, y disfrutaba mucho imitando a maestros artesanos; a Fabergé y a muchos otros, y también a Leonardo, mucho menos depurado pero bastante más práctico.

Una mirada somera a los diarios del pintor bastaba para revelar por qué aquel genio era tan famoso por su poco interés en los acabados como por la genialidad de sus ideas. Da Vinci había realizado bocetos de cientos de inventos que nunca había llegado a materializar. Y una de las distracciones más queridas de Saunière había sido hacer realidad sus ocurrencias más inspiradas: relojes, bombas de agua, criptex y hasta la miniatura articulada de un caballero francés de la Edad Media, que ocupaba un lugar destacado en su despacho del Louvre. Diseñado por Da Vinci en 1495 como plasmación de sus anteriores estudios de anatomía y quinesiología, el mecanismo interno de aquel caballero-robot contaba con unas articulaciones y tendones muy precisos, y era capaz de sentarse y de mover los brazos y la cabeza, gracias a un cuello flexible, así como de abrir y cerrar la boca. A Sophie siempre le había parecido que ese caballero articulado, con su armadura, era el objeto más hermoso que su abuelo había hecho nunca... hasta que vio el criptex de la caja de palisandro.

—Me hizo uno como éste cuando era pequeña —dijo Sophie—. Pero nunca había visto uno tan grande y tan ornamentado.

Los ojos de Langdon seguían fijos en el contenido de la caja.

—Pues yo nunca había oído hablar de los criptex.

A Sophie no le sorprendió aquella confesión. La mayor parte de los inventos de Leonardo no se había estudiado, y casi ninguno tenía nombre. Era posible que el término «criptex» fuera una invención de su abuelo, y en cualquier caso, era muy adecuado para referirse a un objeto que recurría a la ciencia de la criptología para proteger una información escrita en el rollo de papel que contenía, llamado *codex*.

Sophie sabía muy bien que Da Vinci había sido un pionero de la criptología, aunque eso era algo que raras veces se le reconocía. Los profesores de la universidad en la que estudiaba Sophie, cuando presentaban métodos informáticos de encriptación pensados para la transmisión segura de datos, siempre se acordaban de Simmerman y de Schneier, pero nunca mencionaban que había sido Leonardo el inventor de una de las formas más rudimentarias de encriptación, hacía siglos. Quien se lo había contado había sido su abuelo, claro.

Mientras el furgón blindado avanzaba por la autopista, Sophie le explicó a Langdon que el criptex había sido la solución de Leonardo al problema de enviar mensajes seguros a grandes distancias. En una era sin teléfono ni correo electrónico, quien quería confiar una información a otra persona que viviera lejos no tenía más remedio que ponerla por escrito y confiarla a un mensajero, que era quien la hacía llegar a su destinatario. Por desgracia, si ese mensajero sospechaba que la carta podía contener información importante, podía ganar mucho más dinero vendiéndola a sus adversarios que haciéndola llegar a quien correspondiera.

Muchas mentes preclaras de la historia habían planeado soluciones criptológicas al problema de la protección de datos: Julio César inventó un sistema de escritura cifrada llamado la Caja del César. María Estuardo, reina de Escocia, creó un sistema mediante el cual unas letras podían ser reemplazadas por otras, y enviaba mensajes desde la cárcel. Y el extraordinario científico árabe Abú Yusuf Ismail al-Kindi protegía sus secretos con códigos cifrados polialfabéticos.

Leonardo, sin embargo, renunció a las matemáticas y a la criptología y optó por una solución mecánica: el criptex. Se trataba de un recipiente portátil que podía contener cartas, mapas, diagramas, cualquier tipo de documento. Una vez la información quedaba sellada en el interior del criptex, sólo quien conociera la contraseña podía acceder a ella.

—Necesitamos la contraseña —dijo Sophie, señalando los discos giratorios con las letras engastadas—. El criptex funciona de una manera parecida a esos candados de bicicleta que tienen una combinación numérica. Si alineas los números correctamente, el candado se abre. En este caso, hay cinco discos. Cuando se colocan en la secuencia correcta, los engranajes internos se alinean y el cilindro se abre.

—¿Y dentro?

—Una vez el cilindro se abre, es posible acceder a un compartimento interior hueco que puede contener un rollo de papel donde está escrita la información que se ha querido mantener en secreto.

Langdon daba muestras de incredulidad.

—¿Y dices que tu abuelo te hizo uno cuando eras pequeña?

—Varios, pero no tan grandes. En un par de ocasiones, por mi cumpleaños, me regaló un criptex y me puso una adivinanza. La solución a la adivinanza era la contraseña para abrirlo y, una vez abierto encontraba mi tarjeta de felicitación.

—Cuánto esfuerzo para una tarjeta de cumpleaños.

—No, en las tarjetas siempre había más adivinanzas o alguna pista. A mi abuelo le encantaba organizar complicadas búsquedas de tesoros por toda la casa, una serie de pistas que al final me conducían hasta el verdadero regalo. Cada una de esas búsquedas era un examen a mi carácter y a mis méritos, para asegurarse de que era realmente merecedora de mis trofeos. Y la verdad es que los exámenes nunca eran fáciles.

Langdon volvió a mirar aquel objeto, sin abandonar su expresión de escepticismo.

—¿Pero por qué no romperlo, simplemente? ¿Tirarlo al suelo para que se abra? Los aros de metal no parecen muy resistentes, y el mármol no es una piedra tan dura.

Sophie sonrió.

—Porque Leonardo no era tan tonto. Diseñó el criptex de manera que si intentaban forzarlo, la información se autodestruía. Mira. —Cogió con cuidado el cilindro—. Toda información que vaya a insertarse debe ser escrita en un rollo de papiro.

—¿No de pergamino?

Sophie negó con la cabeza.

—Tiene que ser de papiro. Sé que la piel de oveja era más durable y más común en aquella época, pero debía ser de papiro. Y cuanto más fino, mejor.

—Te sigo.

—Antes de insertar el papiro en el compartimento del criptex, se enrollaba alrededor de un tubo de cristal muy delicado. —Agitó un poco el criptex, y el líquido del interior sonó—. Un tubo con líquido.

—¿Qué líquido?

—Vinagre.

—Genial —dijo Langdon tras un instante en silencio.

«Vinagre y papiro», pensó Sophie. Si alguien intentaba forzar el criptex para abrirlo, el tubo de cristal se rompía y el vinagre disolvía rápidamente el papiro. Cuando ese alguien accedía por fin al mensaje secreto, se encontraba sólo con una pasta ilegible.

—Como ves —le dijo Sophie—, la única manera de acceder a la información del interior es conocer la contraseña de cinco letras. Y como hay cinco discos y cada uno contiene veintiséis letras, eso es veintiséis elevado a la quinta potencia. —Hizo una breve pausa para calcular las permutaciones—. Aproximadamente doce millones de posibilidades.

—No seré yo quien te contradiga —dijo Langdon con aspecto de tener doce millones de preguntas rondándole la cabeza—. ¿Qué información crees que contiene?

—Sea lo que sea, está claro que mi abuelo tenía mucho interés en mantenerla en secreto. —Se quedó un instante callada, cerró la caja y clavó la vista en la rosa de cinco pétalos. Había algo que le preocupaba.

—Antes has dicho que la rosa es el símbolo del Grial, ¿no?

—Exacto. Según la simbología del Priorato, la rosa y el Grial son sinónimos.

Sophie frunció el ceño.

—Es curioso, porque mi abuelo siempre me dijo que la rosa significaba secreto. Cuando recibía alguna llamada confidencial en su despacho y no quería que lo molestara, colgaba una rosa de la puerta. Y a mí me animaba a que hiciera lo mismo.

(«Tesoro —le decía su abuelo—, en vez de cerrar la puerta para que el otro no pueda entrar, colguemos una rosa —*la fleur des secrets*— en la puerta cuando necesitemos un espacio de intimidad. Así aprenderemos a respetarnos y a confiar el uno en el otro. Colgar una rosa es una antigua costumbre romana.»)

—*Sub rosa* —comentó Langdon—. Los romanos colgaban una rosa durante sus reuniones para indicar que iban a tocarse temas confidenciales. Así, los asistentes sabían que todo lo que se dijera bajo la rosa —o *sub rosa*— debía mantenerse en secreto.

Langdon le explicó brevemente que esa connotación de secretismo que tenía la rosa no era el único motivo por el que el Priorato la usaba como símbolo del Grial. La *rosa rugosa*, una de sus especies más antiguas, tenía cinco pétalos y una simetría pentagonal, igual que la estrella de Venus, lo que la vinculaba estrechamente con lo femenino. Además, la rosa también está relacionada con el concepto de «dirección verdadera» y de búsqueda del propio camino. La Rosa Náutica ayudaba a los navegantes a orientarse, así como las líneas longitudinales de los mapas. Por eso, la rosa era un símbolo que representaba al Grial a muchos niveles —secretismo, feminidad, guía—, el cáliz femenino y la estrella que servía de guía para alcanzar la verdad secreta.

Al terminar su explicación, el rostro de Langdon pareció tensarse de pronto.

—Robert, ¿estás bien?

Clavó la vista en la caja de palisandro.

—*Sub... rosa* —soltó al fin con una mezcla de temor y duda—. No puede ser...

—¿Qué?

Alzó lentamente la mirada.

—Bajo el signo de la rosa —susurró—. Este criptex... creo que sé qué es.

48

Langdon apenas daba crédito a su propia suposición, y sin embargo, teniendo en cuenta quién les había hecho llegar aquel cilindro de piedra y cómo lo había hecho, y fijándose ahora en la rosa incrustada en la caja, a Langdon sólo se le ocurría una conclusión.

«Tengo en mis manos la clave del Priorato.»

La leyenda era muy clara.

«Se trata de una piedra codificada que se encuentra bajo el signo de la rosa.»

—Robert —insistió Sophie, que no le quitaba la vista de encima—. ¿Qué te pasa?

Langdon necesitaba un poco más de tiempo para poner en orden sus pensamientos.

—¿Te habló tu abuelo alguna vez de una cosa llamada *clef de voûte*?

—¿La llave de la cámara? —dijo Sophie.

—No, esa es la traducción literal. *Clef de voûte* es un término arquitectónico muy común. «Voûte» es la bóveda que remata un arco.

—Pero los techos abovedados no tienen llaves.

—Pues en realidad sí las tienen. Todo arco precisa de una dovela, una piedra en forma de cuña en su parte más elevada, que sirve para mantener unidas las demás piedras y que es la que aguanta todo el peso. Esa piedra es, en sentido arquitectónico, la clave de la bóveda. —La miró para ver si ella sabía de qué le estaba hablando.

Sophie se encogió de hombros y volvió a mirar el criptex.

—Pero es evidente que esto no puede ser una clave de bóveda, ¿no?

Langdon no sabía por dónde empezar. Las claves de bóveda, en tanto que técnicas para la construcción de arcos, habían sido uno de los secretos mejor guardados de los gremios de canteros y albañiles. En realidad esos gremios habían sido el origen de la masonería, pues *maçon*, en francés, significa «albañil». «El Grado del Arco Real. La arquitectura. Las claves de bóveda.» Todo estaba interconectado. El conocimiento secreto en relación al uso de una clave en forma de cuña para la construcción de un arco abovedado era en parte lo que había convertido a los constructores en artesanos ricos, y lo guardaban celosamente. Las claves de bóveda siempre habían estado rodeadas de un halo de secretismo. Y sin embargo, el cilindro de piedra que contenía la caja de palisandro tenía que ser, evidentemente, algo bastante distinto. La clave del Priorato —si es que eso era lo que tenían entre sus manos— no era exactamente lo que Langdon había imaginado.

—La clave del Priorato no es mi especialidad —admitió—. Mi interés por el Santo Grial es básicamente simbológico, por lo que tiendo a pasar por alto la gran cantidad de leyendas que explican cómo encontrarlo.

Sophie arqueó las cejas.

—¿Encontrar el Santo Grial?

Langdon asintió, algo incómodo, eligiendo mentalmente sus palabras con cuidado.

—Sophie, según la tradición de la hermandad, la clave de bóveda es un mapa codificado... un mapa que revela el lugar donde se halla oculto el Santo Grial.

—¿Y tú crees que eso es lo que tenemos aquí? —le preguntó con expresión muy seria.

Langdon no sabía qué responderle. Incluso a él le resultaba increíble, aunque era la única conclusión a la que llegaba. «Una piedra codificada oculta bajo el signo de la rosa.»

La idea de que hubiera sido Leonardo Da Vinci el inventor del criptex —anterior Gran Maestre del Priorato de Sión— era un indicador más de que aquello era en verdad la clave del Priorato. «Un diseño de un anterior Gran Maestro... materializado siglos después por otro miembro del Priorato.» Los indicios eran demasiado claros como para rechazarlos sin más.

Durante el último decenio, los historiadores se habían dedicado a buscar la clave en las iglesias francesas. Los buscadores del Grial, perfectos conocedores de la tradición de juegos de palabras y dobles sentidos del Priorato, habían llegado a la conclusión de que la clave de bóveda debía ser, literalmente eso, una clave de bóveda —una cuña arquitectónica—, una piedra con inscripciones codificadas insertada en el arco de alguna iglesia. «Bajo el signo de la rosa.» En arquitectura, las rosas no escaseaban. Rosetones en las ventanas, rosetones en las molduras. Y, claro, abundaban las rosas de cinco pétalos rematando arcos, embelleciendo claves de bóveda. Como escondite, aquel punto de una iglesia era de una sencillez diabólica. El mapa para encontrar el Santo Grial se encontraba oculto en lo más alto del arco de alguna remota iglesia, burlándose de los ciegos feligreses que caminaban por debajo.

—El criptex no puede ser la clave —rebatió Sophie—. No es tan viejo. Estoy segura de que mi abuelo es quien lo creó. Es imposible que forme parte de una leyenda tan antigua sobre el Grial.

—En realidad —dijo Langdon con una punzada de emoción en la voz—, se cree que la clave de bóveda la ha creado el Priorato en algún momento de estas dos últimas décadas.

Sophie le miró, incrédula.

—Pero, si este criptex revelara dónde se encuentra el Santo Grial, ¿por qué habría de dármelo a mí mi abuelo? Yo no tengo ni idea de cómo se abre. ¡Si ni siquiera sé qué es el Grial!

Para su sorpresa, Langdon se dio cuenta de que Sophie tenía razón. Aún no había llegado a explicarle la verdadera naturaleza del Santo Grial. Pero esa historia tendría que esperar. Por el momento, debían concentrarse en la clave.

«Si es que eso es lo que tenemos aquí...»

Alzando la voz sobre el rumor de las ruedas blindadas del furgón, Langdon le explicó someramente a Sophie lo que sabía sobre la clave de bóveda. Supuestamente, durante siglos, del mayor secreto del Priorato —el paradero del Santo Grial— nunca había habido constancia escrita. Por motivos de seguridad, se transmitía oralmente a los nuevos *sénéchaux* en una ceremonia clandestina. Sin embargo, en cierto momento del siglo pasado, empezaron a surgir rumores de que la política del Priorato había cambiado. Tal vez fuera a causa de las nuevas tecnologías, que permitían interceptar conversaciones, pero al parecer juraron no volver a pronunciar el nombre de aquel lugar sagrado.

—Pero entonces, ¿cómo iban a poder transmitirse el secreto? —preguntó Sophie.

—Aquí es donde entra en juego la clave de bóveda. Cuando uno de los cuatro miembros más destacados moría, los otros tres escogían de entre los escalafones inferiores a un candidato para ascenderlo a *sénéchal*. En vez de decirle dónde se escondía el Grial, le planteaban unas pruebas mediante las que debía demostrar si era o no merecedor de aquella dignidad.

Sophie pareció incomodarse al oír aquello, y Langdon se acordó de lo que le había contado sobre las búsquedas del tesoro que le organizaba su abuelo —*preuves de mérite*. En realidad, la clave de bóveda era algo parecido. Pero es que ese tipo de pruebas estaba a la orden del día en las sociedades secretas. La mejor conocida era la de los masones, y en ellas sus miembros ascendían a niveles más altos si demostraban que eran capaces de guardar un secreto, lo que lograban mediante una serie de rituales y pruebas de mérito que duraban años. Las pruebas eran cada vez más duras y si se superaban, el candidato alcanzaba el grado trigésimo segundo de la masonería.

—Así que la clave de bóveda es una *preuve de mérite* —dijo Sophie—. Si el *sénéchal* propuesto logra abrirla, se hace digno de recibir la información que contiene.

Langdon asintió.

—Me había olvidado de que ya tenías experiencia en este tipo de cosas.

—Y no sólo con mi abuelo. En criptología esto se conoce como «lenguaje autoautorizado». Lo que quiere decir es que si eres lo bastante listo para leerlo, entonces es que tienes derecho a saber lo que pone.

Langdon vaciló un instante.

—Sophie, ¿te das cuenta de que si en realidad esto es la clave, el hecho de que tu abuelo la tuviera en su poder significa que era un miembro muy destacado del Priorato de Sión? Porque para saber eso hay que estar entre los cuatro primeros.

Sophie suspiró.

—Era un miembro destacado de una sociedad secreta. De eso no me cabe duda. Y todo apunta a que era el Priorato.

Langdon tardó en reaccionar.

—¿Sabías que tu abuelo pertenecía a una sociedad secreta?

—Hace diez años vi unas cosas que no debería haber visto. Desde entonces no nos hemos vuelto a dirigir la palabra. —Hizo una pausa—. No es que mi abuelo fuera un miembro destacado, es que creo que era el que tenía el rango más elevado.

Langdon no daba crédito a lo que acababa de oír.

—¿Gran Maestre? ¡Pero es imposible que tú sepas algo así!

—Prefiero no hablar del tema —dijo Sophie apartando la mirada, decidida a no hablar de algo que claramente le hacía daño.

Langdon seguía anonadado. «¿Jacques Saunière Gran Maestre?» A pesar de las increíbles repercusiones que podía tener aquello en caso de ser cierto, Langdon tenía la intuición de que de aquel modo todo encajaba casi perfectamente. En el fondo, los anteriores Grandes Maestres del Priorato también habían sido prominentes figuras públicas con sensibilidad artística. Buena prueba de ello había quedado desvelada hacía unos años con el descubrimiento, en la *Bibliothèque Nationale* de París, de unos papeles que pasaron a conocerse como *Les Dossiers Secrets*.

No había historiador especializado en los templarios ni apasionado del Santo Grial que no los hubiera leído. Catalogados bajo el código $4°$ lm^1 249, los dossieres secretos habían sido autentificados por numerosos especialistas, y confirmaban de manera incontrovertible lo que los historiadores llevaban mucho tiempo sospechando: entre los Grandes Maestres del Priorato estaban Leonardo Da Vinci, Botticelli, Isaac Newton, Victor Hugo y, más recientemente, Jean Cocteau, el famoso y polifacético escritor parisino.

«¿Por qué no podía serlo Jacques Saunière?»

La incredulidad de Langdon volvió a intensificarse al recordar que esa noche había quedado en reunirse con él. «El Gran Maestre quería verme. ¿Para qué? ¿Para charlar un rato sobre arte?» De pronto aquella posibilidad le pareció poco verosímil. Después de todo, si su intuición no fallaba, el Gran Maestre del Priorato de Sión acababa de transmitir la información sobre la legendaria clave de su hermandad a su nieta, y a la vez le había ordenado a ésta que se pusiera en contacto él.

«¡Inconcebible!»

La imaginación de Langdon no bastaba para evocar el conjunto de circunstancias que permitieran explicar el comportamiento de Saunière. Incluso en el caso de que temiera su propia muerte, quedaban otros tres *sénéchaux* que también conocían el secreto y por tanto garantizaban la continuidad del Priorato. ¿Por qué tendría que correr el enorme riesgo de entregarle a su nieta la clave, y más teniendo en cuenta que no se llevaban bien? ¿Y por qué implicar a Langdon, un total desconocido?

«En este rompecabezas falta una pieza», pensó Langdon.

Al parecer, las respuestas iban a tener que esperar un poco más. El sonido del motor al reducir su velocidad les hizo levantar la vista. Bajo las ruedas se oía el rumor de la gravilla. «¿Por qué estamos parando tan pronto?», se preguntó Langdon. Vernet les había dicho que iba a llevarlos fuera de la ciudad para mayor seguridad. El furgón frenó casi hasta detenerse y se internó por un terreno inesperadamente irregular. Sophie dedicó a Langdon una mirada de preocupación y cerró la caja que contenía el criptex. Langdon volvió a envolverla con la chaqueta.

El furgón se detuvo, pero el motor seguía ronroneando. Los cierres de los portones traseros empezaron a moverse. Cuando se abrieron las puertas, a Langdon le sorprendió ver que estaban en una zona boscosa, bastante alejados de la carretera. Vernet se asomó al compartimento muy serio y con una pistola en la mano.

—Lo siento mucho —dijo—, pero no me queda otro remedio.

49

André Vernet parecía incómodo con aquella arma entre las manos, pero los ojos le brillaban con una determinación que a Langdon no le parecía sensato poner a prueba.

—Lamento tener que obligarles —dijo, apuntándoles alternativamente a los dos, que seguían en el interior del furgón—. Dejen la caja en el suelo.

Sophie la tenía agarrada con fuerza contra el pecho.

—Ha dicho que usted y mi abuelo eran amigos.

—Tengo la obligación de proteger los bienes de su abuelo, y eso es precisamente lo que estoy haciendo. Así que suelte la caja.

—Mi abuelo me la ha confiado a mí —declaró Sophie.

—Haga lo que le digo —ordenó Vernet levantando el arma.

Langdon vio que ahora el cañón le apuntaba a él.

—Señor Langdon, acérqueme usted la caja, y tenga claro que si se lo pido a usted es porque no dudaría ni un instante en disparar.

Langdon miró al banquero con desprecio.

—¿Por qué lo hace?

—¿Y usted qué cree? Para proteger los bienes de mis clientes.

—Ahora sus clientes somos nosotros —intervino Sophie.

La expresión de Vernet se transformó por completo y se volvió fría como el hielo.

—*Mademoiselle* Neveu, no sé cómo ha conseguido la llave y el número de cuenta, pero está claro que ha habido juego sucio. De haber conocido el alcance de sus crímenes, nunca les habría ayudado a salir del banco.

—Ya se lo he dicho antes —insistió Sophie—. Nosotros no hemos tenido nada que ver con la muerte de mi abuelo.

Vernet miró a Langdon.

—Sí, pero en la radio insisten que no sólo le buscan por el asesinato de Jacques Saunière, sino también por el de los otros tres hombres.

—¿Qué? —exclamó Langdon, boquiabierto—. «¿Tres asesinatos más?» Que fueran precisamente tres le sorprendió más que el hecho mismo de ser considerado el principal sospechoso. Parecía demasiada casualidad. —Los ojos de Langdon se posaron en la caja de palisandro—. Si han asesinado a los *sénéchaux,* Saunière no ha tenido otra salida. Debía traspasar la clave a alguien.»

—La policía ya lo aclarará todo en su momento —dijo Vernet—. Por lo pronto yo ya he involucrado a mi banco más de la cuenta.

Sophie lo miró.

—Está claro que no tiene ninguna intención de entregarnos a la policía, porque en ese caso hubiéramos regresado al banco. Lo que hace es traernos hasta aquí y amenazarnos con una pistola.

—Su abuelo contrató nuestros servicios por algo muy concreto: para que sus posesiones estuvieran a salvo y custodiadas con discreción. Me da igual lo que contenga esa caja, pero no pienso dejar que acabe considerada como prueba oficial de la investigación policial. Señor Langdon, acérquemela.

Sophie negó con la cabeza.

—No lo hagas.

Sonó un disparo y la bala se estrelló contra el techo del furgón. La explosión sacudió el compartimento y el proyectil cayó en el suelo con un tintineo.

«¡Mierda!» Langdon se quedó sin habla.

—Señor Langdon, quítele la caja —repitió Vernet más seguro de sí mismo.

Langdon le obedeció.

—Y ahora, tráigala hasta aquí.

Vernet seguía de pie, detrás del parachoques trasero, con el arma apuntando al interior del compartimento de carga.

Con la caja en la mano, Langdon avanzó en dirección a las puertas.

«¡Tengo que hacer algo! —pensó—. ¡Estoy a punto de entregarle la clave del Priorato!» Mientras se acercaba a la salida, su elevación respecto del suelo se hacía más evidente, y empezó a plantearse si no podría usar aquella ventaja en su beneficio. Aunque Vernet mantenía el arma levantada, le llegaba a la altura de la rodilla. «¿Una patada bien dada, tal vez?» Por desgracia, mientras avanzaba, Vernet pareció captar el peligro y retrocedió varios pasos hasta quedar a unos dos metros de él, fuera de su alcance.

—Deje la caja junto a la puerta —ordenó.

Como no veía ninguna otra salida, Langdon se arrodilló e hizo lo que le ordenaba.

—Ahora póngase de pie.

Langdon empezó a incorporarse, pero se detuvo y se fijó en el casquillo de la bala que Vernet había disparado antes y que había ido a parar cerca de la hendidura que hacía que las puertas del furgón encajaran y quedaran perfectamente selladas.

—Levántese y aléjese de la caja.

Langdon siguió inmóvil un instante, con la mirada fija en aquella ranura metálica, y se puso de pie. Al hacerlo, movió discretamente la bala y se fue hacia atrás.

—Vaya hasta el fondo y dese la vuelta.

Vernet notaba que el corazón le latía con fuerza. Apuntando el arma con la mano derecha, se acercó a la caja para cogerla con la izquierda, pero se dio cuenta de que pesaba demasiado. «Tengo que cogerla con las dos manos.» Miró a sus rehenes y calculó el riesgo. Estaban a unos cinco metros de él, al fondo del compartimento de carga, de espaldas. Se decidió. Dejó la pistola en el parachoques, cogió la caja con las dos manos y la bajó hasta el suelo. De inmediato volvió a apoderarse del arma y a apuntarles con ella. Sus prisioneros no se habían movido lo más mínimo.

«Perfecto.» Ahora lo único que le quedaba por hacer era cerrar las puertas. De momento dejaría la caja en el suelo. Empujó una, que se cerró con un chasquido. Ahora debía asegurarla haciendo encajar la barra de seguridad en la ranura. Giró el tirador hacia la izquierda y la barra bajó un poco, pero se bloqueó inesperadamente sin llegar a encajar en la hendidura. «¿Qué está pasando aquí?» Volvió a intentarlo, sin éxito. «¡La puerta no está bien cerrada!» Le invadió una oleada de pánico y la apretó con fuerza, aunque sin moverse de donde estaba. «Hay algo que la bloquea.» Vernet se giró para empujarla un poco con el hombro, pero en ese momento se abrió de golpe, le dio en la cara y le tiró al suelo. Le dolía mucho la nariz. Mientras se llevaba las manos a la cara y notaba la sangre tibia que le corría por la cara, la pistola desapareció.

Robert Langdon saltó al exterior y Vernet intentó incorporarse, aunque no veía nada. Estaba aturdido y volvió a caerse de espaldas. Sophie Neveu gritaba algo. Un instante después, se vio rodeado por una nube de polvo y de humo. Oyó el crepitar de las ruedas sobre la gravilla y logró sentarse justo en el momento en que el furgón, demasiado ancho para pasar, se empotraba contra un árbol. El motor protestó y el árbol se dobló. Al final, el parachoques cedió y se partió. El vehículo blindado se alejó con el parachoques medio colgando. Al llegar a la carretera de acceso, la noche se iluminó con las chispas del metal sobre el asfalto.

Vernet se volvió hacia el vacío que había dejado el furgón. Aunque estaba oscuro, se veía que en el suelo no había nada.

La caja de madera había desaparecido.

50

El Fiat que, sin distintivo alguno, se alejaba de Castel Gandolfo, enfiló la sinuosa carretera que atravesaba las montañas de Alba en dirección al valle. En el asiento trasero, el obispo Aringarosa sonrió, notando en su regazo el peso de los fajos de bonos que llevaba en el maletín y preguntándose cuánto tiempo pasaría hasta que él y El Maestro pudieran cambiarlos.

«Veinte millones de euros.»

Con aquella suma Aringarosa podría comprar una gran cuota de poder, algo más valioso que el dinero.

Mientras el coche se dirigía hacia Roma a toda velocidad, Aringarosa se preguntaba por qué El Maestro aún no se había puesto en contacto con él. Se sacó el teléfono móvil del bolsillo de la sotana y verificó que tenía muy mala recepción.

—Por aquí arriba hay poca cobertura —le dijo el chófer mirándolo por el espejo retrovisor—. En cuestión de cinco minutos salimos de las montañas y el servicio mejora.

—Gracias.

Aringarosa sintió una punzada de preocupación. «¿No hay cobertura en las montañas?» Entonces, tal vez El Maestro sí había intentado contactar con él. Era posible que algo hubiera fallado estrepitosamente y él no se hubiera enterado.

Comprobó entonces el buzón de voz y constató que no había nada. Pero al momento se convenció de que El Maestro no dejaría nunca un mensaje grabado; era muy cuidadoso con sus comunicaciones. Nadie mejor que él entendía los riesgos de hablar abiertamente en el mundo moderno. La interceptación electrónica de datos había desempeñado un papel básico en la adquisición de la gran cantidad de información secreta de que disponía.

«Ése es el motivo por el que siempre toma tantas precauciones.»

Por desgracia, entre las medidas de prudencia de El Maestro estaba su negativa a facilitarle a Aringarosa cualquier teléfono de contacto. «Seré yo el que inicie siempre la comunicación —le había dicho—. Así que no se aleje mucho de su teléfono.» Ahora que Aringarosa se daba cuenta de que su aparato podía no haber estado operativo, empezó a temer lo que El Maestro podría estar pensando si le había llamado con insistencia sin obtener respuesta.

«Pensará que algo va mal.»

«O que no he obtenido el pago.»

El obispo empezó a sudar un poco.

«O peor... que he cogido el dinero y me he fugado.»

51

Aunque sólo iban a sesenta kilómetros por hora, el parachoques medio suelto rozaba el asfalto de aquella carretera secundaria, haciendo un ruido infernal y levantando chispas a su paso.

«Tenemos que salir de la carretera como sea», pensó Langdon.

Apenas veía dónde se dirigía. El único faro delantero que funcionaba había perdido la alineación en el choque contra el árbol y lo que hacía era alumbrar el bosque que se extendía junto a la autopista. Según parecía, lo único blindado de aquel furgón era el compartimento de la carga.

Sophie iba en el asiento del copiloto sin apartar la vista de la caja de palisandro que sostenía en el regazo.

—¿Estás bien? —le preguntó Langdon.

Sophie parecía muy afectada.

—¿Tú crees que es verdad lo que ha dicho?

—¿Sobre las otras tres muertes? Totalmente. Eso responde a muchas preguntas, la desesperación de tu abuelo por traspasar la clave, y el gran interés de Fache por darme caza.

—No, quiero decir si crees que Vernet está intentando proteger a su banco, tal como ha dicho.

Langdon la miró.

—¿Qué insinúas?

—Que tal vez quisiera quedarse él la clave.

A Langdon aquello no se le había ni pasado por la cabeza.

—¿Y cómo iba a conocer el contenido de la caja?

—Estaba depositada en su banco. Conocía a mi abuelo. Tal vez supiera cosas. Y quizá decidiera apoderarse del Santo Grial.

Langdon negó con la cabeza. Vernet no le parecía el tipo de persona capaz de hacer algo así.

—Según mi experiencia, sólo hay dos motivos por los que se busca el Grial. O es gente muy ingenua que cree que está buscando el cáliz perdido de Jesús...

—¿O?

—O saben la verdad y ésta les supone una amenaza. Son muchos los grupos que, a lo largo de la historia, han buscado el Grial para destruirlo.

El silencio que se produjo entre los dos acentuó el chirrido del parachoques. Ya se habían alejado unos kilómetros, y Langdon observaba la cascada de chispas que subía por el parabrisas, no estaba muy convencido de que aquello no fuera peligroso. Y aunque no lo fuera, si se cruzaban con algún otro coche, llamarían mucho la atención. Así que tomó una decisión.

—Voy a ver si puedo sujetar el parachoques con algo.

Se metió en el arcén y paró el furgón.

Por fin cesó aquel estrépito.

Se fue hasta la parte delantera, con todas las alertas activadas. Ya le habían apuntado dos veces con una pistola esa noche y no se fiaba lo más mínimo. Aspiró una bocanada de aire de la noche e intentó serenarse un poco. Además de lo grave que era ser un fugitivo, Langdon estaba empezando a sentir el creciente peso de la responsabilidad ante la idea de tener en su poder, junto con Sophie, las instrucciones codificadas que llevaban a uno de los misterios más importantes de todos los tiempos.

Y, por si aquella carga fuera poca, ahora Langdon se daba cuenta de que cualquier intento de devolver la clave al Priorato acababa de desaparecer. La noticia de aquellos otros tres asesinatos tenía oscuras implicaciones. «Se han infiltrado en el Priorato, que ha quedado expuesto.» No había duda de que la hermandad estaba siendo espiada, o acaso hubiera un topo entre sus filas. Aquello tal vez explicara por qué Saunière les había traspasado la clave a ellos, a dos personas ajenas al grupo, a personas no significadas. «No podemos devolver la clave de bóveda a la hermandad.» Aunque Langdon supiera cómo ponerse en contacto con algún miembro, era muy probable que quien acabara apareciendo para llevarse la clave fuera el mismísimo enemigo. De momento, al menos, parecía que la clave estaba en poder de Sophie y de él, lo quisieran o no.

El frontal del furgón estaba en peor estado de lo que había supuesto. El faro de la izquierda había desaparecido, y el de la derecha parecía una órbita ocular colgando de su cuenca. Langdon la encajó, pero se volvió a salir. Lo único bueno era que el parachoques estaba casi arrancado del todo. Le dio una patada y le pareció que con un poco más de esfuerzo conseguiría soltarlo. Mientras daba patadas a aquel amasijo de metal doblado, recordó la conversación que había tenido hacía un rato con Sophie. «Mi abuelo me dejó un mensaje en el contestador —le había dicho—. Me dijo que tenía que contarme la verdad sobre mi familia.» En ese momento no se le había ocurrido nada, pero ahora, conociendo la implicación del Priorato de Sión, Langdon sintió que una nueva posibilidad empezaba a emerger.

De repente el parachoques se soltó con gran estrépito. Langdon se quedó un momento quieto para recobrar el aliento. Al menos ya no irían por ahí soltando chispas. Levantó el parachoques y empezó a arrastrarlo hasta los árboles, preguntándose qué debían hacer. No tenían ni idea de cómo abrir el criptex, ni de por qué Saunière se lo había hecho llegar a ellos. Y, desgraciadamente, su supervivencia aquella noche parecía depender de las respuestas a esas preguntas.

«Necesitamos ayuda —resolvió—. Ayuda profesional.»

En el mundo del Santo Grial y del Priorato de Sión, esa ayuda se reducía a un solo nombre. El reto, claro, iba a ser convencer a Sophie.

Dentro del furgón, ella esperaba a que Langdon entrara y notaba el peso de la caja en el regazo. «¿Por qué me la ha dado mi abuelo?» No tenía ni idea de lo que debía hacer con ella.

«Piensa, Sophie, usa la cabeza. ¡El abuelo está intentando decirte algo!»

Abrió la caja y observó los discos del criptex. «Una prueba de mérito.» En aquello veía claramente la mano de su abuelo. «La clave es un mapa que sólo puede leer quien sea digno de ella.» Sí, aquello tenía que ser obra de su abuelo.

Sacó el criptex de la caja y pasó los dedos por los discos. «Cinco letras.» Los hizo girar uno por uno. El mecanismo se movía sin dificultad. Los fue alineando de manera que las letras que escogía quedaran entre las dos flechas de bronce que había en los dos extremos del cilindro. Formó una palabra, consciente de que era obvia hasta el absurdo.

G-R-I-A-L.

Con suavidad, tiró de los dos extremos del criptex, pero nada se movió. Oyó el borboteo del vinagre en su interior y dejó de tirar. Lo intentó de nuevo con otra palabra.

V-I-N-C-I

Nada.

C-L-A-V-E.

Nada. El criptex seguía cerrado a cal y canto.

Frunciendo el ceño, lo dejó en su caja y la cerró. Miró a Langdon, que seguía fuera, y se alegró de que estuviera con ella esa noche. «P. S. Buscar a Robert Langdon.» Ahora entendía los motivos de su abuelo para incluirlo a él en todo aquello. Ella no estaba preparada para comprender sus intenciones, y le había enviado a Langdon para que le hiciera de guía. Un tutor para supervisar su educación. Por desgracia para él, había acabado haciendo de bastante más que de guía esa noche. Se había convertido en el blanco de Bezu Fache... y de una fuerza invisible decidida a hacerse con el Santo Grial.

«Sea lo que sea.»

Sophie no estaba segura de si merecía la pena poner en peligro su vida para intentarlo.

Cuando el furgón se puso en marcha de nuevo, Langdon constató aliviado que ahora sólo se oía el ruido del motor.

—¿Sabes cómo se va a Versalles desde aquí?

Sophie le miró.

—¿Nos vamos de visita turística?

—No, tengo un plan. Conozco a un especialista en historia de las • religiones que vive cerca de Versalles. No recuerdo exactamente dónde, pero podríamos buscarlo. He estado en su casa de campo varias veces. Se llama Leigh Teabing. Es un antiguo miembro de la Real Academia Británica de Historia.

—¿Y vive en París?

—La gran pasión de Teabing es el Grial. Cuando hace quince años surgieron los primeros rumores sobre la clave de bóveda del Priorato, se trasladó a Francia y empezó a rastrear por las iglesias con la esperanza de encontrarlo. Ha publicado algunos libros sobre la clave y el Grial. Tal vez a él se le ocurra cómo se abre el criptex y qué hacer con él.

La expresión de Sophie era de desconfianza.

—¿Y te fías de él?

—¿Fiarme en qué sentido? ¿Te refieres a si nos robaría información?

—O si no nos delataría.

—No tengo intención de decirle que nos busca la policía. Espero que nos aloje hasta que logremos aclarar todo esto.

—Robert, no sé si te has parado a pensar que a estas horas todas las cadenas de televisión de Francia están a punto de divulgar imágenes de nosotros dos. Bezu Fache siempre usa los medios de comunicación en su beneficio. Va a hacer que sea muy difícil que nos movamos sin que nos reconozcan.

«Fantástico —pensó Langdon—. Mi debut en la tele francesa será en la lista de los delincuentes más buscados.» Al menos Jonas Faukman podía estar satisfecho: cada vez que salía en las noticias, las ventas de sus libros aumentaban.

—¿Ese hombre es muy amigo tuyo?

Langdon dudaba de que Teabing mirara la tele, y menos a aquellas horas, pero aun así aquella pregunta era difícil de responder. Su intuición le decía que Teabing era totalmente de fiar y que les ofrecería el refugio ideal. Teniendo en cuenta las circunstancias, seguramente haría todo lo posible por ayudarles. No sólo le debía un favor a Langdon, sino que además era especialista en el Santo Grial, y Sophie aseguraba que Saunière había sido Gran Maestre del Priorato de Sión. En cuanto tuviera conocimiento de ese dato, la idea de contribuir a resolver el enigma le haría salivar de placer.

—Teabing podría ser un poderoso aliado —dijo Langdon—. «En función de lo que quieras contarle.»

—Es probable que Fache ofrezca una recompensa económica a quien dé información sobre nuestro paradero.

Langdon se echó a reír.

—Créeme, dinero no es precisamente lo que ese hombre necesita. —Leigh Teabing era rico a la manera de los países pequeños. Descendiente del primer duque de Lancaster, Teabing había obtenido el dinero que tenía gracias a un antiguo procedimiento aún vigente que se conocía como herencia. Su mansión, a las afueras de París, era un palacio del siglo XVII con dos lagos privados.

Langdon lo había conocido hacía unos años a través de la BBC. Teabing había propuesto al canal de televisión realizar un documental histórico en el que se divulgara al gran público la impactante historia del Santo Grial. A los productores les encantó el planteamiento de Teabing, sus investigaciones y sus credenciales, pero les daba miedo que el tema resultara tan chocante y difícil de creer que la reputación de la cadena se viera comprometida. A propuesta de Teabing, la BBC venció sus temores contratando a tres prestigiosos historiadores de distintas partes del mundo para que corroboraran la sorprendente naturaleza del secreto del Santo Grial.

Y Langdon había sido uno de los elegidos.

Para la filmación, le habían llevado hasta la finca de Teabing. Eligieron la opulenta sala de la mansión, y empezó a contar su versión ante las cámaras, admitiendo su escepticismo inicial al tener conocimiento de la historia alternativa del Santo Grial, y describiendo a continuación que años de investigaciones le habían convencido de la verdad de aquella teoría. Finalmente, Langdon acababa exponiendo los resultados de algunas de sus investigaciones, una serie de conexiones simbólicas que avalaban decididamente unas tesis en apariencia controvertidas.

Cuando el programa se emitió en Gran Bretaña, a pesar de la seriedad de sus participantes y de lo bien documentadas que estaban las pruebas, chocó frontalmente con el arraigado pensamiento cristiano popular y despertó al momento una tormenta de hostilidades. En los Estados Unidos no llegó a emitirse, pero sus repercusiones resonaron a través del Atlántico. Poco después, Langdon recibió una postal de un viejo amigo, el obispo católico de Filadelfia. El texto era muy breve. «*Et tu, Robert?*»

—Robert, ¿estás absolutamente seguro de que podemos fiarnos de ese hombre? —le preguntó Sophie.

—Sí. Somos colegas, tiene todo el dinero que quiere y me consta que siente desprecio por las autoridades francesas. El gobierno le cobra unos impuestos desorbitados por haber comprado una casa catalogada como parte del patrimonio histórico. Te aseguro que no tendrá ninguna prisa en cooperar con Fache.

Sophie volvió la cabeza y clavó la mirada en la oscuridad de la noche.

—Si vamos a verle, ¿qué vas a contarle?

Langdon no parecía preocupado.

—Créeme, Leigh Teabing sabe más sobre el Priorato de Sión y el Santo Grial que cualquier otra persona en este mundo.

Sophie lo miró.

—¿Más que mi abuelo?

—Quiero decir más que cualquiera que no pertenezca a la hermandad.

—¿Y cómo sabes que él no pertenece a ella?

—Teabing se ha pasado la vida intentando dar a conocer la verdad sobre el Santo Grial. Y el voto del Priorato es precisamente mantener oculta su verdadera naturaleza.

—Eso suena a conflicto de intereses.

Langdon entendía su reticencia. Saunière le había hecho llegar el criptex directamente a Sophie, y aunque ella no supiera qué era lo que contenía ni qué debía hacer con él, no estaba segura de si implicar a un perfecto desconocido era lo más indicado. Teniendo en cuenta la información potencialmente oculta en él, seguramente su actitud de cautela era sabia.

—No hace falta que le contemos de entrada lo de la clave de bóveda. Tal vez sea mejor incluso no decirle nada sobre el tema. Su casa nos ofrecerá un refugio seguro para escondernos y pensar, y puede que cuando hablemos con él sobre el Grial, empieces a formarte una idea de por qué tu abuelo quiso entregarte esto a ti.

—A nosotros —corrigió Sophie.

Langdon sintió cierto orgullo y volvió a preguntarse por qué Saunière lo habría incluido también a él.

—¿Sabes más o menos dónde vive el señor Teabing?

—Su finca se llama Château Villette.

Sophie se volvió y abrió mucho los ojos, incrédula.

—¿El Château Villette?

—Sí, ése.

—Tienes buenos amigos.

—¿Conoces la finca?

—He pasado por delante. Está en la zona de los castillos. A unos veinte minutos de aquí.

Langdon frunció el ceño.

—¿Tan lejos?

—Sí. Así que te da tiempo de contarme de una vez qué es en realidad el Santo Grial.

Langdon se quedó un instante en silencio.

—Te lo contaré en casa de Teabing. Él y yo nos hemos especializado en diferentes aspectos de la leyenda, así que con la información de los dos podrás conocer toda la historia. —Sonrió—. Además, Teabing ha dedicado su vida entera al Grial y oír la historia de sus labios es como si el propio Einstein te contara la teoría de la relatividad.

—Esperemos que a Leigh no le molesten las visitas a horas intempestivas.

—Por cierto, no es Leigh a secas, es sir Leigh. —Langdon había cometido aquel error sólo una vez—. Teabing es todo un personaje. La reina le nombró sir hace unos años por un completísimo trabajo histórico que realizó sobre la casa de York.

Sophie lo miró.

—Estás de broma, ¿no? ¿Me estás diciendo que vamos a visitar a un caballero?

Langdon esbozó una extraña sonrisa.

—Vamos en busca del Grial, Sophie. ¿Quién mejor que un caballero para ayudarnos?

52

El Château Villette, que ocupaba una extensión de setenta y cuatro hectáreas, estaba situado a veinticinco minutos al noroeste de París, cerca de Versalles. Proyectado por François Mansart en 1668 para el conde de Aufflay, era uno de los castillos históricos más significativos de la región parisina. Dotado de dos lagos rectangulares y de unos jardines diseñados por Le Nôtre, el Château Villette era, como su nombre indicaba, algo más que una mansión. A aquella finca muchos la conocían como la *Petite Versailles*.

Langdon detuvo el furgón blindado a la entrada del camino de acceso, que tenía casi dos kilómetros de extensión. Detrás de una impresionante verja de seguridad, la residencia de sir Leigh Teabing se recortaba sobre un prado en la distancia. Un cartel atornillado a los barrotes dejaba las cosas claras, para quien supiera inglés. PRIVATE PROPERTY. NO TRESPASSING.

Como para proclamar que su hogar era una isla británica, Teabing no sólo había puesto los carteles en su idioma, sino que el intercomunicador estaba colocado a la derecha, es decir, en el lado del copiloto en toda Europa menos en Gran Bretaña.

Sophie miró aquel aparato mal puesto con extrañeza.

—¿Y si alguien viene solo?

—No hagas preguntas. —Langdon ya se había encontrado en aquella situación—. A Teabing le gusta que las cosas sean como en su país.

Sophie bajó la ventanilla.

—Robert, es mejor que hables tú.

Se estiró por encima de Sophie para llamar al timbre y al hacerlo le llegó su perfume y se dio cuenta de lo cerca que estaban. Esperó, en aquella postura algo incómoda, mientras por el altavoz se oían los timbrazos de un teléfono.

Al final alguien descolgó y respondió con tono irritado y acento francés.

—Château Villette. ¿Quién es?

—Robert Langdon —dijo Robert extendido sobre el regazo de Sophie—. Soy amigo de sir Leigh Teabing y necesito su ayuda.

—El señor está durmiendo. Como yo lo estaba hace un momento. ¿Qué es lo que quiere de él?

—Es un asunto privado. De gran interés para él.

—Entonces seguro que estará encantado de recibirle mañana.

Langdon cambió un poco de postura.

—Es muy importante.

—También lo es el sueño de sir Leigh. Si es amigo suyo, sabrá que no goza de buena salud.

Teabing había tenido la polio de pequeño y llevaba hierros en las piernas y andaba con muletas, pero a Langdon, en su anterior visita, le había parecido tan vivaz y alegre que su enfermedad le había pasado casi inadvertida.

—Por favor, dígale que he descubierto nuevos datos sobre el Grial. Noticias que no pueden esperar a mañana.

Se hizo una larga pausa.

Finalmente, alguien habló.

—¡Pero, hombre!, ¿es que aún vas con el horario americano?

La voz era limpia y despejada.

Langdon sonrió, reconociendo al momento aquel marcado acento inglés.

—Leigh, perdona por despertarte a una hora tan intempestiva.

—Mi mayordomo me informa que no sólo estás en París, sino que dices no sé qué del Grial.

—Se me ha ocurrido que tal vez así te sacaría de la cama.

—Pues lo has conseguido, sí.

—¿Hay alguna posibilidad de que le abras la puerta a un viejo amigo?

—Los que buscan la verdad son más que amigos. Son hermanos.

Langdon rió la exageración, acostumbrado a sus salidas teatrales.

—Pues claro que te abriré la puerta —proclamó Teabing—, pero antes debo asegurarme de que en tu corazón anida la verdad. Una prueba de tu honor. Me responderás a tres preguntas.

Langdon gruñó, susurrándole a Sophie.

—Tranquila, ya te he dicho que es todo un personaje.

—Primera pregunta —declamó Teabing con voz de oráculo—. ¿Prefieres té o café?

Langdon sabía qué opinaba sir Leigh sobre el café americano.

—Té —respondió—. Earl Grey.

—Excelente. Segunda pregunta. ¿Leche o azúcar?

Langdon vaciló.

—Leche —le susurró Sophie—. Creo que los ingleses lo toman con leche.

—Leche.

Silencio.

—¿Azúcar?

Teabing seguía sin decir nada.

«¡Un momento!» Langdon se acordó de la bebida amarga que le habían servido en su anterior visita y se dio cuenta de que la pregunta tenía truco.

—¡Limón! —dijo—. Earl Grey con limón.

—Sí, por supuesto. —Teabing parecía estar pasándoselo en grande—. Y finalmente debo hacerte la pregunta más trascendental. —Hizo una pausa antes de proseguir en un tono muy solemne—. ¿En qué año destronó un remero de Harvard a otro de Oxford en Henley?

Langdon no tenía ni idea, pero se le ocurrió que si se lo preguntaba sólo podía ser por algo.

—Seguro que algo tan ridículo no se ha producido jamás.

La verja se abrió con un chasquido.

—Tu corazón está limpio, amigo mío. Puedes entrar.

53

—¡*Monsieur* Vernet! —Al gerente de guardia en el Banco de Depósitos de Zúrich le tranquilizó oír la voz del presidente al otro lado de la línea—. ¿Dónde estaba? La policía se encuentra aquí. ¡Todos le están esperando!

—Tengo un pequeño problema —le dijo con tono de preocupación—. Necesito que me ayude inmediatamente.

«Tiene usted algo más que un pequeño problema», pensó el gerente. Habían rodeado por completo el edificio y amenazaban con hacer venir al capitán de la Policía Judicial en persona con la orden judicial que el banco había exigido.

—¿Cómo puedo ayudarle, señor?

—El furgón blindado número tres. Tengo que encontrarlo.

Desconcertado, el gerente comprobó la tabla de envíos.

—Está aquí. Aparcado abajo, en la zona de carga.

—No. Los dos individuos a los que busca la policía lo han robado.

—¿Qué? ¿Y cómo han podido salir?

—No puedo entrar en detalles por teléfono, pero tenemos un problema que podría acabar siendo muy perjudicial para el banco.

—¿Qué quiere que haga, señor?

—Quiero que active el sistema de localización para emergencias del furgón.

El gerente miró el panel de control que había al otro lado de la habitación. Como muchos vehículos blindados, todos los furgones

del banco disponían de un dispositivo de seguimiento controlado por
radio, que se activaba a distancia desde la entidad. Él personalmente
sólo había tenido que usarlo en una ocasión, tras el secuestro de un
vehículo, y el funcionamiento había sido impecable; había localizado
su paradero y había transmitido automáticamente las coordenadas a
las autoridades. Sin embargo, esa noche, tenía la impresión de que el
presidente esperaba que todo fuera un poco más discreto.

—Señor, supongo que es consciente de que si activo el sistema
de localización, el dispositivo informará simultáneamente a las autoridades de que tenemos un problema.

Vernet se quedó un instante en silencio.

—Sí, ya lo sé. Hágalo de todos modos. El furgón número tres.
No cuelgo. Necesito su localización tan pronto como la tenga.

—Enseguida, señor.

Treinta segundos después, a cuarenta kilómetros de allí, oculto bajo
la carrocería del furgón blindado, un diminuto transmisor empezó a
funcionar.

54

Al enfilar el camino sinuoso y flanqueado por álamos, Sophie notó que los músculos se le relajaban. Qué alivio dejar atrás la carretera, y además, se le ocurrían pocos sitios más adecuados para desaparecer del mapa que aquella finca privada y cerrada, propiedad de un simpático extranjero.

Giraron al llegar a la glorieta de la entrada y el Château Villette apareció ante sus ojos, a su derecha. Con sus tres plantas y sus al menos sesenta metros de longitud, el edificio tenía una fachada de piedra gris envejecida, iluminada por focos, que contrastaba con los jardines impecablemente cuidados y con los plácidos estanques.

Empezaron a encenderse algunas luces.

En vez de llevar el furgón hasta la puerta principal, Langdon aparcó en una especie de cobertizo destinado a tal efecto que había entre unos setos.

—Mejor no arriesgarnos a que nos vean desde la carretera —dijo—. O a que Leigh se pregunte por qué llegamos en un furgón destartalado.

Sophie estaba de acuerdo.

—¿Y qué hacemos con el criptex? Supongo que no deberíamos dejarlo aquí fuera, pero si Leigh lo ve, seguro que querrá saber qué es.

—No te preocupes —le respondió Langdon, que empezó a quitarse la chaqueta mientras se bajaba del furgón. Envolvió con ella la caja y la cogió en brazos como si fuera un bebé.

—Con cuidado —dijo Sophie, insegura.

—Teabing no sale a abrir la puerta. Prefiere hacer una aparición más espectacular. Ya encontraremos un sitio para guardarlo antes de que llegue. —Hizo una pausa, antes de proseguir—. En realidad, tal vez deba advertirte de ello antes de que lo conozcas. Sir Leigh tiene un sentido del humor que a mucha gente le resulta... raro.

Sophie dudaba de que, después de todo lo que le había pasado aquella noche, algo pudiera parecerle raro ya.

El sendero que llevaba hasta la entrada era un mosaico de cantos rodados. Moría junto a una puerta labrada de roble y cerezo con un picaporte de bronce del tamaño de un pomelo. Antes de que Sophie tuviera tiempo de agarrarlo, la puerta se abrió.

Un mayordomo estirado y elegante apareció tras ella, alisándose el esmoquin y ajustándose la pajarita blanca que, por lo que se veía, acababa de ponerse. Parecía tener unos cincuenta años y era de rasgos refinados. Su expresión austera no dejaba lugar a ninguna duda: no le agradaba nada la presencia de los visitantes.

—Sir Leigh bajará enseguida —declaró con marcado acento francés—. Se está vistiendo, y prefiere no recibir en camisola. ¿Me llevo su abrigo? —añadió mirando con la frente arrugada la chaqueta que Langdon llevaba hecha un ovillo entre sus brazos.

—No gracias, estoy bien.

—Claro que está bien. Síganme, por favor.

El mayordomo les guió por un lujoso vestíbulo de mármol hasta una sala decorada con un gusto exquisito y tenuemente iluminada con lámparas victorianas de pantallas rematadas en borlas. El aire olía a antiguo, a aristocrático, a tabaco de pipa, a hojas de té, a jerez mezclado con el aroma húmedo de la piedra. En la pared del fondo, entre dos relucientes armaduras de cota de malla, había una tosca chimenea, lo bastante grande como para asar un buey entero. El mayordomo se acercó a ella, encendió una cerilla y la acercó a unos troncos dispuestos sobre leña menuda. El fuego no tardó en arder.

Se incorporó y se alisó la chaqueta.

—El señor desea que se sienten como en casa —dijo, antes de desaparecer.

Sophie no sabía en cuál de aquellas antigüedades sentarse. ¿En el diván renacentista de terciopelo? ¿En el balancín con patas de águila? ¿En uno de los dos bancos de piedra que parecían sacados de algún templo bizantino?

Langdon sacó el criptex de la chaqueta, se fue hasta el diván y deslizó la caja de palisandro por debajo, metiéndola bien para que no se viera. Acto seguido sacudió la chaqueta y se la puso, pasándose las manos por las solapas. Se sentó en aquella pieza de museo y sonrió a Sophie.

«Bueno, pues en el diván entonces», pensó, sentándose a su lado.

Al contemplar el fuego que ardía en la chimenea y sentir el agradable calor que desprendía, tuvo la sensación de que a su abuelo le habría encantado aquella estancia. De las paredes, forradas de madera, colgaban pinturas de los viejos maestros franceses, y entre ellas reconoció una de Poussin, uno de sus pintores favoritos. Desde la repisa de la chimenea, un busto de Isis tallado en mármol observaba la sala.

Debajo de la diosa egipcia, y dentro del hueco del hogar, dos gárgolas de piedra hacían las veces de morillos y abrían mucho las bocas revelando unas gargantas huecas, amenazadoras. Las gárgolas siempre habían aterrorizado a Sophie cuando era niña. Hasta que su abuelo la había curado de aquel temor llevándola a los tejados de la catedral de Notre Dame un día de tormenta.

—Princesa, mira estas tontas criaturas —le había dicho, señalándole aquellas bocas que chorreaban agua—. ¿Oyes el ruido extraño que sale de sus gargantas?

Sophie asintió, sin más remedio que esbozar una sonrisa ante aquel sonido burbujeante.

—Están «gargoleando» —continuó su abuelo—. ¡Haciendo gárgaras! De ahí es de donde les viene su ridículo nombre.

Y Sophie ya no había vuelto a tenerles miedo nunca más.

Aquel recuerdo le clavó el aguijón de la tristeza al enfrentarla a la cruda realidad de su asesinato. «El abuelo ya no está.» Visualizó el criptex bajo el diván y se preguntó si Leigh Teabing sabría abrirlo. «O si deberíamos planteárselo siquiera.» Las últimas palabras del abuelo de Sophie le habían indicado que se pusiera en contacto con Langdon. Pero de involucrar a nadie más no había dicho nada. «Necesitábamos un sitio donde escondernos», se dijo a sí misma, y decidió confiar en el buen juicio de Robert.

—¡Sir Robert! —atronó una voz a su espalda—. Veo que viajas con una doncella.

Langdon se levantó y Sophie le imitó al momento. La voz provenía de lo alto de una escalera que serpenteaba hacia la penumbra de la segunda planta. Arriba se intuía una silueta que se movía en la penumbra.

—Buenas noches —gritó Langdon—. Permíteme que te presente a Sophie Neveu.

—Es un honor —respondió Teabing, moviéndose hacia la luz.

—Gracias por recibirnos —dijo Sophie, que ahora veía que aquel hombre llevaba hierros en las piernas, usaba muletas y bajaba peldaño a peldaño—. Sabemos que es muy tarde.

—Es tan tarde, querida, que ya es temprano. —Se rió—. *Vous n'êtes pas Américaine?*

Sophie negó con la cabeza.

—*Parisienne.*

—Su inglés es magnífico.

—Gracias. Estudié en el Royal Holloway.

—Eso lo explica todo. —Teabing seguía descendiendo entre sombras—. No sé si Robert le habrá dicho que yo lo hice casi al lado, en Oxford. —Sonrió, dedicando a Langdon una sonrisa burlona—. Claro que también solicité mi ingreso en Harvard, por si acaso.

Su anfitrión llegó al final de la escalera y a Sophie le pareció que tenía tan poco aspecto de caballero como sir Elton John. Corpulento y rubicundo, sir Leigh Teabing era pelirrojo y tenía unos ojos marrones vivaces que le brillaban cuando hablaba. Llevaba unos pantalones de pinzas y una camisa ancha de seda bajo un chaleco de cachemir. A pesar de los hierros de las piernas, tenía un porte digno, erguido, vertical, que parecía más la herencia de su noble alcurnia que el producto de un esfuerzo consciente.

Teabing se acercó por fin a ellos y le tendió la mano a Langdon.

—Robert, veo que has perdido unos kilos.

Langdon sonrió.

—Pues me parece que los has encontrado tú.

Teabing soltó una carcajada y se dio unas palmaditas en la barriga.

—*Touché*. Mis únicos placeres carnales últimamente parecen ser los culinarios. —Se volvió hacia Sophie, le sostuvo la mano, hizo una ligera reverencia y le rozó los dedos con los labios—. *Milady*.

Sophie miró a Langdon desconcertada, sin saber si había retrocedido en el tiempo o si estaba en un manicomio.

El mayordomo que les había abierto la puerta entró con un servicio de té, que dejó en la espléndida mesa que había delante de la chimenea.

—Este es Rémy Legaludec —dijo Teabing—. Mi mayordomo.

El flaco criado levantó la cabeza, envarado, y volvió a desaparecer.

—Rémy es de Lyon —murmuró sir Leigh, como si aquello fuera una desgraciada enfermedad—. Pero prepara muy buenas salsas.

Langdon parecía divertido.

—Yo creía que te traías el servicio de Inglaterra.

—¡No, por Dios! No le deseo a nadie un chef inglés, excepto a los inspectores de Hacienda franceses, claro. —Miró a Sophie—. *Pardonnez-moi, Mademoiselle Neveu*. Tenga por seguro que mi desagrado por los franceses se limita sólo a los políticos y a la selección de fútbol. Su gobierno me roba el dinero, y su equipo nos humilló hace muy poco.

Sophie le sonrió.

Teabing se le quedó mirando un momento, antes de volver a fijarse en Langdon.

—Os ha pasado algo. Parecéis alterados.

Langdon asintió.

—Sí, hemos tenido una noche interesante, Leigh.

—No lo dudo. Llegáis a mi puerta en plena noche hablando del Grial. Dime la verdad, ¿tiene que ver con el Grial, o me lo has dicho porque sabías que era lo único que me sacaría de la cama?

«Un poco de las dos cosas», pensó Sophie, acordándose del criptex que estaba escondido bajo el diván.

—Leigh, queremos hablarte del Priorato de Sión.

Las pobladas cejas de Teabing se arquearon, intrigadas.

—Los custodios. Bueno, entonces sí que tiene que ver con el Grial. ¿Y dices que tenéis información? ¿Algo nuevo, Robert?

—Tal vez. No estamos seguros. Quizá se nos ocurra algo mejor si hablamos primero contigo.

Teabing meneó el índice.

—Estos americanos siempre tan listos. El juego del *quid pro quo*. De acuerdo, estoy a vuestra disposición. ¿Qué es lo que queréis saber?

Langdon suspiró.

—Me gustaría que le explicaras a la señorita Neveu la verdadera naturaleza del Santo Grial.

Teabing parecía sorprendido.

—¿Cómo? ¿No la conoce?

Langdon negó con la cabeza.

La sonrisa que se dibujó en el rostro de sir Leigh era casi obscena.

—Robert, ¿me has traído a una virgen?

Langdon le guiñó un ojo a Sophie.

—«Virgen» es como los apasionados del Grial llaman a quien no ha oído nunca su verdadera historia.

Teabing miró a Sophie impaciente.

—¿Qué es lo que sabe exactamente?

Sophie le expuso brevemente lo que Langdon le había contado esa noche; el Priorato de Sión, los Caballeros Templarios, los documentos del Sangreal, y el Santo Grial, que muchos defendían que no era un cáliz..., sino otra cosa mucho más poderosa.

—¿Y eso es todo? —Teabing le dedicó a Langdon una mirada escandalizada—. Robert, yo creía que eras un caballero. ¡Le has escatimado el clímax!

—Lo sé, me ha parecido que a lo mejor, juntos, tú y yo, podríamos... —Por lo visto, le pareció que aquel símil ya había llegado demasiado lejos y se detuvo.

Teabing ya había vuelto a clavar en Sophie su penetrante mirada.

—Es usted una virgen del Grial, querida, y créame, no olvidará nunca su primera vez.

55

Sentada en el diván, junto a Langdon, Sophie se tomó el té y una galleta, y notó los efectos reparadores de la cafeína y el azúcar. Sir Leigh
Teabing parecía estar feliz mientras caminaba de un lado a otro, frente a la chimenea, produciendo un chirrido metálico con los hierros
que llevaba en las piernas.

—El Santo Grial —dijo con voz de sermón—. La mayoría de la
gente sólo quiere saber dónde se encuentra. Y me temo que ésa sea
una pregunta que no llegaré a responder nunca. Sin embargo —añadió mirando a Sophie a los ojos—, es mucho más importante preguntarse qué es el Santo Grial.

Sophie detectaba en sus dos acompañantes masculinos un aire
creciente de expectación académica.

—Para comprender plenamente el Grial —prosiguió Teabing—,
debemos primero entender la Biblia. ¿Cómo anda de conocimientos
sobre el Nuevo Testamento?

Sophie se encogió de hombros.

—Pues muy mal. Mi educación se debe a un hombre que adora-
ba a Leonardo Da Vinci.

A Teabing, aquel comentario le sorprendió y le gustó a partes
iguales.

—Un espíritu iluminado. ¡Magnífico! Entonces sabrá que Leonardo fue uno de los guardianes del secreto del Santo Grial. Y que en
sus obras nos dejó algunas pistas.

—Sí, Robert me lo ha contado.

—¿Y qué sabe usted de los puntos de vista de Leonardo sobre el
Nuevo Testamento?

—Nada.

A Teabing se le iluminaron los ojos cuando se acercó a la librería
que había en el otro lado de la sala.

—Robert, ¿serías tan amable? En el estante de abajo. *La Storia di*
Leonardo.

Langdon se fue hasta la librería, cogió el libro y lo dejó en la
mesa. Teabing lo abrió, mostrándoselo a Sophie, y le señaló algunas
de las citas de la solapa.

—«De las polémicas y las especulaciones de los cuadernos de
Leonardo» —leyó sir Leigh—. Creo que este punto le resultará interesante para lo que estamos hablando.

Sophie leyó lo que seguía.

«Muchos han comerciado con ilusiones
Y falsos milagros, engañando a la estúpida multitud.»
LEONARDO DA VINCI

—Y aquí tiene otra —insistió Teabing señalando la solapa.

«La cegadora ignorancia nos confunde.
¡Oh, miserables mortales, abrid los ojos!»
LEONARDO DA VINCI

Sophie sintió un ligero escalofrío.

—¿Leonardo Da Vinci se refiere a la Biblia?

Teabing asintió.

—Las opiniones de Leonardo sobre la Biblia están en relación
directa con el Santo Grial. En realidad, él pintó el verdadero Grial,
que le voy a enseñar enseguida, pero primero debemos hablar de
la Biblia. —Sonrió—. Todo lo que le hace falta saber sobre ese libro
puede resumirse con las palabras del gran doctor en derecho canóni-
co Martyn Percy. —Teabing carraspeó antes de proseguir—. «La Biblia no nos llegó impuesta desde el cielo.»

—¿Cómo dice?

—La Biblia es un producto del hombre, querida. No de Dios. La Biblia no nos cayó de las nubes. Fue el hombre quien la creó para dejar constancia histórica de unos tiempos tumultuosos, y ha evolucionado a partir de innumerables traducciones, adiciones y revisiones. La historia no ha contado nunca con una versión definitiva del libro.

—Le sigo.

—Jesús fue una figura histórica de inmensa influencia, tal vez el líder más enigmático e inspirador que ha tenido nunca la humanidad. En tanto que encarnación mesiánica de las profecías, Jesús derrocó a reyes, inspiró a millones de personas y fundó nuevas filosofías. Como descendiente de las familias del rey Salomón y del rey David, Jesús estaba legitimado para reclamar el trono del monarca de los judíos. Es comprensible que miles de seguidores de su tierra quisieran dejar constancia escrita de su vida. —Teabing se detuvo para darle un sorbo al té y dejó la taza en la repisa de la chimenea—. Para la elaboración del Nuevo Testamento se tuvieron en cuenta más de ochenta evangelios, pero sólo unos pocos acabaron incluyéndose, entre los que estaban los de Mateo, Marcos, Lucas y Juan.

—¿Y quién escogió cuáles debían incluirse? —preguntó Sophie.

—¡Ajá! —exclamó Teabing con entusiasmo—. Ya hemos llegado a la ironía básica del cristianismo. La Biblia, tal como la conocemos en nuestros días, fue supervisada por el emperador romano Constantino el Grande, que era pagano.

—Yo creía que Constantino era cristiano —intervino Sophie.

—Sólo un poquito —soltó Teabing burlón—. Fue pagano toda su vida y le bautizaron en su lecho de muerte, cuando ya estaba demasiado débil como para oponerse. En tiempos de Constantino, la religión oficial de Roma era el culto al *Sol Invictus*, el Sol invencible, y Constantino era el sumo sacerdote. Por desgracia para él, en Roma había cada vez más tensiones religiosas. Tres siglos después de la crucifixión de Jesús, sus seguidores se habían multiplicado de manera exponencial. Los cristianos y los paganos habían empezado a guerrear, y el conflicto llegó a tal extremo que amenazaba con partir el imperio en dos. Constantino decidió que había que hacer algo. En el año trescientos veinticinco decidió unificar Roma bajo una sola religión: el cristianismo.

Sophie le miró sorprendida.

—¿Y por qué tenía que escoger un emperador pagano el cristia- •
nismo como religión oficial?

Teabing dejó escapar una risita.

—Constantino era muy buen empresario. Veía que el cristianis- •
mo estaba en expansión y, simplemente, apostó por un caballo gana-
dor. Los historiadores siguen maravillándose de su capacidad para
convertir a la nueva religión a unos paganos adoradores del Sol. Con •
la incorporación de símbolos paganos, fechas y rituales a la creciente
tradición cristiana, creó una especie de religión híbrida que pudiera
ser aceptada por las dos partes.

—Transformación mágica —dijo Langdon—. Los vestigios de la
religión pagana en la simbología cristiana son innegables. Los discos •
solares de los egipcios se convirtieron en las coronillas de los santos
católicos. Los pictogramas de Isis amamantando a su hijo Horus, •
concebido de manera milagrosa, fueron el modelo de nuestras modernas imágenes de la Virgen María amamantando al niño Jesús. Y
prácticamente todos los elementos del ritual católico, la mitra, el al- •
tar, la doxología y la comunión, el acto de «comerse a Dios», se tomaron de ritos mistéricos de anteriores religiones paganas.

Teabing emitió un gruñido en señal de aprobación.

—Los simbologistas no acabarían nunca de estudiar la iconografía cristiana. Nada en el cristianismo es original. El dios precristiano •
Mitras, llamado «Hijo de Dios y Luz del Mundo», nació el veinticinco
de diciembre, fue enterrado en una tumba excavada en la roca y resu-
citó al tercer día. Por cierto, el veinticinco de diciembre también es •
el cumpleaños de Osiris, de Adonis y de Dionisos. Al recién nacido
Krishna le regalaron oro, incienso y mirra. Hasta el semanal día del Se- •
ñor de los cristianos es una idea que tomaron prestada de los paganos.

—¿Cómo es eso?

—Originalmente —apuntó Langdon—, los cristianos respeta- •
ban el *sabath* de los judíos, el sábado, pero Constantino lo modificó
para que coincidiera con el día de veneración pagana al Sol. —Se detuvo un instante, sonriendo—. Hasta nuestros días, la mayoría de feligreses acude a la iglesia los domingos sin saber que están allí para
rendir su tributo semanal al dios pagano del Sol.

A Sophie la cabeza empezaba a darle vueltas.

—¿Y qué tiene que ver todo esto con el Grial?

—Mucho —dijo Teabing—. Durante esa fusión de religiones, a Constantino le hacía falta fortalecer la nueva tradición cristiana, y ordenó la celebración del famoso concilio ecuménico de Nicea.

Sophie sólo había oído hablar de él como lugar de nacimiento del credo niceno.

—Durante ese encuentro —prosiguió Teabing—, se debatió y votó sobre muchos aspectos del cristianismo, la fecha de la Pascua, el papel de los obispos, la administración de los sacramentos y, por supuesto, la divinidad de Jesús.

—No lo entiendo. ¿Su divinidad?

—Querida —declaró sir Leigh—, hasta ese momento de la historia, Jesús era, para sus seguidores, un profeta mortal... un hombre grande y poderoso, pero un hombre, un ser mortal.

—¿No el Hijo de Dios?

—Exacto. El hecho de que Jesús pasara a considerarse «el Hijo de Dios» se propuso y se votó en el Concilio de Nicea.

—Un momento. ¿Me está diciendo que la divinidad de Jesús fue el resultado de una votación?

—Y de una votación muy ajustada, por cierto —añadió Teabing—. Con todo, establecer la divinidad de Cristo era fundamental para la posterior unificación del imperio y para el establecimiento de la nueva base del poder en el Vaticano. Al proclamar oficialmente a Jesús como Hijo de Dios, Constantino lo convirtió en una divinidad que existía más allá del alcance del mundo humano, en una entidad cuyo poder era incuestionable. Así no sólo se sofocaban posibles amenazas paganas al cristianismo, sino que ahora los seguidores de Cristo sólo podían redimirse a través de un canal sagrado bien establecido: la Iglesia católica apostólica y romana.

Sophie miró a Langdon, que movió ligeramente la cabeza en señal de asentimiento.

—En el fondo era todo una cuestión de poder —añadió Teabing—. Que Cristo fuera el Mesías era fundamental para el funcionamiento de la Iglesia y el Estado. Son muchos los estudiosos convencidos de que la Iglesia primitiva usurpó literalmente a Jesús de sus seguidores, secuestrando Su verdadero mensaje, cubriéndolo con el manto impenetrable de la divinidad y usándolo para expandir su propio poder. Yo mismo he escrito varios libros sobre el tema.

—Y supongo que los cristianos más recalcitrantes no habrán dejado de enviarle mensajes diarios de protesta.

—¿Por qué tendrían que hacerlo? —objetó Teabing—. La gran mayoría de los cristianos con formación conoce la historia de su fe. Jesús fue sin duda un hombre muy grande y poderoso. Las maniobras políticas soterradas de Constantino no empequeñecen la grandeza de la vida de Cristo. Nadie dice que fuera un fraude ni niega que haya inspirado a millones de personas para que vivan una vida mejor. Lo único que decimos es que Constantino se aprovechó de la gran influencia e importancia de Jesús y que, al hacerlo, le dio forma al cristianismo, convirtiéndolo en lo que es hoy.

Sophie le echó un vistazo al libro que estaba sobre la mesa, impaciente por ver la pintura de Leonardo Da Vinci en la que aparecía el Santo Grial.

—Pero la cuestión es la siguiente —prosiguió Teabing hablando más deprisa—. Como Constantino «subió de categoría» a Jesús cuatro siglos después de su muerte, ya existían miles de crónicas sobre Su vida en las que se le consideraba un hombre, un ser mortal. Para poder reescribir los libros de historia, Constantino sabía que tenía que dar un golpe de audacia. Y ése es el momento más trascendental de la historia de la Cristiandad. —Hizo una pausa y miró a Sophie a los ojos—. Constantino encargó y financió la redacción de una nueva Biblia que omitiera los evangelios en los que se hablara de los rasgos «humanos» de Cristo y que exagerara los que lo acercaban a la divinidad. Y los evangelios anteriores fueron prohibidos y quemados.

—Un inciso interesante —dijo Langdon—. Todo el que prefería los evangelios prohibidos y rechazaba los de Constantino era tachado de hereje. La palabra «herético» con el sentido que conocemos hoy, viene de ese momento de la historia. En latín, *hereticus* significa «opción». Los que optaron por la historia original de Cristo fueron los primeros «herejes» que hubo en el mundo.

—Por suerte para los historiadores —prosiguió Teabing—, algunos de los evangelios que Constantino pretendió erradicar se salvaron. Los manuscritos del Mar Muerto se encontraron en la década de mil novecientos cincuenta en una cueva cercana a Qumrán, en el desierto de Judea. Y también están, claro está, los manuscritos coptos hallados en Nag Hammadi en mil novecientos cuarenta y cinco. Además de contar la verdadera historia del Grial, esos documentos hablan del ministerio de Cristo en términos muy humanos. Evidentemente, el Vaticano, fiel a su tradición oscurantista, intentó por todos los medios evitar la divulgación de esos textos. Y con razón, porque con ellos quedaban al descubierto contradicciones y se confirmaba que la Biblia moderna había sido compilada y editada por hombres que tenían motivaciones políticas; proclamar la divinidad de un hombre, Jesucristo, y usar la influencia de Jesús para fortalecer su poder.

—Aun así —expuso Langdon—, es importante tener en cuenta que los intentos de la Iglesia moderna para acallar esos documentos nacen de una creencia sincera en su visión de Cristo. El Vaticano está integrado por unos hombres muy píos que creen de buena fe que esos documentos sólo pueden ser falsos testimonios.

Teabing soltó una carcajada y se sentó en una butaca, frente a Sophie.

—Como ve, nuestro profesor transige mucho más con Roma que yo. Sin embargo, tiene razón cuando dice que el clero moderno está convencido de que esos documentos son falsos testimonios. Y es comprensible. La Biblia de Constantino ha sido su verdad durante siglos. Nadie está más adoctrinado que el propio adoctrinador.

—Lo que quiere decir —aclaró Langdon— es que adoramos a los dioses de nuestros padres.

—Lo que quiero decir —cortó Teabing— es que casi todo lo que nuestros padres nos han enseñado sobre Jesús es falso. Igual que las historias sobre el Santo Grial.

Sophie se fijó en la cita de Leonardo que tenía delante.

«La cegadora ignorancia nos confunde. ¡Oh, miserables mortales, abrid los ojos!»

Teabing cogió el libro y empezó a pasar páginas.

—Y antes de pasar a enseñarle las pinturas de Leonardo Da Vinci en las que aparece el Santo Grial, me gustaría que le echara un vistazo a esto. —Abrió el libro por donde se mostraba una reproducción a dos páginas—. Supongo que reconoce este fresco.

«Debe de estar de broma.» Sophie estaba contemplando el fresco más famoso de todos los tiempos, *La última cena*, la legendaria pintura que Leonardo había hecho en una pared de Santa Maria delle Grazie, en Milán. La deteriorada obra mostraba a Jesús en el momento en que anunciaba a sus discípulos que uno de ellos lo traicionaría.

—Lo conozco, sí.

—Entonces tal vez quiera participar en un pequeño juego. Cierre los ojos, si es tan amable.

Insegura, le obedeció.

—¿Dónde está sentado Jesús? —le preguntó Teabing.

—En el centro.

—Bien. ¿Y qué están partiendo y comiendo él y sus discípulos?

—Pan. «Evidentemente.»

—Fantástico. ¿Y qué beben?

—Vino. Bebían vino.

—Muy bien. Sólo una pregunta más. ¿Cuántas copas de vino hay sobre la mesa?

Sophie se quedó en silencio, consciente de que esa era la pregunta con trampa. «Y dando gracias tomó el cáliz y lo compartió con sus discípulos.»

—Una —dijo. «La copa de Cristo. El Santo Grial.»—. Jesús les pasó un solo cáliz, igual que hacen hoy en día los cristianos durante la comunión.

Teabing suspiró.

—Abra los ojos.

Sophie obedeció y vio que Teabing sonreía burlón. Miró la pintura y para su asombro vio que todos tenían una copa delante, incluido Jesús. Trece copas. Es más, las copas eran en realidad unos vasos de vidrio muy pequeños, sin pie. En aquel fresco no había cáliz. No había Santo Grial.

A Teabing le brillaban los ojos.

—Un poco raro, ¿no le parece?, teniendo en cuenta que tanto la Biblia como la leyenda establecida sobre el Grial consideran que ese momento es el de la entrada en escena del Cáliz Sagrado. Y resulta que a Leonardo va y se le olvida pintarlo.

—Seguro que los estudiosos del arte tienen que haberse dado cuenta.

—Le sorprendería saber la gran cantidad de anomalías que Leonardo incluyó en esta obra y que los estudiosos o bien no ven o sencillamente prefieren pasar por alto. En realidad, en este fresco se encuentran todas las claves para entender el misterio del Santo Grial. En *La última cena* Leonardo lo aclara todo.

Sophie se puso a estudiar aquella reproducción con avidez.

—¿Este fresco nos dice lo que es el Grial en realidad?

—No lo que es —susurró Teabing—. Más bien quién es. El Santo Grial no es una cosa. En realidad es... una persona.

56

Sophie se quedó mirando a Teabing un buen rato antes de volverse hacia Langdon.

—¿El Santo Grial es una persona?

Langdon asintió.

—Una mujer, de hecho.

A juzgar por la expresión de Sophie, se daba cuenta de que no entendía nada. Recordaba que su reacción, la primera vez que oyó aquello, había sido similar. Hasta que entendió la simbología que había tras el Grial, la conexión femenina no se le hizo clara.

Teabing, al parecer, estaba pensando en lo mismo.

—Robert, tal vez éste sea el momento de que el experto en simbología intervenga, ¿no te parece? —Se acercó a un pequeño escritorio, sacó una hoja de papel y la puso frente a Langdon.

Éste se sacó una pluma del bolsillo.

—Sophie, ¿te suenan los símbolos modernos para expresar lo masculino y lo femenino? Dibujó el masculino ♂ y el femenino ♀.

—Claro.

—Pues no son los originales —añadió sin inmutarse—. Mucha gente da por sentado, erróneamente, que el símbolo masculino nace de la combinación de un escudo y una lanza, y que el femenino representa un espejo que refleja la belleza. Pero en realidad, su origen es muy antiguo y se remonta a los símbolos astronómicos del dios-planeta Marte y de la diosa-planeta Venus. Los símbolos originales eran mucho más simples. Langdon trazó otro icono en el papel.

—Éste es el símbolo original para lo masculino —le dijo—. Un falo esquemático.

—Bastante explícito —comentó Sophie.

—Así es —añadió Teabing.

Langdon prosiguió.

—Este icono se conoce normalmente como «la espada», y representa la agresión y la masculinidad. En realidad, este mismo símbolo fálico sigue empleándose hoy en día en los uniformes militares para denotar rango.

—Cierto —intervino Teabing con una sonrisa de oreja a oreja—. Cuantos más penes tienes, más alto es tu rango. Los chicos no cambiarán nunca.

Langdon hizo una mueca.

—Sigamos. El símbolo femenino, como ya imaginarás, es exactamente el contrario. —Dibujó otro icono en la hoja de papel—. Se le conoce como «el cáliz».

Sophie levantó la vista y le miró, sorprendida.

Langdon se dio cuenta de que había llegado a la conclusión.

—El cáliz —dijo—, se parece a una copa o a un recipiente y, lo que es más importante, a la forma del vientre femenino. Este símbolo expresa feminidad y fertilidad. —Langdon la miró fijamente—. Sophie, la leyenda dice que el Santo Grial es un cáliz, una copa. Pero su descripción como cáliz es en realidad una alegoría para proteger la verdadera naturaleza del Santo Grial. Lo que quiero decir es que la leyenda usa el cáliz como metáfora de algo mucho más importante.

—De una mujer —dijo Sophie.

—Exacto. —Langdon sonrió—. El Grial es, literalmente, el símbolo antiguo de la feminidad, y el Santo Grial representa la divinidad femenina y la diosa, que por supuesto se ha perdido, suprimida de raíz por la Iglesia. El poder de la mujer y su capacidad para engendrar vida fueron en otro tiempo algo muy sagrado, pero suponían una amenaza para el ascenso de una Iglesia predominantemente masculina, por lo que la divinidad femenina empezó a demonizarse y a considerarse impura. Fue el hombre, y no Dios, quien creó el concepto de pecado original, por el que Eva probaba la manzana y provocaba la caída de la humanidad. La mujer, antes sagrada y engendradora de vida, se convertía así en el enemigo.

—Debería añadir —intervino Teabing con voz cantarina— que este concepto de mujer como dadora de vida fue el origen de la religión antigua. El alumbramiento era algo místico y poderoso. Por desgracia, la filosofía cristiana decidió tergiversar el poder creativo de la mujer desentendiéndose la verdad biológica y haciendo que el Creador fuera el hombre. En el Génesis se nos explica que Eva fue creada a partir de una costilla de Adán. La mujer se convirtió así en un apéndice del hombre. Y, además, en un apéndice pecador. El Génesis es el principio del fin de la diosa.

—El Grial —prosiguió Langdon— simboliza a la diosa perdida. Cuando apareció el cristianismo, las antiguas religiones paganas no desaparecieron de la noche a la mañana. Las leyendas de las búsquedas caballerescas del Grial perdido eran en realidad historias que explicaban las hazañas para recuperar la divinidad femenina. Los caballeros que decían ir en busca del «cáliz», hablaban en clave para protegerse de una Iglesia que había subyugado a las mujeres, prohibido a la diosa, quemado a los no creyentes y censurado el culto pagano a la divinidad femenina.

Sophie negó con la cabeza.

—Lo siento, cuando has dicho que el Santo Grial es una persona, me ha parecido que te referías a una persona de carne y hueso.

—Es que lo es —dijo Langdon.

—Y no una persona cualquiera —exclamó Teabing, poniéndose de pie, emocionado—. Una mujer que llevaba consigo un secreto tan poderoso que, de haber sido revelado, habría amenazado con devastar los mismos cimientos del cristianismo.

Sophie parecía algo desbordada.

—¿Y es una mujer conocida en la historia?

—Ya lo creo. —Teabing cogió las muletas y se dirigió al vestíbulo—. Si me acompañan a mi estudio, queridos, tendré el honor de mostrarles la pintura que Leonardo Da Vinci hizo de ella.

Dos habitaciones más allá, en la cocina, el mayordomo Rémy Legaludec estaba inmóvil frente al televisor. La cadena de noticias mostraba las fotos de un hombre y una mujer... los mismos a los que acababa de servir el té.

57

Montando guardia en el puesto de control que habían instalado junto al Banco de Depósitos de Zúrich, el teniente Collet se preguntaba por qué Fache tardaba tanto en conseguir la orden de registro. Estaba claro que el personal de la entidad ocultaba algo. Aseguraban que Langdon y Neveu habían llegado hacía un rato y que no les habían dejado entrar porque no tenían la documentación que los identificaba como titulares de una cuenta.

«Entonces, ¿por qué no nos dejan echar un vistazo?»

Finalmente, el teléfono móvil de Collet sonó. Le llamaban del puesto de mando instalado en el Louvre.

—¿Ya tenemos la orden de registro? —preguntó Collet.

—Olvídese del banco, teniente —le respondió el agente—. Acabamos de recibir un chivatazo. Sabemos dónde se esconden.

Collet se apoyó en el capó del coche.

—No puede ser.

—Tengo una dirección en las afueras. Cerca de Versalles.

—¿Lo sabe el capitán Fache?

—Aún no. Está atendiendo otra llamada importante.

—Salgo para allá. Dígale que me llame en cuanto pueda.

Anotó la dirección y se montó en el coche. Mientras se alejaba del banco, cayó en la cuenta de que se le había olvidado preguntar quién les había dado el chivatazo. No es que importara. Collet tenía por fin otra ocasión de compensar su escepticismo y sus anteriores meteduras de pata. Estaba a punto de efectuar la detención más importante de su carrera.

Envió un mensaje por radio a los cinco coches patrulla que le acompañaban.

—Nada de sirenas. Langdon no puede enterarse de que vamos a por él.

A cuarenta kilómetros de allí, un Audi negro dejó una carretera rural y se detuvo en la penumbra, al borde de un campo. Silas se bajó y miró a través de los barrotes de la verja que rodeaba el gran terreno que se extendía ante él. Encajada en la ladera bañada por la luna, adivinó la silueta del castillo.

Las luces de la planta baja estaban encendidas.

«Qué raro, a estas horas —pensó Silas sonriendo. La información que le había pasado El Maestro era correcta, seguro—. No pienso salir de aquí sin la clave —se juró a sí mismo—. No pienso fallarle al obispo ni a El Maestro.»

Verificó el cargador de su pistola, la metió entre los barrotes y la dejó caer del otro lado, sobre la hierba mullida de la finca. Luego, escaló la verja, y pasó al otro lado, dejándose caer. Soportando estoicamente el latigazo de dolor del cilicio, recogió el arma y emprendió el largo camino colina arriba.

58

El «estudio» de Teabing no se parecía a ningún otro que Sophie hubiera visto. Seis o siete veces mayor que cualquier lujoso despacho profesional, el *cabinet de travail* de aquel caballero parecía un híbrido entre el laboratorio de un científico, la zona de archivos de una biblioteca y un mercadillo cerrado. Iluminado por tres lámparas de araña, el vasto suelo embaldosado estaba salpicado aquí y allá de mesas de trabajo ocultas tras montañas de libros, objetos artísticos, artefactos y una sorprendente variedad de aparatos electrónicos: ordenadores, proyectores, microscopios, fotocopiadoras y escáneres.

—Esto antes era el salón de baile —dijo Teabing con cara de pena mientras entraba en aquella estancia—. No tengo muchas ocasiones de bailar.

Sophie sentía que toda aquella noche se había convertido en una especie de dimensión desconocida en la que nada era lo que esperaba que fuera.

—¿Y todo esto es para su trabajo?

—La búsqueda de la verdad se ha convertido en el amor de mi vida —dijo Teabing—. Y el Sangreal en mi amante favorita.

«El Santo Grial es una mujer», pensó Sophie con un mosaico de ideas mezcladas en la mente que parecían no tener sentido.

—Y dice que tiene un retrato de la mujer que, según asegura, es en realidad el Santo Grial.

—Sí, pero no es que lo asegure yo. Cristo en persona lo afirmó.

—¿En cuál de los cuadros está? —preguntó Sophie recorriendo las paredes con la mirada.

—Mmm... —Sir Leigh hizo como que no se acordaba—. El Santo Grial. El Sangreal, el Cáliz. —Se volvió bruscamente y apuntó a la pared del fondo. Sobre él colgaba una reproducción de dos metros de *La última cena*, la misma imagen que acababa de ver en el salón—. Ahí está.

Sophie estaba segura de que se había perdido algo.

—Pero si es la misma obra que acaba de enseñarme.

Teabing le guiñó un ojo.

—Ya lo sé, pero la ampliación es mucho más interesante, ¿no cree?

Sophie se volvió para mirar a Langdon.

—Me he perdido.

Langdon sonrió.

—Resulta que sí, que después de todo el Santo Grial sí aparece en *La última cena*. Leonardo le reservó un espacio prominente.

—Un momento —interrumpió Sophie—. Me acabáis de decir que el Santo Grial es una mujer. Y en *La última cena* aparecen trece hombres.

—¿Seguro? —dijo Teabing arqueando las cejas—. Fíjese bien.

Titubeante, Sophie se acercó más a la pintura y miró con detalle las trece figuras, Jesús en el medio, seis discípulos a la izquierda y seis a la derecha.

—Todos son hombres —dijo al fin.

—¿Ah, sí? ¿Y qué me dice del que está sentado en el puesto de honor, a la derecha del Señor?

Sophie se fijó en aquella figura, observándola con detenimiento. Al estudiar el rostro y el cuerpo, le recorrió una oleada de desconcierto. Aquella persona tenía una larga cabellera pelirroja, unas delicadas manos entrelazadas y la curva de unos senos. Era, sin duda... una mujer.

—¡Es una mujer! —exclamó.

Teabing se reía.

—Sorpresa, sorpresa. Créame, no es un error. Leonardo sabía pintar muy bien y diferenciaba perfectamente entre hombres y mujeres.

Sophie no podía apartar la vista de aquella mujer sentada junto a Cristo. «En la última cena se supone que había trece hombres. ¿Quién es entonces esa mujer?» Aunque había visto muchas veces aquella pintura, nunca le había llamado la atención aquella evidente disonancia.

—Nadie se fija —dijo Teabing—. Nuestras ideas preconcebidas de esta escena son tan fuertes que nos vendan los ojos y nuestra mente suprime la incongruencia.

—Es un fenómeno conocido como escotoma —añadió Langdon—. El cerebro lo hace a veces con símbolos poderosos.

—Otra razón por la que tal vez se le ha pasado por alto esta mujer —comentó sir Leigh— es que muchas de las fotografías que aparecen en los libros de texto se tomaron antes de mil novecientos cincuenta y cuatro, cuando aún había muchos detalles ocultos tras capas de suciedad y de pintura procedente de restauraciones de dudosa calidad, realizadas por manos torpes en el siglo XVIII. Ahora, por fin, el fresco ha vuelto a verse como lo pintó Leonardo, y se ha dejado sólo la capa de pintura que él empleó. *Et voilà!*

Sophie se acercó más a la imagen. La mujer a la derecha de Jesús era joven y de aspecto puro, con un rostro discreto, un hermoso pelo rojizo y las manos entrelazadas con gesto sereno. «¿Y ésta es la mujer capaz de destruir ella sola la Iglesia?»

—¿Y quién es? —preguntó.

—Ésa, querida, es María Magdalena.

—¿La prostituta?

A Teabing se le cortó la respiración, como si aquella palabra le hubiera insultado personalmente.

—Magdalena no era eso que dice. Esa desgraciada idea errónea es el legado de una campaña de desprestigio lanzada por la Iglesia en su primera época. Le hacía falta difamar a María Magdalena para poder ocultar su peligroso secreto: su papel como Santo Grial.

—¿Su papel?

—Como he dicho —aclaró Teabing—, la Iglesia primitiva necesitaba convencer al mundo de que Jesús, el profeta mortal, era un ser divino. Por tanto, todos los evangelios que describieran los aspectos «terrenales» de su vida debían omitirse en la Biblia. Por desgracia para aquellos primeros compiladores, había un aspecto «terrenal» especialmente recurrente en los evangelios: María Magdalena. —Hizo una pausa—. Y, más concretamente, su matrimonio con Jesús.

—¿Cómo dice? —Sophie miró un instante a Langdon.

—Está documentado históricamente. Y no hay duda de que Leonardo tenía conocimiento de ello. En *La última cena* prácticamente le está gritando al mundo que Jesús y Magdalena son pareja.

Sophie volvió a concentrarse en la reproducción del fresco.

—Fíjese en que uno va vestido casi como reflejo perfecto del otro. —Teabing le señaló a las dos figuras del centro de la obra.

Sophie estaba fascinada. Sí. Las ropas tenían los colores invertidos. Jesús llevaba la túnica roja y la capa azul, mientras María Magdalena llevaba una túnica azul y una capa roja. «El Yin y el Yang.»

—Y si vamos ya a matices más sutiles —añadió Teabing—, vea que Jesús y su esposa aparecen unidos por la cadera e inclinados en direcciones opuestas, como si quisieran crear claramente un espacio negativo entre ellos.

Incluso antes de que sir Leigh dibujara aquel contorno con el dedo sobre la pintura, Sophie la vio, la inequívoca forma $\vee$ en el punto focal de la obra. Era el mismo símbolo que Langdon le había dibujado antes como expresión del Grial, del cáliz y del vientre femenino.

—Finalmente —prosiguió Teabing—, si ve a Jesús y a Magdalena como elementos de la composición más que como personas, verá que aparece otra figura bastante obvia. —Hizo una pausa—. Una letra del abecedario.

Sophie la vio al momento. En realidad, de pronto era como si ya no viera nada más. Ahí, destacada en el centro de la pintura, surgía el trazo de una enorme y perfecta letra *M*.

—Demasiada coincidencia, ¿no le parece? —preguntó Teabing.

Sophie estaba maravillada.

—¿Y qué hace ahí?

Sir Leigh se encogió de hombros.

—Los teóricos de las conspiraciones dicen que es la *M* de matrimonio o de María Magdalena, pero para serle sincero, nadie lo sabe a ciencia cierta. Hay innumerables obras relacionadas con el Santo Grial que contienen esa misma letra oculta de un modo u otro, ya sea en filigranas, en pinturas ocultas debajo de otras o en alusiones compositivas. La más descarada, claro, es la que hay grabada en el altar de Nuestra Señora de París, en Londres, diseñada por un anterior Gran Maestre del Priorato de Sión, Jean Cocteau.

Sophie sopesó la información.

—Reconozco que lo de la *M* oculta es intrigante, pero supongo que nadie lo pone como prueba de que Jesús y María Magdalena estaban casados.

—No, no —respondió Teabing acercándose a una mesa llena de libros—. Como ya le he dicho antes, ese matrimonio está documentado en la historia. —Empezó a rebuscar entre los volúmenes—. Es más, que Jesús fuera un hombre casado es mucho más lógico. Lo que es raro es la visión bíblica que tenemos de él como soltero.

—¿Por qué? —preguntó Sophie.

—Porque Jesús era judío —dijo Langdon, adelantándose a Teabing, que seguía sin encontrar el libro que buscaba—, y las pautas sociales durante aquella época prácticamente prohibían que un hombre judío fuera soltero. Según la tradición hebrea, el celibato era censurable y era responsabilidad del padre buscarle una esposa adecuada a sus hijos. Si Jesús no hubiera estado casado, al menos alguno de los evangelios lo habría mencionado o habría ofrecido alguna explicación a aquella soltería excepcional.

Teabing dio finalmente con un ejemplar enorme. Tenía las cubiertas de piel y era de gran tamaño, como uno de esos grandes atlas. En la tapa se leía el título: *Los Evangelios Gnósticos*. Lo abrió y Langdon y Sophie se acercaron a él para verlo mejor. Sophie veía que contenía fotografías de lo que parecían ser pasajes ampliados de documentos antiguos, papiros deteriorados con textos manuscritos. No reconocía la lengua en que estaban escritos, pero en las páginas de la izquierda estaban impresas las traducciones.

—Son las copias de los rollos de Nag Hammadi y del Mar Muerto de los que hablaba antes. Los primeros documentos del cristianismo. Curiosamente, no coinciden con los evangelios de la Biblia. —Fue pasando hojas y, más o menos hacia la mitad del libro, señaló un párrafo—. El evangelio de Felipe es siempre un buen punto de arranque.

Sophie lo leyó:

> *Y la compañera del Salvador es María Magdalena. Cristo la amaba más que a todos sus discípulos y solía besarla en la boca. El resto de discípulos se mostraban ofendidos por ellos y le expresaban su desaprobación. Le decían: «¿Por qué la amas más que a todos nosotros?»*

Aquellas palabras sorprendieron a Sophie, pero aun así no le parecieron concluyentes.

—Aquí no dice nada de que estuvieran casados.

—*Au contraire* —discrepó Teabing, sonriendo y señalándole la primera línea—. Como le diría cualquier estudioso del arameo, la palabra «compañera», en esa época, significaba literalmente «esposa».

Langdon hizo un gesto con la cabeza en señal de asentimiento.

Sophie volvió a leer aquella primera línea. «Y la compañera del Salvador es María Magdalena.»

Teabing pasó más páginas y le señaló otros párrafos en los que, para sorpresa de Sophie, se daba a entender de manera clara que Magdalena y Jesús mantenían una relación sentimental. Mientras los leía, recordó a un airado sacerdote que en una ocasión había aparecido en casa de su abuelo y se había puesto a aporrear la puerta.

—¿Vive aquí Jacques Saunière? —le había preguntado, mirándola desde las alturas cuando le abrió la puerta—. Quiero hablar con él sobre el artículo que ha escrito. —El sacerdote blandía un periódico.

Sophie fue a buscar a su abuelo y los dos hombres desaparecieron tras la puerta del estudio. «¿Mi abuelo ha escrito algo en el periódico?» Sophie se fue corriendo a la cocina y empezó a hojear el diario matutino. Encontró el nombre de su abuelo en un artículo de la segunda página. Lo leyó. No lo entendió todo, pero parecía que el gobierno francés, accediendo a las presiones de los curas, había aceptado prohibir la exhibición de una película americana llamada *La última tentación de Cristo*, en la que Jesús tenía relaciones sexuales con una señora llamada María Magdalena. Y su abuelo decía que la Iglesia se equivocaba y se mostraba arrogante al prohibir aquella película.

«No me extraña que el cura se haya puesto así.», pensó Sophie.

—¡Es pornografía! ¡Sacrilegio! —gritaba el sacerdote desde la puerta del estudio, que había abierto, justo antes de salir como un ciclón hacia el vestíbulo—. ¿Cómo puede defender una cosa así? Ese americano, Martin Scorsese, es un blasfemo, y la Iglesia no le cederá ningún púlpito en Francia.

El cura salió dando un portazo.

Cuando su abuelo entró en la cocina, vio a Sophie con el periódico en las manos y arrugó la frente.

—Qué rápida eres.

—¿Tú crees que Jesucristo tenía novia? —le preguntó.

—No, cielo. Lo que yo digo es que la Iglesia no debería decirnos las ideas que podemos tener y las que no.

—¿Tenía novia?

Su abuelo se quedó en silencio unos instantes.

—¿Sería tan malo que la hubiera tenido?

Sophie se quedó un momento pensativa.

—A mí no me importaría.

Sir Leigh Teabing seguía hablando.

—No quiero aburrirla con las incontables referencias a la unión de Jesús y Magdalena. Eso ya lo han explorado *ad nauseam* los historiadores modernos. Sin embargo, sí quiero señalarle algo. —Buscó otro párrafo—. Esto es del evangelio de María Magdalena.

Sophie desconocía que existiera un evangelio con las palabras de María Magdalena. Leyó el texto:

Y Pedro dijo: «¿Ha hablado el Salvador con una mujer sin nuestro conocimiento? ¿Debemos darnos todos la vuelta y escucharla? ¿La prefiere a nosotros?»

Y Levi respondió: «Pedro, siempre has sido muy impetuoso. Ahora te veo combatiendo contra la mujer como contra un adversario. Si el Salvador la ha hecho digna, ¿quién eres tú

para rechazarla? Seguro que el Salvador la conoce muy bien.
Por eso la amaba más que a nosotros.»

—La mujer de la que hablan —aclaró Teabing—, es María Magdalena. Pedro sentía celos de ella.

—¿Porque Jesús la prefería?

—No sólo por eso. La cosa iba mucho más allá del mero afecto. En ese pasaje de los evangelios, Jesús intuye que pronto lo capturarán y lo crucificarán. Y le da a María Magdalena instrucciones para que ponga en marcha la Iglesia una vez Él ya no esté. En consecuencia, Pedro expresa su descontento por tener que ser el segundón de una mujer. Me atrevería a decir que Pedro era un poco machista.

Sophie intentaba no perderse.

—Están hablando de San Pedro. La piedra sobre la que Jesús construyó Su Iglesia.

—El mismo, salvo por un detalle. Según estos evangelios no manipulados, no fue a Pedro a quien Jesús encomendó crear la Iglesia cristiana. Fue a María Magdalena.

Sophie se le quedó mirando.

—¿Me está diciendo que la Iglesia debía ser dirigida por una mujer?

—Sí, ese era el plan. Jesús fue el primer feminista. Pretendía que el futuro de Su Iglesia estuviera en manos de María Magdalena.

—Y a Pedro no le hacía demasiada gracia —intervino Langdon, señalando *La última cena*—. Éste de aquí es él. Se nota que Leonardo Da Vinci era muy consciente de lo que el apóstol sentía por María Magdalena.

Una vez más, Sophie se quedó muda. En la obra, Pedro se inclinaba con ademán amenazador sobre María Magdalena y le ponía la mano en el cuello como si fuera una cuchilla. ¡El mismo gesto de amenaza que en *La Virgen de las rocas*!

—Y aquí también —comentó Langdon, señalando ahora al grupo de discípulos que rodeaban a Pedro—. Un poco descarado, ¿no crees?

Sophie entornó los ojos y vio que de aquel grupo emergía una mano.

—¿Qué es lo que sujeta esa mano? ¿Una daga?

—Sí, y lo que es todavía más raro es que si se cuentan los brazos, esa mano no es de nadie. Carece de cuerpo. Es anónima.

Sophie empezaba a sentirse superada por todo aquello.

—Lo siento, pero sigo sin ver de qué manera todo esto convierte a María Magdalena en el Santo Grial.

—¡Ajá! —exclamó Teabing de nuevo—. Ahí está el problema. —Se acercó de nuevo a la mesa y levantó una especie de diagrama grande. Lo extendió delante de ella. Era una genealogía muy elaborada—. Son pocos los que saben que María Magdalena, además de ser la mano derecha de Jesús, ya era una mujer con poder.

Sophie se fijó en el encabezamiento de aquel árbol genealógico.

LA TRIBU DE BENJAMÍN

—María Magdalena está aquí —dijo Teabing señalando un punto en la parte alta del árbol.

Sophie mostró su sorpresa.

—¿Pertenecía a la Casa de Benjamín?

—Sin duda. María Magdalena descendía de reyes.

—Pero yo siempre había creído que era pobre.

Teabing negó con la cabeza.

A Magdalena la hicieron pasar por ramera para eliminar las pruebas que demostraban sus poderosos lazos familiares.

Una vez más miró a Langdon, y una vez más éste asintió sin decir nada.

—Pero ¿qué había de importarle a la Iglesia primitiva que tuviera sangre real?

El inglés sonrió.

—Querida, no era su sangre lo que preocupaba a la Iglesia, sino su matrimonio con Jesús, que también descendía de reyes. Como sabrá, en el Evangelio según san Mateo se nos dice que Cristo pertenecía a la Casa de David, progenitor de Salomón, rey de los judíos. Al emparentar con la poderosa Casa de Benjamín, Jesús unía las dos líneas de sangre, creando una fuerte unión política capaz de reclamar legítimamente el trono y restaurar la línea sucesoria de los reyes tal como existía en tiempos de Salomón.

Sophie intuyó que por fin estaba llegando al quid de la cuestión.

Teabing parecía muy alterado.

—La leyenda del Santo Grial es una leyenda sobre la sangre real. Cuando se dice que el Grial es «el cáliz que contenía la sangre de Cristo»... se está hablando, en realidad, de María Magdalena, del vientre femenino que perpetuaba la sangre real de Cristo.

Las palabras parecieron resonar con un eco por el antiguo salón de baile antes de que Sophie captara totalmente su significado. «¿María Magdalena perpetuaba la sangre real de Cristo?»

—Pero ¿cómo iba a perpetuarse Jesús, a menos que...?

Se detuvo y observó a Langdon.

Langdon sonrió.

—A menos que tuvieran un hijo.

Sophie se quedó helada.

—Ya ve —dijo Teabing—. La verdad mejor disimulada de toda la historia de la humanidad. Jesús no sólo estaba casado, sino que era padre. Y, querida mía, María Magdalena era el Santo Receptáculo. Era el cáliz que contenía la sangre real de Jesús. Era el vientre que perpetuaba el linaje, y el vino que garantizaba la continuidad del fruto sagrado.

Sophie notó que se le ponía la carne de gallina.

—Pero ¿cómo se puede mantener oculto tantos años un secreto tan importante?

—¡Por Dios! —dijo Teabing—. Oculto precisamente no ha estado. La perpetuación de la sangre de Cristo ha sido el origen de la leyenda más duradera de todos los tiempos: la del Santo Grial. Desde hace siglos, la historia de María Magdalena se ha gritado a los cuatro vientos en todo tipo de metáforas y en todos los idiomas posibles. A poco que se tengan los ojos abiertos, se ve por todas partes.

—¿Y los documentos del Sangreal? —preguntó Sophie—. ¿Contienen la prueba de que Jesús tenía sangre real?

—Sí.

—Entonces, ¿toda la leyenda del Santo Grial es en realidad sobre la sangre real de Cristo?

—Y bastante al pie de la letra, además. La palabra Sangreal puede descomponerse, como se hace habitualmente, para formar las palabras San Greal. Pero en su forma más antigua la división se hacía de otro modo.

Teabing cogió un trozo de papel, escribió algo y se lo entregó.

Sang Réal

Sang Réal significaba, literalmente, *Sangre Real.*

59

Al recepcionista de la sede del Opus Dei en Lexington Avenue, Nueva York, le sorprendió oír la voz del obispo Aringarosa al otro lado de la línea telefónica.

—Buenas noches, señor.

—¿Me han dejado algún mensaje? —preguntó con un nerviosismo poco habitual en él.

—Sí, señor, me alegro de que haya llamado. En sus habitaciones no me contestaba nadie. Ha recibido una llamada urgente hará cosa de media hora.

—¿Sí? —La noticia pareció tranquilizarlo—. ¿Ha dejado su nombre esa persona?

—No, señor, sólo un número.

Se lo dictó.

—¿Prefijo treinta y tres? Eso es de Francia, ¿verdad?

—Sí, señor, de París. La persona que ha llamado me ha dicho que era importantísimo que se pusiera en contacto con él lo antes posible.

—Gracias. Estaba esperando esta llamada —dijo Aringarosa antes de colgar.

Con el auricular aún en el oído, al recepcionista le extrañó que la conexión con el obispo sonara tan lejana y con tantas interferencias. Según su programa diario, se suponía que ese fin de semana estaba en Nueva York, pero parecía estar en la otra punta del mundo. Se encogió de hombros. El obispo ya llevaba varios meses actuando de forma extraña.

◆ ◆ ◆

«Seguro que el teléfono móvil no tenía cobertura», pensó Aringarosa mientras el Fiat se acercaba a la salida del aeropuerto romano de Ciampino. «El Maestro ha intentado ponerse en contacto conmigo.» A pesar de la preocupación que sentía por no haber recibido la llamada, le animaba pensar que El Maestro se hubiera sentido lo bastante confiado como para telefonearle directamente a la sede del Opus Dei.

«Las cosas habrán ido bien esta noche en París.»

Empezó a marcar los números y sintió cierta emoción al pensar que dentro de poco tiempo estaría en París. «Aterrizaré antes del amanecer.» En el aeropuerto había un pequeño jet esperando al obispo para cubrir el corto trayecto que lo separaba de Francia. Las líneas comerciales no operaban a esas horas y, además, no eran adecuadas para alguien que llevara lo que transportaba él en el maletín.

El teléfono le dio los tonos de llamada.

Respondió una voz de mujer.

—*Direction Centrale Police Judiciaire.*

Aringarosa vaciló. Aquello no lo esperaba.

—Esto... sí... he recibido una llamada de este número...

—*Qui êtes-vous?* —le preguntó la telefonista—. Su nombre.

El obispo no estaba seguro de si debía revelar su identidad. «¿La Policía Judicial francesa?»

—Su nombre, señor —insistió aquella mujer.

—Obispo Manuel Aringarosa.

—Un momento.

Tras una larga espera, oyó la voz áspera y seria de un hombre.

—Obispo, me alegro de poder hablar al fin con usted. Tenemos muchos asuntos que tratar.

60

«Sangreal... Sang Réal... San Greal... Sangre Real... Santo Grial.»

Todo estaba relacionado.

«El Santo Grial era María Magdalena... la madre del descendiente de Jesús.»

Ahí de pie en el salón, mirando a Langdon, Sophie se sintió invadida por una nueva oleada de desconcierto. Cuantas más piezas Teabing y Langdon ponían sobre la mesa, más impredecible se volvía aquel rompecabezas.

—Como ves, querida —dijo Teabing acercándose a una estantería—, Leonardo no es el único que ha intentado decirle al mundo la verdad sobre el Santo Grial. La descendencia real de Jesucristo la han documentado exhaustivamente muchos historiadores. —Pasó el dedo por una hilera de libros.

Sophie se adelantó un poco y leyó los títulos:

LA REVELACIÓN TEMPLARIA:
Guardianes secretos de la verdadera identidad de Cristo

LA MUJER DE LA VASIJA DE ALABASTRO:
María Magdalena y el Santo Grial

LA DIOSA EN LOS EVANGELIOS:
En busca del aspecto femenino de lo sagrado

—Y éste es tal vez el más conocido de todos —dijo Teabing, sacando del estante un viejo ejemplar de tapa dura y entregándoselo.

EL ENIGMA SAGRADO:
El aclamado best-séller internacional.

Sophie alzó la vista.

—¿Un superventas internacional? No había oído nunca hablar de él.

—Era demasiado joven cuando se publicó. La verdad es que en la década de mil novecientos ochenta causó cierto revuelo. Para mi gusto, sus autores incurrieron en sus análisis en algunas interpretaciones criticables de la fe, pero la premisa fundamental es sólida, y a su favor debo decir que lograron acercar al gran público la idea de la descendencia de Cristo.

—¿Y cuál fue la reacción de la Iglesia?

—De indignación, claro. Pero eso ya se esperaba. En el fondo, se trata de un secreto que el Vaticano ya había intentado enterrar en el siglo IV. En parte, ésa es la razón de las Cruzadas. Recopilar y destruir información. La amenaza que María Magdalena representaba para los hombres de la Iglesia primitiva era potencialmente de unas proporciones enormes. No sólo era la mujer a quien Jesús había encomendado la tarea de fundar la Iglesia, sino que además era la prueba física de que la recién proclamada deidad había engendrado un descendiente. Y la Iglesia, para defenderse del poder de Magdalena, perpetuó su imagen de prostituta y ocultó las pruebas de su matrimonio con Jesús, restando así credibilidad a la posibilidad de que hubiera tenido descendencia y fuera, por tanto, un profeta mortal.

Sophie miró a Langdon, que asintió una vez más.

—Sophie, las pruebas históricas que avalan todo esto son muy sólidas.

—Reconozco —prosiguió Teabing— que las acusaciones son horrendas, pero debe comprender las poderosas motivaciones de la Iglesia para llevar a cabo una confabulación de semejantes proporciones. No habrían sobrevivido nunca si se hubiera hecho público que Cristo había tenido descendencia. Un hijo suyo habría minado cualquier idea de divinidad asociada a él y, por tanto, habría sido el fin de la Iglesia cristiana, que proclamaba ser el único vehículo a través del cual la humanidad podía acceder a lo divino y entrar en el Reino de los Cielos.

—La rosa de cinco pétalos —dijo Sophie, señalando el lomo de uno de los libros de Teabing. «La misma que hay en la caja de palisandro.»

Teabing miró a Langdon y sonrió.

—Tiene buen ojo —dijo—. Para el Priorato, ese es el símbolo del Grial —añadió, dirigiéndose de nuevo a Sophie—. María Magdalena. Como la Iglesia prohibió su nombre, Magdalena empezó a conocerse a través de seudónimos —el Cáliz, el Santo Grial o la rosa. —Se detuvo un instante—. La rosa está relacionada con la estrella de cinco picos, el pentáculo de Venus, y con la rosa náutica. Por cierto, que la palabra «rosa» en inglés, francés y alemán, entre otras lenguas, es «rose».

—«Rose» —añadió Langdon— es un anagrama de Eros, el dios griego del amor sexual.

Sophie lo miró sorprendida antes de que Teabing siguiera con su exposición.

—La rosa siempre ha sido el símbolo de la sexualidad femenina. En los primitivos cultos a la divinidad femenina, los cinco pétalos representaban los cinco estadios de la vida de la mujer: el nacimiento, la menstruación, el alumbramiento, la menopausia y la muerte. Y en la época moderna, los vínculos de la rosa con la feminidad se consideran de índole más visual. —Miró a Robert—. Tal vez el experto en simbología pueda explicárselo.

Robert dudó un instante que se prolongó demasiado.

—¡Dios mío! ¡Qué mojigatos sois los americanos! —protestó Teabing volviéndose para dirigirse a Sophie—. Lo que a Robert le da vergüenza decir es que el capullo abierto se parece a los genitales femeninos, a la flor sublime por donde la humanidad entra en este mundo. Y si alguna vez ha visto alguna obra de la pintora Georgia O'Keeffe, sabrá exactamente de qué le estoy hablando.

—La cuestión —intervino Langdon acercándose de nuevo a la librería— es que todos estos libros reivindican con fundamento un mismo hecho.

—Que Jesús tuvo un hijo —dijo Sophie, aunque seguía dudando.

—Sí —dijo Teabing—. Y que María Magdalena era el vientre en el que se perpetuó su linaje real. El Priorato de Sión, en nuestros días, sigue venerando todavía a María Magdalena como diosa, como Santo Grial, como rosa y como Madre Divina.

En la mente de Sophie volvió a aparecer el ritual del sótano.

—Según la hermandad —prosiguió Teabing—, María Magdalena estaba encinta en el momento de la crucifixión. Para garantizar la seguridad de la hija que nacería, no tuvo otro remedio que huir de Tierra Santa. Con la ayuda del amado tío de Jesús, José de Arimatea, María Magdalena viajó en secreto hasta Francia, conocida entonces como la Galia. Aquí, entre la comunidad judía, halló refugio. Y fue aquí, en Francia, donde dio a luz a su hija, que se llamó Sarah.

Sophie alzó la vista.

—¿Se sabe incluso el nombre de la niña?

—Y bastante más que eso. Las vidas de María Magdalena y de Sarah fueron minuciosamente documentadas por sus protectores judíos. Tenga en cuenta que aquella niña pertenecía al linaje de los reyes de Judea, David y Salomón. Fueron innumerables los estudiosos de esa época que escribieron crónicas sobre los días de María Magdalena en Francia, incluido el episodio del nacimiento de Sarah, y sobre el subsiguiente árbol genealógico.

Sophie no salía de su asombro.

—¿Existe un árbol genealógico de Jesucristo?

—Sí, claro. Y se cree que es una de las piedras angulares de los documentos del Sangreal. Una genealogía completa de los primeros descendientes de Cristo.

—Pero ¿de qué sirve un detallado árbol genealógico de los descendientes de Jesús? Eso no es prueba de nada. Los historiadores no pueden demostrar su autenticidad.

—Tampoco se puede demostrar la autenticidad de la Biblia —replicó Teabing soltando una carcajada.

—¿Qué quiere decir con eso?

—Quiero decir que la historia la escriben siempre los vencedores. Cuando se produce un choque entre dos culturas, el perdedor es

erradicado y el vencedor escribe los libros de historia, libros que can-
tan las glorias de su causa y denigran al enemigo conquistado. Como
dijo Napoleón en cierta ocasión, «¿Qué es la historia sino una fábula
consensuada?» —Sonrió—. Dada su naturaleza misma, la historia es
siempre un relato unilateral de los hechos.

Sophie nunca se lo había planteado así.

—Los documentos del Sangreal nos cuentan, simplemente, el
otro lado de la historia de Cristo. Y al final, escoger con qué lado de
la historia nos quedamos se convierte en una cuestión de fe y de ex-
ploración personal, pero al menos la información ha sobrevivido.
Los documentos del Sangreal contienen decenas de miles de páginas de información. En los relatos que han hecho testigos de primera mano del tesoro del Sangreal, se describe que éste es trasladado en cuatro enormes arcones. En ellos está contenido lo que se
conoce como «Documentos Puristas», miles de páginas de papeles
anteriores a la época de Constantino, no manipulados, escritos por
los primeros seguidores de Jesús, que lo reverenciaban absolutamente en tanto que maestro y profeta humano. Circulan rumores
de que en el tesoro también está incluido el documento «Q» del
que hasta el Vaticano admite su existencia. Supuestamente, se trata
de un libro con las enseñanzas de Jesús escritas tal vez de su puño y
letra.

—¿Escritos del propio Cristo?

—Por supuesto —dijo Teabing—. ¿Por qué no podría Jesús haber llevado un registro de su Ministerio? En aquellos tiempos casi
todo el mundo lo hacía. Otro documento explosivo que se cree que
forma parte del tesoro es un manuscrito conocido como «Diario de
Magdalena». El relato personal de María Magdalena sobre su relación con Jesús, su crucifixión y su estancia en Francia.

Sophie se quedó en silencio un buen rato.

—¿Y estos cuatro arcones con documentos son el tesoro que los
Caballeros Templarios encontraron bajo el templo de Salomón?

—Exacto. Los que los convirtieron en una orden tan poderosa.
Los que han sido objeto de tantas búsquedas del Grial a lo largo de
toda la historia.

—Pero usted ha manifestado que el Santo Grial es María Magdalena. Si lo que la gente anda buscando son documentos, ¿por qué dice entonces que buscan el Santo Grial?

Teabing la miró con expresión más serena.

—Porque el lugar donde se ocultaba el Santo Grial incluía también un sarcófago.

Fuera, una ráfaga de viento ululó entre los árboles.

El tono de Teabing era más pausado.

—La búsqueda del Grial es literalmente el intento de arrodillarse ante los huesos de María Magdalena. Un viaje para orar a los pies de la descastada, de la divinidad femenina perdida.

Sophie abrió mucho los ojos, maravillada.

—¿O sea que el lugar donde se ocultaba el Santo Grial es en realidad... una tumba?

Teabing entornó los ojos color avellana.

—Sí, lo es. Una tumba que contiene los restos de María Magdalena y los documentos que cuentan la verdadera historia de su vida. En el fondo, la búsqueda del Santo Grial siempre ha sido la búsqueda de Magdalena, la reina agraviada, enterrada con las pruebas que demostraban los derechos de su familia a reclamar un puesto de poder.

Sophie aguardó unos momentos mientras Teabing tomaba aliento. De su abuelo había cosas que aún seguía sin entender.

—Así que—dijo al fin—, durante todos estos años, ¿los miembros del Priorato han asumido la responsabilidad de proteger los documentos del Sangreal y la tumba de María Magdalena?

—Sí, pero la hermandad tenía también otra misión: proteger a la propia descendencia. El linaje de Cristo ha estado en continuo peligro. La Iglesia primitiva temía que si se permitía que el linaje se perpetuara, el secreto de Jesús y Magdalena acabaría aflorando y desafiando los cimientos de la doctrina católica, que necesitaban de un Mesías divino que no hubiera tenido relaciones sexuales con mujeres ni se hubiera casado. —Hizo una pausa—. Con todo, el linaje de Cristo se perpetuó en secreto en Francia hasta que, en el siglo v, dio un paso osado al emparentar con sangre real francesa, iniciando un linaje conocido como la Casa Merovingia.

Aquello sorprendió aún más a Sophie. Todos los alumnos de las escuelas de su país sabían quiénes eran los merovingios.

—Los merovingios fundaron París.

—Sí, esa es una de las razones por las que la leyenda del Grial es tan rica en Francia. Muchas de las misiones vaticanas para encontrar el Santo Grial eran en realidad búsquedas encubiertas para erradicar a los miembros de la familia real. ¿Ha oído hablar del rey Dagoberto?

Sophie recordaba vagamente aquel nombre de un relato horrendo que le habían contado en clase de historia.

—Era un rey de Francia, ¿no? ¿No es aquel al que apuñalaron en el ojo mientras dormía?

—Exacto. Asesinado por el Vaticano y por Pipino de Heristal, que estaban confabulados. A finales del siglo VII. Con el asesinato de Dagoberto la dinastía merovingia prácticamente desapareció. Por suerte, su hijo, Sigeberto, logró escapar secretamente del ataque y perpetuó el linaje, que más tarde incluyó a Godofredo de Bouillon, fundador del Priorato de Sión.

—El mismo —intervino Langdon— que ordenó a los templarios recuperar los documentos del Sangreal del Templo de Salomón para demostrar los vínculos hereditarios de los merovingios con Jesucristo.

Teabing asintió con convicción.

—El moderno Priorato de Sión tiene una misión trascendental. La suya es una triple responsabilidad. La hermandad debe proteger los documentos del Sangreal. Además, debe hacer lo mismo con la tumba de María Magdalena y, por supuesto, debe nutrir y proteger el linaje de Jesús, es decir, a los pocos miembros de la dinastía merovingia que han sobrevivido hasta nuestra época.

Aquellas palabras resonaron en la inmensa sala, y Sophie sintió una extraña vibración, como si en sus huesos resonara una nueva verdad. «Descendientes de Jesús que han sobrevivido hasta nuestra época.» La voz de su abuelo volvió a susurrarle al oído: «Princesa, debo contarte la verdad sobre tu familia.»

Un escalofrío le atravesó la carne.

«Sangre real.»

No se atrevía ni a imaginarlo.

«Princesa Sophie.»

—¿Sir Leigh? —Las palabras del mayordomo atronaron desde el intercomunicador de la pared y Sophie dio un respingo—. ¿Podría venir un momento a la cocina?

Teabing frunció el ceño ante aquella inoportuna intromisión. Se fue hasta el intercomunicador y pulsó el botón.

—Rémy, como ya sabes, estoy ocupado con mis invitados. Si nos hace falta algo de la cocina, ya nos arreglaremos solos. Gracias y buenas noches.

—Necesito hablar un momento con usted antes de volver a acostarme, si es tan amable, señor.

Teabing gruñó y pulsó de nuevo el botón.

—Pues date prisa, Rémy.

—Se trata de un asunto doméstico, señor, y no creo que a sus invitados les interese demasiado.

Teabing no daba crédito a lo que oía.

—¿Y no puede esperar a mañana?

—No, señor. No le llevará ni un minuto.

Teabing entornó los ojos y miró a Langdon y a Sophie.

—A veces no sé quién está al servicio de quién. —Volvió a presionar el botón—. Voy para allá, Rémy. ¿Te llevo algo?

—Unas tenazas para cortar las cadenas que me esclavizan.

—Rémy, no sé si eres consciente de que si sigues trabajando para mí es única y exclusivamente por lo bien que cocinas el solomillo a la pimienta.

—Eso es lo que usted dice, señor.

61

«Princesa Sophie.»

Sophie sentía un vacío en su interior mientras oía el golpeteo cada vez más lejano de las muletas de Teabing contra el suelo del pasillo. Aturdida, se volvió para mirar a Langdon, que negó con la cabeza, como si le estuviera leyendo los pensamientos.

—No, Sophie —le susurró, sin atisbo de duda en la mirada—. Eso mismo fue lo primero que se me ocurrió cuando me dijiste que tu abuelo pertenecía al Priorato y que quería revelarte un secreto sobre tu familia. Pero es imposible. —Hizo una pausa—. Saunière no es un apellido merovingio.

Sophie no sabía si sentirse aliviada o decepcionada. Hacía un rato, curiosamente, Langdon le había preguntado como de pasada cuál era el apellido de soltera de su madre. Chauvel. Ahora entendía por qué lo había hecho.

—¿Y Chauvel? —le preguntó, nerviosa.

Langdon volvió a negar con la cabeza.

—Lo siento. Sé que te habría ayudado a entender algunas cosas sobre tu origen, pero no. Sólo quedan dos líneas directas de merovingios. Sus apellidos son Plantard y Saint-Clair. Ambas familias viven escondidas, probablemente ayudadas por el Priorato.

Sophie repitió mentalmente aquellos apellidos y negó con la cabeza. En su familia no había nadie que se llamara así. De pronto se sintió invadida por un fuerte cansancio. Se dio cuenta de que estaba igual de lejos que en el Louvre de conocer la verdad que su abuelo ha-

bía querido revelarle. Ojalá la tarde anterior no le hubiera mencionado a la familia. Al hacerlo, le había abierto unas heridas que le hacían
tanto daño como siempre. «Están muertos, Sophie. Y no van a volver.» Pensó en su madre, que le cantaba nanas para que se durmiera,
en su padre que la cargaba en los hombros, en su abuela, y en su hermano menor, que le sonreía con sus alegres ojos verdes. Todo aquello
se lo habían robado. Y sólo le había quedado su abuelo.

«Y ahora él tampoco está. Me he quedado sola.»

Sophie se volvió en silencio para contemplar una vez más *La última cena* y se fijó en el pelo largo y rojizo de María Magdalena, en sus
ojos serenos. En su expresión había algo que evocaba la pérdida de
un ser querido. La misma que Sophie también sentía.

—¿Robert? —dijo en voz baja.

Él se acercó.

—Leigh dice que la historia del Grial está por todas partes, pero
esta noche ha sido la primera vez que yo he oído hablar de ella.

Langdon hizo el ademán de ponerle la mano en el hombro para
tranquilizarla, pero se contuvo.

—Seguro que la has oído más veces, Sophie. Todos la conocemos. Lo que pasa es que no nos damos cuenta.

—No te entiendo.

—La historia del Grial está en todas partes, pero oculta. Cuando
la Iglesia prohibió hablar de la repudiada María Magdalena, su historia tuvo que empezar a transmitirse por canales más discretos... canales llenos de metáforas y simbolismo.

—Claro. El mundo de las artes.

Langdon se acercó a la reproducción de *La última cena.*

—Un ejemplo perfecto. Algunas de las más destacadas obras
pictóricas, literarias y musicales nos hablan secretamente de la historia de María Magdalena y de Jesús.

Langdon se refirió brevemente a las obras de Leonardo Da Vin-
ci, de Botticelli, de Poussin, de Bernini, de Mozart, de Victor Hugo.
En todas latía el intento de restaurar el culto a la prohibida divinidad
femenina. Leyendas clásicas como las de Sir Gawain y el Caballero
Verde, el Rey Arturo o la Bella Durmiente eran alegorías del Grial.
El jorobado de Notre Dame, de Victor Hugo, y *La flauta mágica*, de

Mozart, estaban llenas de simbología masónica y de secretos sobre el Cáliz.

—Una vez abrimos los ojos al Santo Grial —dijo Langdon— lo captamos por todas partes. En pinturas, en piezas musicales, en libros. Hasta en los dibujos animados, en los parques temáticos, en las películas más populares.

Langdon le enseñó su reloj de Mickey Mouse y le dijo que Walt Disney había dedicado su plácida existencia a trabajar para transmitir la historia del Santo Grial a las futuras generaciones. A lo largo de toda su vida, a Disney lo consideraron siempre como «una versión moderna de Leonardo». Los dos se adelantaron mucho a su tiempo, los dos fueron artistas extraordinariamente dotados, miembros de sociedades secretas y notorios bromistas. Al igual que en el caso de Leonardo, a Walt Disney le encantaba incluir mensajes ocultos y símbolos en sus obras. Para el ojo entrenado del experto en simbología, ver alguna de las primeras películas de Disney era quedar sepultado bajo un alud de alusiones y metáforas.

La mayor parte de sus mensajes trataban de la religión, de la mitología pagana y de las historias de la diosa sometida. No es casualidad que retomara los cuentos de la Cenicienta, la Bella Durmiente y Blancanieves; en los tres se trata el tema de la encarcelación de la divinidad femenina. Además, a nadie le hace falta saber mucho de simbología para entender que Blancanieves —una princesa que cayó en desgracia tras darle un bocado a una manzana envenenada— representa una clara alusión a la caída de Eva en el Jardín del Edén. Ni que la princesa Aurora de La Bella Durmiente —«Rosa», en nombre clave, y escondida en la espesura del bosque para protegerse de las garras de la bruja malvada— es la historia del Grial contada a los niños.

A pesar de su imagen de seriedad corporativa, la factoría Disney ha mantenido siempre ese elemento fresco y desenfadado, y los creadores se divierten incorporando símbolos secretos a sus producciones. Langdon no olvidará nunca el día en que uno de sus alumnos le trajo un DVD de *El rey león* y detuvo la película en un fotograma en el que se leía claramente la palabra SEXO escrita con partículas de polvo sobre la cabeza de Simba, el protagonista. Aunque la primera reacción de Langdon fue atribuirla más a una broma adolescente del dibujante que a una alusión ilustrada a la sexualidad pagana, había aprendido a no desestimar el simbolismo de Disney. *La Sirenita*, por ejemplo, era un cautivador tapiz de símbolos espirituales relacionados hasta tal punto con la diosa que no podía ser obra del azar.

La primera vez que Langdon vio la película se quedó boquiabierto al comprobar que el cuadro que decora el hogar submarino de Ariel no es otro que *Magdalena Penitente*, la famosa pintura de Georges de la Tour del siglo XVII, un homenaje a la denostada María Magdalena, muy adecuado, por otra parte, teniendo en cuenta que la película resultaba ser un *collage* de noventa minutos con descaradas referencias simbólicas a la santidad perdida de Isis, de Eva, de Piscis, la diosa pez y, reiteradamente, de María Magdalena. El nombre de la sirenita, Ariel, poseía estrechos vínculos con la divinidad femenina, y en el *Libro de Isaías* era sinónimo de «La ciudad santa sitiada». Estaba claro, además, que el hecho de que la sirenita fuera pelirroja tampoco era casual.

El golpeteo de las muletas de Teabing sobre el suelo se oía cada vez más cerca y su ritmo era cada vez más acelerado. Cuando su anfitrión entró por fin en el estudio, lo hizo con gesto muy serio.

—Será mejor que te expliques, Robert —dijo fríamente—. No has sido sincero conmigo.

62

—Me acusan injustamente, Leigh —dijo Langdon, intentando mantener la calma—. «Ya me conoces. Soy incapaz de matar a nadie.»

El tono de Teabing no se suavizó.

—Robert, por Dios, pero si te están sacando por la televisión. ¿Sabías que te busca la policía?

—Sí.

—Entonces has abusado de mi confianza. Me asombra que hayas sido capaz de hacerme correr este riesgo viniendo aquí y pidiéndome que diserte sobre el Grial para que así tú puedas esconderte en mi casa.

—Yo no he matado a nadie.

—Jacques Saunière está muerto, y la policía dice que lo has matado tú. —Teabing parecía triste—. Un gran impulsor de las artes...

—¿Señor? —El mayordomo estaba junto a la puerta, detrás de sir Leigh, con los brazos cruzados—. ¿Los acompaño a la salida?

—Ya lo hago yo.

Cruzó el estudio y abrió unas grandes puertas acristaladas que daban al jardín.

—Por favor, suban al coche y váyanse.

Sophie no se movió.

—Tenemos información sobre la *clef de voûte*. La clave del Priorato.

Teabing la miró fijamente durante unos segundos y finalmente hizo un gesto de rechazo.

—Una treta desesperada. Robert sabe cuánto la he buscado.

—Te está diciendo la verdad —intervino Langdon—. Por eso hemos recurrido a ti esta noche. Para hablarte de la clave.

El mayordomo interrumpió.

—Váyanse o llamo a la policía.

—Leigh —susurró Langdon—. Sabemos dónde está.

El aplomo de Teabing pareció flaquear un poco.

Rémy entró en el estudio.

—¡Váyanse ahora mismo! Si no les sacaré yo...

—Rémy —exclamó Teabing volviéndose al mayordomo—, discúlpanos un momento.

El mayordomo se quedó boquiabierto.

—Señor, permítame que proteste. Esta gente es...

—Yo me encargo de todo —insistió sir Leigh señalándole la puerta.

Tras un momento de tenso silencio, Rémy se retiró a regañadientes, como un perro humillado.

La brisa fresca de la noche entraba por los ventanales abiertos. Teabing se volvió para mirar a Langdon y a Sophie con expresión todavía seria.

—Por vuestro bien, espero que sea verdad lo que decís. ¿Qué sabéis de la clave?

Oculto tras los setos que había en el exterior del estudio de Teabing, Silas sostenía la pistola y observaba a través de la puerta vidriera. Hacía sólo un momento que había rodeado la casa y había visto a Langdon y a la mujer conversando en el gran estudio. Antes de que le diera tiempo a entrar, un señor con muletas se le había adelantado y había empezado a gritarle a Langdon, había abierto la puerta y les había pedido a sus invitados que se fueran. «Entonces aquella mujer había mencionado lo de la clave, y todo había cambiado.» Los gritos se habían convertido en susurros, y los ánimos se habían calmado. Y la puerta vidriera había vuelto a cerrarse.

Ahora, agazapado entre las sombras, Silas observaba tras el cristal. La clave se encuentra en algún lugar de la casa. Silas lo intuía.

Ahí, en la penumbra, se acercó más a los cristales, impaciente por oír lo que estaban diciendo. Les daría cinco minutos. Si no revelaban dónde estaba la clave, Silas tendría que entrar y convencerlos por la fuerza.

En el estudio, Langdon percibía el desconcierto de su anfitrión.

—¿Gran Maestre? —repitió atragantándose casi y clavando la mirada en Sophie—. ¿Jacques Saunière?

Sophie asintió con un gesto de cabeza, consciente de la sorpresa que le había causado.

—¡Pero es imposible que usted sepa algo así!

—Jacques Saunière era mi abuelo.

Teabing se tambaleó apoyado en las muletas y miró a Langdon, que asintió.

—Señorita Neveu, me deja usted mudo. Si es cierto lo que dice, siento mucho su pérdida. Debo admitir que, en aras de mis investigaciones, he realizado listas de los hombres que, en París, pensaba que podían ser buenos candidatos a pertenecer al Priorato. Y Jacques Saunière estaba en ellas junto a muchos otros. ¡Pero Gran Maestre! Cuesta imaginarlo. —Se quedó unos instantes en silencio y meneó la cabeza—. Aun así, sigue sin tener sentido. Aunque su abuelo fuera el Gran Maestre de la Orden y hubiera creado la clave él mismo, nunca le habría revelado a usted cómo encontrarla. La clave abre el camino al tesoro más importante de la hermandad. Nieta o no nieta, usted no puede ser la depositaria de un dato como ése.

—El señor Saunière se estaba muriendo cuando transmitió esa información —comentó Langdon—. No le quedaban demasiadas alternativas.

—Es que no le hacía falta ninguna. Hay tres *sénéchaux* que también conocen el secreto. Ahí está la gracia de su sistema. Uno de ellos pasará a ser Gran Maestre y nombrarán a otro *sénéchal* al que revelarán el secreto de la clave.

—Deduzco que no ha visto el informativo completo —dijo Sophie—. Además de a mi abuelo, también han asesinado a tres prominentes parisinos. En circunstancias similares. En todos los casos hay indicios de que han sido interrogados antes de morir.

Teabing estaba anonadado.

—¿Y cree que eran...?

—Los *sénéchaux* —intervino Langdon.

—Pero ¿cómo es posible? ¡El asesino no puede haber descubierto la identidad de los cuatro altos cargos del Priorato de Sión! Yo llevo decenios buscándolos y ni siquiera podría nombrarles a uno. Me parece inconcebible que alguien haya descubierto y asesinado en un solo día a los tres *sénéchaux* y al Gran Maestre.

—Dudo que haya obtenido la información en un solo día —comentó Sophie—. Parece más bien un plan de descabezamiento muy bien preparado. Algo parecido a las técnicas que usamos para luchar contra el crimen organizado. Si la Policía Judicial quiere ir a por un grupo concreto, lo investigan y lo espían en silencio durante meses, identifican a los peces gordos y sólo entonces actúan y los detienen a todos a la vez. Decapitación. Sin líderes, el grupo sucumbe al caos y divulga más información. Es posible que alguien se haya dedicado a investigar con mucha paciencia el Priorato y luego haya atacado, con la esperanza de que los altos mandos revelaran el paradero de la clave.

Teabing no parecía convencido.

—Pero los hermanos no confesarían nunca. Juran guardar el secreto. Incluso ante una muerte inminente.

—Exacto —dijo Langdon—. Es decir, que si no divulgaran el secreto y todos murieran...

Teabing ahogó un grito de horror.

¡El paradero de la clave se perdería para siempre!

—Y con él, el del Santo Grial.

Con el peso de aquellas palabras, el cuerpo de sir Leigh parecía a punto de perder el equilibrio. Entonces, como si se viera incapaz de resistir un momento más, se dejó caer sobre una silla y miró por la ventana.

Sophie se le acercó y le habló con dulzura.

—Teniendo en cuenta lo apurado de la situación en la que se encontró mi abuelo, parece posible que, en su total desesperación, intentara revelarle el secreto a alguien externo a la hermandad. Alguien en quien confiara. Alguien de su familia.

Teabing estaba pálido.

—Pero alguien capaz de semejante ataque... de descubrir tantas cosas sobre la Orden... —Se detuvo, presa de un nuevo temor—. Sólo puede tratarse de una organización. Este tipo de infiltración puede sólo haber venido del enemigo más antiguo del Priorato.

Langdon alzó la vista.

—De la Iglesia.

—¿Y de quién si no? Roma lleva siglos buscando el Grial.

Sophie se mostró escéptica.

—¿Crees que la Iglesia mató a mi abuelo?

—No sería la primera vez que la Iglesia mata para protegerse —intervino Teabing—. Los documentos que acompañan al Santo Grial son explosivos, y la Iglesia lleva muchos años queriendo destruirlos.

A Langdon le costaba creer que la Iglesia se dedicara a matar descaradamente para obtener esos documentos. Habiendo conocido al nuevo Papa y a muchos cardenales, Langdon sabía que se trataba de hombres de profunda espiritualidad que nunca sucumbirían al asesinato. «Por más que quisieran conseguir algo.»

Sophie parecía ser de la misma opinión.

—¿Y no es posible que los hayan matado personas ajenas a la Iglesia? ¿Alguien que no entienda lo que el Grial es en realidad? El cáliz de Cristo puede ser un trofeo muy apetecible. Está claro que los buscadores de tesoros han matado por mucho menos.

—Según mi experiencia —respondió Teabing—, el hombre llega mucho más lejos para evitar lo que teme que para alcanzar lo que desea. Y en este asalto al Priorato me parece detectar cierta desesperación.

—Leigh —interrumpió Langdon—, en tu argumento hay cierta paradoja. ¿Por qué habría el clero católico de asesinar a miembros del Priorato, en un intento de hallar y destruir unos documentos que, según proclama, son falsos testimonios?

Teabing ahogó una risita.

—Las torres de marfil de Harvard te han ablandado, Robert. Sí, el clero de Roma está tocado por la fuerza de la fe, y precisamente por eso sus creencias pueden soportar cualquier tormenta, incluidos los documentos que contradicen lo que más sagrado es para ellos. Pero ¿qué me dices del resto del mundo? ¿Qué hay de los que no están bendecidos por las mismas certezas? ¿Qué me dices de los que ven la crueldad del mundo y se preguntan dónde está Dios? ¿Y de los que saben de los escándalos de la Iglesia y se preguntan quiénes son esos hombres que afirman tener la verdad sobre Cristo y aun así mienten y encubren los abusos sexuales a niños cometidos por sus propios sacerdotes? —Teabing se detuvo un instante—. ¿Qué pasa con esa gente, Robert, si las persuasivas pruebas científicas demuestran que la versión de la historia de Jesús que propone la Iglesia no es exacta, y que la mayor historia jamás contada es en realidad la mayor historia jamás inventada?

Langdon no le respondió.

—Pues ya te diré yo qué es lo que pasaría si esos documentos salieran a la luz —dijo Teabing—. Que el Vaticano se enfrentaría a la peor crisis de fe de sus dos milenios de historia.

—Pero si es la Iglesia la que está detrás de todo esto —preguntó Sophie tras un largo silencio—, ¿por qué actúa precisamente ahora? ¿Después de tantos años? El Priorato tiene ocultos los documentos. No suponen un peligro inminente para ella.

Teabing suspiró ruidosamente y miró a Langdon.

—Robert, supongo que estás al corriente de la misión final del Priorato.

Langdon se quedó sin aire al pensar en ella.

—Sí.

—Señorita Neveu —dijo Teabing—, la Iglesia y el Priorato se han sometido durante años a un acuerdo tácito, consistente en que la Iglesia no atacaba a la hermandad y ésta no sacaba a la luz los documentos del Santo Grial. —Hizo una pausa—. Sin embargo, parte de la historia del Priorato ha incluido siempre el plan para revelar el secreto. Al llegar a una fecha concreta, la hermandad planea romper su silencio y culminar su triunfo mostrando al mundo los documentos del Sangreal y gritando a los cuatro vientos la verdadera historia de Jesucristo.

Sophie se quedó mirando a sir Leigh sin decir nada y se sentó.

—¿Y cree que esa fecha está cerca? ¿Y que la Iglesia lo sabe?

—Una especulación como cualquier otra —respondió Teabing—, pero sin duda le proporcionaría a la Iglesia un pretexto para lanzar un ataque en toda regla que le permitiera encontrar los documentos antes de que fuera demasiado tarde.

Langdon tenía la incómoda sensación de que lo que decía Teabing no era en absoluto descabellado.

—¿Crees que la Iglesia es capaz de encontrar pruebas fiables de la fecha que maneja el Priorato?

—¿Por qué no? Si aceptamos que ha sido capaz de descubrir las identidades de los cuatro miembros de la cúpula del Priorato, no hay duda de que podrían haberse enterado también de sus planes. E incluso si desconocen la fecha exacta, sus supersticiones pueden haber jugado a su favor.

—¿Supersticiones? —preguntó Sophie.

—En términos de profecías, en la actualidad estamos en una época de enormes cambios. Acabamos de terminar un milenio, y con él ha concluido la era astrológica de Piscis, que ha durado dos mil años y que representa el pez, que también es el símbolo de Jesús. Como le dirá cualquier especialista en simbología, el ideal de Piscis defiende que son los poderes superiores los que deben dictar al hombre lo que debe hacer, pues él es incapaz de pensar por sí mismo. Por tanto, éste ha sido un tiempo de religiosidad ferviente. Ahora, sin embargo, estamos entrando en la era de Acuario, el receptáculo del agua, cuyo ideal defiende que los hombres aprenderán la verdad y serán capaces de pensar por sí mismos. El cambio ideológico es enorme, y está teniendo lugar en este mismo momento.

Langdon sintió un escalofrío. Las profecías astrológicas nunca le habían interesado demasiado ni se había fiado de su credibilidad, pero sabía que había gente en la Iglesia que las seguía a pies juntillas.

—La Iglesia llama a este periodo de transición «el Fin de los Días».

Sophie le miró con expresión de incredulidad.

—¿El fin del mundo? ¿El Apocalipsis?

—No —replicó Langdon—. Ése es un error de concepto muy

extendido. Son muchas las religiones que hablan del Fin de los Días.
Y no se refieren al fin del mundo, sino más bien al final de la presente era, la de Piscis, que empezó en la época del nacimiento de Cristo, se desarrolló en el transcurso de dos mil años y ha terminado con el fin del milenio que hemos dejado atrás. Y ahora que hemos entrado en la era de Acuario, el Fin de los Días ha llegado.

—Muchos historiadores especializados en el Grial —añadió Teabing— creen que si es cierto que el Priorato planea revelar su verdad, este punto de la historia sería una época especialmente adecuada para hacerlo. La mayor parte de los estudiosos del Priorato, entre los que me incluyo, previeron que la divulgación del secreto coincidiría exactamente con el cambio de milenio. Pero está claro que no fue así. Se sabe que el calendario romano no coincide exactamente con los indicadores astrológicos, por lo que en la predicción hay cierto margen de error. No sé si la Iglesia posee información secreta sobre una inminente fecha exacta o si es que sencillamente se está poniendo nerviosa en previsión de que se cumpla la profecía astrológica. Sea como sea, eso no es lo importante. Ambos casos explicarían la posible motivación de la Iglesia para lanzar un ataque preventivo contra el Priorato. —Teabing frunció el ceño—. Y, no lo dude, si encuentran el Santo Grial, lo destruirán. Y con los documentos y las reliquias de la bendita María Magdalena harán lo mismo. —Se le entristeció la mirada—. Y entonces, una vez los documentos del Sangreal hayan desaparecido, se perderán todas las pruebas. La Iglesia habrá ganado la guerra que inició hace tantos siglos para reescribir la historia. El pasado quedará borrado para siempre.

Despacio, Sophie se sacó la llave cruciforme del bolsillo del suéter y se la entregó a Teabing, que la cogió y la observó con detenimiento.

—Dios mío. El sello del Priorato. ¿De dónde ha sacado esto?

—Mi abuelo me lo ha dado esta noche, antes de morir.

Teabing pasó los dedos por la superficie.

—¿La llave de una iglesia?

Sophie aspiró hondo.

—Esta llave proporciona acceso a la clave.

Teabing echó hacia atrás la cabeza en un gesto de incredulidad.

—¡Imposible! ¿Qué iglesia se me ha escapado? ¡Pero si las he revisado todas!

—No está en una iglesia —dijo Sophie—. Está en un banco suizo.

La mirada de emoción de Teabing se desvaneció.

—¿La clave está en un banco?

—En una cámara acorazada —especificó Langdon.

—¿En una cámara acorazada? —Negó con la cabeza—. Eso es imposible. Se supone que la clave está escondida bajo el signo de la rosa.

—Y lo está. Estaba metida dentro de una caja de palisandro, que también se conoce como palo de rosa, con una rosa de cinco pétalos taraceada en la tapa.

Teabing estaba anonadado.

—¿Habéis visto la clave?

Sophie asintió.

—Hemos estado en el banco.

Teabing se les acercó con los ojos llenos de temor.

—Amigos, debemos hacer algo. ¡La clave está en peligro! Tenemos el deber de protegerla. ¿Y si hubiera otras llaves? ¿Tal vez robadas a los *sénéchaux* asesinados? Si la Iglesia tuviera acceso al banco, igual que lo habéis tenido vosotros...

—Llegarían demasiado tarde —dijo Sophie—. Porque nos la hemos llevado nosotros.

—¿Qué? ¿Habéis sacado la clave de su escondite?

—No te preocupes —intervino Langdon—. Está muy bien escondida.

—Espero que así sea.

—La verdad —dijo Langdon sin poder disimular una sonrisa— es que eso dependerá de con qué frecuencia limpies debajo del sofá.

Había empezado a soplar el viento en el exterior del Château Villette, y a Silas, agazapado junto a la ventana, se le agitaba el hábito. Aunque no había podido oír casi nada, la palabra «clave» había traspasado los cristales varias veces.

«Está dentro.»

Tenía frescas en la mente las palabras de El Maestro. «Entra en el Château Villette. Coge la clave. No le hagas daño a nadie.»

Ahora, Langdon y los demás se habían trasladado de pronto a otra estancia, apagando las luces del estudio antes de abandonarlo. Sintiéndose como una pantera persiguiendo a su presa, Silas se acercó a la puerta vidriera. Como sólo estaba entornada, la empujó y entró en el salón. Oía voces amortiguadas que venían de otra habitación. Se sacó la pistola del bolsillo, quitó el seguro y avanzó despacio por el pasillo.

63

El teniente Collet estaba junto a la entrada de la mansión de Leigh
Teabing, contemplando el impresionante edificio. «Aislada. Oscura.
Un buen escondite.» Collet observó a su media docena de agentes que
se habían distribuido a lo largo de la verja. Podían traspasarla y rodear
la casa en cuestión de minutos. Langdon no podría haber escogido
mejor refugio para que sus hombres realizaran un asalto por sorpresa.

Ya estaba a punto de llamar a Fache cuando, por fin, sonó el teléfono. El capitán no estaba tan satisfecho con el desarrollo de los
acontecimientos como cabría haber esperado.

—¿Por qué no me había dicho nadie que habíamos dado con el
rastro de Langdon?

—Usted tenía una llamada y...

—¿Dónde está usted exactamente, teniente Collet?

Le dio la dirección.

—La finca es propiedad de un ciudadano británico llamado Teabing. Langdon ha recorrido una distancia considerable para llegar
hasta aquí, y el vehículo está dentro del perímetro de la valla de seguridad. No hay signos de que la haya forzado, por lo que lo más probable es que Langdon conozca al ocupante.

—Voy para allá —dijo Fache—. No haga nada. Quiero encargarme del caso personalmente.

Collet se quedó boquiabierto.

—Pero, capitán, si está a veinte minutos de aquí. ¡Tenemos que
actuar de inmediato! Lo tengo rodeado. Tengo a siete agentes conmi-

go. Cuatro de nosotros disponemos de rifles de asalto y los demás llevan armas cortas.

—Espérenme.

—Capitán, ¿y si Langdon tiene a algún rehén ahí dentro? ¿Y si nos ve y decide salir a pie? ¡Debemos actuar de inmediato! Mis hombres están en sus puestos y listos para actuar.

—Teniente Collet, usted esperará a que llegue antes de pasar a la acción. Es una orden.

Y colgó.

Indignado, el teniente apagó el móvil. «¿Pero por qué me pide Fache que lo espere?» Collet conocía muy bien la respuesta. Fache, aunque famoso por su intuición, era más conocido aún por su orgullo. «Quiere atribuirse el mérito de la detención.» Después de hacer que la foto del americano apareciera en todos los canales de televisión, Fache quería asegurarse de que la suya tuviera al menos el mismo protagonismo. Y la misión de Collet era simplemente la de retener la pieza hasta que el jefe apareciera por allí para cobrársela.

Ahí de pie, a Collet se le ocurrió otra explicación posible para justificar aquella demora. «Limitación de daños.» En las operaciones policiales, las vacilaciones a la hora de detener a un fugitivo sólo se daban cuando surgían dudas sobre la culpabilidad del sospechoso. «¿Es posible que Fache contemple la posibilidad de que Langdon no sea el hombre que busca?» Aquella idea era preocupante. El capitán se había lanzado a una persecución en toda regla para detener a Robert Langdon; vigilancia policial, Interpol, televisión. Ni siquiera el gran Bezu Fache sobreviviría al escándalo político que se organizaría si resultaba que por error había inundado los televisores de todo el país con el rostro de un eminente ciudadano estadounidense, acusándolo de asesinato. Y si Fache se había dado cuenta de que se había equivocado, era lógico que le pidiera a Collet que no pasara a la acción. No le convenía nada que su teniente asaltara la residencia particular de un inglés inocente y que detuviera a Langdon a punta de pistola.

Y aún peor, pensó Collet, si el americano fuera inocente, aquello explicaría una de las mayores contradicciones de aquel caso: ¿por qué Sophie Neveu, nieta de la víctima, había ayudado a escapar al supuesto asesino? Tal vez ella sabía que las acusaciones contra Langdon eran infundadas. Fache había aventurado todo tipo de explicaciones aquella noche para justificar el extraño comportamiento de Sophie, incluida la que decía que ella, en tanto que única nieta de Saunière, había convencido a su amante secreto para que lo matara y cobrar así la herencia. Si ese hubiera sido el caso y el conservador lo hubiera sospechado, podría haber dejado a la policía el mensaje: «P. S. Buscar a Robert Langdon.» Pero Collet estaba bastante seguro de que en todo aquello había algo más. Sophie Neveu parecía una persona demasiado íntegra como para verse envuelta en algo tan sórdido.

—¿Teniente? —Uno de los policías se había acercado hasta él—. Hemos encontrado un coche.

Collet lo siguió unos cincuenta metros hasta el otro lado del camino de acceso. El agente le señaló un repecho y allí, aparcado tras unos arbustos, casi fuera del alcance de la vista, había un Audi negro con una matrícula que indicaba que se trataba de un coche alquilado. Collet tocó el capó. Aún estaba caliente.

—Langdon debe de haber llegado con este coche —dijo—. Llame a la empresa de alquiler. Averigüe si se trata de un vehículo robado.

—Sí, señor.

Otro policía le hizo gestos para que volviera a la verja de la entrada.

—Teniente, échele un vistazo a esto. —Le alargó unos prismáticos de visión nocturna—. Los arbustos que hay al fondo del camino.

Collet los enfocó hacia aquel punto y le dio vueltas a la rueda para aclarar la visión. Gradualmente, los perfiles verdosos fueron definiéndose. Localizó la curva que describía el camino al llegar frente a la casa y continuó hasta dar con los arbustos. Allí, medio oculto tras ellos, había un furgón blindado, idéntico al que había dejado salir del Banco de Depósitos de Zúrich hacía unas horas. Ojalá todo aquello fuera una extraña coincidencia, aunque sabía que no podía ser.

—Parece obvio —comentó el agente— que Langdon y Neveu salieron del banco en ese furgón.

Collet se había quedado mudo. Se acordó del conductor al que había hecho parar en el control. Del Rolex. De su impaciencia por salir de allí. «Y yo no revisé la carga.»

Todavía incrédulo, Collet se dio cuenta de que, en el banco, alguien les había mentido sobre el paradero de Langdon y Sophie y luego les habían ayudado a escapar. «Pero ¿quién? ¿Por qué?» Collet se preguntaba si tal vez aquella fuera la razón por la que Fache le había pedido que no hiciera nada. Quizás el capitán sabía que había más gente implicada. «Y si Langdon y Neveu habían llegado en el furgón blindado, ¿quién iba en el Audi?»

Cientos de kilómetros más al sur, un Beechcraft Baron 58 alquilado sobrevolaba raudo el mar Tirreno, en dirección norte. A pesar de que no había turbulencias, el obispo Aringarosa tenía en la mano la bolsa de papel para el mareo, porque estaba seguro de que se iba a sentir indispuesto de un momento a otro. Su conversación con París no se había desarrollado como esperaba.

Solo en la pequeña cabina, Aringarosa le daba vueltas sin parar al anillo de oro, intentando aliviar el creciente sentimiento de miedo y desesperación. «En París las cosas no podrían haber ido peor.» Cerró los ojos y rezó para que Bezu Fache lograra arreglarlas.

64

Sentado en el diván, con la caja de madera sobre las piernas, Teabing admiraba la elaborada rosa de la tapa. «Ésta ha sido la noche más rara y mágica de mi vida.»

—Ábrala —le susurró Sophie, que estaba de pie a su lado, junto a Langdon.

Teabing sonrió. «Sin prisas.» Después de haber pasado más de diez años buscando esa clave, quería saborear todas las milésimas de segundo del momento. Pasó la palma de la mano por la tapa de madera, y notó la textura de la flor.

—La rosa —dijo en voz muy baja—. «La rosa es Magdalena, es el Santo Grial. La rosa es la brújula que indica el camino.» Teabing se sentía como un idiota. Durante años había recorrido Francia entera en busca de iglesias y catedrales, había pagado dinero para que le permitieran el acceso a lugares restringidos, había examinado centenares de arcos situados debajo de rosetones, había buscado alguna clave de bóveda que incorporara algún código. «La *clef de voûte*, una clave bajo el signo de la rosa.»

Lentamente, sir Leigh le quitó el cierre a la tapa y la abrió.

Cuando sus ojos se posaron por fin en el contenido, supo al instante que sí, que aquello no podía ser sino la clave. Miraba aquel cilindro de mármol, formado por discos conectados entre sí y marcados con letras. Aquel mecanismo le resultaba curiosamente familiar.

—Realizado a partir de los diarios de Leonardo Da Vinci —dijo Sophie—. Mi abuelo los fabricaba a modo de pasatiempo.

—Sí, claro.

Teabing había visto los bocetos y los diseños. «La clave para encontrar el Santo Grial está en esta piedra.» Sacó el pesado criptex de la caja y lo sostuvo con cuidado. Aunque no tenía ni idea de qué debía hacer para abrirlo, intuía que su propio destino dependía del contenido del cilindro. En momentos de zozobra, Teabing había llegado a dudar de si la búsqueda a la que había dedicado su vida obtendría alguna recompensa. Ahora, esa incertidumbre había sido disipada de un plumazo. Le parecía oír las antiguas palabras... los cimientos de la leyenda del Grial:

Vous ne trouvez pas le Saint-Graal, c'est le Saint-Graal qui vous trouve.
No eres tú quien encuentra el Santo Grial, sino el Santo Grial quien te encuentra a ti.

Y esa noche, por más increíble que pareciera, la clave para encontrar el Santo Grial había llegado directamente hasta su propia casa.

Mientras Sophie y Teabing hablaban del criptex, del vinagre, de los diales y de la posible contraseña, Langdon depositó la caja de madera encima de una mesa bien iluminada para examinarla mejor. Sir Leigh acababa de decir algo que no dejaba de rondarle por la cabeza.

«La clave del Grial está oculta bajo el signo de la rosa.»

Langdon levantó la caja a la luz y estudió el símbolo taraceado. Aunque sus conocimientos de arte no abarcaban los trabajos de marquetería o de taracea, acababa de recordar el famoso techo embaldosado de un monasterio a las afueras de Madrid y que, tres siglos después de su construcción, las baldosas habían empezado a despegarse, dejando al descubierto unos textos sagrados escritos por los monjes en el yeso que había debajo.

Langdon observó la rosa una vez más.

«Bajo la rosa.»

«*Sub rosa.*»

«Secreto.»

Un ruido en el pasillo, a su espalda, le hizo volverse. Sólo se veían sombras. Seguro que el mayordomo de Teabing acababa de pasar por allí. Volvió a concentrarse en la caja. Pasó un dedo por el fino borde de la rosa, preguntándose si sería posible levantarla. Pero no, el encaje era perfecto. Dudaba incluso de que el filo de una hoja de afeitar cupiera entre el perfil de la flor y el hueco perfectamente labrado en que estaba insertada.

Abrió la caja y examinó el interior de la tapa. También era muy fina al tacto. Sin embargo, al cambiar un poco de posición, la luz incidió sobre lo que parecía ser un pequeño agujero en la parte posterior de la tapa, en su centro exacto. Bajándola, examinó de nuevo el símbolo encastrado y constató que ahí no había ningún hueco.

«El agujero no llega al otro lado.»

Dejó la caja sobre la mesa, echó un vistazo a la habitación y se fijó en un fajo de papeles sujetos con un clip. Cogió el clip, volvió a la mesa, levantó de nuevo la tapa y observó el agujero. Con cuidado, desdobló el alambre y lo metió en él, haciendo un poco de presión. No hizo falta más. Oyó el ruido sordo de algo que había caído sobre la mesa. Langdon cerró la tapa y miró. Se trataba de un pequeño fragmento de madera, como la pieza de un rompecabezas; la rosa se había desprendido de la tapa y había caído sobre la mesa.

Anonadado, Langdon miró el hueco que había dejado. Ahí, grabadas con pulcra caligrafía sobre una fina lámina de madera que tapaba el fondo del hueco, había cuatro líneas escritas en una lengua que nunca había visto.

«Las letras parecen vagamente semíticas —pensó Langdon—, pero no reconozco a qué idioma corresponden.»

Detrás de él, un movimiento brusco llamó su atención. Como salido de la nada, algo le golpeó en la cabeza y le hizo doblarse de rodillas.

Mientras caía al suelo, le pareció por un instante ver a un pálido fantasma abalanzarse sobre él, con un arma en la mano. Luego, todo se hizo oscuro.

65

Hasta esa noche, a Sophie Neveu, a pesar de trabajar para las fuerzas del orden, nunca le habían apuntado con una pistola. Era de lo más extraño, pero la que ahora tenía delante la sostenía, con su mano pálida, un enorme albino de pelo largo y blanco. La miraba con unos ojos rojos que tenían algo de terrorífico, de fantasmal. Vestido con un hábito de lana, con una cuerda atada a la cintura, parecía un clérigo medieval. Sophie no tenía ni idea de quién podía ser, pero de pronto recordó las sospechas de Teabing de que la Iglesia estaba detrás de todo aquello y su respeto por él ganó varios puntos más.

—Ya sabe para qué he venido —dijo el monje con la voz hueca.

Sophie y Teabing estaban sentados en el diván, con los brazos en alto, acatando las órdenes del asaltante. Langdon estaba en el suelo, quejándose. Los ojos del intruso se fijaron al momento en el cilindro que seguía en el regazo de Teabing.

—No podrá abrirlo.

El tono de voz de sir Leigh era desafiante.

—Mi Maestro es muy listo —replicó el monje con el arma apuntando a un espacio intermedio entre los dos.

Sophie se preguntaba dónde estaba el mayordomo. «¿Es que no había oído caer a Langdon?»

—¿Quién es su maestro? —le preguntó Teabing—. Tal vez podamos llegar a un acuerdo económico.

—El Grial no tiene precio.

Dio un paso adelante.

—Está sangrando —comentó Teabing sin perder la calma y señalándole con un movimiento de cabeza el muslo derecho, por donde un hilo de sangre se había ido deslizando hasta la rodilla—. Y cojea.

—En eso coincidimos —replicó el monje apuntando a las muletas que tenía al lado—. Bueno, páseme la clave.

—¿Qué sabe usted de la clave? —le preguntó Teabing sorprendido.

—Qué más da lo que sepa o deje de saber. Levántese despacio y entréguemela.

—No sé si se da cuenta de que no me resulta fácil moverme.

—Mejor. No me interesa que nadie haga ni un solo movimiento brusco.

Teabing agarró una muleta con la mano derecha y cogió el cilindro con la izquierda. Se levantó con esfuerzo y se quedó de pie, ladeado y sosteniendo con fuerza el criptex.

El monje se adelantó un poco más, apuntándole directamente a la cabeza. Sophie vio con impotencia que el monje alargaba la mano para coger el cilindro.

—No se saldrá con la suya —dijo Teabing—. Sólo los dignos lograrán abrir la piedra.

«Sólo Dios juzga quién es digno», pensó Silas.

—Pesa mucho —dijo el viejo de las muletas agitando la mano—. Si no lo coge pronto, se me va a caer —añadió, ladeándose peligrosamente.

Silas se adelantó para coger el criptex y, al hacerlo, el viejo perdió el equilibrio. Sin soltar la muleta, empezó a inclinarse hacia la derecha. «¡No!» Silas se lanzó a salvar el precioso objeto, para lo que bajó el arma. Pero el cilindro seguía alejándose de él. Al caer, el hombre dobló la mano izquierda y el criptex cayó sobre el sofá. En ese mismo instante, la muleta metálica que había dejado de sostener al viejo pareció acelerarse y empezó a describir una parábola en dirección a la pierna de Silas.

Al entrar en contacto con su cilicio, la muleta le clavó las púas en el muslo, que estaba ya en carne viva. El monje se sintió embargado por intensas oleadas de dolor. Retorciéndose, cayó de rodillas, y en esa posición su cinturón de castigo le apretó todavía más. El arma se disparó con estruendo y la bala se incrustó en el suelo sin herir a nadie. Antes de que le diera tiempo a levantarla y a disparar de nuevo, se encontró con el pie de la mujer que le aplastaba la cara.

Al otro extremo del camino, desde el lado de fuera de la verja, Collet oyó el disparo. Fache se dirigía hacia allí, y él ya había renunciado a atribuirse cualquier mérito por la captura de Langdon aquella noche. Pero sería bien tonto si dejara que por culpa del ego del capitán le abrieran a él un expediente por negligencia.

«¡Sonó un disparo en una residencia particular! ¿Y usted siguió esperando al otro lado de la verja?»

Collet sabía que hacía rato que habían perdido la ocasión de rodear la casa sin llamar la atención. Como también sabía que si seguía sin actuar un segundo más, mañana su carrera policial sería cosa del pasado. Clavó los ojos en la verja de hierro y tomó una decisión.

—Echen las puertas abajo.

En los lejanos resquicios de su aturdida mente, Robert Langdon había oído el disparo, así como un grito de dolor. ¿El suyo? Sentía que una taladradora le estaba perforando el cráneo. Cerca, en algún lugar indeterminado, había gente hablando.

—Pero ¿dónde diablos te habías metido? —gritaba Teabing.

El mayordomo se acercaba a toda prisa.

—¿Qué ha pasado? Oh, Dios mío, ¿quién es éste? ¡Voy a llamar a la policía!

—¡Pero qué es esto! No llames a la policía. Haz algo útil y trae alguna cuerda para inmovilizar a este monstruo.

—¡Y un poco de hielo! —gritó Sophie al ver que se alejaba corriendo.

Langdon volvió a notar que perdía el conocimiento. Más voces. Movimiento. Ahora estaba sentado en el diván. Sophie le había puesto una bolsa con hielo en la cabeza. Le dolía el cráneo. A medida que se le iba aclarando la visión, iba haciéndosele más claro que tendido en el suelo había alguien. «¿Tengo alucinaciones?» El enorme cuerpo de un monje albino estaba atado y amordazado con cinta aislante. Tenía un corte en la barbilla y el hábito, por encima del muslo derecho, estaba empapado de sangre. También él parecía estar despertando en ese momento.

Langdon se volvió hacia Sophie.

—¿Quién es éste? ¿Qué... qué ha pasado?

Teabing apareció cojeando en su campo de visión.

—Te ha rescatado un caballero que blandía su Excalibur de Ortopedia Acme.

—¿Eh? —musitó Robert intentando incorporarse.

La caricia de Sophie era temblorosa pero tierna.

—Espera un minuto, Robert.

—Me temo —dijo Teabing— que acabo de demostrarle a tu amiga la desafortunada ventaja de mi defecto físico. Parece que todo el mundo te subestima.

Desde el diván, Langdon miró al monje e intentó imaginar qué había pasado.

—Llevaba puesto un cilicio —intervino Teabing.

—¿Que llevaba qué?

Teabing le señaló las tiras de piel con púas empapadas de sangre que había en el suelo.

—Lo llevaba en el muslo. Y yo he apuntado bien.

Langdon se rascó la cabeza. Había oído hablar de aquellos castigos corporales.

—Pero... ¿cómo lo has sabido?

Sir Leigh sonrió.

—El cristianismo es mi campo de estudio, Robert, y hay ciertas organizaciones que no se esconden demasiado. —Con la punta de la muleta, señaló el hábito del monje empapado de sangre—. Como en este caso.

—El Opus Dei —susurró Langdon, recordando que hacía poco los medios de comunicación habían revelado que importantes empresarios de Boston pertenecían a esa organización. Algunos compañeros de trabajo, recelosos, los habían acusado públicamente de llevar cilicios debajo de los trajes, cosa que había resultado ser falsa. En realidad, como muchos otros miembros del Opus, aquellos empresarios eran «supernumerarios», y no se infligían castigos corporales. Eran católicos devotos, padres entregados a sus hijos y miembros activos de sus respectivas comunidades. Como de costumbre, los medios de comunicación habían mencionado de pasada su compromiso espiritual antes de pasar a exponer con todo lujo de detalles los aspectos más escandalosos de las prácticas de los «numerarios»... miembros que eran como el monje que ahora Langdon tenía delante.

Teabing tenía la vista fija en el cinturón ensangrentado.

—Pero ¿por qué ha de estar el Opus buscando el Santo Grial?

Langdon estaba demasiado atontado para pensar en aquella cuestión.

—Robert —dijo Sophie acercándose hasta la caja de madera—, ¿qué es esto?

Había cogido la rosa que él había sacado de la tapa.

—Sirve para ocultar unas inscripciones en el fondo de la tapa. Me parece que el texto nos ayudará a abrir el criptex.

Antes de que Teabing o Sophie pudieran decir nada, un mar de luces y sirenas se materializó a la entrada de la propiedad y empezó a serpentear en dirección a la mansión.

Teabing frunció el ceño.

—Amigos, parece que tenemos que tomar una decisión. Y será mejor que no tardemos mucho.

66

Collet y sus hombres irrumpieron en la mansión de sir Leigh Teabing con las armas en alto. Se desplegaron por las estancias de la planta baja. En el suelo del salón encontraron un impacto de bala, señales de que se había producido un forcejeo, un poco de sangre, un curioso cinturón con púas y un rollo de cinta aislante. Pero no parecía haber nadie en ninguna parte.

Cuando Collet se disponía a ordenar a sus hombres que se dividieran e inspeccionaran el sótano y las habitaciones traseras, oyó voces en la planta superior.

—¡Están arriba!

Corriendo por la amplia escalinata, Collet y sus hombres registraron todas las habitaciones de aquella enorme mansión, revisando pasillos y oscuros dormitorios a medida que se acercaban al lugar de donde provenían las voces. El sonido parecía salir de la última estancia, al fondo de un pasillo larguísimo. Los agentes empezaron a avanzar sigilosamente por él sellando cualquier salida alternativa.

Al acercarse más a aquella habitación, Collet vio que la puerta estaba abierta de par en par. Las voces habían cesado de repente y habían sido sustituidas por un extraño ronroneo como de motor.

Collet levantó el brazo y dio la señal. Traspasó el umbral, encontró el interruptor y encendió la luz. Los agentes venían detrás. El teniente gritó y apuntó con el arma a... nada.

Un dormitorio de invitados desierto. Vacío.

El ronroneo del motor salía de un panel electrónico que había en una pared, junto a la cama. Collet había visto varios dispositivos como aquel instalados en toda la casa. Una especie de sistema de intercomunicadores. Se acercó. El panel tenía unos diez botones con etiquetas debajo:

ESTUDIO... COCINA... LAVADERO... BODEGA...

«¿Pero de dónde sale el ruido del coche?»

DORMITORIO DEL SEÑOR... SOLARIUM...
COBERTIZO... BIBLIOTECA...

«¡El cobertizo!» Collet bajó la escalera en cuestión de segundos y avanzó a toda prisa hacia la puerta trasera, llevándose consigo a uno de los agentes. Atravesaron el jardín posterior y llegaron sin aliento frente a una especie de granero destartalado. Desde fuera se oía, amortiguado, el sonido de un motor. Levantó el arma, entró y encendió las luces.

El lado derecho de aquel cobertizo era un taller rudimentario, con cortadoras de césped, recambios de coche, material de jardinería. En la pared cercana había colgado otro de aquellos paneles electrónicos. Uno de los botones, el correspondiente a DORMITORIO DE INVITADOS II estaba pulsado y el sistema de comunicación activado.

Collet se volvió, iracundo. «¡Nos han engañado con los intercomunicadores!» Se acercó al otro extremo del cobertizo y dio con los cubículos de una cuadra. Vacíos. Al parecer, el dueño prefería la fuerza de otro tipo de caballos; los cubículos se habían convertido en un impresionante estacionamiento para coches. La colección era bastante completa: un Ferrari negro, un brillante Rolls-Royce, un Aston Martin coupé antiguo y un Porsche 356 de colección.

El último compartimento estaba vacío.

Collet vio que había manchas de aceite en el suelo.

«No podrán salir de la finca.»

Tras la verja habían dejado atravesados dos coches patrulla, que impedían el paso, precisamente para evitar una situación como aquella.

—¿Señor? —El agente señaló la parte trasera de las cuadras.

La pared del fondo del granero estaba abierta de par en par, y tras ella se extendía una suave pendiente embarrada que se perdía entre los campos oscuros. Collet salió por aquella puerta, intentando ver algo entre las sombras. Pero sólo distinguía débilmente la silueta del bosque recortándose en la penumbra. Ni una luz, ni un faro. Probablemente, aquel valle boscoso estaba atravesado por cientos de caminos y pistas forestales que no aparecían en los mapas, pero Collet estaba convencido de que los fugitivos no llegarían tan lejos.

—Que algunos hombres rastreen esa zona. Seguro que ya se han quedado atrapados por ahí. Estos coches tan caros se atascan a la mínima en el barro.

—Eh... señor... —El agente le señaló un tablón con clavijas de las que colgaban juegos de llaves. Sobre cada clavija había una etiqueta con el nombre de una marca de coche.

DAIMLER... ROLLS-ROYCE... ASTON MARTIN...
PORSCHE...

De la última clavija no colgaba ningún juego de llaves.

Cuando Collet leyó la etiqueta que había encima, supo que iba a tener problemas.

67

El Range Rover era de color negro perla, con tracción en las cuatro ruedas, luces traseras empotradas y volante a la derecha.

Langdon se alegraba de no tener que conducir.

El mayordomo, Rémy, a instancias de su señor, maniobraba con pericia por los campos del *château*, iluminados por la luna. Sin luces, había logrado subir por un repecho y ahora descendía por una larga pendiente, alejándolos de la finca. Parecía estar llevándolos hacia una zona más boscosa que se intuía a lo lejos.

Langdon sujetaba con cuidado el cilindro. Iba sentado en el asiento del copiloto, ladeado para ver a Teabing y a Sophie, que iban detrás.

—¿Qué tal la cabeza, Robert? —le preguntó ella, preocupada.

Langdon, a pesar del intenso dolor, se esforzó por sonreír.

—Mejor, gracias.

A su lado, sir Leigh se giró para echarle un vistazo al monje que, atado y amordazado, iba en el maletero abierto, detrás del asiento. Le había quitado el arma y la llevaba él en el regazo. Ahí sentado, parecía la foto de uno de esos viejos ingleses de safari por África posando con la pieza que acababa de batir.

—Cuánto me alegro de que hayas pasado a verme esta noche, Robert —dijo Teabing con una sonrisa de oreja a oreja, como si fuera la primera vez en muchos años que estuviera divirtiéndose.

—Siento mucho haberte metido en todo esto, Leigh.

—Pero qué dices. Si llevo toda la vida esperando este momento.

Teabing miró al frente y vio la sombra de un largo seto. Le dio una palmada a Rémy en el hombro.

—Recuerda. Nada de luces de freno. Si no hay más remedio, usa el de mano. Debemos internarnos algo más en el bosque. No vale la pena que nos arriesguemos y que nos vean desde la casa.

Rémy aminoró la marcha y atravesó despacio una abertura que había en el seto. Cuando el vehículo se adentró en el sendero oculto entre los árboles, la luna desapareció y la oscuridad se hizo total.

«No veo nada», pensó Langdon, esforzándose por distinguir alguna sombra en medio de la negrura. Unas ramas golpearon el lateral izquierdo del coche y Rémy giró en la dirección contraria. A paso muy lento y manteniendo el volante más o menos recto, avanzó unos treinta metros.

—Lo estás haciendo muy bien, Rémy —dijo Teabing—. Yo creo que ya es suficiente. Robert, ¿puedes apretar ese botoncito azul que hay ahí, debajo del respiradero? ¿Lo ves?

Langdon hizo lo que le pedían y un débil resplandor amarillento iluminó el sendero que tenían delante, mostrando una densa vegetación a ambos lados. «Faros antiniebla», constató Langdon. Iluminaban lo bastante como para guiarlos por el camino, pero no tanto como para delatarlos en aquella zona boscosa.

—Bueno, Rémy —exclamó Teabing con alegría—. Ya tienes luz. Nuestras vidas están en tus manos.

—¿Adónde vamos? —preguntó Sophie.

—Esta pista se interna unos tres kilómetros en el bosque —explicó sir Leigh—. Atraviesa la finca y se dirige al norte. Si no nos topamos con algún árbol caído o con algún charco grande, saldremos sanos y salvos cerca de la entrada de la autopista 5.

«Sanos y salvos.» La cabeza de Langdon hubiera querido disentir. Bajó la mirada hasta su regazo, donde el cilindro volvía a reposar dentro de la caja de madera. La rosa de la tapa estaba encajada una vez más en su sitio, y aunque aún se sentía algo embotado, se veía de nuevo con fuerzas para volver a sacarla y estudiar las inscripciones con más detenimiento. Ya estaba levantando la tapa cuando notó la mano de sir Leigh sobre su hombro.

—Paciencia, Robert, hay muchos baches y está oscuro. Que Dios nos proteja si se nos rompe algo. Si no has podido reconocer el idioma cuando había luz, menos lo vas a reconocer ahora, que no se ve nada. Mejor que nos concentremos en salir enteros de aquí, ¿no te parece? Pronto habrá tiempo para eso.

Langdon sabía que Teabing tenía razón. Con un gesto de asentimiento, cerró la caja.

El monje, en el maletero, empezó a protestar y a forcejear con las cuerdas. De pronto, se puso a dar patadas como un loco.

Sir Leigh se volvió y le apuntó con la pistola.

—No entiendo el motivo de su queja, señor. Ha invadido una propiedad privada, la mía, y le ha dado un buen golpe en la cabeza a un amigo muy querido. Creo que tendría todo el derecho a matarle aquí mismo y dejar que se pudriera en este bosque.

El monje se quedó en silencio.

—¿Estás seguro de que hemos hecho bien en traerlo? —le preguntó Langdon.

—Totalmente. A ti te buscan por asesinato, Robert. Y este indeseable es tu salvoconducto para la libertad. Por lo que se ve, la policía está tan interesada en encontrarte que incluso te ha seguido hasta mi casa.

—Es culpa mía —dijo Sophie—. Seguramente el furgón blindado tenía un transmisor.

—No, no es eso —aclaró Teabing—. Que la policía os haya seguido no me sorprende. Lo que me sorprende es que os haya seguido este personaje del Opus. Con todo lo que me habéis contado, no se me ocurre cómo ha podido encontraros en mi casa, a menos que esté en contacto con la Policía Judicial o con el Banco de Depósitos de Zúrich.

Langdon se quedó pensativo unos momentos. Parecía claro que Bezu Fache estaba buscando un chivo expiatorio para explicar los asesinatos de la noche. Y Vernet les había traicionado de manera repentina, aunque teniendo en cuenta que a Langdon lo acusaban de cuatro muertes, su cambio de actitud parecía comprensible.

—Este monje no opera solo, Robert —prosiguió Teabing—, y hasta que averigües quién está detrás de todo esto, los dos estaréis en peligro. Pero también hay buenas noticias, amigo mío. Ahora estáis en una posición de poder. Este monstruo que tengo aquí detrás conoce esa información, y sea quien sea quien mueve sus cuerdas, seguro que en este momento debe de estar bastante nervioso.

Rémy, que le iba cogiendo confianza a la pista, avanzaba más deprisa. Cruzaron un charco y el agua salpicó a su paso. Subieron por una pendiente y empezaron a descender una vez más.

—Robert, ¿serías tan amable de pasarme ese teléfono de ahí? —preguntó Teabing señalando un móvil de coche que había en el salpicadero.

Langdon hizo lo que le pedía y Teabing marcó un número. Esperó largo rato a que le contestaran.

—¿Richard? ¿Te he despertado? Sí, claro, qué pregunta más tonta. Lo siento. Mira, tengo un pequeño problema. No me encuentro muy bien. Rémy y yo vamos a tener que ir a Inglaterra porque tengo que recibir mi tratamiento. Bueno, pues ahora mismo, en realidad. Siento avisarte con tan poco tiempo. ¿Puedes poner a punto a Elizabeth para dentro de unos veinte minutos? Sí, ya lo sé, haz lo que puedas. Nos vemos en un rato.

Y colgó.

—¿Elizabeth? —preguntó Langdon.

—Mi jet. Me costó más que el rescate de una reina.

Langdon se giró en redondo y le miró a los ojos.

—¿Qué pasa? —inquirió Teabing—. No podéis quedaros en Francia. Tenéis a toda la policía siguiéndoos. Londres será mucho más seguro para vosotros.

Sophie también estaba mirando a sir Leigh.

—¿Cree que debemos salir del país?

—Amigos, soy bastante más influyente en el mundo civilizado que aquí en Francia. Es más, se cree que el Santo Grial está en Gran Bretaña. Si logramos abrir el cilindro, estoy seguro de que descubriremos un mapa que indicará que vamos en la dirección correcta.

—Corre usted un gran riesgo al ayudarnos —dijo Sophie—. No va a hacer muchos amigos entre la policía francesa.

Teabing apartó aquella idea con la mano y puso cara de asco.

—Francia y yo hemos terminado. Me trasladé aquí para encontrar la clave. Y ese trabajo ya está hecho. Me da igual no volver a ver más el Château Villette.

Sophie no estaba convencida del todo.

—¿Y cómo vamos a pasar por los controles de seguridad del aeropuerto?

Teabing se rió.

—El jet está en Le Bourget, un aeródromo exclusivo que hay cerca de aquí. Los médicos franceses me ponen nervioso, así que cada dos semanas me voy a Inglaterra a recibir tratamiento. En el punto de origen y en el de destino pago para tener derecho a ciertos privilegios. Una vez hayamos despegado, ya decidiréis si queréis que alguien de la Embajada americana vaya a recibirnos.

De pronto, Langdon no quería tener nada que ver con ninguna embajada. No era capaz de pensar en nada que no fuera el cilindro, las inscripciones, la manera de llegar hasta el Grial. No estaba seguro de si Teabing tenía razón con lo de Gran Bretaña. Era cierto, la mayoría de leyendas modernas lo situaban en algún punto del Reino Unido. Incluso se creía que la mítica isla de Avalón no era otra cosa que Glastonbury, en Inglaterra. Estuviera donde estuviera, Langdon nunca imaginó que acabaría buscándolo. «Los documentos del Sangreal. La verdadera historia de Jesús. La tumba de María Magdalena.» De pronto se sintió como si esa noche estuviera viviendo en una especie de limbo... en una burbuja a la que el mundo real no podía acceder.

—¿Señor —dijo Rémy—, de verdad está pensando en instalarse definitivamente en Inglaterra?

—Rémy, tú no te preocupes —le tranquilizó Teabing—. Que yo regrese a los dominios de la Reina no implica que piense someter a mi paladar a salchichas con puré el resto de mis días. Espero que vengas conmigo. Pienso comprar una espléndida mansión en Devonshire, y haremos que te envíen todas tus cosas de inmediato. Una aventura, Rémy. ¡Toda una aventura!

Langdon no pudo evitar una sonrisa. Mientras su amigo seguía haciendo planes para su triunfal regreso a Gran Bretaña, se sintió contagiado por tanto entusiasmo.

Miró distraído por la ventana y vio pasar los árboles, pálidos como fantasmas a la luz mortecina de los faros antiniebla. El retrovisor de su lado se había doblado un poco hacia dentro, movido por las ramas, y en el reflejo vio a Sophie apoyada tranquilamente en el asiento de atrás. La observó largo rato y se vio invadido por un inesperado arrebato de agradecimiento. A pesar de todos los problemas de la noche, se alegraba de haberse tropezado con tan buena compañía.

Tras un largo rato, como si de pronto hubiera notado que le tenía clavados los ojos, Sophie se echó hacia delante y le dio un masaje en los hombros.

—¿Qué tal? ¿Estás bien?

—Sí —dijo Langdon—. Más o menos.

Sophie volvió a echarse hacia atrás, y Langdon, por el retrovisor, se fijó en que esbozaba una sonrisa. Para su sorpresa, constató que él mismo también estaba sonriendo.

Encajado en el maletero del Range Rover, Silas apenas podía respirar. Tenía las piernas y los brazos atados con cuerdas y cinta aislante. Con cada bache, una sacudida de dolor le recorría la espalda magullada. Por lo menos sus captores le habían quitado el cilicio. Como tenía la boca tapada con cinta aislante, sólo podía respirar por la nariz, que cada vez tenía más tapada, porque el polvo del maletero se le iba metiendo en las fosas nasales. Empezó a toser.

—Creo que se está ahogando —dijo Rémy con tono de preocupación.

Sir Leigh, que lo había derribado con su muleta, se volvió para mirarlo y frunció el ceño.

—Por suerte para usted, los británicos juzgamos el grado de civilización de un hombre no por la compasión que siente por sus amigos, sino por la que demuestra ante sus enemigos.

Dicho esto, alargó el brazo y con un movimiento rápido le arrancó la cinta de la boca.

Silas notó como si le ardieran los labios, pero el aire empezó a entrarle en los pulmones como un regalo del cielo.

—¿Para quién trabaja? —le preguntó Teabing.

—Hago el trabajo de Dios —soltó Silas, notando la mandíbula dolorida por la patada que le había dado aquella mujer.

—Pertenece al Opus Dei —dijo el inglés, no a modo de pregunta, sino de afirmación.

—Usted no sabe nada de quién soy.

—¿Por qué quiere el Opus la clave?

Silas no tenía ninguna intención de responder. La clave era el eslabón que conectaba con el Santo Grial, y éste, a su vez, la llave para proteger la fe.

«Yo hago el trabajo de Dios. El *Camino* está en peligro.»

Ahora, inmovilizado dentro de aquel Range Rover, Silas sentía que, definitivamente, les había fallado a El Maestro y al obispo. No podía siquiera ponerse en contacto con ellos para contarles el desgraciado giro que habían dado los acontecimientos. «¡Mis captores tienen la clave en su poder! ¡Conseguirán el Grial antes que nosotros!» En medio de aquella opresiva oscuridad, Silas empezó a rezar, dejando que el dolor que le recorría el cuerpo alimentara sus súplicas.

«Un milagro, Señor. Haz un milagro.»

Silas no podía saber que, en pocas horas, ese milagro le iba a ser concedido.

—¿Robert? —Sophie seguía observándolo—. Te he visto. Acabas de poner una cara rara.

Langdon se volvió, y se dio cuenta de que tenía la mandíbula tensa y que el corazón le latía con fuerza. Acababa de ocurrírsele una idea. «¿Era posible que la explicación fuera así de fácil?»

—Sophie, tengo que hacer una llamada. Déjame tu teléfono.

—¿Ahora?

—Me parece que he resuelto algo.

—¿Qué?

—Te lo digo en un minuto. Déjame el teléfono.

Sophie parecía preocupada.

—Dudo que Fache lo tenga pinchado, pero por si acaso, no hables más de un minuto —le dijo, alargándole el aparato.

—¿Qué tengo que marcar para llamar a Estados Unidos?

—Tienes que hacer una llamada a cobro revertido, porque mi servicio no incluye las llamadas transatlánticas.

Langdon pulsó el cero, consciente de que los siguientes sesenta segundos podían traerle la respuesta a la pregunta que le había estado mortificando toda la noche.

68

El editor neoyorquino Jonas Faukman acababa de acostarse cuando sonó el teléfono. «No son horas de llamar», pensó mientras descolgaba.

Oyó la voz de una operadora.

—¿Acepta una llamada a cobro revertido de Robert Langdon?

Desconcertado, Jonas encendió la luz.

—Eh... sí, claro.

Sonó un clic en la línea.

—¿Jonas?

—¿Robert? Me despiertas y encima me haces pagar a mí la llamada.

—Discúlpame. No puedo hablar mucho, pero tengo que saber una cosa. El original que te pasé. ¿Lo has...?

—Robert, lo siento, ya sé que te dije que te enviaría el original revisado esta semana, pero estamos desbordados de trabajo. El lunes te lo hago llegar sin falta, te lo prometo.

—No es la revisión del original lo que me preocupa. Lo que quiero saber es si has enviado sin decírmelo copias del texto a alguien pidiéndole que escriba algún comentario sobre mi obra.

Faukman no respondió. El último trabajo de Langdon —un estudio sobre la historia del culto a la diosa— incorporaba unos capítulos dedicados a María Magdalena que sin duda iban a provocar revuelo en ciertos sectores. Aunque el material estaba bien documentado y ya había sido abordado por otros autores, Faukman no estaba dispuesto a enviar galeradas a la prensa si no contaba antes con los comentarios elogiosos de al menos algunos historiadores de prestigio y de expertos en arte. Jonas había decidido enviar capítulos del texto a diez grandes nombres del mundo de la cultura, adjuntando una carta en la que amablemente les preguntaba si estarían dispuestos a redactar una breve nota elogiosa que se incluiría en la contraportada. Por experiencia sabía que a la mayoría de la gente le encantaba ver su nombre impreso.

—¿Jonas? —insistió Langdon—. Le has enviado mi texto a alguien, ¿verdad?

Faukman frunció el ceño; notaba que a Langdon aquello no le hacía demasiada gracia.

—Tu trabajo es impecable, Robert, y quería darte una sorpresa y que te encontraras con unos buenos comentarios de gente importante.

Hubo una pausa.

—¿Le has enviado una copia al conservador del Louvre?

—¿Y por qué no iba a hacerlo? Su colección aparece citada varias veces en tu libro, y su nombre sale en la bibliografía. Además, es un hombre que vende muy bien en el extranjero.

El silencio al otro lado de la línea se prolongó un largo instante.

—¿Y cuándo se lo enviaste?

—Hará cosa de un mes. Y también le comenté que ibas a ir pronto a París y le sugerí que quedara contigo para conversar. ¿Se ha puesto en contacto contigo? —Faukman hizo una pausa y se frotó los ojos—. Un momento, ¿no era esta semana cuando ibas a París?

—Estoy en París.

Faukman se sentó en la cama.

—¿Me estás llamando desde París a cobro revertido?

—Descuéntamelo de mis derechos de autor, Jonas. ¿Y volviste a recibir alguna noticia de Saunière? ¿Sabes si le gustó mi trabajo?

—No lo sé. Aún no me ha dicho nada.

—Bueno, no te canso más. Tengo que dejarte, pero esto explica muchas cosas. Gracias.

—Robert...

Pero Langdon ya había colgado.

Faukman colgó el auricular y meneó la cabeza, molesto. «Autores —pensó—. Hasta los más cuerdos están locos de atar.»

En el Range Rover, Leigh Teabing soltó una carcajada.

—Robert, ¿me estás diciendo que has escrito un libro que trata de una sociedad secreta, y que tu editor le ha enviado una copia del original a un miembro de esa misma sociedad secreta?

Langdon estaba hundido.

—Evidentemente.

—Cruel casualidad, amigo mío.

«La casualidad no tiene nada que ver con esto». Langdon estaba convencido. Pedirle a Jacques Saunière que escribiera una cita de contraportada para un libro sobre el culto a la diosa era tan obvio como pedirle a Tiger Woods que hiciera lo propio para otro sobre golf. Y además, era casi obligado que cualquier trabajo sobre el culto a la diosa incluyera alguna mención al Priorato de Sión.

—Ahí va la pregunta del millón de dólares —dijo Teabing sin dejar de reír—. El tratamiento que haces del Priorato en tu obra, ¿es favorable o desfavorable?

Langdon se daba perfecta cuenta de lo que quería decir su amigo. Muchos historiadores cuestionaban que el Priorato siguiera manteniendo ocultos los documentos del Sangreal. Había quien opinaba que hacía ya mucho tiempo que deberían haberlos dado a conocer al mundo entero.

—Mantengo una postura neutral respecto a las acciones del Priorato.

—Quieres decir que no tomas partido.

Langdon se encogió de hombros. Por lo que se veía, Teabing era partidario de hacer públicos los documentos.

—Me limito a trazar una historia de la hermandad y a describirla como sociedad moderna de culto a la diosa que custodia el Grial y protege antiguos documentos.

Sophie lo miró.

—¿Y mencionas la clave?

Langdon se estremeció.

—Sí. Muchas veces.

—Hablo de la supuesta clave como ejemplo de lo que el Priorato está dispuesto a hacer para proteger los documentos del Sangreal.

Sophie parecía sorprendida.

—Supongo que eso explica lo de *P. S. Buscar a Robert Langdon.*

Langdon tenía la sensación de que era otra cosa la que había despertado el interés de Saunière en el manuscrito, pero eso era algo de lo que ya hablaría con Sophie cuando estuvieran a solas.

—Bueno, entonces —dijo Sophie—, le has mentido al capitán Fache.

—¿Qué?

—Le dijiste que nunca mantuviste correspondencia con mi abuelo.

—Y no la mantuve. Fue mi editor quien le envió el libro.

—Piénsalo, Robert. Si el capitán Fache no encontró el sobre en el que el editor le envió tu obra, lo más lógico es que concluyera que se la habías enviado tú. —Hizo una pausa—. O peor aún, que se la habías entregado en mano y no querías admitirlo.

Cuando el Range Rover llegó al aeródromo de Le Bourget, Rémy lo llevó hasta un hangar que había en un extremo de la pista. Cuando ya estaban cerca salió a recibirlos un hombre despeinado y con pantalones militares arrugados. Les hizo una seña y abrió la enorme puerta de chapa ondulada, dejando a la vista el elegante jet blanco que había dentro.

Langdon contempló el brillante fuselaje.

—¿Ésta es Elizabeth?

Teabing sonrió.

—Más rápida que el tren que atraviesa el Canal.

El piloto se acercó a ellos deprisa, deslumbrado por la luz de los faros.

—Ya casi está listo, señor —dijo con acento inglés—. Disculpe el retraso, pero me ha cogido por sorpresa y estaba... —Se detuvo en seco al ver que más gente empezaba a bajar del coche. Primero lo hicieron Sophie y Langdon, y luego lo hizo Teabing.

—Mis socios y yo tenemos asuntos urgentes que atender en Londres. No podemos perder ni un minuto. Por favor, prepáralo todo para despegar de inmediato.

Dicho esto, sacó la pistola del coche y se la entregó a Langdon.

El piloto manifestó una sorpresa mayúscula al ver el arma. Se acercó a Teabing y le susurró al oído.

—Lo siento, señor, pero los permisos diplomáticos de vuelo sólo me autorizan a llevarlo a usted y a su mayordomo. Sus invitados no pueden viajar.

—Richard —dijo Teabing sonriendo afablemente—. Dos mil libras esterlinas y la pistola cargada dicen que sí puedes llevar a mis invitados. —Señaló en dirección al Range Rover—. Y al desgraciado que llevamos ahí detrás.

69

Los potentes motores Garret TFE-731 del Hawker 731 atronaron, y el jet despegó impulsado por una fuerza increíble. Desde la ventanilla, el aeródromo de Le Bourget se veía cada vez más pequeño.

«Huyo de mi país», pensó Sophie con el cuerpo pegado al asiento de cuero. Hasta ese momento había creído que, de alguna manera, podría justificar su juego del gato y el ratón con Fache ante el Ministerio de Defensa. «Intentaba proteger a un hombre inocente. Intentaba cumplir las últimas voluntades de mi abuelo.» Pero Sophie se daba cuenta de que aquella puerta acababa de cerrarse. Se iba del país, indocumentada, en compañía de un huido de la justicia y con un rehén. Si lo que se llamaba «límite de lo razonable» había existido alguna vez, acababa de traspasarlo. «Y casi a la velocidad del sonido.»

Sophie iba sentada junto a Langdon y Teabing, en la parte delantera de la cabina de pasajeros del «Jet Ejecutivo de Diseño Exclusivo», según rezaba el medallón de oro pegado a la puerta de la cabina del piloto. Sus lujosos asientos reclinables estaban anclados sobre unos raíles, y podían cambiarse de posición y distribuirse en torno a una mesa, formando un pequeño centro de reuniones. Con todo, aquel elegante decorado no lograba disimular la nada elegante situación que tenía lugar en la cola del avión donde, en una zona de asientos separada, junto a los servicios, Rémy, el mayordomo de Teabing, iba sentado, pistola en mano, cumpliendo a regañadientes las órdenes de su señor, que le había pedido que vigilara al monje ensangrentado que tenía a sus pies, hecho un ovillo en el suelo.

—Antes de concentrarnos en la clave —dijo Teabing—, si me lo permitís, me gustaría deciros algo. —Parecía incómodo, como un padre a punto de darles una charla a sus hijos sobre cómo vienen los niños al mundo—. Amigos míos, sé que en este viaje no soy más que un invitado, y me siento honrado por ello. Sin embargo, habiendo pasado toda la vida en busca del Grial, creo que es mi deber advertiros de que estáis a punto de internaros en un camino que no tiene marcha atrás, por más peligros que encontréis en él. —Miró a Sophie—. Señorita Neveu, su abuelo le ha entregado este criptex con la esperanza de que mantuviera vivo el secreto del Santo Grial.

—Sí.

—Y, lógicamente, usted se sentirá comprometida a seguir ese camino, le lleve a donde le lleve.

Sophie asintió, aunque también notaba que una segunda motivación le quemaba por dentro. «La verdad sobre mi familia.» A pesar de que Langdon estaba seguro de que la clave no tenía nada que ver con su pasado, Sophie no dejaba de sentir que en aquel misterio había entrelazado algo profundamente personal, como si ese cilindro, fabricado por las manos de su abuelo, intentara hablar con ella, poner el punto final al vacío que la había rodeado durante todos aquellos años.

—Su abuelo y otras tres personas han muerto esta noche —prosiguió Teabing—, y lo han hecho para impedir que la Iglesia se hiciera con esta clave. Esta noche, el Opus Dei ha estado a punto de lograrlo. Supongo que es consciente de que esto la coloca en una posición de excepcional responsabilidad. Le han entregado un testigo que es como una antorcha. Una llama de dos mil años de antigüedad que no podemos permitir que se apague. Esta antorcha no puede caer en malas manos. —Hizo una pausa, y posó la mirada en la caja de madera—. Me doy cuenta de que, en este asunto, no ha tenido usted elección, señorita Neveu. Pero teniendo en cuenta todo lo que hay en juego, o asume plenamente su responsabilidad... o deberá delegarla en otra persona.

—Mi abuelo me ha entregado el criptex a mí. Estoy segura de que me creía capaz de hacer frente a esa responsabilidad.

Teabing pareció alegrarse al oír aquellas palabras, aunque aún no estaba convencido del todo.

—Muy bien. Una fuerte determinación es imprescindible. Sin embargo, me pregunto si entiende que descifrar correctamente esta clave no hará sino plantearle un reto mucho mayor.

—¿Qué quiere decir?

—Querida, imagine por un momento que de pronto tiene en sus manos un mapa que le revela dónde se encuentra el Santo Grial. A partir de entonces, estará usted en posesión de una verdad capaz de alterar el rumbo de la historia para siempre. Será usted la custodia de una verdad que el hombre lleva siglos buscando. El individuo que lo logre será objeto de la veneración de muchos y del desprecio de muchos otros. La cuestión es si va a tener usted la suficiente fuerza para llevar a cabo semejante misión.

Sophie se quedó unos instantes en silencio.

—No estoy segura de si es una decisión que me corresponda a mí tomar.

Teabing arqueó las cejas.

—¿Ah, no? Si no le corresponde a quien está en posesión de la clave, ya me dirá a quién.

—A la hermandad que ha logrado mantener el secreto durante tanto tiempo.

—¿Al Priorato? —Teabing se mostraba escéptico—. Ya me dirá cómo. La hermandad ha sido destruida esta noche. «Descabezada», como tan bien ha dicho. Nunca sabremos si han sido objeto de escuchas o si tenían algún espía infiltrado, pero el caso es que alguien tuvo acceso a la organización y desveló la identidad de los cuatro miembros principales. Yo, en este momento, no me fiaría de nadie que dijera pertenecer a la hermandad.

—Entonces, ¿qué sugieres? —preguntó Langdon.

—Robert, sabes tan bien como yo que si el Priorato ha protegido la verdad durante todos estos años no ha sido para dejar que acumulara polvo eternamente. Han estado esperando a que llegara el momento propicio para revelar su secreto al mundo. El momento en que la humanidad estuviera preparada para asumirlo.

—¿Y crees que ese momento ha llegado?

—Estoy convencido. No puede ser más evidente. Todas las señales históricas así lo sugieren, y si el Priorato no tenía la intención de dar a conocer su verdad, ¿por qué ha atacado la Iglesia precisamente ahora?

—El monje todavía no nos ha revelado sus intenciones —observó Sophie.

—Las intenciones del monje son las de la Iglesia —rebatió Teabing—. Lo que quieren es destruir unos documentos que ponen al descubierto el gran engaño. Y esta noche la Iglesia ha estado más cerca que nunca de lograrlo, y el Priorato ha depositado en usted su confianza, señorita Neveu. No hay duda de que la misión de salvar el Santo Grial implica cumplir la voluntad final de la hermandad, que pasa por dar a conocer la verdad al mundo.

Langdon intervino.

—Leigh, pedirle a Sophie que tome una decisión como ésa es poner sobre sus hombros una carga enorme, teniendo en cuenta que hace apenas una hora que conoce la existencia de los documentos del Sangreal.

Teabing suspiró.

—Si siente que la estoy presionando, acepte mis disculpas, señorita Neveu. No niego que siempre he creído que estos documentos debían ser del dominio público, pero ésa es una decisión que le corresponde tomar a usted. Lo único que le digo es que es importante que empiece a pensar en lo que va a suceder si logramos descifrar la clave.

—Caballeros —dijo Sophie con voz firme—, cito sus palabras: «No eres tú quien encuentra el Santo Grial, sino el Santo Grial quien te encuentra a ti.» Quiero creer que el Grial me ha encontrado por algún motivo, así que cuando llegue el momento sabré lo que debo hacer.

Los dos la miraron, desconcertados.

—Bueno —añadió señalando la caja de madera—, pasemos entonces al otro tema.

70

En medio de la sala del Château Villette, el teniente Collet contemplaba abatido las brasas de la chimenea. El capitán Fache acababa de llegar y ahora se encontraba en la habitación contigua. Gritando órdenes por teléfono, tratando de coordinar el intento fallido de localizar el Range Rover desaparecido.

«A estas alturas puede estar en cualquier parte», pensó Collet.

Había desobedecido las órdenes directas de su superior y había dejado escapar a Langdon por segunda vez, pero al menos la Policía Científica había localizado un impacto de bala en el suelo, lo que, a falta de otra cosa, corroboraba su justificación para haber entrado en la casa. Con todo, Fache estaba de muy mal humor y a él no se le escapaba que, cuando las cosas se calmaran un poco, habría represalias.

Por desgracia, las pistas que estaban acumulando no parecían arrojar luz sobre lo que había sucedido ni sobre las personas implicadas. Quien había alquilado el Audi negro que estaba aparcado junto a la verja lo había hecho con un nombre y un número de tarjeta de crédito falsos, y las huellas que habían encontrado no figuraban en la base de datos de la Interpol.

Un agente entró en la sala a toda prisa.

—¿Dónde está el capitán Fache?

Collet apenas apartó la vista de la chimenea.

—Está hablando por teléfono.

—Ya no —exclamó Fache irrumpiendo en la sala—. ¿Qué han encontrado?

—Señor, desde la comisaría acabamos de recibir noticias de André Vernet, del Banco de Depósitos de Zúrich. Quiere hablar con usted en privado. Parece que quiere cambiar su declaración.

—¿Cómo?

Collet levantó la vista.

—Ahora admite que Langdon y Neveu han estado en el banco esta noche.

—Eso ya nos lo imaginábamos —dijo Fache—. Pero ¿por qué nos ha mentido entonces?

—Dice que sólo hablará con usted, pero está decidido a cooperar plenamente.

—¿A cambio de qué?

—De que no divulguemos el nombre del banco a los medios de comunicación y de que le ayudemos a recuperar algo robado. Parece que Langdon y Neveu se han llevado algo de la cuenta de Saunière.

—¿Qué? —exclamó Collet—. ¿Cómo?

Fache le clavó la mirada al agente, sin pestañear.

—¿Y qué es lo que han robado?

—Vernet no ha dicho nada más, pero parece que está dispuesto a lo que sea con tal de recuperarlo.

Collet intentó imaginar cómo había podido suceder todo aquello. Tal vez Langdon y Sophie habían asaltado a un empleado a punta de pistola. Tal vez habían obligado a Vernet a abrir la cuenta de Saunière y a facilitarles la escapada en el furgón blindado. Por factible que fuera, a Collet le costaba imaginar a Sophie metida en algo así.

Desde la cocina, otro policía llamó a gritos a Fache.

—¿Capitán? Estoy comprobando los números de una lista del señor Teabing y estoy al habla con el aeródromo de Le Bourget. Tengo malas noticias.

Treinta segundos después, Fache ya se disponía a abandonar el Château Villette. Acababa de enterarse de que Teabing tenía un jet privado en el cercano aeródromo de Le Bourget y que el avión había despegado hacía media hora.

El empleado del aeropuerto con el que habló por teléfono aseguraba no saber quién viajaba en el aparato ni adónde se dirigía. Aquella salida no estaba programada y no se les había facilitado ningún plan de vuelo. Por más que se tratara de un aeródromo pequeño, aquello era totalmente ilegal. Fache estaba seguro de que, presionando adecuadamente, obtendría las respuestas que buscaba.

—Teniente Collet —ladró Fache dirigiéndose a la puerta—, no me queda otro remedio que dejarlo al frente de las pesquisas de la Policía Científica en la casa. Intente hacer algo bien, para variar.

71

Cuando el Hawker estabilizó su posición y apuntó el morro hacia Inglaterra, Langdon sostuvo con mucho cuidado la caja de palisandro que se había puesto sobre las piernas para protegerla durante el despegue. Ahora, al dejarla sobre la mesa, notó la impaciencia de sus compañeros de viaje.

Levantó la tapa y, en vez de fijarse en los discos con letras del criptex, se concentró en el pequeño agujero que había en el reverso. Con la ayuda de la punta de un bolígrafo separó la rosa encastrada en el frente de la tapa, y dejó al descubierto el texto inscrito en el fondo del hueco que ahora quedaba a la vista. «*Sub rosa*», pensó, con la esperanza de que una mirada renovada a aquellas frases aportara algo de claridad a su mente. Dedicándole todas sus energías, Langdon estudió los extraños caracteres.

Tras unos segundos, volvió a sentirse invadido por la misma frustración inicial.

—Leigh, no consigo identificarlo.

Desde donde Sophie estaba sentada, enfrente de él, no veía el texto, pero le sorprendía la incapacidad de Langdon para identificar al momento de qué lengua se trataba. «¿Acaso mi abuelo conocía un idioma tan secreto que ni siquiera un especialista en simbología es capaz de identificarlo?» Pero pronto se dio cuenta de que no debía sorprenderse por una cosa así. Aquel no era el primer secreto que Jacques Saunière le había ocultado a su nieta.

Delante de Sophie, Leigh Teabing ya no podía más. Ansioso por ver el texto, se agitaba en su asiento, echándose hacia delante, intentando ver por encima del hombro de Langdon, que aún estaba inclinado sobre la tapa.

—No lo sé —susurró Langdon con énfasis—. Mi primera impresión ha sido que se trataba de una lengua semítica, pero ahora ya no estoy tan seguro. La mayoría de lenguas de raíz semítica recurren a signos diacríticos llamados *nikkudim*. Y ésta no los tiene.

—Seguramente será antigua —aventuró Teabing.

—¿*Nikkudim*? —preguntó Sophie.

Teabing no despegaba la vista de la caja.

—La mayoría de lenguas semíticas no tienen vocales y usan los *nikkudim*, puntitos y guiones que se escriben debajo o dentro de las consonantes, para indicar el sonido que las acompaña. Está demostrado históricamente que el *nikkudim* es una aportación relativamente moderna a la lengua.

Langdon seguía empeñado en descifrar los caracteres.

—Tal vez se trate de una transliteración sefardí...

Teabing no aguantó más.

—Tal vez si me dejas...

Se arrimó a Langdon y movió la caja para poder ver el texto. Sí, Langdon conocía sin duda las lenguas antiguas más comunes, griego, latín, y las lenguas romances, pero con sólo echar un vistazo a aquel escrito, Teabing vio que se trataba de algo más especializado, tal vez una transcripción Rashi o un STA"M con coronas, otro sistema de transcripción de la lengua hebrea.

Respiró hondo y se concentró de nuevo en el texto. Estuvo un buen rato sin decir nada. A cada segundo que pasaba, su confianza parecía flaquear más y más.

—Estoy asombradísimo —dijo Langdon en un tris de darse por vencido—. No se parece a nada que haya visto en mi vida.

—¿Me dejáis verlo? —pidió Sophie.

Teabing fingió no oírla.

—Robert, has dicho antes que te parecía que habías visto antes algo parecido, ¿no?

Langdon parecía humillado.

—Eso me ha parecido. No sé por qué, pero me resulta familiar.

—Sir Leigh —insistió Sophie, a la que sin duda no le hacía ninguna gracia que la excluyeran del debate—, ¿podría echarle un vistazo a la caja de mi abuelo?

—Sí, claro, querida —respondió Teabing, acercándosela.

Su intención no había sido sonar paternalista, pero lo cierto era que Sophie estaba a años luz de poder resolver nada. Si un miembro de la Academia Británica de Historia y un especialista en simbología licenciado en Harvard no eran capaces siquiera de identificar aquella lengua...

—¡Ajá! —exclamó Sophie tras examinar el texto durante unos segundos—. Tendría que habérmelo imaginado.

Teabing y Langdon se volvieron al unísono y la miraron, atónitos.

—¿Imaginado qué? —preguntó Teabing.

Sophie se encogió de hombros.

—Imaginado que ésta es la lengua que habría usado mi abuelo.

—¿Está diciendo que sabe leer este texto? —aventuró sir Leigh.

—Sin ningún problema —respondió Sophie con voz cantarina. Se notaba que aquella situación le divertía considerablemente—. Mi abuelo me enseñó esta lengua cuando yo tenía sólo seis años. La domino a la perfección. —Se apoyó en la mesa y miró con severidad a su interlocutor—. Y, francamente, señor, teniendo en cuenta su fidelidad a la Corona, me extraña que no la reconozca.

Al oír aquellas palabras, Langdon cayó de inmediato en la cuenta.

«¡Ahora entiendo que me sonara tanto!»

Hacía unos años, Langdon había asistido a un acto en el Museo Fogg, en Harvard. Bill Gates, el alumno que abandonó los estudios universitarios, volvía como hijo pródigo para donar a la institución una de sus más preciadas adquisiciones: dieciocho folios de papel que había comprado en una subasta de piezas pertenecientes a la Armand Hammer Estate.

Le habían costado más de treinta millones de dólares.

El autor de aquellas páginas no era otro que Leonardo Da Vinci.

Los dieciocho folios —conocidos posteriormente como El *Códice Leicester,* por su famoso propietario, el conde de Leicester— eran todo lo que quedaba de uno de los cuadernos más fascinantes de Leonardo, que contenía ensayos y dibujos en los que se exponían las avanzadas teorías de su autor en materias como la astronomía, la geología, la arqueología y la hidrología.

Langdon no iba a olvidar nunca su reacción cuando, tras hacer cola para verlos, se había encontrado frente a aquellos carísimos pergaminos. Qué decepción. Aquellas páginas eran ininteligibles. A pesar de su excelente estado de conservación y de estar escritas con una caligrafía impecable —con tinta carmesí sobre papel crudo—, el códice parecía un compendio de garabatos. En un primer momento pensó que no los entendía porque estaban escritos en un italiano arcaico. Pero al estudiarlos con más detenimiento, constató que no era capaz de identificar ni una sola palabra, ni una sola letra.

—Inténtelo con esto, señor —le dijo una profesora que estaba a su lado. Le señaló un espejo de mano apoyado en el expositor. Langdon lo cogió y trató de leer el texto en el reflejo.

Al momento todo se le hizo claro.

Su impaciencia por poder leer de primera mano algunas de las ideas de aquel gran pensador era tal que había olvidado que entre los numerosos talentos artísticos del genio estaba su habilidad para escribir al revés, de manera que lo que escribía resultaba prácticamente ininteligible a todo el mundo. Los historiadores aún no se habían puesto de acuerdo sobre si Leonardo recurría a aquella técnica simplemente para entretenerse o para evitar que los demás le robaran las ideas. El caso era que el artista hacía siempre lo que le venía en gana.

◆ ◆ ◆

En su fuero interno, Sophie se alegró al ver que Robert había captado lo que había querido decir.

—Las primeras palabras puedo leerlas más o menos —dijo.

Teabing seguía farfullando.

—¿Qué está pasando aquí?

—Es un texto invertido —precisó Langdon—. Nos hace falta un espejo.

—No —rebatió Sophie—, diría que la lámina que forma la base del hueco donde está encastrada la rosa es muy fina. Acercó la caja de palisandro hasta una luz y empezó a examinar la parte posterior de la tapa. Como su abuelo en realidad no sabía escribir al revés, lo que hacía era escribir de forma normal y luego darle la vuelta al papel y calcar la versión invertida.

Al acercar la tapa a la luz, vio que tenía razón. El haz de luz atravesó la fina lámina de madera y el texto apareció del derecho en el reverso de la tapa, perfectamente legible.

—Ahora sí lo entiendo perfectamente.

En la parte trasera del avión, Rémy Legadulec hacía esfuerzos por oír lo que decían, pero con el ruido de los motores, la conversación se le hacía inaudible. No le gustaba nada el cariz que estaban tomando los acontecimientos aquella noche. Nada de nada. Miró al monje acurrucado a sus pies, que en aquel momento no se movía lo más mínimo, como si hubiera entrado en un trance de aceptación o estuviera, tal vez, rezando por su liberación.

72

A quince mil pies de altura, Robert Langdon sentía que el mundo físico se difuminaba y que todos sus pensamientos convergían en el poema invertido de Saunière, visible al trasluz de la tapa de la caja.

palabra sabia, antigua, el pergamino

abre y mantiene unida a su camada.

lápida por templarios venerada

es la llave, y el Atbash el camino.

Sophie encontró un trozo de papel y lo copió de un tirón. Cuando terminó, los tres lo leyeron por turnos. Era una especie de crucigrama arqueológico... el acertijo cuya solución revelaría cómo abrir el criptex. Langdon leyó despacio aquellos versos: *Palabra sabia, antigua, el pergamino / abre y mantiene unida a su camada. / lápida por templarios venerada / es la llave, y el Atbash el camino.*

Antes siquiera de valorar la antigua contraseña que aquellos versos intentaban revelar, Langdon intuyó algo fundamental: la métrica del poema, compuesto por endecasílabos.

Langdon se había topado a menudo con aquel tipo de pie a lo largo de sus investigaciones sobre las sociedades secretas europeas; la última vez había sido hacía apenas un año, en los Archivos Secretos del Vaticano. Durante siglos, el endecasílabo había sido el preferido de los literatos más prominentes de todo el mundo, desde Arquíloco, el poeta de la Grecia clásica, hasta Shakespeare, Milton, Chaucer y Voltaire, mentes preclaras que optaron por verter sus opiniones sociales en una estructura métrica que para muchos, en su época, tenía propiedades místicas y cuyas raíces se hundían en el mundo pagano.

—¡Es un endecasílabo! —exclamó Teabing girándose para mirar a Langdon.

Langdon asintió.

—Este poema —murmuró Teabing— hace referencia no sólo al Grial sino a los Caballeros Templarios y a la dispersa familia de María Magdalena. ¿Qué más se puede pedir?

—La contraseña —intervino Sophie— parece guardar alguna relación con los templarios. —Leyó el texto en voz alta—. Lápida por templarios venerada / es la llave.

—Leigh —dijo Langdon—, tú eres el especialista en el tema. ¿Tienes alguna idea?

Teabing se quedó unos instantes en silencio y suspiró.

—Bueno, está claro que una lápida es una inscripción mortuoria de algún tipo. Es posible que en el poema se haga referencia a la lápida que los templarios veneraban sobre la tumba de María Magdalena, pero eso no nos sirve de mucho, porque no sabemos dónde está.

El último verso —insistió Sophie— dice: «... y el Atbash el camino». Me suena esa palabra. «Atbash.»

—No me extraña —observó Langdon—. Tienes que haberla estudiado en criptología. El código cifrado del Atbash es uno de los más antiguos de que se tiene constancia.

«¡Ah, sí, claro! —pensó Sophie—. El famoso código hebreo de codificación.»

Y sí, lo había estudiado en sus primeros años de carrera. Se trataba de un sistema de codificación que tenía unos dos mil quinientos años y en la actualidad se usaba como ejemplo de sistema elemental de sustitución por rotación. Era un tipo de criptograma usado con frecuencia en la lengua hebrea y sus elementos eran las veintidós letras de su alfabeto. En el Atbash, la primera letra se sustituía por la última, la segunda por la penúltima, y así sucesivamente.

—El Atbash es extraordiariamente apropiado —dijo Teabing—. Este tipo de codificación se encuentra en la Cábala, en los manuscritos del Mar Muerto e incluso en el Antiguo Testamento. Hay estudiosos y místicos hebreos que siguen encontrando significados ocultos mediante la aplicación del Atbash. No hay duda de que el Priorato ha incluido ese sistema de codificación como parte de sus enseñanzas.

—El único problema —dijo Teabing— es que no tenemos a qué aplicarlo. Debe de haber una palabra cifrada sobre alguna lápida. Tenemos que encontrar la lápida que veneraban los templarios.

A juzgar por la extraña sonrisa de Langdon, a Sophie le daba la sensación de que aquello no iba a ser tarea fácil.

«El Atbash es la llave —pensó Sophie—. Pero nos falta la puerta.»

Pasaron tres minutos en silencio tras los cuales Teabing suspiró y empezó a menear la cabeza.

—Amigos, estoy bloqueado. Dejadme pensar un poco con calma mientras voy atrás a buscar algo de picar y a ver si Rémy y nuestro huésped se encuentran bien.

Se levantó y se dirigió a la zona de cola.

Al verlo levantarse, Sophie se sintió de pronto cansada.

Por la ventanilla, la oscuridad que precedía al amanecer era total. A Sophie le parecía que era como si la hubieran arrojado al espacio y no tuviera ni idea del punto en el que aterrizaría. Como había crecido solucionando los acertijos de su abuelo, ahora tenía la incómoda sensación de que aquel poema que tenía delante contenía una información de la que aún no se habían dado cuenta.

«Aquí tiene que haber algo más —se dijo—. Ingeniosamente oculto... pero de algún modo presente.»

Además, agazapado entre aquellos pensamientos estaba el temor a que al final, en el interior de aquel criptex, lo que encontraran no fuera algo tan sencillo como un «mapa con el camino a seguir para encontrar el Santo Grial». A pesar de la seguridad de Langdon y Teabing de que la verdad se encontraba en aquel cilindro de mármol, Sophie había participado en suficientes búsquedas de tesoros con su abuelo como para saber que Saunière no era de los que revelaban sus secretos así como así.

73

El controlador aéreo de Le Bourget que estaba de guardia aquella noche dormitaba frente a la pantalla del radar cuando el capitán de la Policía Judicial prácticamente echó la puerta abajo.

—¿Dónde ha ido el jet de Teabing? —gritó entrando en la pequeña torre de control—. ¿Dónde?

La primera reacción del controlador consistió en ponerse a balbucear, en un vano intento de proteger la privacidad de su cliente británico, uno de los más respetados del aeródromo.

—Está bien —dijo Fache—, entonces voy a tener que detenerlo por permitir el despegue de un avión sin plan de vuelo.

Le hizo un gesto a un agente, que se acercó para ponerle las esposas. En ese momento el controlador sintió que le invadía una oleada de terror. Se acordó de los artículos de prensa en los que se debatía si el capitán era un héroe o una amenaza. La duda acababa de quedarle aclarada.

—¡Espere! —dijo al ver las esposas—. Yo sólo puedo decirle lo que sé. El señor Teabing hace frecuentes viajes a Londres para seguir un tratamiento médico. Tiene un hangar en el Biggin Hill Executive Airport de Kent. A las afueras de la capital.

Fache indicó al policía de las esposas que se apartara.

—¿Y era ese aeropuerto su destino esta noche?

—No lo sé. El avión tomó el pasillo habitual y el último contacto con el radar apunta a que se dirigía al Reino Unido. Supongo que lo más probable es que se dirija a Biggin Hill.

—¿Ha embarcado más gente con él?

—Señor, le juro que yo no tengo manera de saberlo. Nuestros clientes salen directamente de sus hangares, y cargan lo que quieren en los aviones. El tema de los pasajeros es responsabilidad de las autoridades de la aduana en el punto de destino.

Fache consultó la hora y miró los jets dispersos aparcados frente a la terminal.

—Si fueran a Biggin Hill, ¿cuánto les faltaría para aterrizar?

El controlador revisó sus cuadernos.

—Es un vuelo corto. Llegarían a... las seis treinta. Dentro de unos quince minutos.

El capitán frunció el ceño y se dirigió a uno de sus hombres.

—Organice el transporte. Me voy a Londres. Y póngame en contacto con la policía local de Kent. No con el MI5. Con la policía *local* de Kent. Dígales que quiero que autoricen el aterrizaje del jet de Teabing, que rodeen el avión y que cancelen todos los demás vuelos hasta que yo llegue.

74

—Estás muy callada —le dijo Langdon a Sophie.

—Es que estoy cansada —respondió ella—. Y además está este poema. No sé.

A Langdon le pasaba lo mismo. El zumbido de los motores y el suave balanceo del avión le resultaban hipnóticos, y la cabeza aún le dolía por el golpe que le había dado el monje. Teabing seguía en la parte trasera del avión, y Langdon decidió aprovechar aquel paréntesis a solas con Sophie para decirle algo que hacía tiempo le rondaba por la cabeza.

—Creo que sé, al menos en parte, por qué tu abuelo hizo todo lo posible para que tú y yo nos encontráramos. Creo que hay algo que quería que yo te contara.

—¿Lo de la historia del Santo Grial y lo de María Magdalena no te parece bastante?

Langdon no sabía cómo proseguir.

—La brecha que había entre vosotros. El motivo por el que llevabas diez años sin hablarle. Creo que tal vez tenía la esperanza de que yo lograra que le perdonaras si te hablaba de eso que te alejó de él.

Sophie se removió en su asiento.

—Yo no te he contado qué fue lo que me alejó de él.

Langdon la miró, tanteándola.

—Lo que presenciaste fue un rito sexual, ¿verdad?

Sophie dio un respingo.

—¿Cómo lo sabes?

—Antes me has dicho que viste algo que te convenció de que tu abuelo pertenecía a una sociedad secreta. Y, fuera lo que fuera, te disgustaste tanto que estuviste diez años sin dirigirle la palabra. Sé bastante sobre sociedades secretas y no me hace falta tener la inteligencia de Leonardo Da Vinci para saber qué presenciaste.

Sophie lo miraba fijamente.

—¿Fue en primavera? —le preguntó Langdon—. ¿Cerca del equinoccio? ¿A mediados de marzo?

Sophie volvió la cabeza y miró por la ventanilla.

—Fue durante las vacaciones de primavera. Volví a casa de la universidad unos días antes de lo previsto.

—¿Por qué no me cuentas lo que pasó?

—Prefiero no hacerlo. —De pronto, se volvió bruscamente y miró a Langdon con los ojos arrasados en lágrimas—. Es que no sé lo que vi.

—¿Había hombres y mujeres?

Tras un segundo, asintió.

—¿Vestidos de blanco y negro?

Se secó el llanto y volvió a asentir con un movimiento de cabeza. Parecía que, poco a poco, iba aceptando hablar del tema.

—Las mujeres llevaban unos vestidos blancos de gasa... y zapatos dorados. En las manos sostenían esferas también doradas. Los hombres llevaban túnicas y zapatos negros.

Langdon se esforzaba por disimular su emoción, pero casi no daba crédito a lo que estaba oyendo. Sophie Neveu había presenciado sin saberlo una ceremonia sagrada de dos mil años de antigüedad.

—¿Iban con máscaras? —le preguntó con voz tranquila.

—Sí. Todos llevaban las mismas. Las de las mujeres eran blancas y las de los hombres, negras.

Langdon había leído descripciones de aquella ceremonia y conocía sus orígenes místicos.

—Esa ceremonia se conoce como *Hieros Gamos* —dijo en voz baja—. Tiene más de dos mil quinientos años de antigüedad. Los sacerdotes y sacerdotisas egipcios la celebraban con frecuencia para honrar el poder reproductor de la mujer. —Hizo una pausa y se inclinó hacia ella por encima de la mesa—. Supongo que si presenciaste un *Hieros Gamos* sin estar preparada para comprender su significado, debió de impresionarte mucho.

Sophie no dijo nada.

—*Hieros Gamos* es una expresión griega. Significa «matrimonio sagrado».

—El ritual que yo vi no era ningún matrimonio.

—Matrimonio entendido como unión, Sophie.

—Quieres decir como en el acto sexual.

—No.

—¿No? —preguntó sorprendida, cuestionando con la mirada a su interlocutor.

Langdon matizó.

—Bueno... sí, en cierto modo, pero no tal como lo entendemos hoy en día.

Le explicó que, aunque lo que vio parecía un rito sexual, en realidad el *Hieros Gamos* no tenía nada que ver con el erotismo. Se trataba de un acto espiritual. Históricamente, el acto sexual era una relación a través de la que el hombre y la mujer experimentaban a Dios. En la antigüedad se creía que el hombre era espiritualmente incompleto hasta que tenía conocimiento carnal de la divinidad femenina. La unión física con la mujer era el único medio a través del cual el varón podía llegar a la plenitud espiritual y alcanzar finalmente la *gnosis*, el conocimiento de lo divino. Desde los días de Isis, los ritos sexuales se consideraban los únicos puentes que tenía el hombre para dejar la tierra y alcanzar el cielo.

—Mediante la comunión con la mujer —prosiguió Langdon—, el hombre podía alcanzar un instante de clímax en el que su mente quedaba totalmente en blanco y veía a Dios.

Sophie lo miró, incrédula.

—¿El orgasmo como oración?

Langdon asintió sin demasiado énfasis, aunque en el fondo Sophie estaba en lo cierto. Desde un punto de vista fisiológico, el clímax del hombre se acompañaba de una fracción de segundo totalmente desprovista de pensamiento; un brevísimo vacío mental. Un momento de clarividencia durante el que podía adivinarse a Dios. Los gurús dedicados a la meditación alcanzaban estados similares de vacío de pensamiento sin recurrir al sexo y solían describir el Nirvana como un orgasmo sin fin.

—Sophie —dijo Langdon en voz baja—, es importante no perder de vista que en la antigüedad el sexo se veía de una manera totalmente opuesta a la nuestra. El sexo engendraba vida, el milagro más extraordinario, y los milagros los hacían sólo los dioses. La capacidad de la mujer para albergar vida en su seno la hacía sagrada, divina. La relación sexual era, así, la unión de las dos mitades del espíritu humano, la masculina y la femenina, a través de la cual el hombre podía hallar la plenitud espiritual y la comunión con Dios. Lo que viste no tenía que ver con el sexo, sino con la espiritualidad. El ritual del *Hieros Gamos* no es una perversión. Es una ceremonia profundamente sacrosanta.

Aquellas palabras parecían estar tocando alguna fibra sensible en Sophie. Hasta ese momento no había perdido la compostura en ningún momento, pero ahora, por primera vez, Langdon veía que aquella especie de frialdad empezaba a desmoronarse. A sus ojos volvieron a asomarse unas lágrimas, que se secó con la manga.

Le concedió un momento para la reflexión. Entender que el sexo pudiera ser un camino hacia Dios costaba al principio. Los alumnos judíos de Langdon siempre se quedaban boquiabiertos cuando en clase explicaba que la tradición hebrea primitiva incluia ritos sexuales. «Y en el Templo, nada menos.» Los primeros judíos creían que el sanctasanctórum en el Templo de Salomón albergaba no sólo a Dios, sino a su poderosa equivalente femenina, la diosa Shekinah. Los hombres que buscaban la plenitud espiritual acudían al templo a visitar a las sacerdotisas —o *hierodulas*—, con las que hacían el amor y experimentaban lo divino a través de la unión carnal. El tetragramaton judío YHWH —el nombre sagrado de Dios— derivaba en realidad de Jehová, una andrógina unión física entre el masculino Jah y Havah, el nombre prehebraico que se le daba a Eva.

—Para la Iglesia primitiva —expuso Langdon con voz pausada—, el uso del sexo para comulgar directamente con Dios suponía una seria amenaza a los cimientos del poder católico. De ese modo, la

Iglesia quedaba fuera de juego y su autoproclamado papel como único vehículo hacia Dios quedaba en entredicho. Por razones obvias, hicieron todo lo que pudieron para demonizar el sexo, convirtiéndolo en un acto pecaminoso y sucio. Otras grandes religiones hicieron lo mismo.

Sophie seguía sin decir nada, pero Langdon notaba que estaba empezando a entender mejor a su abuelo. Irónicamente, aquellos mismos argumentos los había expuesto en una de sus clases a principios de aquel semestre. «No debe sorprendernos que el sexo sea un conflicto para nosotros —les había dicho a sus alumnos—. Tanto lo que hemos heredado de la antigüedad como nuestra propia fisiología nos dicen que el sexo es algo natural, un bello camino hacia la plenitud espiritual, y sin embargo, la religión moderna lo ve como algo pecaminoso y nos enseña a temer nuestro deseo sexual como a la propia mano del demonio.»

Langdon decidió no escandalizar a sus alumnos explicándoles que más de diez sociedades secretas de todo el mundo —muchas de ellas bastante influyentes— seguían practicando ritos sexuales y mantenían vivas las antiguas tradiciones. El personaje de Tom Cruise en la película *Eyes wide shut* lo descubría sin querer cuando se colaba en una reunión privada de neoyorquinos de clase alta y era testigo de un *Hieros Gamos*. Por desgracia, los realizadores de la película no habían reflejado correctamente los pormenores, pero lo esencial estaba ahí, una sociedad secreta en comunión, entregándose a la magia de una unión sexual.

—Profesor Langdon —le dijo un alumno de la última fila que tenía la mano levantada—. ¿Está insinuando que en vez de ir a la iglesia deberíamos tener más vida sexual?

Langdon ahogó una carcajada, sin ninguna intención de morder aquel anzuelo. Según había oído, en las fiestas que se celebraban en Harvard no era sexo lo que faltaba precisamente.

—Señores —dijo, sabiendo que pisaba terreno resbaladizo—, permítanme que les dé mi opinión. No es mi intención recomendarles las relaciones prematrimoniales, pero tampoco soy tan ingenuo como para pensar que todos son unos angelitos castos, así que quiero ofrecerles un consejo sobre su vida sexual.

Todos los hombres de la sala se echaron un poco hacia delante y se dispusieron a escuchar con atención.

—La próxima vez que estén con una mujer, busquen dentro de su corazón y pregúntense si son capaces de ver el sexo como un acto místico, espiritual. Desafíense a ustedes mismos para ver si son capaces de hallar esa chispa de divinidad que el hombre sólo alcanza a través de la unión con la divinidad sagrada.

Las alumnas sonrieron y asintieron con la cabeza.

Los hombres empezaron a reír nerviosamente y a hacer comentarios subidos de tono.

Langdon suspiró. Aquellos universitarios seguían siendo unos niños.

Sophie sintió frío en la frente al apoyarla en la ventanilla del avión. Se puso a mirar al vacío, intentando asimilar lo que Langdon acababa de contarle. En lo más profundo de su ser había arrepentimiento. «Diez años.» Visualizó los fajos de cartas sin abrir, las que su abuelo le había enviado. «Voy a contárselo todo a Robert.» Sin cambiar de posición, Sophie empezó a hablar. En voz baja. Temerosamente.

Al empezar a contarle lo que había sucedido aquella noche, se sintió arrastrada hasta el pasado, hasta el bosque que rodeaba el *château* normando de su abuelo... recorriendo, confusa, la casa en su busca... oyendo las voces más abajo... encontrando al fin la puerta oculta. Bajó muy despacio la escalera, peldaño a peldaño, hasta llegar a aquella cueva del sótano. Notaba el olor a tierra que impregnaba el aire; fresco, ligero. Era marzo. Desde la penumbra de su escondite observaba a aquellos desconocidos que se movían y entonaban cánticos a la luz parpadeante de unas velas naranjas.

«Estoy soñando —se dijo Sophie—. Esto es un sueño. ¿Qué otra cosa puede ser?»

Las mujeres y los hombres se disponían alternados, blanco, negro, blanco, negro. Los hermosos vestidos de gasa de ellas se mecían cuando levantaban las esferas doradas con la mano derecha y entonaban al unísono: «Yo estaba contigo en el principio, en el alba de todo lo sagrado, te llevaba en el vientre antes de que empezara el día.»

Las mujeres bajaban las esferas y todos se echaban hacia delante y hacia atrás como en trance. Le hacían reverencias a algo que había en el centro del círculo.

«¿Qué estarán mirando?»

Ahora las voces recitaban más alto y más deprisa.

—¡La mujer que contemplas es el amor! —entonaban, volviendo a levantar las esferas.

—¡Y tiene su morada en la eternidad! —respondían los hombres.

Los cánticos volvían a coger velocidad. Aceleraban. Se volvían frenéticos, cada vez más rápidos. Los participantes se unían en el centro y se arrodillaban.

Al fin, en ese instante, Sophie vio lo que estaban contemplando.

Sobre un altar bajo y labrado, en el centro de un círculo había un hombre tendido. Estaba desnudo, boca arriba, y llevaba puesta la máscara negra. Reconoció al momento aquel cuerpo y la marca de nacimiento que tenía en el hombro. Estuvo a punto de gritar: «¡Abuelo!» Aquella imagen, por sí misma, habría bastado para alterar profundamente a Sophie, pero aún había más.

Montada sobre él había una mujer con una máscara blanca y el pelo abundante y gris que se le derramaba por la espalda. Era bastante corpulenta, ni mucho menos perfecta, y se movía al ritmo de los cánticos, haciéndole el amor a su abuelo.

Sophie hubiera querido salir corriendo de allí, pero no podía. Los muros de aquella cueva la aprisionaban y la salmodia, más parecida ahora a una canción, alcanzaba su tono más agudo y febril en un enloquecido *crescendo*. Con un rugido repentino, aquella estancia pareció entrar en la erupción de un clímax. Sophie no podía respirar. Entonces se dio cuenta de que estaba llorando en silencio. Se dio la vuelta y, a trompicones, subió la escalera, salió de la casa y volvió a París temblando.

75

El reactor alquilado se encontraba sobrevolando las brillantes luces de Mónaco cuando Aringarosa le colgó el teléfono a Fache por segunda vez. Agarró la bolsa para el mareo, pero tenía tan pocas fuerzas que no se veía capaz ni de vomitar.

«¡Que se acabe de una vez todo esto!»

Las últimas noticias de Fache le habían resultado casi totalmente incomprensibles, aunque en realidad esa noche casi todo parecía haber dejado de tener sentido. «¿Qué está pasando?» Todo se había convertido en una espiral fuera de control. «¿Dónde he metido a Silas? ¿Dónde me he metido yo mismo?»

Las piernas le temblaban, pero se acercó hasta la cabina.

—Ha habido un cambio de destino —informó al piloto, que lo miró por encima del hombro y se echó a reír.

—Está de broma, supongo.

—No, debo llegar a Londres cuanto antes.

—Padre, esto es un avión alquilado, no un taxi.

—Le pagaré más, por supuesto. Londres está apenas a una hora al norte y casi no implica ningún cambio de rumbo, así que...

—No es cuestión de dinero, padre, hay otras cosas.

—Diez mil euros. Ahora mismo.

El piloto se dio la vuelta con los ojos muy abiertos.

—¿Cuánto? ¿Qué cura lleva tanto dinero en efectivo encima?

Aringarosa fue a buscar el maletín, lo abrió, sacó uno de los bonos y se lo dio al piloto.

—¿Qué es esto? —preguntó el piloto

—Un bono al portador de diez mil euros emitido por la Banca Vaticana.

El piloto no estaba convencido.

—Es lo mismo que dinero.

—Sólo el dinero es dinero —dijo el piloto, devolviéndole el bono.

Aringarosa se sintió débil y se apoyó en la puerta de la cabina.

—Es un asunto de vida o muerte. Tiene que ayudarme. Necesito ir a Londres.

El piloto se fijó en la joya que decoraba la mano del obispo.

—¿Es de diamantes auténticos?

Aringarosa miró el anillo.

—De esto no puedo desprenderme.

El piloto se encogió de hombros y miró al frente.

Al obispo le invadió una sensación creciente de tristeza. Observó el anillo. Todo lo que representaba estaba a punto de perderse de todos modos. Tras una larga pausa, se lo quitó y lo dejó con cuidado en el panel de control.

Salió de la cabina y regresó a su asiento. Quince segundos más tarde, notó que el piloto corregía ligeramente el rumbo y se dirigía más al norte.

A pesar de todo, el momento de gloria de Aringarosa se estaba haciendo añicos.

Todo había comenzado como una causa santa. Un plan prodigiosamente diseñado. Ahora, como un castillo de naipes, todo se estaba desmoronando, y no se veía el final por ninguna parte.

76

Langdon se daba cuenta de que Sophie seguía afectada por el recuerdo del *Hieros Gamos* que había presenciado. A él, por su parte, le maravillaba haber oído algo así. Sophie había sido testigo del ritual completo, pero, además, su abuelo había sido el celebrante... el Gran Maestre del Priorato de Sión. Leonardo Da Vinci, Botticelli, Isaac Newton, Victor Hugo, Jean Cocteau... y Jacques Saunière.

—No sé qué otra cosa te puedo decir —le susurró Langdon con dulzura.

Los ojos de Sophie tenían un tono verde oscuro y estaban llorosos.

—Me crió como si fuera su propia hija.

Langdon se daba cuenta de la emoción que había ido aflorando a su rostro mientras hablaba, y que no era otra cosa que remordimiento. Un remordimiento profundo, que venía de lejos. Sophie Neveu había despreciado a su abuelo y ahora lo veía bajo una nueva luz.

En el exterior, el amanecer avanzaba deprisa y su resplandor rojizo se llevaba a otra parte el manto estrellado de la noche. Por debajo, la tierra aún estaba a oscuras.

—¿Vituallas, queridos míos?

Teabing se unió a ellos haciéndoles una reverencia y puso sobre la mesa unas latas de Coca-Cola y un paquete de galletas saladas, disculpándose por lo parco del desayuno.

—Nuestro amigo el monje todavía no ha cantado —dijo en tono alegre—, pero hay que darle tiempo. —Le dio un bocado a una galleta y miró el poema—. Bueno, encanto, ¿alguna pista? —Miró a Sophie—. ¿Qué ha intentado decirnos su abuelo? ¿Dónde diablos está esa lápida? «Lápida por templarios venerada.»

Sophie negó con la cabeza y no dijo nada.

Teabing volvió a sumergirse en la lectura de aquellos versos y Langdon abrió una lata de Coca-Cola y miró por la ventanilla, con la mente llena de imágenes de rituales secretos y códigos sin descifrar. «Lápida por templarios venerada / es la llave.» La bebida estaba caliente.

El velo de la noche parecía evaporarse a toda prisa, y contemplando la transformación, vio que el mar se extendía a sus pies. «El Canal de la Mancha.» Ya no iban a tardar en llegar.

Langdon le pidió a la luz del día que le trajera otro tipo de iluminación, pero cuanto más clareaba, más lejos estaba de la verdad. El ritmo de aquel verso resonaba en su mente, como resonaban los cánticos rituales del *Hieros Gamos*, que se mezclaban con los zumbidos del avión.

«Lápida por templarios venerada.»

Ahora el jet volvía a sobrevolar tierra y entonces, de repente, se le ocurrió algo. Dejó con estruendo la lata en la mesa.

—No os lo vais a creer —dijo Langdon, girándose—. Creo que he resuelto lo de la lápida de los templarios.

A Teabing se le pusieron los ojos como platos.

—¿Me estás diciendo que sabes dónde está la lápida?

Langdon sonrió.

—No dónde está, sino lo que es.

Sophie se incorporó un poco para oírle mejor.

—Creo que en este caso no se está refiriendo a una lápida en sentido estricto, sino a algún objeto de piedra que veneraban los templarios.

—No entiendo —dijo Teabing.

Sophie también estaba desconcertada.

—Leigh —dijo Langdon—, durante la Inquisición, la Iglesia acusaba a los templarios de todo tipo de herejías, ¿no?

—Sí. Inventaban toda clase de cargos contra ellos. Los condenaban por sodomía, por orinarse sobre la cruz, por rendir culto al diablo, la lista era extensa.

—Y en esa lista se incluía la veneración a falsos ídolos, ¿verdad? Especialmente, la Iglesia acusaba a los templarios de celebrar en secreto ritos en los que veneraban una cabeza de piedra... el dios pagano...

—¡Baphomet! —soltó Teabing—. Dios mío, Robert, tienes razón. «Lápida por templarios venerada».

En pocas palabras, Langdon le explicó a Sophie que Baphomet era un dios pagano de la fertilidad asociado a la fuerza creativa de la reproducción. La cabeza de Baphomet era representada por un carnero o una cabra, un símbolo frecuente de procreación y fecundidad. Los templarios veneraban a Baphomet situándose alrededor de una réplica en piedra de su cabeza y recitando oraciones.

—Baphomet —repitió Teabing entre risas ahogadas—. La ceremonia celebraba la magia creativa de la unión sexual, pero el papa Clemente convenció a todo el mundo de que la cabeza del dios pagano era en realidad la representación del demonio. El Papa hizo de esa cabeza la piedra de toque de toda la causa contra los templarios.

Langdon asintió. La creencia moderna en ese demonio con cuernos conocido como Satán tenía su origen en Baphomet y en los intentos de la Iglesia para convertir al cornudo dios de la fertilidad en el símbolo del mal. Estaba claro que Roma se había salido con la suya, aunque no del todo. En las mesas estadounidenses tradicionales, durante la celebración del día de Acción de Gracias, aún se veían símbolos paganos de la fertilidad, con sus respectivos cuernos. La «cornucopia» o «cuerno de la abundancia» era un homenaje a la fertilidad de Baphomet y tenía su origen en el mito de Zeus amamantado por una cabra a la que se le rompía un cuerno que, milagrosamente, rebosaba frutas. Baphomet también aparecía en esas fotos de grupo en las que alguien, para gastar una broma, levanta dos dedos en forma de V por detrás de la cabeza de un compañero, como poniéndole unos cuernos; la verdad es que eran pocos los chistosos que sabían que con aquel gesto de burla lo que estaban haciendo en realidad era promocionar la robusta virilidad de su víctima.

—Sí, sí —dijo Teabing emocionado—. El poema tiene que referirse a Baphomet. Una lápida, una piedra venerada por los templarios.

—Está bien —dijo Sophie—, pero si Baphomet es la piedra venerada por los templarios, entonces se nos plantea un nuevo dilema. —Señaló los discos del criptex—. Baphomet tiene ocho letras. Y aquí sólo hay sitio para cinco.

Teabing sonrió de oreja a oreja.

—Querida, aquí es donde entra en juego el código del Atbash.

77

Langdon estaba impresionado. Leigh acababa de anotar las veintidós letras del alfabeto hebreo —*alef-beit*— de memoria. Sí, claro, lo hizo transcribiéndolas a caracteres latinos, pero aun así, las estaba leyendo con una pronunciación impecable.

A B G D H V Z Ch T Y K L M N S O P Tz Q R Sh Th

—Alef, Beit, Gimel, Dalet, Hei, Vav, Zayin, Chet, Tet, Yud, Kaf, Lamed, Mem, Nun, Samech, Ayin, Pei, Tzadik, Kuf, Reish, Shin y Tav. —En un golpe de efecto teatral, Teabing arqueó una ceja antes de proseguir—. Según la ortografía hebrea formal, los sonidos vocálicos no se transcriben. Así, cuando escribimos la palabra «Baphomet» recurriendo al alfabeto hebreo, pierde sus tres vocales, por lo que quedan sólo...

Sophie no le dejó terminar la frase.

—Cinco letras.

Teabing asintió y volvió a anotar algo.

—Muy bien, pues ésta es la manera correcta de escribir «Baphomet» en hebreo. Pongo en minúsculas las vocales y subrayo las consonantes para que se entienda mejor.

B a P V o M e Th

»Hay que tener en cuenta, claro —añadió—, que normalmente el hebreo se escribe de derecha a izquierda, pero el Atbash también puede usarse sin problemas en ese caso. Entonces, a continuación, lo único que hay que hacer es crear nuestro sistema de sustitución rees-cribiendo todo el alfabeto en el orden inverso al original.

—Hay otra manera más fácil de hacerlo —dijo Sophie quitándo-le la pluma a Teabing—. Sirve igual para todos los códigos de susti-tución inversa, incluido el Atbash. Es un truquito que aprendí en la Royal Holloway. —Sophie escribió la primera mitad del alfabeto de izquierda a derecha y, debajo, la segunda mitad de derecha a izquier-da. —Los expertos en criptología lo llaman el pliegue doble. La mi-tad de complicado y el doble de claro.

A	B	G	D	H	V	Z	Ch	T	Y	K
Th	Sh	R	Q	T z	P	O	S	N	M	L

Teabing se fijó en aquel cuadro y soltó una carcajada.

—Pues es verdad. Me alegra ver que en Holloway hacen bien su trabajo.

Al ver la tabla de sustitución de Sophie, Langdon sintió una emo-ción creciente, parecida, suponía, a la que habrían sentido los prime-ros estudiosos cuando usaron por primera vez el código Atbash para descifrar el hoy famoso *Misterio de Sheshach*. Durante años, los erudi-tos se habían sentido desconcertados ante las referencias bíblicas a una ciudad llamada Sheshach. No aparecía en ningún mapa ni en ningún otro documento, pero se citaba con frecuencia en el Libro de Jeremías —el rey de Sheshach, la ciudad de Sheshach, el pueblo de Sheshach. Por fin, un estudioso aplicó el código del Atbash a la pa-labra con resultados más que sorprendentes. El código reveló que Sheshach era en realidad una palabra en clave que respondía a otra ciudad muy conocida. El proceso de descodificación fue simple.

Sheshach, en hebreo, se escribía Sh-Sh-K.

Si se aplicaba el código de sustitución, se convertía en B-B-L. Y B-B-L, en hebreo, era Babel.

La misteriosa ciudad de Sheshach resultó ser Babel y tras aquel hallazgo se procedió a una frenética revisión de la Biblia. En cuestión de semanas, en el Antiguo Testamento se descubrieron varias palabras codificadas en Atbash, revelando una miríada de significados ocultos de cuya existencia los eruditos no tenían idea.

—Ya nos vamos acercando —susurró Langdon, incapaz de controlar su emoción.

—Ya casi estamos, Robert —convino Teabing, que miró a Sophie y sonrió—. ¿Está lista?

Sophie asintió con un movimiento de cabeza.

—Muy bien, Baphomet en hebreo, sin las vocales, es B-P-V-M-Th. Ahora, simplemente, le aplicamos la tabla de sustitución Atbash para traducir las letras y obtener nuestra contraseña de cinco letras.

A Langdon el corazón le latía con fuerza. B-P-V-M-Th. El sol empezaba a entrar por las ventanillas. Se concentró en las casillas de sustitución de Sophie y, despacio, fue haciendo la conversión. La B es la Sh... la P es la V...

Teabing sonreía como un niño con zapatos nuevos.

—Y el código Atbash revela que... —Se detuvo en seco—. ¡Dios mío! Se puso lívido.

Langdon dio un respingo.

—¿Qué pasa? —preguntó Sophie.

—No os lo vais a creer. —Teabing miró a Sophie—. Y menos usted.

—¿Por qué?

—Muy ingenioso —susurró—. Ingeniosísimo. —Sir Leigh anotó unas letras en el papel—. Redoble de tambores, por favor. Aquí tenéis la contraseña —dijo, mostrándoles las letras que acababa de escribir.

Sh-V-P-Y-A

Sophie frunció el ceño.

—¿Qué es esto?

Langdon tampoco lo reconoció.

La voz de Teabing temblaba de emoción.

—Ésta, amigos míos, es en realidad una antigua palabra de sabiduría, «palabra sabia, antigua».

Langdon volvió a leer las letras. «Palabra sabia, antigua, el pergamino abre.» Tardó sólo un instante en entenderlo. No se esperaba algo así. «¡Palabra sabia, antigua!»

—Sí, literalmente, además —dijo Teabing riéndose.

Sophie miró un momento la palabra y se fijó en los discos del criptex. Al momento se dio cuenta de que Langdon y Teabing habían pasado por alto un pequeño detalle.

—¡Un momento! Ésta no puede ser la contraseña —exclamó—. El criptex no tiene la grafía Sh en los discos. El alfabeto que hay aquí es el latino.

—Lee la palabra —le instó Langdon—. Ten en cuenta un par de cosas; en hebreo, la grafía Sh puede pronunciarse como S dependiendo del acento. Igual que la P, que puede pronunciarse F.

«¿SVFYA?», pensó, desconcertada.

—¡Pero qué genio! —añadió Teabing—. ¡La letra Vav suele ir acompañada del sonido O!

Sophie volvió a consultar aquellas letras e intentó pronunciarlas.

—S... o... f... y... a.

Se oyó decir la palabra y casi no podía creer lo que acababa de salir de su boca.

—¿Sophia? ¿Se lee así?

Langdon asentía con entusiasmo.

—¡Sí! *Sophia*, literalmente, significa sabiduría en griego. El origen etimológico de tu nombre, Sophie, es una palabra sabia.

De pronto, sintió una profunda añoranza de su abuelo.

«Grabó la clave con mi nombre codificado.» Notó que se le hacía un nudo en la garganta. Todo encajaba tan bien. Pero al concentrarse de nuevo en los cinco discos del criptex, se dio cuenta de que el problema no estaba resuelto.

—Un momento. Sophie tiene seis letras.

Teabing seguía sonriendo.

—Fíjese de nuevo en el poema. Su abuelo escribió: «Palabra sabia, antigua.»

—Sí, ¿y...?

—Que en griego antiguo, sabiduría se escribía S-O-F-I-A.

78

Sophie experimentaba una emoción desbocada mientras hacía girar los discos del criptex. «Palabra sabia, antigua, el pergamino abre.» Parecía que Langdon y Teabing la miraban sin respirar.

S... O... F...

—Cuidado —le rogó Teabing—. Con mucho cuidado.

... I... A.

Sophie alineó el último disco.

—Bien —dijo mirando a sus compañeros—, voy a intentar separarlo.

—No te olvides del vinagre —susurró Langdon con una mezcla de temor y excitación—. Cuidado.

Sophie sabía que si aquel criptex era como los que había abierto durante su infancia, lo único que tenía que hacer era sujetarlo por los dos extremos y tirar de ellos suavemente. Si los discos estaban correctamente alineados con la contraseña adecuada, uno de los dos lados se desprendería, como el objetivo de una cámara fotográfica, y podría acceder al interior y extraer el documento de papiro enrollado, envuelto alrededor de un tubo de vinagre. Pero si la contraseña que habían introducido era incorrecta, la fuerza externa que aplicaría Sophie a los extremos iría a parar a un mecanismo interior que ejercería presión sobre el tubo de cristal, llegando a romperlo si se apretaba con demasiada fuerza.

«Tira con cuidado», se dijo a sí misma.

Teabing y Langdon se echaron hacia delante mientras Sophie sujetaba los dos extremos del cilindro. Con la emoción de descifrar la contraseña, casi se había olvidado de lo que esperaban encontrar en su interior. «Es la clave del Priorato.» Según Teabing, contenía un mapa que les conduciría hasta el Santo Grial, que les revelaría el lugar donde se encontraba la tumba de María Magdalena y el tesoro del Sangreal... la verdad secreta más importante que quedaba por desentrañar.

Con aquel cilindro de piedra entre las manos, Sophie volvió a comprobar que todas las letras estuvieran correctamente alineadas en relación con el indicador. Entonces, muy despacio, tiró de los extremos. Nada. Aplicó algo más de fuerza. De pronto, la piedra se separó en dos como un telescopio bien engrasado. La pieza suelta se le quedó en la mano. Langdon y Teabing estuvieron a punto de ponerse de pie de un salto. A Sophie el corazón le latía cada vez más deprisa. Dejó la pieza suelta sobre la mesa e inclinó un poco el cilindro para ver en su interior.

—¡Un rollo de papel!

Al fijarse más, vio que estaba puesto alrededor de un objeto también cilíndrico —un tubo de vinagre, suponía. Sin embargo, aquel rollo no era de delicado papiro, como de costumbre, sino de pergamino. «Qué raro —pensó—, el vinagre no disuelve la piel del cordero.» Volvió a mirar el hueco que quedaba en el centro del rollo y se dio cuenta de que aquel objeto no era un tubo de vinagre, sino otra cosa totalmente distinta.

—¿Qué pasa? —preguntó Teabing—. ¿Por qué no saca el rollo?

Sophie frunció el ceño y tiró del pergamino y del objeto sobre el que estaba enrollado.

—Esto no es papiro —dijo Teabing—. Pesa demasiado.

—Ya lo sé. Es relleno.

—¿Para qué? ¿Para el tubo de vinagre?

—No. —Sophie desenrolló el papiro y reveló lo que envolvía—. Para esto.

Cuando Langdon vio el objeto que había en el interior del rollo de pergamino, el corazón le dio un vuelco.

—Que Dios nos ayude —dijo Teabing—. Su abuelo era un arquitecto implacable.

Langdon no daba crédito a sus ojos.

«Veo que Saunière no quiere ponernos las cosas fáciles.»

Ahí, sobre la mesa, había un segundo criptex. Más pequeño que el otro. Hecho de ónix negro. Era lo bastante reducido como para caber dentro del primero. Una vez más, la pasión de Saunière por el dualismo. «Dos criptex.» Todo a pares. «Dos sentidos. Masculino/femenino. Negro dentro del blanco.» Langdon sintió que la red de simbolismos no terminaba ahí. «El blanco da a luz al negro.»

«Todo hombre nacía de una mujer.»

Blanco: femenino.

Negro: masculino.

Se apoyó en la mesa y cogió el criptex pequeño. Parecía idéntico al primero, excepto por el tamaño y el color. Al moverlo, oyó el mismo borboteo de antes. Al parecer, el tubo de vinagre estaba metido dentro de ese segundo criptex.

—Bueno, Robert —dijo Teabing alargándole el pergamino—. Al menos te alegrará saber que volamos en la dirección correcta.

Langdon examinó la gruesa hoja de piel de oveja. Escrita con florida caligrafía había otra estrofa. También endecasílaba. Era algo críptica, pero tras leer sólo la primera parte, se dio cuenta de que la decisión de Teabing de partir hacia Gran Bretaña iba a salirles a cuenta.

EN LA CIUDAD DE LONDRES, ENTERRADO
POR EL PAPA, REPOSA UN CABALLERO

El resto del poema daba a entender claramente que la contraseña para abrir ese segundo criptex se encontraba en la tumba de ese caballero, situada en algún punto indeterminado de la ciudad.

Langdon se volvió, nervioso, hacia Teabing.

—¿Tienes idea de a qué caballero se refiere?

—Ni la más remota —respondió sir Leigh sin perder la sonrisa—. Pero sí sé en qué cripta debemos mirar.

En aquel mismo momento, quince millas más allá, seis coches patrulla de la policía de Kent aceleraban por las calles mojadas en dirección al aeropuerto de Biggin Hill.

79

El teniente Collet se sirvió un vaso de Perrier de la nevera de Teabing y volvió a entrar en la sala. En vez de acompañar a Fache a Londres, que es donde iba a haber acción, se había tenido que quedar de niñera del equipo de la Policía Científica, que se había distribuido por todo el Château Villette.

Por el momento, las pruebas que habían encontrado no les habían conducido a ninguna parte: una bala incrustada en el suelo, un trozo de papel con unos símbolos dibujados y las palabras «espada» y «cáliz» escritas al lado; un cinturón con púas ensangrentado que, según los de la Policía Científica, estaba relacionado con el Opus Dei, el grupo conservador de la Iglesia católica, y que había estado en el punto de mira recientemente al divulgarse en un reportaje cuáles eran sus agresivas prácticas de reclutamiento de acólitos en París.

Collet suspiró.

«Pues no sé si vamos a llegar a alguna parte con estas cuatro pistas inconexas.»

Atravesó el lujoso pasillo y entró en el enorme estudio-salón de baile, donde el jefe de la brigada científica se entretenía buscando huellas con ayuda de la brocha. Se trataba de un hombre corpulento que llevaba pantalones con tirantes.

—¿Hay algo? —preguntó Collet.

El investigador negó con la cabeza.

—Nada nuevo. Hay muchas, pero coinciden con las que hay por toda la casa.

—¿Y las del cilicio?

—La Interpol todavía está en ello. Les he transmitido todo lo que hemos encontrado.

Collet se acercó a una mesa, sobre la que había dos bolsas de pruebas selladas.

—¿Y esto?

El agente se encogió de hombros.

—Pura rutina. Me llevo cualquier cosa que resulte peculiar.

Collet se le acercó. «¿Peculiar?»

—Este inglés es un tipo raro. Échele un vistazo a esto.

Rebuscó entre las bolsas selladas, encontró la que buscaba y se la alargó a Collet.

La foto mostraba la puerta principal de una catedral gótica, el arco de la entrada, apuntado y estriado, enmarcando una pequeña puerta.

Collet estudió la foto y levantó la vista.

—¿Y esto es peculiar?

—Dele la vuelta.

En el reverso, Collet encontró unas anotaciones en las que se describía la única nave del templo, larga y vacía, como un homenaje pagano al útero femenino. Qué raro. Sin embargo, la nota que comentaba el arco de la entrada fue la que le desconcertó.

—¡Pero qué es esto! Cree que la entrada a la catedral representa la...

—Sí, señor, con los pliegues de los labios y un hermoso clítoris de cinco pétalos en lo alto. —Suspiró—. Te entran como ganas de volver a frecuentar una iglesia.

Collet levantó una segunda bolsa sellada. A través del plástico se veía la imagen brillante de lo que parecía ser un documento antiguo. El encabezamiento rezaba: Les Dossiers Secrets. Número 4º lm[1] 249.

—¿Qué es esto? —preguntó Collet.

—No tengo ni idea. Pero como tiene copias repartidas por toda la sala, lo he metido en una bolsa.

Collet estudió el documento.

PRIEURÉ DE SION-LES NAUTONIERS/
GRAND MASTERS

JEAN DE GUISORS	1188-1220
MARIE DE SAINT-CLAIR	1220-1266
GUILLAUME DE GUISORS	1266-1307
EDOUARD DE BAR	1307-1336
JEANNE DE BAR	1336-1351
JEAN DE SAINT-CLAIR	1351-1366
BLANCE D'EVREUX	1366-1398
NICOLAS FLAMEL	1398-1418
RENE D'ANJOU	1418-1480
IOLANDE DE BAR	1480-1483
SANDRO BOTICELLI	1483-1510
LEONARDO DA VINCI	1510-1519
CONNETABLE DE BOURBON	1519-1527
FERDINAND DE GONZAQUE	1527-1575
LOUIS DE NEVERS	1575-1595
ROBERT FLUDD	1595-1637
J. VALENTIN ANDREA	1637-1654
ROBERT BOYLE	1654-1691
ISAAC NEWTON	1691-1727
CHARLES RADCLYFFE	1727-1746
CHARLES DE LORRAINE	1746-1780
MAXIMILIAN DE LORRAINE	1780-1801
CHARLES NODIER	1801-1844
VICTOR HUGO	1844-1885
CLAUDE DEBUSSY	1885-1918
JEAN COCTEAU	1918-1963

«¿Prieuré de Sion?», se preguntó Collet.

—¿Teniente? —dijo otro agente asomando la cabeza en el estudio—. La centralita tiene una llamada urgente para el capitán Fache, pero no lo localizan. ¿Quiere atenderla usted?

Collet regresó a la cocina y descolgó el teléfono.

Al otro lado de la línea estaba André Vernet.

El refinado acento del banquero no lograba disimular la tensión de su voz.

—Creía que el capitán Fache había dicho que me llamaría, pero todavía no me ha dicho nada.

—El capitán está bastante ocupado. ¿Le puedo ayudar en algo?

—Me aseguraron que me mantendrían al corriente de las investigaciones a medida que fueran produciéndose.

Durante un momento, le pareció reconocer el timbre de aquella voz, pero no acababa de situarla.

—Señor Vernet, por el momento yo estoy a cargo de las investigaciones aquí en París. Soy el teniente Collet.

Se hizo una larga pausa.

—Teniente, me está entrando otra llamada. Le volveré a llamar más tarde.

Y colgó.

Collet se quedó unos segundos con el auricular en la mano. Y entonces le vino a la mente. «¡Ya sabía que me sonaba esa voz!» Ahogó un grito de sorpresa.

«El conductor del furgón blindado. El del Rolex falso.»

Ahora entendía por qué había colgado tan deprisa. Habría recordado su nombre, teniente Collet, al que con tanto descaro había engañado hacía unas horas.

Valoró las implicaciones de aquello. «Vernet está metido en todo esto.» Su cabeza le decía que debía llamar a Fache, pero su corazón sabía que aquel afortunado hallazgo podía suponer su momento de gloria.

Al momento llamó a la Interpol y solicitó toda la información disponible sobre el Banco de Depósitos de Zúrich y sobre su presidente, André Vernet.

80

—Abróchense los cinturones, por favor —dijo el piloto de Teabing iniciando el descenso e internándose en la llovizna de una mañana gris—. Aterrizaremos dentro de cinco minutos.

Teabing experimentó la emoción del regreso al ver las colinas de Kent entre jirones de niebla, extendiéndose a lo lejos. Inglaterra estaba a menos de una hora de París, pero entre ellas distaba todo un mundo. Aquella mañana, el verde húmedo y primaveral de su tierra parecía darle más que nunca la bienvenida. «Mi vida en Francia ha terminado. Regreso victorioso a Inglaterra. La clave ha sido hallada.» Claro que aún quedaba la cuestión de saber dónde les conduciría. «A algún lugar en el Reino Unido.» A qué punto exacto, no lo sabía, pero ya empezaba a saborear la gloria.

Langdon y Sophie lo miraron, y él se levantó y se dirigió a la cola del avión y retiró un panel de una pared, que ocultaba una caja muy bien disimulada. Marcó la combinación, la abrió y sacó dos pasaportes.

—La documentación de Rémy y la mía —dijo—. Acto seguido extrajo un grueso fajo de billetes de cincuenta libras—. Y ésta es la vuestra.

Sophie lo miró, incrédula.

—¿Un soborno?

—Diplomacia creativa. Los aeródromos ejecutivos hacen ciertas concesiones. Un agente de aduanas nos recibirá en mi hangar y solicitará permiso para subir al avión. En vez de permitírselo, le diré que viajo con una artista francesa muy famosa a la que no interesa que se divulgue su estancia en Inglaterra —por el acoso de la prensa, ya sabéis—, y le ofreceré esta generosa propina a cambio de su discreción.

Langdon estaba boquiabierto.

—¿Y crees que el agente la aceptará?

—Si fuera de otro, no, pero aquí todo el mundo me conoce. No soy traficante de armas, por Dios. Si hasta me nombraron caballero. —Sonrió—. Ser socio de ese club da derecho a ciertos privilegios.

En aquel momento, Rémy se acercó por el pasillo con la pistola en la mano.

—¿Y cuáles son sus planes para mí, señor?

Teabing miró a su mayordomo.

—Quiero que te quedes a bordo con nuestro invitado hasta que regresemos. No podemos ir cargando con él por todo Londres.

Sophie parecía preocupada.

—Sir Leigh, la policía francesa podría localizar el avión antes de que regresemos.

Teabing soltó una carcajada.

—Sí, imagine su sorpresa si suben a bordo y se encuentran a Rémy.

A Sophie le sorprendió aquella actitud despreocupada.

—Sir Leigh, acaba de transportar a un rehén más allá de las fronteras de un país. El asunto es serio.

—Mis abogados también lo son —señaló la cola del avión, donde seguía el monje—. Ese animal entró en mi casa y casi me mató. Eso es un hecho, y Rémy declarará a mi favor.

—¡Pero tú lo has atado y te lo has traído a Londres! —exclamó Langdon.

Teabing levantó la mano derecha y, teatralmente, pronunció una falsa súplica.

—Su excelencia, perdone a un caballero excéntrico por preferir el sistema judicial británico. Me doy cuenta de que debería haber llamado a las autoridades galas, pero soy un esnob y no me fío de esos franceses y su *laissez-faire*, no creo que sean buenos persiguiendo delitos. Este hombre casi me mata. Sí, tomé una decisión precipitada y obligué a mi mayordomo a que me ayudara a traerlo aquí, a Inglaterra, pero estaba bajo una fortísima presión. *Mea culpa, mea culpa.*

Langdon seguía sin estar convencido.

—Viniendo de ti, Leigh, a lo mejor se lo creen.

—Señor —interrumpió el piloto—. Acaban de radiar un mensaje desde la torre de control. Parece que hay un problema de mantenimiento cerca de nuestro hangar y me piden que lleve el avión hasta la terminal.

Teabing llevaba más de diez años volando a Biggin Hill y nunca le había pasado algo parecido.

—¿Le han dicho de qué tipo de problema se trata?

—El controlador no ha sido muy concreto, señor. Algo sobre una fuga de petróleo del depósito de repostaje, o algo así. Me han pedido que aparque en la terminal y que nadie se baje hasta que nos den más instrucciones. Medidas de seguridad. En principio no podemos descender hasta que las autoridades aeroportuarias nos den el visto bueno.

Teabing no estaba nada convencido. «Pues debe de ser una fuga bien grande.» El depósito de repostaje estaba a un kilómetro de su hangar.

Rémy también parecía preocupado.

—Señor, esto no es nada normal.

Teabing se volvió para hablar con Langdon y Sophie.

—Amigos, tengo la desagradable sospecha de que estamos a punto de ser recibidos por un simpático comité de bienvenida.

Langdon suspiró, cansado.

—Supongo que Fache sigue creyendo que es a mí a quien tiene que detener.

—O eso o está demasiado metido en esto para admitir su error —apuntó Sophie.

Teabing no la escuchaba. Fueran cuales fueran las verdaderas motivaciones de Fache, había que hacer algo, y rápido. «No pierdas de vista la meta final. El Grial. Estamos ya tan cerca.» Se oyó un sonido metálico sordo cuando las compuertas del tren de aterrizaje se abrieron.

—Leigh —dijo Langdon con tono de arrepentimiento—. Creo que tendría que entregarme a las autoridades y resolver esto de acuerdo con la ley. Y no implicaros a vosotros en todo este lío.

—Por Dios, Robert —replicó Teabing apartando aquella idea con la mano—. ¿Crees en serio que a los demás nos van a dejar en libertad? Acabo de trasladarte ilegalmente a otro país. La señorita Neveu te ha ayudado a escapar del Louvre, y tenemos a un hombre atado en la cola del avión. Así que en esto estamos todos metidos por igual, no sé si me entiendes.

—¿Y si aterrizáramos en otro aeropuerto? —preguntó Sophie.

Teabing negó con la cabeza.

—Si cambiamos de rumbo ahora, cuando nos den permiso para aterrizar en otro aeropuerto seguro que tendremos hasta tanques esperándonos.

Al oír aquello, Sophie, desmoralizada, no dijo nada más.

Teabing tenía la clara sensación de que si querían contar con alguna posibilidad de posponer su encontronazo con las autoridades británicas, tenían que hacer algo arriesgado.

—Un minuto —dijo, acercándose a la cabina.

—¿Qué vas a hacer? —le preguntó Langdon.

—Una reunión de ventas —respondió sir Leigh, sin saber cuánto le costaría convencer a su piloto para que ejecutara una maniobra totalmente irregular.

81

«El Hawker ha iniciado la maniobra del descenso.»

Simon Edwards —director ejecutivo de servicios del aeropuerto de Biggin Hill, caminaba de un lado para otro en la torre de control, observando con nerviosismo la pista de aterrizaje mojada. Nunca le había gustado que le despertaran un sábado a primera hora de la mañana, pero en ese caso la cosa era aún peor, porque le habían llamado para que estuviera presente durante la detención de uno de sus mejores clientes. Sir Leigh Teabing no sólo les pagaba por la ocupación de uno de los hangares privados, sino una tarifa de aterrizaje por sus frecuentes desplazamientos. Normalmente, el aeropuerto conocía de antemano la hora de sus llegadas y podía seguir un estricto protocolo tras las mismas. A Teabing le gustaba que las cosas se sucedieran siempre del mismo modo. Su limusina Jaguar fabricada especialmente para él y que tenía aparcada en el hangar debía tener el depósito de gasolina lleno, estar inmaculada y con un ejemplar del día del *Times* en el asiento trasero. Un oficial de aduanas debía estar esperándole en el hangar para acelerar los trámites burocráticos y encargarse de revisar el equipaje. En ocasiones, los oficiales de aduanas aceptaban generosas propinas a cambio de hacer la vista gorda ante determinados productos orgánicos inofensivos —casi siempre *delicatessen*—, caracoles franceses, un tipo especial de Roquefort artesano muy fuerte, ciertas frutas. De todos modos, muchas de las normas de fronteras eran absurdas, y si Biggin Hill no se amoldaba a las peticiones de sus clientes, estos encontrarían sin duda otros aeródromos que sí lo harían. Así que a Teabing le proporcionaban todo lo que pedía en Biggin Hill, y los empleados salían favorecidos.

Al ver que el avión se aproximaba, Edwards sintió que los nervios estaban a punto de traicionarle. Se preguntaba si la tendencia de sir Leigh a repartir su riqueza sería la causante de los problemas que le acechaban. Las autoridades francesas parecían muy decididas a retenerlo como fuera. A él aún no le habían comunicado de qué lo acusaban, pero sin duda los cargos debían ser graves. A petición de la policía gala, las fuerzas del orden de Kent habían solicitado al controlador del tráfico aéreo de Biggin Hill que se pusiera en contacto con el piloto para ordenarle que se dirigiera directamente a la terminal, y no al hangar de su cliente. El piloto había dado su conformidad, aceptando como cierta, al parecer, la historia de la fuga de petróleo.

Aunque la policía británica no solía llevar pistola, la gravedad de la situación les había llevado a enviar una brigada de hombres armados. Ahora, en la terminal, había ocho agentes preparados para disparar si era necesario, aguardando el momento en que los motores se pararan. Cuando eso sucediera, un asistente de pista colocaría unos topes en las ruedas para que el avión no pudiera moverse. En ese instante aparecería la policía y mantendría retenidos a los ocupantes hasta que la policía francesa llegara a hacerse cargo de la situación.

El Hawker volaba ya muy bajo, rozando casi las copas de los árboles que quedaban a su derecha. Simon Edwards bajó para presenciar el aterrizaje desde el asfalto. La policía de Kent estaba escondida, fuera de su campo de visión, y el encargado del mantenimiento esperaba equipado con los topes. En la pista, el avión levantó un poco el morro y las ruedas tocaron tierra soltando una nube de humo. El avión empezó a frenar, balanceándose a un lado y a otro frente a la terminal. El fuselaje blanco brillaba cubierto de gotas de lluvia. Pero en vez de detenerse y girar, el jet prosiguió despacio en dirección al hangar de Teabing, que quedaba en un extremo del aeropuerto.

Los agentes dieron un paso al frente y miraron a Edwards.

—Creía que el piloto había aceptado venir a la terminal.

Edwards estaba desconcertado.

—¡Eso es lo que ha dicho por radio!

El director ejecutivo también se adelantó. El ruido era ensordecedor.

Los motores del Hawker seguían rugiendo mientras el piloto culminaba su maniobra habitual, colocando el avión de cara para facilitar el siguiente despegue. Cuando estaba a punto de completar el giro de 180 grados y adelantarse hasta la entrada del hangar, Edwards vio el rostro del piloto que, comprensiblemente, parecía sorprendido al ver aquella barricada de coches de policía.

El aparato se detuvo finalmente y paró los motores. La policía entró en el hangar y rodeó el jet. Edwards se unió al inspector en jefe de la policía de Kent, que avanzó con prudencia hacia la puerta. Tras varios segundos, ésta se abrió con un chasquido.

Leigh Teabing apareció tras ella, inmóvil a la espera de que la escalerilla automática acabara de bajar. Al contemplar el mar de pistolas que le apuntaban, se apoyó en las muletas y se rascó la cabeza.

—Simon, ¿es que me ha tocado una patrulla de policía en un sorteo mientras estaba fuera? —Parecía más desconcertado que preocupado.

Simon Edwards se adelantó y tragó saliva.

—Buenos días, señor. Siento mucho toda esta confusión. Tenemos un escape de petróleo y el piloto nos ha comunicado que aparcaría en la terminal.

—Sí, sí, pero bueno, he sido yo quien le he dicho que viniera hasta aquí. El caso es que tengo una cita y llego tarde. Este hangar lo pago yo, y todo eso de la fuga de petróleo me ha parecido demasiado exagerado, la verdad.

—Me temo que su llegada nos ha pillado a todos con la guardia baja, señor.

—Lo sé. Esto no estaba programado. En confianza le diré que el nuevo tratamiento no me está yendo muy bien. Y se me ha ocurrido venir para hacerme una revisión.

Los policías se intercambiaron miradas. Edwards torció el gesto.

—Muy bien, señor.

—Señor —intervino el inspector jefe de Kent, dando un paso adelante—. Debo pedirle que vuelva a entrar en el avión y que permanezca a bordo aproximadamente otra media hora.

Mientras bajaba con dificultad las escaleras, Teabing no dejaba de sonreír.

—Me temo que eso va a ser imposible. Tengo una visita médica. —Pisó el suelo—. Y no puedo permitirme faltar.

El inspector jefe cambió de postura para impedir que Teabing siguiera avanzando.

—Estoy aquí a instancias de la Policía Judicial francesa. Según ellos, en este avión viajan dos huidos de la justicia.

Teabing miró fijamente al inspector un largo instante y luego estalló en una carcajada.

—¿Qué es esto? ¿Uno de esos programas de cámara oculta? Pues qué divertido.

El inspector no era de los que se arredraban.

—Esto es muy serio, señor. La policía francesa asegura además que lleva usted a bordo a un rehén.

El mayordomo de Teabing, Rémy, apareció en lo alto de la escalerilla.

—Yo me siento un rehén muchas veces trabajando para sir Leigh, pero él me asegura que soy libre de irme cuando quiera. —Consultó el reloj—. Señor, la verdad es que se nos está haciendo muy tarde. —Apuntó hacia el Jaguar aparcado en un rincón del hangar. El enorme automóvil era negro, con cristales tintados y ruedas blancas—. Así que voy sacando el coche —añadió, empezando a bajar.

—Me temo que no podemos permitir que se vaya —dijo el inspector—. Por favor, regresen al avión. En breve aterrizarán representantes de la policía francesa.

Teabing miró a Simon Edwards.

—Simon, por el amor de Dios, esto es ridículo. No llevamos a nadie más a bordo. Somos los de siempre: Rémy, el piloto y yo. Haz tú de intermediario. Entra tú a comprobar que el avión está vacío.

Edwards sabía que estaba entre la espada y la pared.

—Sí, señor, si quiere entro a echar un vistazo, por mi parte no tengo ningún inconveniente.

—¡De ninguna manera! —exclamó el inspector que, por lo que se veía, tenía cierto conocimiento de lo que se cocía en los aeródromos privados, y motivos para sospechar que Simon Edwards sería capaz de mentir para proteger los intereses de su cliente—. Entraré yo mismo a inspeccionar.

Teabing negó con la cabeza.

—No, inspector, eso no. Esto es una propiedad privada y hasta que dispongan de una orden judicial no permitiré que entren en ella. Les estoy ofreciendo una salida razonable. El señor Edwards puede realizar la inspección.

—De ninguna manera.

Teabing cambió el tono y se puso muy serio.

—Inspector, por desgracia no tengo tiempo para entrar en sus juegos. Llego tarde y tengo que irme. Si la cosa es tan importante y tiene que detenerme, tendrá que dispararme primero.

Dicho esto, Teabing y Rémy esquivaron al inspector y se dirigieron a la limusina.

El jefe de la policía de Kent no sentía otra cosa que desprecio por aquel hombre que acababa de pasar a su lado. Los privilegiados siempre creían que estaban por encima de la ley.

«Pues no.» El inspector se dio la vuelta y apuntó con el arma a la espalda de sir Leigh.

—Deténgase o disparo.

—Adelante —replicó Teabing sin aflojar el paso ni mirar hacia atrás—. Mis abogados se comerán sus testículos guisados para desayunar. Y si se atreve a registrar el avión sin una orden judicial, se le comerán también el bazo.

Acostumbrado a los faroles y a las bravuconadas, aquello no impresionó lo más mínimo al inspector. Técnicamente, Teabing tenía razón y la policía necesitaba una orden de registro para entrar en el jet, pero como el vuelo tenía su origen en Francia, y como el poderoso Fache había dado su autorización, el inspector jefe de Kent estaba convencido de que le convenía mucho más descubrir eso que había dentro del avión y que Teabing tenía tanto empeño en ocultar.

—Deténganlos —dijo—. Voy a registrar el avión.

Los policías se acercaron corriendo con las armas en alto y les bloquearon el paso.

Teabing se dio la vuelta.

—Inspector, se lo advierto por última vez. Ni se le ocurra entrar en el avión. Lo lamentaría.

Ignorando la amenaza, el inspector jefe empuñó su arma y empezó a subir por la escalerilla. Llegó a la puerta y asomó la cabeza en el interior. «¿Pero qué diablos es esto?»

A excepción del piloto que, con cara de susto, seguía en la cabina, el avión estaba vacío. Totalmente desprovisto de cualquier forma de vida humana. Inspeccionó deprisa el baño, los espacios que quedaban entre los asientos, los portaequipajes, pero no encontró indicios de que hubiera nadie escondido... y menos aún varias personas.

«¿Pero en qué estaba pensando Bezu Fache?» Al parecer, sir Leigh Teabing le había dicho la verdad.

En el avión vacío, el inspector jefe de la policía de Kent tragó saliva. «Mierda.» Se puso rojo y se asomó por la puerta. Vio a Teabing y a su mayordomo en el hangar, rodeados de policías que los apuntaban junto a la limusina.

—Dejen que se vayan —ordenó—. La información que nos han pasado no era correcta.

Los ojos de Teabing brillaban amenazadores desde el otro extremo del hangar.

—Recibirá usted noticias de mis abogados. Y, para próximos casos, ya sabe que no hay que fiarse de la policía francesa.

Acto seguido, el mayordomo le abrió la puerta trasera de la larga limusina y le ayudó a subirse a ella. Luego se fue hasta la parte delantera, se puso al volante y giró la llave del contacto. Los policías se apartaron para dejarlos salir del hangar.

—Muy bien hecho, mi buen amigo —dijo Teabing desde el asiento de atrás cuando la limusina salía del aeropuerto a todo gas. Echó un vistazo a los espacios en penumbra que había frente a él. ¿Vais todos cómodos?

Langdon asintió con un discreto movimiento de cabeza. Sophie todavía iba agachada junto al albino, que seguía atado y amordazado.

Hacía escasos momentos, cuando el Hawker estaba entrando en el hangar desierto, Rémy había abierto la puerta del avión antes de que éste se detuviera. La policía estaba cada vez más cerca, y Langdon y Sophie habían arrastrado al monje por la escalerilla hasta el suelo, y lo habían ocultado en la zona central de la limusina. En ese momento el Hawker completó el giro con gran estruendo de motores, y los vehículos policiales irrumpieron en el hangar.

Ahora el Jaguar se acercaba a Kent a toda velocidad y ellos se trasladaron a la parte trasera, dejando al monje atado en el suelo. Se sentaron en un asiento espacioso que quedaba frente al de Teabing. El caballero inglés les sonrió y abrió el mueble bar.

—¿Os apetece beber o picar algo? ¿Unas patatas? ¿Frutos secos? ¿Una tónica?

Sophie y Langdon negaron con la cabeza al unísono.

Teabing cerró el mueble bar sin dejar de sonreír.

—Bueno, como íbamos diciendo, la tumba del caballero...

82

—¿Fleet Street? —preguntó Langdon con la vista clavada en sir Leigh. «¿Hay una cripta en Fleet Stret?» Hasta el momento, Teabing se hacía el interesante con el paradero de esa «tumba del caballero» que, según el poema, les proporcionaría la contraseña que abría el criptex más pequeño.

Teabing sonrió y se dirigió a Sophie.

—Señorita Neveu, déjele ver el poema otra vez al muchacho de Harvard, si es tan amable.

Sophie se metió la mano en el bolsillo y sacó el criptex negro, que estaba envuelto en el pergamino. De común acuerdo, habían dejado la caja de palisandro y el primer criptex en la caja fuerte del avión, y se habían llevado sólo lo que les hacía falta, el criptex pequeño, que era más manejable y discreto. Sophie desdobló el pergamino y se lo pasó a Langdon.

Aunque lo había leído varias veces mientras volaban, no había sido capaz de extraer de aquellas palabras una ubicación concreta. Ahora, al volver sobre ellas, lo hacía despacio y concentrándose, con la esperanza de encontrar al fin algún significado más ahora que estaba en tierra.

En la ciudad de Londres, enterrado
por el Papa, reposa un caballero.
Despertaron los frutos de sus obras
las iras de los hombres más sagrados.

El orbe que en su tumba estar debiera
buscad, os hablará de muchas cosas,
de carne rosa y vientre fecundado.

Lo que decía parecía ser bastante simple: había un caballero enterrado en Londres. Un caballero que trabajaba en algo que provocó la indignación de unos hombres sagrados, seguramente eclesiásticos. Un caballero en cuya tumba faltaba una esfera que debería estar ahí. La referencia final del poema —*carne rosada y vientre fecundado*— era una clara alusión a María Magdalena, la rosa que llevaba en su vientre la semilla de Jesús.

A pesar de la aparente claridad de aquellos versos, Langdon seguía sin tener ni idea de a qué caballero se referían ni dónde podía estar enterrado. Y además, por lo que parecía, incluso si encontraban la tumba, lo que tenían que hacer era buscar algo que «estar debiera», es decir, que no estaba ahí, una «esfera» que les contaría esas cosas.

—¿No se te ocurre nada? —dijo Teabing, con tono de falsa decepción, porque Langdon se daba cuenta de que en realidad su amigo disfrutaba viendo que sabía algo que a él se le escapaba.

—¿Señorita Neveu?

Sophie negó con la cabeza.

—¿Qué iban a hacer sin mí? Muy bien, vamos a ir paso a paso. En realidad no es nada complicado. La clave está en los dos primeros versos. ¿Podrías leerlos, si eres tan amable?

Langdon obedeció.

—*En la ciudad de Londres, enterrado / por el Papa, reposa un caballero.*

—Exacto. Un caballero enterrado por un Papa. —Miró a Langdon—. ¿Te suena de algo?

Langdon se encogió de hombros.

—¿Un caballero enterrado por un Papa? ¿Un caballero que tuvo un funeral celebrado por el Papa?

Teabing se echó a reír.

—Eso sí que tiene gracia. Tú siempre tan ingenuo, Robert. Fíjate en el verso siguiente. Es evidente que ese caballero hizo algo que le ganó las iras de la Iglesia. Piensa en la dinámica que se generó entre la Iglesia y los Caballeros del Temple. ¿Un caballero enterrado por un Papa?

—¿Un caballero asesinado por un Papa? —aventuró Sophie.

Teabing le sonrió y le dio una palmadita en la rodilla.

—Muy bien, querida. Un caballero enterrado, o asesinado, por un Papa.

Langdon pensó en la famosa batida de 1307 —aquel desgraciado viernes trece— en que el papa Clemente mandó matar a cientos de templarios.

—Pero debe haber centenares de tumbas de caballeros «enterrados» por Papas.

—No tantas, no tantas. A la mayoría los quemaban en la hoguera y los arrojaban al Tíber sin más ceremonias. Pero este poema habla de una tumba. De una tumba que está en la ciudad de Londres. Y caballeros enterrados en Londres no hay tantos. —Hizo una pausa, con la esperanza de que a Langdon se le ocurriera por fin. Pero al cabo de un instante prosiguió, impaciente—. ¡Robert, por el amor de Dios! ¡La iglesia construida en Londres por el brazo armado del Priorato! ¡Por los mismísimos templarios!

—¿La iglesia del Temple tiene cripta? —preguntó, desconcertado.

—Con diez de las tumbas más terroríficas que has visto en tu vida.

En realidad Langdon no había visitado nunca la iglesia del Temple, aunque había encontrado numerosas referencias sobre ella en el transcurso de sus investigaciones sobre el Priorato. En otro tiempo epicentro de todas las actividades de los templarios y el Priorato en el Reino Unido, la iglesia del Temple había recibido aquel nombre en honor al Templo de Salomón, igual que los Caballeros Templarios habían tomado de él el suyo, además de los documentos del Sangreal que les habían dado tanta influencia en Roma. Circulaba todo tipo de historias sobre caballeros que celebraban rituales extraños y secretos en el atípico santuario de la iglesia del Temple.

—¿Y la iglesia del Temple está en Fleet Street?

—En realidad, está justo al lado, en el cruce con Inner Temple Lane. —Teabing puso cara de travieso—. Quería verte sudar un poco más antes de decírtelo.

—Muchas gracias.

—¿Ninguno de los dos la conoce?

Langdon y Sophie negaron con la cabeza.

—No me sorprende —dijo sir Leigh—. En la actualidad queda oculta por edificios mucho más altos. Hay poca gente que sepa que está ahí. Es un sitio viejo y misterioso, con un estilo arquitectónico totalmente pagano.

—¿Pagano? —repitió Sophie, sorprendida.

—Tan pagano como el panteón —exclamó Teabing—. La iglesia es redonda. Los templarios no siguieron el trazado tradicional de la iglesia en forma de cruz latina y construyeron una iglesia circular en honor al Sol. —Arqueó las cejas con gesto malicioso—. Un desafío bastante descarado a los chicos de Roma. Por el mismo precio podrían haber reconstruido Stonhenge en el corazón de Londres.

Sophie se quedó mirando a Teabing.

—¿Y el resto del poema?

El aire despreocupado del historiador se esfumó.

—No estoy seguro. Es desconcertante. Tenemos que examinar con mucha atención las diez tumbas. Con suerte, saltará a la vista que a una le falta una esfera.

Langdon se dio cuenta de lo cerca que estaban de la solución. Si el orbe que faltaba revelaba la contraseña, podrían abrir el segundo criptex. Le costaba imaginar qué se encontrarían en su interior.

Langdon volvió a leer el poema. Era una especie de rompecabezas básico. «¿Una palabra de cinco letras que tenga que ver con el Grial?» En el avión, ya habían intentado todas las combinaciones más evidentes —GRIAL, GRAAL, GREAL, VENUS, MARIA, JESUS, SARAH—, pero el cilindro no se había abierto. «Demasiado obvias.» Al parecer, había alguna otra referencia al vientre fecundado de la rosa. Para Langdon, que esa palabra se le escapara a un especialista como Leigh Teabing significaba que no era demasiado conocida.

—¿Sir Leigh? —dijo Rémy mirándolo por el espejo retrovisor—. ¿Dice que Fleet Street está cerca del puente de Blackfriars?

—Sí, gira en Victoria Embankment.

—Lo siento, pero no sé muy bien por dónde queda. Como normalmente sólo vamos al hospital...

Teabing entornó los ojos y miró a sus compañeros.

—La verdad es que con él a veces es como hacer de niñera. Disculpadme un momento. Tomad lo que queráis.

Se levantó con dificultad y se apoyó en el panel divisorio, que estaba abierto, para hablar con Rémy.

—Robert, nadie sabe que estamos en Inglaterra —le dijo Sophie cuando se quedaron solos.

Langdon cayó en la cuenta. Tenía razón. La policía de Kent le diría a Fache que el avión estaba vacío, y éste tendría que concluir que aún seguían en Francia. «Somos invisibles.» El truquito de Leigh les había proporcionado mucho tiempo extra.

—Fache no se va a rendir tan fácilmente —prosiguió Sophie—. Ha invertido demasiado en esta detención para desistir ahora.

Langdon había intentado no pensar en Fache. Sophie le había prometido que haría todo lo que estuviera en su mano para exonerarlo una vez todo aquello hubiera terminado, pero él empezaba a temerse que tal vez no hiciera falta. «No me extrañaría que Fache formara parte de toda esta trama.» Aunque a Langdon le costaba creer que la Policía Judicial estuviera involucrada en el asunto del Santo Grial, esa noche había asistido a demasiadas coincidencias como para desestimar de plano la posible complicidad de Fache. «Es una persona religiosa, y tiene mucho interés en cargarme a mí con todas esas muertes.» Pero, por otra parte, la opinión de Sophie era que Fache podía, simplemente, estar actuando con un exceso de celo en su caso. Después de todo, las pruebas que había contra él eran significativas. Su nombre había aparecido escrito en el suelo del Louvre y en la agenda de Saunière, y ahora parecía como si hubiera mentido sobre su libro y se hubiera escapado. «A sugerencia de Sophie.»

—Robert, siento mucho que te hayas visto tan implicado en todo esto —le dijo Sophie poniéndole la mano en la rodilla—, pero me alegro de que estés aquí.

El comentario sonaba más pragmático que romántico, y sin embargo Langdon sintió que entre ellos surgía un chispazo de atracción. Le dedicó una sonrisa cansada.

—Cuando me dejan dormir soy bastante más divertido.

Sophie se quedó unos segundos sin decir nada.

—Mi abuelo me pidió que confiara en ti. Qué suerte, por una vez en la vida le hice caso.

—Tu abuelo ni siquiera me conocía.

—Da igual, creo que has hecho todo lo que él habría querido. Me has ayudado a encontrar la clave, me has explicado qué es el Sangreal, me has aclarado lo del ritual del sótano. —Hizo una pausa—. En cierto modo, esta noche me siento más unida a mi abuelo de lo que me había sentido en años. Y sé que a él le alegraría saberlo.

A lo lejos, el perfil de Londres empezaba a intuirse entre la llovizna del amanecer. Antes dominado por el Big Ben y el Puente, ahora el horizonte quedaba interrumpido por el Millenium Eye, una noria colosal y ultramoderna que se elevaba más de ciento cincuenta metros y ofrecía unas vistas espectaculares de la ciudad. Langdon había intentado montarse en una ocasión, pero las «cápsulas panorámicas» le recordaban demasiado a sarcófagos sellados y había preferido mantener los pies en el suelo y disfrutar de la vista desde los despejados márgenes del Támesis.

Notó otra vez una mano en la rodilla, y al volverse se encontró con los ojos de Sophie. Se dio cuenta de que llevaba un tiempo hablándole.

—¿Qué crees tú que debemos hacer con los documentos del Sangreal si llegamos a encontrarlos? —le susurró.

—Lo que yo crea no tiene importancia —le respondió Langdon—. Tu abuelo te entregó el criptex a ti, y tú debes hacer lo que tu instinto te diga que él hubiera querido que se hiciera.

—Sí, pero yo te estoy pidiendo tu opinión. Está claro que en tu libro escribiste algo que llevó a mi abuelo a confiar en tu buen juicio. Si hasta llegó a concertar una entrevista privada contigo. Y eso, créeme, no era nada normal en él.

—Tal vez lo que quería decirme era que lo había interpretado todo mal.

—¿Y por qué me habría pedido que contactara contigo si no le gustaban tus ideas? En tu texto, ¿defendías que los documentos del Sangreal se divulgaran o que permanecieran ocultos?

—Ninguna de las dos cosas. No me definía en ningún sentido. Mi obra trata de la simbología de la divinidad femenina, realiza un recorrido por su iconografía a lo largo de la historia. Evidentemente, no insinuaba saber dónde está oculto el Grial ni si debería o no darse a conocer.

—Sin embargo, el hecho mismo de haber escrito un libro sobre el tema, implica de algún modo que estás a favor de compartir la información disponible.

—Hay una gran diferencia entre comentar de manera hipotética una historia alternativa sobre Jesucristo y... —Se detuvo.

—¿Y qué?

—Y presentar ante el mundo miles de documentos antiguos como pruebas científicas que demuestran la falsedad de los testimonios que aparecen en el Nuevo Testamento.

—Pero si antes me has dicho que el Nuevo Testamento estaba basado en invenciones.

Langdon sonrió.

—Sophie, todas las religiones del mundo están basadas en invenciones. Ésa es la estricta definición de lo que es la fe, la aceptación de lo que imaginamos verdadero pero que no podemos demostrar. Todas las religiones describen a Dios recurriendo a la metáfora, a la alegoría y a la exageración, tanto en el antiguo Egipto como en las clases de catequesis de las parroquias. Las metáforas ayudan a nuestra mente a procesar lo improcesable. El problema surge cuando empezamos a creer literalmente en las metáforas que nosotros mismos hemos creado.

—Entonces lo que estás diciendo es que estás a favor de que los documentos del Sangreal permanezcan ocultos para siempre.

—Yo soy historiador, Sophie. Soy contrario a la destrucción de documentos, y me encantaría que los estudiosos de las religiones dispusieran de más información para que pudieran hacer una mejor valoración de la excepcional vida de Jesús.

—Te estás poniendo de las dos partes en una misma cuestión.

—¿Sí? La Biblia representa una guía fundamental para millones de personas en todo el planeta, de un modo parecido a lo que representan el Corán, la Torah, y el Canon Pali para las personas de otras religiones. Si tuviéramos la ocasión de hacer públicos unos documentos que contradijeran las historias sagradas de la fe musulmana, de la judía, de la budista, de la pagana, ¿estaría bien que lo hiciéramos? ¿Deberíamos dar la voz de alarma y decirle a los budistas que tenemos pruebas de que Buda no salió de una flor de loto? ¿O de que Jesús no nació de una virgen, en el sentido literal del término? Los que entienden de verdad sus religiones saben que esas historias son metafóricas.

Sophie no estaba convencida del todo.

—Mis amigos cristianos más devotos se creen literalmente que Cristo caminó sobre las aguas, que convirtió el agua en vino y que nació de una virgen.

—Eso es precisamente lo que digo —prosiguió Langdon—. La alegoría religiosa se ha convertido en parte del tejido de la realidad. Y vivir en esa realidad ayuda a millones de personas a resistir y a ser mejores.

—Pero parece que su realidad es falsa.

Langdon ahogó una carcajada.

—No más que la de una criptógrafa matemática que cree en el número imaginario «i» porque le ayuda a descifrar códigos.

—No es lo mismo —replicó Sophie frunciendo el ceño.

Estuvieron un momento en silencio.

—¿Qué pregunta me habías hecho?

—No me acuerdo —respondió Sophie.

—Nunca falla —dijo Langdon con una sonrisa en los labios.

83

El reloj de Langdon, con su esfera de Mickey, marcaba casi las siete y media cuando lo miró antes de bajarse de la limusina y salir a la Inner Temple Lane, acompañado de Sophie y de Teabing. El trío atravesó una maraña de edificios hasta llegar al pequeño patio que había a la entrada de la iglesia del Temple. La piedra tosca brillaba con la lluvia, y unas palomas emitían sus arrullos desde las cornisas.

La antigua iglesia del Temple había sido construida totalmente con piedra de Caen. Se trataba de un edificio muy vistoso, circular, con una fachada algo tétrica, un cimborrio central y una nave que sobresalía a uno de los lados. Se parecía más a una plaza militar que a un lugar de culto. Consagrada el 10 de febrero de 1185 por Heraclio, patriarca de Jerusalén, la iglesia del Temple había sobrevivido a ocho siglos de inestabilidad política, al Gran Incendio de Londres y a la Primera Guerra Mundial, pero las bombas incendiarias de la Luftwaffe, en 1940, la habían dañado seriamente. Tras la contienda, la habían restaurado para devolverle su severo esplendor.

«La simplicidad del círculo», pensó Langdon mientras contemplaba el edificio por primera vez. Arquitectónicamente, era tosca y sencilla, más parecida al Castel Sant'Angelo de Roma que al refinado Panteón. El anexo rectangular que sobresalía a la derecha era un desafortunado pegote, aunque apenas lograba disimular la forma pagana original de la primera estructura.

—Como es sábado y es tan temprano —dijo Teabing cojeando hacia la entrada—, supongo que no habrá misa y podremos estar tranquilos.

La entrada del templo era un cuadro labrado que enmarcaba un gran portón de madera. A su izquierda, totalmente fuera de lugar, había un tablón de anuncios lleno de carteles de conciertos e informaciones sobre servicios religiosos.

Al leer uno de ellos, Teabing torció el gesto.

—Aún falta un par de horas para que abran a las visitas turísticas.

Se acercó a la puerta e intentó abrirla, sin éxito. Pegó la oreja a la madera y escuchó. Se quedó así un instante y, cuando se incorporó, lo hizo con gesto astuto, señalando el tablón de anuncios.

—Robert, por favor, consulta el horario de misas. ¿Quién las celebra esta semana?

En el interior de la iglesia, un monaguillo estaba terminando de pasar la aspiradora entre los bancos cuando oyó que llamaban a la puerta principal. En un primer momento no hizo caso. El reverendo Harvey Knowles tenía llaves y no lo esperaba hasta dentro de dos horas. Quien llamaba debía de ser un indigente, o algún curioso. Siguió aspirando, pero volvieron a llamar, esta vez con más insistencia. «¿Es que no sabe leer?» El cartel de la puerta lo indicaba claramente: la iglesia no abría hasta las nueve y media los sábados. Así que siguió con sus obligaciones.

Al cabo de poco, era ya como si alguien estuviera golpeando la puerta con una barra de hierro. El joven apagó el aspirador, se dirigió de mal humor hasta la puerta y la abrió con brusquedad. Al otro lado había tres personas. «Turistas», murmuró.

—No abrimos hasta las nueve y media.

El hombre más corpulento, que parecía ser el líder, dio un paso al frente ayudado por sus muletas.

—Soy sir Leigh Teabing —le dijo con su acento aristocrático—. Como sin duda no le habrá pasado por alto, vengo acompañando al señor Cristopher Wren IV y a su esposa.

Se apartó un poco y con una floritura alargó el brazo en dirección a la atractiva pareja que estaba detrás. Ella tenía unos rasgos muy delicados y el pelo largo y rojizo. Él era alto, moreno y su rostro le resultaba vagamente familiar.

El monaguillo se había quedado sin saber qué decir. Sir Cristopher Wren era el benefactor más famoso de la iglesia del Temple, y gracias a él se habían llevado a cabo todas las restauraciones necesarias tras los daños provocados por el Gran Incendio. Pero es que, además, llevaba muerto desde principios del siglo XVIII.

—Eh... un honor conocerle.

El hombre de las muletas frunció el ceño.

—Menos mal que no eres vendedor, porque la verdad es que no resultas muy convincente. ¿Dónde está el reverendo Knowles?

—Es sábado. Hoy viene más tarde.

El tullido torció todavía más el gesto.

—A esto lo llamo yo agradecimiento. Nos aseguró que estaría aquí, pero por lo que se ve tendremos que ingeniárnoslas solos. No tardaremos.

El monaguillo seguía cerrándoles el paso.

—Disculpe, ¿no tardarán en hacer qué?

Teabing lo miró con severidad. Se le acercó y le susurró algo, como para evitarles a todos pasar por una situación embarazosa.

—Joven, usted debe de ser nuevo. Todos los años, los descendientes de sir Cristopher Wren traen un puñado de cenizas de su antepasado para esparcirlas por el santuario del Temple. Es algo que estipuló él en su testamento. A nadie le apetece demasiado hacer el viaje hasta aquí, pero ¿qué otra cosa se puede hacer?

El monaguillo llevaba ahí un par de años y nunca había oído hablar de esa costumbre.

—Sería mejor que esperaran hasta las nueve y media. La iglesia todavía no está abierta, y yo no he terminado de pasar el aspirador.

El hombre de las muletas lo miró enfadado.

—Jovencito, si aquí queda algo para que usted pueda pasar el aspirador es gracias al caballero que está en el bolsillo de esta señora.

—¿Cómo dice?

—Señora Wren, ¿le importaría enseñarle a este joven la urna con las cenizas?

La mujer vaciló un instante y entonces, como si despertara de un trance, se metió la mano en el bolsillo del suéter y sacó un pequeño cilindro envuelto en una especie de tela protectora.

—¿Lo ve? —gritó el lisiado—. Ahora, en su mano está hacer posible que se cumplan sus últimas voluntades, y dejarnos que esparzamos las cenizas por el santuario. Si no, tendré que contarle al reverendo Knowles cómo nos ha tratado.

El monaguillo dudó. Sabía muy bien lo importantes que eran para el reverendo las tradiciones. Además, era tan susceptible con todo lo que tuviera que ver con aquel templo... Tal vez, simplemente, se hubiera olvidado de que tenía una cita con aquellos familiares. En ese caso, corría más riesgo no dejándolos entrar. Después de todo, decían que no iban a tardar más que un minuto. ¿Qué mal podían hacer?

Al apartarse para dejarlos pasar, en los rostros de la pareja le pareció ver un desconcierto idéntico al suyo. Inseguro, el chico regresó a sus tareas, mirándolos por el rabillo del ojo.

Mientras se adentraban en la iglesia, Langdon no pudo por menos que sonreír.

—Leigh —susurró—. Mientes muy bien.

A Teabing se le iluminaron los ojos.

—Grupo de Teatro de Oxford. Mi Julio César todavía se comenta. Estoy convencido de que nadie ha representado la primera escena del tercer acto con mayor convicción que yo.

Langdon se le quedó mirando.

—Creía que César ya estaba muerto en esa escena.

Teabing soltó una risita.

—Sí, pero a mí, al caer al suelo, se me abrió la toga y tuve que quedarme media hora en el escenario con la cosa colgando. Ahora, eso sí, no moví ni un músculo. Estuve genial, créeme.

Langdon hizo como que se estremecía. «Siento habérmelo perdido.»

Mientras avanzaban por el anexo rectangular en dirección al centro de la iglesia, a Langdon le sorprendió su austera desnudez. Aunque el diseño del altar se parecía al de las capillas cristianas lineales, el mobiliario era tosco y frío, sin atisbo alguno de la ornamentación habitual.

—Adusto —musitó.

—Es que es anglicano —dijo Teabing entre risas—. Los anglicanos se beben su religión a palo seco. Que nada les haga olvidar su desgracia.

Sophie se adelantó hasta la espaciosa abertura que daba acceso a la parte circular de la iglesia.

—Esta zona parece una fortaleza —susurró.

Langdon le daba la razón. Incluso desde donde estaban, los muros se veían extrañamente robustos.

—Los Caballeros Templarios eran guerreros —les recordó Teabing, cuyas muletas reverberaban con un eco en la amplitud de aquel lugar—. Una sociedad religioso-militar. Sus iglesias eran sus plazas fuertes y sus bancos.

—¿Sus bancos?

—Sí, por supuesto. Los templarios inventaron el concepto de banca moderna. Para la nobleza europea, viajar con oro era peligroso, por lo que los caballeros de la orden les permitían depositarlo en la iglesia del Temple más cercana y retirarlo en cualquier otra, en cualquier punto de Europa. Lo único que necesitaban era acreditarse mediante la documentación correcta. —Hizo una pausa—. Y pagar una comisión. Fueron los primeros cajeros automáticos. —Teabing les señaló una vidriera atravesada por el sol en la que aparecía un caballero vestido de blanco sobre un caballo rosado—. Alanus Marcel —dijo—, Maestre de la Orden del Temple a principios del siglo XIII. En realidad, él y sus sucesores ocuparon el cargo de *Primus Baro Angiae*.

Langdon mostró su sorpresa.

—¿Primer Barón del Reino?

—Sí. Hay quien dice que el Maestre del Temple tenía más influencia que el mismo rey.

Cuando llegaron al principio del círculo, Teabing le echó un vistazo al monaguillo, que seguía pasando el aspirador en la otra punta.

—No sé si lo sabe, Sophie, pero se dice que el Santo Grial pasó una noche en esta iglesia, mientras los templarios lo trasladaban de un lugar seguro a otro. ¿Se imagina los cuatro arcones llenos de documentos aquí mismo, junto al sarcófago de María Magdalena? Se me pone la carne de gallina.

Langdon también sintió un escalofrío cuando entró en la cámara circular. Contempló la curvatura del perímetro de piedra pálida y se fijó en las gárgolas esculpidas, en los demonios, los monstruos y en los sufrientes rostros humanos que miraban hacia el interior. Por debajo de los relieves, un único banco de piedra circundaba todo el muro de la nave.

—Anfiteatro —susurró Langdon.

Teabing alzó una muleta y señaló primero el extremo izquierdo y luego el derecho. Langdon ya se había fijado.

«Diez caballeros de piedra.»

«Cinco a la izquierda. Cinco a la derecha.»

Tendidas de espaldas en el suelo, las figuras labradas, de tamaño natural, reposaban con expresión serena. Estaban esculpidas con sus armaduras, sus escudos, sus espadas, y a Langdon le pareció que era como si alguien se hubiera colado en sus aposentos mientras dormían y les hubieran echado escayola encima. Todas las figuras estaban muy desgastadas por el tiempo, pero cada una era única y distinta a las demás, con su armadura diferente, sus posturas diferentes de brazos y piernas, sus rasgos faciales únicos, sus marcas en los escudos.

«En la ciudad de Londres, enterrado / por el Papa, reposa un caballero.»

Langdon sintió una gran emoción al internarse más en aquella sala circular.

Tenía que ser allí.

84

En un callejón lleno de basura cercano a la iglesia del Temple, Rémy Legaludec detuvo la limusina, justo detrás de unos contenedores de residuos industriales. Paró el motor e inspeccionó la zona. No había ni un alma. Bajó del coche, se dirigió a la parte trasera, donde seguía su rehén, y subió de nuevo al vehículo.

Al intuir la presencia del mayordomo, el monje salió de una especie de trance de oraciones y le miró con sus ojos rojos con más sorpresa que temor. Durante toda la noche, a Rémy no había dejado de impresionarle la capacidad de aquel hombre para mantener la calma. Tras un forcejeo inicial en el Range Rover, el monje parecía haber aceptado la situación y haber entregado su destino a un poder superior.

Se aflojó la pajarita, se desabrochó el cuello almidonado y le pareció que era la primera vez en muchos años que podía respirar. Abrió el mueble-bar y se sirvió un vodka Smirnoff. Se lo bebió de un trago y sin pausa se sirvió otro.

«Pronto seré un hombre ocioso.»

Rebuscó en el mueble y encontró un sacacorchos clásico y levantó la cuchilla que servía para cortar los precintos. En ese caso, sin embargo, había de servirle para un objetivo mucho más sorprendente. Se volvió para mirar a Silas, con la navaja en la mano.

Aquellos ojos rojos brillaron de temor.

Rémy sonrió y se echó hacia atrás. El monje se retorció e intentó soltarse las cuerdas.

—Quieto —le susurró Rémy alzando la cuchilla.

Silas no podía creer que Dios lo hubiera abandonado. Incluso el dolor que le provocaban las ataduras, Silas lo había transformado en un ejercicio espiritual, y le pedía a sus músculos sedientos de sangre que le recordaran el dolor que Cristo había soportado. «He rezado toda la noche por mi liberación.» Ahora, mientras la cuchilla descendía, cerró los ojos.

Sintió una punzada de dolor en las clavículas. Gritó, incapaz de creer que estaba a punto de morir ahí mismo, en aquella limusina, sin poder defenderse. «Me he limitado a hacer la obra de Dios. El Maestro me dijo que me protegería.»

Silas notó que el calor se le extendía por la espalda y los hombros, y empezó a imaginarse su propia sangre que le manchaba la piel. Entonces el lacerante dolor le invadió los muslos, y notó que en ellos se instalaba ese estado de desorientación que el cuerpo utiliza como mecanismo de defensa contra el malestar físico.

Como la quemazón le recorría ya todos los músculos del cuerpo, apretó más los párpados, porque no quería que la imagen final de su existencia fuera la de su asesino. Prefirió recordar al joven sacerdote Aringarosa frente a una pequeña iglesia en España... la que él y Silas habían construido con sus propias manos. «El principio de mi vida.»

A Silas le parecía que tenía la piel en llamas.

—Beba un poco —le dijo el hombre del esmoquin con acento francés—. Hará que le circule mejor la sangre.

Silas abrió los ojos al momento, sorprendido. Tenía delante la imagen borrosa de alguien que le alargaba un vaso. En el suelo, un montón de cinta adhesiva, junto a la navaja limpia de sangre.

—Bébaselo —insistió aquel hombre—. El dolor que siente es por el riego sanguíneo, que vuelve a sus músculos.

Silas notó que las oleadas de calor se transformaban en pinchazos. El vodka sabía fatal, pero se lo bebió, agradecido. El destino le había repartido muy malas cartas aquella noche, pero Dios lo había resuelto todo con un giro milagroso.

«Dios no me ha abandonado.»

Silas sabía cómo lo llamaría el obispo Aringarosa.

«Intervención divina.»

—Ya hace rato que quería liberarle —se disculpó el mayordomo—, pero me ha sido imposible. Con la policía que ha llegado al Château Villette, y luego con lo del aeropuerto, no he podido hacerlo antes. Me comprende, ¿verdad, Silas?

—¿Sabe mi nombre? —dijo el monje desconcertado, echándose hacia atrás.

El mayordomo sonrió.

El monje se sentó y empezó a frotarse los miembros agarrotados. Sus emociones eran un torrente de incredulidad, agradecimiento y confusión.

—¿Es usted... El Maestro?

Rémy negó con la cabeza y se echó a reír.

—Ojalá tuviera tanto poder. No, no soy El Maestro. Como usted, yo también estoy a su servicio. Pero El Maestro habla muy bien de usted. Me llamo Rémy.

El monje estaba maravillado.

—No lo entiendo. Si usted trabaja para El Maestro, ¿entonces por qué Langdon ha llevado la clave hasta *su* casa?

—No es mi casa. Ahí es donde vive el más reputado historiador sobre temas del Grial, sir Leigh Teabing.

—Pero usted también vive ahí. Las posibilidades de que...

Rémy sonrió, sin ver ningún problema en la aparente coincidencia.

—Lo que ha pasado era totalmente previsible. Robert Langdon estaba en posesión de la clave y necesitaba ayuda. ¿A qué otro sitio acudir mejor que a la casa de Leigh Teabing? El hecho de que yo también viviera allí es lo que hizo que El Maestro contactara conmigo en un principio. —Hizo una pausa—. ¿Por qué cree que El Maestro sabe tanto sobre el Grial?

Silas lo entendió todo en ese momento y se quedó boquiabierto. El Maestro había reclutado al mayordomo que tenía acceso a todas las investigaciones de sir Leigh Teabing. Era genial.

—Tengo que contarle muchas cosas —prosiguió Rémy alargándole la pistola Heckler and Koch. Acto seguido, cruzó por el panel de separación y cogió un pequeño revólver de la guantera—. Pero antes, usted y yo tenemos un trabajo que terminar.

◆ ◆ ◆

El capitán Fache bajó de la avioneta en Biggin Hill y escuchó con estupor el relato de lo que había sucedido en el hangar de labios del inspector en jefe de la policía de Kent.

—Yo mismo inspeccioné el avión —dijo—, y ahí dentro no había nadie. Además —añadió con un tono más severo—, debo añadir que si el señor Teabing presenta algún cargo contra mí, me veré obligado a...

—¿Ha interrogado al piloto?

—Por supuesto que no. Es francés, y nuestra jurisdicción exige que...

—Lléveme al avión.

Al llegar al hangar, Fache no tardó más de sesenta segundos en localizar un rastro anómalo de sangre en el suelo, cerca de donde había estado aparcada la limusina. El capitán se acercó al jet y aporreó el fuselaje.

—Soy el capitán Fache, de la Policía Judicial francesa. ¡Abra la puerta!

El piloto, aterrorizado, hizo lo que le ordenaban y echó la escalerilla.

Fache subió a bordo. Tres minutos y la pistola en la mano le bastaron para obtener una confesión detallada, que incluía la descripción del monje albino atado. Además, se enteró de que Langdon y Sophie habían tenido tiempo de guardar algo en la caja fuerte de Teabing, una especie de estuche de madera. Aunque el piloto negó saber qué se escondía en su interior, admitió que había sido el centro de interés de Langdon durante el trayecto a Londres.

—Abra la caja fuerte —ordenó Fache.

El piloto parecía muy asustado.

—No conozco la combinación.

—Qué mala suerte. Y yo que iba a permitir que conservara su licencia de vuelo.

El piloto se retorció las manos.

—Conozco al personal de mantenimiento. A lo mejor podrían abrirla con un taladro.

—Le doy media hora.

El piloto se abalanzó sobre la radio.

Fache se fue hasta la cola del avión y se sirvió una copa bien cargada. Era temprano, pero no había dormido en toda la noche, así que no podía decirse que estuviera bebiendo antes del mediodía. Se tumbó en uno de los lujosos asientos y cerró los ojos, intentando entender qué estaba pasando. «El error de la policía de Kent podría costarme muy caro.» Ahora todos iban a la caza de la limusina Jaguar.

Sonó su teléfono y deseó poder prolongar aquel instante de calma.

—*Allô?*

—Voy camino de Londres. —Era el obispo Aringarosa—. Llegaré dentro de una hora.

Fache se incorporó en su asiento.

—Creía que viajaba rumbo a París.

—Estoy muy preocupado y he cambiado de planes.

—No debería haberlo hecho.

—¿Tiene ya a Silas?

—No. Sus captores han logrado burlar el dispositivo de la policía inglesa antes de que yo llegara.

Aringarosa estaba cada vez más furioso.

—¡Me aseguró que detendría ese avión!

Fache bajó la voz.

—Obispo, teniendo en cuenta su situación, le recomiendo que no ponga a prueba mi paciencia. Encontraré a Silas y a los demás lo antes posible. ¿Dónde va a aterrizar?

—Un momento. —Aringarosa cubrió el auricular y la línea quedó unos instantes en silencio—. El piloto está intentando obtener permiso para hacerlo en Heathrow. Soy su único pasajero, pero nuestro cambio de rumbo no estaba previsto.

—Dígale que aterrice en el Biggin Hill Executive Airport de Kent. Le conseguiré el permiso. Si yo ya no estoy aquí cuando aterricen, pondré un coche a su disposición.

—Gracias.

—Como ya le he dicho antes, obispo, hará bien en recordar que no es usted el único que está a punto de perderlo todo.

85

«Buscad el orbe que en su tumba estar debiera.»

Todos los caballeros de la iglesia del Temple estaban tendidos con la cabeza apoyada sobre una almohada de piedra rectangular. Sophie sintió un escalofrío. La referencia al «orbe» que aparecía en el poema le traía imágenes de la noche en el sótano de su abuelo.

«*Hieros Gamos*. El orbe.»

Sophie se preguntaba si en aquel santuario se habría celebrado también algún ritual como aquél. La sala circular parecía hecha a medida para ello. Y había un banco de piedra que circundaba un gran espacio en el centro. «Un anfiteatro», había dicho Langdon. Se imaginaba aquella sala de noche, llena de gente enmascarada, elevando sus cánticos a la luz de las antorchas, presenciando todos la «comunión sagrada» que tendría lugar en el centro.

Tuvo que hacer un esfuerzo para quitarse aquella imagen de la mente. Avanzó con Langdon y Teabing hasta el primer grupo de caballeros. A pesar de la insistencia de sir Leigh en que procedieran sistemáticamente, Sophie estaba tan impaciente que se adelantó y se dirigió a toda prisa hasta los cinco caballeros de la izquierda.

Empezó a observar los primeros sepulcros y constató las similitudes y las diferencias que había entre los caballeros. Aunque todos estaban tendidos boca arriba, tres tenían las piernas estiradas, mientras que dos las tenían cruzadas. Sin embargo, aquella particularidad parecía no tener nada que ver con la ausencia de ninguna esfera. Al examinar su atuendo, Sophie se fijó en que dos de los caballeros lle-

vaban túnicas debajo de la armadura, mientras que los otros tres llevaban unos ropajes que les llegaban hasta los muslos. Pero nada más.
El otro rasgo distintivo era la posición de las manos. Dos caballeros
las usaban para empuñar una espada, otros dos las tenían juntas en
posición de orar y un quinto, puestas a los lados. Tras un momento
observándolas, se encogió de hombros, incapaz de distinguir ningún
espacio en el que debiera haber estado un orbe.

Notó el peso del criptex en el bolsillo y miró a Langdon y a Teabing, que procedían despacio e iban apenas por el tercer caballero,
sin mucho éxito, a juzgar por su expresión. Incapaz de esperar, se dio
la vuelta y se dirigió al segundo grupo de caballeros.

Mientras atravesaba la inmensa sala, recitó el poema que había
leído tantas veces que ya se sabía de memoria.

En la ciudad de Londres, enterrado
por el Papa, reposa un caballero.
Despertaron los frutos de sus obras
las iras de los hombres más sagrados.
El orbe que en su tumba estar debiera
buscad, os hablará de muchas cosas,
de carne rosa y vientre fecundado.

Al llegar frente al segundo grupo de sepulcros, vio que era parecido al primero. Todos los caballeros llevaban armaduras y espadas, y
todos estaban esculpidos en varias posiciones.

Todos menos uno, el del último sepulcro.

Se acercó y observó con atención.

«No tiene almohada ni armadura. No lleva túnica ni espada.»

—¿Robert? ¿Sir Leigh? —les llamó, y el eco de su voz resonó
por toda la sala—. Aquí falta algo.

Los dos alzaron la vista y se dirigieron hacia donde se encontraba.

—¿Una esfera? ¿Un globo terráqueo? —le preguntó Teabing alterado. Las muletas repicaban con un rápido martilleo que se oía en
toda la sala—. ¿Lo que falta es una esfera?

—No exactamente —dijo Sophie con el ceño fruncido—. Lo
que parece que falta es el caballero entero.

Cuando llegaron junto a ella, los dos hombres miraron desconcertados la décima tumba. En vez del relieve de un caballero yaciente, aquello era más bien una urna cerrada. Se trataba de un sarcófago trapezoidal, más estrecho por los pies y más ancho en la parte superior, con una tapa puntiaguda.

—¿Y por qué no se muestra la imagen de este caballero? —preguntó Langdon.

—Fascinante —dijo Teabing acariciándose la barbilla—. Me había olvidado de esta rareza. Llevo años sin venir por aquí.

—Esta tumba —intervino Sophie— parece esculpida en la misma época y por el mismo escultor que las otras nueve. Entonces, ¿por qué no hay una escultura suya en la cubierta?

Teabing meneó la cabeza.

—Es uno de los misterios de esta iglesia. Por lo que yo sé, nadie ha sido capaz de hallar una explicación.

—Perdón —interrumpió el monaguillo con gesto contrariado—. Disculpen si les parezco poco delicado, pero me han dicho que venían a esparcir unas cenizas y parece que están de visita turística.

Teabing miró con desprecio al muchacho y se dirigió a Langdon.

—Señor Wren, parece que la filantropía de su familia ya no le sirve como antes, así que tal vez deberíamos sacar las cenizas y proceder a la ceremonia. ¿Señora Wren?

Sophie le siguió el juego, sacándose del bolsillo el criptex envuelto en el pergamino.

—Bueno, le agradeceremos que nos conceda un poco de intimidad —le dijo bruscamente.

Pero el monaguillo no se movía y no le quitaba los ojos de encima a Langdon.

—Su cara me suena.

Teabing resopló.

—¿Y no será porque el señor Wren viene aquí cada año?

«También puede ser —se le ocurrió a Sophie— que lo viera el año pasado en la televisión en el Vaticano.»

—Al señor Wren no lo conozco —declaró el monaguillo.

—Creo que te equivocas —le contradijo Langdon educadamente—. Me parece recordar que el año pasado nos cruzamos cuando yo vine. El reverendo Knowles no nos presentó formalmente, pero cuando te he visto he reconocido tu cara. No te creas, me doy perfecta cuenta de que hemos entrado aquí a deshoras, pero por favor, te pido que nos concedas unos minutos más; hemos viajado una larga distancia para esparcir las cenizas entre estas tumbas. —Pronunció aquellas palabras con la convicción propia del mejor de los actores.

La expresión del monaguillo se hizo aún más escéptica.

—Esto no son *tumbas*.

—¿Cómo dices? —le preguntó Langdon.

—Pues claro que lo son —intervino Teabing—. ¿De qué estás hablando?

El joven negó con la cabeza.

—Las tumbas contienen cuerpos. Esto son efigies. Homenajes de piedra a hombres reales. Debajo de estas esculturas no hay nadie.

—¡Pero si esto es una cripta! —exclamó Teabing.

—Sólo en los libros de historia sin actualizar. Se creía que lo era, pero en la década de mil novecientos cincuenta, durante la renovación, se descubrió que no. Y supongo —añadió, dirigiéndose a Langdon—, que el señor Wren lo sabrá perfectamente teniendo en cuenta que si se supo fue gracias a su familia.

Se hizo un silencio incómodo que quedó roto por unos fuertes golpes en la puerta del anexo.

—Ese debe de ser el reverendo Knowles —dijo Teabing—. ¿No cree que debería ir a ver?

El monaguillo lo miró, poco convencido, pero se alejó hacia la entrada dejándolos ahí a los tres con cara de circunstancias.

—Leigh —susurró Langdon—, ¿que no hay cuerpos? ¿De qué está hablando?

Teabing parecía muy afectado.

—No lo sé. Yo siempre había creído que... no, no hay duda, tiene que ser aquí. No creo que sepa de qué está hablando. ¡No tiene sentido!

—¿Me enseñas el poema un momento?

Sophie se sacó el criptex del bolsillo y se lo dio con cuidado.

Langdon desenrolló el pergamino.

—Sí, aquí se habla claramente de una tumba, no de una efigie.

—¿Y no podría estar equivocado el poema? —preguntó Teabing—. ¿No podría ser que Jacques Saunière también hubiera cometido el mismo error que yo?

Langdon desestimó aquella posibilidad al instante.

—Leigh, tú mismo lo has dicho. Esta iglesia fue construida por los templarios, el brazo armado del Priorato. Y, no sé, supongo que su Gran Maestre tendría que saber si los caballeros estaban o no estaban enterrados aquí.

Teabing estaba totalmente anonadado.

—Pero es que este sitio es perfecto. —Se acercó más a las efigies—. Seguro que hay algo que se nos está escapando.

Al acceder al anexo, al monaguillo le sorprendió no encontrar a nadie.

—¿Reverendo Knowles?

«Estoy seguro de que he oído el ruido de la puerta», pensó adelantándose para ver si había alguien en la entrada.

Junto al quicio había un hombre delgado vestido con esmoquin que se rascaba la cabeza y parecía desorientado. El monaguillo gruñó, irritado, al darse cuenta de que se le había olvidado echar el cerrojo cuando dejó pasar a los otros. Y ahora un imbécil que parecía haberse perdido estaba ahí, a punto de llegar tarde a una boda, a juzgar por su atuendo.

—Lo siento —gritó desde una columna—, pero está cerrado.

Tras él se agitó un girón de ropa, y sin saber cómo, la cabeza se le fue hacia atrás y notó una mano que le tapaba la boca y ahogaba su grito. Aquellos dedos eran blancos como la nieve, y olían a alcohol.

El hombre del esmoquin sacó un revólver muy pequeño y apuntó directamente a la frente del chico.

El monaguillo notó un calor en la entrepierna y se dio cuenta de que se había orinado encima.

—Ahora escucha con atención —le dijo el hombre del esmoquin—. Vas a salir de esta iglesia en silencio y vas a empezar a correr. ¿Está claro?

El joven asintió como pudo con aquella mano blanca en la boca.

—Si llamas a la policía... iremos a por ti —añadió, hundiéndole el cañón de la pistola en la piel.

En cuestión de segundos, el joven ya había salido de la iglesia y estaba corriendo sin ninguna intención de detenerse.

86

Como un fantasma, Silas se aproximó en silencio hacia su presa. Sophie Neveu sintió su presencia demasiado tarde. Antes de poder darse la vuelta, el monje ya le tenía la pistola hundida en la espalda y le había pasado un ancho brazo por el pecho, atrayéndola hacia sí. Sophie gritó del susto. Teabing y Langdon se volvieron a la vez y se dieron cuenta con sorpresa y horror de lo que estaba pasando.

—Pero ¿qué... —Teabing no pudo acabar la frase—. ¿Qué le has hecho a Rémy?

—Usted preocúpese solamente de que yo salga de aquí con la clave.

Aquella «misión de reconquista», como Rémy la había llamado, debía realizarse limpiamente, de la manera más simple. «Entre en la iglesia, llévese la clave y salga. Sin matar a nadie, sin hacerle daño a nadie.»

Con Sophie firmemente sujeta, Silas cambió de postura y le pasó el brazo por la cintura, metiéndole la mano en el ancho bolsillo del suéter. A pesar de que el aliento le oía a vodka, le llegaba la suave fragancia del pelo de aquella mujer.

—¿Dónde está? —susurró.

«Antes la llevaba en el bolsillo del suéter. ¿Dónde estará ahora?»

—Está aquí. —La voz de Langdon resonó desde el otro extremo de la nave.

Silas se volvió y vio que Langdon tenía en sus manos el criptex negro y que se lo enseñaba como si fuera un torero citando a un pobre animal con el capote.

—Póngalo en el suelo —le ordenó.

—Deje que la señorita Neveu y sir Leigh Teabing salgan de la iglesia. Esto lo podemos resolver entre usted y yo.

Silas apartó a Sophie de un empujón y apuntó a Langdon, avanzando hacia él.

—No dé ni un paso más hasta que hayan salido del edificio —dijo Langdon.

—No está usted en situación de exigir nada —contraatacó Silas.

—No estoy de acuerdo con usted —replicó Langdon levantando el criptex por encima de la cabeza—. No vacilaré en tirarlo al suelo y el tubo que hay dentro se romperá.

Aunque Silas se rió al oír aquella amenaza, sintió una punzada de temor.

Aquello no se lo esperaba. Apuntó el arma a la cabeza de Langdon y respondió con la voz tan firme como la mano con la que sostenía el arma.

—Nunca rompería la clave. Tiene tanto interés como yo en encontrar el Grial.

—Se equivoca. Usted tiene mucho más. Ya ha demostrado que está dispuesto a matar para conseguirlo.

A quince metros de allí, observando desde los bancos del anexo que quedaban cerca del acceso a la nave circular, Rémy Legaludec sentía un desasosiego cada vez mayor. La maniobra no había salido como la habían planeado e, incluso desde donde se encontraba, veía que Silas no sabía muy bien cómo hacerle frente a aquella situación. Siguiendo las órdenes de El Maestro, Rémy le había prohibido a Silas que disparara bajo ningún concepto.

—Déjeles ir —exigió Langdon de nuevo con el criptex levantado sobre la cabeza, sin apartar la vista del arma del monje.

Los ojos rojos de Silas estaban llenos de ira e impotencia, y Rémy se encogió de miedo al pensar que Silas podía ser capaz de disparar a su oponente a pesar de que tuviera el criptex en las manos. «¡El cilindro no puede caerse al suelo!»

Aquel objeto tenía que ser su pasaporte hacia la libertad y la riqueza. Hacía poco más de un año, era simplemente un mayordomo

de cincuenta y cinco años que vivía encerrado entre las cuatro paredes del Château Villette, siempre a punto para satisfacer los caprichos
de sir Leigh Teabing, ese lisiado insoportable. Pero entonces le habían hecho una proposición extraordinaria. Gracias a su relación la-
boral con Teabing —uno de los mejores historiadores especializados
en el Santo Grial—, iba a poder hacer realidad todo lo que siempre
había soñado. Desde entonces, todos los instantes pasados en el Château Villette los había vivido con la vista puesta en ese momento.

«Estoy tan cerca», se dijo, con la mirada fija en la cripta y en la
clave que sostenía Robert Langdon. Si la soltaba, lo perdería todo.

«¿Estoy dispuesto a dar la cara?» Aquello era algo que El Maestro le había prohibido explícitamente. Rémy era el único que conocía
su identidad.

—¿Está seguro de que quiere que sea Silas quien haga el trabajo? —le había preguntado hacía menos de media hora, cuando le había ordenado que robaran la clave—. Puedo hacerlo yo mismo.

Pero El Maestro había sido muy claro.

—Silas nos ha servido sin problemas con los cuatro miembros
del Priorato. Él la recuperará. Usted debe seguir en el anonimato. Si
descubren que está implicado, tendremos que eliminarlos a ellos también, y ya ha habido demasiadas muertes. Así que no revele su rostro.

«Mi rostro cambiará —pensó Rémy—. Con lo que ha prometido
pagarme, me convertiré en un hombre totalmente nuevo.» El Maestro le había dicho que con la cirugía plástica se podían hasta cambiar
las huellas dactilares. Pronto sería libre, otro rostro irreconocible y
agraciado tostándose al sol en alguna playa.

—Entendido —había dicho Rémy—. Permaneceré a la sombra,
ayudando a Silas sin que me vean.

—Para su información —había añadido El Maestro—, la tumba
en cuestión no se encuentra en la iglesia del Temple. Así que no tema.
Están buscando en el lugar equivocado.

Rémy se había quedado helado.

—¿Y usted sabe dónde está?

—Sí, claro. Ya se lo diré más adelante. De momento, debe actuar
deprisa. Si ellos descubren el paradero real de la tumba y nosotros no
hemos recuperado el criptex, podríamos perder el Grial para siempre.

A Rémy el Grial sólo le importaba porque, hasta que no lo encontrara, El Maestro no le pagaría. Sentía vértigo cada vez que pensaba en todo el dinero que iba a tener muy pronto. «Un tercio de
veinte millones de euros. Lo bastante como para desaparecer para
siempre.» Rémy soñaba con la Costa Azul, donde quería vivir el resto de su vida tomando el sol y dejando que, para variar, los demás le
sirvieran a él.

Ahora, sin embargo, en la iglesia del Temple, Langdon amenazaba con romper la clave, y Rémy sentía que su futuro estaba en peligro.
No soportaba la idea de haber llegado hasta tan lejos para perderlo
todo en el último momento, así que tomó la decisión de pasar a la acción. El arma que llevaba en la mano era de calibre pequeño y fácil de
disimular, aunque su disparo, en las distancias cortas, era mortal.

Salió de la penumbra del anexo y, al llegar al espacio circular,
apuntó a Teabing con la pistola.

—Cuánto tiempo llevo esperando para hacer una cosa así.

A sir Leigh Teabing casi se le para el corazón al ver a Rémy apuntándole con el arma. «Pero ¿qué está haciendo?» Se fijó en que aquel era
el revólver que llevaba siempre en la guantera.

—Rémy —dijo horrorizado—, ¿qué está pasando aquí?

Langdon y Sophie también se habían quedado mudos de la impresión.

El mayordomo pasó por detrás de su señor y le puso la pistola en
la espalda, justo a la altura del corazón.

Teabing notó que los músculos se le agarrotaban de miedo.

—Rémy, no enti...

—Se lo explicaré en pocas palabras —lo interrumpió Rémy mirando a Langdon por encima del hombro de su señor—. Deje la clave en el suelo. Si no, disparo.

Langdon se quedó paralizado un instante.

—Esta clave no tiene ningún valor para usted —le dijo con dureza—. No sabe abrirla.

—Qué necio y qué arrogante —replicó Rémy con una sonrisa de
desprecio en los labios—. ¿No se ha dado cuenta de que llevo toda la

noche escuchándolos, de que he oído todos esos poemas que recitaban? Pues todo lo que he oído lo he transmitido a otras personas. Personas que saben más que ustedes. Si ni siquiera están buscando donde tienen que buscar. ¡La tumba que buscan no está aquí!

Teabing notó que el pánico se apoderaba de él.

«¿Qué está diciendo?»

—¿Para qué quiere el Grial? —le preguntó Langdon—. ¿Para destruirlo? ¿Antes del Fin de los Días?

Rémy se dirigió al monje.

—Silas, quítele la clave al señor Langdon.

El albino empezó a avanzar en dirección de Langdon, pero éste retrocedió con el criptex en alto, aparentemente dispuesto a arrojarlo al suelo en cualquier momento.

—Prefiero romperlo que entregárselo a quien no debe tenerlo —declaró.

Teabing estaba aterrorizado. Veía que el trabajo de toda una vida estaba a punto de desvanecerse delante de sus propios ojos, y que todos sus sueños iban a hacerse añicos.

—¡Robert, no! —exclamó—. ¡Es el Grial! Rémy *nunca* me dispararía. Nos conocemos desde hace diez...

Rémy apuntó al techo y disparó. El estruendo fue enorme para un arma tan pequeña, y resonó como un trueno en la sala de piedra.

Todos los presentes se quedaron inmóviles

—Esto no es ninguna broma —dijo Rémy—. El siguiente le atravesará la espalda. Dele la clave a Silas.

A regañadientes, Langdon le alargó el criptex. Silas dio un paso al frente y lo cogió. Los ojos rojos le brillaban con la satisfacción de la venganza. Se metió el cilindro en el bolsillo del hábito y se apartó sin bajar el arma.

Teabing notó que su mayordomo le pasaba el brazo por el cuello y empezaba a retroceder, llevándoselo consigo y sin dejar de clavarle la pistola en las costillas.

—Suéltelo —exigió Langdon.

—Nos llevamos al señor Teabing de paseo —dijo Rémy sin detenerse—. Si llaman a la policía, lo mataremos. Y si intentan algún truquito también. ¿Está claro?

—Llévenme a mí y déjenlo a él aquí —les pidió Langdon con la voz rota por la emoción.

Rémy soltó una carcajada.

—Creo que eso no va a poder ser. Él y yo tenemos una relación tan bonita. Y, quién sabe, a lo mejor nos acaba resultando útil.

Silas había empezado a retroceder sin dejar de apuntar a Langdon y a Sophie. Rémy ya estaba cerca de la salida y seguía tirando de Teabing, que iba arrastrando las muletas.

La voz de Sophie sonó firme.

—¿Para quién trabajan?

La pregunta despertó la sonrisa de Rémy.

—Le sorprendería saberlo, *Mademoiselle* Neveu.

87

La chimenea de la sala ya estaba apagada, pero Collet, en el Château Villette, caminaba igualmente de un lado para otro frente a ella, mientras leía los faxes que le había enviado la Interpol.

Aquello no era lo que esperaba.

André Vernet, según las fichas oficiales, era un ciudadano modelo. No tenía ningún antecedente policial, ni siquiera una multa de aparcamiento. Educado en un buen *lycée* y formado en la Sorbona, se había licenciado *cum laude* en finanzas internacionales. Los de la Interpol decían que su nombre aparecía de vez en cuando en la prensa escrita, pero siempre en términos elogiosos. Al parecer, aquel hombre había colaborado en el diseño de los parámetros de seguridad que hacían del Banco de Depósitos de Zúrich, uno de los más modernos del mundo en cuanto a sistemas electrónicos de protección. Los registros sobre las compras realizadas con sus tarjetas de crédito mostraban un gusto por los libros de arte, los vinos caros y los discos de música clásica —principalmente de Brahms—, con los que, por lo visto, se deleitaba gracias a un equipo de sonido de última generación que se había comprado hacía unos años.

—Nada de nada —suspiró Collet.

La única voz de alarma de la Interpol aquella noche la habían despertado unas huellas dactilares que al parecer eran del mayordomo de Teabing. El agente de la Policía Científica estaba leyendo el informe, cómodamente sentado en un sillón que había al otro lado de la sala.

Collet miró en su dirección.

—¿Algo interesante?

El analista se encogió de hombros.

—Las huellas corresponden a Rémy Legaludec, que tiene antecedentes por delitos de poca monta. Nada serio. Parece que lo expulsaron de la universidad por trucar teléfonos para ahorrarse el dinero de las llamadas... Más tarde fue acusado de varios hurtos. Robos en casas. Se escapó del hospital cuando iban a hacerle una traqueotomía de urgencia. —Levantó la vista del papel y soltó una risita burlona—. Es alérgico a los cacahuetes.

Collet asintió y recordó que, una vez, había participado en una investigación porque un restaurante había olvidado poner en la carta que entre los ingredientes de una salsa figuraba el aceite de cacahuete. Un cliente desprevenido había muerto por shock anafiláctico tras dar el primer bocado al plato.

—Seguramente Legaludec quiso entrar a servir en esta casa para evitar que lo descubrieran.

El oficial de la Policía Científica sonrió, divertido.

—Pues ésta ha sido su noche de suerte.

Collet suspiró.

—Está bien, será mejor que le reenvíe esta información al capitán Fache.

Cuando el agente ya estaba saliendo de la sala, otro irrumpió en ella.

—¡Teniente! Hemos encontrado algo en el cobertizo. —Por la expresión de su rostro, sólo podía ser una cosa.

—Un cadáver.

—No, señor. Algo más... inesperado —añadió tras un instante de duda.

Se frotó los ojos y acompañó al policía. Entraron en aquel espacio cargado y oscuro, y el agente se fue hasta el centro, donde había una escalera de mano que llegaba hasta el techo y se apoyaba en una especie de altillo que quedaba bastante por encima de ellos.

—Esta escalera no estaba aquí hace un rato —dijo Collet.

—No, señor, la he puesto yo. Estábamos buscando huellas junto al Rolls-Royce cuando me he fijado en la escalera, que estaba en el suelo. No me habría llamado la atención si los peldaños no hubieran estado tan gastados y llenos de barro. Se nota que se usa con frecuencia. La altura coincidía con la del altillo, así que la he apoyado ahí y he subido a echar un vistazo.

Collet recorrió con la mirada la línea vertical de la escalera que reposaba en el altillo. «¿Y alguien sube hasta ahí regularmente?» Desde abajo, aquella estructura parecía desierta, aunque en gran parte quedaba fuera de su punto de visión.

Otro agente de la Policía Científica se asomó y miró hacia abajo.

—Suba a ver esto, teniente —le dijo, haciéndole señas con una mano protegida con un guante de látex.

Collet asintió, cansado, y se acercó a la base de la vieja escalera. Tanteó los peldaños más bajos para comprobar su resistencia. Era un modelo antiguo de esos que se hacen más estrechos por la parte superior. Cuando ya estaba arriba, por poco resbala con un peldaño muy desgastado. Vio moverse el suelo y, más atento, terminó de subir el tramo que le faltaba. El agente estaba esperándolo y le ofreció la mano. Collet se la aceptó y con su ayuda llegó al altillo.

—Es por aquí —le dijo señalándole el fondo de aquel espacio inmaculado—. Sólo hay unas huellas. En breve sabremos a quién corresponden.

El teniente entornó los ojos, porque en aquella zona había muy poca luz. «Pero ¿qué es esto?» Ahí, en un rincón, había un equipo informático sofisticadísimo: dos torres CPU, un monitor de pantalla plana con altavoces, varios discos duros y una consola de audio multicanal que parecía disponer de su propio suministro de energía filtrada.

«¿Por qué habría de venirse alguien a trabajar a un lugar tan apartado?» Se acercó al equipo.

—¿Han examinado el sistema?

—Se trata de un centro de escucha.

Collet dio un respingo.

—¿De espionaje?

El agente asintió.

—Es un sistema muy avanzado. —Indicó con un gesto la mesa

rectangular repleta de aparatos electrónicos, manuales, herramientas, cables, soldadoras y diversos componentes electrónicos.

—No hay duda de que aquí hay alguien que sabe muy bien lo que tiene entre manos. Muchos de estos dispositivos son tan sofisticados como los que utilizamos nosotros. Micrófonos diminutos, células fotoeléctricas recargables, chips de memoria RAM de gran capacidad. Si tiene hasta algunas unidades de nanotecnología.

Collet estaba impresionado.

—Aquí hay metido todo un sistema informático —prosiguió el agente alargándole un aparato que no parecía mayor que una calculadora de bolsillo. De él colgaba un cable de unos treinta centímetros con una pieza finísima de aluminio unida a la base—. Esta base es el disco duro de un sistema de audio de gran capacidad, con batería recargable. Esa tira de aluminio al final del cable es una combinación de micrófono y célula fotoeléctrica.

Collet lo sabía muy bien. Aquellos micrófonos de célula fotoeléctrica con aspecto de hojas de papel de aluminio habían sido todo un hallazgo hacía unos años. Ahora ya se podía esconder un grabador con disco duro detrás de una lámpara, por ejemplo, con el micrófono de papel de aluminio pegado a la base y teñido del mismo color para que pasara inadvertido. Con tal de que recibiera algunas horas de luz solar al día, las células fotoeléctricas recargaban el sistema. Así, con aquel tipo de aparatos, las escuchas podían hacerse por tiempo indefinido.

—¿Método de recepción? —preguntó Collet.

El agente señaló un cable aislado que salía de la parte trasera del ordenador, subía por la pared y salía por un hueco abierto en el techo del cobertizo.

—Ondas de radio. Hay una pequeña antena en el tejado.

Collet sabía que normalmente este tipo de sistemas de grabación se instalaban en oficinas, y se activaban con la voz, economizando de este modo espacio en el disco duro, y grababan fragmentos de conversaciones durante el día. Los archivos de audio comprimidos los enviaban de noche, para evitar ser detectados. Después de efectuada la transmisión, las grabaciones se borraban solas y todo quedaba listo para el día siguiente.

Collet se fijó en un estante en el que había cientos de casetes, todos etiquetados con fechas y nombres. «Aquí hay alguien que ha trabajado mucho.» Se dio la vuelta y se dirigió al agente.

—¿Tiene idea de cuál es el objetivo espiado?

—Pues, teniente —dijo acercándose al ordenador y sosteniendo un disquete—, eso es todavía más raro...

88

Al entrar con Sophie en la estación de metro de Temple, Langdon se sintió totalmente derrotado. Avanzaban por el laberinto de mugrientos pasillos y andenes y el sentimiento de culpa era cada vez mayor.

«Yo he metido a Leigh en todo esto y ahora corre un enorme peligro.»

Que Rémy estuviera implicado había sido una sorpresa mayúscula, pero visto en perspectiva tenía su lógica. Quien fuera que iba detrás del Grial había contratado a alguien que pudiera trabajar desde dentro. «Y pensaron en Teabing, igual que hice yo.» A lo largo de la historia, los conocedores del Grial habían atraído siempre la atención tanto de ladrones como de estudiosos. El hecho de que a Teabing ya llevaran mucho tiempo siguiéndole la pista debería hacerle sentir menos culpable, pero no era así. «Tenemos que encontrarlo y ayudarle. Inmediatamente.»

Langdon siguió a Sophie al andén de la línea District and Circle, donde desde una cabina llamó a la policía, a pesar de la advertencia de Rémy. Mientras, Langdon se sentó en un banco desvencijado, con gesto atormentado.

—La mejor manera de ayudar a Leigh —insistía Sophie a la vez que marcaba los números— es implicar lo antes posible a las autoridades londinenses. Hazme caso.

En un principio no había estado de acuerdo, pero a medida que iban definiendo un plan, el planteamiento de Sophie iba cobrando más sentido. De momento Teabing estaba a salvo. Incluso en el caso de que Rémy y los demás supieran dónde se encontraba la tumba del caballero, seguirían necesitándolo para que les ayudara a descifrar la referencia al orbe. Lo que a él le preocupaba era lo que pasaría después de que hubieran encontrado el mapa del Grial. «En ese momento, Teabing se convertiría en una carga demasiado pesada.»

Si quería ayudar a su amigo, si quería volver a ver la clave, era fundamental descubrir antes el paradero de aquella tumba. «Por desgracia, Rémy parte con mucha ventaja.»

Así, la tarea de Sophie era dificultarle las cosas a Rémy, y la de Langdon, encontrar la tumba.

Sophie haría que Silas y el mayordomo se convirtieran en fugitivos de la policía londinense, lo que les llevaría a tener que esconderse o, mejor aún, acabaría con su detención. El plan de Langdon era menos concreto; tomar el metro hasta el cercano King's College, famoso por su base de datos informatizada sobre temas teológicos. «La herramienta de búsqueda más sofisticada», según le habían dicho. «Respuestas inmediatas a cualquier pregunta sobre historia religiosa.» Se preguntaba qué respondería aquella base de datos ante la frase «enterrado por el Papa reposa un caballero».

Se puso de pie y empezó a caminar por el andén, impaciente, esperando un metro que no llegaba.

Finalmente, Sophie logró contactar con la policía.

—División de Snow Hill —dijo el telefonista—. ¿De qué se trata?

—Quiero denunciar un secuestro. —Sophie sabía ser concisa cuando quería.

—¿Su nombre, por favor?

Sophie hizo una pausa.

—Soy la agente Sophie Neveu, de la Policía Judicial francesa.

Aquello tuvo un efecto inmediato.

—Ahora mismo le paso con el detective, señora.

Mientras esperaba a que la atendieran, Sophie empezó a tener sus dudas de que la policía se creyera la descripción que tendría que hacer de los secuestradores. «Un hombre con esmoquin.» Más fácil de identificar imposible. Incluso si Rémy se cambiaba de ropa, su cómplice era un monje albino. «No pasaba precisamente inadvertido.» Y además, como llevaban un rehén, no podían montarse en transportes públicos. ¿Cuántas limusinas Jaguar podía haber en Londres?

La espera en el teléfono se le estaba haciendo eterna. «Venga, contesten.» Oía chasquidos y zumbidos en la línea, como si estuvieran pasando la llamada.

Tras quince segundos más, oyó la voz de un hombre.

—¿Agente Neveu?

Sophie se quedó muda de la impresión. Había reconocido aquel tono áspero al momento.

—Agente Neveu —insistió Bezu Fache—. ¿Dónde diablos está metida?

Sophie seguía sin poder articular palabra. Al parecer, el capitán Fache había solicitado a la policía de Londres que le avisaran si llamaba.

—Escúcheme bien —dijo el capitán—, esta noche he cometido un error imperdonable. Langdon es inocente. Se han retirado todos los cargos en su contra. Pero aun así, tanto él como usted están en peligro. Y tienen que venir aquí inmediatamente.

Sophie no daba crédito a lo que estaba oyendo. No sabía qué decir. Fache no era de los que se disculpaban.

—No me había dicho —prosiguió Fache— que Saunière era su abuelo. Estoy totalmente dispuesto a olvidar su insubordinación, la atribuyo al impacto emocional que debe haber vivido. Sin embargo, Langdon y usted deben acudir lo antes posible a cualquier comisaría de policía de Londres para ponerse a salvo.

«¿Y cómo sabe que estoy en Londres? ¿Qué más cosas sabe?» Sophie oía a lo lejos algo parecido a un taladro o a unas máquinas trabajando. Y unos curiosos chasquidos en la línea.

—¿Está intentando localizar esta llamada, capitán?

Ahora la voz de Fache se hizo más firme.

—Agente Neveu, a los dos nos conviene cooperar. Tenemos mucho que perder. Intento minimizar los daños. Esta noche he cometido errores de juicio, y si a causa de ellos muere un profesor americano y una criptóloga de la Policía Judicial, será el fin de mi carrera. Llevo varias horas intentando localizarla para protegerla.

La estación se vio invadida por un aire caliente y el metro asomó la cabeza por el túnel. Sophie no tenía ninguna intención de dejarlo escapar. Langdon debía estar pensando en lo mismo, porque se había levantado y se dirigía hacia ella.

—El hombre al que debe perseguir se llama Rémy Legaludec —dijo Sophie—. Es el mayordomo de Teabing. Acaba de secuestrarlo en la iglesia del Temple y...

—¡Agente Neveu! —gritó Fache mientras el convoy frenaba con estruendo—. No es un tema como para hablarlo desde una línea abierta. Vaya con Langdon a la policía. ¡Se lo digo por su bien! ¡Es una orden!

Colgó, y Langdon y ella se montaron corriendo en el metro.

89

La cabina inmaculada del Hawker de Teabing estaba cubierta de virutas de acero y olía a aire comprimido y a gas propano. Bezu Fache había echado a todo el mundo y estaba solo, sentado con su copa en la mano y la pesada caja de madera que habían encontrado en la caja fuerte de sir Leigh.

Pasó el dedo por la rosa de taracea y levantó la elaborada tapa. En el interior encontró un cilindro de piedra con cinco discos divididos en letras. Estaban dispuestos de tal manera que juntos formaban la palabra SOFIA. Fache se quedó mirando un instante aquella palabra, sacó el cilindro del interior acolchado de la caja y lo examinó con detalle. Tirando de uno de los dos extremos, logró extraer una especie de tapón. El cilindro estaba vacío.

Volvió a ponerlo en la caja y miró abstraído la parte del hangar que se veía por la ventanilla del avión. Pensó en la breve conversación que acababa de mantener con la agente Neveu, así como en la información que le había comunicado la Policía Judicial desde el Château Villette. El sonido del teléfono lo sacó de su estado.

Llamaban de París, de la Policía Judicial. El tono de su interlocutor era de disculpa. El presidente del Banco de Depósitos de Zúrich había llamado con insistencia preguntando por él, y aunque se le había informado de que el capitán estaba en Londres por motivos de trabajo, había seguido insistiendo. A regañadientes, Fache le dio permiso al operador para que le pasara la llamada.

—*Monsieur* Vernet —le dijo Fache sin darle tiempo a hablar—. Siento no haber podido llamarle antes, pero he estado muy ocupado.

Tal como le he prometido, el nombre de su banco no ha aparecido en los medios de comunicación. ¿Qué es lo que le preocupa entonces?

Vernet le explicó con voz nerviosa que Langdon y Sophie habían extraído una pequeña caja de madera del banco y luego le habían convencido para que los ayudara a escapar.

—Entonces, cuando oí por la radio que eran unos delincuentes, paré el vehículo y les exigí que me devolvieran la caja, pero ellos me agredieron y me robaron el furgón.

—¿Y tanta preocupación por una caja de madera? —preguntó Fache con la vista clavada en la rosa de la tapa. La abrió un poco y volvió a ver aquel cilindro blanco—. ¿Podría decirme qué había dentro?

—El contenido es lo de menos —replicó Vernet—. Lo que a mí me preocupa es la reputación de mi banco. Nunca hemos sufrido un robo. Nunca. Si no logramos recuperar el objeto propiedad de nuestro cliente, será nuestra ruina.

—Pero usted dijo que la agente Neveu y Langdon tenían una contraseña y una llave. ¿Por qué dice entonces que robaron la caja?

—Esta noche han matado a varias personas, entre ellas al abuelo de Sophie Neveu. Está claro que la llave y la contraseña las obtuvieron de manera ilegítima.

—Señor Vernet, mis agentes han realizado algunas investigaciones sobre usted y su entorno. No hay duda de que es usted un hombre muy culto y refinado. Supongo, además, que también será persona de honor, como lo soy yo. Aclarado esto, le doy mi palabra de jefe de la Policía Judicial de que su caja, al igual que la reputación de su banco, está en las mejores manos.

90

En el altillo del Château Villette, Collet contemplaba con asombro la pantalla del ordenador.

—¿Y el sistema tiene pinchadas todas estas localizaciones?

—Sí —le respondió el agente—. Parece que los datos se están recopilando desde hace un año, más o menos.

Collet volvió a leer la lista, boquiabierto.

- COLBERT SOSTAQUE —Presidente del Consejo Constitucional
- JEAN CHAFÉE —Conservador del Museo Jeu de Pomme
- EDOUARD DESROCHERS —Archivero jefe de la Biblioteca Mitterrand
- JACQUES SAUNIÈRE —Conservador del Museo del Louvre
- MICHEL BRETON —Jefe de la DAS (Servicios Secretos Franceses)

El agente señaló la pantalla.

—El número cuatro está claro.

Collet asintió sin decir nada. Lo había visto al momento. «A Jacques Saunière lo espiaban.» Volvió a echarle un vistazo a la lista. «¿Cómo habrán logrado espiar a todas estas personalidades?»

—¿Ha escuchado alguna cinta?

—Sí, varias. Ésta es una de las más recientes.

El agente presionó varias teclas del ordenador y los altavoces se activaron con un chasquido.

Capitaine, un agent du Département de Cryptographie est arrivé.

Collet no daba crédito a lo que estaba oyendo.

—¡Pero si ese soy yo! ¡Si es mi voz!

Recordó el momento exacto en que, sentado en el despacho de Saunière, había emitido por radio ese mensaje para alertar a Fache de la llegada de Sophie Neveu.

El agente asintió con un movimiento de cabeza.

—Gran parte de nuestra investigación de esta noche en el Louvre habría podido oírse desde aquí si alguien hubiera tenido interés.

—¿Ha enviado a alguien a averiguar dónde se encuentran los dispositivos de escucha?

—No hace falta. Sé perfectamente dónde están. —El agente se fue hasta un montón de notas y fotos que había en la mesa. Cogió una hoja y se la entregó a Collet—. ¿Le suena?

Collet estaba boquiabierto. Tenía en sus manos la fotocopia de un diagrama esquemático antiguo en el que se representaba una máquina rudimentaria. Las etiquetas estaban escritas en italiano, y no las entendía, pero sabía perfectamente lo que estaba contemplando. Era el modelo de un caballero medieval francés completamente articulado.

«¡Era el mismo que decoraba el escritorio de Saunière!»

En los márgenes del papel, había unas anotaciones escritas con rotulador rojo. Estaban en francés, y parecían ideas para esconder aparatos de escucha en su interior.

91

Silas se sentó en el asiento del copiloto de la limusina, que estaba aparcada cerca de la iglesia del Temple. Sostenía con fuerza la clave mientras Rémy terminaba de atar a Teabing con una cuerda que había encontrado en el maletero.

Finalmente, el mayordomo se bajó por una de las puertas de atrás y se puso al volante.

—¿Está bien atado? —preguntó Silas.

Rémy soltó una risita. Se sacudió un poco las gotas de lluvia y miró por el retrovisor al otro lado del panel divisorio. Teabing estaba tendido en el asiento de atrás, aunque en la penumbra del Jaguar apenas se intuía.

—Éste no se va a ninguna parte.

Silas oyó los gritos ahogados de sir Leigh y se dio cuenta de que Rémy había usado trozos viejos de la cinta adhesiva para amordazarlo.

—*Ferme ta gueule!* —Le gritó el mayordomo por encima del hombro.

Buscó entre los muchos botones del sofisticado salpicadero y apretó uno. Entre ellos se alzó una división opaca que dejó aislada la parte trasera. Teabing desapareció de su vista y dejaron de oír su voz. Rémy miró al monje.

—Ya llevo demasiado tiempo aguantando a este desgraciado.

◆ ◆ ◆

Al cabo de unos minutos, cuando la limusina ya avanzaba por las calles de Londres, sonó el teléfono de Silas. «¡El Maestro!» Descolgó emocionado.

—¿Sí?

—Silas —dijo su interlocutor con inequívoco acento francés—, me alegro de oírte. Eso quiere decir que estás a salvo.

Silas también se alegraba de oír a El Maestro. Habían transcurrido ya muchas horas, y la operación había pasado por momentos muy comprometidos. Ahora, al menos, parecía que todo estaba volviendo a su cauce.

—Tengo la clave.

—Una noticia excelente —le respondió El Maestro—. ¿Está Rémy contigo?

A Silas le sorprendió oírlo pronunciar aquel nombre.

—Sí, Rémy es quien me ha liberado.

—Lo ha hecho cumpliendo instrucciones mías. Lo único que siento es que hayas tenido que estar cautivo tanto tiempo.

—El dolor físico no me importa. Lo importante es que la clave sea nuestra.

—Sí, tienes que hacérmela llegar al momento. El tiempo apremia.

Silas estaba impaciente por conocer cara a cara a El Maestro.

—Sí, señor, será un honor para mí.

—Preferiría que fuera Rémy quien me la trajera.

«¿Rémy?» Aquello no se lo esperaba. Después de todo lo que había hecho por El Maestro, creía que sería él quien le entregara personalmente el premio. «¿Así que El Maestro tiene preferencia por Rémy?»

—Detecto tu decepción —comentó El Maestro—, y eso me dice que no entiendes lo que pretendo. —Bajó la voz hasta convertirla en un susurro—. Créeme, me gustaría mucho más que la clave me la entregaras tú, que eres un hombre de Dios, y no él, que es un criminal, pero es que tengo que encargarme de él. Ha desobedecido mis órdenes y ha cometido un grave error que ha puesto en peligro toda la misión.

Silas se estremeció y miró a Rémy de reojo. Secuestrar a Teabing no formaba parte del plan, y decidir qué hacer con él planteaba un nuevo problema.

—Tú y yo somos hombres de Dios —susurró El Maestro—. Nadie puede desviarnos de nuestra meta. —Se hizo un largo silencio—. Ése es el único motivo por el que voy a pedirle a Rémy que me traiga la clave. ¿Entiendes?

Silas notaba que El Maestro estaba enfadado, y le sorprendió que no fuera más comprensivo. «No había podido evitar revelar su rostro —pensó—. Rémy había hecho lo que había tenido que hacer. Había salvado la clave.»

—Entiendo —se forzó a decir.

—Bien. Por tu propia seguridad, debes bajarte inmediatamente de la limusina. La policía no tardará en ponerse a buscarla y no quiero que te pille. El Opus Dei tiene una residencia en Londres, ¿no?

—Sí, claro.

—¿Y te recibirían bien?

—Como a un hermano.

—Entonces ve y ponte a buen recaudo. Te llamaré tan pronto como esté en posesión de la clave y haya solucionado el problema que ahora tengo.

—¿Está en Londres?

—Haz lo que te digo y verás que todo irá bien.

—Sí, señor.

El Maestro suspiró, como si lo que tuviera que hacer le resultara terriblemente molesto.

—Tengo que hablar con Rémy.

Silas le pasó el aparato al mayordomo, con la sensación de que aquella llamada podía ser la última de su vida.

Al cogerle el teléfono, Rémy pensó que aquel pobre monje no tenía ni idea de qué destino le aguardaba ahora que ya había cumplido con su propósito.

«El Maestro te ha utilizado, Silas.»

«Y tu obispo no es más que un instrumento.»

A Rémy no dejaban de maravillarle las dotes de persuasión de El Maestro. El obispo Aringarosa había confiado ciegamente en él. Su propia desesperación lo había cegado. «Aringarosa quería creer.»

Aunque a Rémy no le gustaba especialmente El Maestro, se enorgullecía de haber obtenido su confianza y de haberle ayudado tanto. «Me he ganado el sueldo.»

—Escuche con atención —le dijo El Maestro—. Lleve a Silas cerca de la residencia del Opus Dei y déjelo a algunas travesías. Luego vaya hasta Saint James's Park, que está cerca del Mall. Aparque la limusina en Horse Guards Parade. Ahí hablaremos.

Tras aquellas instrucciones, la comunicación se cortó.

92

El King's College, fundado por el rey Jorge IV en 1829, tiene su Departamento de Teología y Estudios Religiosos junto al Parlamento, en unos edificios propiedad de la Corona. El centro no cuenta sólo con 150 años de experiencia en la enseñanza y la investigación; el establecimiento, en 1981, del Instituto de Investigación de Teología Sistemática supuso la creación de una de las bibliotecas especializadas más completas y electrónicamente avanzadas del mundo.

Cuando él y Sophie entraron en el edificio, dejando atrás la lluvia, Langdon aún estaba bastante afectado por los últimos acontecimientos. La sala principal era tal como Teabing se la había descrito: una espectacular cámara octogonal presidida por una enorme mesa redonda alrededor de la cual el rey Arturo y sus caballeros podrían haberse sentido a sus anchas, de no haber sido por la presencia de doce ordenadores de pantalla plana. En el extremo más alejado de la sala, había una bibliotecaria que estaba sirviéndose un té y preparándose para iniciar su jornada de trabajo.

—Hermosa mañana —dijo alegremente, dejando el té y acercándose a ellos—. ¿Puedo ayudarles en algo?

—Bueno, sí —respondió Langdon—. Me llamo...

—Robert Langdon —lo interrumpió ella esbozando una sonrisa—. Sé quién es.

Por un momento, temió que Fache hubiera sacado su foto en las televisiones inglesas, pero aquella sonrisa no parecía indicarlo. Langdon aún no se había acostumbrado a esos momentos de popularidad inesperada. Pero, por otra parte, si alguien tenía que reconocerle, era lógico que fuera la bibliotecaria de un centro de Estudios Religiosos.

—Yo soy Pamela Gettum —dijo ella extendiéndole la mano. Tenía una expresión inteligente y cara de erudita, y hablaba en un tono agradable. De una cadena le colgaban unas gafas de pasta gruesa.

—Es un placer —le dijo Langdon estrechándosela—. Ésta es mi amiga Sophie Neveu.

Las dos mujeres se saludaron, y Gettum volvió a dirigirse a Langdon.

—No sabía que iba a venir.

—Nosotros tampoco. Si no es mucho inconveniente, nos iría muy bien contar con su ayuda para obtener cierta información.

La bibliotecaria puso cara de extrañeza.

—Normalmente nuestros servicios los prestamos sólo tras concertación de cita previa, a menos, claro, que haya sido invitado por alguien en el College.

Langdon negó con la cabeza.

—Me temo que hemos venido sin avisar. Un amigo mío me ha hablado maravillas de usted. Sir Leigh Teabing. —Langdon sintió una punzada de desazón al pronunciar aquel nombre—. El historiador de la Real Academia.

A Gettum le brillaron los ojos y soltó una carcajada.

—Vaya, sí. Qué personaje. ¡Un fanático! Siempre viene por lo mismo. El Grial, el Grial, el Grial. Estoy segura de que ese hombre moriría antes que renunciar a su búsqueda. —Guiñó un ojo—. El tiempo libre y el dinero le permiten a uno esos lujos, ¿no le parece? Quijotesco, diría yo.

—¿Accedería entonces a ayudarnos? —le preguntó Sophie—. Es bastante importante.

La bibliotecaria echó un vistazo a la sala desierta y les guiñó un ojo.

—La excusa de que estoy muy ocupada no sería muy creíble, ¿verdad? Con tal de que firmen en el libro de registro, no veo que pueda haber ningún inconveniente. ¿Qué es lo que necesitan encontrar?

—Estamos intentando localizar una tumba aquí en Londres.

Gettum arqueó una ceja.

—Pues habrá como unas veinte mil. ¿Podrían concretar un poco más?

—Es la tumba de un caballero. El nombre no lo tenemos.

—Un caballero. Eso reduce el espectro considerablemente. Mucho menos habitual.

—No disponemos de mucha información sobre el caballero al que estamos buscando —dijo Sophie—. Lo que sabemos es esto.

Se sacó un trozo de papel del bolsillo en el que había anotado los primeros versos del poema.

Como no les hacía demasiada gracia enseñarle el poema entero a un desconocido, Langdon y Sophie habían decidido mostrarle sólo el principio, los versos que identificaban al caballero. «Criptografía compartimentada», lo había llamado Sophie. Cuando unos servicios de inteligencia interceptaban un código que incluía datos sensibles, cada criptógrafo trabajaba en una sección. Así, cuando lo descifraban, ninguno de ellos disponía del mensaje cifrado en su totalidad.

En ese caso, la precaución era seguramente excesiva; incluso en el caso de que la bibliotecaria viera todo el poema, identificara la tumba del caballero y supiera qué esfera era la que faltaba, la información no le serviría de nada si no tenía el criptex en su poder.

Gettum detectó la urgencia en los ojos de aquel famoso especialista americano, casi como si encontrar aquella tumba lo antes posible fuese una cuestión de vida o muerte. La mujer de ojos verdes que lo acompañaba también parecía nerviosa.

Desconcertada, la bibliotecaria se puso las gafas y examinó el papel que acababan de entregarle.

En la ciudad de Londres, enterrado
por el Papa, reposa un caballero.
Despertaron los frutos de sus obras
las iras de los hombres más sagrados.

Alzó la vista.

—¿Qué es esto? ¿Una especie de búsqueda del tesoro de la Universidad de Harvard?

Langdon soltó una carcajada forzada.

—Sí, algo así.

Gettum se quedó un momento en silencio. No sabía por qué, pero tenía la sensación de que le ocultaban algo. Con todo, aquello le estaba empezando a intrigar, y volvió a leer aquellos versos más despacio.

—Según esto, un caballero hizo algo que le valió el enfado de la Iglesia. Aun así, hubo un Papa lo bastante amable como para darle sepultura en Londres.

—¿Le suena de algo? —le preguntó Langdon.

Gettum se acercó hasta una de las terminales.

—De entrada, no. Pero vamos a ver qué encontramos en la base de datos.

Durante las dos últimas décadas, el Instituto de Investigación de Teología Sistemática del King's College había recurrido a sistemas informáticos de reconocimiento óptico de caracteres y a programas de transcripción lingüística para digitalizar y catalogar una enorme colección de textos, enciclopedias de religión, biografías religiosas, escritos sagrados en diversidad de lenguas, historias, cartas del Vaticano, diarios de miembros del clero, cualquier cosa que tuviera alguna relación con la espiritualidad humana. Como en la actualidad aquella ingente cantidad de documentación estaba en forma de bits y bytes, y no de páginas físicas, los datos eran mucho más accesibles.

La bibliotecaria se acomodó frente a un ordenador, le echó un vistazo al trozo de papel y empezó a teclear.

—Para empezar, un poquito de álgebra de Boole combinada con algunas palabras clave, a ver qué pasa.

—Gracias.

Gettum introdujo unas palabras.

LONDRES, CABALLERO, PAPA

Le dio a la tecla de búsqueda y casi le pareció notar el zumbido del enorme procesador de datos del piso de abajo que tenía una capacidad de búsqueda de 500 MB por segundo.

—Le estoy pidiendo al sistema que nos muestre todos los documentos en cuyos textos aparezcan estas tres palabras clave. Nos dará muchas más entradas de las que necesitamos, pero para empezar nos será útil.

La pantalla empezó a mostrar los resultados de la búsqueda.

```
«Pintar al Papa. Colección
de retratos de sir Joshua Reynolds.
London University Press.»
```

Gettum negó con la cabeza.

—Está claro que esto no es lo que andan buscando —dijo, pasando al siguiente resultado.

```
«Los escritos londinenses
de Alexander Pope,
de G. Wilson Knight.»
```

—Esto tampoco.

El sistema volvió a activarse, y los nuevos resultados fueron apareciendo a mayor velocidad. Aparecieron docenas de textos. En la mayoría había alusiones a Alexander Pope, el escritor inglés del siglo XVIII, cuya poesía burlescamente épica y antirreligiosa contenía, al parecer, multitud de referencias a caballeros y a la ciudad de Londres.

La bibliotecaria echó un rápido vistazo al número de resultados que aparecía en la parte inferior de la pantalla. El procesador calculaba el número de datos encontrados hasta el momento y los multiplicaba por el porcentaje de los que a la base de datos aún le quedaba por encontrar, ofreciendo una cifra aproximada de toda la información disponible. En aquel caso concreto parecía que iban a encontrarse con un número impresionante de entradas.

```
Número estimado de resultados:
2.692
```

—Deberemos afinar más los parámetros —dijo Gettum deteniendo la búsqueda—. ¿No tienen más información sobre esa tumba?

Langdon miró indeciso a Sophie Neveu.

«Esto no es un pasatiempo», pensó la bibliotecaria. Le habían llegado rumores sobre la experiencia que Robert Langdon había tenido en Roma el año anterior. Le habían autorizado el acceso a la biblioteca más vigilada del mundo, los Archivos Secretos Vaticanos. Se preguntaba qué secretos habría desvelado ahí dentro, y si aquella búsqueda desesperada de la tumba misteriosa tendría algo que ver con la información obtenida en Roma. Gettum llevaba el tiempo suficiente ejerciendo su profesión como para conocer el motivo por el que la gente acudía a Londres en busca de caballeros: el Grial.

Sonrió y se ajustó las gafas.

—Son amigos de Leigh Teabing, están en Inglaterra y buscan a un caballero. —Entrelazó las manos—. Así que supongo que van en busca del Grial.

Langdon y Sophie se miraron desconcertados.

Gettum se echó a reír.

—Amigos, esta biblioteca es el campamento base para los que van en su busca. Para Teabing, por ejemplo. Ojalá me dieran un chelín cada vez que realizo indagaciones sobre términos como la rosa, María Magdalena, el Sangreal, los merovingios, el Priorato de Sión, etcétera, etcétera. A la gente le encantan las conspiraciones. —Se sacó las gafas y los miró—. Me hace falta más información.

Se hizo el silencio, y Getum notó que el deseo de discreción de sus dos acompañantes estaba a punto de verse superado por su necesidad de encontrar resultados rápido.

—Aquí tiene —dijo de pronto Sophie—. Esto es todo lo que sabemos.

Le pidió la pluma a Langdon y, en el papel que le había mostrado a Gettum, anotó los versos que faltaban.

El orbe que en su tumba estar debiera
buscad, os hablará de muchas cosas,
de carne rosa y vientre fecundado.

Gettum sonrió para sus adentros. «Pues sí, es el Grial, no hay duda», pensó al ver las referencias a la rosa y al vientre fecundado.

—Yo puedo ayudarles —les dijo alzando la vista del papel—. ¿Puedo preguntar de dónde procede este poema? ¿Y por qué van en busca del orbe?

—Puede preguntarlo —respondió Langdon esbozando una tímida sonrisa—, pero es una historia muy larga y tenemos poco tiempo.

—Parece una manera educada de decirme que me meta en mis asuntos.

—Estaremos siempre en deuda con usted, Pamela —insistió Langdon—, si lograra averiguar quién es este caballero y dónde está enterrado.

—Muy bien —dijo Gettum volviendo a teclear algo—. Acepto el juego. Si la búsqueda tiene que ver con el Grial, debemos introducir palabras clave relacionadas. Añadiré un parámetro de proximidad y eliminaré la ponderación de títulos. Así limitaremos los resultados a los textos que tengan que ver con el Grial.

Buscar:

CABALLERO, LONDRES, PAPA, TUMBA

Con una proximidad de 100 palabras de:

GRIAL, ROSA, SANGREAL, CÁLIZ

—¿Cuánto puede tardar? —le preguntó Sophie.

—¿Varios cientos de terabytes con campos de referencia cruzados? —Los ojos de Gettum brillaron cuando le dio al intro—. Sólo quince minutos.

Langdon y Sophie no dijeron nada, pero Gettum se dio cuenta de que aquello les parecía una eternidad.

—¿Les apetece un té? —preguntó la bibliotecaria, que se levantó y se fue hasta la tetera que estaba preparando cuando llegaron—. A Leigh le encanta el té que preparo.

93

El centro del Opus Dei en Londres, un sencillo edificio de obra vista situado en el número 5 de Orme Court, da a la entrada norte de Kensington Gardens. Silas no había estado nunca allí, pero al acercarse a pie al edificio sentía una sensación creciente de estar llegando a un refugio seguro, a un lugar donde poder guarecerse. A pesar de estar lloviendo, Rémy lo había dejado a cierta distancia para no tener que atravesar las calles principales. Al monje no le importó el paseo. La lluvia lo purificaba.

Siguiendo la recomendación del mayordomo, Silas había limpiado el arma y se había deshecho de ella tirándola por una alcantarilla. Se alegró de poder perderla de vista. Se sentía más ligero. Aún le dolían las piernas por haber estado inmovilizado tanto tiempo, aunque la verdad era que muchas otras veces había soportado un dolor mucho más intenso. Con todo, sentía curiosidad por saber de Teabing, al que Rémy había atado en la parte trasera del Jaguar. Seguro que a esas alturas a aquel inglés también tenía que dolerle algo.

—¿Qué va a hacer con él? —le había preguntado mientras lo acercaba hasta allí.

Rémy se había encogido de hombros.

—Esa es una decisión de El Maestro —respondió con fatalismo.

Ahora, ya muy cerca de la sede del Opus, la lluvia arreció. El hábito se le estaba empapando y se le clavaba aún más en las heridas del día anterior. Había llegado el momento de dejar atrás los pecados de las últimas veinticuatro horas y de purgar su alma. Su misión ya estaba cumplida.

Atravesó el pequeño patio de entrada y no le sorprendió que la puerta no estuviera cerrada con llave. La abrió y entró en un austero vestíbulo. Al poner el pie sobre el suelo enmoquetado se activó una campanilla electrónica en la planta superior. Esos timbres eran una característica habitual en aquel tipo de centros en que los residentes pasaban la mayor parte del tiempo encerrados en sus celdas, rezando. Silas oyó el crujido de unos tablones de madera por encima de su cabeza.

Al cabo de unos momentos, apareció un hombre con sotana.

—¿En qué puedo servirle? —le dijo.

A juzgar por su mirada, era una persona amable y no parecía darse cuenta siquiera del deplorable aspecto físico del monje.

—Gracias. Me llamo Silas. Soy numerario de la Obra de Dios.

—¿Americano?

Silas asintió.

—Voy a estar en Londres sólo un día. ¿Podría quedarme a descansar aquí?

—Eso no tiene ni que preguntarlo. En la tercera planta disponemos de dos habitaciones libres. ¿Le apetece un té y un poco de pan?

—Sí, gracias —respondió, hambriento.

Silas subió la escalera y encontró su habitación. Se quitó el hábito empapado y se arrodilló así, en ropa interior, para decir sus oraciones. Oyó que su anfitrión se acercaba a la puerta y dejaba una bandeja en el suelo. Rezó un poco más, tomó el desayuno y se acostó.

Tres plantas más abajo, sonaba un teléfono. El numerario del Opus Dei que había atendido a Silas lo descolgó.

—Policía de Londres —dijo la voz—. Estamos buscando a un monje albino. Nos ha llegado el dato de que podría encontrarse ahí. ¿Lo ha visto usted?

El numerario se quedó boquiabierto.

—Sí, está aquí. ¿Hay algún problema?

—¿Está ahí ahora?

—Sí, arriba rezando. ¿Qué ocurre?

—Que no se mueva de donde está —ordenó el agente—. No le diga ni una palabra a nadie. Ahora mismo envío a unos hombres para allá.

94

Saint James's Park es un mar de vegetación en medio de Londres, un parque público que bordea los palacios de Westminster, Buckingham y Saint James's. En un principio era el coto de caza de Enrique VIII y estaba lleno de ciervos, pero en la actualidad está abierto a los ciudadanos. En las tardes de sol, los londinenses hacen picnics bajo los sauces y dan de comer a los pelícanos —descendientes de los que el embajador ruso regaló a Carlos II—, que han hecho del estanque su hogar.

Esa mañana, El Maestro no vio ningún pelícano. Las tormentas habían hecho que las gaviotas de la costa volaran tierra adentro. Los campos, el césped, estaban cubiertos de cientos de cuerpos blancos que miraban en la misma dirección, plantando cara al viento húmedo. A pesar de la niebla, desde el parque había una espléndida vista del Parlamento y del Big Ben. Más allá de las ondulaciones del césped, más allá del estanque de los patos y de las delicadas siluetas de los sauces llorones, El Maestro contemplaba las agujas del edificio que albergó la tumba del caballero; el verdadero motivo por el que le había pedido a Rémy que se encontraran allí.

Al ver que se acercaba a la limusina, Rémy alargó el brazo y le abrió la portezuela. Antes de entrar, El Maestro se detuvo y dio un trago de coñac de la petaca que llevaba. Se secó los labios con la mano y se sentó al lado del mayordomo.

Rémy alzó la clave como si fuera un trofeo.

—Casi la perdemos.

—Has hecho un buen trabajo —dijo El Maestro.

—Hemos hecho un buen trabajo —respondió Rémy depositando la clave en sus manos impacientes.

El Maestro se quedó admirándola un buen rato, con una sonrisa en los labios.

—¿Y la pistola? ¿Ya está limpia de huellas?

—De vuelta en la guantera, donde la encontré.

—Magnífico. —El Maestro dio otro trago de coñac y le pasó la petaca a Rémy—. Brindemos por nuestro éxito. El final ya está cerca.

Rémy aceptó la petaca de buen grado. El coñac sabía salado, pero no le importó. Ahora, El Maestro y él eran verdaderos compañeros. Sentía que estaba ascendiendo a un nuevo escalafón de la vida. «Ya no volveré a ser el criado de nadie.» Allí, con el estanque de patos delante, el Château Villette parecía quedar muy lejos.

Dio otro trago de coñac y sintió que se le calentaba la sangre. Sin embargo, el hormigueo en la garganta se le transformó pronto en un calor desagradable. Se aflojó la pajarita, tragó saliva, se notó la lengua áspera y le pasó el coñac a El Maestro.

—Creo que ya he bebido bastante —le dijo con un hilo de voz.

—Rémy, como sabrás, eres el único que me ha visto la cara. He depositado en ti una confianza enorme.

—Sí —respondió aflojándose aún más el nudo de la pajarita, febril y acalorado—. Y tenga por seguro que me llevaré su identidad a la tumba.

El Maestro se quedó en silencio un largo instante.

—Te creo.

Se guardó la petaca y la clave, abrió la guantera y sacó el pequeño revólver. Por un momento, Rémy sintió una punzada de temor, que se disipó al ver que también se lo metía en el bolsillo.

«¿Qué estará haciendo?», pensó Rémy, empapado de pronto en un sudor extraño.

—Sé que te prometí la libertad —le dijo El Maestro con un deje de amargura en la voz—, pero teniendo en cuenta las circunstancias, es lo mejor que puedo hacer.

Volvió a sentir la quemazón en la garganta y se agarró al volante. Se llevó la otra mano al cuello y notó que el vómito le subía por la tráquea. Emitió un grito apagado, tan débil que no se oyó fuera del coche. De pronto entendió por qué el coñac estaba salado.

«¡Me ha envenenado!»

Incrédulo, Rémy se volvió para ver a El Maestro, que seguía tranquilamente a su lado, mirando al frente a través del parabrisas. Ahora estaba empezando a nublársele la visión y le faltaba el aire. «¡Si lo he hecho todo por él! ¡Cómo ha podido hacerme esto!» Nunca llegaría a saber si aquello era algo que El Maestro había planeado desde el principio o si se trataba del castigo por haberle desobedecido en la iglesia del Temple. En su interior se alternaban la rabia y el terror. Rémy intentó agarrarse a El Maestro, pero tenía el cuerpo tan agarrotado que apenas lograba moverlo. «¡Deposité en usted todas mis esperanzas!»

Rémy intentó levantar los puños apretados para hacer sonar la bocina, pero sólo consiguió resbalarse hacia un lado y quedar medio doblado al lado de El Maestro, con las manos aferradas a la garganta. La lluvia caía con más fuerza. Rémy ya no veía nada, pero notaba que el cerebro, privado de oxígeno, luchaba por mantener sus últimos retazos de lucidez. Su mundo se iba apagando lentamente, pero Rémy Legaludec habría jurado que oía el suave rumor de las olas chocando contra una playa de la Riviera.

El Maestro se bajó de la limusina y constató con alivio que no había nadie mirando en su dirección. «No he tenido otro remedio», se dijo, sorprendido ante su falta de remordimientos por lo que acababa de hacer. «Rémy ha sellado su propio destino.» Ya se había temido desde el principio que tal vez tuviera que eliminarlo cuando hubiera cumplido su misión, pero aquella manera de exhibirse en la iglesia del Temple había precipitado el momento. La inesperada visita de Robert Langdon al Château Villette había representado para El Maestro, simultáneamente, un golpe de suerte y un dilema. Langdon había llevado la clave hasta el centro mismo de la operación, lo que había sido una agradable sorpresa, pero también se había traído consigo a la policía, que le iba siguiendo los talones. Las huellas de Rémy estaban por toda la casa y por todo el puesto de vigilancia instalado en el cobertizo, desde donde el mayordomo había realizado las escuchas. Por suerte, siempre se había cuidado mucho de que no hubiera ninguna relación entre las actividades de Rémy y las suyas. Nadie podría implicarlo a él, a menos que el mayordomo hablara, y aquello era algo que ya no le preocupaba.

«Y aquí queda otro cabo suelto por resolver —pensó, dirigiéndose a la puerta trasera de la limusina—. La policía no sabrá nunca lo que pasó... y no quedará ningún testigo con vida para contárselo.» Echó un vistazo a su alrededor para asegurarse de que no había nadie mirando y subió al espacioso compartimento trasero.

Minutos después, El Maestro atravesaba Saint James's Park. «Ya sólo quedan dos personas. Langdon y Neveu.» Sus casos eran más complicados, pero no irresolubles. De momento, sin embargo, El Maestro debía ocuparse del criptex.

Miró triunfante al otro lado del parque. Ahí estaba su destino. «En la ciudad de Londres, enterrado / por el Papa, reposa un caballero.» Nada más oír aquellos versos, El Maestro había sabido la respuesta. Con todo, que a los demás no se les hubiera ocurrido no le sorprendía. «Les saco una gran ventaja.» Como llevaba meses escuchando las conversaciones de Saunière, había oído al Gran Maestre mencionar a aquel famoso caballero en algunas ocasiones, y siempre en términos casi tan elogiosos como los que empleaba para referirse a Leonardo Da Vinci. Una vez conocida, la referencia del poema al caballero era de una gran simplicidad —un mérito más de la gran inteligencia de Saunière— pero de qué manera había de revelarle esa tumba la contraseña final era algo que seguía resultándole un misterio.

«Buscad el orbe que en su tumba estar debiera.»

El Maestro recordaba vagamente fotografías de la famosa tumba y, en concreto, su rasgo más característico. «Un magnífico globo terráqueo.» Aquel orbe gigantesco, montado sobre el sepulcro, era casi tan grande como éste. La presencia de aquella esfera le animaba y le preocupaba a la vez. Por una parte, era tan claro como una señal, y sin embargo, según aquellos versos, la pieza que faltaba en el rompecabezas era un orbe que debería estar en su tumba... y no la que ya estaba ahí. Esperaba que una inspección más detallada del lugar le ayudara a resolver el enigma.

Empezó a llover más, y se hundió el criptex en el bolsillo derecho para que no se mojara. El pequeño revólver seguía a buen recaudo en el izquierdo. Tardó sólo unos minutos en llegar al tranquilo santuario, el más impresionante edificio construido en Londres en el siglo XIX.

En el preciso instante en que El Maestro lograba por fin guarecerse de la lluvia, Aringarosa se internaba en ella. Sobre el asfalto mojado del aeropuerto de Biggin Hill, el obispo descendió del avión, exponiéndose a la lluvia y al frío ataviado sólo con la sotana. Esperaba que el capitán Fache viniera a recibirle, pero quien se le acercó, protegido por un paraguas, fue un agente británico.

—¿Obispo Aringarosa? El capitán Fache ha tenido que irse y me ha pedido que me pusiera a su disposición. Ha sugerido que lo lleve a Scotland Yard. Cree que es donde estará más seguro.

«¿Más seguro?» Aringarosa bajó la mirada y vio el pesado maletín lleno de bonos vaticanos. Casi se había olvidado de él.

—Sí, gracias.

Se montó en el coche patrulla y se preguntó dónde estaría Silas. Minutos después, la respuesta le llegó desde el altavoz de la radio del vehículo.

«Orme Court, número cinco.»

Reconoció aquella dirección al momento.

«Es el centro del Opus Dei en Londres.»

—¡Lléveme ahí inmediatamente! —le dijo al policía.

95

Langdon no había levantado la vista de la pantalla desde que había empezado la búsqueda.

«Cinco minutos. Dos entradas. Y las dos irrelevantes.»

Estaba empezando a preocuparse.

Pamela Gettum estaba en la sala contigua preparando las bebidas calientes. Langdon y Sophie, imprudentes, le habían preguntado si podían tomar café en vez de té, y a juzgar por el sonido del microondas, sospechaban que su anfitriona iba a obsequiarlos con su versión instantánea.

Al cabo de un rato, el ordenador emitió unos agudos sonidos esperanzadores.

—Parece que ha encontrado algo más —gritó Gettum desde la otra habitación—. ¿Cuál es el título?

Langdon miró la pantalla.

```
        Alegoría del Grial
   en la literatura medieval: tratado
   sobre sir Gawain y el Caballero Verde.
```

—Alegoría del Caballero Verde —respondió.

—Nada. No tenemos demasiados gigantes mitológicos enterrados en Londres —comentó Gettum.

Langdon y Sophie seguían sentados, impacientes, frente a la pantalla, esperando. Un sonido volvió a indicar que había otro resultado, pero el enunciado les sorprendió.

DIE OPERN VON RICHARD WAGNER

—¿Las óperas de Wagner? —preguntó Sophie.

Gettum apareció en la puerta con un bote de café instantáneo en la mano.

—Qué raro. ¿Era Wagner caballero?

—No —respondió Langdon, intrigado—. Pero sí un francmasón reconocido. «Como Mozart, Beethoven, Shakespeare, Gerswhin, Houdini y Disney.»

Se habían escrito libros enteros sobre los vínculos entre los masones y los templarios, el Priorato de Sión y el Santo Grial.

—Me gustaría echarle un vistazo a este documento. ¿Cómo hago para que me aparezca el texto completo?

—El texto completo no le hace falta —dijo Gettum—. Haga click en el título hipervinculado. El ordenador le mostrará una prelog y tres postlogs para contextualizar la entrada.

Langdon no entendía muy bien lo que la mujer acababa de decirle, pero hizo click y se abrió una nueva ventana.

```
 ... caballero mitológico llamado Parsifal
                   que...
 ... metafórico Grial; búsqueda que según...
     ... la London Philarmonic en 1855...
     ... Rebeca Pope; antología Diva's...
 ... Wagner, tumba en Bayreuth, Alemania...
```

—No es el Papa que buscamos —comentó Langdon decepcionado.

Con todo, le maravillaba lo fácil de usar que era aquel sistema. Las palabras clave, con su contexto, le bastaron para hacerle recordar que *Parsifal*, la ópera de Wagner, era un homenaje a María Magdalena y al linaje de Jesucristo, homenaje que se explica a través de la historia de un caballero que va en busca de la verdad.

—Un poco de paciencia —pidió Gettum—. Esto es un juego de números. Dejemos que la máquina haga su trabajo.

En el transcurso de los siguientes minutos, el ordenador les mostró algunas otras referencias al Grial, incluido un texto sobre trovadores, los famosos juglares errantes franceses. En realidad, éstos eran «ministros» de la iglesia de María Magdalena y usaban la música para divulgar la historia de la divinidad femenina entre el pueblo llano. Hasta nuestros días, los trovadores habían cantado siempre las virtudes de «nuestra Señora», una mujer bella y misteriosa a la que rendían eterna pleitesía.

Impaciente, hizo aparecer el hipertexto pero no encontró nada.

El ordenador volvió a sonar.

CABALLEROS, SOTAS, PAPAS Y PENTÁCULOS:
HISTORIA DEL SANTO GRIAL A TRAVÉS
DEL TAROT.

—Lógico —le dijo Langdon a Sophie—. Algunas de las palabras clave que hemos introducido coinciden con los nombres de algunas cartas. —Alargó el brazo para pulsar el botón izquierdo del ratón sobre la entrada—. No sé si tu abuelo te lo mencionó alguna vez cuando jugabas con él al Tarot, Sophie, pero la baraja es un «catecismo visual» que explica la historia de la Doncella Perdida y de su opresión por parte de la malvada Iglesia.

Sophie lo miró incrédula.

—No tenía ni idea.

—Así tiene que ser. Usando un juego metafórico, los seguidores del Grial ocultaban su mensaje de la todopoderosa mirada de la Iglesia. —Langdon se preguntaba cuántos jugadores de cartas modernos sabían que los cuatro palos de la baraja francesa —picas, corazones, tréboles y rombos—, eran símbolos relacionados con el Santo Grial que provenían directamente de los respectivos palos del Tarot: espadas, copas, varas y pentáculos.

Las picas eran las espadas —el filo. Lo masculino.

Los corazones eran las copas —el cáliz. Lo femenino.

Los tréboles eran las varas —el linaje real. La descendencia floreciente.

Los rombos eran los pentáculos —la Diosa. La divinidad femenina.

♦ ♦ ♦

Cuatro minutos después, cuando Langdon ya empezaba a temerse que no iban a encontrar lo que habían venido a buscar, en la pantalla apareció otra entrada.

<pre>
        La gravedad de un genio.
    Biografía de un caballero moderno.
</pre>

—*¿La gravedad de un genio?* —repitió Langdon en voz alta para que Gettum lo oyera—. ¿La biografía de un caballero moderno?

Gettum asomó la cabeza por la puerta.

—¿Muy moderno? Por favor, no me diga que se trata de vuestro sir Rudy Giuliani. A mí personalmente ese nombramiento me pareció un poco fuera de lugar.

Langdon también tenía sus opiniones sobre la reciente conce- ● sión del título de sir a Mick Jagger, pero le pareció que aquel no era el momento para debatir sobre la política seguida por la Corona en materia de títulos nobiliarios.

—Echémosle un vistazo —dijo pinchando sobre la entrada.

<pre>
... honorable **caballero,** sir Isaac Newton...
        ... en **Londres** en 1727 y...
... su **tumba** en la abadía de Westminster...
    ... Alexander **Pope,** amigo y colega...
</pre>

—Supongo que «moderno» es un término relativo —comentó Sophie en voz alta para que la bibliotecaria la oyera—. Es un libro viejo. Sobre sir Isaac Newton.

Gettum negó con la cabeza desde el quicio de la puerta.

—Nada. A Newton lo enterraron en la abadía de Westminster, sede del protestantismo inglés. Es imposible que un Papa católico hubiera estado presente. ¿Quieren leche y azúcar?

Sophie asintió.

Gettum se quedó esperando.

—¿Robert?

A Langdon el corazón le latía con fuerza. Apartó los ojos de la pantalla y se puso de pie.

—Sir Isaac Newton es nuestro caballero.

Sophie seguía sentada.

—¿De qué estás hablando?

—Newton está enterrado en Londres —dijo—. Sus obras supusieron la aparición de nuevas ciencias que despertaron las iras de la Iglesia. Y fue un Gran Maestre del Priorato de Sión. ¿Qué más queremos?

—¿Qué más? —Sophie señaló el poema—. ¿Y qué hay del «enterrado por el Papa»? Ya has oído a la señora Gettum. A Newton no lo enterró un Papa católico.

Langdon alargó la mano para llegar al ratón.

—¿Quién ha dicho nada de un Papa católico?

Pulsó sobre la palabra «Pope» y apareció la frase completa:

«El entierro de sir Isaac Newton,
al que asistieron reyes y nobles,
fue presidido por Alexander Pope,
amigo y colega, que le dedicó unas
palabras de elogio antes de echar
un puñado de tierra sobre el ataúd.»

Langdon miró a Sophie.

—La segunda búsqueda ya nos había dado al «Papa» que buscábamos. Es Alexander Pope.*

Sophie se levantó, boquiabierta. Jacques Saunière, el maestro de los dobles sentidos, había demostrado una vez más ser un hombre de una inteligencia excepcional.

* «Pope»: «Papa» o «pontífice» en inglés. (N. del E.)

96

Silas se despertó sobresaltado.

No tenía ni idea de qué le había despertado ni de cuánto tiempo llevaba durmiendo. «¿Estaba soñando?» Se sentó sobre el colchón de paja y se quedó en silencio, escuchando los latidos de la residencia, la quietud rota solamente por los débiles murmullos de alguien que rezaba en voz alta en una celda que estaba por debajo de la suya. Se trataba de sonidos familiares y deberían haberle confortado.

Sin embargo, sintió una inquietud repentina.

De pie, en ropa interior, se acercó a la ventana. «¿Me habrá seguido alguien?» El patio de entrada estaba desierto, igual que cuando había entrado. Aguzó el oído. Silencio. «¿Por qué me siento incómodo?» Hacía tiempo, Silas había aprendido a confiar en su intuición, porque gracias a ella se había mantenido con vida durante su infancia, en las calles de Marsella, mucho antes de ir a la cárcel... mucho antes de volver a nacer de la mano del obispo Aringarosa. Miró hacia la calle y distinguió el perfil borroso de un coche junto al seto. Encima llevaba una sirena de policía. El suelo de madera crujió. Oyó abrirse una puerta.

Silas reaccionó movido por el instinto. Cruzó la celda a toda prisa y se puso detrás de la puerta, que se abrió de par en par en ese mismo momento. El primer agente entró, moviendo el arma a izquierda y derecha ante lo que parecía ser una celda vacía. Antes de darse cuenta de dónde estaba Silas, éste ya había empezado a empujar la puerta con el hombro para impedir que entrara un segundo agente,

que con los golpes cayó al suelo. El primero estaba a punto de disparar y el monje se le tiró a las piernas. Se le disparó el arma, y la bala le
pasó a Silas casi rozándole la cabeza justo cuando conseguía agarrar-
le las pantorrillas. Se cayó y se dio un golpe en la frente. El segundo
agente luchaba por ponerse de pie junto al marco de la puerta. Silas
le clavó la rodilla en la entrepierna y pasó por encima de él.

Casi desnudo, empezó a bajar la escalera. Sabía que alguien lo
había delatado, pero no sabía quién. Cuando llegó al vestíbulo, había
más policías entrando por la puerta principal. Se fue hacia el otro
lado y se internó por un pasillo de la residencia. «Es el acceso para las
mujeres. En todos los edificios del Opus hay uno.» Avanzó por corredores intrincados y se coló en la cocina, donde unas empleadas
aterrorizadas no pudieron evitar ver a aquel monje en paños menores
que en su huida tiró platos y cubiertos antes de llegar a una sala oscura que había cerca del cuarto de las calderas. Desde ahí vio por fin
la puerta que buscaba, una luz que indicaba la salida y que brillaba al
fondo.

Salió corriendo a la calle. Seguía lloviendo y, al saltar el pequeño
rellano que le separaba de la lluvia, Silas no vio al agente que venía
desde la otra dirección hasta que ya era demasiado tarde. Chocaron.
Los hombros anchos y desnudos de Silas se clavaron en el esternón
de aquel hombre con una fuerza brutal. El agente cayó al suelo, boca
arriba, y soltó sin querer la pistola. El monje se abalanzó con fuerza
sobre él. Oía que varios hombres venían corriendo por el pasillo y gri-
taban. Se dio la vuelta y, justo cuando los policías aparecieron, logró
hacerse con el arma. Un disparo resonó en las escaleras, y Silas notó
un intenso dolor por debajo de las costillas. Lleno de rabia, abrió fuego contra los tres agentes.

De la nada, tras él surgió una sombra. Las manos airadas que lo
agarraron de los hombros desnudos parecían tener la fuerza del mismísimo demonio. Aquel hombre le gritó al oído. «¡SILAS, NO!»

Pero él logró zafarse, se dio la vuelta y le disparó. En ese momento, sus ojos se encontraron. Al ver caer al obispo Aringarosa, Silas empezó a gritar.

97

Más de tres mil personas reposan enterradas o en urnas funerarias dentro del recinto de la abadía de Westminster. El imponente interior de piedra conserva los restos de reyes, hombres de Estado, científicos, poetas y músicos. Sus tumbas, que ocupan hasta el más mínimo espacio, van desde el más grandioso de los mausoleos —el de la reina Isabel I, cuyo sarcófago con dosel ocupa una capilla del ábside— hasta las más modestas lápidas grabadas, cuyas inscripciones se han ido borrando con los miles de pies que han caminado por encima. En esos casos, es la imaginación de cada uno la que debe decidir a quién corresponden las reliquias que hay debajo.

Realizada siguiendo el mismo estilo de las grandes catedrales de Amiens, Chartres y Canterbury, la abadía de Westminster no está considerada ni catedral ni iglesia parroquial. Se considera «propiedad de la Corona» y sólo está sujeta a la voluntad de los soberanos. Desde que fue escenario de la coronación de Guillermo el Conquistador el día de Navidad de 1066, el deslumbrante santuario ha sido testigo de una interminable procesión de ceremonias reales y asuntos de Estado, desde la canonización de Eduardo el Confesor hasta la boda del príncipe Andrés con Sara Ferguson, pasando por los funerales de Enrique V, Isabel I y la princesa Diana.

A pesar de ello, a Robert Langdon en aquel momento no le interesaba la antigua historia de la abadía, exceptuando un hecho muy concreto: el funeral del caballero británico Isaac Newton.

«En la ciudad de Londres, enterrado / por el Papa, reposa un caballero.»

Al llegar al gran pórtico del transepto norte, Langdon y Sophie se encontraron con unos guardas que amablemente les indicaron que la entrada debía realizarse a través de la incorporación más reciente del edificio —un gran arco detector de metales—, objeto que en la actualidad se veía en casi todos los edificios históricos de la ciudad. Pasaron sin que sonaran las alarmas y se dirigieron a la entrada de la abadía.

Cruzaron el pórtico. Ya estaban en Westminster. Al momento, Langdon sintió que el mundo exterior se desvanecía a sus espaldas. El ruido del tráfico cesó y la lluvia calló por fin. Sólo un silencio ensordecedor, que parecía reverberar por todas partes, como si aquella construcción estuviera susurrándose algo a sí misma.

Los ojos de Langdon y Sophie, como los de casi todos los demás visitantes, se dirigieron inmediatamente hacia lo alto, donde la altísima bóveda del techo del templo parecía estallar por encima de sus cabezas. Grandes columnas de piedra gris ascendían como secoyas hacia las sombras, se arqueaban con elegancia sobre inmensas extensiones, para descender de nuevo hasta el suelo. Ante ellos, el ancho corredor del transepto norte se abría como un cañón profundo flanqueado por acantilados de vidrieras. En los días de sol, el suelo de la abadía era un mosaico prismático de luz. Esa mañana, la lluvia y la oscuridad le daban a aquel inmenso espacio un aire fantasmagórico... como el de la cripta que en realidad era.

—Está casi vacía —susurró Sophie.

Langdon estaba decepcionado. Había esperado encontrar a mucha más gente. «Otro espacio público.» No le apetecía nada repetir la escena anterior en la iglesia del Temple. Había supuesto que estarían más a salvo en un sitio tan frecuentado por los turistas, pero sus recuerdos de hordas paseando en el interior de un templo muy iluminado correspondían al momento álgido de la temporada veraniega, y aquella era una mañana lluviosa de abril. En lugar de las multitudes y el brillo de las vidrieras, lo único que veía eran metros y más metros de suelo y espacios umbríos y desolados.

—Todo el mundo tiene que pasar por el detector de metales —dijo Sophie al darse cuenta de sus temores—. Si ha entrado alguien más, no puede ir armado.

Langdon asintió sin abandonar su aire circunspecto. Le habría gustado ir acompañado de la policía británica, pero las reticencias de Sophie sobre quién podía estar implicado en todo aquello habían desaconsejado cualquier contacto con las autoridades. «Debemos recuperar el criptex —había insistido Sophie—. Es la clave de todo.»

Y tenía razón, por supuesto.

«La clave para rescatar con vida a Leigh.»

«La clave para encontrar el Santo Grial.»

«La clave para descubrir quién está detrás de todo esto.»

Por desgracia, la única manera de lograrlo parecía estar allí, en la tumba de Isaac Newton, en ese momento. Quien fuera que tuviera el criptex tendría que acudir al sepulcro para descifrar la última pista y, si no lo había hecho ya, Langdon y Sophie intentarían interceptarlo.

Avanzaron hacia la pared izquierda para resguardarse un poco y se acercaron a una nave lateral más oscura que había tras una hilera de pilastras. Langdon no lograba quitarse de la cabeza la imagen de Leigh Teabing cautivo, muy probablemente atado en el asiento trasero de su propia limusina. Quien hubiera ordenado el asesinato de los cuatro miembros más destacados del Priorato de Sión no dudaría en eliminar a todo el que se interpusiera en su camino. Parecía una cruel ironía que Teabing —un moderno caballero británico— fuera el rehén en medio de aquella búsqueda de su compatriota, sir Isaac Newton.

—¿Por dónde es? —preguntó Sophie mirando a su alrededor.

«La tumba.» Langdon no tenía ni idea.

—Deberíamos ir a buscar a algún guía y preguntárselo —sugirió Langdon.

Sabía que no era buena idea ponerse a buscarla por todo el templo. Westminster era un laberinto de mausoleos, capillas y nichos. Igual que en la Gran Galería del Louvre, tenía un solo punto de entrada —por el que acababan de pasar— y era fácil encontrarlo. Hallar la salida era mucho más complicado. «Una trampa para turistas», lo había llamado uno de sus compañeros de trabajo. Siguiendo la tradición arquitectónica, la abadía tenía la forma de un enorme crucifijo. Pero a diferencia de muchas otras iglesias, la entrada estaba en un lateral y no se hacía, como de costumbre, a través de un nártex abierto al fondo de la nave. Es más, la abadía contaba con una serie de claustros contiguos. Un paso en falso a través de la puerta que no era y el visitante podía perderse en una sucesión de pasajes exteriores rodeados de altos muros.

—Los guías llevan un uniforme rojo —le dijo Langdon acercándose al centro de la iglesia.

Miró al otro lado del altar dorado y se fijó en el extremo opuesto del transepto sur. Había varias personas agachadas en el suelo. Aquella manera de gatear era habitual en los peregrinos que visitaban el Rincón de los Poetas, aunque su postura era mucho menos santa de lo que pudiera parecer. «Los turistas calcan las inscripciones de las lápidas.»

—Pues yo no veo a ningún guía —respondió Sophie—. ¿Y si intentamos encontrar la tumba solos?

Sin decir nada, Langdon la llevó hasta el centro del templo y le señaló a la derecha.

Sophie ahogó un grito de asombro al ver la longitud de la nave central, la magnitud real del edificio que ahora se abría ante su vista.

—No, claro, mejor buscamos a un guía.

En aquel preciso instante, a unos noventa metros de distancia dentro de la misma nave, la imponente tumba de sir Isaac Newton tenía un visitante solitario. El Maestro llevaba diez minutos estudiando con detalle el sepulcro.

Se componía de un inmenso sarcófago de mármol negro sobre el que reposaba la escultura reclinada de sir Isaac Newton, que lo representaba ataviado con ropas clásicas, apoyado con orgullo sobre una pila constituida por algunos de sus libros: *Divinidad, Cronología, Óptica y Philosophiae Naturalis Principia Mathematica*. A sus pies había dos angelotes que sostenían un pergamino. Tras el cuerpo yaciente de Newton se alzaba una austera pirámide. Aunque en sí misma parecía una rareza, lo que más intrigaba a El Maestro era la enorme figura que surgía hacia la mitad de aquella estructura.

«Un orbe.»

El Maestro pensó en el críptico acertijo de Saunière. «El orbe que en su tumba estar debiera / buscad, os hablará de muchas cosas, / de carne rosa y vientre fecundado.» El gran orbe que sobresalía de la pirámide estaba labrado con bajorrelieves que representaban todo tipo de cuerpos celestes, constelaciones, signos del zodíaco, cometas, estrellas y planetas. Por encima, la imagen de la diosa de la Astronomía bajo un campo de estrellas.

«Incontables orbes.»

El Maestro había creído que, una vez encontrara la tumba, dar con el orbe que faltaba sería sencillo. Pero ahora ya no estaba tan seguro. Tenía delante el complicado mapa de los cielos. ¿Acaso faltaba algún planeta? ¿Se había omitido algún astro de alguna constelación? No tenía ni idea. A pesar de ello, El Maestro no podía evitar la sospecha de que la solución sería limpia y sencilla: «... enterrado por el Papa, reposa un caballero.» «¿Qué orbe estoy buscando?» En ningún sitio estaba escrito que para encontrar el Santo Grial hiciera falta tener un conocimiento profundo de astrofísica, ¿no?

«... de carne rosa y vientre fecundado.»

La concentración de El Maestro se vio interrumpida por los pasos de unos turistas que se acercaban. Volvió a meterse el criptex en el bolsillo y observó con desconfianza a los visitantes que se acercaron hasta una mesa cercana, dejaron un donativo y cogieron unas grandes hojas de papel y unos carboncillos depositados allí por los responsables del templo. Armados con ellos, salieron de allí, seguramente camino del Rincón de los Poetas para presentar sus respetos a Chaucer, Tennyson y Dickens, y calcar las inscripciones de las lápidas.

De nuevo solo, se acercó más a la tumba y fue observándola de abajo arriba. Empezó por las garras que sostenían el sarcófago, ascendió hasta llegar a Newton, se fijó en los libros científicos, pasó la vista sobre los ángeles que sostenían el pergamino matemático, se fijó en la pirámide y en el gigantesco orbe con sus constelaciones, y finalmente en el dosel cuajado de estrellas.

«¿Qué orbe debería estar aquí y no está?» Tocó el criptex que tenía en el bolsillo como si, de alguna manera, aquel trozo de mármol trabajado por Saunière pudiera darle la respuesta. «Sólo cinco letras me separan del Grial.»

Se acercó al rincón de la celosía del coro y respiró hondo. Miró en dirección al altar, al fondo de la nave. Bajó la vista y se encontró con una guía vestida con su uniforme rojo a la que llamaban dos individuos que le resultaban muy familiares.

Langdon y Neveu.

Sin perder la calma, retrocedió dos pasos. «Qué rápido han llegado.» Había supuesto que acabarían descifrando el significado del poema y acudirían a la tumba de Newton, pero lo habían logrado antes de lo que él había imaginado. Volvió a tomar aire y sopesó sus opciones. Ya estaba acostumbrado a enfrentarse a aquel tipo de sorpresas.

«El criptex lo tengo yo.»

Se metió la mano en el bolsillo y acarició el otro objeto que le daba confianza: el revólver. Como era de prever, el detector de metales de la abadía había sonado cuando pasó con el arma escondida. Y como era de prever también, los guardas lo habían dejado pasar al momento cuando les mostró sus credenciales. Aquello solía inspirar en los demás el debido respeto.

Aunque en un principio había esperado poder resolver solo el enigma del criptex para evitar complicaciones mayores, ahora se daba cuenta de que, en realidad, la aparición de Langdon y Neveu le favorecía. Teniendo en cuenta la poca suerte que estaba teniendo con la referencia al «orbe», no le vendría mal valerse de sus conocimientos. Después de todo, si Langdon había descifrado el poema y había llegado hasta la tumba, era razonable suponer que también pudiera saber algo sobre el orbe. Y si llegaba a descubrir la contraseña, sería cuestión entonces de ejercer la presión adecuada.

«Aquí no, claro.»

«En algún lugar más discreto.»

A El Maestro le vino a la mente el pequeño cartel que había visto al entrar en la abadía. Y supo cuál era el sitio ideal para atraerlos.

Lo único que quedaba por resolver era... qué usar a modo de señuelo.

98

Langdon y Sophie avanzaban despacio por la nave norte, protegidos por la penumbra de los anchos pilares que la separaban de la central. A pesar de haber recorrido ya más de la mitad, aún no veían la tumba de Newton, pues el sarcófago descansaba en un nicho que desde donde estaban quedaba oculto a la vista.

—Por lo menos no hay nadie —susurró Sophie.

Langdon asintió, aliviado. Toda la zona que circundaba el sepulcro del científico estaba desierta.

—Voy a ir yo solo —dijo en voz baja—. Quédate aquí escondida por si alguien...

Sophie ya había salido de las sombras y se estaba dirigiendo a la entrada.

—... nos está vigilando. —Langdon suspiró, olvidándose de lo que acababa de decir, y se unió a ella.

Atravesaron en diagonal el impresionante espacio, y se quedaron en silencio al contemplar con detalle la elaborada tumba... el sepulcro de mármol... la estatua yaciente de Newton... los ángeles... la enorme pirámide... y... el gran orbe.

—¿Sabías que estaba esto aquí? —le preguntó Sophie desconcertada.

Langdon negó con un movimiento de cabeza, sorprendido también.

Al acercarse a la capilla, sintió que se le caía el mundo a los pies. La última morada de Newton estaba llena de orbes —estrellas, cometas, planetas. «¿El orbe que en su tumba estar debiera?» Aquello podía ser como buscar una aguja en un pajar.

—Cuerpos celestes —dijo Sophie con cara de preocupación—. Y no son pocos.

Langdon frunció el ceño. El único vínculo entre los planetas y el Grial que se le ocurría era el pentáculo de Venus, y ya había probado a escribir el nombre del planeta, como contraseña, cuando iban de camino hacia la iglesia del Temple.

Sophie se dirigió directamente al sepulcro, pero Langdon se mantuvo un poco más distante, para no perder de vista lo que pudiera suceder en la abadía.

—*Divinidad* —dijo Sophie ladeando la cabeza para leer los títulos de las obras sobre las que Newton reposaba—. *Cronología, Óptica, Philosophiae Naturalis Principia Mathematica.* —Se dio la vuelta—. ¿Te suenan de algo?

Langdon se acercó más.

—Si no recuerdo mal, *Principia Mathematica* tiene que ver con la fuerza de gravedad que ejercen entre sí los planetas, que son orbes, aunque parece un poco traído por los pelos.

—¿Y los signos del zodíaco? —preguntó Sophie señalando las constelaciones del orbe—. Antes has dicho algo sobre Piscis y Acuario, ¿no?

«El Fin de los Días», pensó.

—El fin de Piscis y el principio de Acuario marcaba, supuestamente, el momento histórico en el que el Priorato se planteaba dar a conocer al mundo los documentos del Sangreal.

«Pero el milenio vino y se fue sin incidencias, dejando a los historiadores en la incertidumbre sobre cuándo llegaría la verdad.»

—Parece posible —comentó Sophie— que los planes del Priorato para revelar la verdad estén relacionados con el último verso del poema.

«De carne rosa y vientre fecundado.»

Langdon sintió un escalofrío ante esa posibilidad. Hasta ese momento no había considerado el verso de ese modo.

—Antes me has dicho —insistió Sophie— que los planes del Priorato para revelar la verdad sobre «la rosa» y su fértil vientre, estaban relacionados directamente con la posición de los planetas, que son orbes.

Langdon asintió, consciente de que los primeros retazos de sentido se estaban materializando en ese momento. Con todo, su intuición le decía que la astronomía no era la clave. Todas las soluciones anteriores del Gran Maestre habían tenido en común un significado claramente simbólico, la *Mona Lisa*, *La Virgen de las rocas*, SOFIA. Y no había duda de que ese simbolismo estaba ausente del concepto de orbes planetarios y del zodíaco. Hasta el momento, Jacques Saunière había demostrado ser un codificador meticuloso, cosa que llevaba a Langdon a creer que su contraseña final —las cinco letras que revelaban el secreto mejor guardado del Priorato— resultaría estar no sólo en consonancia con el simbolismo anterior, sino ser de una claridad absoluta. Si aquella solución era parecida en algo a las demás, tendría que resultar, como las anteriores, obvia una vez alcanzada.

—¡Mira! —exclamó Sophie ahogando un grito y tirándole de la manga.

A juzgar por el temor y por la urgencia que denotaba aquel gesto, Langdon supuso que alguien se estaba acercando, pero al volverse lo que vio fue que Sophie contemplaba con la boca abierta la parte superior del sepulcro de mármol negro.

—Aquí ha estado alguien —susurró señalando un punto cercano al pie derecho de Newton.

Langdon no entendía a qué venía aquella preocupación. Un turista despistado se había dejado un carboncillo en la tumba, a los pies de la escultura, de esos que se usaban para calcar las lápidas. Se acercó para cogerlo, pero al hacerlo, la luz rebotó en la superficie pulida del mármol negro, y Langdon se quedó helado. Al momento comprendió por qué Sophie se había asustado.

Escrito sobre el sarcófago, a los pies de Newton, brillaba un mensaje apenas visible escrito con el carboncillo.

Tengo a Teabing.
Vayan por la Sala Capitular
y salgan al jardín público
por la salida sur.

Langdon leyó dos veces aquellas líneas. El corazón le latía con fuerza.

Sophie se volvió y escrutó la nave.

A pesar del nerviosismo que se apoderó de él al leer aquellas palabras, Langdon se dijo que aquello era una buena noticia. «Leigh está vivo.» Además, aquella nota implicaba otra cosa.

—No saben cuál es la contraseña —dijo en un susurro.

Sophie asintió. ¿Por qué, si no, tendrían que darles a conocer su presencia?

—Quieren que les demos la contraseña a cambio de Leigh.

—También puede tratarse de una trampa.

Langdon mostró su desacuerdo.

—No lo creo. El jardín está fuera del recinto de la abadía. Un lugar demasiado público. —En una ocasión había visitado el famoso College Garden, un pequeño huerto de árboles frutales y hierbas aromáticas, vestigio de los días en que los monjes cultivaban sus remedios farmacológicos naturales en ese lugar. En ese jardín sobrevivían los frutales más antiguos de Gran Bretaña, y era muy visitado por los turistas, porque no hacía falta entrar en la abadía para verlo—. Creo que hacernos salir ahí fuera es una demostración de buenas intenciones. Para que nos sintamos seguros —añadió.

Sophie no estaba tan segura.

—¿Quieres decir ahí fuera, donde no hay detector de metales?

Langdon torció el gesto. Tenía razón.

Volvió a concentrarse en la tumba llena de orbes, implorando que se le ocurriera algo para dar con la contraseña del criptex... algo con lo que negociar. «Yo he metido en esto a Leigh y haré lo que esté en mi mano para ayudarle.»

—La nota dice que pasemos por la Sala Capitular y salgamos por el lado sur —comentó Sophie—. Tal vez desde esa salida se vea el jardín y podamos valorar la situación antes de acercarnos hasta allí y exponernos a algún riesgo.

Era una buena idea. Langdon recordaba vagamente que la Sala Capitular era un enorme salón octogonal donde se reunían los parlamentarios británicos antes de que existiera el moderno edificio de sesiones. Hacía muchos años que no visitaba Westminster, pero recordaba que tenía acceso desde el claustro. Se alejó unos pasos de la tumba y echó un vistazo desde la celosía del coro, mirando a la derecha, al otro lado de la nave, al punto contrario por el que habían entrado.

Cerca quedaba un pasillo abovedado con un cartel grande con una flecha y unas indicaciones.

CLAUSTRO
RECTORÍA
SALA COLEGIAL
MUSEO
CÁMARA DE LA PÍXIDE
CAPILLA DE LA SANTA FE
SALA CAPITULAR

Pasaron tan rápido por delante del cartel que no se dieron cuenta del pequeño aviso que anunciaba que ciertas áreas estaban cerradas por trabajos de reparación.

Al cabo de un momento ya estaban en un patio descubierto de altos muros desprotegido de la lluvia. Por encima de sus cabezas, el viento ululaba sordamente, como si alguien soplara dentro de una botella. Empezaron a recorrer los pasillos abovedados que formaban el perímetro, y Langdon sintió la incomodidad que siempre le atenazaba en los espacios oscuros. A aquel tipo de jardines les llamaban «claustros», y él entendía perfectamente la relación etimológica entre esa palabra y «claustrofobia».

Miró al frente, al final de aquella especie de túnel, y fue siguiendo los carteles que indicaban cómo llegar a la Sala Capitular. Ahora llovía más, y el pasillo estaba frío y húmedo. Las ráfagas de viento empapaban la columnata, que proporcionaba la única fuente de luz en aquel espacio. Vieron pasar a una pareja que intentaba protegerse del aguacero. El claustro se veía desierto, y no era de extrañar, pues en ese momento, con aquel tiempo, era el rincón menos atractivo de la abadía.

A unos cuarenta metros del pasillo del claustro orientado al este, vieron un arco que daba paso a otra estancia. Aunque se trataba de la entrada que estaban buscando, el acceso se veía impedido por un cordón que la atravesaba de un lado a otro. De él colgaba un cartel.

CERRADO POR OBRAS DE RENOVACIÓN
CÁMARA DE LA PÍXIDE
CAPILLA DE LA SANTA FE
SALA CAPITULAR

El largo pasillo desierto que empezaba detrás del cordón estaba lleno de andamios y lonas protectoras. Justo del otro lado, Langdon distinguió la Cámara de la Píxide y la Capilla de la Santa Fe, a derecha e izquierda, respectivamente. La Sala Capitular, por su parte, quedaba mucho más apartada, en el otro extremo del pasillo. Sin embargo, desde donde estaban, veía que la pesada puerta de madera estaba abierta de par en par, y que el amplio espacio octogonal parecía iluminado por la luz grisácea que entraba por los enormes ventanales que daban al College Garden. «Vayan por la Sala Capitular y salgan al jardín público por la salida sur.»

—Acabamos de pasar el claustro del lado este —dijo Langdon—, así que la salida sur que da al jardín debe de estar por ahí, y luego hacia la derecha.

Sophie ya estaba pasando por encima del cordón, dispuesta a seguir.

Atravesaron el corredor oscuro. Los sonidos del viento y la lluvia se iban amortiguando a medida que se alejaban del espacio abierto. La Sala Capitular era una especie de estructura satélite, un anexo independiente al final de un largo pasillo, ideal para asegurar la privacidad de las deliberaciones del Parlamento que tenía ahí su sede.

—Parece enorme —dijo Sophie mientras se acercaban.

Langdon no recordaba lo grande que era. Ya desde fuera se apreciaba la vasta extensión del suelo que llegaba a los impresionantes ventanales del extremo opuesto del octágono, que se elevaba a una altura de cinco pisos y estaba rematado por un techo ojival. Seguro que desde ahí podrían ver el jardín.

Al traspasar el umbral, Sophie y Langdon tuvieron que entrecerrar los ojos. Después de la penumbra del claustro, la Sala Capitular parecía un solarium. Ya se habían adentrado en ella unos tres metros, buscando con la mirada la puerta de la pared sur, cuando constataron que esa puerta no existía.

Estaban de pie en medio de un inmenso callejón sin salida.

El crujido de la puerta que tenían detrás les hizo girarse justo a tiempo de ver que se cerraba con un chasquido sordo. El hombre solitario que había estado esperándoles detrás les apuntaba con un pequeño revólver y parecía tranquilo. Era corpulento y se apoyaba en unas muletas de aluminio.

Por un momento a Langdon le pareció estar soñando.

Era Leigh Teabing.

99

Sir Leigh Teabing parecía compungido a pesar de estar apuntándoles con aquella pistola.

—Amigos míos —les dijo—, desde el momento en que habéis entrado en mi casa he hecho todo lo que ha estado en mi mano para manteneros alejados de cualquier posible daño. Pero vuestra insistencia me pone las cosas muy difíciles.

En la expresión de Sophie y de Langdon veía que se sentían traicionados, pero confiaba en que no tardarían en comprender la cadena de eventos que los había guiado a los tres hasta aquella peculiar encrucijada.

«Hay tantas cosas que tengo que contaros a los dos... tantas cosas que aún no entendéis...»

—Por favor —prosiguió Teabing—, creedme si os digo que nunca he tenido la más mínima intención de involucraros en esto. Fuisteis vosotros los que vinisteis a mi casa a buscarme a mí.

—¿Leigh? —musitó Langdon por fin—. ¿Qué diablos estás haciendo? Creíamos que estabas en peligro. Hemos venido aquí para ayudarte.

—Como suponía. Tenemos tantas cosas de qué hablar.

Langdon y Sophie no lograban apartar sus miradas alucinadas del arma que seguía apuntándoles.

—Oh, esto es sólo para asegurarme de que cuento con vuestra atención plena. Si hubiera querido haceros daño, a estas alturas ya estaríais muertos. Cuando llegasteis a casa ayer noche, lo arriesgué todo para salvaros la vida. Soy hombre de honor y desde lo más hondo de mi ser he jurado sacrificar sólo a los que traicionen el Sangreal.

—¿De qué estás hablando? —preguntó Langdon—. ¿Traicionar el Sangreal?

—He descubierto una verdad horrible —respondió Teabing con un suspiro—. Sé por qué los documentos del Sangreal no han llegado a revelarse nunca. Me enteré de que el Priorato había decidido no hacer pública la verdad. Por eso el cambio de milenio no trajo ninguna noticia, por eso no pasó nada cuando llegamos al «Fin de los Días».

Langdon hizo ademán de querer interrumpirlo.

—El Priorato —prosiguió Teabing— recibió la misión sagrada de compartir la verdad, de revelar los documentos del Sangreal cuando llegara el «Fin de los Días». Durante siglos, hombres como Leonardo Da Vinci, Botticelli o Newton lo arriesgaron todo para proteger los documentos y cumplir con la misión. Y entonces, en el momento de la verdad, Jacques Saunière cambia de opinión. El hombre sobre el que recae la mayor responsabilidad en la historia del cristianismo elude su deber. Decide que no es el momento adecuado. —Teabing se volvió para mirar a Sophie—. Faltó al Grial. Faltó al Priorato. Y faltó al recuerdo de todas las generaciones que habían trabajado para hacer que ese momento fuera posible.

—¿Usted? —Sophie había levantado sus ojos verdes del arma y lo miraba con rabia—. ¿Es usted el responsable del asesinato de mi abuelo?

Teabing hizo un gesto despectivo.

—Su abuelo y sus *sénéchaux* eran traidores del Grial.

Sophie sentía una furia creciente en su interior. «¡Está mintiendo!»

El tono de Teabing seguía siendo implacable.

—Su abuelo se vendió a la Iglesia. Es evidente que lo presionaron para que no divulgara la verdad.

Sophie negó con la cabeza.

—¡La Iglesia no tenía ninguna influencia sobre mi abuelo!

Teabing se echó a reír.

—Querida, la Iglesia tiene dos mil años de experiencia en eso de presionar a los que amenazan con desvelar sus mentiras. Desde los días de Constantino han ocultado con éxito la verdad sobre María Magdalena y Jesús. No debe sorprendernos que ahora, una vez más, hayan encontrado la manera de seguir manteniendo al mundo entre tinieblas. A lo mejor ya no usan a los cruzados para matar a los infieles, pero no por ello son menos persuasivos. Ni menos insidiosos. —Hizo una pausa, como para darle más énfasis a lo que iba a decir a continuación—. Señorita Neveu, su abuelo llevaba cierto tiempo queriendo revelarle la verdad sobre su familia.

Sophie se quedó helada.

—¿Cómo puede saber una cosa así?

—Mis métodos no importan. Lo que importa es que entienda lo siguiente. —Aspiró hondo—. Las muertes de su madre, de su padre, de su abuela y de su hermano no fueron accidentales.

Aquellas palabras abrieron la caja de las emociones de Sophie, que era incapaz de articular palabra.

Langdon negó con la cabeza.

—Pero ¿qué estás diciendo?

—Robert, eso lo explica todo. Todas las piezas encajan. La historia se repite. Hay precedentes de asesinato en la Iglesia cuando se trata de silenciar el Sangreal. Ante la inminencia del «Fin de los Días», matar a los seres queridos del Gran Maestre era un mensaje muy claro. No dé un paso en falso, o los siguientes serán Sophie y usted.

—Fue un accidente de coche —intervino Sophie, que notaba que el dolor de su infancia volvía a apoderarse de ella—. ¡Un accidente!

—Cuentos infantiles para proteger su inocencia —replicó Teabing—. Piense que sólo dos miembros de la familia quedaron con vida, el Gran Maestre del Priorato y su nieta, la pareja perfecta para poder controlar la hermandad. Me imagino la campaña de terror que habrá ejercido la Iglesia durante estos años sobre su abuelo, amenazando con matarla si se atrevía a revelar el secreto del Grial, amenazando con completar el trabajo que habían empezado, a menos que Saunière influyera sobre el Priorato y lograra que se replanteara su antigua misión.

—Leigh —rebatió Langdon ya muy alterado—, no tienes ninguna prueba de que la Iglesia tuviera algo que ver con esas muertes, ni de que haya influido en la decisión del Priorato de no divulgar nada.

—¿Pruebas? —contraatacó Teabing—. ¿Quieres pruebas de que han influido sobre el Priorato? El nuevo milenio ha llegado y el mundo sigue en la ignorancia. ¿Qué más pruebas necesitas?

En los ecos de aquellas palabras, Sophie oyó otra voz que le hablaba. «Debo contarte la verdad sobre tu familia.» Se dio cuenta de que estaba temblando. ¿Era posible que aquella fuera la verdad que su abuelo había querido contarle? ¿Que a su familia la habían matado? ¿Qué sabía ella en realidad del accidente que segó sus vidas? Sólo algunos datos sueltos. Hasta las noticias de los periódicos habían sido vagas. ¿Un accidente? ¿Cuentos infantiles? Sophie recordó de pronto lo mucho que su abuelo la protegía siempre, lo poco que le gustaba que estuviera sola cuando era joven. Incluso cuando creció y se fue a la universidad, tenía la sensación de que su abuelo siempre estaba pendiente de ella, vigilante. Se preguntaba si habría habido siempre miembros del Priorato entre las sombras, velando por ella.

—Sospechabas que lo estaban manipulando —dijo Langdon con desprecio en la mirada—. ¿Y por eso lo mataste?

—Yo no apreté el gatillo —se defendió Teabing—. Saunière ya estaba muerto desde hacía años, cuando la Iglesia le arrebató a su familia. Estaba atrapado. Y ahora ya está libre de ese dolor, libre de la vergüenza que le provocaba no ser capaz de cumplir con su deber. Considera las opciones. Algo había que hacer. ¿Tiene que permanecer el mundo ignorante para siempre? ¿Debe permitirse que la Iglesia influya indefinidamente mediante el asesinato y la extorsión? No, había que hacer algo. Y ahora nuestra misión es hacernos cargo del legado de Saunière y reparar un daño terrible. —Hizo una pausa—. Los tres. Juntos.

Sophie no salía de su asombro.

—¿Qué le hace creer que vamos a ayudarle?

—Porque, querida, usted es el motivo que llevó al Priorato a mantener ocultos los documentos. El amor que su abuelo le tenía le impidió desafiar a la Iglesia. Su temor a que hubiera represalias contra el único miembro de la familia que le quedaba con vida lo ató de pies y manos. Nunca tuvo la ocasión de explicarle la verdad porque usted lo rechazó y lo mantuvo preso, haciéndole seguir esperando. Ahora usted le debe al mundo la verdad. Se la debe a la memoria de su abuelo.

◆ ◆ ◆

Robert Langdon había renunciado a entender nada. A pesar del torrente de preguntas que le pasaban por la mente, sabía que lo único
que importaba en ese momento era sacar de ahí con vida a Sophie.
Todo el sentimiento de culpa que había sentido antes por haber implicado a Teabing lo había transferido a ella.

«Yo la llevé al Château Villette. Yo soy el responsable.»

No concebía que Teabing pudiera ser capaz de matarlos ahí mismo, a sangre fría en la Sala Capitular, pero lo cierto era que Teabing
estaba implicado en las otras muertes que habían tenido lugar durante su equivocada búsqueda. Tenía la desagradable sensación de que
unos disparos, en aquel lugar aislado y de gruesos muros, pasarían totalmente inadvertidos, y más con la lluvia que estaba cayendo. «Y
Leigh acaba de confesarnos su culpabilidad.»

Miró a Sophie, que parecía muy afectada. «¿La Iglesia asesinó a
su familia para obtener el silencio del Priorato?» Langdon estaba seguro de que en la actualidad la Iglesia no se dedicaba a matar a la gente. Tenía que haber alguna otra explicación.

—Deja marchar a Sophie —le propuso a Teabing—. Vamos a
discutir esto entre tú y yo.

Teabing soltó una risa forzada.

—Me temo que ése es un voto de confianza que no puedo con-
cederte. Lo que sí podría ofreceros es esto.

Se apoyó en las muletas y, sin dejar de apuntar a Sophie con la
pistola, se sacó el criptex del bolsillo. Se tambaleó un poco y se lo tendió a Langdon.

—Una prueba de que confío en vosotros, Robert.

A Langdon no le gustó nada aquello y no se movió. «¿Leigh nos
está devolviendo la clave?»

—Acéptalo —insistió sir Leigh blandiéndola con dificultad.

A Langdon sólo se le ocurría un motivo para aquella acción.

—Ya lo has abierto. Ya has sacado el mapa.

Teabing negó con la cabeza.

—Robert, si hubiera resuelto el enigma de la clave ya estaría camino del Grial y no se me habría ocurrido implicaros a vosotros. No.

No conozco la respuesta. Y no me cuesta admitirlo. Un verdadero caballero aprende a ser humilde ante el Grial. Aprende a hacer caso de las señales que se encuentra en el camino. Cuando os he visto entrar en la abadía, lo he comprendido. Vuestra presencia no era gratuita. Estáis aquí para ayudar. Yo no aspiro a la gloria individual. Estoy al servicio de un señor mucho más grande que mi propio orgullo: la verdad. El Grial nos ha encontrado a todos, y ahora la verdad empieza a ser revelada. Debemos trabajar juntos.

A pesar de las súplicas de Teabing, el arma seguía apuntando a Sophie cuando Langdon dio un paso al frente y aceptó el frío cilindro de mármol. Al cogerlo y retirarse, el vinagre de su interior borboteó. Los discos seguían dispuestos de manera aleatoria, lo que daba a entender que el cilindro estaba cerrado.

Langdon miró fijamente a Teabing.

—¿Y cómo sabes que no voy a tirarlo al suelo ahora mismo?

La carcajada de sir Leigh resonó fantasmagórica en el aire.

—Tendría que haberme dado cuenta de que tu amenaza de hacerlo en la iglesia del Temple era sólo eso. Robert Langdon nunca rompería la clave. Tú eres historiador. Tienes en tus manos la llave que abre dos mil años de historia, la clave perdida del Sangreal. Sientes las almas de todos los caballeros que murieron en la hoguera para proteger su secreto. ¿Permitirías que su muerte fuera en vano? No, tú te pondrás de su parte. Te unirás a las filas de los grandes hombres a los que admiras, Leonardo, Botticelli, Newton; todos ellos se sentirían orgullosos de estar en tu piel en este momento. El contenido de la clave nos está llamando a gritos. Desea ser liberado. Ha llegado el momento. El destino nos ha traído hasta aquí.

—No puedo ayudarte, Leigh. No tengo ni idea de cómo se abre esto. Sólo he estado un instante en la tumba de Newton. Pero incluso si conociera la contraseña... —Langdon se detuvo, consciente de que había hablado más de la cuenta.

—¿No me la dirías? —preguntó Teabing con un suspiro—. Me decepciona y me sorprende, Robert, que no reconozcas hasta qué punto estás en deuda conmigo. Mi tarea hubiera sido mucho más sencilla si Rémy y yo os hubiéramos eliminado en el momento en que aparecisteis por el Château Villette. Pero no; lo he arriesgado todo para hacer las cosas bien.

—¿Esto es hacer las cosas bien? —inquirió Langdon señalando el arma.

—Es culpa de Saunière —replicó Teabing—. Él y sus *sénéchaux* mintieron a Silas. De no haber sido así, yo habría obtenido la clave sin complicaciones. ¿Cómo iba a suponer que el Gran Maestre iba a llegar tan lejos para engañarme y legar la clave a su nieta, con la que no se hablaba? —Teabing miró a Sophie con desprecio—. Alguien con tan pocos méritos para ser depositaria de estos conocimientos que le ha hecho falta contar con una niñera experta en simbología. —Ahora dirigió la mirada hacia Langdon—. Por suerte, Robert, tu implicación ha resultado ser mi golpe de gracia. La clave podría haber permanecido eternamente en la caja fuerte del banco de depósitos, pero tú la sacaste de ahí y me la trajiste a casa.

«¿A qué otro sitio podría haber ido a refugiarme? —pensó Langdon—. El colectivo de historiadores expertos en el Grial es pequeño, y Teabing y yo compartimos algunos hechos del pasado.»

Sir Leigh le miró con expresión de superioridad.

—Cuando supe que Saunière te había dejado un mensaje en el momento de su muerte, supuse que dispondrías de valiosa información sobre el Priorato. No estaba seguro de si se trataba de la propia clave o de algún dato que conduciría hasta ella, pero con la policía pisándote los talones, tenía la sospecha de que aparecerías por mi casa.

Langdon no daba crédito.

—¿Y si no lo hubiera hecho?

—Estaba ideando un plan para tenderte mi mano amiga. De un modo u otro, la clave tenía que acabar en el Château Villette. El hecho de que me la entregaras en bandeja es una prueba más de que mi causa es justa.

—¿Qué? —Langdon estaba indignado.

—Se suponía que Silas debía entrar y robarla de mi casa, apartándote de ese modo de toda implicación sin hacerte daño y eximiéndome a mí de cualquier sospecha de complicidad. Sin embargo, cuando constaté lo intrincado de los códigos de Saunière, decidí seguir contando con vosotros un poco más en esta búsqueda. Ya haría que Silas os robara la clave más tarde, cuando estuviera preparado para seguir yo solo.

—La iglesia del Temple —dijo Sophie con la voz llena de amargura al darse cuenta de la traición.

«Empieza a hacerse la luz», pensó Teabing. La iglesia del Temple era el escenario perfecto para robarles la clave a Robert y a Sophie, y su aparente relación con el poema la convertía en un buen señuelo. Las órdenes a Rémy habían sido claras: nada de dejarse ver mientras Silas esté recuperando el criptex. Por desgracia, la amenaza de Langdon de romperlo había provocado el pánico del mayordomo. «Ojalá Rémy no se hubiera puesto en evidencia —pensó Teabing con amargura, recordando su falso secuestro—. Rémy era el único vínculo conmigo, y tuvo que mostrar su rostro.»

Por suerte, Silas seguía sin conocer la verdadera identidad de Teabing y había sido fácil engañarle y convencerlo para que se lo llevara de la iglesia. Luego Rémy no había tenido problemas para hacer ver que lo ataba en el asiento trasero de la limusina. Con el panel divisorio levantado, sir Leigh había podido telefonear tranquilamente a Silas, que estaba sólo unos metros más allá, y usar aquel acento francés falso que adoptaba para hacer el papel de Maestro, ordenándole que se fuera directo al centro del Opus Dei. Un simple chivatazo a la policía había bastado entonces para librarse de Silas.

«Un cabo suelto menos.»

El otro había sido más difícil de atar. «Rémy.»

A Teabing le había costado mucho tomar la decisión, pero al final su mayordomo había acabado siendo un obstáculo. «Toda búsqueda del Grial requiere un sacrificio.» La solución más limpia se la había encontrado dentro del mueble bar: una petaca de coñac y una lata de cacahuetes. El polvillo que había en el fondo del envase bastaría para desencadenar la alergia mortal de Rémy. Cuando éste aparcó el coche en Horse Guards Parade, Teabing se bajó del asiento trasero y se sentó en el del copiloto, junto al mayordomo. Minutos después, se bajó del Jaguar, volvió a montarse en la parte de atrás, eliminó las pruebas y salió para poner en marcha la fase final de su misión.

La abadía de Westminster estaba cerca y aunque los hierros de las piernas, las muletas y la pistola harían saltar las alarmas del detector de metales, los guardas de seguridad nunca sabían qué hacer con él. «¿Le pedimos que se quite los hierros y que pase arrastrándose? ¿Cacheamos ese cuerpo deforme?» Teabing presentó a los guardas una solución mucho más sencilla, una tarjeta grabada en relieve que lo identificaba como Caballero del Reino. Aquellos pobres chicos casi habían tropezado para dejarlo pasar.

Ahora, al ver el desconcierto de Langdon y Sophie, Teabing resistió la impaciencia que sentía por revelar de qué genial manera había logrado implicar al Opus Dei en la trama que pronto supondría la desaparición de toda la Iglesia. Eso iba a tener que esperar. De momento, había mucho que hacer.

—*Mes amis* —declaró en su francés impecable—, *vous ne trouvez pas le Saint-Graal, c'est le Saint-Graal qui vous trouve.* —Sonrió—. La unión de nuestros caminos no puede estar más clara. El Grial nos ha encontrado.

Silencio.

Bajó la voz y siguió hablándoles en un susurro.

—Escuchad. ¿No lo oís? El Grial nos habla a través de los siglos. Nos suplica que lo liberemos de la insensatez del Priorato. Os imploro a los dos que reconozcáis esta oportunidad. No podría haber otras tres personas más capaces para descifrar el código final y abrir el criptex. —Se quedó un momento en silencio, transfigurado—. Debemos hacer una promesa. Un voto de confianza mutua. El deber de caballeros de descubrir la verdad y darla a conocer.

Sophie le miró a los ojos y le habló con voz fría.

—Nunca sellaré una promesa con el asesino de mi abuelo. A menos que sea la de hacer todo lo posible para que acabe en la cárcel.

La expresión de sir Leigh se hizo grave y, tras unos instantes, recobró el tono resuelto.

—Lamento que lo vea así, *Mademoiselle*—. Se volvió y apuntó a Langdon con la pistola—. ¿Y tú, Robert? ¿Estás conmigo o estás contra mí?

100

El cuerpo del obispo Manuel Aringarosa había soportado muchas formas de dolor, pero el fuego abrasador de la herida de bala que le atravesó el pecho le era totalmente desconocido. No parecía una herida en el cuerpo... sino más bien un dolor en el alma.

Abrió los ojos intentando ver, pero la lluvia que le empapaba el rostro le nublaba la visión. «¿Dónde estoy?» Notaba unos brazos poderosos que lo sujetaban, que sostenían su cuerpo rígido como si fuera un muñeco de trapo con la sotana al viento.

Casi sin fuerzas, levantó un brazo, se secó los ojos y vio que el hombre que lo llevaba en brazos era Silas. El enorme albino avanzaba a trompicones por una acera cubierta por la niebla, pedía a gritos que alguien le indicara el camino para algún hospital, con la voz quebrada por la angustia. Tenía la vista fija al frente y las lágrimas le resbalaban por el rostro blanco y manchado de sangre.

—Hijo mío —susurró Aringarosa—, estás herido.

Silas bajó la cabeza, en su boca se apreciaba una mueca de dolor.

—Lo siento mucho, padre. —El sufrimiento le impedía casi hablar.

—No, Silas —replicó Aringarosa—. El que lo siente soy yo. Es culpa mía. —«El Maestro me prometió que no habría muertes, y yo te pedí que lo obedecieras en todo.»—. He sido demasiado impaciente. Demasiado temeroso. Y nos han engañado a los dos. —«El Maestro no ha tenido nunca la intención de entregarnos el Santo Grial.»

Acurrucado entre los brazos del hombre al que había acogido hacía tantos años, Aringarosa sintió que el tiempo daba marcha atrás. Que estaba en España. Que volvía a sus modestos inicios, cuando en Oviedo empezó a construir con Silas una iglesia. Y que después estaba en Nueva York, donde había proclamado la gloria de Dios erigiendo el centro del Opus Dei en Lexington Avenue.

Hacía cinco meses, Aringarosa había recibido una terrible noticia. El trabajo de toda una vida amenazaba con desmoronarse. Recordó con todo detalle la reunión en Castel Gandolfo que le había cambiado la vida... las noticias que habían puesto en marcha aquella calamidad.

Aringarosa había entrado en la Biblioteca Astronómica de la residencia vaticana con la cabeza bien alta, esperando ser recibido por multitud de manos tendidas en señal de bienvenida, encontrarse con brazos dispuestos a abrazarlo, con hombres impacientes por reconocerle el mérito de ser el representante del catolicismo en América.

Pero allí sólo había tres personas.

El Secretario Vaticano. Obeso. Severo.

Y dos cardenales italianos. Mojigatos y pagados de sí mismos.

—¿Secretario? —dijo Aringarosa desconcertado.

El orondo supervisor de asuntos legales le estrechó la mano y le señaló una butaca que tenía delante.

—Por favor, póngase cómodo.

Aringarosa se sentó, presintiendo que algo iba mal.

—No se me dan bien los rodeos, obispo —le dijo el Secretario—, así que vayamos directamente al motivo de su visita.

—Se lo ruego. Hable con toda franqueza. —Aringarosa miró a los dos cardenales, que parecían juzgarle con superioridad.

—Como ya sabrá, Su Santidad y otras personas en Roma están preocupados por las últimas repercusiones políticas de las prácticas más controvertidas de la Obra.

Aringarosa notó que algo se agitaba en su interior. Ya había pasado varias veces por todo aquello desde la toma de posesión del nuevo Pontífice que, para su horror, había resultado ser un apasionado defensor de las tendencias más liberales de la Iglesia.

—Permítame asegurarle —añadió al momento el Secretario— que Su Santidad no desea cambiar nada en su modo de dirigir su ministerio.

«¡Eso espero!»

—Entonces, ¿para qué estoy aquí?

El Secretario suspiró.

—Obispo, no sé muy bien cómo decirle delicadamente lo que tengo que comunicarle, así que lo expondré de manera directa. Hace dos días, el Consejo de la Secretaría General votó unánimemente a favor de retirar el apoyo del Vaticano al Opus Dei.

Aringarosa estaba seguro de no haber oído bien.

—¿Cómo dice?

—Dicho llanamente, que dentro de seis meses a partir de hoy, el Opus dejará de considerarse una prelatura del Vaticano. Se convertirá en una Iglesia por derecho propio. La Santa Sede se separará de ustedes. Su Santidad así lo quiere y ya estamos iniciando los trámites legales.

—¡Pero... eso es imposible!

—En absoluto. Es muy posible. Y necesario. Su Santidad no se siente cómodo con sus agresivos métodos de reclutamiento y con sus prácticas de mortificación corporal. —Hizo una pausa—. Además, está su trato a la mujer. Sinceramente, el Opus Dei se ha convertido en una carga y en motivo de vergüenza.

El obispo Aringarosa estaba estupefacto. «¿Motivo de vergüenza?»

—No creo que en realidad esto sea una sorpresa para ustedes.

—El Opus Dei es la única organización católica con un número creciente de adeptos. ¡Tenemos más de mil curas!

—Es verdad. Y es un tema que nos compromete.

Aringarosa atacó donde más dolía.

—¡Pregúntele a Su Santidad si la Obra era un motivo de vergüenza en mil novecientos ochenta y dos, cuando ayudamos a la Banca Vaticana!

—La Santa Sede siempre les estará agradecida por ello —replicó el secretario con tono conciliador—, pero aún hay quien cree que su apoyo financiero en mil novecientos ochenta y dos es el único motivo por el que se les concedió el rango de prelatura.

—¡Eso no es verdad! —Aquella insinuación ofendía profundamente a Aringarosa.

—Sea como sea, pretendemos actuar de buena fe. Estamos redactando unos términos de separación que incluyan la devolución de ese dinero, que pagaremos en cinco plazos.

—¿Pretende comprarme? —inquirió el obispo—. ¿Taparme la boca con dinero para que no hable? ¡Si el Opus Dei es la única voz razonable que queda en la Iglesia!

Uno de los cardenales levantó la vista.

—Disculpe, ¿ha dicho usted «razonable»?

Aringarosa se apoyó en la mesa y endureció el tono de su voz.

—¿De verdad se preguntan por qué los católicos están abandonando la Iglesia? Mire a su alrededor, cardenal. La gente ha perdido el respeto. Los rigores de la fe ya no existen. La doctrina se ha convertido en un buffet libre. La abstinencia, la confesión, la comunión, el bautismo, la misa, escojan lo que quieran, elijan la combinación que más les convenga y olvídense del resto. ¿Qué tipo de guía espiritual ofrece la Iglesia?

—Las leyes del siglo III no pueden aplicarse a los modernos seguidores de Cristo. Esas reglas no son aplicables en la sociedad de hoy.

—Pues en el Opus las aplicamos sin problemas.

—Obispo Aringarosa —intervino el Secretario para zanjar la cuestión—. Debido al respeto que siente por la relación entre su organización y el anterior Papa, Su Santidad les da seis meses para que rompan voluntariamente su vínculo con el Vaticano. Le sugiero que para hacerlo aleguen sus diferencias de opinión con Roma y que se establezcan como organización cristiana.

—¡Me niego! —declaró Aringarosa—. ¡Y pienso decírselo en persona!

—¡Me temo que Su Santidad no tiene intención de recibirlo!

El obispo se puso en pie.

—¡No se atreverá a abolir una prelatura personal establecida por un Papa anterior!

—Lo siento. —Los ojos del Secretario no parpadeaban—. El Señor nos lo da y el Señor nos lo quita.

Aringarosa había salido de aquella reunión desconcertado, aterrorizado. Al volver a Nueva York, se había pasado días mirando por la ventana el perfil de la ciudad, abatido, lleno de tristeza por el futuro de la cristiandad.

Habían transcurrido varias semanas cuando recibió la llamada telefónica que lo cambió todo. Su interlocutor parecía francés y se identificó como «El Maestro», un título común en la prelatura. Dijo que conocía los planes del Vaticano de retirar su apoyo a la Obra.

«¿Cómo puede saber algo así?», se preguntó Aringarosa. Tenía la esperanza de que sólo unas pocas personalidades influyentes tuvieran conocimiento de la inminente ruptura entre el Opus y el Vaticano. Pero, por lo que se veía, se había corrido la voz. Las paredes del Vaticano hablaban.

—Tengo oídos en todas partes, obispo —le susurró El Maestro—. Y con ellos he llegado a enterarme de una cosa. Con su ayuda podría descubrir el lugar donde se oculta una reliquia sagrada que le proporcionaría un poder enorme... el suficiente como para hacer que el Vaticano se postrara a sus pies. El suficiente como para salvar la Fe. —Hizo una pausa—. Y no sólo para el Opus, sino para todos nosotros.

«El Señor nos lo quita y el señor nos lo da.» Aringarosa sintió un glorioso rayo de esperanza.

—Hábleme de su plan.

El obispo ya estaba inconsciente cuando las puertas del hospital St. Mary se abrieron. Silas se abalanzó sobre la entrada rendido por el agotamiento. Cayó de rodillas en el suelo y gritó pidiendo ayuda. Todos en la recepción ahogaron un grito de asombro al ver a aquel albino medio desnudo que llevaba en sus brazos el cuerpo ensangrentado de un hombre con sotana.

El médico que le ayudó a tender al obispo en la camilla se puso muy serio al tomarle el pulso.

—Ha perdido mucha sangre. Hay que temerse lo peor.

Los ojos de Aringarosa se abrieron y, por un momento volvió en sí. Buscó a Silas con la mirada.

—Hijo mío...

El remordimiento y la rabia se habían apoderado del alma del albino.

—Padre, aunque empeñe en ello toda mi vida, encontraré a quien nos ha engañado y lo mataré.

Aringarosa negó con la cabeza y lo miró con tristeza mientras lo preparaban para llevárselo.

—Silas... si no has aprendido nada de mí, por favor... por favor aprende esto. —Le cogió la mano y se la apretó con fuerza—. El perdón es el mayor regalo de Dios.

—Pero, padre...

Aringarosa cerró los ojos.

—Silas, reza mucho.

101

Robert Langdon seguía bajo la alta cúpula de la desierta Sala Capitular sin apartar la vista de la pistola de Teabing.

«Robert, ¿estás conmigo o estás contra mí?» Las palabras del miembro de la Real Academia de la Historia resonaban en el silencio de su mente.

Sabía que ninguna de las dos respuestas posibles era buena. Si decía que sí, estaba traicionando a Sophie. Si decía que no, Teabing no tendría otro remedio que matarlos a los dos.

Los años que había pasado dando clases no le habían servido para enfrentarse a situaciones en las que había armas de por medio, pero sí le habían enseñado a reaccionar ante el planteamiento de paradojas. «Cuando una pregunta carece de respuesta correcta, sólo queda la respuesta sincera.»

La zona gris entre el sí y el no.

«Silencio.»

Bajó la mirada, contempló el criptex y, sencillamente, optó por marcharse.

Sin siquiera alzar la vista, empezó a dar unos pasos atrás, internándose en el vasto espacio vacío de aquella sala. «Terreno neutral.» Esperaba que su mirada fija en el criptex le indicara a Teabing que no descartaba colaborar con él, y que su silencio le indicara a Sophie que no la estaba abandonando.

«Y mientras tanto gano tiempo para pensar.»

Langdon sospechaba que eso, pensar, era precisamente lo que Teabing quería que hiciera. «Por eso me ha entregado la clave. Para que pueda sentir el peso de mi decisión.» El historiador británico esperaba que al tener entre sus manos el criptex del Gran Maestre, Langdon se diera cuenta de la magnitud de su contenido, y que su curiosidad académica desbancara cualquier otra consideración, y le obligara a admitir que no descifrar la clave sería una pérdida para la historia misma.

Sophie seguía siendo el blanco del arma de Teabing, y Langdon se temía que su única posibilidad de liberarla fuera intentando descubrir la contraseña de aquel cilindro. «Si logro obtener el mapa, Teabing negociará.» Intentó convencerse a sí mismo de que aquello era lo mejor, y se acercó muy despacio a las vidrieras del otro extremo... dejando que su mente se fuera llenando de las muchas imágenes astronómicas que poblaban la tumba de Newton.

> El orbe que en su tumba estar debiera
> buscad, os hablará de muchas cosas,
> de carne rosa y vientre fecundado.

Dio la espalda a sus dos acompañantes, se fue hasta los altos ventanales y buscó sin éxito la inspiración entre aquel mosaico de cristales de colores.

«Ponte en la mente de Saunière —se instó a sí mismo mirando hacia el College Garden—. ¿Cuál es el orbe que a él le parecería que falta en el sepulcro de Newton?» Contra la lluvia intermitente veía reflejarse imágenes de planetas, estrellas y cometas, pero Langdon hizo abstracción de ellas. Saunière no era un hombre de ciencia; era un humanista, un amante del arte, de la historia. «La divinidad femenina... el cáliz... la rosa... María Magdalena silenciada... la caída de la diosa... el Santo Grial.»

La leyenda siempre había representado el Grial como una mujer cruel, que bailaba entre las sombras, fuera del alcance de nuestra vista, susurrándonos al oído, incitándonos a dar un paso más y desvaneciéndose luego en la niebla.

Ahí, entre los árboles del College Garden, Langdon creía sentir su escurridiza presencia. Había señales por todas partes. Como una silueta provocativa que emergiera entre la niebla, en las ramas del manzano más antiguo de Gran Bretaña brotaban flores de cinco pétalos, brillantes como Venus. La diosa estaba en el jardín. Bailaba con la lluvia, cantaba canciones de todas las épocas, asomándose desde detrás de las ramas cuajadas de capullos como para recordarle a Langdon que el fruto del conocimiento crecía ahí mismo, apenas fuera de su alcance.

Al otro lado de la sala, sir Leigh Teabing observaba sin temor a su amigo, que miraba por la ventana como hipnotizado.

«Tal como había supuesto —pensó—. Aceptará mi propuesta.»

Desde hacía tiempo, Teabing sospechaba que Langdon podía tener la llave que abría el Grial. No había sido casualidad que sir Leigh hubiera puesto en marcha su plan la misma noche en que Langdon debía reunirse con Saunière. A partir de sus escuchas al conservador del Louvre, Teabing había llegado a la conclusión de que su interés por conocer a Robert en privado sólo podía significar una cosa. «En el misterioso manuscrito de Langdon se revelaba una clave sobre el Priorato; Langdon había descubierto una verdad y Saunière temía que se hiciera pública.» Teabing estaba seguro de que el Gran Maestre quería pedirle que no la divulgara.

«¡La verdad ya se ha silenciado demasiado tiempo!»

Sir Leigh sabía que tenía que actuar deprisa. El ataque de Silas serviría a dos fines: impediría que Saunière convenciera a Langdon para que no hablara, y aseguraría que, una vez la clave se hallara en poder de Teabing, Langdon ya estuviera en París, por si tuviera que necesitarlo.

Preparar el encuentro fatal entre el conservador del Louvre y Silas había sido casi demasiado sencillo. «Tenía información privilegiada sobre los más recónditos temores de Saunière.» El día anterior, Silas le había telefoneado y se había hecho pasar por un cura muy preocupado.

—*Monsieur* Saunière, discúlpeme, pero debo hablar con usted urgentemente. No revelaría nunca un secreto de confesión, pero en este caso creo que es mi deber. Acabo de confesar a un hombre que asegura haber asesinado a unos miembros de su familia.

La respuesta del conservador había sido de desconcierto y de prudencia.

—Mi familia murió en un accidente. La investigación policial fue concluyente.

—Sí, en un accidente de coche —dijo Silas, soltando el señuelo—. El hombre con el que hablé me dijo que lo había hecho caer a un río.

Saunière se quedó en silencio.

—*Monsieur* Saunière, nunca le habría llamado de no haber sido porque el hombre hizo un comentario que me hace temer por su propia seguridad. —Hizo una pausa—. Y además, también me habló de su nieta, Sophie.

La mención de aquel nombre había sido determinante. El conservador decidió tomar cartas en el asunto de inmediato. Le ordenó a Silas que fuera a verlo inmediatamente al lugar más seguro que se le ocurrió, su despacho del Louvre. Entonces fue cuando llamó por teléfono a Sophie para advertirle de que podía estar en peligro. La copa que había quedado en tomarse con Robert Langdon quedó cancelada al momento.

Ahora, Robert y Sophie estaban frente a él, en el otro extremo de la sala, y Teabing sentía que había logrado abrir una brecha entre los dos. Ella seguía con actitud desafiante, pero estaba claro que Langdon veía las cosas desde una perspectiva más amplia. Estaba intentando descifrar la contraseña. «Entiende la importancia de encontrar el Grial y de liberarlo de sus ataduras.»

—No le abrirá el criptex —dijo Sophie con frialdad—. No lo haría aunque pudiera.

Teabing miraba a Langdon y seguía apuntando a Sophie con el arma. Cada vez tenía más claro que iba a tener que usarla. Aunque la idea no le gustaba, sabía que llegado el caso no le temblaría la mano. «Le he puesto las cosas fáciles para que se pusiera del bando correcto. El Grial es mucho más importante que cualquiera de nosotros.»

En ese momento, Langdon, que seguía junto a la ventana, se dio la vuelta.

—La tumba... —dijo de pronto, mirándolos con un débil brillo de esperanza en la mirada.

—Sé en qué parte de la tumba de Newton hay que mirar. ¡Sí, creo que puedo encontrar la contraseña!

A Teabing el corazón le dio un vuelco.

—¿Dónde, Robert? ¡Dímelo!

Sophie estaba horrorizada.

—¡Robert! ¡No! No irás a ayudarle, ¿verdad?

Langdon se acercó con paso resuelto, sosteniendo el criptex levantado.

—No —respondió, mirando a Teabing con dureza—. No hasta que deje que te vayas.

El optimismo de sir Leigh se esfumó.

—Estamos tan cerca, Robert. No se te ocurra jugar conmigo.

—No es ningún juego —dijo Langdon—. Deja que se vaya y te llevaré a la tumba de Newton. Abriremos juntos el criptex.

—Yo no voy a ninguna parte —declaró Sophie con los ojos llenos de rabia—. Mi abuelo me entregó el criptex a mí. No es vuestro y no tenéis derecho a abrirlo.

Langdon se detuvo y la miró con temor.

—Sophie, por favor, estás en peligro. ¡Estoy intentando ayudarte!

—¿Ah sí? ¿Cómo? ¿Desvelando el secreto que llevó a mi abuelo a la muerte? Él confiaba en ti, Robert. Y yo también.

Los ojos azules de Langdon eran la expresión del pánico, y Teabing no pudo evitar una sonrisa al verlos enfrentados. Los intentos de Robert por mostrarse caballeroso eran más patéticos que otra cosa. «A punto de descubrir uno de los mayores secretos de la historia, se pone a perder el tiempo con una mujer que ha demostrado no ser digna de esta causa.»

—Sophie —le suplicó Langdon—. Por favor... tienes que irte.

Ella negó con la cabeza.

—No a menos que me entregues el criptex o lo tires al suelo.

—¿Qué?

—Robert, mi abuelo preferiría que su secreto se perdiera para siempre antes que verlo en las manos de su asesino.

Por un momento pareció que los ojos iban a inundársele de lágrimas, pero se contuvo. Se volvió y se dirigió a Teabing.

—Si tiene que disparar, hágalo. Pero no pienso dejar en sus manos el legado de mi abuelo.

«Muy bien.» Levantó más el arma.

—¡No! —gritó Langdon alzando el brazo al momento.

El criptex quedó suspendido en precario equilibrio sobre el suelo.

—Leigh, si se te pasa por la cabeza hacer algo, lo soltaré.

Teabing estalló en carcajadas.

—Ese farol te ha ido bien con Rémy. Pero conmigo no, te lo aseguro. Te conozco muy bien.

—¿En serio, Leigh?

«Sí, te conozco. Tienes que practicar más tu cara de póquer. Me ha costado unos segundos, pero ahora veo que estás mintiendo. No tienes ni idea de en qué parte de la tumba de Newton está la respuesta.»

—¿Es verdad, Robert? ¿Es verdad que sabes en qué parte de la tumba tienes que buscar?

—Sí.

El titubeo en su mirada era apenas perceptible, pero Teabing se dio cuenta. Estaba mintiendo. Todo era un truco desesperado y patético para salvar a Sophie. Qué decepción tan grande.

«Soy un caballero solitario, rodeado de almas indignas. Y tendré que descifrar la clave yo solo.»

Ahora, Langdon y Sophie no eran más que un obstáculo para él... y para el Grial. Por más dolorosa que fuera la solución, sabía que podía llevarla a cabo con la conciencia tranquila. Lo único que tenía que hacer era convencerlo a él para que dejara el criptex en el suelo, y así poner fin de una vez a aquella ridícula pantomima.

—Un voto de confianza —dijo Teabing bajando el arma—. Deja el criptex en el suelo y hablemos.

Langdon sabía que no se había tragado su mentira.

Por la adusta expresión de Teabing sabía que la piedra estaba en su tejado. «Cuando suelte el criptex, nos matará a los dos.» Sin necesidad de mirar a Sophie, notaba que su corazón le suplicaba, desesperado. «Robert, este hombre no es digno del Grial. Por favor no lo pongas en sus manos. Sea cual sea el precio que tengamos que pagar por ello.»

Langdon ya había tomado la decisión hacía unos minutos, mientras contemplaba el College Garden desde las vidrieras.

«Protege el Grial.»

«Protege a Sophie.»

Langdon tenía ganas de gritar de impotencia.

«¡Pero es que no veo cómo!»

Los duros momentos de desilusión habían traído consigo una clarividencia que no había experimentado nunca. «La verdad está delante de tus propios ojos, Robert. —No sabía de dónde estaba surgiendo aquella epifanía—. El Grial no se está riendo de ti, te está pidiendo un alma digna de él.»

Ahora, arrodillándose a varios metros de Leigh Teabing, como si fuera un súbdito, Langdon fue bajando el criptex hasta dejarlo a sólo unos centímetros del suelo.

—Sí, Robert —susurró Teabing apuntándole con la pistola—. Déjalo en el suelo.

Langdon alzó la vista y la clavó en la cúpula de la Sala Capitular. Se agachó un poco más y miró el arma de Teabing, que lo apuntaba directamente.

—Lo siento, Leigh.

Con gran agilidad, se puso de pie de un salto, levantó el brazo y arrojó el criptex al aire con todas sus fuerzas.

Leigh Teabing no notó que su dedo apretara el gatillo, pero la pistola se disparó con gran estruendo. Ahora Langdon ya no estaba agachado, sino de pie, casi como si estuviera levitando, y la bala impactó en el suelo, a sus pies. La mitad del cerebro de sir Leigh se esforzaba por apuntar y disparar de nuevo, en medio de la rabia que sentía, pero la otra mitad, más poderosa, arrastraba su mirada hacia arriba, a la cúpula.

«¡La clave!»

El tiempo pareció quedar suspendido, convertirse en una pesadilla a cámara lenta. Todo su mundo se había convertido en ese criptex que volaba por los aires. Lo vio subir hasta el punto álgido de su ascenso... quedar un momento inmóvil, en el vacío... y empezar a caer dando vueltas, en dirección al suelo de piedra.

Todas sus esperanzas y sus sueños descendían en picado hacia la tierra. «¡No puede llegar al suelo! ¡Tengo que impedirlo!» El cuerpo de Teabing reaccionó instintivamente. Soltó el arma y se echó hacia delante, soltando las muletas y levantando las manos al cielo. Cuando la clave estaba a su altura, la atrapó con un gesto certero.

Se echó hacia delante victorioso, con el criptex bien cogido, pero al momento se dio cuenta de que se había dado demasiado impulso. Como no tenía dónde agarrarse, los brazos fueron los primeros en llegar al suelo. El cilindro chocó contra él y se oyó el ruido de un cristal que se rompía en su interior.

Durante un segundo, Teabing se quedó sin respiración. Ahí tirado en medio de la sala, contemplando sus brazos tendidos y el cilindro de mármol aún sujeto en una mano, imploró que el tubo de cristal no se hubiera roto del todo. Pero el olor penetrante del vinagre invadió el aire, y Teabing notó que el frío líquido se escapaba por entre los discos y le impregnaba los dedos.

Una absoluta sensación de pánico se apoderó de él. «¡No!» El vinagre seguía su curso, e imaginó el papiro disolviéndose. «¡Robert, qué insensato! ¡Se ha perdido el secreto!»

Sin poder evitarlo, empezó a llorar. «El Grial se ha ido para siempre. Todo se ha destruido.» Temblando, incrédulo aún ante la acción de Langdon, quiso separar a la fuerza las dos partes del cilindro, en un desesperado intento de entrever, aunque fuera sólo durante una fracción de segundo, un retazo de historia antes de que quedara disuelta por toda la eternidad. Y entonces, al tirar de los dos extremos de la clave, constató con horror que empezaban a ceder.

Ahogó un grito y miró dentro. Allí no había nada más que los trozos de vidrio mojado. Ni rastro de papiro. Se incorporó y miró a Langdon. Sophie estaba junto a él con la pistola en la mano, apuntándole.

Confundido, volvió a mirar la clave y entonces lo comprendió. Los discos ya no estaban puestos de cualquier manera, sino formando la palabra de cinco letras «POMUM».

◆ ◆ ◆

—El orbe del que comió Eva —dijo Langdon fríamente—, incurriendo en la ira de Dios. El pecado original. El símbolo de la caída de la divinidad femenina.

Teabing sintió que la verdad le era revelada con dolorosa austeridad. El orbe que debería haber estado en la tumba de Newton no podía ser otro que la manzana que había caído del cielo, que le había caído a Newton en la cabeza y había sido la fuente de inspiración de la gran obra de su vida, escrita, por cierto, en latín. «¡El fruto de sus obras! ¡Carne rosada y vientre fecundado!»

—Robert —dijo Teabing, desbordado por los acontecimientos—. Has abierto la clave. ¿Dónde está el mapa?

Sin pestañear, Langdon se metió la mano en el bolsillo del abrigo y sacó con cuidado un papiro perfectamente enrollado. A sólo unos metros de él, lo desenrolló y se puso a mirarlo. Tras un momento que se le hizo eterno, en el rostro de Robert apareció una sonrisa característica.

«¡Lo sabe!» El corazón de Teabing anhelaba poseer también aquel conocimiento.

—Dímelo —exigió—. Dímelo, por Dios, ¡No es demasiado tarde!

Al oír el sonido de unos pasos que se acercaban a la Sala Capitular, Langdon volvió a enrollar el papiro y se lo guardó en el bolsillo.

—¡No! —gritó Teabing, intentando en vano ponerse en pie.

Cuando las puertas se abrieron de golpe, Bezu Fache irrumpió como un toro en la plaza, escrutando con sus ojos de fiera salvaje hasta que dio con aquel a quien había entrado a buscar —Leigh Teabing—, que estaba tendido en el suelo. Suspiró aliviado y, metiéndose la pistola en la cartuchera, se dirigió a Sophie.

—Agente Neveu, me alegro de que usted y el señor Langdon estén a salvo. Tendría que haber acudido cuando se lo pedí.

La policía inglesa entró poco después en la Sala Capitular, redujo al temeroso prisionero y le puso unas esposas.

Sophie parecía muy sorprendida ante la presencia del capitán.

—¿Cómo nos ha encontrado?

Fache señaló a Teabing.

Cometió el error de mostrar su identificación al entrar a la abadía. Los guardas han visto un informativo en el que se hablaba de nuestra búsqueda y nos han avisado.

—¡Lo tiene Langdon en el bolsillo! —gritó Teabing con voz de loco—. ¡El mapa del Santo Grial!

Cuando ya se lo estaban llevando a rastras de allí, se volvió y se puso a chillar una vez más.

—¡Robert! ¡Dime dónde está escondido!

Langdon lo miró a los ojos.

—Sólo los que son dignos de él encuentran el Grial, Leigh. Eso me lo enseñaste tú.

102

Cuando Silas llegó cojeando a un rincón discreto de Kensington Gardens, la niebla baja lo cubría todo. Se arrodilló sobre la hierba mojada y notó que la sangre tibia se deslizaba desde la herida que la bala le había abierto bajo las costillas. A pesar de ello, mantenía la vista fija al frente.

La bruma hacía que aquello se pareciera mucho al cielo.

Alzó las manos ensangrentadas y se puso a rezar. Veía que la caricia de la lluvia le limpiaba los dedos y les devolvía su blancura. A medida que las gotas le golpeaban con más fuerza la espalda y los hombros, notaba que su cuerpo se fundía gozosa y paulatinamente en la neblina.

«Soy un fantasma.»

Se levantó una brisa ligera que le trajo el olor a tierra mojada, a vida nueva. Con todas las células de su cuerpo roto, Silas rezó. Rezó pidiendo perdón, suplicando la piedad de Dios y, sobre todo, rogó por su mentor... el obispo Aringarosa... que el señor no se lo llevara antes de que llegara su hora. «Le quedaba todavía tanto por hacer...»

La bruma lo había rodeado y de pronto Silas se sintió tan ligero que pensó que aquella niebla lo elevaría por los aires y se lo llevaría a otra parte. Cerró los ojos y dijo una última oración.

«Nuestro Señor es bondadoso y caritativo.»

El dolor que sentía empezó a remitir, y supo que el obispo tenía razón.

103

Era ya tarde cuando en Londres el sol se abrió paso entre las nubes y la ciudad empezó a secarse. Bezu Fache estaba cansado cuando salió de la sala de interrogatorios y pidió un taxi. Sir Leigh Teabing había proclamado su inocencia a pleno pulmón, pero entre sus desvaríos incoherentes sobre santos griales, documentos secretos y hermandades misteriosas, Fache creía ver que lo que pretendía el astuto historiador era crear un escenario propicio para que sus abogados pudieran pedir su absolución alegando trastorno mental.

«Sí, claro —pensó Fache—. Loco.» Teabing había demostrado una gran precisión al formular un plan que, en todos los casos, aseguraba su inocencia. Había implicado al Vaticano y al Opus Dei, dos grupos que habían resultado ser totalmente inocentes. El trabajo sucio lo habían hecho sin saberlo un monje fanático y un obispo desesperado. E, inteligente como era, había situado su centro de escucha electrónica en un lugar al que un hombre con secuelas de la polio no podía acceder. El espionaje, así, lo había efectuado su mayordomo, Rémy —la única persona conocedora de su verdadera identidad—, muerto convenientemente a causa de una reacción alérgica.

«No puede decirse que se trate del plan de una persona con las facultades mentales perturbadas.»

Las informaciones que le llegaban del teniente Collet, que seguía en el Château Villette, apuntaban a que la astucia del caballero inglés era tanta que el propio Fache podía aprender algo de él. Para ocultar con éxito los micrófonos en algunos de los despachos mejor protegidos de París, el historiador se había inspirado en el caballo de Troya de los griegos. Algunos de los blancos escogidos por él habían recibido como regalo valiosas obras de arte, mientras que otros habían adquirido en subastas piezas que habían pasado por las manos de Teabing. En el caso de Saunière, el conservador había recibido una invitación a cenar al Château Villette para tratar del posible mecenazgo de Teabing en la creación de un «Ala Leonardo» en el Louvre. La tarjeta incluía una inocente nota al pie en la que Teabing expresaba su fascinación por una especie de caballero-robot que, según se decía, el conservador había construido. «Tráigalo», le había sugerido sir Leigh. Al parecer, eso era precisamente lo que Saunière había hecho, dejándolo sin vigilancia el tiempo suficiente como para que Rémy Legaludec le incorporara un discreto accesorio.

Ahora, en el asiento trasero del taxi, Fache cerró los ojos. «Una última cosa de la que ocuparme antes de volver a París.»

En la sala de recuperación del Hospital St. Mary entraba el sol.

—Nos ha impresionado a todos —decía la enfermera con expresión alegre—. Casi un milagro.

El obispo Aringarosa le dedicó una sonrisa.

—Siempre me he sentido bendecido.

Al cabo de un momento, la enfermera salió y lo dejó solo. La luz del sol, reconfortante, le calentaba el rostro. La noche anterior había sido la más tenebrosa de su vida.

Al momento pensó en Silas. Habían encontrado su cadáver en el parque.

«Por favor, perdóname, hijo mío.»

Aringarosa había querido que Silas formara parte de su glorioso plan. Sin embargo, la víspera, había recibido una llamada de Bezu Fache en la que éste le interrogaba sobre su aparente implicación en la muerte de una monja en Saint-Sulpice. En ese momento constató que la noche había dado un giro terrorífico. El conocimiento de las otras cuatro muertes había convertido el horror en angustia. «Silas, ¿qué has hecho?» Incapaz de ponerse en contacto con El Maestro, el obispo supo que estaba suspendido en el vacío. «Me han utilizado.» La única manera de detener la terrible cadena de acontecimientos que él había contribuido a iniciar era confesárselo todo a Fache. A partir de ese momento, el capitán y él habían iniciado una carrera para atrapar a Silas e impedir que El Maestro lo convenciera para matar a alguien más.

Agotado, Aringarosa cerró los ojos y oyó en la televisión la noticia de la detención de un destacado caballero británico, sir Leigh Teabing. «El Maestro al descubierto, que lo vean todos.» A Teabing le habían llegado voces de que el Vaticano quería apartarse del Opus Dei. Y había escogido a Aringarosa como pieza central de su plan. «Después de todo, ¿quién más dispuesto a dar un salto en el vacío para ir en busca del Grial que un hombre como yo, con todo que perder? El Grial habría proporcionado un enorme poder a quien lo poseyera.»

Leigh Teabing había protegido celosamente su identidad fingiendo un acento francés y un corazón pío, y exigiendo como pago la única cosa que a él no le hacía falta: dinero. Aringarosa estaba tan desesperado que no sospechó en ningún momento. Veinte millones de euros no era nada comparado con el premio del Grial, y con el pago que el Vaticano iba a hacerles por consumar la escisión, económicamente no habría ningún problema. «No hay más ciego que el que no quiere ver.» El mayor insulto de Teabing, claro, había sido exigir que le pagaran con bonos vaticanos, de manera que si algo salía mal, la investigación salpicara a la Santa Sede.

—Me alegro de que se encuentre bien, señor.

Aringarosa reconoció al momento la voz áspera que le hablaba desde la puerta: rasgos adustos, fuertes, pelo negro engominado, cuello ancho que resaltaba sobre el traje oscuro.

—¿Capitán Fache? —tanteó Aringarosa.

La compasión y la preocupación que el capitán había demostrado ante su llamada de auxilio la noche anterior le habían hecho imaginar un físico más en consonancia.

Fache se acercó a la cama y abrió sobre una silla un maletín negro que le resultaba familiar.

—Creo que esto es suyo.

Aringarosa vio los bonos y al momento apartó la vista, lleno de vergüenza.

—Sí, gracias. —Hizo una pausa y pasó los dedos por el borde de la sábana—. Capitán, lo he estado pensando mucho, y tengo que pedirle un favor.

—Por supuesto.

—Las familias parisinas de las personas a las que Silas... —Volvió a quedarse callado y tragó saliva, emocionado—. Me doy cuenta de que no hay ninguna cantidad de dinero que pueda compensar la pérdida, pero si fuera usted tan amable de repartir el contenido de este maletín... entre los familiares de los difuntos.

Los ojos negros de Fache lo escrutaron durante unos instantes.

—Un gesto que le honra, señor. Me encargaré de que sus deseos se cumplan.

Entre ellos se hizo un denso silencio.

En el televisor, un delgado policía francés estaba ofreciendo una rueda de prensa en el exterior de una gran mansión. Al ver quién era, Fache prestó atención a la pantalla.

—Teniente Collet —preguntaba una periodista de la BBC en tono acusador—. Anoche, su superior acusó públicamente de asesinato a dos personas inocentes. ¿Van a emprender Robert Langdon y Sophie Neveu acciones contra su departamento? ¿Le va a costar este asunto el cargo al capitán Fache?

La sonrisa serena del teniente denotaba cansancio.

—Por la experiencia que tengo, el capitán Bezu Fache rara vez comete errores. Todavía no he tenido ocasión de hablar con él sobre el particular, pero conozco su manera de proceder y sospecho que su búsqueda pública de la agente Neveu y del señor Langdon formaba parte de un plan para desenmascarar al verdadero asesino.

Los periodistas intercambiaron miradas de asombro.

Collet prosiguió.

—Desconozco si esas dos personas han participado deliberadamente en el engaño. El capitán Fache es bastante reservado en lo que a sus métodos se refiere. Lo único que puedo confirmarles en este momento es que Fache ha detenido con éxito al responsable, y que el señor Langdon y la agente Neveu son inocentes y están a salvo.

Cuando el capitán se volvió para mirar a Aringarosa, éste tenía una sonrisa dibujada en los labios.

—Es un buen hombre este Collet.

Transcurrieron unos segundos. Finalmente, Fache se llevó la mano a la frente y se echó el pelo hacia atrás.

—Señor, antes de regresar a París, hay un último punto que quisiera tratar con usted. Su repentino cambio de destino y su aterrizaje en Londres. Sobornó al piloto para cambiar de rumbo. Al hacerlo, quebrantó usted varias leyes internacionales.

Aringarosa se desmoronó.

—Estaba desesperado.

—Sí, igual que el piloto cuando lo hemos interrogado.

Fache se metió la mano en el bolsillo y sacó un anillo púrpura de amatista con una mitra engarzada.

El obispo notó que se le humedecían los ojos al cogerlo y ponérselo una vez más.

—Es usted muy amable. —Extendió la mano y estrechó la de Fache—. Gracias.

El capitán le quitó importancia al gesto, se acercó a la ventana y contempló la ciudad. Sus pensamientos, claro, estaban muy lejos de allí. Cuando se dio la vuelta, en su expresión había una sombra de duda.

—Señor, ¿adónde va a ir ahora?

Aringarosa se había hecho exactamente la misma pregunta la noche anterior, al salir de Castel Gandolfo.

—Sospecho que mi camino es tan incierto como el suyo.

—Sí —admitió Fache—. Creo que voy a jubilarme pronto —añadió tras una pausa.

Aringarosa sonrió.

—La fe mueve montañas, capitán. Un poco de fe.

104

La capilla de Rosslyn —llamada con frecuencia la Catedral de los Enigmas— se alza a poco más de diez kilómetros al sur de Edimburgo, en el mismo sitio en el que se había erigido un antiguo templo mitraico. Construida por los Caballeros Templarios en 1446, la capilla está llena de desconcertantes símbolos de las tradiciones hebrea, cristiana, egipcia, masónica y pagana.

Sus coordenadas geográficas se asientan exactamente sobre el meridiano norte-sur que pasa por Glastonbury. Esa «Línea Rosa» longitudinal constituye según la tradición el indicador de la Isla de Avalón del Rey Arturo, y está considerada el pilar básico de la geometría sagrada británica. Es a partir de esa santificada Línea Rosa de donde surge el nombre de «Rosslyn», que originalmente se escribía «Roslin».

Cuando Robert Langdon y Sophie Neveu detuvieron el coche de alquiler en el aparcamiento, a los pies del peñasco sobre el que se levantaba la capilla, sus retorcidas agujas proyectaban ya unas largas sombras vespertinas. El corto trayecto en avión desde Londres hasta Edimburgo había sido tranquilo, aunque ninguno de los dos había podido dormir pensando en lo que les aguardaba. Al contemplar el austero edificio recortado contra el cielo nuboso, Langdon se sintió como Alicia a punto de caerse de cabeza en la madriguera del conejo. «Esto tiene que ser un sueño.» Sin embargo, sabía que el mensaje final de Saunière no podía haber sido más concreto.

Bajo la antigua Roslin el Grial.

Langdon había fantaseado con la posibilidad de que el «mapa del Grial» fuera en realidad un dibujo —un plano con una cruz que marcara el lugar exacto—, pero el último secreto del Priorato se les había revelado de la misma manera que Saunière había escogido para comunicarse con ellos: en verso. Cuatro líneas de una estrofa que señalaban sin duda el lugar donde se encontraban. Además de identificar a Rosslyn mediante el nombre, el poema hacía referencia a varios de los rasgos arquitectónicos más característicos de la capilla.

A pesar de la claridad de la última revelación de Saunière, a Langdon le había confundido más que otra cosa. A él, la capilla de Rosslyn le parecía un escondite demasiado obvio. Durante siglos, ese templo de piedra había resonado con los ecos susurrados de la presencia del Santo Grial. Y en las pasadas décadas, los susurros se habían convertido en gritos, cuando un radar con capacidad de detección subterránea había revelado la existencia de una sorprendente estructura debajo de la capilla, una enorme cámara enterrada. Aquella sala era de unas dimensiones que no sólo empequeñecían el edificio que había en la superficie, sino que además no parecía tener ni entrada ni salida. Los arqueólogos habían solicitado permiso para empezar a excavar en la roca y acceder así a la cámara misteriosa, pero El Patronato para la Preservación de Rosslyn prohibió explícitamente cualquier extracción de tierra en el recinto sagrado. Aquello, claro está, no hacía más que alimentar las especulaciones. ¿Qué intentaba ocultar el Patronato?

Rosslyn se había convertido, en consecuencia, en lugar de peregrinación para los buscadores de misterios. Había quien afirmaba sentirse atraído hasta allí por los fuertes campos magnéticos que emanaban inexplicablemente de aquellas coordenadas; otros aseguraban que venían en busca de alguna entrada a la cámara subterránea en la ladera de la montaña, pero la mayoría admitía que iba simplemente para pasear por el lugar y empaparse de las leyendas del Santo Grial.

Aunque nunca hasta ese momento había estado en la capilla, siempre le había causado hilaridad oír que se referían a ella como «morada actual del Santo Grial». Era posible que en algún momento lo hubiera sido, hacía mucho tiempo... pero sin duda aquello ya no era así. En las pasadas décadas había merecido demasiada atención, y antes o después alguien hubiera encontrado la manera de acceder a la cámara.

Los eruditos del Grial estaban de acuerdo en que se trataba de un señuelo, uno de los callejones sin salida de los que tantas veces el Priorato se había servido con maestría. Sin embargo, aquella noche, la clave de la hermandad les había mostrado un verso que apuntaba directamente en esa dirección, y Langdon ya no estaba tan seguro. Una desconcertante cuestión le había rondado por la cabeza durante todo el día.

«¿Por qué Saunière se ha esforzado tanto para guiarnos hasta un lugar tan evidente?»

Sólo parecía haber una respuesta lógica.

«Hay algo en Rosslyn que aún no comprendemos.»

—¿Robert? —Sophie estaba junto al coche, mirándole—. ¿Vienes?

Llevaba la caja de palisandro que el capitán Fache les había devuelto. Dentro había guardado los dos cilindros tal como los había encontrado. El verso del papiro estaba escondido en su interior, de donde habían extraído el tubo de cristal roto.

Tomaron el camino de gravilla que conducía al templo y pasaron junto al famoso muro oeste. Los visitantes menos conocedores creían que aquel saliente era una parte de la capilla que había quedado sin terminar. Sin embargo, según recordaba Langdon, la verdad era mucho más intrigante.

«El muro oeste del Templo de Salomón.»

Los templarios habían construido la capilla Rosslyn como una réplica arquitectónica exacta del Templo de Salomón en Jerusalén, con su muro oeste, su estrecho santuario rectangular y su cámara subterránea, como una copia del sanctasanctórum en el que los nueve caballeros originales habrían desenterrado su valiosísimo secreto. Langdon debía admitir que existía una desconcertante simetría en la idea de que los templarios hubieran construido un almacén moderno para el Grial que recordara a su escondite original.

La entrada de la capilla era más simple de lo que Langdon había imaginado. La pequeña puerta de madera tenía dos bisagras de hierro y una sencilla señal tallada en un tronco de roble.

ROSLIN

Langdon le explicó a Sophie que aquella transcripción antigua derivaba de la Línea Rosa, del meridiano sobre el que se alzaba el templo. O, como preferían creer los especialistas en el Grial, de la «Línea de la rosa», el linaje ancestral de María Magdalena.

La capilla no iba a tardar en cerrar sus puertas, y cuando Langdon empujó la puerta, del interior se escapó una bocanada de aire tibio, como si el antiguo edificio hubiera suspirado de cansancio a punto de terminar su larga jornada. El arco del portal estaba lleno de rosas de cinco pétalos.

«Rosas. El vientre de la diosa.»

Al entrar con Sophie, Langdon recorrió el espacio con la mirada, abarcándolo todo. Aunque había leído mucho sobre el recargado trabajo escultórico del interior, verlo con sus propios ojos le impresionó mucho.

—El paraíso de la simbología —lo había bautizado uno de sus colegas.

Toda la superficie de la capilla estaba cubierta de símbolos: crucifijos cristianos, estrellas de David, sellos masónicos, cruces templarias, cuernos de la abundancia, señales astrológicas, plantas, vegetales, pentáculos y rosas. Los templarios habían sido reconocidos constructores y habían levantado iglesias por toda Europa, pero Rosslyn estaba considerada su obra más sublime de amor y veneración. Los maestros del trabajo en piedra no habían dejado ni un milímetro sin tallar. La capilla de Rosslyn era un santuario de todas las confesiones... de todas las tradiciones... y, sobre todas las demás cosas, de la naturaleza y de la diosa.

El templo estaba casi vacío, y sólo había un pequeño grupo de visitantes que atendían a las explicaciones de un joven guía que realizaba la última visita de la jornada. Los llevaba en fila india por un itinerario muy conocido, un sendero invisible que unía seis hitos arquitectónicos que se encontraban en el interior del templo. Generaciones de visitantes habían caminado por aquellas líneas rectas que conectaban esos puntos, y con sus pisadas habían llegado a marcar un enorme símbolo en el pavimento.

«La estrella de David —pensó Langdon—. Esto no es ninguna coincidencia.» Conocida también como el sello de Salomón, ese hexagrama había sido en otro tiempo el símbolo de los sacerdotes astrónomos y fue adoptado posteriormente por los reyes israelitas David y Salomón.

El guía los había visto pero, a pesar de ser casi la hora de cerrar, con una cálida sonrisa los había invitado a entrar y a admirar el templo.

Langdon se lo agradeció con una inclinación de cabeza y se adentró en la nave. Pero Sophie se quedó clavada en la entrada, con expresión de desconcierto.

—¿Qué te pasa? —le preguntó Langdon.

Sophie miraba fijamente la capilla.

—Creo... Creo que ya he estado aquí.

—Pero si has dicho que ni siquiera habías oído hablar de Rosslyn.

—Es que no me sonaba el nombre. Seguramente mi abuelo me trajo aquí de muy pequeña. No lo sé. Me resulta familiar. —Empezó a recorrerla con la mirada, y su certeza fue creciendo—. Sí. —Señaló al frente—. Esos dos pilares... los he visto antes.

Langdon se fijó en las dos columnas ricamente esculpidas que había al fondo. Sus blancos relieves parecían arder con el resplandor rojizo de los últimos rayos de sol, que entraban por la vidriera que quedaba a poniente. Erigidos donde debería haber estado el altar, aquellos dos pilares eran distintos. El de la izquierda presentaba unas simples estrías verticales, mientras que el de la derecha estaba profusamente decorado con florituras que se elevaban en espiral.

Sophie había empezado a acercarse a ellos, seguida de cerca por Langdon. Al llegar a la base, empezó a mover la cabeza en señal de asentimiento, incrédula.

—Sí, estoy totalmente segura. Estas columnas ya las he visto.

—No lo dudo —la tranquilizó Langdon—, pero no tiene por qué haber sido aquí.

—¿Qué insinúas? —le preguntó.

—Que estos dos pilares son las estructuras arquitectónicas más copiadas de la historia. Hay réplicas por todo el mundo.

—¿Réplicas de Rosslyn? —Sophie parecía escéptica.

—No. De los pilares. ¿Te acuerdas de que antes te he dicho que esta capilla es una copia del Templo de Salomón? Pues estas dos columnas son réplicas exactas de las que había en su interior. Ésta se llama *Boaz* o pilar del Albañil, que como sabes en francés significa *maçon*, es decir, masón; y esta otra es la *Jachin*, el pilar del Aprendiz. —Hizo una pausa—. En realidad, prácticamente todos los templos masónicos del mundo tienen dos pilares como estos.

Langdon ya le había hablado de los fuertes vínculos históricos entre los templarios y las sociedades masónicas secretas, cuyos grados básicos —aprendiz, compañero y maestro— hundían sus raíces en los primeros tiempos de la Orden del Temple. El verso final del poema de su abuelo hacía referencia directa a los maestros canteros que habían decorado la capilla con sus ofrendas esculpidas, así como al techo central, que estaba cubierto de tablas de madera que representaban las estrellas y los planetas.

—Yo nunca he estado en ningún templo masónico —dijo Sophie sin apartar la vista de los pilares—. Estoy casi segura de que los que vi eran éstos. —Se dio media vuelta, como en busca de algo más que activara su memoria.

Los demás visitantes ya estaban saliendo del templo, y el joven guía se acercó a ellos sonriendo. Era un joven atractivo de algo menos de treinta años, pelirrojo y con acento escocés.

—Estamos a punto de cerrar. ¿Puedo ayudarles a encontrar algo?

«Pues sí, el Santo Grial, por ejemplo», estuvo tentado de decir Langdon.

—El mensaje —soltó Sophie de repente, como si hubiera tenido una revelación—. ¡Aquí hay un mensaje cifrado!

El guía parecía complacido ante aquella muestra de entusiasmo.

—Así es, señora.

—Está en el techo —prosiguió Sophie volviéndose hacia la pared de la derecha—. Más o menos por allí.

El guía esbozó una sonrisa.

—Se nota que no es la primera vez que viene a Rosslyn.

«El mensaje cifrado», penso Langdon. Se había olvidado de aquella leyenda. Entre los muchos misterios de la capilla destacaba el de un arco apuntado del que partían cientos de bloques de piedra, que descendían para formar una curiosa superficie poliédrica. En cada bloque había cincelado un símbolo, aparentemente con una disposición aleatoria, lo que convertía la estructura en un acertijo de proporciones inabarcables. Había quien afirmaba que el código revelaba la entrada a la cámara subterránea, mientras que otros creían que explicaba la verdadera leyenda del Grial. No importaba; los criptógrafos llevaban siglos intentando resolverlo sin éxito. El Patronato ofrecía una generosa recompensa a quien descifrara su significado secreto, pero aquel enigma seguía siendo un misterio.

—Me encantará enseñarles...

El guía se había puesto en marcha y seguía hablando.

«Mi primer acertijo», pensó Sophie mientras avanzaba sola, como en trance, hacia aquella críptica arcada. Le había dado la caja de palisandro a Robert y notaba que, por un momento, se estaba olvidando por completo del Santo Grial, del Priorato de Sión y de todos los misterios del último día de su vida. Al llegar bajo aquel techo atravesado de nervaduras y ver los símbolos sobre ella, los recuerdos empezaron a aflorar solos. Rememoró su primera visita a la capilla y, al hacerlo, curiosamente, se puso muy triste.

Era pequeña... haría un año de la muerte de su familia. Su abuelo la había traído a Escocia de vacaciones. Habían ido a visitar la capilla de Rosslyn antes de regresar a París. Era tarde, y el santuario estaba cerrado. Pero ellos estaban dentro.

—¿Nos vamos a casa, *grand-père*? —le había suplicado Sophie, que estaba cansada.

—Pronto, querida, muy pronto. —En su voz había melancolía—. Tengo que hacer una cosa más. ¿Por qué no me esperas en el coche?

—¿Tienes que hacer otra de esas cosas de mayores?

Su abuelo asintió.

—Termino enseguida. Te lo prometo.

—¿Puedo volver a ver el enigma del techo? Es divertido.

—No sé. Yo tengo que salir un momento. ¿No te dará miedo quedarte aquí sola?

—¡Claro que no! —exclamó indignada—. ¡Pero si ni siquiera está oscuro!

Su abuelo sonrió.

—Bueno, de acuerdo entonces.

La llevó hasta la base del arco que le había mostrado antes.

Al momento, Sophie se tendió boca arriba en el suelo y se puso a mirar aquel mosaico de piedras que tenía encima.

—¡Pienso encontrar la clave antes de que vuelvas!

—Ah, así que estamos de competición... —Se agachó y le dio un beso en la frente antes de salir por una puerta lateral—. Estoy aquí fuera. Si me necesitas, llámame.

Sophie se quedó ahí tumbada, observando aquellos símbolos con ojos soñolientos. Al cabo de unos minutos, los símbolos se le hicieron borrosos, hasta que desaparecieron por completo.

Al despertarse, sintió que el suelo estaba muy frío.

—*Grand-père*?

Silencio. Se levantó y se alisó el vestido. La puerta lateral seguía abierta. Se estaba haciendo de noche. Salió fuera y vio a su abuelo de pie, en el porche de una casa de piedra que quedaba justo detrás de la capilla. Estaba hablando tranquilamente con alguien apenas visible apostado tras la mosquitera de la puerta.

—*Grand-père*? —gritó.

Su abuelo se volvió, la saludó y le hizo un gesto para que esperara. Entonces se despidió de la persona que estaba en la casa, le lanzó un beso a través de la mosquitera y se fue hacia ella con los ojos llorosos.

—¿Por qué estás llorando, *grand-père*?

La cogió en brazos y le dio un abrazo.

—Oh, Sophie, este año nos hemos despedido de muchas personas. Y es duro.

Sophie pensó en el accidente, en el adiós a sus padres, a su abuela y a su hermano.

—¿Le estabas diciendo adiós a alguien más?

—A una muy buena amiga a la que quiero mucho —respondió emocionado—. Me temo que no volveré a verla en mucho tiempo.

Ahí, junto al guía, Langdon había estado recorriendo con la mirada las paredes de la capilla, con la sensación creciente de que podían estar a punto de llegar a un callejón sin salida. Sophie se había acercado hasta el arco de los símbolos y lo había dejado a él con la caja de palisandro que contenía las últimas instrucciones, instrucciones que parecían no servir para nada. Aunque el poema de Saunière apuntaba directamente a la capilla, ahora que estaban allí, Langdon no sabía qué era lo que debían hacer. El poema hacía referencia a una espada y un cáliz que no veía por ninguna parte.

> Bajo la antigua Roslin el Grial
> con impaciencia espera tu llegada.
> Custodios y guardianes de sus puertas
> serán por siempre el cáliz y la espada.

Una vez más, Langdon tenía la sensación de que todavía quedaba algún aspecto del misterio que no les había sido revelado.

—Odio ser entrometido —comentó el guía con la mirada fija en la caja de palisandro—. Pero este estuche... ¿puedo preguntarle de dónde lo ha sacado?

Langdon soltó una carcajada.

—Es una historia muy larga.

El joven seguía extrañado y no dejaba de mirarla.

—Es muy curioso. Mi abuela tiene una caja exactamente igual que ésta, un joyero. Es de la misma madera de palisandro, y hasta las bisagras parecen idénticas.

Langdon estaba seguro de que aquel joven estaba confundido. Si había alguna caja en el mundo que fuera única e irrepetible, era aquella, hecha expresamente para guardar la clave del Priorato. Tal vez fueran parecidas, pero...

La puerta lateral se cerró de golpe, y los dos se giraron en su dirección. Sophie acababa de salir por ella sin decir nada y ya estaba caminando hacia la casa que quedaba más cerca.

«¿Dónde irá?», pensó Langdon mirándola desde el umbral. Desde que habían llegado a la capilla, había estado actuando de manera extraña.

—¿Sabe qué hay en esa casa? —le preguntó al guía.

Éste asintió, desconcertado también al ver a Sophie dirigirse hacia allí.

—Es la rectoría. La mayordoma de la capilla, que además es la presidenta del Patronato, vive ahí. —Hizo una pausa—. Es mi abuela.

—¿Su abuela preside el Patronato de Rosslyn?

—Sí. Yo vivo con ella y le ayudo a cuidarla, además de organizar las visitas guiadas. —Se encogió de hombros—. He vivido aquí toda mi vida. Mi abuela me ha criado en esa casa.

Preocupado por Sophie, Langdon dio unos pasos para ir en su busca. Pero al momento le llamó la atención algo que el guía acababa de decirle.

«Mi abuela me ha criado.»

Miró a Sophie, que estaba en la otra punta del peñasco, y a la caja de palisandro que tenía en la mano. «Imposible.» Despacio, se volvió hacia el joven.

—¿Y dice que su abuela tiene una caja como ésta?

—Casi idéntica.

—¿De dónde la sacó?

—Se la hizo mi abuelo. Murió al poco de nacer yo, pero mi abuela aún habla de él. Dice que era un genio para los trabajos manuales. Fabricaba todo tipo de cosas.

Langdon vislumbró una inimaginable red de conexiones que empezaban a salir a la superficie.

—Y dice que su abuela le crió. Perdone la pregunta personal, pero, ¿y sus padres?

—Murieron cuando era pequeño —respondió algo sorprendido—. El mismo día que mi abuelo.

A Langdon el corazón le latía cada vez más deprisa.

—¿En un accidente de coche?

El guía dio un paso atrás, con el desconcierto escrito en sus ojos verdes.

—Sí, en un accidente de coche. Murió toda mi familia. Perdí a mi abuelo, a mis padres y... —Vaciló y bajó la vista.

—Y a su hermana.

Allí, junto al borde del risco, la casa de piedra era exactamente como Sophie la recordaba. Estaba anocheciendo y sus paredes desprendían un aura acogedora, cálida. El olor a pan recién hecho se colaba por la mosquitera que cubría la puerta, y de las ventanas salía una luz dorada. Al acercarse, Sophie oyó el llanto acallado de una mujer.

A través de la mosquitera, vio a una señora en el vestíbulo. Estaba de espaldas, pero se notaba que estaba llorando. Tenía el pelo blanco, largo, abundante... y de pronto le suscitó un recuerdo. Se acercó más a la puerta y empezó a subir los peldaños del porche. Aquella mujer sostenía la fotografía enmarcada de un hombre y le pasaba las yemas de los dedos por la cara con cariño y tristeza.

Era una cara que Sophie conocía muy bien.

«*Grand-père.*»

No había duda de que aquella mujer se había enterado de la triste noticia de su muerte.

Uno de los tablones de la escalera crujió y la señora se dio la vuelta. Al sentirse descubierta, Sophie quiso salir corriendo, pero algo se lo impedía, y siguió allí, clavada en el suelo. La mujer no le quitaba la mirada de encima. Dejó la foto y se acercó más a la mosquitera. Aquella mirada entre las dos pareció durar una eternidad. Y entonces, con el impulso de una ola que empieza a formarse mar adentro, la expresión de la mujer fue pasando de la incertidumbre a la incredulidad, de la incredulidad a la esperanza, y de la esperanza a una inmensa alegría.

Abrió la mosquitera de par en par, salió, alargó los brazos y le acarició la cara. Sophie estaba anonadada.

—Querida... querida niña... ¡pero si eres tú!

Aunque Sophie no la reconocía, sabía quién era. Intentó decir algo, pero no podía casi ni respirar.

—Sophie —dijo la señora entre sollozos, besándole la frente.

—Pero si *grand-père* dijo que estabas... —balbuceó en un susurro.

—Ya lo sé. —La mujer le apoyó las manos sobre los hombros y la miró con unos ojos que le resultaban familiares—. Tu abuelo y yo nos vimos obligados a decir tantas cosas. Hicimos lo que nos pareció más correcto. Lo siento tanto. Fue por tu propia seguridad, princesa.

Sophie oyó aquella última palabra y al momento pensó en su abuelo, que le había llamado de aquel modo durante tantos años. Su voz parecía resonar como un eco en las antiguas piedras de Rosslyn, atravesar la tierra y reverberar en los desconocidos resquicios que había más abajo.

La mujer la rodeó con sus brazos sin dejar de llorar.

—Tu abuelo se moría de ganas de contártelo todo. Pero las cosas se pusieron difíciles entre vosotros dos. Lo intentó con todas sus fuerzas. ¡Ah! Tengo tantas cosas que contarte. —La besó una vez más en la frente y le susurró al oído.

—Ni un secreto más, princesa. Ya es hora de que sepas la verdad sobre tu familia.

Sophie y su abuela estaban sentadas en los escalones del porche, abrazadas, llorando, cuando el guía apareció en el jardín con la mirada llena de esperanza e incredulidad.

—¿Sophie?

A través de sus lágrimas, asintió y se puso de pie. No reconocía el rostro de aquel joven, pero al abrazarlo notó que la fuerza de la sangre le corría por las venas... una sangre que ahora sabía que compartían.

♦ ♦ ♦

Cuando Langdon apareció y se unió a ellos, Sophie pensó que hacía apenas veinticuatro horas se había sentido tan sola en el mundo; y que ahora, sin saber muy bien cómo, en un país extranjero y en compañía de tres personas a las que apenas conocía, sabía que por fin había llegado a casa.

105

La noche ya había caído sobre Rosslyn.

Robert Langdon estaba solo en el porche de la casa, complacido con las risas y las conversaciones que le llegaban desde el otro lado de la mosquitera. El café brasileño bien cargado que se estaba tomando le ayudaba a superar el creciente cansancio, aunque se temía que el efecto no iba a durarle mucho, porque sentía que su cuerpo estaba llegando al límite de la extenuación.

—Ha salido discretamente —le dijo una voz a sus espaldas.

Se volvió y vio a la abuela de Sophie. El pelo canoso le brillaba en la noche. Su nombre, durante los últimos veintiocho años, había sido Marie Chauvel.

Langdon le sonrió, cansado.

—Me ha parecido que la familia tenía que estar un rato a solas.

Por la ventana veía a Sophie charlando con su hermano.

Marie se puso a su lado.

—Señor Langdon, cuando he oído por primera vez la noticia del asesinato de Jacques, he temido por la integridad física de Sophie. Al verla frente a mi casa esta tarde, he sentido el mayor alivio de mi vida. Nunca le estaré lo bastante agradecida.

Langdon no sabía muy bien qué decirle. Aunque les había ofrecido a ella y a Sophie un tiempo para hablar en privado, Marie le había pedido que se quedara con ellas y escuchara la conversación. «Está claro que mi marido confiaba en usted, señor Langdon, así que yo también haré lo mismo.»

Así, había escuchado mudo de asombro la historia de los difuntos padres de Sophie. Por más increíble que pareciera, los dos provenían de familias merovingias, descendientes directos de María Magdalena y Jesucristo. Sus padres y antepasados, para protegerlos, se habían cambiado los apellidos, Plantard y Saint-Clair. Sus hijos representaban los supervivientes directos del linaje real y, por tanto, habían sido custodiados con celo por el Priorato. Cuando los padres de Sophie murieron en un accidente de coche por causas no aclaradas, el Priorato temió que se hubiera descubierto la verdadera identidad de su linaje.

—Tu abuelo y yo —prosiguió con la voz quebrada por el dolor—, tuvimos que tomar una decisión muy difícil en el momento en que recibimos aquella llamada telefónica. Acababan de encontrar el coche de tu padre en el fondo de un río. —Se secó las lágrimas—. Se suponía que los seis —incluidos vosotros, nuestros nietos— íbamos en aquel coche aquella noche. Por suerte cambiamos de planes en el último momento y tus padres iban solos. Al enterarnos del accidente, tu abuelo y yo no encontramos la manera de saber qué había pasado en realidad... ni si se trataba de un verdadero accidente. —Marie miró a su nieta—. Sabíamos que debíamos protegeros, e hicimos lo que nos pareció mejor para vosotros. Jacques informó a la policía de que tanto tu hermano como yo íbamos en el coche... y que, al parecer, nuestros cuerpos habían sido arrastrados por la corriente. En realidad, tu hermano y yo pasamos a llevar una vida anónima ayudados por el Priorato. Pero Jacques era demasiado conocido como para desaparecer así como así. Parecía lógico que tú, Sophie, al ser la mayor, te quedaras en París para que Jacques te instruyera y te educara, cerca del Priorato y de su protección. —Bajó la voz hasta convertirla en un susurro—. Separar a la familia ha sido lo más difícil que he tenido que hacer en mi vida. Jacques y yo nos hemos visto muy pocas veces, y siempre en los lugares más secretos. Hay ciertas ceremonias a las que la hermandad siempre se ha mantenido fiel.

Langdon tenía la sensación de que aquella historia todavía tenía muchos puntos por aclarar, pero se daba cuenta de que no le correspondía a él oírlos. Por eso había salido al porche. Ahora, mientras contemplaba las agujas de Rosslyn, no lograba librarse de la insistente llamada del misterio que quedaba sin resolver. «¿Está el Grial realmente en Rosslyn? Y, si es así, dónde están el cáliz y la espada que Saunière menciona en su poema?»

—Démelo, si quiere —dijo Marie señalando la mano de Langdon.

—Oh, gracias —le respondió alargándole el tazón.

—Me refería a su otra mano —replicó ella mirándole a los ojos.

Langdon bajó la vista y se dio cuenta de que tenía el papiro de Saunière. Había vuelto a sacarlo del criptex con la esperanza de descubrir algo que antes se le hubiera pasado por alto.

—Ah, sí, claro. Disculpe.

Marie lo miró divertida mientras se lo cogía.

—Conozco a un hombre en un banco de París que tendrá mucho interés en volver a ver esta caja de palisandro. André Vernet era un amigo muy querido de Jacques, y mi esposo confiaba ciegamente en él. Habría hecho cualquier cosa por cumplir la promesa que le hizo de cuidar de esta caja.

«Hasta pegarme un tiro», pensó Langdon, que optó por no contarle que seguramente le había roto la nariz a ese hombre.

Al pensar en París, le vinieron a la mente los tres *sénéchaux* que habían sido asesinados la noche anterior.

—¿Y el Priorato? ¿Qué pasa ahora con él?

—Los engranajes ya se han puesto en movimiento, señor Langdon. La hermandad ha resistido durante siglos, y esto también lo superará. Siempre hay gente dispuesta a ascender y a reconstruir lo destruido.

Durante toda la noche, Langdon no dejó de sospechar que la abuela de Sophie estaba muy vinculada a las operaciones del Priorato. Después de todo, éste siempre había contado con miembros de sexo femenino. Cuatro Grandes Maestres habían sido mujeres. Los *sénéchaux* habían sido tradicionalmente hombres —los guardianes—, pero sin embargo, las mujeres gozaban de un estatus superior y podían ascender al puesto más alto desde casi cualquier rango.

Langdon pensó en Leigh Teabing y en la abadía de Westminster. Parecía que hubieran pasado siglos.

—¿La Iglesia ha presionado a su esposo para que no diera a co-nocer los documentos del Sangreal después del «Fin de los Días»?

—No, por Dios. El «Fin de los Días» es una leyenda de mentes paranoicas. No hay nada en la doctrina del Priorato que mencione expresamente una fecha para desvelar el Grial. Es más, el Priorato siempre ha sostenido que el Grial no debería desvelarse nunca.

—¿Nunca? —Langdon estaba anonadado.

—Es el misterio y la curiosidad lo que mueve a nuestras almas, y no el Grial en sí mismo. Su belleza está en lo etéreo de su naturaleza. —Marie Chauvel alzó la vista y la clavó en la capilla de Rosslyn—. Para algunos, el Grial es un cáliz que les concederá la vida eter-na. Para otros, es la búsqueda de los documentos perdidos y de la his-toria secreta. Para la mayoría, sospecho que se trata sólo de una gran idea... un tesoro glorioso e inalcanzable que, en cierta manera, inclu-so en nuestro caótico mundo de hoy, nos inspira.

—Pero si los documentos del Sangreal permanecen ocultos, la historia de María Magdalena se perderá para siempre —dijo Langdon.

—¿Seguro? Mire a su alrededor. Su historia está presente en el arte, en la música y en los libros. Cada día más. El péndulo está en movimiento. Estamos empezando a captar los peligros de nuestra his-toria... y de nuestros caminos de destrucción. Estamos empezando a intuir la necesidad de restaurar los aspectos femeninos de la divini-dad. —Hizo una pausa—. Ha dicho que está escribiendo un ensayo sobre los símbolos de la divinidad femenina, ¿no?

—Sí.

Sonrió.

—Termínelo, señor Langdon. Cántele su canción. El mundo está necesitado de trovadores modernos.

Se quedó en silencio, sopesando el mensaje que acababa de reci-bir. Por encima de los campos y la línea de los árboles, la luna llena se estaba elevando.

Miró el perfil de la capilla y sintió un deseo infantil de conocer sus secretos.

«No preguntes —se dijo—, éste no es el momento.» Miró un instante el papiro que Marie tenía en la mano y volvió a posar la mi-rada sobre Rosslyn.

—Hágame la pregunta, señor Langdon —le invitó Marie con expresión divertida—. Esta noche se ha ganado a pulso el derecho a preguntar lo que quiera.

Langdon notó que se estaba ruborizando.

—Quiere saber si el Grial está aquí, en Rosslyn.

—¿Lo sabe usted?

Marie fingió desesperarse y suspiró ruidosamente.

—¿Por qué será que los hombres no son capaces de dejar en paz el Grial? —Se rió—. ¿Qué le hace pensar que está aquí?

Langdon le señaló el papiro.

—El poema de su esposo menciona específicamente Rosslyn, aunque también habla de la espada y del cáliz que custodian el Grial. No he visto ningún símbolo de cálices ni de espadas en el templo.

—¿De cálices y de espadas? —preguntó Marie—. ¿Y cómo son exactamente esos símbolos?

Langdon tenía la sensación de que Marie se estaba divirtiendo un poco a su costa, pero le siguió el juego y se los describió.

Por el rostro de Marie pasó un vago recuerdo.

—Ah, sí, claro. La espada representa todo lo masculino. Creo que se dibuja así, ¿no? —Con el dedo índice en la palma de la otra mano, trazó una forma.

—Sí —dijo Langdon. Marie había dibujado la forma «cerrada» de la espada. Langdon había visto el símbolo representado de las dos maneras.

—Y el triángulo inverso —prosiguió ella dibujándoselo en la palma de la mano— es el cáliz, que representa lo femenino.

—Correcto.

—¿Y dice que entre los cientos de símbolos que tenemos aquí, en la capilla de Rosslyn, esas dos formas no aparecen en ninguna parte?

—Yo no las he visto.

—Si se las enseño yo, ¿me promete que se irá a la cama a descansar?

Antes de darle tiempo a responder, Marie Chauvel ya estaba
avanzando en dirección a la capilla. Langdon fue tras ella, intentando
seguirle el paso. Al llegar al templo, la abuela de Sophie encendió la
luz y le señaló el centro del suelo.

Ahí los tiene, señor Langdon, la espada y el cáliz.

Langdon contempló la piedra desgastada. No había nada.

—Pero si no hay nada...

Marie suspiró y empezó a recorrer el famoso camino marcado
como un surco sobre el pavimento, el mismo que Langdon había visto recorrer hacía un rato a los visitantes. Sus ojos se iban adaptando a
la luz, pero él seguía sintiéndose perdido.

—Pero si eso es la estrella de Dav...

Se detuvo en seco, mudo de asombro al darse cuenta.

«La espada y el cáliz.»

«Fundidos en uno.»

«La estrella de David... la unión perfecta entre hombre y mujer...
el sello de Salomón... que marca el sanctasanctórum, donde se creía
que moraban las deidades masculinas y femeninas, Yahweh y Shekinah.

Langdon tardó un minuto en recuperar el habla.

—El verso apunta aquí, a Rosslyn. Completamente. Perfectamente.

Marie sonrió.

—Aparentemente.

Lo que aquello implicaba le dejó helado.

—Así que el Santo Grial se encuentra en la cámara que está bajo
nuestros pies.

Marie se rió.

—Sólo en espíritu. Una de las misiones más antiguas del Priorato era la de devolver algún día el Grial a su tierra, a Francia, para que
pudiera reposar por el resto de la eternidad. Durante siglos lo habían

ocultado en el campo para mantenerlo a salvo. Cuando llegó al cargo de Gran Maestre, uno de los empeños de Jacques Saunière había sido restituirle el honor perdido devolviéndolo a Francia y construyéndole un lugar de reposo digno de una reina.

—¿Y lo consiguió?

Marie se puso muy seria.

—Señor Langdon, teniendo en cuenta lo que ha hecho por mí esta noche, y en calidad de conservadora del Patronato de Rosslyn, puedo decirle que, con toda seguridad, el Grial ya no se encuentra aquí.

Langdon decidió insistir.

—Pero se supone que la clave informa sobre el paradero actual del Grial. ¿Por qué habla sobre Rosslyn entonces?

—Tal vez no esté interpretando bien su significado. No olvide que el Grial puede ser engañoso. Igual que mi difunto marido.

—Pero es que no podría estar más claro. Estamos sobre una cámara subterránea marcada con una espada y un cáliz, bajo un cielo de estrellas, rodeados del arte de los Maestros Constructores. Todo habla de Rosslyn.

—Muy bien, déjeme ver ese misterioso poema. —Desenrolló el papiro y declamó los versos en voz alta.

> Bajo la antigua Roslin el Grial
> con impaciencia espera tu llegada.
> Custodios y guardianes de sus puertas
> serán por siempre el cáliz y la espada.
> Adornada por artes de maestros,
> ella reposa al fin en su morada
> y el manto que la cubre en su descanso
> no es otro que la bóveda estrellada.

Al terminar, se quedó inmóvil unos segundos, hasta que cayó en la cuenta de algo y sonrió.

—Ajá, Jacques.

Langdon la miraba, expectante.

—¿Entiende lo que dice?

—Como ha visto usted mismo en el suelo de la capilla, hay muchas maneras de ver las cosas más simples.

Langdon se esforzaba por comprender. En Saunière todo parecía tener dobles sentidos, pero Langdon no se veía capaz de ver más allá.

Marie bostezó, agotada.

—Señor Langdon, le haré una confesión. A mí, oficialmente, nunca se me ha hecho partícipe del paradero del Grial, pero claro, estaba casada con una persona de enorme influencia... y mi intuición femenina es buena. —Langdon quiso intervenir, pero ella siguió hablando—. Siento que, después de lo duro que ha trabajado, tenga que irse de Rosslyn sin verdaderas respuestas. Pero aun así, algo me dice que finalmente encontrará lo que busca. Algún día lo entenderá. —Sonrió—. Y cuando lo haga, espero que usted, más que nadie, sepa guardar un secreto.

Oyeron que alguien llegaba a la puerta.

—Habéis desaparecido los dos —dijo Sophie al entrar.

—Yo ya me iba —respondió su abuela acercándose a la entrada—. Buenas noches, princesa. —Le besó la frente—. No entretengas mucho al señor Langdon. Déjalo descansar.

La vieron alejarse en dirección a la casa. Cuando Sophie se volvió, tenía los ojos húmedos de la emoción.

—No es exactamente éste el final que esperaba.

«Ya somos dos», pensó Langdon. Notaba que su compañera de viaje estaba algo desbordada. Las noticias que había recibido esa noche le habían cambiado la vida.

—¿Estás bien? Son muchas cosas de golpe.

Sophie sonrió tranquilamente.

—Tengo familia. Y eso es lo que me importa de momento. Luego ya veré quiénes somos y de dónde venimos.

Langdon no dijo nada.

—¿Te quedarás con nosotros? —le preguntó Sophie—. Al menos unos días.

Langdon suspiró, porque nada le apetecía más.

—Creo que necesitas estar aquí un tiempo con tu familia. Yo me vuelvo a París por la mañana.

Sophie parecía decepcionada, pero sabía que era mejor así. Se quedaron en silencio un largo rato. Finalmente, ella le cogió de la mano y salieron juntos de la capilla. Se acercaron a un saliente de la montaña. Desde allí, el paisaje escocés se extendía ante ellos, bañado por la pálida luz de la luna que jugaba a esconderse entre las nubes. Se quedaron un rato en silencio, cogidos de la mano, luchando contra el cansancio que les vencía.

Estaban empezando a salir las estrellas, pero al oeste se veía un punto de luz más brillante que los demás. Langdon sonrió al verlo. Era Venus. La antigua diosa que brillaba paciente, sin parpadear.

Estaba refrescando y desde los campos subía una brisa helada. Después de un rato, Langdon miró a Sophie, que tenía los ojos cerrados y esbozaba una sonrisa serena. Notaba que sus propios párpados le pesaban cada vez más. A regañadientes, le apretó la mano.

—¿Sophie?

Despacio, ella abrió los ojos y lo miró. Estaba hermosa, iluminada por la luz de la luna. Le sonrió con cara de sueño.

—Hola.

Langdon sintió una tristeza inesperada al darse cuenta de que iba a volver a París sin ella.

—Tal vez ya no esté aquí cuando te despiertes. —Hizo una pausa y notó que se le formaba un nudo en la garganta—. Lo siento, no se me dan muy bien las...

Sophie se le acercó, le puso la mano en la mejilla y se la besó.

—¿Cuándo volveremos a vernos?

Langdon retrocedió un momento, clavándole la mirada.

—¿Cuándo? —Hizo una pausa. ¿Acaso sabía ella las veces que él se había hecho la misma pregunta?—. Bueno, pues precisamente dentro de un mes voy a dar una charla en Florencia. Y estaré allí una semana sin mucho que hacer.

—¿Es eso una invitación?

—Pasaríamos siete días rodeados de lujos. Tengo habitación en el Brunelleschi.

Sophie sonrió, y dijo en tono de broma.

—Presume usted mucho, señor Langdon.

Se dio cuenta de lo arrogantes que habían sonado sus palabras.

—No, lo que quería...

—Nada me gustaría más que estar contigo en Florencia, Robert. Pero pongo una condición. —Su tono volvió a hacerse serio—. Nada de museos, ni de iglesias, ni de tumbas, ni de arte, ni de reliquias.

—¿En Florencia? ¿Una semana? Pero si no hay nada más que hacer.

Sophie se apretó contra él y volvió a besarlo, esta vez en los labios. Su acercamiento fue tímido al principio, más decidido luego. Al separarse, ella tenía la mirada llena de esperanza.

—Muy bien —balbuceó Langdon—. Entonces tenemos una cita.

Epílogo

Robert Langdon se despertó sobresaltado. Había estado soñando. El albornoz que tenía a los pies de la cama tenía el monograma del Hotel Ritz de París. A través de las persianas se filtraba una luz muy tenue. «¿Anochece o amanece?»

Se sentía muy cómodo, arropado plácidamente en la cama. Llevaba casi dos días durmiendo ininterrumpidamente. Se incorporó despacio y cayó en la cuenta de qué le había despertado.... una idea de lo más absurda. Llevaba días intentando ordenar aquella montaña de datos, pero de pronto se le había ocurrido algo en lo que no había pensado hasta ese momento.

«¿Podría ser?»

Permaneció un momento inmóvil.

Abandonó la cama, se metió en la ducha de mármol y dejó que el poderoso chorro de agua le masajeara los hombros. Aquella idea seguía fascinándole.

«Imposible.»

Veinte minutos después, salió del Hotel Ritz a la Place Vendôme. Estaba anocheciendo. Los días de sueño lo habían dejado desorientado... y sin embargo, tenía la mente curiosamente lúcida. Se había prometido a sí mismo que haría una pausa en el vestíbulo para tomarse un café con leche, a ver si se le aclaraban las ideas, pero sus piernas lo habían llevado directamente a la puerta, y ahora estaba en la calle, ante la inminente llegada de la noche parisina.

Enfiló la Rue des Petits Champs con creciente excitación. Dobló por la Rue Richelieu, donde el aire se hizo más dulce con el aroma del jazmín en flor que salía de los jardines del Palais Royal.

Siguió andando hacia el sur hasta que vio lo que estaba buscando, el famoso arco real, una gran extensión de mármol negro pulido. Se acercó más y escrutó la superficie que quedaba a sus pies. En cuestión de segundos, encontró lo que sabía que estaba ahí, varios medallones de bronce engastados en el suelo, formando una perfecta línea recta. Cada disco tenía un diámetro de cinco pulgadas y grabadas las letras N y S.

«Norte. Sur.»

Se giró hacia el sur y con la mirada siguió el rastro trazado por los medallones. Fue avanzando por ese camino, sin apartar la vista del suelo. Al llegar a la esquina de la Comédie-Française, pasó por encima de otro medallón de bronce.

«¡Sí!»

Langdon había descubierto hacía años que las calles de París estaban adornadas con 135 señales como esas, encajadas en las aceras, patios y calles, siguiendo un eje norte-sur que atravesaba la ciudad. En una ocasión había seguido la línea que le llevó desde el Sacré Coeur hasta el antiguo Observatorio de París, cruzando el Sena. Ahí había descubierto la importancia del sagrado camino que trazaban.

El primer meridiano de la tierra.

La primera longitud cero del mundo.

La antigua Línea Rosa de París.

Ahora, avanzando a toda prisa por la Rue de Rivoli, Langdon sentía que su destino estaba cerca. A menos de una travesía.

> Bajo la antigua Roslin el Grial
> con impaciencia espera tu llegada.

Las revelaciones parecían sucederse las unas a las otras. La manera antigua de escribir Rosslyn... la espada y el cáliz... la tumba adornada por artes de maestros.

«¿Era por eso por lo que Saunière tenía que hablar conmigo? ¿Había adivinado yo la verdad sin saberlo?»

Empezó a correr, sintiendo que la Línea Rosa bajo sus pies le guiaba, le empujaba hacia su destino. Al entrar en el largo túnel del Passage Richelieu, el vello de la nuca empezó a erizársele de la emoción anticipada. Sabía que al final de ese túnel se encontraba el monumento más misterioso de París, concebido y encargado en la década de 1980 por La Esfinge en persona, François Mitterrand, un hombre del que se rumoreaba que se movía en círculos secretos, un hombre cuyo legado final a París había sido un lugar que Langdon había visitado hacía sólo unos días.

«En otra vida.»

Con un esfuerzo final, Langdon salió del pasaje, llegó a una explanada que le resultaba familiar y se detuvo. Sin aliento, levantó la vista muy despacio, con cautela, intentando abarcar la brillante estructura que tenía delante.

«La Pirámide del Louvre.»

Iluminada en la oscuridad.

La admiró sólo un instante. Estaba más interesado en lo que le quedaba a la derecha. Se volvió y notó que una vez más los pies se le movían solos por el camino invisible de la antigua Línea Rosa y lo llevaban hacia el Carrousel du Louvre —el enorme círculo de césped rodeado en su perímetro por unos setos bien cortados—, en otro tiempo escenario de primitivas fiestas de culto a la naturaleza... alegres ritos de celebración de la fertilidad y de la diosa.

Al meterse entre los setos y acceder a la zona de césped, Langdon se sintió como si estuviera entrando en otro mundo. Aquel suelo horadado estaba rematado en la actualidad por uno de los monumentos más atípicos de la ciudad. En el centro, hundiéndose en la tierra como un abismo de cristal, se encontraba la pirámide invertida que había visto hacía unos días al entrar en el la zona subterránea del Louvre.

«*La Pyramide Inversée.*»

Tembloroso, se fue hasta el borde y contempló el museo que se extendía a sus pies, iluminado por una luz dorada. No sólo se fijaba en la impresionante pirámide invertida, sino en lo que había justo debajo. Ahí, en el suelo de la sala se veía una estructura minúscula, una estructura que Langdon mencionaba en su texto.

La posibilidad de que aquello pudiera ser cierto lo mantenía plenamente despierto. Volvió a alzar la vista y contempló el museo y notó que sus enormes alas lo rodeaban... aquellos pasillos llenos de las mejores obras de arte...

Leonardo Da Vinci, Boticcelli...

Adornada por artes de maestros,
ella reposa al fin en su morada

Maravillado, miró hacia abajo una vez más a través del cristal y vio la diminuta estructura.

«¡Tengo que bajar como sea!»

Salió de allí y cruzó la explanada en dirección a la pirámide que hacía las veces de entrada al museo. Los últimos visitantes de aquel día ya iban saliendo.

Empujó la puerta giratoria y bajó por la escalera circular. Notaba que el aire se iba haciendo más fresco. Al llegar abajo, entró en un largo túnel que, bajo el patio del Louvre, llegaba a *La Pyramide Inversée*.

Al otro lado del túnel había una sala grande. Delante de él, colgando desde las alturas, estaba la pirámide invertida, un asombroso perfil triangular hecho de cristal.

«El cáliz.»

Los ojos de Langdon siguieron su forma decreciente desde la base hasta la punta, suspendida a más de dos metros por encima del suelo. Y ahí, justo debajo de ella, se encontraba la diminuta estructura.

Una pirámide en miniatura. De apenas un metro de alto. La única cosa en aquel inmenso complejo que se había hecho a pequeña escala.

El ensayo de Langdon, además de tratar sobre la colección artística dedicada a la diosa que albergaba el museo, hacía un breve comentario sobre aquella discreta pirámide.

«Esa estructura en miniatura sobresale del suelo como si fuera la punta dc un iccbcrg, el ápice de una enorme sala piramidal sumergida debajo como una cámara oculta.»

Iluminadas con la luz tenue de aquel sótano desierto, las dos pirámides se apuntaban la una a la otra, y sus puntas casi se tocaban. «El cáliz encima. La espada debajo.»

Custodios y guardianes de sus puertas
serán por siempre el cáliz y la espada.

Langdon oyó las palabras de Marie Chauvel. «Un día lo entenderás.»

Estaba ahí de pie, bajo la antigua Línea Rosa, rodeado de «artes de maestros». «¿Qué mejor lugar que aquel para que Saunière pudiera estar siempre vigilante?» Ahora, al fin, le parecía que entendía el verdadero significado de los versos del Gran Maestre. Alzando los ojos al cielo, miró a través del cristal. La noche estaba cuajada de estrellas.

Y el manto que la cubre en su descanso
no es otro que la bóveda estrellada.

Como los murmullos de los espíritus en la oscuridad, resonaron unas palabras olvidadas.

«La búsqueda del Grial es literalmente el intento de arrodillarse ante los huesos de María Magdalena. Un viaje para orar a los pies de la descastada, de la divinidad femenina perdida.»

Con repentina emoción, Robert Langdon cayó postrado de rodillas.

Por un momento le pareció oír la voz de una mujer... la Sabiduría de los Tiempos... que susurraba desde los abismos más profundos de la tierra.

Visite nuestra web en:

www.umbrieleditores.com